剑宗作品集

伍

智战江湖

剑宗著

二十一世纪出版社集团
21st Century Publishing Group
全国百佳出版社

图书在版编目（CIP）数据

剑宗作品集 / 剑宗著 . -- 南昌 : 二十一世纪出版社集团 , 2017.12

ISBN 978-7-5568-3252-1

Ⅰ . ①剑… Ⅱ . ①剑… Ⅲ . ①侠义小说－作品集－中国－当代 Ⅳ . ① I247.5

中国版本图书馆 CIP 数据核字 (2017) 第 294460 号

剑宗作品集　　　　　　　　　　　　　　　　　　剑　宗 著

责任编辑 敖登格日乐

出版发行 二十一世纪出版社集团

（江西省南昌市子安路75号　　330025 ）

www.21cccc.com　　cc21@163.net

出 版 人 张秋林

经　　销 新华书店

印　　刷 北京柯蓝博泰印务有限公司

版　　次 2018年8月第1版　2018年8月第1次印刷

开　　本 710mm×1000mm　1/16

印　　张 200

字　　数 3000千

书　　号 ISBN 978-7-5568-3252-1

定　　价 800.00元

赣版权登字—04—2017—905

如发现印装质量问题，请寄本社图书发行公司调换 0791-86524997

目　录

第一章 ……………………………………………………………………… 1

第二章 ……………………………………………………………………… 22

第三章 ……………………………………………………………………… 43

第四章 ……………………………………………………………………… 62

第五章 ……………………………………………………………………… 80

第六章 ……………………………………………………………………… 100

第七章 ……………………………………………………………………… 120

第八章 ……………………………………………………………………… 142

第九章 ……………………………………………………………………… 160

第十章 ……………………………………………………………………… 180

第十一章 …………………………………………………………………… 200

第十二章 …………………………………………………………………… 220

第十三章 …………………………………………………………………… 240

第十四章 …………………………………………………………………… 260

第十五章 …………………………………………………………………… 280

第十六章 …………………………………………………………………… 300

第十七章 …………………………………………………………………… 320

第十八章 …………………………………………………………………… 339

第一章

裂石岗上，犬牙交错，罅隙纵横，杂草丛生。若是阳春三月，绿荫荫的杂草几乎可以盖住裂石岗，如同荒冢。但如今是瑟瑟晚秋，天高云远，哀鸿孤雁，裂石岗上亦是草枯石露，峭壁狰狞，一看就是个极煞风景的地方。

北风如丝，如箭，撕裂了几面大旗，穿透了数人的心，但裂石岗四周依旧旌旗猎猎，人影霍霍，大旗飘摇不定……

岗上站着一白一黑两个人，长袍在风中"哗哗"直响，似乎在飞快地掠来飘去，但他们的双脚，如同浇铸在乱石岗上一般，纹丝不动。岗下的人，如同痴傻，双眼不眨地盯着岗上，仿佛立刻就会有千载难逢、稍纵即逝的场面出现。没有呐喊，只有北风有声！

没有人动，只有北风在吹！

"邬眉，现在你已是前功尽弃，一败涂地了。你看看四周都是我的人，他们是你千方百计要控制、设计欲害的人！"

"哼，他们算什么，在本宫的眼里，只有一个可怕的敌人，那就是你！"

白袍人皱了皱眉头，脸上显出痛苦之色，无可奈何地晃了晃脑袋，叹道："到现在你还执迷不悟，一意孤行，你真希望死在我剑下？"

"败在你的剑下，我也会死得瞑目，孰正孰邪，孰是孰非，非我等俗人可以辨别，你没有让他们群起来攻，我也心满意足了，拔剑吧！"

白袍人抬眼望了望四周，四周躺着无数的尸体，干枯的草叶上是凝固的血迹；站着的人虽然活着，却是血染袍服，眼冒仇光，他们"抬举"他，他必须有个了断！

"好！今日决斗，若是你败，今生不得再踏入江湖半步；若是我败，江湖拱手相让！怎么样？"

"哈哈哈……不错，今日是生死决斗，还能退隐吗？还有拱手相让的说法吗？只有一人活着！"

"虽然我们两人将要决斗，但并不一定是生死之斗！"

"好！本宫就答应你，但你呢？何去何从？"

"道不同，不相为谋，你多一条路，我必少一条！"

身裹黑服的邬眉深深地望了对面的人，突然如同深秋一般的凄凉，狂笑不绝。四周观望的人回视同伙，以眼相询，仿佛在看一场不可理喻、弄不明白的戏剧，回视之际，才发现大家都一样。于是众人嘴角动了动，未说一句话，又望向裂石岗。

狂笑声绝，北风再刮，"呜呜"声撕裂飘落黄叶，吹断枯尽丧草，顺着裂石岗而上，卷上半空。邬眉凄叫道："牟白，你为什么是牟白！"

说着长袖乱舞，她顿将乱石捞起，直向身着白袍的牟白飞射而去。乱石撞击的巨响顿时盖住了风声、众人的惊叫声，而同一时刻，白袍罩着的牟白银剑甫现，华光暴涨，如同弦月弯刀一般一浪浪冲了出来！

"轰轰……"爆炸声震天动地，连连不绝，剑光所致，乱石崩碎。一白一黑两个人影亦飞快地游走，挟着剑光乱石向中间游来。流星寒光一闪，又听"嗤嗤"几声，两人已在刹那间错身而过。

交换了位置，两人身影一旋，又呈面对面之势，而两人之间的空中，却飞飘着一缕长发，一片白巾，长发缠着白巾，白巾裹着长发，缠绵辗转而下。裂石岗下的众人望了望天上的长发和白巾，又望了望决战的二人，依旧没有说话。不知是激动，还是紧张；不知是欣喜，还是失望。

岗上的二人却又呆呆地站着，凝望着缠绵的白巾长发，无情地看着它们飘向地面。就在二物落地之际，寒光又起。不是一点，而是一片，如同横飘的水银，将二物反弹而上。白袍人牟白一愣，脸上抽动，寒光在顷刻已到了面前。

众人惊叫，白影箭射而起，华光复现，又是"当当"脆响一片。众人长舒了一口气，犹如看到了怒海中的一叶孤帆，又不自主地呼道：

"啊……他受伤了！"

受伤的牟白之身影并没有缓下来，而在空中踏步横走，众声未杳，华光已罩住了黑影邬眉，黑影婆娑，在华光中不停地窜动挣扎！

没有人再看清二人的身影，但眼睛却在不停地转动。突然，裂石岗上又是死一般地寂静！

两人依旧凝立在那里，但二人之间，却多了一柄银色长剑，在秋风中，寒光刺骨！咫尺天涯，只因剑而起。众人先是一愣，即而狂呼欢叫，只因牟白的银剑锐锋直指邬眉的咽喉！

"邬眉，你输了，一切都结束了，你还是走吧！"

"退出江湖，还不如一剑刺穿本宫的咽喉，你为什么不那样做，难道你不想为他们报仇?!"

立时岗下众人雷动而呼："牟白，杀了那妖妇，为兄弟们报仇！快杀了她，否则后患无穷！"

"对！杀了她，杀了她……"

牟白没有看众人，仿佛众人的声音在他的耳边绕了一圈，又反射了回去，根本没有钻入他的耳朵内。众人看不对劲，声音又渐渐小了下来，最后依旧如先前一般鸦雀无声！牟白这才缓缓收回了长剑，冷冷地道："你走吧！从此你的生活中再没有江湖，没有仇杀；没有我，没有恩怨……"

邬眉看了看面前的人，这个带给她失败之辱的人，刻骨铭心不能忘却的人，默默无语，渐渐地，两行清泪缓缓而下！

"好！我走……你的江湖，我决不踏入半步！但恐怕江湖留不住你，你也永远守不住江湖，也许你是对的，但也可能是错误的……"

说完，邬眉转身，在众目睽睽之下洒泪而去。

牟白没有再说话，望着飞快远处的背影，不知是惆怅、痛苦，还是欣慰，直到邬眉完全消逝在秋风之中，他还那样望着。

"牟白，你身为盟主，代表我们大家的意见，而我们不只是为了打败邬眉，而是要杀了她！为被杀的武林同道报仇，但你却没有那样做！"

牟白冷冷地眼睛看了看群情激奋的武林同道，又逼视着愤怒的武当派掌门，翕嘴而道：

"道长，不要忘了，我们也杀了她很多人，谁是谁非，都跟这场决斗一样，结束了。江湖因为恩怨而起血腥，我不愿再看到血腥之事发生！"

"只有杀了她，才能止住血腥，她是什么样的性格，我们大家都很清楚，你这样做，与她在我们面前又有什么分别？你！是不是对她有情难舍?!"

牟白脸上的肌肉抽搐了几下，强压住心中的骚动和恼怒，又冷冷地道："那是另一回事，做为盟主，我也只有做到这个份上！"

"盟主之心，贫道明白，如果你不忍下手，那贫道愿带领众人追杀邬眉，以消除隐患！"

听到此言，众人顿时又躁动起来，似乎即将沸腾的热水。牟白挥了挥手，众人又很快地静了下来，可见牟白这个盟主的威信并不亚于老子在儿子心目的威严。见大家都静了下来，牟白方道：

"诸位，本人确与邬眉相识，但那是做盟主之前，如果本人情有偏袒，又为何要做盟主与她针锋相对？将她的阴谋粉碎？又为何要来此与之决斗？而这一切，本人完全可以避开。如果大家相信本人，尊重我这个盟主，请就此罢手，只要看看身边无数的尸体，我们真要继续斗下去吗？正邪本在一步之遥！"

众人都仔细地听着，没有反抗，谁也不愿盟主为难，也相信了盟主的话。牟白心里好受了许多，深深吸了一口气，又道："诸位，牟白在此保证，邬眉绝对会履行诺言的，不会再踏入江湖半步。风云已过，江湖从此太平，希望大家好好珍惜。我这个盟主也在决斗结束后名存实亡了，就此向大家宣布，本人自动解除盟主之位，由少林、武当共管江湖，请大家准许牟白之请！"

立时众人又呐喊了起来："盟主，你不能丢下我们不管，我们百分之百服从盟主的指示！"

而少林、武当两派的掌门却相互望了望，眼中有些许欣悦。自古以来，少林、武当乃江湖之牛耳，谁又不以他们的眼色行事？如果多一个盟主，那他们岂不是如佛与神前的香烛做了摆设？盟主只是江湖失控时的产物，而天下太平将不再需要。牟白如此做，当然是洞悉了他们的心态，刚才武当派掌门故意为难于他，其意亦在于此。这时少林方丈假惺惺地道："牟白，众望所托，盟主之位非你莫属，少林、武当亦甘愿听令于你！"

牟白笑了笑，道：

"诸位的心情牟某明白，但牟某如今无力亦无心当盟主了。天下太平，有少林、武当足矣！但牟某在临去之时，希望众位满足牟某的心愿！"

武当掌门听到这里，生怕再有枝节外生，忙道："现在你还是盟主，你说话我们当然要听！"

牟白深深地点了点头，向四周群豪作了长长一揖，然后向邬眉刚才离去的相反方向飘然而去！

众人看着盟主远去，方才欢呼雀跃，纷纷离去！

裂石岗，此时变得杂草横布。怪石狰狞，更是一片惨景，如同一座尸骨垒起的荒冢！

"枯藤老树昏鸦，小桥流水人家，古道西风瘦马，夕阳西下，断肠人在天涯！"

夕阳如火一般的红，醉了半个天空，燃烧了关外广阔无垠的沙漠，沙漠如同一群飞快奔跑的驼峰，没有风，天也很高，只有黄沙，黄沙在夕阳的照耀下，如同黄金一般，在黄沙之脊，偶尔可以看到光秃秃的枯木，白森森的尸骨，表示这里曾经有生命的痕迹。只不知这些生命是沙漠的同伴，还是过路之客？

沙漠永远不需要朋友，吞噬生命时不需要宝贵的友情，不必流泪，因为它本无情！

但在沙漠的远处，夕阳之下，却有一长串脚印深深地烙在了沙漠的脊梁上。两上小黑点在向远处移动，他们是活物，没有被黄沙吞噬！

"烁哥，过了这片沙漠，真可以活命吗？"

"嗯，不但可以活命，还可以看到绿绿的草丛，清清的河流，有人家，有小桥，有帆船，什么都有！"

"真的吗？……如果那样就好了，是不是那样就可以躲过追杀，永远的躲开？"

"嗯……也许吧，但只要有我在你身边，一切都会没事的。小小，到了江南，你可要嫁给我?!"

"别说了！多难为情……现在我不是已跟着你走了吗？当然是永远与你在一起，到了江南，你就成了主人，而我是异乡妹妹，你该不会欺负人家吧？"

"怎么会呢？……啊！你看，沙漠的尽头到了！"

两人的声音如同古老的筝声，低吟而深远，比那一串脚印还拖得悠长。一缕微风从远处刮了过来，细细的沙"簌簌"作响，似乎在回应两人的欢叫。而两人骑的骆驼，却老练的四下看了看，依旧沉稳地迈动着它那宽大的四脚，仿佛一个很有水平的绘画师，胸有成竹，慢条斯理地构画出它的杰作。

骆驼上坐着二人，在驼峰间，两人如同划龙舟一般，前面是一位紫衣姑娘，后面是一位系巾蓝衫客，紫衣姑娘就是被叫着小小的人，而后面那个男子却是江湖中响当当的"金浪客"金烁！

"金浪客"金烁居然在荒凉的关外出现，而且还拐骗到一位如花似玉的姑娘，的确浪漫！

浪漫的人此时气色却并不好，眼睛中显露出的是惴惴不安，而那张俊脸上亦有些苍白！看来倒像一个"偷浪客"，而且顺手捎带了一只"香囊"，"金浪客"还真混得有滋有味！

前面的沙漠边沿变得越来越清晰，但"金浪客"的心却越来越沉重，越来越是失望。原来，前面呈现的是一座荒凉的古城！古城残垣断壁，一半在沙里，一半露在沙外，整个古城如同一位缺乏营养的老人，全身不知盖了多久多厚的尘土。

"哎！原来不是出了沙漠，而是一座死城！"

"嗯……但你不用担心，我们走了很久，这座古城也是我们最好的栖身之地。而且有古城在此，说明这里曾经有绿洲，既然有绿洲，那就一定有水源，而且离边缘很近！小小，今日我们就在此栖身吧！"

前面坐着的美女小小回头笑了笑，妩媚地道：

"你说得很有道理，我们很快就会走出沙漠了！"

单纯易上当受骗的美女小小笑靥之后又叹息道："但是……我们在此栖息，万一……万一师姐她们追上来了怎么办，岂不是死定了？"

金烁辣了辣眉睫，眼内射出犀利的光芒，望了望四周，方才拍了拍小小的香肩，安慰地道："不用担心，只要你师父没有来，一切都好办，现在什么也不要想，美美做个好梦吧！"

骆驼踱到了古城之下，停顿下来，四下看了看，方才转视金烁，金烁拍了拍驼背道："驼兄，我们进城去行不行？"

骆驼似乎明白了"金浪客"的意思，又不慌不忙地向城门踱去。古城虽破，但城门却依旧完好地"站"在那里，那一垛城墙亦十分的牢固，如同一张怪兽的脸，而城门如同它的巨口一般！

进了古城，前面出现了广阔的广场，广场的四周残留着高耸巨大的石柱，幸好还有几间似宫殿一般的厅堂还存留着，看来的确是一个很好的栖身之地。金烁与小小跳下了骆驼，拍了拍身上的尘土。骆驼亦抖了抖磅薄的身躯，表示自己抖去尘土也准备歇息！

"呀！烁哥，你看，前面还有一口辘轳井呢！"

金烁此时正在观望古城的宏大形象，惊叹不已，亦默默记住了这里的一柱一殿，这是他每到一个陌生地方的习惯，只有熟悉了环境，自己才能真正处在有利无害的位置。大概用剑之人都如此的小心谨慎。听到小小的欢叫声，金烁抬眼望向辘轳井，果然，一口井座落在前方的广场中央，井沿高高的围起，辘轳似乎可以滚动，上面还有绳索，绳索似乎亦是新的！

小小如同一只欢快的小鸟，向辘轳奔了过去。金烁犀利的眼睛盯着辘轳，突然他发现辘轳轻微地动了动！顿时心里巨颤，叫道：

"小小，别跑，快回来！井里有人！"

话音未落，金烁已闪电般地弹身掠起，而小小亦在刹那间停了下来。同一时刻，尖锐之声从大殿里窜了出来，井口"刷"地窜出一条长长的白影，向小小扑了过来！

小小被这突如其来的变故吓愣了，不知如何是好，眼看白影就要掠到面前了，突然一股巨劲窜到身边，一只强而有力的手卷住了她的柳腰，向后一带，前面剑光一闪，鲜血甫显，小小嗅到血腥，"啊"地叫了起来。

"没事了，小小，有我在此，谁也伤害不了你！"

金烁手起剑落，已救了小小，杀了井中扑出的怪物！待细眼一看，原来是一条长长的怪蛇，通体发白，白蛇的尾巴依旧在地上翻滚着，而狰狞的嘴对着二人，似乎死有不甘。小小转头看到白蛇，又"啊"地惊叫道："这是师父饲养的白蛇，你杀了它，师父恐怕要生气的！"

"嗯……你师父早就生气了，当我闯进你们那里时，她就生气了，何况又偷偷地带走了你？白蛇到了这里，只怕她也在附近！"

"师父也来了?!……不……不可能，师父从来都不会出来……如果她来了，那我们早就死定了！"

地上的蛇尾蠕动了良久，方才静止下来，而那一缕血迹却分外地刺眼。金烁抬眼扫视了一下四周，陡然喝道："都出来吧！"

果然，四周传来"哈哈"的娇笑声，人影窜动，不知是一人，还是有无数人，小小神色一变，惊恐道："师姐……"

"小小，你还有脸叫我师姐？师父有令，跟着'金浪客'走就是背叛师门，罪不可恕！"

"师姐……你放过我们吧，我不想再回去……"

"你这个小贱人，居然敢说这样的话！跟谁不好，却偏偏要跟着金烁，你知不知道，师父是绝不会让你跟他走的，念在同门一场，我再给你一个机会，只要你杀了金烁，将功赎罪，我们……"

"别说了，我怎么能杀烁哥呢？而且还要跟他走，你们想要我回去，除非我死了!"

想不到，温柔单纯的小小也有股牛脾气，而且脾气还不小，只见她气得香肩直颤，双颊潮红，如同一只小辣椒般，双手叉腰，继续道：

"现在就师父她老人家来了，我也会这样说！哼，其实师父并不介意，而是你介意！"

金烁看到小小那副样儿，又惊又好笑，但此时却笑不出来，不发一言，眼睛却如箭一般扫视着四周，四周已围上了数位如同花朵般的美女，这些美如花的姑娘无论从哪个角度来看，也不像身怀绝技，但世事却往往出人意料，谁又能说清呢？……而金烁却左右为难，暗自心问自己，如果大打起来，自己该如何办，难道辣手摧花，可那样也太残忍了，何况她们前几日还是小小亲如姐妹的同门呢！

"你胡说！谁介意！这都是师父的命令！"

那领头的师姐只怕平时也极宠这位可爱的师妹，现在闹翻了，小师妹一发横，她依旧没有办法，只有将银牙咬得直响，却拿小小无可奈何！又看了看不发一言的金烁，只见对方那双强而有力的手，但在她眼里看来却是可恶、该断的手臂依旧搂着小师妹的腰肢，于是皓齿一咬，叫道："给我上，抓住他们！"

众女得令，又如同花朵一般飘曳了起来，无数的幻影花瓣向中间二人疾窜而来。金烁搂着小小旋身而起，剑光挥撒出一片白芒，挡住了飞花碎玉。

"哼，金浪客，识时务者为俊杰！你还是放弃抵抗为好，否则……"

说着那领头师姐飞身而出，扑向金烁和小小，金烁不敢怠慢，身影掠得更快，而剑光更盛，抵挡不断逼近的众女，但众女分明已达成默契，由众女应付金烁手中的剑，而逼近的师姐则突袭金烁怀中的小小。金烁被这阴毒高明的架式搞得有点难堪，心里也没底了！

"烁哥，你快放下我，否则我们都完了！"

金烁努力地咬紧双唇，坚毅地道："不行，要走一起走，若放开你，我就更加抵抗不了她们！"

这话还真没道理，放了小小，就会身手轻松许多，金烁应该能很快摆平众女；但也有道理，有小小在旁，金烁脑海里闪现的是"必须赢"！当然精神是不可能战胜的，而且如果对方以小小要挟他，他当然一点办法也没有。听了金烁的话，小小心里甜丝丝的，脸上露出幸福的笑容，患难之中见真情，这话一点儿也没错！

于是小小又偎依在金烁的怀里，享受着这动荡中的温馨。当然一双美丽的眼睛如惊慌的兔子不停地四下窥视，紧张地看着变幻莫测的师姐，娇叫道："师姐，你真得要赶尽杀绝？不要忘了，我从来没有惹你生气过！"

"哼，小贱人，过去的事都过去了，我什么都不记得，今日你不回头，我就绝不客气！"

"哼，你不客气我也不客气，谁怕谁？"

说到这里，小小见师姐变幻难辨的手臂向她袭了过来，而金烁的金剑亦被众女缠得脱不开身，于是柔臂一伸，闪电般地刺去一指！

在虚幻之中，仿佛只有这飞快的一指才是真实的，眼看那一指即将点中师姐的玉脸，师姐"啊"地一声叫了起来，慌忙手退，骂道："小贱人，你背叛师门，居然还敢用师父教你的武功！"

"咯咯……我没有背叛师门，当然可以用师父所授的武功，不要忘了，我们相差并不多！"

"你……你……你现在又多了一条罪名，不但背叛了师门，而且继续在用师门的功夫，看来你的双臂恐怕也保不住了！"

但小小似乎并不怕师姐，依旧咯咯笑道：

"听你的口气，好象你是师父，但你并不是师父，你说我背叛师门，我偏偏说没有背叛，只要师父没有亲口对我说，我就不相信。其实不在师父身边，也不能说是背叛，主要在于一个'心'字，现在我就在想念师父啦！再说我也是在为你着想，平时师父最宠的人是我，如果我一直留在她身边，以后掌门的位置当然极可能是我。这对于师姐你来说，当然是不公平的，其实师姐待我也不错呀！所以我就走啦，师姐，你是不是舍不得让我走，才三番五次来阻拦我们！"

料不到小小在如此紧要关头，居然会说出这样利益和友情相互兼顾的话，可见平时她的嘴巴就很甜，惹人喜爱，难怪做师姐的也拿她没办法！

当师姐听了小小的话后，心中的怒火果然消了一大片，因为小小说的是真话，如果她不走，对于掌门的威胁极大，而且两人的姐妹友情历历在目。师姐心里暗自叹了叹，手上一驰，身影疏松了许多。恰在此时，金烁剑花将众女逼退，不客气地向她直刺而来，"金浪客"的剑法她倒不可小觑，慌忙回撤！

金烁乘机抱着小小弹身而起，俄顷已掠出了众女的包围圈，几起几落，金烁身子再次拔高，已隐隐地落在了正慌忙向城外飞跑的骆驼背上。

随着一阵尘烟，两人一驼已出了城门，冲入了茫茫沙漠之中，而此时已是天色暗淡，渺渺沙漠如一艘快沉没的巨船，如深深的夜海，静谧至极。

众女冲出古城，已看不到二人的身影，只听到"哒哒"沉重的脚步声，在沙漠中，只有骆驼可以不分昼夜的行走。骆驼，是沙漠中不沉的沙舟，而众女却没有这样的宝贝儿。

"师姐，现在该怎么办？我们要不要追上去？"

师姐铁青着娇容，没好气地道："追，当然要追，无论天涯海角，都要把那小贱人追回来，在我们之间，绝不允有任何背叛师父的人，如果背叛之人还那样轻轻松松地活着，岂有理可言！"

她顿了一顿，忽又转口道："但不是现在，跑了和尚跑不了庙，他们定是回江南'金浪客'的老家了，要不要入中原，还得要师父他老人家拿主意才是……小小本来聪明逗人喜爱，都是金烁带坏的！"

此语一出，师门之情不言而喻，但毕竟是小师妹自愿跟着人家走了，仿佛不用绳索牵，只是"狡猾"的"盗贼"手里拿着一束香香的青草，美丽温柔单纯的小羊羔就乖乖的一路跟上去了。那位师姐如此一想，更是气愤，觉得很丢人，似乎跟去的不只小师妹一人，还有她及她身边的众女。

良久，骆驼的脚步声也消失了，四周一片寂静，偶尔一阵凉风吹来，吹得长发飘飘，裙纱婆裟，众女"送走"了乖巧的小师妹，方才依依不舍地离开了古城，飞快地消失在黑暗中。

古城依旧是古城，辘轳井依旧是辘轳井，岁月在此变得悠长，变得亘古，被黄沙淹没，谁又能想到这里曾有美女降临，更有过激斗?!

含烟古城，风景如画。流水清清，杨柳依依，高台楼角，雕龙挂凤，真是一处江南佳景！

云游词赋，韵味似酒；才子楚楚，红楼缭缭；平湖秋月，微吟浅唱。

聚宝钱庄坐落在古城最繁华地带、最豪富的大街路口。"聚宝钱庄"四个金字在阳光下熠熠生辉，显示出聚宝钱庄在此的独一无二。的确，聚宝钱庄厚实的家底使它的信用极高，自然生意也多。最重要的是钱庄从不过问客人存入财物的来历，并时刻为客人保密。而且聚宝钱庄钱多气粗，在各地都有他开设的连锁分庄，客人只要在一处存入财宝，都可凭收据在任一分庄取得银票，十分保险、方便。

有如此多优点，当然到此的客人都是有那么几张票子，无论黑白两道的人物，都将聚宝钱庄作了理财之地。难怪在这地皮最贵的地方聚宝钱庄一直稳坐如磐石，无人与它争锋！

"丐留，你他妈的走快点行不行，现在不是乞讨，而是去钱庄，装作那熊样，还真是狗肉上不了台面，若本少爷此事出了纰漏，非扒你的皮不可！"

在聚宝钱庄前面的空间路上，一前一后走着两位少年，虽然年纪相仿，但看装饰，却是一个在天堂，一个在地狱，前面是位穿着绫罗绸缎，白白净净的公子哥儿。而后面却是个蓬头垢面、破衣破鞋，挂着一根破竹棒的小乞丐。

"大哥，你一向胆子不是蛮大的嘛，今天怎么如此胆小，是不是偷了一个很值钱的玩意儿？"

名叫丐留的的小乞丐依旧懒洋洋地跟着，漫不经心地问着，想不到这二人还是"兄弟"呢！难怪今日的太阳一出现就在西边。富家公子脸色一变，四下看了看，见来来往往的人没有注意他们，方才将胸前的一个大包袱往腋下一挪，退回几步，闪电般地伸手去抓小乞丐丐留的耳朵，丐留飞快闪动脑袋，两人动作都快极无比，但富家公子的手更快，眨眼间已抓住了丐留的耳朵，痛得丐留龇牙咧嘴，嚎叫道：

"妈的，锋浪，你别恃财耍横，若再不放耳朵，我就要大叫了，丐老爷要揪出你的老底信不信？"

果然，两人的奇异搭档和大叫引起了路人的注意。名叫锋浪的富家公子看了看四周，似乎心有所忌，放了丐留的耳朵。丐留摸站耳朵嘀咕道："妈的，痛得我像被割了一般，叫你别揪耳朵，你定是不信，别说是大哥，就是祖宗十八代，丐老爷也不客气！"

说到这里，丐留见四周有数人围着看热闹，顿时挥起破竹棒舞得呼呼直响，骂道："看什么？有什么好看的，简直他妈的无聊！"

丐留小小年纪，又是乞丐，居然如此横霸，这世道还真是变化快。丐留没有理会大家的态度，上前笑嘻嘻地对着锋浪道："大哥，我们走吧！"

锋浪没有再与丐留过不去，匆匆踏步向聚宝钱庄而来，留下看热闹的众人在那里忿忿不平和胡思乱想。二人很快到了钱庄，钱庄老板见到二人，立时满脸堆笑，好象看到了大主顾一般。看来两人的年纪，在老板眼中并不是问题，丐留的乞丐服饰也不是问题，当然他在乎的是钱。果然锋浪将大包袱一下砸在柜台上，柜台"砰"的一声震了三响，将旁边的客人吓了一大跳，均又奇怪地望向前来的两个怪客！

富家公子锋浪到了钱庄，似乎一下胆子大多了，双眼蛮横的四下看了看，怒道："看什么？有什么好看的？老板，来称称这玩意儿有多重！"

老板并没有因大家的态度而改变对锋浪的态度，依旧笑容满面地向锋浪道："公子，在这里称，是不是……有些不妥？我们还是去内堂过称吧！"

丐留踏前一步正要说话，锋浪装老大横道："丐留，没你的事就别插嘴，老板如何安排就如此办吧，难道还怕他吞了不成？"

说到这里，锋浪小眉毛一抖，十分威风的模样，老板看看锋浪的神色，立时向旁边一个伙计丢了丢眼神，伙计走了过来，正欲提包裹，锋浪右手一切，压住了伙计的手，狡黠地道："不用你动手，本少爷自己来便可！"

说着向丐留摇了摇手，老板这才带着伙计在前面领路，锋浪和丐留四下看了看，跟上前去。

在内堂，四周无窗，堂内供着二根香蜡，虽然比较神秘，但这里十分安全。丐留将包裹放在桌上，伙计已拿过了大秤，准备称包里的东西。锋浪将覆盖包裹的黑布解了开去，顿时老板、伙计和丐留的眼睛都瞪得大如铜铃，愣愣地看着桌面。

黑布包裹的原来是一大块金灿灿的金砖，金砖在烛光的照耀下闪耀着迷离的光芒。伙计良久方才翕动着嘴唇问道："公子，这块金砖是……"

"住嘴！你难道忘了聚宝钱庄如铁般的规矩吗？"

老板冷喝住伙计，锋浪这才莞尔一笑，摇了摇头道："本少爷在此聚财就是冲着这铁规矩！"

老板赔笑道："那是，那是，本钱庄还得多谢公子的多多照顾！"

说到这里，老板将金砖放到秤盘中，细细地称了称，皱着的眉头慢慢舒展开来，既而笑呵呵地道："果然是纯金，一点假也没有，但不知公子是存金呢，还是兑成银票？实不相瞒，若兑成银票，恐怕本钱庄一时汇聚不到那么多。"

"不，金子保值，就当存金子好啦，但如果本少爷要银票，就以市值一点点地换，怎么样？"

老板更是高兴，乐呵呵地道："公子，你……你这不是在帮我做生意吗？本庄可不亏客人！"

"好啦……好啦……本少爷说的话，难道是放屁？不过本少爷在聚宝钱庄已存了多少钱，这块金砖又值多少钱，本少爷心中有数，如果贵钱庄要花招吃本少爷的东西，那可不太妙！"

说着手一扬，一道寒光划过美妙的弧线，只听"当"地清脆声，木桌的一角已被齐齐切下。老板看看被切的一角，而锋浪手中又空无一物，顿时目瞪口呆，神色一变，即而赔笑道："公子放心，本庄响誉天下，绝不会以小失大，特别是对公子这样的客人，更是要专门起账！"

　　"哈哈……专门起账？好得很，本少爷相信你们，才将财物放在你们的庄内，当然要特别照顾！"

　　飞扬跋扈的锋浪一摆手，对亏留道："亏留，我办得事怎么样？现在你看到了，我快成了！"

　　亏留此时才回过神来，向锋浪道："光杆子赶鸭——谁听话？何况你看我这样儿，没有你押阵，只怕不行，大哥，我是不是无能？"

　　"不……你说什么屁话，如果我的兄弟无能，岂不是本少爷不但无能，而且瞎了双眼？你已做得很好了，继续做，我们一定可……"

　　说到这里，锋浪斜着双眼看了看老板和伙计，转换话题道："善后的事就靠老板你了，现在我们还有要事待办，就此告辞。老板，你可要做好哟，做好了，本少爷亏待不了你！"

　　说完这些，锋浪闪身掠出了那间密屋，走到外面，四下看了看，方才长吁了一口气，神色丰富多了，亏留跟了出来，看了看锋浪，笑骂道："大哥，在庄外还像过街老鼠一样，现在他妈的却如玉皇大帝，酷呆了！"

　　锋浪不理亏留的话，直直向聚宝钱庄外面走去，刚出了钱庄，锋浪四下看了看，只见一位中年袍者在两位侍卫的陪同下向这边走了过来，立时面如土灰，"妈呀"轻叫了一声，忙折回钱庄。亏留莫名其妙地跟了回来，万幸钱庄侧旁有一片树林，锋浪率先躲入了树林中。

　　没过多久，中年袍者和两名侍卫踏步进了钱庄。锋浪蹲在那里，全身直哆嗦，口中不停地叫道："完了，这下可完了！"

　　"大哥，那家伙是谁，你怎么会如此害怕？"

　　话未说完，脑袋已被狠狠地拍了一掌，亏留正要反抗作答，耳边已传来老板的哈哈笑声：

　　"哈哈哈……金庄主，是什么仙风将你这神人吹到这里来啦？难不成你也对聚宝钱庄感兴趣？"

　　那中年袍者抱拳道："打扰钱老板了，金某到此，并不是做生意，而是寻找那个逆子！这几日他行踪古怪，很少回家，听庄内之人回报，看见逆子带着一名乞丐屡次在这里出现，刚才好象也在这里出现过！你说，他与你到底做了什么交易？！"

丐留立时明白了，轻轻惊叫道："啊，他就是金浪客，金闲庄的主人金烁，果然不同凡响！"

说到这里，后脑袋又被拍了拍，丐留回首正在骂，见锋浪生怒的样儿，立时吐了吐舌头，不敢多言。想不到那中年袍者便是江湖赫赫有名的"金浪客"，即金闲庄的主人金烁。而且有了这么大的儿子——锋浪！哎，俗话说：虎父无犬子，却料不到锋浪居然是这副样儿，难怪金烁会骂他为逆子，金烁的儿子在江湖上身份何等尊贵，形象何等圣洁，却料不到与丐留这样的小乞丐称兄道弟，背地里不知还干了些什么坏事。总之，金烁的宝贝儿子是个不成器的小子了。

钱老板听了金烁的话，神色一变，立时猜到刚才押金砖的那位富贵少爷便是金烁的宝贝儿子，难怪出手如此阔绰，身手那般吓人。猜定这一切，钱老板不由叫苦不迭，一边是铁的规矩，说出实事是破了规矩，而且惹不起锋浪这样不但有背景，而且很有"钱"的客人；但金烁这一边亦不敢得罪，在这里，整个古城，谁会不知死活而得罪他？他就是古城的守护神，是众人顶礼膜拜的神话，与他为敌，就是与古城的百姓为敌！

"金老板，确实有一位少爷带着一名乞丐，不，是他的兄弟到这里来，但不是做生意，而是游荡，我也不知他们的来历，估计是丐帮净衣派和污衣派两名弟子，而是不是贵庄少爷，钱某就不得而知了。咦，他们刚刚离去，说不定在外面路口上闲荡，你们……你们没看见？"

金烁对钱老板的话信以为真，四下扫了扫，吓得躲在远处树林里的锋浪和丐留几乎陡然缩小了一大半。丐留见金烁带着两名侍卫向钱老板告辞而去，方才吁了一口气，道："金浪客确实是名不虚传，离得这么远，他身上的剑气就逼得丐老爷全身不舒服，吓得大哥气都不敢舒舒服服地喘出！"

锋浪确信其父已离开了聚宝钱庄，方才站了起来，长长地出了一口气，道："这下可坏了，你是不是幸灾乐祸？我回家定会被打个半死！"

"不会吧，平时你不是老吹牛说你不怕金庄主的喝斥打骂，怕的是金夫人的温柔眼泪？"

"你知道个屁，老娘好应付，而老爷子精灵得很，如何骗才能让他相信呢？你知不知道，以前在钱庄里变卖的宝物一半是从家里偷出来的，如果我爹知道我经常到钱庄来，当然要检查家里的珠宝首饰，以及白银黄金，这样很快就会露馅的，丐留，你说我还能回家吗？"

丐留瞪大眼睛，仿佛不认识面前的锋浪一般，亦没有了笑容，良久才迟疑着问道：

"你变卖的东西真有一半是来自家中？不是说托一个神偷朋友偷的吗？怎么会偷自家中？"

锋浪颓丧地道："那都是骗你的，若真偷，又怎么偷得了那么多？说不定早轰动全城了！我确实新交了一个偷儿朋友叫妙偷手，是在偷城东一家首饰店时碰上的，一来二往，便成了朋友，妙偷手以前只小偷小摸，很少大偷大摸，你知道我的习惯就是要偷就大偷，妙偷手和我涉了几次险，就不轻易作案了，最后偷到了自家。家里的宝物迟早都是我这少爷的，迟用不如早用，变卖到钱庄，我想什么时候用就用，这样多好？"

"但要偷就偷别人的，怎么可以偷自家的？那可算是个败家子，俗话说兔子不吃窝里草，这下可好，你反倒首先吃起窝边草来！"

锋浪心里发烦，丐留的话更是火上加油，令他心里更加不安，于是推了丐留一下，道："喂，现在是叫你出个好主意，而不是要你教训我，别忘了本少爷还是大哥，教训也轮不到你！"

丐留一个趔趄，慌忙站稳，用脏手抓了抓脏兮兮的头发，觉得没有什么好主意，最后亦丧气地道："你还是先回家吧，出了天大的错，你也是金庄主和金夫人的宝贝儿子，总要不了你的命，而且你娘亲不是很疼你吗？你不回家，她很担心的。最好以你娘亲作为保护神，听说你老爹很听她的话，如果她也对你狠，下下策就是……"

"就是什么？你嘴里是不是挤满了鸡腿？！"

"下下之策就是离家出走，自立门户，现在我们人有了，钱财也有了，立个门户就如撑伞一样，大哥，兄弟们就看你的了，怎么样？"

锋浪狠狠地咬了咬牙，道："好男儿志在四方，何况本少爷是金烁和莫小小的儿子，更是志比天高，这主意不错，你去通知兄弟们……唔，不行，这几日是老爷子和娘亲的结婚纪念日，我是离不开的，待这件事过了我就自立门户！"

丐留亦高兴了起来，问道："大哥，要不要我们来为你捧场，壮壮你的势力？"

锋浪沉思了一下，俨然一个帮会头目的样儿，庄重地点了点头，道："应该的，到时从钱庄里取一些银两来，但不能太张扬，引起不必要的麻烦，这件事，你看着办吧！"

两人说着已走出聚宝钱庄，来到人来人往的十字路口，主意已定，正要分手，突然听到粗野的嘻笑声和女人清脆的惊骂声，两人转头而视，看到已有许多人围在一起，似乎在看什么稀奇事。锋浪立时忘了刚才的不快和以后的不好度日，拉了拉丐留道："过去看看！"

两人冲到人群外围，用力拨开了众人，进入了圈内，看到的是两位美貌绝伦的如盛开之花朵般的少女正在和古城中几个流氓混混争论不休，而几个流氓混混嘻皮笑脸，根本是醉翁之意不在吵，而在美人嗔怒可爱之间也。丐留脸色一变，在锋浪耳边捂手轻声道："大哥，他们是小弟刚刚结识的兄弟，白吃、白喝、白住三人的属下，名叫古城别动队！迟早是你的队伍，你看咋办？"

锋浪见那几人将流氓样子表现的淋漓尽致，暗自高兴，但脸上依旧装着很是不满，皱眉道："你就只结交了些这样的货色，简直是物以类聚，人以群居，臭气相投的一伙，太不像话。如果将来成了我的属下，就必须将他们整顿整顿，否则叫什么古城别动队，不如叫乌龟王八乌合之众算了！"

丐留一愣，看了看平时"无恶不作"的大哥，今天怎么一副菩萨心肠，来了个一百八十度的大转弯，不解地望向场中斗嘴的男女，立时明白了过来，诡谲地笑了笑，向锋浪道："大哥，这些家伙确实不像话，好男不跟女斗嘛，何况两个这样靓的小妹妹？我去教训他们一下！"

锋浪果然露馅，慌忙摆手阻道："让我亲自来！"

说完锋浪踏步就欲上前教训那几个流氓，谁料丐留又一下拉住了锋浪，悄声道："不要急，我们总得演演戏，表示一下你见义勇为，视死如粪土吧。如果你用真功夫，那多没意思！"

锋浪不解地道："不用真功夫，我岂不是要受苦？本少爷什么时候吃过那样的亏？"

"好好……你不想吃亏受点委屈，就别想得到那两位小姐的芳心，女人可是喜欢同情的动物！"

一语道破天机，锋浪狡黠的眼睛一亮，颇有心机的拍了拍兄弟的肩膀道："你果然厉害！"

于是两人又计划了一番，锋浪方才"勇敢"上前，暴喝道："在下听了好久，实在忍不住你们这样的劣迹了，我们作为这座文明古城的居民，应该笑迎四方来客，礼貌待人才是!"

众人本看得有滋有味，又见多了一位豪家公子，此时的锋浪扮成一个温文尔雅的江南才子，不但酷，而且雅，风度翩翩，双方果然停止了争吵，将注意力集中到锋浪身上。两位美女将那两双水汪汪说有多温柔多妩媚都不过份的美目对向了锋浪，将英俊的少年看了个遍。

锋浪看到了二女的娇靥，脑袋嗡地一下，什么都忘了。当然也忘了下面的台词，只是糊里糊涂地盯着二女，觉得如处花间，如裹蝶粉，如沐春风煦日。二美女对锋浪的态度当然好多了，何况对方是貌比潘安的俊少年，但见锋浪失态的样儿，均不由粉脸一红，微低蠕首。

在一旁的几名流氓简直气炸了肺，他们左讨好，右磨缠，二女都不给好颜色，这小白脸却轻轻松松得到了这个殊礼，天下公理何在?

"喂，小子，你是哪条道上的? 竟然敢管大爷们的闲事! 有名的报上来，没名的趁大爷们还没有出手滚远点! 否则就是不想活命了!"

锋浪被喝醒过来，顿时察觉到自己刚才的失态，暗叫自己太狗熊了，又暗自惊叹二女的不同凡响，轻哼一下方道:"看你们年纪，也比在下年长不了几岁，称大爷难道不怕折寿吗? 古语有云: 有理走遍天下，无理寸步难行，邪不胜正，天之公理，在下劝几位还是收敛收敛狂态!"

众人听锋浪说得风趣，均哄笑了起来，又听他妙语连珠，又不由自主拍掌称好! 一来一往，锋浪就成了主角。众目睽睽之下，锋浪不慌不忙，神情自若，不畏狂徒的样儿，的确引人注意，使人产生了好感。

几位流氓被锋浪针锋相对的一顿抢白，简直快气炸了驴肺，其中一人更是沉不住气，踏步上前，狠狠地击出一拳，"砰"地一声，锋浪脸上顿时开花，鼻子又酸又痛，鲜血哗哗流了出来。二女见之，均"啊"地瞪眸关切来望。锋浪暗骂丐留出了这样一个馊主意，让自己现在成了拳靶子，看来亏吃得大了。但转念一想，能得美女芳心，这又算什么? 以后还能双倍的收回来。左一想右一想，锋浪心里好受了许多，硬起心肠止住了后退摇晃的身体，装成一个文弱书生逼真至极!

"喂，你们怎么打人? 可知打人是违法的，君子动口不动手，在下还劝各位放下暴拳，给两位姑娘陪罪，否则在下绝不妥协!"

此话十足是出自书呆子之口，而且迂腐之极。有人笑，有人叹气摇头，果然二女露出同情的眼神，对几名暴徒更是憎恨至极。而那几名暴徒却不可怜这"文弱书呆子"，得意地哈哈大笑了起来。

"喂，小子，道理不如拳头硬，好男儿要动手，不要动口，像你这样儿，还是回家多背一些'子曰诗云'吧，考个七品芝麻官说不定我们兄弟几个还当你是一号人物，怕你几分！"

锋浪气得脸色赤红，指着几人，气得说不出话来。稍顷，方向二女道："你们走吧，让在下在此挡住他们，有在下在此，就不能让你们受欺负！"

一位稍小的美女果然经不起锋浪的"诱骗"，走上前来，温柔地道："你……你受伤了，不痛吗?"

锋浪暗骂道："血都流出来了如还不痛，本少爷岂不是妖怪?！只安慰有何用?要行动！"

但表面上锋浪却是装着满不在乎道："多谢姑娘关心，士可杀不可辱，今日在下定要与他们拼命，你们快走吧！"

那姑娘并没走，而是关切地从腰间解下一块白净罗帕，递给了锋浪，锋浪暗道："你不亲自为本少爷擦，本少爷才不会动手呢！"

那几个流氓此时又莫名其妙地冲了上来，准备将锋浪毒打一顿，锋浪奋不顾身地冲了过去，当然又遭了几拳。"扑通"倒在了地上，看来伤势不轻，那稍小的美女果然慌里慌张蹲下来边扶住他，边为他擦拭血迹。锋浪装着巨痛难忍站不起来，乘机偎在美人香馥四溢的胸前，心里甜丝丝的。

"啊……男女授受不亲，姑娘不用扶持在下，让在下自己来吧！"

锋浪尝到了甜头，故意放了一马，想独自站起来，但摇来晃去，实在令人担心他又倒下去。那位美女也许从未碰过男人的身体，更不用说如此标致的美少年，心有怀春，脸颊亦是一片通红，欲上前来，但又有些难为情。

而在锋浪揩油的同时，奇迹出现了，另一位反应冷淡，如同天山雪莲的美女身影一闪，挡在锋浪前面，只听"啪啪……"几声，那几名流氓均后退了数步，捂着脸惊慌莫名，不相信地看着出手之美女，锋浪和在旁边冷观的亏留亦不相信，他们又几乎同时反应过来，眼前二女是江湖中人，武功高深莫测，他们根本不是她们的对手，当然也不需要锋浪解围。

锋浪心一沉，顿时忘记了装扮，亏留知道坏事了，箭步上前，扶住了锋浪，故意大叫道："大哥，你怎么伤成这样? 是谁欺负了你?"

几名流氓看了看丐留，不发一言，狼狈地夺路而去。众人见二女居然是深藏不露的高手，均纷纷议论了起来。锋浪心里暗道："她们惯走江湖，眼利得很，刚才的一切岂不是……"

"你们……你们原来是武林人士，完全可以自卫，为什么迟迟不出手？哼，想不到在下也被你们耍了！"锋浪不知是真怒，还是搪塞道："哈……在下还真是不知天高地厚，弱不禁风，居然强自出头，弄成这样，确实话该！"

说着拉了拉丐留道："丐留，我们走！"

两人说走就走，其实锋浪和丐留此时心里也没有底，不知二女武功有多高，来此何事？为何不愿显示出武功来？此时不走又待何时呢？

"公子，请留步，刚才我们并非是戏弄公子……"

稍小的美女要热心些，对锋浪友好多了，另一位则冷眼旁观，也不阻拦，但那双眼睛如同在审视面前一穷一富这对怪异无比的搭档。有这样的一对兄弟确实太离谱了。锋浪和丐留被对方看得心里发毛，但偏偏又被小美女叫住，锋浪回首怒道："留步又为何？难道又有新花样？"

追上来的小美女怯生生地道："公子误会我们了，刚才我们确实不便出手，怕引来不必要的麻烦，得到公子的解围，虽然最后也不得不出手，但公子为我们而受伤，我们还是要感谢公子的！"

"噢，原来是这样，那我错怪你们了，大概是在下对武林中人有深深的偏见，方才怒不择言，在下为刚才的粗鲁行径向二位道歉！"

冷眼旁观的美女此时插言道："道歉倒不必了，公子这份情以后我们一定还。可可，我们走！"

说完那名美女轻抬莲脚，不再多言，向前就走。被叫做可可的小美女看了看已走的同伴，跟了几步，忽然回头红着双颊清脆地道：

"公子，得你之助，今生难忘，告辞了！"

说完深深地看了锋浪一眼，转首飞快地去了。

锋浪为刚才对方深情的一瞟神魂颠倒，那颗蠢蠢欲动的心仿佛被一根晶莹细柔的丝线拉着，颤抖不止，情深忘形，锋浪不知不觉抬起手，向着二女远去的方向悠悠地摇啊摇，犹如白痴一般！

"大哥，走远啦！你看你那色样，哪像个书生？"

锋浪失神道："你懂什么？这叫情窦初开，防不胜防。古语云：窈窕淑女，君子好逑！何况本少爷并不是君子，而是一个凡夫俗子。哎，可惜本爷现在不能与美人双宿双飞，否则定与之白发直到天荒地老！"

"哇，好不肉麻，你这些怪眉怪眼的话是从哪里听来的？竟然不分青红皂的胡乱八瞎地连在一起，听得小弟似懂非懂，云里雾里！"

锋浪此时才回过神来，一本正经地道："什么听来的？是我肚子里原本就有，从小被老头子逼着背四书五经，早就滚瓜烂熟了，若这就是书生，本少爷倒并不是浪得虚名！"

说到这里，锋浪话锋一转道："不知道什么时候才能见到两位美人，但愿我不会很快忘掉她们，不辜负她们不忘掉我！"

丐留讥笑道："屁，你真以为她们会记住你？"

"记不记住都一样，现在她们全飞走了！"

锋浪此时性情反复无常，此刻突然从另一条街道奔出一位老人，径直向锋浪而来，口中呼叫道："少爷，家里都急得如热锅上的蚂蚁了，你还在这里闲逛？快跟我回去吧！"

锋浪见到老头，神色顿时变得慌张，上前拉住老头的手问道："高伯，家里到底发生了什么事？"

"不知道，总之庄主和夫人都很反常，迟迟又不见你的踪影，夫人急得都哭了，令我们来找你！"

当他看到丐留，立时惊讶而警惕地问道："他是谁？"

"噢，他是我的兄弟，叫丐留！"

显然，高伯未料到少主人身边一个乞丐兄弟，更是半信半疑，审视着问道："你……是丐帮的？"

丐留一愣，呵呵笑道："不，晚辈是独行丐！"

"独行丐？！这年月，江湖上还有独行丐吗？"

"当然有，但晚辈现在是大哥的死党了！"

"别说这么多，我们现在还是快回去为好！"

锋浪心里没底，暗忖是不是老爹已发现了他吃里扒外的行为，娘亲为之而伤心，若真是这样，自己回去岂不是自投罗网？于是锋浪又小心翼翼地问道："高伯，家里是不是丢……丢了什么东西？"

"当然丢了东西……"

锋浪和丐留两人均是脸色煞白，心叫完蛋了。谁知高伯又道："丢了最贵的东西，就是少爷你！"

二人这才听清高伯话中的意思，长吁了一口气，锋浪立时缓过气来，向丐留使了使眼神，道："丐留，你先回去，我有事自然会去找你的！"

丐留明白他的言外之意，亦抛了一句："大哥，你保重！兄弟们还要你撑着啊！"

说完丐留几个溜闪，已消逝在人群中。锋浪暗骂道："妈的，现在本少爷还真像大难临头！"

想到自己迟早要回家，那些作恶多端的事迟早会被发现，现在万事皆备，被发现又如何！如此细想，锋浪如同上断头台的壮士，肚子里豪气万丈，一副视死如归的样儿。

金闲庄在古城西郊的群山密林之间，这里不但有密密的树，绵绵的山，还有层层的茶园，垄垄桂树，茶的清幽，桂的馥香，令金闲庄如处仙境，在金闲庄外，却是烟波渺渺的湖泊，湖泊的进水却是由金闲庄而出！好个庄在水中间，水在庄腹中的地方。锋浪踏入金闲庄的小径，就骤感到气氛与往常大不一样！

第二章

今日的感觉是一股浓浓的不安，仿佛有一种无形的压力正从两侧挤来。锋浪心里更是不踏实了，嘴里又想问高伯，但高伯只顾在前面走，最终一句话也未问。

进了庄园，锋浪见四周布满了侍卫，简直三步一岗，五步一哨，将整个庄园守卫的如同铁桶一般，锋浪心里道："出了家贼这样防也是没有用的。"

"喂，大哥，庄里到底发生了什么事？需要你们这样劳累！"

锋浪在庄里从不摆阔少身份，总是将守卫们称兄道弟的，一副江湖嘴脸。而守卫们亦与他相处极为融恰。那名被问的守卫四下看了看，悄声道："不知是哪个狗胆包天的，竟把夫人的首饰偷得一干二净，庄主正在恼火呢！"

锋浪脸色一变，脑袋一嗡，心陡然下沉，暗叫："完蛋了，果然露了馅，逃……"

但此时已不能逃了，高伯已带着庄主夫妇走了出来。一看样儿，金烁是恼怒至极，而莫小小则是双眼发红，似乎刚刚哭过，锋浪又是恐慌，又是惭愧，暗忖："什么人的东西不偷，偏偏盗取娘亲的东西，我这不孝子还真是中了邪，财迷了心窍，哎……早知今日，还不如偷老头子的剑去卖掉，免得一看到它心里就发毛！"

果然，金烁腰间已佩上了金剑，那可是一把在江湖上与金烁齐名的剑。莫小小见到宝贝儿子，立时扑了过来，伤心地叫道："锋儿，你没事吧？"

未等锋浪反应过来，莫小小已紧紧地抱住了他，好象生怕他飞了一般。听到娘亲的哭声，锋浪居然也想哭了，想安慰娘亲，可又不知如何安慰。但他的双眼，紧紧盯着那把金剑，一刻也不敢放松，蝼蚁尚且偷生，何况锋浪这样有前途的聪明人？

"娘，我没事呀！别哭了，孩儿永远没事的！"

金烁此时陡然道："好啦，锋儿，你自己说干了什么事，从实招来！"

锋浪推开娘亲，昂首挺胸地走到金烁面前丈余远处，再不敢靠近了，但鸭子死了——嘴硬。他不依不饶地道："男子汉大丈夫，一人做事一人当，家里丢的东西全是我拿到钱庄变卖了！"

此话一出，院中的守卫均面面相觑，不敢议论，可心里想什么，谁都明白。锋浪此时还真豁出去了。莫小小退后几步，面色苍白地道：

"锋儿，怎么可能是你干的？你是不是与你父亲赌气，才这样说的?！"

"娘，孩儿不孝，那些东西确实是孩儿拿走了，但不是偷，当孩儿赚了，会双倍还你的！"

想不到锋浪还会说出这样无情无义、十分体面的话来，好象他没有偷，只是借的一样！莫小小又伤心地哭了起来，哀诉道："锋儿，你……你怎么可以这样做？你知不知道，你变成这样，不但损了你父亲的声誉，也让娘伤心难过啊！"

"娘，孩儿一时糊涂，但事已做了，又乍办呢？爹，你想怎样罚我就怎样罚我吧！"

金烁冷冷地道："罚你？不用了，你也别叫我爹，我金烁没有你这样的儿子，你这样的人也不应有我这样的爹！你滚吧，从此你不是我金闲庄的人，金闲庄也不欢迎你来！"

料不到金烁脾气如此大，对自己的名誉看得如此重，居然连儿子也不要了。锋浪听了，心又猛然下沉，暗道："这岂不是宣布脱离了父子关系？也太过分了吧！但不进金闲庄，自立门户现在对我来说易如反掌，也正合我的想法，可不是金烁和莫小小的儿子，我岂不是无根豆芽?！"

当然这些话锋浪没有说出口，他不想在金烁面前求情，虽然一个是父亲，一个是儿子，但他长大了，两人都是男子汉，是男子汉就有尊严，在这个方面他们是平等的！

"烁哥，别……别这样，锋儿也是初犯，你就给他一个改过的机会吧，我们可只有他一个儿子！"

儿子是娘身上的肉，莫小小当然舍不得，天下的父亲对儿子是慈严的，而母亲则代表宽恕。谁知平时很听莫小小之言的金烁此时一点也不退缩，看来是盛怒攻心了，双目凌厉的望向莫小小，道："我金烁的儿子绝不允许犯这样的错误，你以为他是初犯吗？绝对不是！近段时间城里发生了多起窃案，只怕也是他所为！如果我还留着这样的儿子，简直就是一种耻辱！"

莫小小止住了哭泣，听了金烁的话，不相信地向锋浪询问道："锋儿，你父亲说的是真的吗?"

看着娘亲绝望的样儿,锋浪后悔至极,暗想恐怕真的伤了娘亲的心,此时他能回答"是"么?于是锋浪咬了咬牙根道:"娘,孩儿不孝,以前总是在外面混,很少陪你;以后没有孩儿在身边,你要好好保重自己,我走了!"

说完锋浪狠狠地望了金烁一眼,暗道:"你做的还真是够绝,看来确实不能留下了!"

"爹,孩儿犯下了滔天大错,不能挽回,有损你的声誉,难以赔偿。我确实不配做你的儿子,但你不认我,我还是会认你和娘亲的,毕竟你们是生我养我的亲生父母,现在我就离开你的金闲庄!哼,我不会输给你的,等着瞧!"

说完锋浪转身就走,心里却在嘀咕:"只要你亲口说出收回刚才的话,当儿子的也不介意!"

但除了莫小小的哭声,并没有传来金烁回心转意的话,走了很远,才听到金烁向众人道:"以后谁也不许去找他,如果本庄主发现有人与他来往,定会严惩不怠,知道吗?!"

又传来众人的答应声,锋浪心里伤心难过,夺路而走,急急如漏网之鱼,忙忙如丧家之犬。这变化对他来说,太快太快了,眨眼间自己就失去了父母,失去了金闲庄。

但转念又一想,金闲庄是父母的金闲庄,不是他的,如果有一天能有一座真正属于他锋浪的庄园,那该有多好?

锋浪奔了很久,方才停下脚步,仔细想道:

"现在没有家了,怎么办?不能如瞎驴乱闯!万幸自己有先见之明,在聚宝钱庄存入了一笔可观的资金,否则自己也会像丐留那样做乞丐了!"

对,找丐留,继续实现自己的行动。锋浪边向前走,边自嘲道:"老天还真会捉弄人!"

有钱有朋友,锋浪很快就忘了自己是被逐出家门的人,仿佛自己是欢欢喜喜离家出走。

"哎,我倒可以想开,只不知娘亲想不想得开?!"

但想不想得开都没有办法了,儿子迟早要飞,她迟早要经受这样的伤心,很快就没事的,时间可以冲淡她的失子之痛。

丐留虽然是乞丐,但也有住的地方,那就是树林里的一座茅房,那片树林是古城的一片公墓，也就是没人管没人要的地方，丐留虎胆包天，居然接管了公墓的树林。那间破茅房说来还有一半属于他锋浪，因为锋浪亦出了一番心血，看来冥冥中他锋浪还有未卜先知的特异功能呢！

锋浪进入了树林，看到一座座青冢，其数目跟树林中的树差不多，仿佛他们都站立那里迎接这位弃儿！

天色已晚，树林里暗得更快，而且还有丝丝凉意。锋浪对这片人烟稀少的地方早就异常熟悉了，现在更有到家的亲切感，当然并不害怕。轻车熟路，锋浪就到了茅屋旁，茅屋里没有灯火，没有声音。锋浪觉得有点不对劲，遂破口叫道："丐留，你死到哪里去了？还不出来迎接大哥！"

声音在墓地里回荡，而丐留并没有从茅屋里冲出来，锋浪不由自语："咦，这死小子去了哪里？难道又去做什么坏事了？"

想到做坏事，锋浪手痒痒的，又想到了偷东西，但想到偷的结果是这样惨，立时沮丧了起来，暗想道："连老爹都知道城里发生了数起窃案，可见这已惊动了官府，还是歇歇为妙，待风声一过，本少爷心情好过来再偷不迟！"

折腾了好久，锋浪才想到自己累了一天，应该洗洗澡吃点东西，再美美睡一觉。但在这地方洗澡就免了。锋浪踏步进屋，摸出火折子，点起了一盏破旧的油灯，灯光一时溢满了空间。

"是谁？！"

锋浪在茅屋里没有坐多久，就听到丐留的声音从屋外传了进来。锋浪在屋内懒得起身，也不想回应。门外的丐留不由又叫道："喂，是谁在里面，难道是哑巴不成？那可是我丐留的家！"

"丐留，你给我滚进来，谁说这是你的家？！"

锋浪终于发话了，丐留听到是锋浪的声音，马上跃进了茅屋，看着锋浪狼狈的样儿，立时猜到了几分，但没料到锋浪已被其父赶出了金闲庄。

"大哥，老爷子说几句你就气成了这样，但你毕竟是他的儿子，迟早你都得回家哟！"

"回家？！你知不知道，老爷子这次来真格的了，已当场宣布与我脱离父子关系，将我赶出了金闲庄。家？这里就是家，四海为家了！"

丐留一愣，诧异地看了看锋浪，最后终于相信了。锋浪没好气地问道："有吃的吗？"

"有！"丐留很同情大哥，从怀里掏出一只火鸡，边递边道："我本想留它做宵夜的呢！"

"宵夜你个头，是不是偷来的？从现在起，我们不用偷了，而是拿、抢，明白吗？"

丐留鬼眼一翻，不解地问道："拿、抢？什么意思？"

"什么意思，就是明拿明抢，做古城的霸王，我要让老爷子知道，没有他，我照样活得舒舒服服，照样可以建立自己的势力！"

丐留终于明白了，呵呵拍掌道："这样最好，我们平时拢络的兄弟终于有事做了！"

锋浪一边啃着火鸡，一边踌躇满志，双目中射出火一般的慑人光芒，仿佛一个混世魔王。

吃了火鸡，锋浪有了力气，又补充道："本少爷不但要在古城做老大，更要在整个江湖中做老大！明白吗？"

"嗯，大哥，你是不是头脑被气歪了？在古城做老大，你能斗过金庄主？！"

丐留说得有道理，但锋浪却并没有气馁，继续道："明天叫白吃、白喝、白住三人来见我！"

"叫他们来见你？不如先见他们的师父黑七！"

"黑七？！"

"就是上次在酒楼里被你打败的那个大汉！"

锋浪"噢"了一声，点头道："一起叫来！"

顿了一顿，又道："从今以后，你丐留就负责乞丐方面的事，而黑七负责坑蒙拐骗，收保护费等等，而妙偷手嘛，也应该发挥他的天才！"

丐留眼睛一亮，插言道："不如我们组织一个什么教，如少林、武当等门派一样！"

"行！但这个教叫什么名字好呢？！"

"你本姓金，那就叫金教怎么样？"

"金教？不好，我是教主，必须要求下面的人服从、崇拜，如圣人一样，就叫金圣教吧！"

两人越说越是心血来潮，越来越有劲，仿佛建立教派就如同撑伞一样容易、一样快。最后金圣教下分了丐门、霸门、偷门，暂时存在三个门！锋浪这才高兴起来，笑哈哈地道：

"金闲庄的少爷转眼成了无家可归的弃儿，又一转眼又成了金圣教的教主，有意思，有意思！"

亏留又进言道："大哥，现在我们不缺银两，但缺一样关系金圣教存亡的东西！"

锋浪一愣，惑然问道："什么东西这样重要？"

"至高无上的武功，我们若不厉害，就斗不过别人，又如何在江湖中立足呢？"

"有道理，但这不是一朝一夕的事，慢慢来，黑七、妙偷手，再加上你和我都有点武功，就暂时用着！"

亏留点了点头，最后两人决定明日就干这惊天动地的大事，即而头碰头倒在草丛中甜蜜蜜地睡过去了。

第二日锋浪悠悠醒来，才发现已是正午，而亏留又不知溜到哪里去了，左看右看，呐呐自语道："我怎么在亏留这里，没有回家？！"

慢慢才想起自己已被逐出家门，锋浪立时沮丧起来，又想到了昨夜与亏留商议的宏伟计划，顿时又来了精神，猜到亏留去叫兄弟们了。

"武功，亏留说得对，我们需要这玩意儿！但哪儿可以找到呢？自己身手虽然不错，但还不够，如果……"

锋浪眼睛一亮，心里顿时有了底，于是弹身而起，跃出了茅屋，看到一个人影在墓碑前一晃，没有了踪影，锋浪吃惊不小，叫道："是谁？！"

从墓碑后走出了一个小姑娘，正是金闲庄金夫人的一个婢女，锋浪皱眉没好气地道："紫儿，你到这里来干什么？是不是在监视我，念你我曾经同是金闲庄的人，我不计较，你走吧！"

"少爷，你……你怎么住在这里？这可是墓地呀！"

紫儿不敢相信，圆瞪杏目，以为锋浪混得太差了、太惨了。锋浪自尊心如被针尖刺了一下，顿时怒道："现在我不是金闲庄的人，你少管！也别叫我少爷，若再唠叨，我就不客气了！"

见锋浪发怒，紫儿有些害怕地道："少爷，是庄主赶你出庄可不是我，你发什么火？不管如何变，你都是少庄主，都是夫人的儿子呀！"

锋浪心情糟透了，挥手道："胡说八道什么，你到底走不走？"

"走，当然走，但夫人昨夜哭了整整一夜，让我来找你，庄主也不知道呢，你要不要回去看看！"

"有什么好看的！"锋浪冲口怒叫，忽然又缓声道："哎，无论如何，都不应让娘亲伤心，我还是娘亲的儿子，应该回去看看，让她放心，但是老爷子昨日说那番狠话，我又如何进庄？"

紫儿脸上立时堆出了欢颜，轻声道："夫人已有安排，你放心好啦！"

锋浪心里狂喜，但依旧不相信地道："真的？！"

"当然是真的，纵然庄主知道又怎样！"

锋浪点了点头，方才道："我在墓地过夜，不许告诉娘亲，否则她又要流眼泪了，知道吗？"

紫儿会心一笑，说道："你只管放心，我们走吧！"

锋浪怀有异心地跟在紫儿后面，出了墓地，没走多远，就看到一辆马车，马车上装着几个木桶，锋浪一看，就明白是从山庄里运出的！看来紫儿是要将他装在米桶里面，偷运回去。锋浪不由感叹地道："想不到现在我去金闲庄，还要躺在米桶里面，天哪，这是咋回事？！"

"少爷，此一时彼一时，你还是忍耐一下吧！"

锋浪别无选择，只好跳进米桶里，眼睁睁地看着紫儿盖上盖子。眼前一片漆黑，只听到车轮声、木桶相撞时发出的"哐当"声，锋浪在桶内恨恨地暗道："哼，老爷子，你太狠了，居然将自己的亲生儿子害到了这步田地！有朝一日，我要让你大吃一惊，知道我也是顶天立地的人物！"

不知过了多久，锋浪迷迷糊糊听到了"梆梆"拍桶的声音，紫儿清脆的声音传了进来："少爷，出来吧，你运气还真好，庄主出去还未回来！"

锋浪举起双手撑开桶盖，从米桶里跃了出来，四下看了看，才发现身处金闲庄的膳食房，膳食房里除了他与紫儿，再没有别人。

"咦，厨师们呢？他们都到哪里去了？本少爷几日不在，他们就怠工，这还了得！"

紫儿见锋浪神气活现的样儿，不由咯咯地笑了起来："你现在已不是庄里的少爷了，他们当然不会听你的话啰。其实是被紫儿支开了，免得他们知道，知而不报，可是大罪……你看你，身上脏兮兮的！"

锋浪看了看自己的锦袍，嘿嘿笑道："的确有点脏，但人在江湖，身不由己，何况这套衣服？就这样去见娘亲吧！"

紫儿摇了摇头，带着锋浪从后门出去，已到了后院，后院此时空无一人，显然莫小小已知道儿子回来了，将后院的人全给支使开了。

过了后院的檐下走廊，锋浪四下看了看，问道："老爷子真的不在家?!"

见紫儿点了点头，锋浪方才真的相信了，于是眼睛一转，又向紫儿道："你先去见娘亲，我到自己房里去拿几样东西!"

紫儿惊诧地道："那怎么行？如果你拿东西，庄主定然知道你回来过，那可不得了!"

锋浪此时哪还管紫儿说的话，未等她阻拦，已闪身而过，径直向自己的房间冲去。紫儿此时叫也不是，拦也不行，只好推门进屋见夫人。

却说锋浪奔了几步，回头见紫儿进了屋，立时折身进了娘亲所住房间的邻隔一间，这一间是金烁的书房，差不多是庄内禁地!

锋浪对老爷子的书房十分熟悉，四下扫了扫，最后眼睛盯在一幅挂画上，呐呐道："就是这里了!"

说着锋浪走到挂画下，嘻嘻笑道："老爷了，对不起了，这次不偷娘亲的东西，偏偷你的东西，但现在偷这东西，你一定会高兴的!"

挂画被拉开，锋浪眼睛一亮，凝神聚气，缓缓将手贴在壁上，用力向外拉，但拉了半天，墙壁也没有动静，最后气恼道："怎么不出来!"

"平时不用功，又怎么拉得出来呢?!"

一句慈爱温柔的话从背后传到耳内，锋浪头脑"嗡嗡"作响，心中一沉，暗叫道："倒霉!"然后硬着头皮转身道："娘亲，你怎么会在这里?"

站在锋浪面前的是一位身着洁白素裙的中年美妇，不用说，她就是莫小小，金闲庄庄主夫人，锋浪的娘亲。此时莫小小眼眶含泪，凝视着宝贝儿子，仿佛一辈子也看不够!

莫小小失神道："锋儿，你瘦了!"

"娘，我怎么会瘦？何况昨天才离庄呀!"

"哎，一日不见，好象几年没看见你，昨夜你在哪里睡觉，没有睡好吧?"

有娘亲在此，锋浪知道不会坏事，于是安慰道："娘，孩儿已长大了，有自己的朋友，而且在聚宝钱庄存了很大一笔钱，没事的!"

"那就好！锋儿，娘担心父母不在你身边，你会变坏，你交的朋友都是些什么朋友，钱……"

又谈到这些敏感的话题，锋浪立即阻道："娘，你放心好啦！现在孩儿已分得清是非黑白。今日回来，孩儿想取父亲的剑谱，以前浪费了很多时间，现在孩儿猛然悔悟，已找了一个清幽的地方，准备潜心习武，将金闲庄的武学发扬光大，为家门增光添彩！"

为了达到目的，锋浪不择手段，讨好娘亲，又将金烁歌颂了一遍。莫小小果然欣然一笑，点了点头道："你果然长大了，懂事多了，但习武是次要的，为人要身正，像你父亲那样有侠义之心，否则武学会给你带来无穷灾难！"

"我懂，娘和父亲以前的教诲，孩儿每字每句都记在心中，时刻不敢或忘，娘，你就放心吧！"

"你父亲赶你出庄，也是迫不得已，他也有苦衷，没办法……你不会恨他吧？"

锋浪见娘亲越说越远，立时打个哈哈道："不会的，再怎么说他也是孩儿的父亲，血浓于水嘛！"

一味的甜言蜜语，莫小小的心情好多了，仿佛自己的儿子根本不坏，于是上前摸了摸儿子的头，浅笑道："凭你这点功力，又怎么拉得出石匣子，还是让娘亲来帮你吧！"

锋浪料不到娘亲不但不责怪他，反而帮他盗走老爷子的东西，这还真有趣！锋浪心里热乎乎的，暗忖道："待我拿出剑谱，一定好好学习！"

锋浪用吃奶的劲也不能拉出来的石匣子经莫小小轻轻一粘，居然乖乖地抽移出来了。锋浪心惊不已，暗想原来娘亲的武功也很厉害！如果自己有那份功力，还有什么可担心的?！

"锋儿，其实我们早就专门为你写了一本秘谱，准备在适宜的时候给你。以前你不专心习武，故迟迟没有给你！现在你主动要钻研它，正是时候！……看，就是这一本！"

说完莫小小递给了锋浪一本秘谱，锋浪狂喜地接过秘谱，见秘谱封面用隶书写着：

"剑花秘谱！"

锋浪不解地问道："娘亲，为什么叫'剑花秘谱'？以孩儿猜测，应是娘亲武功和父亲剑法的综合，是不是这样武技会更加厉害?！"

莫小小露出苦涩的微笑，点了点头道："你猜得不错，但只能说'剑花秘谱'上的功夫更加全面，而非厉害，任何一门武学，越趋巅峰，就越相似，说到厉害，就看你的造诣是否深了！"

"噢，大概这就叫天下武学本是同源的道理吧！"

"锋儿，娘亲让你习武，不是叫你恃强凌弱，而是降魔除霸。你要牢记娘亲的话……噢，另外，如果你碰上武学与娘亲相似之人，绝不要用娘亲的武学，否则不但会给你带来灾难，也会为娘亲惹上杀身之祸，明白吗？"

锋浪大惊，不明白莫小小话中的意思，但危及到娘亲的生命，他是断然不敢马虎的，于是跪拜道："娘亲，你的话孩儿一定铭记于胸！"

"你难道不想问娘亲武功的来历吗？"

"娘亲不说，孩儿就决不冒然询问，有些事不知最好！"

莫小小见宝贝儿子果然顺她的心，欣慰不已，激动地道："看到你这样乖，娘也好受多了！"

恰在此时，紫儿匆匆闯了进来，神色慌张地道："夫人，庄主回来了，似乎脸色并不好看！"

莫小小泰然处之道："知道了。锋儿，你还是藏在米桶里出去吧，以后，你不要再回金闲庄了，无论偷偷闯来还是……总之，在外面也不要说是金闲庄的少爷，明白吗？"

锋浪委屈地想哭，但一切都发生了，这又有何用呢？为了不使娘亲伤心，他以后恐怕真的不能再回金闲庄了，但依旧问道：

"娘，万一以后孩儿想见见你们呢？"

"有机会的，但看到父母也不要相认，明白吗？"

锋浪哀伤至极，不明白娘亲为何也这样说，狠狠地咬了咬牙根道："孩儿明白，走了！"

说完锋浪向莫小小跪拜了拜，方才站起身来，跟着紫儿向膳食房而去。当然他根本就看不见莫小小抬手欲呼，却呼之不出的伤恸样儿，也看不见娘亲的眼泪了。

锋浪顺利地出了金闲庄，回到公墓，看到丐留和黑七等人坐在茅屋外正在等他。当丐留等人看到锋浪安然回来，均高兴地站起身来迎接他们金圣教的教主。锋浪见到众人，立时忘记了离父别母的忧愁，转而豪气万丈，当看到黑七时，锋浪眉毛一竦，冷冷地道："黑七，上次教训了你一顿，你心里是不是还有些忿忿不平？"

黑七虽然年纪不小，可在锋浪面前，还是个童子军，但见到锋浪此时的神态，想到那日锋浪对付他的招式，心里不由自主生出惧怕之感。

"教主，属下不敢，自从那日被你打败，黑七就心服口服，甘愿为教主效劳！"

锋浪在此找到了高高在上的尊严和威风，干咳了两下，表示对黑七的话十分满意，然后又向丐留道："你是不是将我们的计划全讲给他们听了？他们是何态度？！"

丐留含笑道："他们都接受大哥的领导，大哥，现在你是教主了，以后我们都叫你圣教主！"

想不到锋浪转眼就成了圣教主，众人齐拜齐喝道："属下参见圣教主！"

"好，只要大家齐心协力，我们就会从无到有，建立起金圣教，最后在江湖上干出一番宏伟事业，混出个名堂来，你们不是为我效忠卖力，而是为自己效力，为金圣教效力，忠于金圣教。国有国法，教有教规，本教主会很快制定出教规。从今以后，我们都要受到教规的束缚！"

说到这里，锋浪望了望丐留，又道："现在暂时建立三个门：丐门、霸门、偷门，分别由丐留、黑七、妙偷手担任门主，不知大家意下如何？"

团坐的人都哑口无言，锋浪又道："我们不但要在古城活动，建立我们的势力，而且在江湖每个地方都要建立属于我们自己的势力，迟早有朝一日，我们在江湖中的地位，并不亚于少林、武当、丐帮！"

听了锋浪的这番雄壮之言，大家都激奋了起来。突然黑七道："教主，如果我们与金闲庄的人发生了冲突，那该怎么办？"

"怎么办？当然回避。从今以后，别再当我是金闲庄的少爷，而是你们的教主，明白吗？"

众人都很上路，对锋浪的话惟命是从，锋浪更是来劲，口若悬河，滔滔不绝，稀里糊涂不知又讲了些什么，直到丐留拍了拍他的肩膀，锋浪才醒悟过来，三言两语收了话尾，方才舒了口气，仿佛刚才他发表的是一篇很重要的古墓宣言，关系到金圣教的成长，强大，犹如奠基之根本。锋浪觉得似乎还有什么话未讲完，但看大家傻愣愣的样儿，立时明白过来，暗道："他们读的书不多，懂得也少，怎么经受得住自己这般言传说教？看来一切都要细水长流才是！"

于是锋浪决定过几日大家再在城西湖畔碰头，每个门的门主均要交出详细的组织结构、规模大小以及需要的资金等等机密之议。听锋浪说到初建各门及金圣教的资金由他一人承担，众人眼睛都瞪大了，看来这才是最实质的利益。

众人去后，墓地又只留下锋浪和丐留二人。锋浪向丐留道："老弟，我们就这样轻轻松松地组建起了金圣教，是不是太不实在了？！"

"嗯，实不实在？那就看你的银子实不实在，说穿了成立一个金圣教就像做生意，开始是投钱，后面是赚钱！而且不停的收回银两，是不是？如同建立一个妓院要花钱，招妓女要钱，最终要从客人手中赚回，如果不赚回，妓院肯定倒，金圣教大概也是一码事！"

锋浪眼睛一亮，狠狠地拍了拍丐留的肩膀，骂道："想不到你这些粗糠之言还很有道理。对，金圣教不是行侠仗义，不是立名仇杀，而是像开钱庄，像聚宝钱庄那样狠狠地赚钱，钱才是硬道理……那你说我们会不会赚钱?！"

"会，当然会，有大哥的英明和集思广议，一定会赚很多很多的钱。但钱与势是分不开的，有势才能赚钱，赚了钱又要势力来保护，是不是？"

"哼，有道理！"锋浪点了点头，突然道："江湖中最有势力的应是丐帮，三教九流，都有丐帮的人，它的势力简直无孔不入，如果……"

说到这里，锋浪眼睛一亮，望向丐留，看得丐留莫名其妙，不解地道："大哥，你看着我干什么？"

"丐留，我们是不是雷轰不开、水冲不散的铁哥们?！"

"是，当然是，你并不因为我是乞丐而看不起我，还与我一起混，头碰头在这里睡觉，不是铁哥们还是什么？"

"好，我们是生死之交的朋友，我就应荐你去做丐帮的帮主，当你成了丐帮帮主，金圣教不是同样有势力了吗？"

丐留一愣，摸了摸锋浪的额头问道："大哥，你的头脑并不发热，是不是金老爷子赶……"

锋浪拉开丐留的手狠狠地道："不要再提扫兴的事，现在我们在干天大的正经事，你明白吗？"

"好，你说吧，小弟就洗耳恭听！"

"如果你成了丐帮帮主，我们就有了势力，而黑七和妙偷手的霸门、偷门……以后我还要建几个门，这些都是赚钱的门，财源滚滚，你说我们金圣教不就有钱有势了吗？"

丐留点了点头，道："这倒也是，丐帮也就是金圣教的丐门，恐怕天下人知道，也不会相信！现在我丐留就不相信！"

锋浪很认真地道："丐留，如果你真的当了丐帮的帮主，恐怕也不甘屈我金圣教下的一门吧？"

丐留愣神看着锋浪，亦认真地道："如果我真成了丐帮之主，也永远是金圣教丐门的门主，永远跟着大哥，若有背叛，天打雷劈！"

听了丐留的话，锋浪好生感激，差点要哭出来了，抱住丐留，在其脸上狠狠地吻了吻道："兄弟，果然是我锋浪的好兄弟，失去了父母，得到了兄弟，老天待我还真不薄！"

"好啦！多肉麻，小弟做梦也想成为丐中龙头老大，你说说看，有没有可能！"

"当然有可能，你听没听过吕不韦这个人？"

"吕不韦又是谁？他是哪个门派的高人？难道他开始就象我丐留一样一无所有，最后成了一派掌门？"

锋浪听得好笑，果然哈哈笑了起来，但又不好给丐留这样的"文盲"解释，于是点头道："你猜得八九不离十，总之，大哥就是倾家荡产也要推你去做丐帮中的主要人物，甚至帮主！你要有个心理准备！"

"倾家荡产？！你有家，又有家产么？"

"当然有，全在聚宝钱庄！"

丐留讶然道："大哥，你真的要用那笔钱去做那样的事？如果泡汤了，那我们岂不是血本无归？！"

"不用劝，我一定要试试！"

说到这里，锋浪仿佛轻松了许多，一扫被赶出家门的愁闷。丐留看到锋浪如此好的心情，再不忍心阻拦，只是心里道："可怜的大哥，可爱可敬的大哥，我为什么就不能帮他呢？"

"丐留，走！我们去聚宝钱庄提点银票！"

想不到锋浪说风就风，说雨就雨，丐留碰上这样的大哥，也没办法，站了起来，跟着锋浪出了墓地，径直向聚宝钱庄而来。

两人到了钱庄，觉得有些不对劲：老板不见影儿，伙计理也不理他们，仿佛不认识锋浪与丐留一样。锋浪踱了几步，自语道："有问题！"

说着走到柜台前，"咚咚"擂的山响，大声吼道："妈的，狗眼瞎了，没看见大爷来了么？"

伙计们不得不胆战心惊地看着锋浪，领班支吾地道："金少爷，你想干什么？"

锋浪一听"金少爷"，顿时一愣。又想起今日回金闲庄，金烁临时外出办事，隐隐猜到其中原因。心中更是怒火直窜，又擂了擂柜台，眼中冒着凶光，像要吃人一般。

"谁是金少爷？你是不是眼老晕花看不清我是浪大爷，前几日的浪公子，叫你们老板出来!"

"浪大爷……噢……不……浪公子，不知你见老板有什么事？不过，你的巨额存款现在只怕是不能动!"

锋浪已料到有这样的结果，看来金烁已知道他得了许多赃物，在钱庄变卖成银票了。当然以他在古城的影响，要冻结锋浪的这笔财富只用一句话就行。窝了一肚子火的锋浪暗道："哼，老爷子明明是想把我逼上绝路，让我受苦落难，我就偏不遂他的心愿，偏要与他斗! 看是他在此的势力大，还是我浪公子的势力大!"

"存款是我浪公子的，我想什么取就什么时候取，想怎么花就怎么花，任何人也管不了。叫你们老板出来，否则本公子就要砸钱庄了!"

那领班听说对方要砸钱庄，又看锋浪那样儿，立时慌了神，正欲往后面去，钱老板已从后面走了出来，边打哈哈边道："啊，是浪公子，浪公子光临敝钱庄，不知有何事?"

锋浪看到钱老板，真想在他那秃头上狠狠击两下，于是没好气地道："无事不登三宝殿，你应该猜到本公子到此来为何事!"

钱老板立时脸显难色，嗫嚅道："这个……这个，浪公子，你应该为我考虑考虑，我两边不好做人啦!"

"不好做人？那你就别做! 你应该明白，本公子将巨额银票寄存在你的钱庄，并不是看在你这张脸上，而是冲着聚宝钱庄那铁的规矩。你已冒犯了那铁的规矩，现在又想赖账，聚宝钱庄恐怕开不成了!"

钱老板面色灰白，支吾道："本庄规矩确实是不问客人银票来历，而且为客人保密，但浪公子却是金庄……"

"你不用说了，废话我不想听。我再告诉你一次，浪公子只是我，我也只是浪公子，再不是别人，现在本公子要取银票! 若不同意，恐怕……"

说到这里，锋浪居然尖笑了起来，而且笑得很狡诈，让钱老板看得毛骨悚然，哪还敢当他是少年人，钱老板心里一急，直截了当地道：

"你可别乱来，金庄主已经说过，钱庄出事他负责，损失他来赔，他早就料到你会有这一着!"

锋浪心里一凉，暗忖道："老爷还真没浪得'金浪客'的虚名，果然料事如神！但我锋浪又岂是等闲之辈，我不但是金烁的儿子，也是莫小小的儿子，当然比金烁厉害很多很多……"

胆气上涌，火气直窜，锋浪准备砸庄，丐留却拉了拉，低声道："大哥，无论如何，现在你也不能砸钱庄了，因为金老爷子比你厉害，要找你麻烦，你受不住。无论如何，他也是你亲生父亲，砸了钱庄，不但亏了金闲庄，也亏了我们，是不是？"

丐留的话如一瓢清水将锋浪猛然浇醒，锋浪细想："若砸了钱庄，不但老爷子要来个大义灭亲，娘亲也会更伤心，最主要的是自己的钱也别想要了！"

锋浪心里忽然一亮，脸上立时缓和了许多，转脸向钱老板道："现在本公子不取银票，就暂时寄在这里，你应该不会胡乱挪用吧？"

只要锋浪现在不取银两，对金烁也有交待了，钱老板立时点头哈腰道："浪公子只管放心！浪公子只管放心！"

"哈哈哈……我当然放心，钱在聚宝钱庄，又怎么不放心呢？那可是铁字招牌！"

说完锋浪大步走出了聚宝钱庄，哈哈大笑依旧未停，丐留紧跟了出来，担心地问道："大哥，你……你没事吧？"

"当然没事，你知不知道，聚宝钱庄很快就属于我们金圣教的囊中之物了！"

丐留今日听锋浪说离谱的话已听得太多了，但听了这话，还是吃了一惊，紧跟问道："大哥，你这话从何处说来，总有个道理吧？"

"当然有道理，现在你去找妙偷手、黑七，看他们能弄多少银票，我马上需要这玩意儿！"

"银票，你需要银票干什么？"

"不要问，本教主自有妙计！过几日定让你们大吃一惊，而且财源滚滚！"

丐留不好再问，听命离去。锋浪见丐留去远，方才绕到后面一条小巷，四下看了看，见小巷空无一人，方才弹身而起，掠过高高的院墙，轻轻落在院内，这里正是聚宝钱庄的后院。锋浪对聚宝钱庄庄内的位置早就了然于胸，在古城作案已有好几起了，当然也将钱庄作过目标。只因钱庄内的银票和押货都放在一个四周无窗的地下室内，钥匙只在老板手中，根本无法下手。

但这次锋浪根本不是因盗宝而来，只见他在花丛中几窜几落，就到了一处很雅致的小屋。雅致的小屋倒是不静幽，只因从屋子里不断传出"噼噼啪啪"的声音。

锋浪走到门边，轻轻的推开了房门，看到一个身穿儒衫，眼前罩着一副厚厚西洋眼镜的老古董，中不中，洋不洋。

这老先生虽然不中看，但是在这古城聚宝钱庄却是一位灵魂人物，离开他不得，大家都称他为账房先生。锋浪显然也认识账房先生，否则也不会这么容易找到这里来。账房先生低头从眼镜上边斜看了出来，问道："是谁?"

"报告总管，是临家小子来看望您老!"

"噢，是浪公子，你怎么到这里来了? 这里可是我工作的地方，你看我不正忙着吗?"

"你忙你的，我只是顺路来看你一下嘛!"

账房先生笑了笑，道："你这个小滑头，有很久没碰面了，你知不知道，妮娜这几日问你无数遍了，我都不知该如何应付了!"

"总管大人，今晚我可要到你家混口西餐，哈哈哈……"

"好说好说，但现在你得出去，我还有很多事要做，今晚想吃西餐，可不是我说了算，妮娜正在生你的气，你应该通过她那一关!"

"明白了，我去哄哄她不就得啦!"

账房先生没有再理会锋浪，低头又弹珠算帐。别小看这账房先生，不但会武功，而且将一把铁算盘舞得像风车。最传奇的是他去过西洋，带回了一个洋老婆，听说在西洋读了很多书，见识过很多世面，亦会西洋拳，只不过他是四肢细小的东方人，打出的西洋拳根本无力，只能作表演而已。

也因为账房先生学过洋文，聚宝钱庄才会这般生意光旺，蒸蒸日上，他也是聚宝钱庄的主要人物之一。这样的人，锋浪当然要结识，所幸的是账房先生有个可爱如洋娃娃一般的漂亮女儿荷妮娜，以锋浪的鬼机灵，当然首先以荷妮娜为突破口，纵使没企图，锋浪也会讨好荷妮娜的。

锋浪四下看了看，见四周都只是堆放着帐薄，在他眼中都不值钱。于是向账房先生说道："总管大人，不打扰你，告辞了!"

账房先生手中不停，招呼道： "别忘了早点去我家，对了，顺手给我关上房门!"

锋浪退出账房，轻轻关上了房门，在花园里伸了伸懒腰，深深地呼吸了几下清新空气，仿佛这是他的地盘一样，哪像偷偷溜进来的? 锋浪此时雄心万丈，自语道："我迟早要接管聚宝钱庄，嘿嘿，有账房先生这样的好人做靠山，定会财源滚滚!"

　　经过连续的做梦,锋浪脑海里已有了一个初步的计划,那就是丐留作势,而他聚财,再以他的武功、地位、金圣教教主的身份一统财、势,如果真有那一天,天下唾手可得了。

　　锋浪掠出院墙,细想了想,觉得应该先去找荷妮娜,只要稳住了荷妮娜,不愁账房先生不跟他合作。

　　账房先生的庄园离聚宝钱庄并不很远,转过十字路口,进入一条巷子,一直往前行,就到了运河边。江南运河在那里会转一个直角弯,水面自然很宽,如同一个不大不小的湖泊,湖泊两边是很大的绿茵草地,那里有供游人玩的亭台榭阁,水中走廊,还有几处名胜古迹。账房先生的庄园就在那既豪华又清雅的地方。锋浪到了运河边的绿茵地带,看到游人如织,自嘲道:"他们那些人是因游玩而玩,而我浪公子却是因宏伟大志而玩,上天定会保佑吧!"

　　锋浪沿着绿茵小道走,看到了雾霭层层的湖面,方才发现此时又到了傍晚。走到湖中游廊上,锋浪俯在廊杆边,望着波光鳞鳞的湖面,荷叶在水面自由自在的荡来荡去,上面积满了铜板,暗叫:"真是可惜,有钱无处花一样,赌运气也不用在这个地方!"

　　而一群群殷红的鱼不断在湖中游来游去,如同一片片红纱巾,锋浪伸手装着向湖中掷物,立时有几条红鱼跃了起来,才发现是锋浪在骗它们,顿时气愤地拍打水面,溅起一团团浪花。

　　"妈的,想不到这些鱼也学聪明了,如果我浪公子还不学聪明,岂不是还不如池中之鱼?!"

　　锋浪暗暗想着,忽然看见对面亭中有几位素衣女子,似乎在哪里见过,呆了呆立时想起昨日在聚宝钱庄外认识的可可姐妹俩与她们穿着很相似,立时心血来潮,飞快地窜过了水中游廊,拐过几座凉亭,来到了那几位女子的面前。那几位女子本在嘻嘻哈哈的说笑游玩,突然看到一位陌生男人闯到了面前,均惊讶而视。

　　"不好意思,在下冒昧问一下,你们是不是认识一位名叫可可的姑娘,她和你们的衣着十分相似!"

　　此话差不多犯了女人之大忌,如果一个男人向女人打听其他女人,而无视她的漂亮、优雅,她会有何感想?那几位女子冷冷地哼了几下,理也不理锋浪,锋浪尴尬地笑了笑,又道:"你们像她一样漂亮,刚才在下在远处还误以为她在你们中间呢!"

那几名素衣女子更是来气,因为锋浪一笑起来就像不正经的花花公子,她们还以为锋浪是来揩油的流氓。其中一位冷冷地道:"姐妹们,今日碰上这油头粉面的小流氓,这真是扫兴,要不要将他扫到河水中去!"

锋浪一惊,又不知在何处得罪了这几位姑娘,心里暗道:"如果她们个个也有很高的武功,自己又怎么撑得住?"于是边退边道:"别动怒,千万别动怒,在下并无歹意,如果你们认为在下有些不顺眼,在下马上消失!"

说着锋浪转身就走,走到最近的一座凉亭方才转身回望,才发现那里已空无一人,几位素衣女子不见芳踪。锋浪放眼四望,什么也没有发现,不由自语道:"怎么可能有这么快的速度,她们是不是神仙下凡?"

锋浪不甘心,转身向前飞奔而去,奔了很长一段路,也没有发现素衣女子,顿时垂头丧气停了下来,暗道:"她们一定是与可可一伙的,看她们个个武功非凡,在古城时隐时现,到底想干什么?难道也有和我一样的企图?!"

但他马上又否定了:"不可能,天下不会有如此巧的事!"

没有得到可可的下落,锋浪闷闷不乐地往回走,径直向账房先生的庄园而来。到了庄园外,守门的一见是浪公子,立时笑容满面地道:"是什么风将浪公子吹到这里来了?浪公子怕是有很久未来这里了吧?"

锋浪打个哈哈迎合着进了庄园,看到荷妮娜正在花园空地上练剑,于是悄无声息地走到了附近,认真地观看起来,谁知荷妮娜剑花飞舞,突然闪电般地刺向锋浪的咽喉,锋浪心中大惊,本能地滑身后退,谁知剑花如附骨之蛆,锋浪不得不闪电般的出手,弹指击向剑尖,只听"当"地一声,剑身一颤,斜荡开去。锋浪已在这片刻间,一转身子,让过了突袭的一剑。

"喂,你怎么反抗?明明知道本小姐不会要你的命,是不是想证明你比本小姐厉害?"

碰上荷妮娜这样的疯子,锋浪还真是将命挂在屁股上,但对付荷妮娜,他认为还是有办法的。

"不是证明什么,而是怕好久没来看望荷小姐,荷小姐心中有火,剑尖不长眼,真的要了在下这条可怜的小命,那可不好玩了。"

荷妮娜停了下来,瞪着美目没好气地道:"你也有自知之明,刚才本小姐确实有气,真想一剑刺穿你的咽喉,让你一辈子也不能动!"

锋浪听之，倒抽了一口冷气，暗叫侥幸。谁知荷妮娜又莞尔一笑，飞快上来在锋浪脸上飞吻了一下，又退后几步，咯咯笑道："傻瓜，你真以为我舍得杀了你吗？死人有什么好玩的，要活人，你知道吗？"

锋浪愣愣摸了摸刚才被吻过的脸，意味深长地道："你怎么又吻了我一下？一点也不害羞！"

"有什么好害羞的，娘说在西方这可是一种礼节，本小姐吻你，是看得起你，明白吗？"

碰上荷妮娜这样的洋娃娃，锋浪还真长了不少见识，于是嘻嘻笑道："那我可以回吻一下吧？"

荷妮娜用手捂着自己的玉脸叫道："那可不行，男女有别，你吻我得经过我的同意才行！"

"那你肯定会同意的，是不是达灵（英语"亲爱的"中文音译）？"

"嘻，你也会说达灵？有进步，本小姐现在还不能同意，你先说说怎么好久没来看望我，是不是在外面拈花惹草，忘了本小姐？！"

对荷妮娜露骨的风情话，锋浪早就习惯了，当然不会觉得刺耳。锋浪不知如何向荷妮娜解释，干脆道："好久没来看你，你是不是也忘了本公子？"

"你若忘了本小姐，本小姐当然也要忘了你啦！"

"如果我娶一百个老婆，你肯定是我最宠爱的一个；如果我去当和尚，你就是最难忘记的那一个！短短几日，我又怎会忘掉你呢？美丽的天使！"

锋浪的回答十分动听，对别的女人是肉麻，但对荷妮娜却十分管用，果然荷妮娜咯咯娇笑道："还算你有良心，听你这语气，也西洋化了！看来本小姐对你的影响的确功不可没！"

说着走到锋浪旁边，抓住锋浪的手，温腻地道："本小姐现在不生气了，你可以吻，但只许一下！"

说完荷妮娜陶醉般地微闭着眼睛仰起头来，恰似一朵向天怒放的玫瑰。锋浪嗅到一股淡淡的幽香，处女般的清纯，顿时心旌荡漾，轻揽对方柳腰，在那张如梦似幻的玉脸上如蜻蜓点水一般吻了好几下，呓语道："妮娜，我爱你，直到天荒地老！"

荷妮娜亦呓语道："我也是！"

两人正在腾云驾雾一般享受那男欢女爱的美妙感觉，突然听到两声干咳，两人慌忙分开，转头一看，原来是荷妮娜那金发碧眼的娘亲。

洋夫人含笑看着锋浪，用一口流利的汉语说道："小伙子，你怎么好久没来？是不是我做的西餐不合你的味口？"

锋浪摇头道："不，夫人做的西餐很好，有几回我在睡觉时也梦到了吃西餐！"

洋夫人露出欣喜的笑容，方才离开去忙她的事，锋浪悄悄道："我真想不透，像你父亲那样的人怎会迷倒一个大美人？而且千里迢迢离乡背井从西洋嫁到东方古国！"

荷妮娜立即反驳道："你可别小看父亲，他年青时可是仪表堂堂，而且博学多才，熟通中、西语言，你如果有他一点点优点也就谢天谢地了！"

"什么？我浪公子连一点点也不及你的父亲？我在你眼里如果不值钱，那你为什么还要对我这样？现在是不是有点后悔？"

荷妮娜又咯咯娇笑道："这就叫什么萝卜青菜各有所爱，其实你也有很多优点，那是父亲没有的，本小姐有那样的父亲，再有你，岂不是天下各种优点都被本小姐占有了吗？"

与荷妮娜在一起，锋浪好象完全放开了心胸，可以无拘无束地笑，无拘无束地说，这种感觉在金闲庄是从没有的。锋浪最后注意到荷妮娜的剑上，不由问道："好象你的剑法长进不少，庄内是不是有高人指点？"

荷妮娜神秘地笑道："这是我个人的私事，不能告诉你，如果是关系到我们俩的事，我一定告诉你，你说是不是？"

锋浪立时猜到荷妮娜遇上了什么贵人。但此时他并不放在心上，只是笑嘻嘻地道："那可不一定，如果你比我厉害，娶了你做老婆，那我岂不是有倒不完的霉？总是有那么大的关系！"

"别臭美了。我可只做你的情人，不做你的老婆，你刚才不是说要娶一百个老婆吗？百个老婆不抵一个情人，是不是？"

"哇，你怎么也明白家花没有野花香的道理，是谁教你这些的？再这样下去怎么得了！"

说着锋浪在荷妮娜的脸蛋上轻轻摸了摸，趁机揩油。荷妮娜对锋浪不规矩的行为早就司空见惯，她并不是正宗的东方货，而是中西合璧的结晶，当然不拘那些繁文缛节。

"你不是也会三脚猫功夫吗？来，我们比划比划，看看本姑娘到底有多大的长进！"

荷妮娜说干就干，锋浪没有办法，只好遂她的意，走到了草坪内，凝神而聚气，说道："来吧！"

"我用剑，你两手空空，是不是太欺负人啦！"

锋浪暗想也是，四下看了看，见池塘边有许多垂柳，立时想到曾经的老爷子教过他，任何东西，在剑手眼中，都可能是剑！娘亲亦说过，阴柔的剑才是最诡谲的剑，他从小就受到父母的醺陶，一阳刚一阴柔，知道不少，看来答案都在"剑花秘谱"中，此时锋浪又想到怀中的秘谱，暗自惭愧，辜负了娘亲的一番好意。

细柳在手，锋浪道："来吧，这下我也有剑了！"

荷妮娜诧异地瞪大了眼睛，问道："这就是剑?!"

"当然，你手中的剑不能变化，而本公子手中的剑却是变幻万端，而且随心所欲的变化！你看！"

说着锋浪手一颤，细柳立时如波浪般的游走，即而飞快地在空中划过一道青影圆弧，"呜呜"尖啸不止。荷妮娜依旧不信道："中看不中用，一旦细柳遇上真剑，还不一刀两断！"

"如果细柳变成了两截就算我输，怎么样?!"

荷妮娜听之立时来了兴趣，蠢蠢欲动，道："如果你输了，可得叫我一声师父！"

"行行……我输就叫美人师父，你输了就得叫我一声相公师父，怎么样？"

荷妮娜甜甜而笑，满口应了下来，一句"注意了"未说完，剑影如同银光万点，直向锋浪射来。锋浪见之一惊，觉得这剑花似曾相识，却又记不清楚，正欲细想，剑花已到面门，锋浪立时滑身后退，在金闲庄他最认真学的就是轻功一项，因为轻功学得好，偷东西方便，打不过比自己厉害的人物可以溜，关系着横财和生命的武功，他当然学得极为认真。

金烁和莫小小的儿子，当然不会是笨蛋，也是习武的好料子，平时锋浪自恃小聪明，不肯用功，方才学无长进。但在金烁和莫小小眼里没长进，而在旁人眼里却是颇有成就了。只见锋浪在后滑的同时，身体摆动，上身微微倾斜，已让过了剑锋。

第三章

　　而手中的青柳，如灵蛇一般直袭荷妮娜左肩，荷妮娜果然长进不少，剑并未用，在青柳直射来时，已经上掠，而剑也由平刺改为下刺。

　　锋浪在一招间就已经脱出了剑的包围，但依旧惊叹荷妮娜很大的变化，不知不觉消去了轻敌之念，细心应付起来。锋浪用轻功挽回了危势，青柳立时展开攻势，在两人间织成一片青幕，而青柳之梢却突袭荷妮娜的全身要害。

　　荷妮娜见锋浪轻轻松松就控制了主动权，很不服气，立时将剑身一抖，直向青影中刺去，欲搅乱青影的攻势，从而削断以达目的。锋浪当然知道细柳不能跟真剑硬碰，将青柳一抖一拉，青柳无功而返，沿着剑身锐利的刃面一滑而去。

　　谁知垂柳果然柔软至极，弯如圆弧，已轻轻松松改变了轨迹，直刺荷妮娜的发际。荷妮娜倒抽了一口凉气，低头欲让，谁知锋浪手腕轻抖，垂柳此时哪里倾斜，倒象一支灵柔的青鞭！

　　荷妮娜大发雌威，娇叱一声，拔身而起，柳梢险险划过她的衣裙，锋浪大叫道："你已经输了！"

　　荷妮娜想不到自己开始占据上风，未过几招，就变得手忙脚乱，根本不是对手，以为这是青柳在作怪，娇嗔道："谁说本小姐输了？"

　　"明明我的青柳剑已碰到了你的衣裙，当然你输了！如果是剑，你的衣裙不是已被划破？"

　　"谁看到我的衣裙已被划破？明明是我轻功极佳，避开了你的柳剑。何况纵是衣裙被柳剑刺中，也不能算输，要逼的对方走投无路，或是一剑刺中要害，才能算输！"

　　锋浪听得有道理，但自己手拿青柳剑，又如何能刺中对方的要害呢？可惜刚才开始时没有说清楚，锋浪只有自认倒霉。而此时荷妮娜见锋浪发愣，闪电般的划出一剑，直向垂柳截来。锋浪大叫不妙，随手一拉，垂柳缩回，荷妮娜剑已刺空，而这一次她也将剑势用老，人影亦跟了过来。锋浪此时只需弹柳而起，就可击中美人的任何要害。

但美人生怒好胜，锋浪别无选择，暗忖这次比试开始前就注定自己要输！心念一动，青柳直直向剑身划去，柳影一过，立时分为两截！

"不用再打，我输了，你看我的柳条都成了两截！"

荷妮娜这才看清柳条成了两截，有些莫名其妙，一愣后，不由兴奋地跳了起来：

"咯咯……终于可以打败你一次，快叫师父吧？"

锋浪见荷妮娜高兴不已，当然自己也非常高兴，打趣道："你真得想当师父？那可当不成老婆啰？"

"为什么当师父就当不成老婆？这是谁定的臭规矩？……"但话未说完，荷妮娜已明白过来，咯咯娇笑道："本小姐偏偏要当你师父，又要当老婆！快叫！"

"美人师父，美人老婆，行了吧？"

荷妮娜笑得更美，更甜，妩媚迷人至极，简直妖冶诱人。锋浪挥手道："妮娜，你过来！"

荷妮娜看着锋浪色迷迷的眼睛，又看他陶醉的样儿，更是得意，柳腰摆得更是美妙。

"喂，刚才是不是你故意输给本小姐，想用这种方法来讨本小姐欢心？这样未免也太俗气了吧！"

"俗虽俗了些，却很管用，现在你简直是一杯有毒的红葡萄酒，即使有毒本公子也要喝下去！"

荷妮娜诡谲地笑道："那你过来呀！"

锋浪果然扑了过去，荷妮娜突然刺出一剑，又是直取锋浪的咽喉。谁知锋浪一点也不迟疑，继续前扑。荷妮娜见他那鬼使神差的样儿，哪敢再开玩笑，慌忙回撤利剑，口中嗔道："喂，色鬼，你难道真不要命……"

话未说完，荷妮娜就感到嘴被封住了，那是锋浪的臭嘴，而此时的臭嘴骚炙至极，荷妮娜只觉得好刺激好烫。而锋浪的双手此刻更加疯狂，紧紧地搂着对方的柳腰，不停在荷妮娜身上游走，简直是肆无忌惮，荷妮娜暗自心惊锋浪这一次来得好猛、好烈，如疯了一般。

郎有情妾有意，荷妮娜开始就敞开了胸怀，热情奔放的她哪里还能保持矜持，也丢下手中之剑，与锋浪纠缠在一起。

那声音如同摧情剂，更让锋浪摸不清东南西北，脑袋里一团乱麻，直觉告诉他，今日不能就此罢休，于是莫名其妙地道："妮娜，快去房里……"

锋浪的意图不言而喻，荷妮娜此时也不能自持，主动如水蛇一般，缠着锋浪，向荷妮娜的闺房而去……

待两人去后，花园中就只剩下一柄剑，但只隔了片刻，就从另一房内走出一名黑裙老太婆，老太婆走到两人打斗的地方，先拾起了剑，又慢慢拾起了两截柳枝，端详了半晌，方莫名其妙地道："奇怪，真是奇怪，他是什么人？"

说到这里，不由自主向两人走去的方向望去，又摇摇头道："真是不像话，一点伦理也没有！"

"花姨，谁一点伦理也没有？是不是妮娜那丫头惹你生气了？"

账房先生腋下夹着几本账薄，含笑走到花园中。花婆婆见到账房先生，立时遮遮掩掩地道："没……没什么，就是那丫头太野了点。哎，你读过几年洋书，又带了一个洋老婆回来，把我们东方的伦理也忘了，看来妮娜要让我老太婆来亲自教导才行！"

"噢，这我早就同意了，有问题吗？"

未等花婆婆回话，账房先生又问道："花姨，前些日子来过几次的那位浪公子到了没有？"

"浪公子？就是刚才与妮娜比剑的那个小子？唔，他们到房间里去了……"

花婆婆以为账房先生会很生气，谁知账房先生却若无其事地笑道："年青人，开放点没关系！"

花婆婆双眼一瞪，提高嗓门道："还没关系？"

账房先生点点头道："没关系，他们早就认识了，而且彼此谈得来，有情有意，在西洋，这种关系可是比朋友关系还近。浪公子人品也不错，我亦很喜欢他，花姨，你说是不是……"

花婆婆不服地道："别给我也讲西洋那些臭东西，我可受不了！唔，你说说，他到底是什么来历？看他油腔滑调，游手好闲，定是有老子养没老子教的家伙，家里一定富有，若让妮娜嫁给他，迟早会出麻烦的！"

账房先生哈哈笑道："你一半说错了，一半说对了，他的确大有来头，我也是今日才知道，哎，可惜现在他没老子养也没老子教，只有靠他自己养，自己教了！"

花婆婆听到这里，立时来了兴趣，没好气地道："你要说就说，我老婆子没读过多少书，拐弯抹角的，咋听得懂！"

"金闲庄你当然听过，'金浪客'金烁你也听过，这位浪公子，就是金烁的儿子，金闲庄的少主人，够骇人吧？"

花婆婆听之，脸色大变，惶然后退了几步，仿佛踩到了毒蛇，眼睛瞪得圆圆的，怔怔地看着账房先生，结结巴巴地指了指屋内，又指向外面道："他……浪公子……就是金烁的儿子？"

"正是，难道你怀疑吗？"

花婆婆摇了摇头，然后低下头去，似在想些什么，口中不停的唠叨："果然是他！原来真是他……"

忽而花婆婆又抬头不解地问道："那为什么现在他又要自己养自己，难道金闲庄出了事？"

"金闲庄有没有出事，我就不得而知，但昨日金庄主将他赶了出来，而且断了父子关系。大概是因浪公子在聚宝钱庄押了很多东西，存了很大一笔银票。至于这些东西从何而来，属于浪公子和聚宝钱庄的机密，不能说，绝不能说……"

花婆婆又是一怔，自语道："有这样的事？金烁与浪公子断了父子关系？那金闲庄夫人呢？"

说到金闲庄夫人，花婆婆似很激动，而且到目前为止，也只有她才问金夫人的态度和感受。账房先生看着花婆婆，很奇怪她要问这话，但很快便明白女人总爱关心女人的事，于是道："金夫人很少露面，恐怕是金闲庄最神秘的人，谁又知道？但她肯定很难过。金夫人可只有这么一个宝贝儿子，浪公子又这样仪表堂堂，聪慧至极，他不要，我都动了收养之心呢！"

"奇怪，这中间肯定有问题！"

账房先生正要问，忽然看到荷妮娜拉着锋浪乐滋滋地跑了出来，仿佛刚拾到很多金元宝一般，立时低声向花婆婆道："千万不要提金闲庄，现在这小子也很讨厌别人说他是金闲庄的少爷！"

"哼，翅膀还没有长硬就想飞，真是没教好！"

说着花婆婆恨恨地望向锋浪，锋浪刚做了现在还不应该做的事，脸上有些不自在，但有胆子做，当然就有胆子面对大家。他脸皮本来就厚实，厚颜无耻嘛。当看到花婆婆那恨恨的一瞪，心里"咯噔"了一下，估计刚才与妮娜翻云覆雨的美事让这老太婆知道了，但依旧脸上挂满笑容道："荷西叔叔，这位婆婆是……"

账房先生接口道："养花能手，叫花婆婆好啦！"

"噢，花婆婆，晚辈拜见花婆婆！"

锋浪微微弯腰，向花婆婆作揖。花婆婆似对他很生气，硬梆梆地道："好啦好啦，我老婆子受不起！"

锋浪一愣，苦笑着向妮娜求援，妮娜果然很善解人意，上前搂着老婆婆卖乖，花婆婆脸色这才缓和不少。锋浪暗忖道："原来是本公子抢了她的宝贝！"

花婆婆又仔细地看了看锋浪，冷冷地道："为人之子，不要太无情无义，父亲不认儿子，不一定当娘的也不认儿子，哼……"

说着又拉起荷妮娜道："走，看你娘做西餐去。他们俩肯定有事要聊！"

不管荷妮娜同意不同意，花婆婆拉着她就走。锋浪愣愣地望着花婆婆，暗自捉摸："她是谁？为什么要说这样的话？关于我的事好象她知道不少！"

即而转头望向账房先生，现在他不想谈及与金闲庄有关的事，而且尽量回避，当然不会问账房先生，何况他到这里来，有更重要的事要做，于是一本正经地道：

"荷西叔叔，你肯定知道我在聚宝钱庄存的银票数量，也知道我取不出来！现在我有个主意，可以解决这个矛盾！"

账房先生看着锋浪，发现平时游手好闲，嘻嘻哈哈不正经的锋浪做起事来却是一本正经，心中更是喜欢，他是生意人，脑袋当然转得快，隐隐猜出锋浪的意图，于是哈哈笑道："你好久没到叔叔家里来了，今日到此原来不是看望我们，而是与叔叔谈生意！这也太不应该了吧？"

锋浪暗骂道："真是个老滑头，生意场上的人，果然都是一个个人精！"但他表面上还得赔笑道："叔叔可错怪我了，今日确实是来看望你们的，与你聊，当然聊生意上的事要投机些，这叫投其所好，讨之欢心，是吧？"

"别给叔叔灌迷汤了，有什么好办法就直说了吧！"

"如果说将我的银票款项转到你的名下，而我用你的银票，这样会很麻烦，而且你也不会同意，另外嘛，这也不是我的真正打算，我并不缺钱用，这些你肯定都猜到了，是不是？"

账房先生赞许地点了点头，锋浪又继续道："如此大的聚宝钱庄，据我调查，并非一家拥有，而是由多家富豪按出资多少分配股份拥有的！"

账房先生愣了愣神，再仔细地看着锋浪，奇问道："这些内部消息，你是如何知道的？"

锋浪得意地道："当然是有消息渠道，这是我的私人秘密。荷西叔叔，如果我将自己的帐款变成股份，你说，我应该得到多少？"

账房先生又是一愣，神色一变，奇异地道："你想成为聚宝钱庄的股东，这可是很冒险的事情，钱庄的生意表面很旺，其实也并不怎么样！"

"官府并不只有聚宝钱庄一条生财之路，岭南镖局的镖行生意旺盛，而红枫堡趁南方水灾倒卖粮物欲大发横财。只有你才专专心心在做钱庄的生意，生意当然不看好！"

账房先生更是奇怪，又问道："这些消息你到底是从哪里得来的？居然知道聚宝钱庄的四大股东，而且了解到他们最近的意图！你说得一点也不假，官府看到四家各有异心，钱庄没有多少油水，准备抽资。而岭南镖局不重视，红枫堡更是在雪上加霜。你明知道这些，又为何要在此时入股呢？"

"哼，官府目光短浅，只图眼前利益，镖局生意不稳定，红枫堡也大不如以前！过了这个村，便没有了那个店，荷西叔叔，就看你帮不帮忙！"

账房先生深叹了一口气，道："你是有备而来，既然知道了这么多，当然是志在必得，只不过例行公事来通知叔叔，叔叔猜你必有杀手锏！"

锋浪嘿嘿干笑道："哪有什么杀手锏？钱在钱庄内根本就取不出来，我不做亏本生意！"

"你果然想到了最狠毒的一招，你说，这些是谁教给你的？难不成你是做生意的天才？"

"有叔叔这样的人才旁边指点，我不聪明也没有办法！荷西叔叔，你到底如何打算，说吧！"

账房先生沉思了一会，终于说出了自己的心里话："其他三家都是有钱有势，唯独我只是有一点点钱，官府封的'红顶商人'又有何用？他们想怎么做就怎么做，我又有什么办法？现在将你拉进来，你说，不是将你往火坑里推吗？"

锋浪在草坪上踱了踱脚步，回首望向身体单薄的账房先生一副弱不禁风、苦闷的样儿，暗忖道：

"他迟早是自己的岳父大人，是一条船上的人。除了父母、丐留，我还能相信的人恐怕也只有他了！支持我独立成就事业的人也必是他！而且他需要帮助！我应该与他联手!"

"不,我们迟早也会有钱有势,不是金闲庄的势力,而是我的势力,这也是我要进入聚宝钱庄的原因,聚宝钱庄,我是进定了!"

说到这里,锋浪眼里射出灼热的光芒,账房先生心里一怔,料不到这小子年纪轻轻居然这般慑人,仿佛他身上有一股征服一切的力量,难道他真的继承了金烁的优点?

"你铁了心要吃聚宝钱庄,我去说说。但官府、红枫堡以及岭南镖局的人未必肯买我的账!"

"不用这样,红枫堡急着要抽现银,你告诉他们我用现金收买他们的股份,而岭南镖局股份不多,等他们主动来找你,官府嘛,我自有办法击退!怎么样?"

账房先生眼睛一亮,说道:"就十日后,待时机成熟,我们便相聚一起,我应付红枫堡,你应付官府!"

"好,我们分头准备,十日后定会马到成功!"

账房先生此时仿佛年轻了许多,兴奋不已,与锋浪击起掌来。锋浪长吁了一口气,暗忖在这十日内,一定要摆平唐知府!

恰在此时,荷妮娜跑了出来,叫嚷道:"你们在聊什么?怎么这么投机?"

锋浪做成了一件大事,心里当然高兴,立即嘻嘻笑道:"当然在聊你什么时候嫁给我最合适!"

账房先生也呵呵笑道:"现在不商量,难道等你见不得人的时候再与对方商量吗?"

显然账房先生已知他们二人发生了超过友谊的关系,荷妮娜顿时脸上一红,狠狠瞪了锋浪一眼,以为是他吃了蜜,还四处嗡嗡直叫,账房先生又道:"别为难浪公子了,骗你的!"

"原来你们二人合起来骗我?都该骂!"

"嫁不嫁随你的便,反正我们翁婿关系是定了!"

锋浪得意地望向账房先生,账房先生会意地点了点头,谁知荷妮娜霸道地道:"其实这关系早就该定了,如果有一天你出卖了我,我定将你劈成十块八块的!"

锋浪吐了吐舌头,这时洋夫人在房檐下催他们去吃西餐,三人方才停止打闹,朝屋中走去。

锋浪吃了晚饭,从账房先生家里出来,心情极爽,不但与荷妮娜偷吃了禁果,吃了甜美的西餐，而且还与账房先生谈好了生意，可算旗开得胜。但令他耿耿于怀的是那第一次见面的花婆婆，却一直对他不好，而且自己对她的直觉也怪怪的，有一些似曾相识之感，又有些惴惴不安。

但此时锋浪哪想得了那么多，边向公墓而来，边想着怎么摆平官府的唐知府，另外完善新建的金圣教。控制钱庄只是手段，建立强大的金圣教才是他的目的。

到了墓地，锋浪看到茅屋中的灯光如同鬼火一样时隐时现，于是四下看了看，飞快地掠向茅屋。谁知当他推开门，心就直往下沉，而且不由自主刹住了脚步。

妙偷手、黑七和丐留怯怯地缩在茅屋的角落中，而灯光下却站着一个锋浪不想见的头痛人物——金闲庄庄主金烁！

金烁犀利如剑的双眼死死地瞪着门口的锋浪，冷冷地道："这么晚，是不是又去做贼了？"

在属下面前，锋浪觉得不能丢了威风，即使面前的人曾经是他的父亲，铁一般的顶头上司，那又如何？他现在是自立门户了，但他心里依旧有些生寒，面前的人毕竟是"金浪客"金烁，他的亲身父亲。死了的鸭子嘴硬，何况锋浪并不是死鸭，于是冷冷地道："金庄主，你有证据吗？何况你不是衙门之人，应该知道你已归隐了！"

丐留三人都瞪大了眼睛看这场父子同台的角斗戏，金烁听了锋浪的话，亦是一愣，他料不到儿子离庄才短短的几日，居然胆子也大的可以，竟然与他分庭抗礼了，立时脸上显出一种古怪的神色！

"虽然你与我断了父子关系，但你在外面做坏事，有我的责任，我必须插手，哼！今日你是不是又回金闲庄了！"

"父子关系没了，但母子关系还依然存在，我没有理由不回去看望娘亲，你也没有道理阻拦呀！你说我在外面作恶多端，可有证据？恐怕没有吧？"

聚宝钱庄虽然有锋浪一大笔存款，但锋浪肯定钱老板没有告诉父亲是些什么玩意儿作抵押，当然没有证据，家里丢的东西那不算偷，只能算挪用。金烁理亏词穷，脸上更是寒冷，喝叱道："你相不相信我一剑杀了你，以绝后患？"

锋浪脸上的肌肉抽搐了一下，心底生寒，但依旧嘴硬道："你没有理由是不会拔剑的，哼！我有父亲，也有母亲，不是一个人可以说了算！"

金烁被锋浪激得没了脾气，真想一剑捅了这孽子，但能吗？莫小小绝对不会同意，他当然也舍不得，但锋浪在他心里变成了什么样，将来会怎么样，他不敢想！

以他老江湖的直觉，锋浪绝不是一个简简单单的人，现在恐怕就在进行一个很大的阴谋。于是金烁转头看了看丐留几人，冷声问道："他们是什么人？"

"我的兄弟，也是我的属下，至于他们的来历，你不应该知道，我也不会说的！"

"属下？"

金烁一愣，双目中闪射出惊诧的神色，觉得自己的猜测果然没有错，于是霸道地道："有我在这里，你们休想干出什么名堂。今日到这里，我是令你们在近日离开此地，别让我再看见你们的影子！"

锋浪心里一阵难过，他想不到父亲如此狠，与他断了父子关系不算，还要断了他的财路，现在又要赶他出城，离乡背井。但他早就考虑要离开这座让他思恋，亦让他伤心的古城。

"我当然会离开这里，俗话说一山难容二虎，有金闲庄在此，我就让路好了。但不是今日，半个月后，我一定撤出这座古城！"

想不到锋浪脸皮厚得居然可以说出他与金烁是一山的二虎，他怎能在江湖上与金烁相提并论？金烁未料到有这样的儿子，他不知是高兴，还是悲哀；也未料到锋浪会十分爽快地答应离开古城，而且答的一点也不含糊。他愣了愣方才道："后天是什么日子，你应该很清楚！在这里，你也是一号人物，希望你言出必……"

话未说完金烁闪电般掠出房门，冷叱道："什么人？"

锋浪和丐留等人均是脸色剧变，鱼贯窜出了茅屋。夜色中的墓地更加森寒，无数的墓碑像一个个直立的黑衣人，两个人影在树林间的墓碑上飞快变幻位置，激斗的十分激烈。

"大哥，是什么人敢到这里来偷听？"

锋浪紧张地看着激斗中的二人，没有回应丐留的话，只因其中一人是他的父亲，虽然断了父子关系，但父子就是父子，血脉相连。开始锋浪还以为金烁一定会赢，因为他是"金浪客"，但看着看着，心就直往下沉，因为金烁手中有剑，而那黑影蒙面人仅凭双掌，两人居然斗了个半斤八两！

更令锋浪吃惊的是金烁已渐渐处于劣势，天下居然还有这样厉害的人物，江湖果然是龙潭虎穴。突然听到金烁道："你是迷花谷的人？"

"哼，明知道你还要斗下去吗？"

一个苍老的声音传入锋浪的耳朵，锋浪一震，心底自问道："迷花谷？迷花谷是什么地方？好象父亲很熟悉那个地方，而且颇有关系！"

"大哥，迷花谷是什么地方？"

"不知道，你少问两句行不行！"

丐留吐了吐舌头，看到锋浪脸色极为难堪，而且眼睛一眨不眨地盯着激斗的场面，哪敢再言！

"事情已过去了这么多年，为什么还不肯放过我们？"

"谁说要找你们的麻烦，老谷主看在牟白的份上，当年就停止了追杀你们，哼……否则你们还能活到现在？我要见小小，你带路吧！"

金烁显然已认出黑衣蒙巾人是谁，呆呆沉思片刻，方才垂头丧气地道："该来的总会来，走吧！"

说完金烁弹身而起，射入黑夜中，黑衣蒙巾人朝锋浪看了看，方才跟去。公墓的四周顿时又陷入了一片寂静。锋浪自语道："迷花谷……牟白……娘亲……"

过了半晌，他才从回过神来，威严地向三位属下问道："丐留，你办的事呢？黑七、妙偷手，怎么样？"

三人当然知道锋浪指的是什么，丐留支支吾吾地道："大哥，数目虽然不大，但是够你用的！"

"够用？你知道我用来干什么吗？"

三人见锋浪今夜脾气极坏，都不敢多言，锋浪见此缓和了一下情绪方才说道："丐留，这个地方知道的人太多了，另外有没有清幽隐避的地方？我们虽然武功不高，但总可以保命吧？"

丐留想了想方才道："城东乌塔！"

锋浪点了点头，道："丐留，从现在开始留心丐帮的行动，让我们丐门弟子全部变成丐帮弟子，包括你在内，明白吗？"

丐留清楚锋浪的意图，点了点头，而妙偷手和黑七却感到莫名其妙，但此时又不敢多问。锋浪这才转向妙偷手道："从今夜开始，你连续在城中做案五日，再想办法将所偷之东西放进丐帮分坛，能做到吗？"

"这个，做案可以，但嫁祸丐帮分坛却……"

丐留立时道："属下虽不是丐帮之人，但在丐帮中认识几个弟子，可以帮妙偷手！"

锋浪看了看二人，方才道："这件事绝不能有丝毫闪失，也不能暴露了你们两人的身份，否则我们金圣教刚刚建立就会被毁掉！明白吗？"

两人唯唯诺诺地答应了下来，黑七忍耐不住，主动问道："教主，那我呢？"

"你，耳目多，但也最杂，本教主想用又不敢用！明白吗？"

"教主，你放心，今日属下已叫白吃白喝白住三人将属众一个个检查，而且记在密本上了！"

"嗯，这样就太好了，将你的人分成三批，分别由白吃白喝白住带领，一批注意金闲庄的动静；一批监视聚宝钱庄；而另一批监视唐知府的宅院，你一定要配合好我的行动！"

黑七本就是唯恐天下不乱之人，当即欣然听命，何况是他配合教主行动，有奔头呢！

"大哥，半个月后，我们真的要撤出古城？"

锋浪瞪了丏留一眼，叱道："古城容得下我们金圣教吗？今夜金庄主只看到了我们四人，我们当然要撤走，但暗中的势力是可以留下来的！"

三人这才明白锋浪刚才在金烁面前虚晃了一枪，不得不佩服他们这个年纪轻轻的教主。锋浪看了看三人，冷森着眼道："做得好，半个月后，聚宝钱庄就在金圣教的手中，不但有地方存银票，也有地方取银票，然后控制丏帮……跟着我，就一定会成功！但如果谁敢背叛金圣教，哼！……"

听者开始兴奋，后又心寒。但他们都是寻找刺激的人，锋浪干得越凶险，他们就越愿意听命，锋浪大概抓住了他们的特点，不愁他们不跟来。其实他也是这种冒险之人，方才会被赶出家门，与狗朋狐友聚在一块儿。

布置完一切，锋浪正欲遣散几人，猛然想起金烁最后说的那句话，仔细想了想，方才恍然大悟："原来后天是娘亲的生日，也是父母的结婚纪念日！"本来他不知娘亲的生日，但知道他们何时结的婚，又想起每一年这两个日子在一起，顺理也就推出来了。

丏留道："大哥，后天是金夫人的生日，你总得表示表示吧，她可是很疼爱你的！"

"有什么用？娘看到我会伤心的，不看到我也会伤心，全怪父亲要断什么父子关系！"

"其实金夫人担心你在外面的安危，我们为你壮壮势头，夫人能看出你混得不错，不但能放心，而且还会很欣慰的，是吧？"

年纪大想得周到，黑七果然说得有理，锋浪点了点头，说道："黑七，叫白住打探一下，后天金闲庄有些什么活动！"

"另外，你们分别送一件礼物去金闲庄，不能太贵，能够恰当表示心意就行，明白吗？"

这样讨好大哥的事大家当然都愿意去做。这时锋浪又道："现在是我们在暗处聚集势力的时候，不能太张扬，将自己摆在明处对我们十分不利！"

又布置了一番："明晚我们在城东乌塔再碰面，还是你们三人，我是谁，金圣教教主是谁，只有你们三人知道，我不希望更多的人知道！这样我办事要方便很多！此点你们要时刻记住！"

锋浪在三人议论的时候，细心想了想，觉得一切都安排得天衣无缝，方才遣散了三人。

当夜，锋浪就从公墓移驾到城东乌塔，城东乌塔是个绝妙的位置，乌塔座落在一座不高不矮，但很险恶的山上，恰好可以俯瞰整个古城，古城有什么风吹草动，在乌塔顶上都能察觉出来。

又因乌塔历史已久，且不算什么名胜古迹，游人去得少，极少有人注意。能想起这个地方，也只有丐留这样无家可归的乞丐。

第二天，丐留出外办事去了，锋浪站在塔顶的石窗前，望着整个古城，仿佛自己是指挥千军万马的将军。

忙里偷闲，锋浪不由自主从怀中掏出娘亲给的"剑花秘谱"，睹物思人，又想到了昨夜的事，暗自问道："不知庄里现在怎么样了，迷花谷……牟白……但有事又能怎样呢？我这三脚猫的功夫又能帮上什么忙？只能白白丢掉一条性命！"

锋浪仿佛天生就是做生意的料子，什么事都会权衡一下值不值得，赚不赚得回来。若是重感情的人，此时定会回金闲庄看个究竟。但锋浪想的是如果金闲庄出事，黑七一定会来报告，再说自己去了也没办法，不如不去。

而这一切都因自己武功太差，锋浪坐在塔顶，心安理得地翻看着"剑花秘谱"，他本对武功很感兴趣，此时更是有一股把自己武装成强大之人的冲动。加上他资质本来就很高，很快就进入了秘谱内的招式中。

锋浪先以为秘谱是一分为二，因为父母功夫一个阳刚，一个阴柔，无论如何也不能合二为一，但秘谱中却是合二为一了。虽然一部分是父母的假设，并没有说一定能成功，但这本秘谱令他思路开阔，活跃了许多。以前脑子里的矛盾消除了，但又出现了新的矛盾。

在矛盾中他渐渐悟出了很多东西。"花是实物，剑是虚点；剑是实物，花是虚点……当剑花技法达到最高境界，剑花出手为实，化为虚，制敌又为实！"看到最后，锋浪脑海中仿佛划过一条条亮光，不断出现，又不断消逝。

但当他合上秘谱又默记一遍后，那些亮光越来越快，越来越密，而脑海中仿佛越来越明亮。只是太快而已，最后脑海中的亮光如同闪电在黑暗中突然来临，将脑海瞬间照得雪亮。

"剑在灵，花在巧；剑在快，疾而利，花在飘，柔而幻；合二为一，方大全！"

书中的文字都用古汉语书写，幸好在金闲庄锋浪读过很多书，否则这本秘谱对他就如天书一样。沉默良久，锋浪满意而笑道："花剑，以剑织花，以花杀人，这确实太迷人了！"

他说完掠身而起，窜到塔底，随手搭起一根枯枝，手腕急颤，枯枝尾梢在空中画出一朵花，但却没有花影。锋浪看了看自己的手，暗道："肩、肘、腕、指如果全动起来，那才有趣！"

想到但难以做到，锋浪暗忖：这样想不行，如果手中是剑，就应当自己的手臂也是剑，一柄可以任何改变方向的剑，而手中之剑只不过是将手变长而已！

心思一变，运劲果然不同，感觉也不一样，枯枝果然快了许多，不断织出一朵朵幻花，又一朵朵消失。但花是在飘，在转。是杀人的花！锋浪有些满意，但想到自己内力不济，这些花的杀伤力不强，若是碰上像父亲金烁那样的人，不将花劈成粉碎才怪！

但看了"剑花秘谱"后，收获不小，锋浪很满意，暗忖："要想个办法使自己内力陡增，再配合剑花技法，一定很厉害，不愁打不过老爷子金烁！"

锋浪想打败的第一人就是自己的父亲，因为父亲太"恃武欺弱"了，将他一逼再逼，没有本领，就只有忍气吞生。但想到这里不由又自嘲道："他是父亲，打赢他又能如何？他不用动手，就可以将我骂得狗血喷头，他不高兴，我也会不高兴，在他眼里，我永远是儿子！"

突然又想到那个黑衣蒙巾人，心里突地一跳，以金烁的武功，本来就很厉害了，但黑衣蒙巾人更厉害，迷花谷真的很凶吗？但他又怎知那黑衣蒙巾人在迷花谷几乎是第一高人！牟白又是谁？一定是个很嚣张的人物，如果认识，向他讨教讨教一定有益于我！

锋浪最喜欢做梦，胡思乱想，无论是否实际，他都想去干一干。想到最后，锋浪自语道："古城太小了，而我也非池中之物，不用父亲赶，我也应该离开这里，去外面逛逛，一定会长很多见识。何况金圣教在古城立足没用，要将势力扩展出古城，待这里之事了后一定出走！"

锋浪又疯狂地练了一会儿剑，正准备离塔，看到黑七匆匆而来，喜滋滋地道："教主，今日是个最好的日子，唐知府没去衙门，却在翠玉楼寻花问柳！我们要不要去碰碰他？"

锋浪一算，才想起今日是衙门的休息日，根本不用去衙门，于是眼睛一亮，果断地道："走！"

说完率先向山下冲去。翠玉楼在什么地方，对于锋浪这样的人来说，闭着眼睛也能找到，一口气可以点出翠玉楼最美的姐儿来。

锋浪到了翠玉楼的门前，深深地吸了一口气，暗叫道："翠玉楼的姐妹们，好久没来招呼了，不知你们又变成了什么样儿？"

这几日，锋浪因父子断交的刺激而发愤图强，加班加点实施自己的宏伟大志，居然忘记了自己还有吃喝嫖赌、坑蒙拐骗的广泛业娱爱好。站在翠玉楼前，以前多姿多彩的风光岁月全部涌现了出来，不由叹道："过去的日子，太迷人了，但现在想来，倒像一场梦。梦都有醒的时候，现在我已醒了！"

"教主，里面有我们的人，他们在里面并不是寻欢作乐，而是……"

"没关系，连我这个教主都是这样的人，玩时就痛痛快快玩，做事时就认认真真做，两者绝不能影响，更不能因玩而坏事，知道吗？现在我们就进去痛痛快快玩一场！"

黑七点了点头，笑道："教主说得极是，教主，属下斗胆说一句实话，你玩的时候像少不更事；而做正事时，深沉得让属下喘不过气来！"

"噢，是吗？人就应该这样，否则紧绷绷的活着到死，那多没意思，唔……进去后，不要叫我教主，而应叫……"

"叫浪公子，这是你的铁字招牌呢！"

两人都笑了起来。当两人踏步入内时，老鸨已看到了浪公子和黑七，道上的人当然都认识黑七，欢乐场中之人当然也认识浪公子。因为曾经的锋浪是个花钱如流水的倜傥子弟。

"哟，浪公子，好久没有来翠玉楼了吧，姑娘们天天都在唠叨着你的大名儿呢，怎么今日有兴趣前来?"

"有兴趣就来,没兴趣当然不来了,老板娘,'三朵金花'有空吗?"

老鸨满脸溢笑地将二人迎进了翠玉楼,锋浪一下就点了三朵金花,口气倒还真不小。原来这翠玉楼中,"三朵金花一天香"是古城中出了名的四位美女。

老鸨闻言,皱了皱眉头,为难地道:"浪公子,不好意思,今次知府大人和三个客人在此玩牌,将三朵金花和小香都叫去了,你能不能另外叫一个?"

"玩牌?好兴趣,听得本公子也手痒痒的,但没有上好的姑娘,就如同再精美的佳肴,也无盐无味呀!老板娘,我们可是老相识啰!"

锋浪笑呵呵地说着,但眼睛却是紧盯着老鸨,很冷!老鸨知道这是个财神爷,只观黑七在旁毕恭毕敬的样儿,也是得罪不起的。

"公子,与三朵金花和小香相提并论的倒还有一个,甚至比她们还胜过一筹,但却是新来的,要三日后才能招呼客人呢!"

锋浪眼一挑:"噢,有这样的事?是什么宝贝,到了青楼还有这样的臭规矩,她是柳如意、苏小小,还是赛金花?"

锋浪一口气点了江南四大名妓之三,这四位都卖艺不卖身,天下闻名。老鸨见锋浪微有愠怒,立时讨好道:"但公子若亲自去找她,以公子非凡的俊貌,说不定她心里高兴,愿意破例呢!"

这话锋浪爱听,立时脸上有了笑容,但很快又收住了笑,向黑七道:"给我准备一些钱,今日本公子要让知府大人放一点血!"

黑七听令离开了翠玉楼,锋浪这才问道:"老板娘,男追女,隔层纸;女追男,隔重山。想不到在翠玉楼,也有这样的事。可本公子向来好奇,好新鲜,这姑娘能定下这样的规矩,一定貌若天仙,非寻常之花,前面带路吧!"

老鸨立时眉开眼笑,只因她已给浪公子一个机会,如果不成功,也不能怪她。在这里,如不会见风使舵,还能开青楼做生意吗?

锋浪跟着老鸨,穿过大堂,眼睛四下望了望,没有知府大人,立时猜到他们在特别包厢内,那可是要付双倍的价钱,不由骂道:"知府也能来玩双倍的价钱,看来姓唐的有油水可捞!"

穿过金碧辉煌的过廊,进入了后花园,立时清静了许多。从花园里面的雅致小舍内传出了清雅的古筝声,他立时暗忖道:"不会是柳如意吧?"

穿过花园小径,到小舍门口,两个女婢守在门口,看来排场还真不小,锋浪这才想起忘了问这未谋面女子的芳名，于是低声向老鸨询问，老鸨笑呵呵地道："公子不但有心，而且很有礼数，若是一般的富家少爷，早就吼起来了，她叫铃铃，其名是她自己说出来的！"

"铃铃?! 很有意思的名字，风铃的铃，浪漫雅致；铃铛的铃，清脆、活泼！"

老鸨歪头奇怪地看着锋浪，问道："浪公子到底是哪家的公子，怎么这么特别，不但放浪花心，似乎又读过很多书，善解红尘风情，相识这么久，浪公子总得说说了吧?"

"哈哈……浪公子，当然是放浪之人，也是浪漫之人；有风起浪，无风无浪，你就不用问了！"

老鸨知道浪公子不愿意说出，只好会心地笑了笑，方道："浪公子，我只能带你到这里，接下来的事就看你的了！"

说完，老鸨含笑离去。两女婢向锋浪含笑作礼，锋浪轻语道："能让在下进去吗?"

两女婢摇了摇头，表示不能，锋浪依旧含笑，仿佛他脸上本来就挂着一张笑脸皮一般，上前两步，突然闪电飞指，点了二女婢的穴道，立时二女如含笑的木头人一般站在那里。

锋浪满意地拍了拍双手，轻轻自语道："双手已沾胭脂，怎好见佳人；随手拂轻风，胭脂随风去，安心亦有礼也！"

吟完锋浪踏步进了小舍，看到白衣素裙的美妙娇躯背对门口，向着窗外的花圃。窗上有珠帘，帘下有一横放的古筝，古筝上有如葱玉指在飞窜，飞窜缭缭而起的是一首《阳关三叠》。

《阳关三叠》恰好是一首锋浪最熟悉的曲子，因为在家里不但父亲会弹，而且母亲常弹。

不知为何，锋浪开始的戏谑放浪心情顿时烟消云散，心里不由暗忖道："看来此女确实不适宜陪我去斗唐知府！"

他明白唐知府包厢里现在是一幅什么样的情景，纵有此女相伴，恐怕也会影响自己水平的发挥。锋浪最大的优点就是能分清什么时候孰重孰轻，现在是斗唐知府最重要，他到此的初衷也是如此，见到这位姑娘时也不会改变。

想到这里，锋浪转身抬足就欲走出房间。

谁知刚踏出两步，就听到筝音戛然而止，一个莺歌燕语的声音传入锋浪的耳朵内："公子既然到了这里，难道不是寻欢作乐吗？"

锋浪心里一辣，暗忖道："这姑娘耳聪至极，居然那么细微的声音也能从筝音中辨别出来，而且从刚才的举动猜出本公子的心情，真是厉害！"

既然铃铃已打了招呼，锋浪只有停步转身，含笑望向窗下。此时铃铃已站起身来，将颜面对着锋浪。锋浪看到铃铃的美艳娇容，心里一震，简直是一个标准的美人儿，全身无处不给他舒服顺眼的感觉。锋浪笑道："铃铃姑娘果然美艳绝伦，在下冒昧前来，能一睹芳容，足够了！"

说完这些，锋浪转身就走，心里不知在想些什么。铃铃更是觉得锋浪不可思议，女人也是好奇的高级动物，特别是自以为美丽的女人，刚才又听到锋浪也盛赞了她一番。但锋浪的举动大出她的心里所想，她当然不会就此罢休。

"公子请留步，妾身想陪公子聊聊！"

此话言外之意是她已愿意接纳锋浪这位客人了。锋浪转头笑道："铃铃姑娘准备聊什么呢？"

来到青楼的女子似乎都天生俱有一双勾魂眼，铃铃也不例外，而且她的眼睛更加妖媚传情。仿佛天空的皓月，秋天的幽潭。铃铃转了转靓眸，抿嘴笑道："公子似乎很解古筝之音？"

锋浪点了点头，笑道："很是巧合，在下又特别熟悉姑娘刚才所弹的那一曲，以姑娘的才艺，并不输于江南四大名妓，假以时日，一定成名！"

女人得到男人的盛赞，自然心情特别舒服，铃铃姑娘心里更是高兴，传情的双眼仔细地看了看锋浪，抿嘴而笑，良久方轻启朱唇问道：

"公子难道常到青楼，亦见识过四大名妓？"

"应该是吧，但四大名妓却不识在下这无名之辈，如果姑娘以后出了名，或许也会忘记现在！"

"或许会，或许不会，哦，还没有请教公子大名，如果忘记了你，应该不会忘记名字！因为你是妾身在青楼中遇见的第一位客人！"

"无名之辈，这里的人都叫在下浪公子，不妨你也如此称呼好啦！"

"浪公子，风流倜傥之意，公子果然是风月场中之人。今日幸得浪公子，妾身愿意陪着公子，但看公子的样儿，似乎心中有事，不妨直说好啦！"

锋浪本来心里着急，铃铃姑娘主动说出来，他也趁机道："在下要去见唐知府，与他赌一场，看姑娘此时心情，似乎不宜到那种场合！"

谁知铃铃姑娘莞尔一笑，娇声道："那公子可看走眼了，妾身也略懂赌道，愿意陪公子前往！"

锋浪一愣，再看铃铃姑娘兴致盎然的样儿，心里暗暗称奇，呵呵笑道："今日运气还真不错，居然请到了铃铃姑娘，看来逢赌必赢！"

两人出了房门，铃铃先行，没有注意两位女婢被点了穴道，待她在前面走时，锋浪在后面指如飞花，顿时解了二女的穴道。二女转头面面相觑，惊异地看着锋浪，此时锋浪向她们调皮地一笑，而眼睛却打了个暗示，二人明白过来，默默地跟在后面。

到了大厅，锋浪看到黑七在那里等着，于是向他点了点头，黑七做了一个手势，表示一切办好。于是锋浪带着铃铃，向唐知府的包厢而来。在包厢外，就听到男女的放浪笑声，显然他们在一边调情一边打着牌，兴致极浓。

锋浪存心要见识唐知府，但不知先来个下马威，还是先讨好这昏官。沉思片刻，锋浪抬脚砰砰地踢开了唐知府包厢的房门，立时看到了房内的四男四女。

里面有三人锋浪认识，一个是唐知府，另外两个是知府的同僚，但另一中年人却不认识，看那人的样儿，倒也是来历不同一般。四人听到门被踢开的响声，都停止了嬉笑，望向门口，看到一个俊美少年带着如花似玉的一位姑娘站在门口，均是一愣。唐知府毕竟是古城首脑，将旁边的美妓一推，道："你是谁?"

"本公子不用告诉你我是谁!"

"哼，那你是存心到这里来捣乱的?"

锋浪潇洒地摆了摆手，说道："你是官，本公子是民，民不与官斗，乃是古训；只因听说知府大人在此赌牌，而本公子心痒难忍，银子又无处花，所以前来凑个热闹！"

唐知府听这家伙自称"本公子"，而且也知道他是知府，却一点也不害怕，定是有特殊背景的人。当了几十年的官，唐知府知道什么人得罪不得，什么时候该发威，故脸上立时挂出了微笑道："你到此真的只当凑势闹而已?"

锋浪挑了挑眉："当然，难得唐知府到此一回，而且兴趣正浓，本公子助助兴，没罪吧?"

两人一问一答，唐知府却已在察颜观色，看出对方一点怯意也没有，更是心中没有底了，又看到锋浪旁边的姑娘逗人喜爱，笑如一朵花，站如一棵柳，在场的"三朵金光"比之亦黯然失色，心里不由暗道："这小子带来的妞也比我们的高档，而且口气大得连银子亦没有处花，天下哪有愁花银子的事？明明是太多了。既然这样，不如就捞他一票，再探探他的底细，若是惹得起再惹，岂不是两全其美！"

如此一想，唐知府立即哈哈大笑道："既然这样，当然无罪，本知府向来与民同乐！"

说到这里，唐知府向旁边的一个属下使了个眼神，那名属下当然明白他的意思，立时站了起来向锋浪道："我正好有事要去办，你来替我吧！"

小香立时娇声嗲气道："你走，那我怎么办？"

锋浪哈哈浪笑接道："本公子既然已代替他玩牌，当然陪他的美人也应该陪本公子才是，对吧？"

场内的气氛因锋浪这句话放浪形骸的话而融洽了起来，更加热闹，唐知府呵呵笑道："你身边已有一个天仙般的妞在陪着你，难道还不知足？"

"知足？知府大人，如果能知足，皇上恐怕就没有三宫六院了，是不是……"

唐知府暗骇这小子居然胆大包天议论起皇上来，立时肃容道："公子，钱多胆子大是应该的，但有的话可以说，有些话是不可以说的！"

锋浪一愣，即而明白过来，立时哈哈笑道："知府大人说得是，看来还是你考虑周全，本公子先谢你网开一面，恕我无罪！"

唐知府被捧得飘飘然，笑呵呵地看着锋浪，暗忖道："这小子机灵至极，倒是个受教之人！"

铃铃并没有反感这个环境，也没有反对小香与她共同陪着锋浪，只是含笑而观这场闹剧。

小香听锋浪主动要她相陪，立时笑靥大开，这样的英俊小浪哥谁不愿意相陪？何况浪公子是这里的常客，与她们"三朵金花"及小香都混得十分熟络，立时飘身过去，又搂又抱，在锋浪脸上飞吻了几下，锋浪呵呵笑道："看你这样儿，好像将本公子当成糖一般，再吻可要融掉哟！"

"能够融掉浪公子，那可是小香做梦也难梦见的！"

风月场中的女人，果然有一套讨男人欢心的方法，锋浪放肆地笑了起来，唐知府几人也跟着笑。而退出去的那位仁兄也在笑，但只怕他脸上在笑，心里却在咒骂锋浪。

第四章

唐知府心里默默地念着"浪公子"三个字，但顺念倒念都觉得没有听说过，立时笑道："不知浪公子是本地人，还是到古城来玩的客人？"

锋浪心里骂了一句"老狐狸"，却笑道："回知府话，本公子是到古城来玩的，听说古城人杰地灵，而且姑娘也长得如水。所以到这里来沾沾灵气，看本公子会不会变得聪明些，当然也看能不能寻到一两个美貌的姑娘，谁知一到这翠玉楼，就找到了本公子该找的！"

说到这里，不由向铃铃看了看，铃铃也会表演，向他笑了笑，轻语道："公子过奖了！"

锋浪将桌上之牌麻利地洗了洗，看得唐知府三人目瞪口呆，只因锋浪洗牌的动作非常快，只看到手和牌的影子，牌在手之间，乖乖地插来插去，他们根本就看不清楚，知道今日遇上了高手，与高手过招，当然够刺激。

"别说其他的，我们现在玩牌吧，知府大人，你在古城是最高人物，在牌桌上，也得由你说了算！"

这话唐知府听得高兴，立时谦虚地道："浪公子客气了，你到此城作客，就由你说了算！"

锋浪会心地一笑道："那我们玩简单的，三张牌，这样既刺激又不用伤脑筋，怎么样？"

玩三张牌是唐知府的拿手好戏，唐知府立时高兴得差点蹦了起来，向三人看了看，认为锋浪太愚蠢了。但锋浪面前一点银子也没有，唐知府不放心，看了看锋浪胸前的桌子。锋浪乃何等精灵之人？立时拍了拍掌，门应声而开，黑七带着两个随从走了进来，其中一人提着一个黑箱。

黑箱"哐当"一下放在桌上，众人都将眼睛放在了箱子上。黑七向锋浪点了点头，表示一切都准备好了，方才"叭"的一声打开了黑箱，除了锋浪，其余的人都"啊"地瞪大了眼睛，齐齐站了起来，一眨不眨看着箱内，箱内是整整齐齐排列的元宝，元宝在灯光的照耀下，散发出诱人的光芒。银票可爱，但最可爱的还是这样的元宝。

唐知府亦暗骇锋浪出手居然如此阔绰，心里就更没底了，暗自捉摸这人的来路。锋浪浅浅一笑道："今夜就以这箱元宝作赌注，大概够了！"

说着向黑七挥了挥手，黑七带着人退了出去。众人这才又坐了下来，锋浪笑道："铃铃，由你来切牌，大家没意见吧？"

"不行！铃铃是跟你同路来的，不能切牌！"

旁边的一个山羊须中年人争辩道，冷冷地看着锋浪，锋浪早知道这一招，笑了笑看着唐知府，唐知府方才知道忘了介绍这位冷俊的中年人，于是指了指中年人道：

"浪公子，刚才忘了介绍本知府的朋友，他贵姓冷，是京城来的特使，最近古城发生了许多偷窃案，本知府摸不出个头绪，方才请冷兄前来助阵，否则，本知府哪有时间到这翠玉楼寻乐？"

锋浪心里一紧，但脸上却惊喜地道："冷大人来自京城？那就太巧了！"

冷特使听浪公子如此一说，立时来了精神，转头望向锋浪，但脸上依旧不苟言笑。看来这位当官的还有些斤两，锋浪在心里默默告诉自己。

"浪公子如此说，难道你也是从京城而来？"

锋浪点了点喜道："在下确实来自京城！"

"那浪公子在京城应该是有头有脸的人物啰？"

冷特使眼睛如炬一般看着锋浪，锋浪在此又怎会怕他？本来他来此有两条路走，一条就是拉拢唐知府；另一条路就是绑架唐知府！他于是笑道："京城是什么地方，又怎能容我提名卖姓。冷大人应该知道红枫堡吧？"

"红枫堡？"唐知府和冷特使都一愣，冷特使更是眼睛一跳，问道："你也知道红枫堡？"

锋浪心中有了底，立时叹气道："红枫堡做事也太过份了，北方旱灾，南方水灾，他们却要趁机发财。在下本与他们合伙做生意，有钱大家赚嘛，谁知他们起了异心，不但将自己的钱收回去了，而且揩了在下一点油，在下一气之下，就到这边来了！"

锋浪说得不详不略,有真有假,而且不着边际,冷特使再厉害也不知其中的真假,但他当然亦听说红枫堡在做投机生意,只不过知道的人不多,江南地方知道的就少之又少,当然相信了锋浪是京城人,在江南碰上同乡人,而且是有钱的主,虽然"浪公子"落迫至此,但凭这一箱金元宝,也可知"浪公子"还是有来头的!

冷特使立时对锋浪的态度发生了一百八十度的转弯,劝道:"生意场与官场一样,北旱灾南水灾弄得官府忙得不可开交,他们却在趁机赚钱,让灾情更加严重,本是有罪,背后又坑浪公子,实在太可恶了,本使也看不过,但他们有宫中人撑腰,我们又有什么办法?浪公子,你还年轻,以后很有奔头,别看不惯世上的不平事,世上历代都有不公平的事,没有了反而不正常了,知道吗?"

想不到冷特使不说话则已,一说就说出如此有感染力的话,而且很中肯,锋浪简直有点感激他的点拨,心里暗自道:"看来这个冷特使人还不错,好象在京城混得并不如意!"

有京城这样的"老乡",锋浪简直收获不小。唐知府见自己的朋友在这里碰上老乡,心情很爽,也跟着爽,对锋浪的陌生感没有了,戒心也没有了,简直也当锋浪是朋友!于是笑呵呵地道:"赌场伤和气,大家都是自己人,干脆不赌了,将纸牌换上一桌子酒菜怎么样?"

冷特使似乎并不好赌,立时赞成,但锋浪却道:"不赌?那我这箱玩意儿怎么处理?"

冷特使劝道:"老弟,心情不好时不要乱花钱,你总还得做生意吧?"

"不高兴赚钱又有什么意思,用钱买高兴,在下认为值得!钱可以赚,但高兴却赚不回来!"

说到这里,他又叹气道:"现在天灾人祸,做生意难啊!"

唐知府听到这里,仿佛深有体会,咬了咬牙道:"两位不是外人,我也不妨推开窗子说亮话,最近也是因为红枫堡抽资害得聚宝钱庄生意不景气,我伤透了脑筋!刚才我……当浪公子是外人,所以才没有说出来,现在大家都是自己人啦!"

锋浪暗自高兴,笑了笑道:"在下并不会介意的,逢人说话三分假嘛!……咦,我们可算是同一条船上的人了,知府大人是不是……"

唐知府连连点头,锋浪向一旁的小香道:"你去招呼老板娘,给我们来一桌最好的酒菜,让我们好好享受享受!账由我付!"

小香在锋浪脸上捏了一把,娇声道:"小香甘愿为浪公子这样的小俊哥跑腿!"

说完轻踏莲步，走出了包厢，另外的四女立时自觉地收拾纸牌。冷特使看了看唐知府，又看了看锋浪，突然道："这里一个是我的朋友，一个是老乡，但都同时受到红枫堡的欺负，难道就没有办法？"

　　锋浪眼睛一亮，说道："冷大人有办法吗？"

　　"可以以其人之道还治其人之身！"

　　"噢，意思是我们也投资，做红枫堡一样的生意！这样恐怕不好吧？"

　　唐知府摇头道："我怕没有那个胆，只因聚宝钱庄的股份不是我的，而是官府的！官府现在可能从聚宝钱庄抽资，将股份卖给民间商人！"

　　"这样岂不是使聚宝钱庄雪上加霜？哎呀，最近我将家底全部存到聚宝钱庄了！如果我知道聚宝钱庄有红枫堡一份，打死我也不会存到里面去。表面上看钱庄的生意还不错嘛！"

　　说到这里，锋浪假装哭丧脸，懊悔不已。冷特使劝道："聚宝钱庄如此之大，网点多，聚款十分容易的，官府抽资卖股也是因为灾情和经济政策使然。浪公子可以用钱庄的钱买入官府的股份，再以聚宝钱庄的钱去对付红枫堡嘛！"

　　锋浪摇头道："这样的确是个办法，但红枫堡也在抽资，如果我入股再抽资，聚宝钱庄岂不是破产了？不行，绝不能这样做！我倒有另外一个办法，就是用我的钱去买红枫堡的股份，而官府只需宣布抽资救灾，而暂时不行动。消息一旦传开，红枫堡定会低价将股份转卖给我；那时暗地里官府抽资，将股份转给剩余几家，唐知府将抽的资金和我从各地汇聚的资金与红枫堡斗，这样胜算会大得多，知府大人担的风险也小很多！"

　　唐知府和冷特使听得头头是道，认为这个方案最好，唐知府不用担风险就可又抽资又救灾不亏本，当然高兴，却假惺惺地道："这样岂不是将风险全部推到浪公子身上了吗？不公平嘛！"

　　冷特使也点点头看向锋浪，锋浪心里明白若能合理解释这个问题，今日的事就会马到成功，于是毫不思索地笑道："你们不是商人，当然不知道什么最主要，聚宝钱庄是个响当当的牌子，天下谁又不知，谁又不晓呢？而且一向信誉好，特别是分庄四面八方都有，聚钱十分容易，以后的生意也好做些，现在亏一点，以后会赚回来的！"

　　唐知府显然不喜欢冒风险，但又想赚钱，于是道："以后的事谁说得清？赚不赚得回来也不知道，我是没兴趣，就按你的办法去做吧！"

锋浪心中高兴，但依旧没有表现在脸上，拍着胸脯道："在下若以后赚了，一定不忘知府大人的大仁大义！"说到这里，锋浪看了看桌上的金元宝，大方地道："今日真是高兴，他乡遇故知，又逢唐知府这样的贵人，刚才在下就说花钱高兴就成，不如就将这箱元宝送给两位大人做见面礼吧！"

说着将黑箱往唐知府和冷特使面前一推，两人均是一愣，不止他们，就是"三朵金花"和铃铃也是一愣，以为浪公子在开玩笑。她们做梦也不知道这箱金元宝多半是偷的东西变现的，一些是抢来的，再一些是收保护费得来的！

唐知府嗫嚅道："不会吧，你怎么把钱不当钱看？"

锋浪呵呵笑道："认识两位大人，而且谈得如此投机，多了两个朋友，难道不值吗？"

冷特使此时脸上也露出了笑容，点了点头，笑道："做生意之人果然行事不一样，唐兄，浪公子有这番心意，就收下来吧！以后多帮帮忙，心里不就安稳了吗？"

唐知府早就想收下，得了一个台阶，立时向旁边的那名属下丢了个眼神，呵呵笑道："既然这样，那我也就不推让了！"

那名属下盖上箱子，抱到了一边，表示这箱元宝已经易主，而且生怕浪公子见之心疼，突然后悔，那可不值得。但锋浪此时却在想：

"哼，如果你们跟本公子要滑头，不跟本公子行事，本公子一翻脸，会连本带利收回来！"

送了一箱金元宝给两位大人，还请了一桌酒菜。唐知府二人酒足菜饱后，与锋浪关系就如铁哥们一样，在抬着一箱金元宝走之前，唐知府约浪公子到他家去做客。锋浪当然欣然同意。送走了两位大人，铃铃主动相邀锋浪呷茶聊天。锋浪看了看天色，也就同意了下来。却吩咐黑七去告诉妙偷手加紧做事，而另派一部分人去抢，制造麻烦，引开官府的注意力。今日与冷特使相见，锋浪觉得这个人还有点本事，极有可能会给他带来阻碍，因此不得不拢络拢络！

在后花园里的白玉桌上，饮酒后的锋浪觉得再呷几口清茶十分心旷神怡，何况对面还有佳人作伴。今日的事不知是巧，还是他的运气好，居然比他预料的成果还大，不但谈好了聚宝钱庄的事，而且交了两个官老虎。

对面的铃铃自从厢房中出来后，就一直未说多少话，而眼神却在锋浪身上打转。两人就这么静静地坐着，各怀心思，锋浪则在想：

"明日是娘亲的生日，五日后击败古城丐帮分坛，十日后是聚宝钱庄股东易主，半月后离开古城，其间还有很多事要做，太忙了，而我却在这里浪费时间，应该吗？"

"浪公子，你怎么不说话呀？"

想不到还要美人主动开口，谁知锋浪似乎没有听见，铃铃皱了皱眉头，又提高声音叫道："浪公子，你在想些什么？"

锋浪茫然抬头，定睛看着一代佳丽，言不由衷地道："这茶味道不错！"

他还以为铃铃在问他茶的味道呢，铃铃被他此时呆头呆脑的样儿逗乐了，咯咯地笑了起来，即而感到有些失态，用手袖捂嘴，眼如流波瞟着锋浪。锋浪由于刚才所饮之酒过多，这时身子分外发热，暗忖这女人还真是一个绝色尤物，最特别的是她恰到好处地保持了一点点矜持，没有故意做作的感觉，一切都很自然，仿佛她的美也是很自然的。铃铃笑后方才含蓄地道：

"公子，看你心事重重的样儿，是不是还在想那一箱金元宝，如此介意为何又要慷慨送人？"

锋浪一怔，即而哑然失笑，摊开双手潇洒地道："你看我，是那种很看金钱的人吗？"

铃铃果然又仔细地看了看锋浪，方才道："你确实不是很在乎金钱的人，但妾身觉得，你也不是很攀附权贵的人，送金元宝给他们，那可不是个小数目，公子定是另有目的，而且得到的极可能比那箱金元宝的价值多很多！"

锋浪心里一震，呆呆地看了看铃铃，发现她不但美，而且非常聪明，一种狡黠的聪明，顿时有些后悔为什么要带她去见唐知府二人，俗话说：聪明的女人往往会坏男人的大事！

心里不由自主有了防范，锋浪脸上却依旧挂着玩世不恭的浅笑，道："你的猜测，在下不发表意见，继续说下去？"

"公子没有反对，大概妾身猜得八九不离十，旁观者清，当局者迷，唐知府与冷特使被花花金元宝迷住了心智，妾身却没有收到金元宝，如果公子也送一箱给妾身，大概妾身也糊涂了！"

说到这里，铃铃自个儿笑了起来，锋浪也笑了起来，然后道："你在暗示在下送你金元宝？"

未等铃铃说话，又笑道："其实你看上去也不是很在乎金钱的人，与在下差不多是同类人，所以假设送你金元宝，一定血本无归，是吧？"

说到这里，两人都笑了起来，一个哈哈大笑，一个抿嘴浅笑，沉静被打破了。铃铃又一本正经地道："公子撒谎，居然眼睛也不眨一眨，简直是天才，你想到红枫堡，一则让京城特使相信你是同乡；另则是引出唐知府的话，以达到自己的目的。以妾身来看，公子见唐知府的目的，就是要聚宝钱庄。这事本不好做，想不到公子却做得天衣无缝，还认了两个衙门朋友，公子的心机，与公子的年纪实在不相称！"

锋浪心里更是不停下沉，自己完美的行动居然被这个女人看得一清二楚，但脸上依旧笑着，只是惊异地道："你真将在下看得那么厉害？想不到铃铃姑娘夸一个人不沾一个'夸'字，你未免……也太厉害了，我们好象很相配嘛！"

最后一句话说得太露骨了一些，锋浪花花公子的神态又毕现无遗。铃铃脸上飞快地掠过一片红霞，即而转为平静，依旧有礼地道："妾身是青楼女子，红尘中滚爬的人；而公子却是富家之子，千金之体，潇潇洒洒来，又飘飘摇摇去，俊容怀才，人中之龙也，妾身怎可与之相配？公子说笑了！"

锋浪此时不得不佩服这女人，暗叫厉害，心思电转，暗猜这姑娘的来历。因为她知道的事太多了，锋浪又认认真真回忆与铃铃相识后发生的一切，暗暗琢磨，心里已有了主意！

于是锋浪站了起来，笑道："碰上姑娘这样才艺双绝，美貌与聪慧俱佳的女子，在下从不相逼为难。夕阳在山，如果铃铃姑娘没有留客秉烛夜谈的打算，在下只有告辞了！"

铃铃当然听出了锋浪的话外之意，脸上又是一团红晕，不敢多看锋浪，微低螓首细语道："妾身初入红尘，今日又初与公子相识，公子之意……妾身抱歉了，他日将一并还上！"

"哈哈……姑娘不必抱歉，青楼虽好，却又不便长住；红尘虽妙，却不便久留，告辞了！"

说完，锋浪挥了挥衣袖，没有带走一丝云彩和夕阳，反而留下了忠告和响亮的笑声，快步穿过花园小径，消失在圆形拱门之外。

铃铃呆呆地站在那里，望着锋浪的背影，直到他消失，口中呐呐地道："青楼不便长住，红尘不便久留，他到底想告诉我什么呢？"

忽然她狡黠地笑了笑，转身回到那间精致的雅间。而锋浪踱出小院，出了翠玉楼，在外面溜达了一会儿，装着似乎在等什么人，而眼睛却四下观望，发现并无人跟踪，立时暗忖道："难道是本公子疑神疑鬼，看走了眼么？"

"不可能！"锋浪还是不放心，徘徊了一圈又向回走，到了翠玉楼的后面，看到高高的栏栅，提气凝神，如云雀一般冲掠而起，划过栏栅上面，落到了后花园，再借势一滚，进了花丛中，而这里离铃铃的雅舍小窗没有多远！

此时雅舍内悄无声息，仿佛空无一人，锋浪不由暗忖道："难道里面没有人？那铃铃姑娘到哪里去了？"

"如果没有人，不如进去看看！"

"琴儿，把窗关上，以免有黄鼠狼跳进来！"

锋浪正蠢蠢欲动，却听到铃铃的声音传了过来，立时又蹲了下去，暗忖："原来她一直在房中，并没有外出，但她这话是什么意思？"

"小姐，你在说什么话，这里怎么会有黄鼠狼？院墙那么高，又没有洞穴，纵有恐怕也进不来！"

"那可不一定，还是防着为好！"

锋浪暗惊，立时想到今日在雅舍外露了一个最大的破绽，就是未弄明白外面两个女婢是铃铃带来的，还是翠玉楼安排的，若是翠玉楼安排的，铃铃也极可能很快与她们结成一伙！

"铃铃到底是谁？到古城，住青楼，又陪客人，到底有何目的呢？"

这个问题不解决，锋浪万不敢安心睡大觉，想了良久，锋浪觉得现在不宜打草惊蛇，又悄悄地退出了翠玉楼。脚下不停，很快就回到了城东乌塔，看到亏留和妙偷手正在那里等他。

"妙偷手，这几夜恐怕要辛苦你了，刚才我在翠玉楼花掉了一箱金元宝！"

"一箱金元宝？"

亏留和妙偷手都是一惊，脸色也是一变，显然他们心里震动不已。锋浪这才将在翠玉楼的经过讲给了二人知道，二人面面相觑，齐声道："教主，你办事自有你的道理，不必向我们解释！"

锋浪摆手道："嘿嘿，虽然我是教主，但更重要的是我们乃铁一般的兄弟，万事商量通报一下都好一些，有了聚宝钱庄，一切都好办多了。又有唐知府给我们金圣教在此撑着，兄弟们也能顺利办事！"

"万一……万一唐知府翻脸不认人呢？"

锋浪残酷地笑了笑，道："我做事的风格，你们难道还不清楚吗？如果他翻脸不认人，我就叫他不但吐出来，而且还要赚！我是个商人，其次才是江湖中人，以武撑商，绝不会亏本的！"

"丐留，你一定会帮我准备了一份献给娘亲的礼物吧？"

"呵……大哥还真将小弟摸得一清二楚，小弟确实已准备了两份，明日一早就叫人送过去！"

锋浪满意地点了点头，方才道："你们说，五日期满，我们是将古城丐帮坛主打入天牢呢？还是做个顺水人情好一些？"

"做个顺水人情吧，这样我进入丐帮也好办事！"

"不，杀掉，丐帮中人不是一般的江湖混混，而且其坛主心里有数；他到底在古城做没有做案，我们清楚，他也心知肚明！应如何除掉他？"

妙偷手此时道："借刀杀人！利用唐知府这层关系，五日期到，唐知府带人捉拿丐帮在此地的分坛坛主，而其坛主定会认为没有做，而且有一定身份，再叫丐留的人向分坛主进言：唐知府早将他看作古城势力眼中钉，治安的阻碍，方才派人栽赃于他，想将他治死。他知道这一切后当然会反抗。"

"而大哥利用与唐知府现在的关系，再向唐知府告密，而且提醒他丐帮中人可能拒捕，唐知府一定有准备，两股势力相碰，自古民斗不过官，丐帮古城坛主肯定落败。丐留和他的人那一日躲到一边，趁机控制其分坛，丐留应想到分坛主拒捕后会逃，一定要趁乱杀了他！"

"好一个反间借刀杀人、趁火打劫的连环计，这个办法我举双手赞成！"

"大哥，这样做未免太狠了点吧？会伤及很多人的！"

锋浪眉毛一抖，严厉地望向丐留，责道："一将功成万骨枯，无毒不丈夫。这一点点伤亡算什么？要做丐帮中有实力的人物，你从现在就应学会善良时善良，该凶残时凶残，否则，我们做的一切都会付之东流，明白吗？"

丐留点了点头，咬牙道："一切听从大哥的安排！"

"好……第五日末时，本教主想办法让唐知府和冷特使去丐帮分坛；而在这之前，我和妙偷手化装成丐留的两名伙计，趁乱与妙偷手杀了分坛主，丐留以后要在丐帮做事，就别插手了，至于黑七，丐帮中很多人也认识他，亦不便出面，我们二人最合适。丐留，你安排一下，记住，定在末时！"

这几日，锋浪还真忙，抢夺钱势简直双管齐下，如果控制了古城丐帮势力，再加上黑七的地下黑势力，与唐知府的关系，简直是黑白、江湖通吃。而那时，最有名的钱庄也在他的手中，再以金钱拓宽势力，以势力巩固金钱，前景非常可观。锋浪似乎抓住了金钱和势力的诱人之处，及二者之间微妙互动的关系，不但将之把玩得精妙至极，而且乐此不疲！

黑七带给锋浪的消息是一切照旧，而令锋浪耿耿于怀的是金闲庄亦是风平浪静，看来因为父子断交，莫小小的清淡性格，其生日将低调处理，但锋浪决定还是回庄为娘亲亲自拜寿。

次日一早，金圣教各门陆陆续续将礼物送到了金闲庄。弄得金烁也不知所以然，但隐隐猜得出是锋浪所为，不知是欣慰，还是忧虑。

金烁以他江湖老手的脑袋想这个问题，觉得这是锋浪在向他展示自己的能力，暗含挑战之意。但他有何办法，现在他已归隐，而且对方是自己的儿子，正当年少，而自己没什么奔头了，在儿子面前，他首次有些颓丧。

金烁不得不收下礼物，因为他不能拒绝，父子关系断了，但母子关系未断，他心里好苦，响午，金烁依旧一人坐在花园湖边的小亭中浅斟独饮。而此时，莫小小也走出了房间，今日，她已换上了崭新的白裙缩发，在紫儿的陪伴下，心事重重地花园散步，毕竟是她的生日，也是她与金烁喜结良缘的日子。

当看到金烁独自一人在凉亭上饮酒，不由摇了摇头，对紫儿低声道："你在这附近玩吧。"

莫小小说完向凉亭而来，到了凉亭，金烁看了看妻子，没有说话。莫小小浅笑了笑，道："烁哥，今日是什么日子，你心情怎么这样不好？独饮闷酒！"

"小小，今日为夫确应高兴，但是有很多事，哎……还是放不下来！"

"你已不比当年了，而且与我在此闲住了十数年，心境也不一样了，是不是在与锋儿较劲？"

"嘿嘿，你说到哪里去了，我怎会与他较劲，无论如何，他也是我的儿子，就如同如来佛的手掌，孙大圣再会跳，也跳不出他的五指心呢！"

莫小小落座旁侧，淡笑道："还说没与他较劲，听你那口气，心里很不服一样；如果你再年轻二十年，如当年在沙漠中的心境，你一定不会比你儿子差，是不是？"

"那是当然，我像他这年纪时，早就在江湖上扬名立威了。但他现在名气也没有，武功亦差，当了一个小混混，还乐此不疲。居然分批派人送贵礼进庄，明明是在向我叫阵！"

说到这里，金烁也笑了起来，放下酒杯，拉着妻子的手，呵呵笑道："你看我，确实心里忿忿不平，是不是当年的脾性还没有磨完！"

两人都笑了起来，金烁将气闷的话说出口，也好受了许多。但接着又叹道："虽然与他断了父子关系，但还是很关心他。这小子天天在捣什么鬼，据探子回报，离庄的这些日子，他神出鬼没，似乎很忙一样。我断了他在钱庄的财路，他居然大闹一场就罢休了，而且再没上过门！"

"自己的儿子是什么脾气，我们还不清楚吗？钱庄里的钱不是个小数目，他会罢休吗？"

"所以我也怀疑他在暗中做小动作，他的钱，他一定要弄到手，而且他不愿亏本！这是他一惯的作风！自从在公墓那地方找到他，他就转移了地方，到现在也没有查出来。这几日，城中的飞贼更加猖狂，简直肆无忌惮，但每次都进了丐帮分坛，不会是丐帮中人吧？"

"这些事谁说得清楚？他的事，无论好坏，都不要人插手，特别是你插手，他会更加变本加厉！烁哥，孩子大了，你也别管他了。对了，听说他与荷西家的千金关系非同一般！"

"哼，这小子做事狠，想不到逗女孩也厉害！"

莫小小莞尔一笑，道："这些还不是你传给他的？想当年，你还跑到大漠关外去抢姑娘呢！"

一想当年事，两人都仿佛年轻了很多，相偎相依，似乎一对初恋情人，非常幸福。

"烁哥，今日你有没有请荷西一家到这里来？"

"哼，那小子一点也不检点，听花姨的意思，荷家千金已吃了亏，我们还有什么办法！"

"也别怪儿子，这事俗话说一个巴掌拍不响，荷西去过西洋，观念开放，又娶了一个洋老婆，生个女儿，当女儿的在男女事上，当然也一样！"

恰在这时，一名侍卫匆匆来向二人报道："禀报庄主、夫人，荷先生一家已到庄上！"

两人料不到他们来得这么早，只好暂时停止聊天，离开凉亭，向前厅而去。

在前厅的荷西一家，受到了非常优厚的礼待，而跟着他们的是花婆婆。只有花婆婆是第二次到这里，当然并不吃惊，而荷西和洋夫人却很惊讶这就是江湖有名的金闲庄"金浪客"的地方，荷西叹道："金庄主果然是在过隐居生活，以他的声名，应该住宫殿一样豪华的房子才对！"

而荷妮娜却坐不住，在大厅里四下查看，后又拉着花婆婆道："花婆婆，金浪客是不是样儿很吓人，我怕呆会儿见到人就吓趴倒地了！"

"你说什么，他人很好，但家教十分森严！特别是金夫人，很看重姑娘家是不是像姑娘样儿！"

"姑娘家是个什么样儿？难道我就没样儿？"

"不是指这个，而是懂规矩，守礼数！"

荷妮娜恍然大悟，又转回身向荷西道："老爸，你说锋浪'浪公子'就是金闲庄的少主么？"

看到荷西点了点头，荷妮娜立时跺脚道："这死小子原来一切都在骗本小姐，待会儿一定将他往死里揍！"

"别妄想了，浪公子现在不住在庄上，搬出去住了，只怕你想找他，也不一定找得到！"

荷妮娜一愣，茫然道："这是他的家，他为什么不住在这里？今日是他娘的生日，他难道不回来？"

荷西怕荷妮娜呆会儿乱说话，便悄悄地道："他与他父亲闹翻了，待会儿见到他父母，别乱说话，他们问什么，你就答什么，明白吗？"

"这死家伙，将本小姐害惨了，呆会儿见到他们，我说什么好呢？喂，老爸，他们真的对人很和善么？现在我心里已在打鼓了！"

洋夫人见女儿那可爱又可怜的样儿，不由笑道："妮娜，你平时不是天不怕、地不怕的吗？怎么现在反倒怕起来了？哎，丑媳妇总要见家翁的！"

荷妮娜不由羞红了脸，道："谁说要嫁到金闲庄来，都是锋浪害死人了！"

她说完走到洋夫人旁边，抱着洋夫人撒娇道："娘，待会儿你可得帮女儿圆场呀！"

未等洋夫人回话，金烁和莫小小已匆匆走进了客厅，看到荷西一家，金烁立时笑道："荷先生真肯赏脸，到寒庄作客。刚才未迎各位，多有失礼，还请荷先生和各位包涵！"

"金庄主不用客气，随便些好，是吧？"

荷妮娜跟着洋夫人站了起来，望向金烁，有些失望，暗忖："这就是威风八面的金浪客？简直像个文弱书生，有机会倒要向他领教领教！"

正在胡思乱想，忽然感到有一双眼睛正盯着她不放，对眼一看，暗自紧张，心里打鼓道："这位一定是金夫人，锋浪的母亲！她为什么一直看着我？难道她已知道一切了？"

做贼的人永远都是心虚的，荷妮娜不由自主感到脸上发烫，匆匆向莫小小一笑，又慌忙低下头去，拉了拉自己的母亲，嘀咕道："娘，帮帮忙！"

洋夫人此时哪里管她，忙着与金烁夫妇见面。经双方相互介绍，众人方才又坐了下来，十分客气地聊了几句。

在金烁的安排下，莫小小带着洋夫人母女和花婆婆到了后花园，而荷西与金烁则在前厅聊天。有莫小小在场，荷妮娜总感到有一股无形的压力，于是向莫小小道："金夫人，你和娘亲聊，我想与花婆婆四下看看，不知你同不同意？"

"妮娜，你是客人，怎么可以擅作主张？"

洋夫人训着女儿，而莫小小则笑着道："不用客气，你随便玩吧，如果锋儿在，就有人陪你了；花姨，你带着她们去四处转转吧！"

荷妮娜料不到金夫人如此友善，十分好相与，心中一块石头也落了下来，又听金夫人口气，确已知她与锋浪的关系，顿时羞涩无比。心里暗骂锋浪不是个好东西，但又怕金夫人看出来心里不快，于是拉着花婆婆和紫儿匆匆离开。

花婆婆到此，似乎到了自己家一样，紫儿与荷妮娜差不多年纪，当然一会儿就很熟络了。却说洋夫人和莫小小在花园里正聊得高兴，突然看到一个白影掠墙而入，飞快地隐入花丛中。莫小小一惊，即而问道："是锋儿吗？"

来者正是锋浪，锋浪左想右想，觉得还是回庄向娘亲拜寿，否则半个月后离开古城，见娘亲的机会将少之又少，而且那夜在公墓看到父亲和"迷花谷"之人斗在一起，更不放心，故他派了白住领着一群人在金闲庄附近观察动静。他安排好了一切，暗中潜回金闲庄。锋浪进来时，就看到花园里只有母亲和洋夫人，故大胆地掠跃进来。这时，锋浪走出花丛，呵呵笑道："娘亲果然是宝刀未老，依旧厉害！"

"我们正说到你，你就回来了，还不拜见荷夫人！"

锋浪向洋夫人拜了拜，方道："岳母大人，今日是娘亲的生日，你能不能做点西餐让娘亲尝尝？"

莫小小想不到锋浪在洋夫人面前如此随便，居然叫起岳母大人，八字还没有一撇呢。而且叫客人给主人做饭吃，简直不成体统！于是严厉地道："锋儿，你对荷夫人太无礼了，快道歉！"

没想到洋夫人笑呵呵地接道："金夫人不用责难浪公子，其实他常到我们家，叫我做西餐给他吃呢！我很高兴，不只将他当女婿看待，还当朋友知己呢！"

西洋人的观念就是不一样，等级辈份观念不强，锋浪立时笑道："娘，也正是因为荷夫人不拘礼节，孩儿才这样说的！当你们熟络了，就会觉得孩儿并不是冒犯荷夫人。今日是娘亲的生日，孩儿首先向你祝寿，你可千万别又生气落泪哟！"

"好啦好啦！真没规矩！"

莫小小幸福地笑了笑，又道："荷姑娘在那边玩，你过去陪陪她吧，不然她会不高兴的！"

"娘，你收到我的礼物后，还过得去吧？"

"你就是什么都不送，只要回来看娘，娘就心满意足了，快去吧，别在这里瞎唠叨了！"

锋浪这才向荷妮娜那边窜去。莫小小看着儿子矫健的背影，心中又是幸福，又是忧虑，有心无心地道："他还真让我很操心，妮娜这姑娘倒是很乖巧的，我第一眼看见就蛮喜欢！"

"别提她了，时间长了，她也会烦人的，倒是浪公子人品很好，又十分孝顺，是个打着灯笼也难找的好女婿！"

"他对我是孝顺，但与他父亲，倒像一对冤家仇人，我夹在中间，不知如何是好！"

洋夫人在东方住了很久，已精通东方的人情世故，算是一个典型的东方妇女了，立时揣摸出莫小小秃妙矛盾的心理，于是说道："我以前只知浪公子叫锋浪，却不知他是谁家的孩子，在西方，孩子从小就是很独立的，浪公子讨我欢喜，大概也是因为这一点。当知道他就是金闲庄的少庄主后，我确实吃惊不小，更是了解他为什么要在外面跑，要自己干。因为他父亲的光环太耀人了，要摆脱'金浪客'的名声是很难的，可他有很强的叛逆心理，所以他与金庄主不相合，这中间谁也没有错，夫人就不用多担心了！"

"现在担心也是白担心，怕他野心比他父亲还大，我只希望他不要变坏！说着还是担心！"

洋夫人笑了笑，道："担心是作为父母免不了的，但锋浪本性很淳厚，做事一定自有分寸！"

"想不到你看问题比我还要深！"

两位夫人均围绕儿女展开了谈话，而在大厅内，两位父亲更是如此，感到有责任管好儿女。荷西到金闲庄，多半是因为女儿和锋浪的关系，早定比迟定好得多！但他也担心自己说话又扯上他与锋浪的秘密协议。他十分清楚锋浪的脾性，但金烁依旧问钱庄的事。

"荷兄，你是聚宝钱庄的股东之一，而且亲自亲管帐务，定然清楚锋浪以浪公子的名义在钱庄存钱财的数目，这是钱庄的秘密，不能讲与他人，但你还是可以说他这两天所存之钱的数目有没有改变，也就是有没有增加？"

如果锋浪的钱在倍增，那连续的盗窃案一定与他有关，这次金烁却想错了，荷西摇头道："锋浪既然不能用那笔钱，又怎会再往里存呢？"

"他不会就此罢手，一定有其他的花招！"

知子莫如父，荷西暗自感慨，但他又不能说出锋浪准备用那笔钱买红枫堡的股份，强占聚宝钱庄。当然他不知道锋浪的胃口很大，不但要收买红枫堡的股份，而且与唐知府商议好，将官府股份转给他，这样实际锋浪成了第一大股东，成了聚宝钱庄的主人。以后不但他，就是岭南镖局也得看他的脸色行事。

"他有没有其他花招我还不得而知，至少他现在还没有动静，但金庄主这样一来，就坑了儿子，让他钱不能周转，钱庄得到了收益。金庄主，不知你是否得知，官府和红枫堡准备撤资，如果大户浪公子取款，大家会蜂涌而上，聚宝钱庄定会破产，变成有库无钱。到那时，锋浪的钱也会死的！"

"那些钱本不是他的，变成死钱更加好些！"

"不是死钱，而是没钱！你真得不让他取？！"

金烁果断地道："他没钱最好，让他多吃吃苦头！"说到这里又叹了口气，道："可惜他不愿意受苦，没有钱他会想方设法的找钱，不管是白道还是黑道，看来，是小的时候将他宠坏了！"

"金庄主，他现在已经长大了，我劝你，该你管的你便管，你少管点对他有好处，也不会刺激他，不知你发现没有，每次你一插手他的事，他必用另一种方法报复，好象是你在干坏事一般，你不会介意我这样说吧？"

金烁摇了摇头，他第一次觉得自己已拿锋浪没有办法，真是没有办法，随着锋浪在江湖上混的时间越长，羽翼越硬，他将更没有办法对付。

而此时的锋浪心情却十分爽快，从花丛中跃了出来，闪电般的奔向荷妮娜，将荷妮娜吓了一大跳，花婆婆武功高绝，立时看清来者是锋浪，即责道："正门不走，偏要偷偷摸摸吓人！看来你还真是邪门走习惯了！"

锋浪对花婆婆早就有所怀疑，现在看到也在这里，更是铁定了自己心里的想法，眯着眼道："花婆婆，你肯定是那夜在公墓出现的人！"

花婆婆一愣，暗忖这小子还有些门道，但装作什么都不知道："你在胡说八道什么？我老婆子听不懂！"

"听不懂没关系，只要你心里明白，我心里明白就行，幸好你是妮娜的师父婆婆，并不是敌人，否则我还要费思劳神来对付你呢！"

荷妮娜一见锋浪，立时兴奋了起来，上前死死地抱住他的熊腰，擂打道："你这个死小子，总是神出鬼没的，你知不知道，你骗得我好惨，刚才在你老娘面前差点没吓得跪下去！"

"跪下去干什么？是不是求她收你做媳妇，金闲庄可不会要母夜叉做少夫人，少劳神了！"

"你……你死砍烂脑壳的，不安慰本小姐反而火上加油，是不是胆大了些？"

说着就去捏锋浪的耳朵，锋浪立时提醒道："这可是金闲庄，你是客人，别太野了！"

荷妮娜果然停了下来，四下看了看，见紫儿正惊异地看着他们，觉得他们做得太出格了！

荷妮娜立时觉得难为情，尴尬地笑道："这倒是，我不应该在这里太嚣张了！"

锋浪四下看了看，见四周没有其他人，只有紫儿和花婆婆在那里，当然心宽了许多。花婆婆真有些看不惯他们，唠叨道："真不像样儿！"

锋浪横看竖看，也看不出花婆婆会功夫，而且比"金浪客"还要厉害，于是怪兮兮地道："花婆婆，是你厉害，还是金浪客厉害？"

"浪公子，你说什么话，我老婆子还真听不懂，金浪客是什么人物，你难道不清楚？我老婆子手无缚鸡之力，哪里是他的对手？"

锋浪一愣，"金浪客"是什么人物呢？细细想来，他的确不了解其父亲，不知道他一生武功的来历，想不到"金浪客"根本没有给自己的儿子讲这些，锋浪又有些恨金烁了。

未待锋浪再说什么，花婆婆已领着紫儿到其他的地方，根本不理他了。

望着花婆婆的背影，锋浪心里暗自琢磨着"迷花谷"这三个字，显然花婆婆来自"迷花谷"，从那夜她与"金浪客"的对话看来，锋浪隐隐猜到母亲也是来自

"迷花谷"，但"迷花谷"为何要追杀他们?! 以后又为何不追杀了呢? 这中间又有"迷花谷"谷主与牟白的关系，看来牟白是个特殊人物！

锋浪想得发疯，对一个好奇心强的人来说，这种折磨就如同吸鸦片上瘾的人一样，此时他真想冲到金烁面前质问他为什么对儿子隐瞒了如此多的东西，难道是不相信他? 想到这里，锋浪抓了抓自己的长发，显然是在忍耐自己浮动不已的心。而活泼的荷妮娜此时根本没有注意到锋浪的情绪变化，她也无需去关心这些变化，与锋浪在一起，锋浪就是一切！

"喂，你发什么呆，对了，我又学到了几招剑法，你想不想看看，说不定比你厉害了！"

锋浪望向如花一般的荷妮娜，听到她的话，心里一动，不露声色地道："像你这样的小傻瓜，又能有多少进步? 你先要给我看看，看你学了些什么玩意儿，再决定与你试招！"

荷妮娜见锋浪的注意力又转到了她身上，立时来了劲，四下转了转，快乐得如一只蝴蝶，好不容易才找到了一根枯枝，灿烂地笑道："这一次没有带剑，本小姐也学你用用这玩意儿！"

锋浪一愣，立时摇头道："你不能用枯枝，而应用花枝，带花的枝，那样更适合你！"

他估计荷妮娜剑法是从花婆婆那里学来的，而花婆婆的武功来自"迷花谷"，他想印证一下"迷花谷"的武功与娘亲武学的关联，而莫小小从不用剑，至少在锋浪的记忆中是这样的。

"好，用花枝就用花枝，但花枝上为什么要带花? 这样一点也不像剑，倒像在玩杂戏！"

锋浪摇了摇头，抱着双臂站到一边，严肃地看着荷妮娜，荷妮娜哪见过锋浪如此认真的样儿，心里更加高兴，遂了他的意思顺手折了一花枝，娇叱道："你看清楚一些！"

说着只见花枝一窜，如闪电般的射出，但在锋浪脸色一变时，花枝又飘荡而起，花枝上的花在前窜时，如一道白光，即而飘荡而起，虚幻一片，令人眼花缭乱。突然花枝急速旋转起来，在空中飘来飘去。此时锋浪根本没有注意花枝，而是注意那一朵花，在他眼中，也只有那一朵花。他只觉得那一朵花时而飞成几朵，时而合成一朵，突然如一道闪电袭来，又突然如一条白绫，一会儿变成了一点，一会儿又变成了一片，向他头顶罩来，果然诡谲无比。

锋浪突然飞掠而起，探手向那朵神秘的花抓去，谁知那朵花好象有生命一样，在锋浪手指边一滑，溜了开去，闪电般袭向他的双眼。锋浪一仰身，又换拳击，花又是一飘一荡，灵巧至极。锋浪拍出一掌，立时那朵花变成了花瓣雨，直向他全身罩来，锋浪身体疾旋，双手飞快地划出一朵一朵的花环，被击散的花瓣顺着花环缓缓下飘，坠到地上！

"喂，你怎么突然出手？还将花击碎了！不是说只看吗？早知你赖皮，本小姐就用点力气了！"

"多用点力也无济于事，刚才他根本就是想窥看你的武功来源，以印证他心里的想法！哼，迷花绝学岂是在一招半式中便可以窥破的！简直是妄想，年纪轻轻，就学会投机取巧，动歪脑筋！"

锋浪未说话，就听到花婆婆的声音从身后传来。荷妮娜怔怔地看着花婆婆，不解地问道："花婆婆，什么迷花绝学，难道你……不……我学的是迷花绝学？"

锋浪转身挑衅性地望着花婆婆笑了笑，方才转向荷妮娜道："不错，你所学之剑招是正宗的迷花绝学，便只是零零散散的一招半式，那天比剑我就看出来了，但又不敢肯定！今日再看，又出手一试，果然是迷花绝学，但本公子并不用窥视，因为本公子从小就在学，一直学到现在，已经十多年了。花婆婆一半说对了，一半说错了，对的只是本公子想证实心中的疑团！"

第五章

说到这里，锋浪转身向着花婆婆道："妮娜的师父就是花婆婆，而花婆婆来自迷花谷，也是在公墓出现的蒙巾人，我说得一点不错吧？"

花婆婆一愣，怒气冲冲道："你……你反了……"

"反了又怎样？这是金闲庄，可不是迷花谷！"

锋浪证实娘亲也是"迷花谷"中人，但过了几乎二十年，"迷花谷"的人依旧不放过娘亲，在这个世上，他最亲近的人就是莫小小，他绝不允许有任何人对莫小小不敬，与她过不去的人，就是他的敌人！锋浪边说边严阵以待地看着花婆婆，花婆婆也怒睁老眼，仿佛要出手的样儿。一旁的荷妮娜如坠入云雾之中，但又不知如何是好，只迷茫地看着二人。正在这时，传来清脆快疾的脚步声，莫小小的声音飘了过来："锋儿，不得无礼！"

锋浪转头望向娘亲，见娘亲惊惶的样儿，立时跑了过去，拉着莫小小的手道："娘亲，你以前是迷花谷中人，是不是？为什么不告诉孩儿？"

莫小小一愣，叹了口气道："娘有苦衷，娘背叛了迷花谷，是娘对不起迷花谷，怎好开口？"

说完向着花婆婆道："花姑姑，小孩子不懂事，什么都不知道，还请你宽恕他！"

"我人都老了，当然无所谓，如果碰上谷主，只怕麻烦就大了。我劝你还是好好教教他，以免他碰上迷花谷的人，死得不明不白！"

锋浪听得心里又是生怒，又是不服，但听莫小小叫花婆婆为姑姑，可见对方在迷花谷中的地位，当然不好开口，又惹得娘不高兴。

"锋儿，你听见了吗？以后碰上迷花谷的人放聪明点，离得远一点，，更不能用我教给你的武功与她们相斗，娘告诉你的话，你难道忘记了吗？"

锋浪心中不服，但见娘生气，立时道："娘亲，我全记着呢！今日是你的生日，你应该高兴才是，花婆婆，晚辈刚才太无礼了，现在向你道歉！"

他说着"咚"地一声跪在地上，向花婆婆叩了三个响头，众人都看得傻眼了，就是花婆婆也惊异无比。锋浪性格孤傲，是什么样儿的人大家都很清楚，却能在大家面前下跪。其实她们都不明白锋浪深沉的心眼：娘亲是迷花谷的叛徒，但对迷花谷依旧有感情，锋浪不好与之为敌；而且从花婆婆身上可以看出迷花谷的武功确实厉害，与之为敌只有倒霉。要让母亲高兴，又要母亲安全，只有拉拢分化迷花谷的人，特别是花婆婆这样的主要人物！只要迷花谷的人在对待他娘亲背叛之事的处理上出现分歧，母亲就会安全，迷花谷的势力就会被削弱！

果然花婆婆受了锋浪三叩之礼，脸色好看多了，对莫小小道："这小子小聪明乖巧的很。难得他一片孝心，姑姑不会为难他的！"

莫小小脸上立时露出了欣慰的笑容。锋浪站了起来，调皮地笑道："花婆婆应该说不会为难娘亲了！"

"我老婆子说话还用你来教吗？如果我要为难你娘，你娘还会站在这里与你说话吗？"

锋浪虽然被责，但心里暗自高兴，揣磨到花婆婆与她们谷主的意见已有差异了，至少如果其谷主为难莫小小，花婆婆是不会同意的。他于是脑筋一转，笑嘻嘻地道："娘亲，请花婆婆住到金闲庄里来，你们大概有很多话要聊，这样方便许多！"

"这怎么行？花婆婆还要教我剑法呢！而且家里还有那么多花要她照顾！"

荷妮娜立时表示反对，锋浪狠狠地瞪了她一眼，即而笑呵呵地道："现在住进金闲庄来，还不算迟；若等到人老珠黄，嫁不出去，再想进这金闲庄，可就没门了！"

荷妮娜听得脸上立时飞上两片红云，知道这恶小子暗指什么？大瞪美目，娇嗔道："你……不是好东西！"

她说着就要去打锋浪，但看到莫小小，立时醒悟这是金闲庄，不是她自家，又刹住了脚步。

场中气氛融洽了许多，莫小小却一本正经地道："现在我倒希望花姑姑住进金闲庄，如果荷夫人愿意，也可以带着妮娜和我们住到一起！"

锋浪立时拍掌道："如此最好，反正这是迟早的事情！"

说着去拉荷妮娜道："本公子可是花花公公，心如浮云，趁我还没有变心，最好先住进来！"

"你……本小姐忍不住了，若不是你娘在旁边，真想揍你一顿，你是花花公子，我难道不能做花花小姐？"

她说着果然忍不住又习惯地去捏锋浪的耳朵，花婆婆看得直摇头道："太不像话……真不像话！"

洋夫人笑看着一男一女在那里打打闹闹，说道："我是无所谓，但这事还得先生做出决定，花姨，你说呢？"

"无所谓，住过来当然好，两人都现成这样了，不住过来简直不像话，而且这小子说得出，做得出，在外面混，心会野的！"

莫小小笑道："姑姑对锋儿的成见是不是很深？"

"金烁的儿子，我老婆子成见当然深，但他却又是你的儿子，还真拿他没办法！"

"哎，现在他只是我的儿子了，姑姑不会再为难他吧？"

花婆婆古怪地看了莫小小一眼，没有说话。突然听到锋浪叫道："什么人？"

众人听到声音，均寻声而望，只看到几位如花般的蒙纱白裙女子站在花圃的另一边，若不认真看，还以为她们是花呢！莫小小立时脸色一变，紧张地道："锋儿，不可乱来，快过来！"

锋浪转头望了望面色苍白的娘亲，而在这一顿间，几位花女飘掠而起，向莫小小扑来，锋浪大惊，大喝道："找死！"

他说完掠身而起，扑向那几名花女，坠尾的两名花女飘然回身，挡住了锋浪的去路，双方出掌如飞，像一团团的花在飞舞，若合若分，一会儿是花在飞，一会儿如花瓣在四散疾射，惊险无比。最后双方都坠到地上，停了下来！

"你们……你们是迷花谷的人？！"

"你怎么会迷花绝学？"

双方都发出了问号，但都没有回答，只因不用回答双方都明白了。而此时另外几名花女已到了莫小小的面前，却并没有动手！花婆婆厉声道："你们简直没大没小到！这里来干什么？"

"回禀花婆婆，谷主想见莫姑姑！"

"哼，她已不是迷花谷的人，上任谷主已说过不再追杀他们，这是违背上任谷主的遗愿！"

"我们到此，并不是追杀，是谷主想见见莫姑姑，否则，我们早已动手了！"

"放肆，有我老婆子在此，你们也敢说这样的话？即使谷主在此也不敢，都退出去！"

"花婆婆，我们……"

"啰嗦什么，回去告诉谷主，上任谷主尸骨未寒，叫她别太冲动了，否则会给迷花谷带来灾难的！退出去……"

几名花女呆了呆，转身就走，两名与锋浪过招的花女道："他居然也会迷花绝学，该怎么办？"

锋浪窝了一肚子火，好象他已成了待宰的羔羊一样，正要发火，花婆婆已接口道："他的迷花绝学是我老婆子教的，你们想怎么样？"

几名花女望了望锋浪，又望了望花婆婆，方才飘曳而起，几旋几落，就消失在墙外了！

锋浪见她们神乎其神的轻功，刚才又过了几招，心里不但惊惧，而且生寒，暗忖道："迷花绝学果然不同凡响，几名普普通通的花女就这般厉害，不知她们的谷主又如何？"

莫小小苍白的脸色依旧没有恢复过来，怔怔地望着儿子，呐呐地道："叫你别动手，别用迷花绝学，你为什么老不听话？以后该怎么办？！"

见娘亲惶恐的样儿，锋浪才知自己真的闯祸了，不但为自己带了杀身之祸，而且为娘亲亦带来了麻烦，但他依旧不服地道："娘亲，孩儿不找她们，她们必定因为我是你儿子而会来找孩儿的，如果我面对她们，不能用迷花绝学，又用什么？"

这确实是个问题，那样要求锋浪确实不太公平，莫小小岂会不知？但她也没有别的办法！沉默无语的花婆婆这时道："不用担心，刚才我已说过你学的迷花绝学是我所教，不但教了你，还教了妮娜，她们不能将我怎么样，自然也不能为难你娘，前任谷主的遗言她还不敢不听！"

锋浪摇了摇头道："你以为迷花谷主相信你的话？娘亲原来是迷花谷中人，她的儿子会迷花绝学，当然是她教的，迷花谷主肯定知道是你在骗她！"

"骗她又如何，她还是不能将老身与你娘亲怎么样。主要的倒还是你，你一天到晚在外面跑，总会遇见花女的，她们从今以后，也会留意于你，你今日可说捅到了马蜂窝！"

"哼，只要她们不再为难娘亲，我就不怕！我们总有碰面切磋的时候，躲不是办法。今日能与两名花女不相伯仲，总有一日，迷花谷主也奈何不了我，只有我变得更厉害才是最终的解决办法！"

莫小小依旧忧虑地道："但……但是现在你很危险！"

"让他自己去吧，以他的小聪明，她们不一定找得到他。刚才我看了他几招，觉得他有了几分火候，而且将迷花绝学与剑招融合在一起，有望头！"

锋浪暗自高兴，花婆婆如此说，说明他真得有进步了。花婆婆当然不知这全是莫小小的功劳，全是"剑花秘谱"的作用，否则也不会高度评价锋浪了。锋浪又想起外面的烦琐之事，趁机向娘亲告辞。莫小小虽然牵肠挂肚，但有什么办法，儿子迟早要离开她的保护范围。

在莫小小的千叮咛万嘱咐后，锋浪掠出了金闲庄，为娘亲生日的祝福就有惊无险中匆匆结束。离开金闲庄的锋浪心事重重，现在他不但有正面的敌人，阻碍他创办事业的敌人，又出现了迷花谷，可怕的迷花谷！

以他的自觉，迷花谷中人还会与他相遇，她们要他的命，而他当然要保自己的命，这个问题能不能解决，就看是谁先倒下了。

"哼，等老子功夫厉害起来，第一个饶不了的人就是迷花谷……哎，娘亲原也是迷花谷中人，那些花女还叫她姑姑，却又要为难她，这到底是什么道理？"

江湖是不讲道理的，血腥的冲突也是没有道理的，如果有道理可讲，那大家只需坐下来谈就行了，一代代传下来的武功招式又有何用呢？

锋浪离开金闲庄后，虽然心中忿忿不平，很不服气，但如今技不如人，而且年纪轻轻，事业未成，他还不想早死，所以如同惊弓之鸟一般。万幸亏留给他出了一个歪点子，让他易容。亏留在江湖上鬼混，当然会化装成各种角色。于是，亏留也将他的易容术教给了锋浪。

为了救命，锋浪当然学得很用心，他并不笨，脑筋很灵活，两日下来，技术直追亏留。

学会了易容术的锋浪，胆子又大了起来，何况在庄上时，他已可独斗两名花女，以死的威胁作动力，练习"剑花秘谱"当然也十分卖力。他自己也觉得自己的功夫在增长，信心也跟着倍增了。在第四日傍晚，锋浪化为原形，在几名部下的陪同下，逍逍遥遥地到知府家来拜访了。

唐知府和冷特使在家因为几日连续不断的盗贼案睡不着，吃不香，即使玩也没有心情，将锋浪的金元宝放在眼前欣赏也很快没兴趣了。两人大眼瞪小眼，长吁短叹时听到门人来报，外面有个小浪公子的人前来拜谒。两人只好放下心事，藏好金元宝，笑脸来迎这位贵客。

"浪公子，这两日我们都盼你前来喝酒，想不到你今日才来，终于给了我作东的机会啦！"

"有事忙着，故今日才来，其实这两日在下也是对二位念念不忘啊！"

锋浪恢复了原形，又找回了阔家公子的模样，与唐知府二人客套了一番，三人就在府宅的后花园摆起了酒菜，笑谈畅饮起来。

几杯下肚，唐知府心底的愁闷就上来了，向浪公子苦述道："不知是哪位高人，好像专门与本知府过不去，一路狂偷，偷得本知府手忙脚乱，目瞪口呆，简直不辨东西了！"

"哦？有这样的怪事，冷大人难道也没有头绪？！"

冷特使尴尬地摇了摇头，但肯定地道："这样的案子不是一人可以完成的，有人偷，有人掩护，有人销赃，我猜多半是江湖中人！"

"江湖中人，谁有如此大的胆子，如此强势呢？在古城中，强势的屈指可数啊！"

锋浪将二人的思维往自己设计的圈套中引，二人果然眼睛一亮，相互对视一眼。唐知府首先发话道："金闲庄是一大势力，但金庄主不可能，另外就是丐帮了……对了，丐帮的势力最强，也最复杂，哎，说到他们，我也头痛了！"

锋浪生在古城，当然清楚丐帮分坛在唐知府眼中的印象，说道："头痛也得医啊！自古民不与官斗，丐帮能与大人你过不去吗？"

冷特使也点了点头，冷冷地道："丐帮势力再大，也不敢正面与官府作对，只要抓住了证据，我们就应狠狠打击他们一下，让他们也收敛收敛！"

"以我猜测，飞贼自恃官府拿他没有办法，方才毫无顾忌地连续作案。只要我们连续跟踪，严加守卫，定会查出飞贼的落脚点，只要找到了赃物，管他是谁，也休想抵赖的，是吧？"

唐知府和冷特使均点了点头，过了一会儿，一位探子回报道："报告大人，刚才我们发现了飞贼，一路跟踪，见飞贼进了丐帮的分坛！"

唐知府和冷特使都站了起来，双眼发亮，同声道："情报属实吗？"

"千真万确。而且飞贼进去就再也没有出来，现在还有兄弟在那里守候着，但那是丐帮分坛，故我们不敢擅作主张，还请大人明示！"

"冲进去！将飞贼查出来，找到赃物！"

唐知府久压在心底的怒火冒了出来，向那名探子咆哮道："看是丐帮厉害，还是官兵厉害！"

"大人且慢，事情既然已有了眉目，就不宜打草惊蛇！丐帮中人，武艺高强，没有十足的把握，冲进去又如何？他们定会很快转移赃物的！贼人自然更难查探出来！法不治众嘛！"

经锋浪提醒，唐知府颓丧地道："继续监视，没我的命令，不要轻举妄动！违令者重罚！"

那名探子退了出去，锋浪整了整衣冠，暗自好笑，但又不得不佩服妙偷手的神技。当然，一旦妙偷手混进丐帮分坛，又如何查得出来？他会摇身一变，变成丐帮中平平凡凡的一员！

"浪公子说得对，法不治众，但又如何去应付丐帮分坛那么多人呢？"

"只要有了压倒性的优势，对丐帮之人产生镇慑，他们就不敢乱动了。俗话说擒贼先擒王，飞贼进了丐帮分坛，若没有其坛主暗中主使，谁又有如此大的胆子呢？可见此案与丐帮分坛坛主有关！"

锋浪分析得合情合理，冷特使点头道："既然这样，只要飞贼再出现，待他一入丐帮分坛，我们就冲入分坛，趁机在其坛主所住的地方查找赃物，趁机擒住贼王！"

"那为何不在丐帮分坛就擒拿飞贼呢？"

唐知府冷不防的一句话令锋浪大吃一惊，但表面却若无其事，等待冷特使的解释。其实他想解释，但让冷特使先说最妙。冷特使冷冷地道："这件事肯定是丐帮坛主指使的，飞贼不是一人，可能是许多人，夜夜更换，擒一人有何用？大头在外面，飞贼还会出现！要抓就抓头头！"

"有道理，冷大人果然想得周到！"

锋浪欣然赞道，这些话也是他想说的。此事解决了，唐知府方才向锋浪道："浪公子，我们几个股东商量好了，这月二十聚头，商量股份分配的问题。我已放出了口风，准备抽资救灾。过几日想那红枫堡丰堡主就会有所行动了，二十那天，你也可以到场，想必已可以转收丰堡主的股份了！我们可要假装不认识，否则他会怀疑是我们联手坑他的！"

锋浪点了点头，暗忖荷西老先生果然精明，一点风声都没有露出来。只怕现在红枫堡已知有人想要买他的股份！得到唐知府这边的消息，一定会立即脱手，转为现款的！

在唐知府家凯旋而出，锋浪立时换上面具，又换了花哨的衣饰，看上去，更是一个流氓型的公子哥们，心里高兴，锋浪带着那几名属下，大摇大摆地向翠玉楼而来！

到了翠玉楼，锋浪走进大厅，四下张望，夜晚的翠玉楼与白天没有什么分别，反而更加纸醉金迷，更如一个偌大的温柔乡，一进入就如跳入了无边无际的欲之海。

老鸨走了过来，看到一个陌生公子站在那里四下张望，眼睛里尽是惊异之色，好象是第一次见到翠玉楼来，但看他的打扮，却是很有银子的主儿，再看他那动作，简直与衙卫不相上下！于是笑嘻嘻地走到了锋浪的面前，热情地道："哟，公子是第一次到翠玉楼来玩吧？我们这里的姑娘可是貌美如花，温柔体贴，一定会让公子……"

锋浪摆手高傲地道："呃，先别说这些，本公子虽然是初到贵地，但见过的美貌姑娘不计其数，进过的青楼更是不少，只因本公子有这玩意儿！"

说到这里，锋浪从身边抓出了一叠银票，往老鸨面前伸了伸，老鸨以为是给她的，正欲伸手去接，谁知锋浪又缩手往怀中一塞，笑嘻嘻地道："本公子花钱如流水，就图两个字：高兴！能不能将你们这里最漂亮的姑娘叫出来呀?!"

老鸨暗骂这公子看似一个浑人，其实很精，还真是若舍不得姑娘，套不出他的钱。于是大声叫道："姑娘们，都下来见客！"

楼上的姑娘如云一般现了出来，锋浪的眼睛不停地在姑娘们中间寻找，口中暗忖道："居然'三朵金花一天香'都不见影儿，还想老子给你银子，别做梦了！"

姑娘们排在锋浪面前，锋浪耐着性子走了两圈，方才叹道："哎，这里的姑娘到底不如秦淮河上的美人啦！没兴趣，没兴趣！"

说完，脸上露出失望的神色，转身就欲走出。老鸨见即将到手的票子就要飞了，立时拉住锋浪道："公子等等，我们这里还有'三朵金花一天香'呢！你在这里等着，我去请她们出来！"

说到这里，向众姑娘挥了挥手，如赶鸭子一般将姑娘们赶了回去。老鸨飞快地去请四位位美人，未过多久，四位美人都婷婷飘出，望着锋浪媚笑。此时她们当然不认识锋浪。锋浪又仔细地看了看，方才点了点头道："这四个还行！老板娘，只不知还有没有更加好的，或者与她们不同味道的，如果有，本公子会将所有银都花掉！如果没有的话，本公子只能给你三分之一啰！"

老鸨听说只给她三分之一的银票，如果有更好的，会给她全部。天，这可是飞来横财！老鸨立即笑道："公子不忙，这里确实还有一位与众不同的姑娘，但她的要求是双向选择，客人可以选姑娘，但姑娘也要选客人，公子有钱，又仪表堂堂，她一定会答应的！"

锋浪立时知道她要去请的人是铃铃，只不知铃铃在吗？如果不在，她会去哪里？如果在，那才好玩呢。想到这里，即向四位美人道："四个美人是不是对本公子愤愤不平？独占四大花魁，还不知足？其实本公子要的是热闹，人多好玩嘛！"

四位姑娘向锋浪款款而笑，然后过来撒娇，抱脖子的抱脖子，捶背的捶背，高兴的锋浪哈哈大笑不止。

"你们叫什么名儿啦？……啊！不用说，本公子其他本事没有，却有一样是天下一绝，那就是以貌猜名，几乎百发百中！"

四美人听之，立时惊异地看着锋浪，齐声道："真有这回事？那你猜猜看……"

锋浪又哈哈笑了起来，眯眼看了看小芳。摇头晃脑地道："恬静中不失温柔，芳香中不失高贵！"

说到这里，锋浪作思索状，四位美人都瞪大美目等待着，仿佛学子们等待开皇榜。突然锋浪一拍脑袋道："有了，一定是它……"

顿了一顿，四女不耐烦了，将锋浪推来推去，如荡一只小船一般："快说嘛，快说嘛……"

娇嗲声与大笑声交织在一起，锋浪果断地道："她应该叫小芳！"众女立时愣住了。

说到这里，锋浪又指着小香道："她应是小香了！"

"哇，果然神呢！"

四女都雀跃起来，锋浪又吟道：

"飞天飘彩霞，沉海醉残夕，一飘乎，一沉静。这位美人应叫小霞，而这位乖乖则叫小夕最妙，如果不是，就叫小小最好！"

小霞和小夕听之，更觉得此风流公子神奇，居然随口出诗，从诗中猜知别人的名字。厉害！又仔细打量了一下锋浪，还是一股陌生感，从未见过，更是相信无疑。忽听高处一女子吟道："红粉中之浪，善解温柔乡，公子想必大名中有浪之字，应是浪公子！"

锋浪一震，抬头一看，正是铃铃站在楼上，拂袖依栏，正望着他，那双美丽的眼睛如同火之魂，星之光，看透了他的真面目。四女均停止了笑容，愣愣地看着铃铃，又奇怪地看着锋浪，不解地问道："你……你也叫浪公子？！"

"什么浪公子，在下是善公子！想不到这位姑娘也会吟诗猜名，但与我善公子比起来，还是略差一点，想必姑娘认识一位叫做浪公子的人，对他念念不忘，不知在下猜得是否正确？"

铃铃嫣然一笑，未作回答，小香立时拍掌道："善公子果然料事如神，简直如诸葛孔明，她的确认识一个大帅哥浪公子，可比你帅多了！"

"噢，有这样的人吗？能不能将他叫来让本公子见识见识，他是什么三头六臂的怪物，能够让上面的美人念念不忘，下面的美人夸夸不止？"

铃铃如一片云般掠下楼来，站在那里娇语道："公子若果然厉害，放胆猜猜妾身之名，若是猜中了，妾身不但与四位姐妹共侍公子，而且……"

说到这里，铃铃更是风情万种，娇媚勾魂，锋浪急色道："而且如何？"

"春宵一刻值千金，芙蓉帐中奈君何？但如果猜不对，妾身只有失陪了！无论你有多少银票！"

锋浪心里急转，暗忖是不是她在猜、在证实我的身份，自己要不要赌这一把呢？如果证实我就是锋浪，她会有什么手段，她到底是谁？

"公子怕是不敢猜吧，那妾身只有失陪了！"

美人在侧，锋浪岂能放弃这个机会！咬了咬牙道："好，我善公子就猜上一把，你听着！"

"拂袖揽浮云，疑是仙下凡；莲足踩花来，微微风吹铃！"

说到这里，铃铃眼中一亮，笑靥更美，急切地道："说下去呀，为什么不猜了？"

"诗中可成名的字太多了，一时难以猜出，姑娘若不是云袖，就是莲花了……"

"呵呵！错了，这次你猜错了……"

四美女都拍掌得意地笑了起来，并为锋浪惋惜，但铃铃只是闪过一丝失望，又嫣然一笑道："或许公子并未猜错，只是话未说完！"

锋浪又咬了咬牙道："在下的话确实没有说完，但在下也不猜了；姑娘天姿国色，谁不想一亲芳颜，但姑娘心有所属，欲证明善公子是否浪公子，在下虽是风流之人，但却不做卑鄙小人，骗姑娘是浪公子……"

说到这里，他抬身而起，装着苦笑道："想不到我自视人中之龙，众花捧之月，也不及一个浪公子，真是窝囊！"

话一完，锋浪抽出一叠银票，丢在桌上，装作惆怅满怀，伤心至极踏步欲去！但刚走出两步，后面铃铃又吟唱道："随风之飘铃，试问东去浪，残花亦解语，何以不载铃？"

锋浪心中一震，觉得这首诗是铃铃的心中之言，伤心之曲，若是自己就这样离去，岂不太无人情味了？但……如果她依旧在试探呢！她会用如此凄楚的诗来试探吗？自己又怕什么呢？

经过一场激烈的思想斗争，锋浪定了定情绪，转回头来，呵呵笑道："美人想必是铃铃姑娘了！"

四大美人齐都雀跃了起来，欢叫道："他果然猜出来了，真是厉害！"

虽然美，但她们却并不很聪慧，只因她们不是当事人，怎知诗中之意呢？如果真的是善公子，他就不用再猜了，继续走他的路；但如果是浪公子，就会停下来，自然也不用猜了！

锋浪终究经受不住美色的诱惑，当然不只是美色，还有男女相思相悦的情丝。"残花亦解语，何以不载铃"，这话多让男人心动心乱，锋浪是个男人，是个正常的男人，当然会停下身来。

铃铃证实了对方果然是浪公子——因为他已停下身转过头来！她不但凄目含笑，而且眸中含泪，不由自主走到锋浪面前，轻颤双肩盈盈道："浪公子?!"

"哼，的确是浪公子！"

锋浪心中感慨，暗骂自己太心软了，难过美人关。四美听说是浪公子，一愣之后，全簇拥上来，在他脸上摸来摸去，终于发现了他那精致的面膜边缘，毫不客气地撕了下来，一看果然是锋浪，立时又擂又娇骂，倒把铃铃凉到了一边。小香骂道："原来你一直在骗我们，说自己会吟诗猜名！你这个大骗子，可爱的帅哥骗子……"

锋浪嘻嘻笑道："好啦好啦！谁叫你们这么笨，天下哪有人能相人作诗猜名？而且百发百中？死人都不会相信，几个大美人却相信了，哪一天我将你们骗去卖了，你们还不知道是谁呢！"

"你骗呀！看你还舍不舍得卖！"

四女不但痴狂，简直疯了，锋浪左推右挡，也挡不住粉拳，而铃铃只是怔怔地看着他。

良久四人累得香喘吁吁，才停了下来，将铃铃推到锋浪面前嘻嘻笑道："春宵一刻值千金，芙蓉帐中奈君何！铃铃，不会要我们作伴吧？"

说完四女都笑了起来，锋浪表明了身份，铃铃听到自己说得这一句待，亦难为情地羞红了脸，只是嗔道："真是放浪得很！"

"走啊！铃铃是要你们作伴，浪公子是个宝，还是一只老虎？"

锋浪与四位美人早就混熟了，什么"好话"都说得出来，但铃铃却只见面两次，何况这美人也不喜欢这样放荡的场面。他于是笑道："去去，别在这里如苍蝇一样嗡嗡叫个不停，铃铃不喜欢呢！"

"哇，你还真是个喜新厌旧的负心郎！"

说到这里，小香假装哭叫道："你这个该死的负心郎，没了你，以后我怎么活得下去呀！"

锋浪以为小香真很委屈，忙上前赔礼道："小香，别哭了，一哭我就走啦！"

"你走吧，走得远远地看不见心里好受些！"

"好好好……是浪少爷不好，亲一个！"

他说着真亲了一下小香，小香立时高兴地跳了起来，得意地道："哈哈，浪公子也会被我骗呢！"

"动情之时心最乱，心乱如麻被人骗！"

四女笑嘻嘻地指着面对面的铃铃和锋浪唱了起来，尽情奚落。

锋浪回到铃铃面前，自嘲道："我是不是一个无所事事的浪荡公子？并不是你想象中的那样有才气，有抱负的公子哥儿！"

铃铃歪头嫣然笑问道："你是故意这样做给我看的，还是习惯成自然呢？"

锋浪不答反问道："你问问她们就知道了！"

四女立时又拥了上来，问道："你们要问什么？"

"不是我们，是铃铃问你们浪公子人品怎样，值不值得托负终身！"

四女都叫道："不值得，浪公子最坏，最花心，要托付，大家一起托付好啦！"

锋浪立时急了，大叫道："好啦，好啦，今日就陪你们玩到这里！天下还有如此不公平的事，要我花钱来陪你们玩！"

说着又向铃铃笑道："不好意思，我真要走了！"

铃铃一怔，不知锋浪是说真的，还是在与她开玩笑，她可是真心把锋浪留下来的！

小芳嗔道："喂，你怎么说走就走？难道说你坏，你就生气啦！真是小肚鸡肠！"

锋浪耸了耸肩，摊手道："小肚鸡肠也好，宰相肚肠也要，今夜本公子还有要事，真的不能陪你们玩了，你们玩起来没完没了，我可不是！"

"好吧，不知你下次又扮成什么样儿来骗我们！"

四女立时停止了笑容，惆怅地道："但愿你不要一去就不复返，那姐妹们可活得没意思了！"

看来四女果真与锋浪结成了伙伴，玩出了感情。锋浪笑了笑道："喂，你们这是什么话？好象本公子要进屠宰场一样，没事时一定会来找你们玩的！不然我找谁玩去？"

四女这才失神地点了点头，此时她们站在那里，十分乖巧，如同玩累了的小花猫。锋浪叹气道："再这样苦瓜脸，下次我真不敢来啦！"

此话一出，大家又都笑了起来。铃铃这才开口道："刚才我说得可是真心话，你不愿意留下来，原来也是很介意在青楼过夜的人！"

锋浪不知铃铃这次说的是不是真心话，他不想去猜，不想将心思用在这上面，只是摇了摇头，道："如果对青楼女子另眼相看，我就不会来与你一起玩，是不是？"

未待铃铃回话，锋浪就狠心转过了身，大踏步向外面走去。出了翠玉楼，锋浪见黑七正等候在外面，于是四下看了看，走到了黑七身边低声问道："金闲庄怎么样？"

"禀报教主，那些花女再没有出现过！但是妙偷手却不见了踪影！"

锋浪心中巨震，挑眉道："有这等事吗？"

"属下人来报，妙偷手是去执行任务时不见的，教主，是不是我们露馅了？"

锋浪心乱如麻，挥手道："我们回去再说！"

说完快步向前走去，黑七带上人紧紧地跟上，而此时，却有一双明亮透彻的眼睛在黑暗中看清了他们的一举一动，继而深叹了一口气。

回到城东乌塔，亏留正在那里焦急地走来走去，见到锋浪，立时跑了过来叫道："大哥!"

锋浪摆了摆手，坐在一块石上，仔细地想了想方才道："丐帮有什么动静?"

丐留摇了摇头，锋浪依旧不放心，对丐留道："你去丐帮分坛，暗中查探一下，妙偷手会不会在丐帮人手中，随时向我汇报!"

妙偷手在丐帮人手中，这是最坏的事。如果落在官府手中，也好不到哪里去。于是锋浪又道："黑七，你真的没有看到金闲庄主出庄?"

黑七也摇了摇头，进言道："花女侵犯过金闲庄，随时可能再去，金闲庄主不会现在离庄的!"

锋浪点了点头，道："明日我去官府看看，一切按原计划进行，如果妙偷手不在丐帮分坛，是否在官府手中，黑七、丐留，今夜你们辛苦一下，一定要查出妙偷手的蛛丝蚂迹，知道吗?"

"大哥，如果妙偷手明日末时还没有出现，那该怎么办?"

"由本教主亲自出马! 一定要将官府之人引到丐帮分坛去，现在你们去吧!"

丐留和黑七这才带着人飞奔而去，消失在夜色中。锋浪仔细想想，思索着这个快要成功时出现的意外，心中不由骂道："妙偷手，你怎么晚不失手，早不失手，偏偏在这时失手? 你现在到底在哪儿?"

"丐帮、官府、金闲庄，都不可能，会是谁呢!"

想到这里，锋浪又戴上面具，正欲下峰，却听到衣袂声，于是跳隐到一块岩石背后，很快就看到三个白衣女子从黑暗中掠了出来。定睛一看，不由大惊，来者正是翠玉楼的铃铃，还有两名女婢! 锋浪暗想："她到这里来干什么?"

"小姐，浪公子明明向这里来了嘛!"

"嗯，那他的人呢? 没看到他下峰?"

"现在他的人在我们手中，不愁他不来找我们!"

"他又不是诸葛孔明，怎么知道?"

"小姐，他们都是小角色，抓他们有何用?!"

锋浪听得心中发凉，自问道："她们到底是谁? 妙偷手会不会在她们手中呢?"

如此一想，锋浪本想出去的冲动又冷静了下来，耐心地藏在岩石后，等待她们离开。果然，三女找了一会儿，没有结果，又飘然而去。锋浪远远地跟着，直到山脚才看到丐留等人歪倒在那里一动不动。

"小姐，他们这么多人，不能一并带走吧?"

"哼，只带一人走就行了，带这个叫化子吧！"

说着，铃铃弹指而出，解了黑七等人的穴道，并冷冷地道："如果想救回这小子，就叫浪公子来找本姑娘！"

"姑娘是什么人？在什么地方？总得说清楚吧！"

"翠玉楼！你如此一说他就一定知道的！"

说完挥了挥手，两女婢带着一动不动的丐留掠身离去。待三女去远，锋浪才从黑暗中走了出来，黑七一见教主，立时道："教主……"

"不用说了，我已看得一清二楚，你去继续干你该干的事，查找妙偷手，我去会她！"

黑七以为教主要责难他，谁知教主如此宽容，又是慌张又是欣慰地离开了。锋浪在原地站了站，飞快地掠入黑暗中。

没有多久，锋浪就到了翠玉楼后面的院墙外，怔怔地看着院墙，沉思道："铃铃到底是什么人？是单单因为好奇，还是大有来历？"

锋浪到现在方才觉得自己的势力太单薄了，但最重要的是明明有些怀疑铃铃，却没有重视，是自己的失误，方才将娄子越捅越大。

"如果铃铃是迷花谷中人，迟早会知道我就是锋浪，金闲庄的少爷，那就更惨了！"

锋浪在心中思索了一番，方才掠入了花园内，铃铃所住的那座雅舍依旧亮光烛光，烛光透过稀疏的树叶，射了过来。精悠的古筝之音悠悠传了过来。锋浪揭下面具，踏步而行，到了雅舍门外，里面没有人说话，锋浪不知如何是好。

恰在此时，古筝之音戛然而止，铃铃的声音传了出来："既然浪公子到了门口，为何不进来呢？"

"在下虽然已光临过雅舍，但时过景迁，在本公子的眼中，铃铃已不再是以前的铃铃了，姑娘能否出来说话？"

"浪公子有请，妾身又岂敢不答应！"

即而听到清脆的脚步声，门开了，熟悉的身影出现在锋浪的面前，铃铃走到锋浪面前俏俏地看了看，莞尔一笑道："你真是浪公子？"

锋浪一愣，不知铃铃的意思："如假包换！"

铃铃"扑噗"一笑，方才又道："浪公子每次出现在妾身面前，都会戴面具，给妾身一个惊喜，这次又为何不戴面具呢？为了防止有人戴浪公子的面具来骗妾身，妾身要检查一下！"

说着铃铃古怪地笑着走到锋浪面前，很近，锋浪几乎能听到她微微的香喘，嗅到香气，几乎能感觉到她身上散发出来的温柔酥软。

铃铃仔细地看了看，居然伸出如葱玉手贴到锋浪脸上轻轻地抚摸，真的检验他是否戴了面具！但那慢悠悠的动作，那感觉令锋浪着迷，令他心旌荡漾。锋浪挑嘴一笑，将铃铃紧紧地搂在了双臂间，狠狠地压在自己的胸脯上！

"你除了知道我是浪公子，还知道些什么？"

此话虽轻，仍十分清晰，铃铃用手捂住他的嘴，甜笑道："不要说话！"

锋浪心里暗自叫苦不迭，不由暗骂道："妈的，不说话行吗？老子才没时间在这里泡着，她到底想干什么？早知今日，就不该与她相缠！"

"你心里在骂妾身，恨妾身，是吗？"

铃铃依旧笑着问道，依旧那么温柔，仿佛与丈夫久别重逢的妻子那般温柔体贴。锋浪点头道："不错，我不知如何对付你，当然只能在心里骂，难道我暗中骂两句也不行吗？"

"今夜妾身求你留下来，你为什么那么狠心！"

"第一次我求你给个机会，你却一口回绝了！"

"那不是原因，你真得讨厌妾身？"

"没有，我根本没想这个问题！"

"那就是你根本没将妾身放在心上？"

"没有，否则我也不会花全部的银票见你！"

两人就那样抱着，轻轻地说着话，简直如一对恋人在谈心。铃铃又轻轻地道："在你踏入花园时，妾身就将你的人放了，妾身只想逼你来这里，证明是妾身更重要，而不是外面的事更重要！"

锋浪一愣，有些不信，但又由不得他不信。可铃铃真的只想证明这一点，真的只想他留下来。但她是江湖中人，为什么要栖身青楼呢？

"你骗了我！"

"你一直在怀疑妾身！甚至怀疑妾身的真情，你负了妾身，妾身并没有骗你，是你在骗自己！"

锋浪被逼得一点办法也没有了，只有装作哑巴，将铃铃抱进了雅舍，在灯光下，看得更清楚，铃铃温柔之极，纯情之极，无论怎么看也像没有骗他，他简直快要疯了，索性不去想那些烦琐之事！搂紧铃铃，走向床榻，"噗"的声吹灭了夜烛，将二人都融入温柔的黑夜之中……

第二日，锋浪收到的消息是妙偷手一点消息也没有，丐帮中没有他，官府内也没有他！好象这个人一下子就消失了一般。

但锋浪依旧不改变原有的计划，准备自己亲自扮演飞贼。如果不是铃铃贪恋温柔乡，将他"囚"在翠玉楼，昨夜他就会亲自出马，当飞贼，引出带走妙偷手的人！现在这件事只有押后再说了。

令锋浪担心的是带走妙偷手的人，有着不可告人的秘密，现在他祈求的就是妙偷手不要将他们宏伟的计划告诉别人，只要有人对他的计划多知道一点儿，都会给他带来失败的危机。

让他读不懂的是铃铃，铃铃绝对不是仅仅想与他温存，背后定然还有其他的秘密。

箭在弦上不得不发。晌午一过，锋浪就改扮成乞丐样儿，脸上更是布满了皱纹，如同一个形将入土的老人。可这老人却还要做飞贼，这真难为他了。

锋浪此次亲自出马，重操旧业，依旧没有忘记技巧，但这次他的目标不是别人，正是唐知府的府宅，他要让唐知府更加怒火攻心。

锋浪沿着墙角疾走，在四处都可以看到自己的人，那是黑七的属下，当然也有许多官府的人。正要上墙时，突然奔过来两名官兵，锋浪立时跃上了高墙，两名官兵一愣，立时省悟过来，边追边破口大叫道："飞贼出现了！"

这个声音如同长城上的烽火，立时传遍了大街小巷。许多官兵向这边奔了过来，锋浪心中好笑，沿着小巷上的城踩，一跃疾走。

前面正是唐知府的府宅，那是个风水特别好，有小山的树林，清幽中不失繁华，四周是鳞次栉比的民房。锋浪在空中翻了几翻，落在了民房瓦片上，官兵们当然只有一个巷子一个巷子追。锋浪在民房上直窜，很快到了那片树林中，回头看时，官兵正紧紧地跟来。

掠入树林，唐知府宅内一片清寂，仿佛没有发生任何事。锋浪掠过草坪，在地上一翻，过了空旷地带，到了白玉石阶下的栏杆处。正欲翻过栏杆，忽然听到唐知府的叫声："今日那飞贼定会再次出现，我们一定要抓住他！"

"哼，就算他再高明，今日也要现出原形！"

看到唐知府和冷特使匆匆地走了过来，锋浪闪过栏杆，沿着走廊向前走，迎头碰上了一名女婢站在门口，那女婢见到他，吓得站在那里呆如木鸡。锋浪趁机上前，闪电般点了她的穴道，方才开门跃进了进去，四下看了看，辨清这里是唐知府的书房，书房里四处都是书，而且还有两幅一模一样的《唐伯虎点秋香》，简直难以分出真假。

无论真假，假的也值钱，真的更值钱，锋浪上前就要取画，突然看到他熟悉的东西，一只漆黑的箱子端端正正地摆放在地上，不就是他那日送给唐知府时所装金元宝的箱子吗？

锋浪走了过去，熟练地打开了箱子，不由哈哈笑了起来。

原来里面的金元宝一个也没少，依旧整整齐齐地排放着，锋浪不由得意地笑道："唐知府啊唐知府，你还真是个出色的守财奴，知不知道，钱财是拿来用的，不是拿来看的！"

他顿了一顿，又道："你舍不得用，那在下帮你用好啦！"

说完，将两幅画取了下来，三下五除二叠放进箱子里，重新锁上。这时外面传来了叫喊声，锋浪"嘻嘻"笑道："有种的就来抓我好啦！"

说完他提起黑箱，夺门而出，如潮水般的官兵涌了过来，显然他们刚刚发现飞贼进了知府的宅院。锋浪就地一滚，跃过白玉栏杆，几腾几跃，就进了树林，敏捷如鬼魅。

众官兵追了出来，锋浪在树林里看了看天色，深吸了一口气，掠上房檐，沿着瓦面直窜。

上面的飞贼在飞，下面的官兵呐喊直追，差不多将整个古城都惊醒了，到处是一片火把的海洋。

锋浪直向丐帮分坛而来，正飞掠间，突然看到两个人影在侧面一闪即没，锋浪亦没有看清楚，他心里不由一震，暗忖这两人是谁呢？

难道是令妙偷手失踪的二人吗？

但现在已经没有时间让他思索了，继续前行，刚转过一条暗巷，就见又有两个人影出现，锋浪再也忍不住，问道："什么人？"

那两人不声不响，继续逼近锋浪。锋浪借着暗淡的火光一看，见是两名陌生客，可惜他们都蒙着脸，看不出来历，不过他们的服饰太出格显眼了，其中一人是黑衫涂着白圆斑，而另一人是白色涂着黑圆斑，正好相反。

到了锋浪面前，两人才停下身来，黑衫白斑人道："阁下也是金圣教之人？"

锋浪一愣，道："不错，你们抓走本教的一个人？"

"哼，我们不想与贵教为敌，但需要你们的合作，请转告贵教教主，明日午时，到清风阁来救他的人！"

锋浪听对方说不想与他们为敌，立时放下心来，于是道："明白了！"

那两人这才又转身默默而去，很快消逝在巷子尽头，锋浪长吁了一口气，此时也不能多想，拔身而起，上了墙踩，发疯般掠向丐帮分坛，很快就看到了丐帮分坛的房子。

而官兵们远远地在后面跟上，锋浪狡诈地笑了笑，跃入了院墙，而院墙内的丐帮弟子听到外面的杂乱声，都向外去看热闹了。

两名丐帮弟子见一位丐帮老人从外面掠了进来，于是问道："老前辈，你怎么不从门口进来？"

锋浪此时不敢多想，以免耽误时间，飞快地掠到二丐面前，出指如飞，将二人很快便放倒了。恰在此时，听到丐留的声音："大哥，走这边来！"

隐隐约约中看到丐留在前面一片树林里向他招手，锋浪顿时一喜，如兔起鹘落，几下就进了树林。

经过一连串的跳跃、翻腾，锋浪已感到很累很累。几乎在大口大口地喘着粗气，但进入这片树林后，就可算事情成功了一大半了。

这时，院墙外面火光冲天，人声鼎沸，而且有撞门声，丐帮之人都惊慌跑了出来。两人在暗处看到丐帮分坛主从房中冲了出来，大声问道："喂，外面发生了什么事，吵死了！"

锋浪向丐留使了使眼神，丐留无声无响地向前走，锋浪紧跟其后，沿着房墙向前进，两人从一罅隙中穿了进去，面前豁然开朗，也有了无数灯光，这是一个小院！

丐留指着最上面的一间大房道："坛主就住在那里，我在外面放哨，你进去吧！"

锋浪匆匆地向丐留交代了几句，方才窜向那间大房。大房没有上锁，锋浪推门而入，四下看了看，立时在床榻下找到了妙偷手所藏的赃物。锋浪略略思考了一下，将元宝箱中的两幅画拿了出来，放在一旁。又找了一块大布，将几日来一部分珍贵的东西如同风卷残云般的一卷。

正要从正门出去，就听到有脚步声传了过来，听到丐留道："兄弟，外面怎么那么热闹？"

"妈的，官府犯了什么神经病，将分坛严严实实地包围了几层！说这几日城中出现的飞贼是我们丐帮中人，坛主正与唐知府在争论呢！"

"那你回来干什么？"

"干什么？看飞贼是不是真的飞进了分坛！"

锋浪听到脚步声越来越近，看到墙上的窗户，立时掠窗而出，万幸外面只是花园，但锋浪看到一群丐帮弟子正骂骂咧咧地向这边而来。

四下看了看，锋浪暗自叫苦不迭，恰在此时，被人一拉，转眼一看，又是丐留，丐留轻语道："教主，我早料到你会从窗上出来，我有办法！"

丐留拉着锋浪沿墙角向前，看到前面一点灯火。两人窜到灯火面前，原来是两个丐帮弟子！

丐留指着二丐道："教主，他们是我们的人！"

锋浪看了看二丐，两丐慌忙向教主行礼，锋浪将东西交给丐留道："你将这东西安排好，以后在丐帮能不能站住脚跟还得这玩意儿，你看着办吧！"

他说完将东西往丐留手中一塞，催道："快安排好，我随你一起去看看情形如何！"

丐留不敢怠慢，麻利地放好东西，叮咛了两人一下，方才带上锋浪冲入黑暗中。两人到了前面，正看到丐帮分坛主带着冷特使等人进了分坛，官兵已进入了分坛内，如同禁严一般！

第六章

丐留带着锋浪到了一隐避处，很快脱下了乞丐服，而将里面的官兵服露了出来，趁浪又摇身一变成了官兵，两人就此分手行动。

锋浪骂骂咧咧地从黑暗中走了出来，乘乱进了匆匆前行的官兵队伍之中，官兵经过地毯式的搜查，也没有找到飞贼，亦没有发现赃物。

"分坛主，赃物不会在你房中吧？"

那位脾气粗暴的分坛主立时大瞪双目，吼道："喂，大人，你这是什么意思？难道本坛主会做飞贼！"

"在人和赃物未找出之前，任何人都是可能之人，你——也在可能范围之内，现在我们要搜分坛主居住的地方！"冷特使冷冷地道："如果分坛主不答应，我们就不客气了！"

分坛主四下看了看，虽然火冒三丈，但形势对己不利，只好摆手道："搜吧，搜了也好！"

冷特使向后一挥手，立时后面的官兵紧跟了上去，锋浪也跟着看热闹。而丐留此时也成功地挤到了分坛主身边。

众官兵涌进了分坛主的房间，立时四下搜了起来，很快在分坛主床下搜到了一部分赃物，立时冷特使冷笑不止，官兵哗然，将全屋子包围了起来，严阵以待。

分坛主此时也呆住了，不敢相信自己的眼睛，口中不断地道："这怎么可能？这到底是怎么回事？"

丐留此时突然道："坛主，官兵突然到此，又坚持要搜你的房间，轻轻松松就找到了赃物，看来官兵早就知道这里有赃物！"

坛主立时眼中暴射出火花，吼道："妈的，是谁在陷害老子！是谁与狗官狼狈为奸！"

"坛主，这极可能是官府做的，想用这方法陷害坛主，分化我们在古城的势力，官府早就对我们不满，属下认为他们早就预谋好了，否则怎么会如此快捷地聚汇如此多的官兵?!"

分坛主听丐留一分析，立时相信了。火暴道："狗官们，人心太阴险了，老子与你们拼了!"

说着分坛主向冷特使扑来。冷特使早就防了这一招，向后一退，十数名官兵举刀抬枪挡在了前面。

"飞贼定是你，你最好乖乖投降，以免伤到无辜!"

"妈的，是老子又如何? 不是又如何? 这里是老子的地方，敢抓老子，老子要你们站着进来，躺着出去!"

说完丐帮分坛主弹身而起，双掌齐出，扑向那十数名官兵，双方顿时混战激斗起来。呐喊声、刀枪声、火把摇曳声混成一片。

冷特使退到官兵的保护伞下，冷冷地看着这令人心振奋的场面，深吸了一口血腥之气。

分坛主简直勇猛至极，冲散了一层又一层官兵的防线，但在他的身边聚集的官兵越来越多。丐留已乘机溜到了圈外，只剩下坛主一人在孤军奋战，黑暗中，丐留叹道："还真是一将功成万骨枯，古城丐帮分坛的元气将大打折扣!"

锋浪此时亦将一切看在眼里，觉得这坛主早死为好，想到这里，看到分坛主正如出山之虎又扑向阻拦而上的官兵，而锋浪正对着他的后背。

暗暗"善哉善哉"了一下，锋浪凝神聚气，将手中的一杆枪猛力掷出，锋利的长枪如长虹贯日，直取分坛主后背。

分坛主以为又是那名官兵掷出来的，闻声一拍，满以为可以拍落长枪，谁知长枪劲力不减，依旧刺向他的后背! 分坛主大吃一惊，想闪开却已经迟了。

背后"咚"地一声，分坛主只觉得背心一凉，一阵尖痛贯心而入。哪里还能腾跃，直直下坠，下面的官兵以为他攻了下来，都举枪迎去。可怜的分坛主就这样含冤而死——万枪穿胸背!

分坛主被众枪刺中，发出了悲惨的号叫，号叫几乎压住了撕斗声、呐喊声。而他庞大的身体如同被穿在烤丝架上的烤猪悬在半空中。

但烤猪未死，当然要垂死挣扎，众官兵把持不住，而且没想到有如此结果。心存恐惧，将手中的长枪一放，而人则向一旁闪去。

想不到丐帮古城分坛的首领也是这里最快死、死相最惨的人，冷特使叫道："都停下来，飞贼已被当场击杀，其他人是无辜的！"

丐留此时亦阻止道："兄弟们，坛主已死，只因坛主与几日前出现的飞贼有关。但我们却无罪，希望大家先停下来，停下来听这当官的说话！"

众丐听说首领已死，又见官宾实在是压倒性的优势，立时斗志全无，又听到丐留的话，果然停了下来，众丐暗忖道："反抗是死，而与飞贼之事有关的只有坛主一人，我们犯不着跟上陪葬！"

唐知府见大家都停了下来，方才道："各位，本官身为古城的父母官，就得保护好人，惩治坏人。罪由你们坛主一人引起，而各位却是良民。所以，本官对你们今夜的过激行为表示谅解！"

说到这里，唐知府又威胁道："丐帮分坛，虽然是经过官府许可，但是不应该太过嚣张，每个人都应作良民，否则本官也不怕法不治众！"

唐知府和冷特使担心杀了分坛主会激起众怒，说了几句就草草收兵，可怜的分坛主就这样死了。

第二日一早，大街小巷就传出了惊人的消息，自然重复昨夜的故事，当然也传到了金闲庄，金烁听后，心里也不免一震，丐帮分坛主岂会去做飞贼？这中间定有蹊跷！

一想就又想到了锋浪，觉得锋浪是这件事的主谋，看来他眼睛盯上了丐帮在此的势力。

金烁后悔不已，后悔没有重视锋浪的力量，后悔将锋浪放了出去，应该将他囚禁起来。

"烁哥，你……怎么一大早脸色就不好？"

"能好吗？丐帮分坛昨夜与官府火拼，分坛主被当作飞贼就地处死，听说还搜到了部分赃物！"

"你生气，难道怀疑……"

"不是怀疑，而是肯定是这孽子在背后干的好事！丐帮分坛势力一弱，他暗中的势力就会浮出水面！"

"不可能是锋儿吧？他怎会有这个能耐！"

金烁颓丧地坐在那里，叹气道："他恐怕还不会善罢甘休的，火还会烧出古城！"

但金烁猜到这些又能如何呢？他只有白白生气，却拿锋浪没有办法。

锋浪此时当然高兴，但也不是很高兴，心里在盘算着如何救出妙偷手。

显然妙偷手做得事那些人都看见了，而且知道了他们的意图，而并没有阻拦他们的意思，那抓妙偷手到底为何呢？

想起在小巷里碰上的一黑一白两位布衫客，又回想他们的话，但双方有合作的必要吗？

又合作什么呢？难道是杀人？放火？

没有摸清对方的来历与实力，锋浪不敢轻举妄动，只凭见过的两人，就知对方势力不弱。

但为了兄弟，为了金圣教的尊严，锋浪只有亲自出马，去会会对方了！

清风阁是古城西郊湖泊中的一个绿岛，上面树木茂密，是清幽淡雅文人墨客常去的地方。

锋浪带上黑七几人乘着一艘小船披波斩浪，直向清风阁而来，当众人下船上岛，正要靠近清风阁时，自阁内却走出几对黑白布衣人，他们全部都是黑布白斑或白布黑斑，很是与众不同。

最后走出的是一位身着黑布衣的老者，老者旁边倒没有一个白衣老者了。而黑衣老者眼光烁烁地看着锋浪，锋浪沉声道："你们到底是谁，为何要挟持妙偷手？"

"黑白道！"

"黑白道？"

"不错，无论是黑道、白道，我们都要管，江湖的仇杀恩怨太多了，得需人来管束，需人来执法，这样江湖才会太平，黑白道就是这样的一个组织！"

锋浪觉得好笑，江湖上居然还会出现这样一个组织，如果这样，江湖也就不需要江湖了！打死他也不相信，不由暗道："黑白道？不如说黑道白道通吃，要江湖人都向黑白道臣服，看来他们的野心比金圣教还大！"

"那你们又为何要金圣教与你们合作呢？道不同不相为谋，何况你们也太猖狂了！"

"本来你们金圣教亦犯了黑白道的法律，但给你们一个戴罪立功的机会，就是与我们合作！不知你们是否已发现了迷花谷花女的踪迹，迷花谷是几十年前魔宫的余孽势力，这几十年都没有在江湖中出现过，但现在她们又蠢蠢欲动，故我们要抓住她们，让她们得到应有的惩罚。但迷花谷势力太过强大，所以我们需要贵教的帮助！只要贵教与我们合作，你们的所作所为我们都可以不必计较！"

听那老者说得振振有词，很富有正义感。但锋浪是个正邪不分，只图自己利益的人，对于老者的话一点也不心动，心里却也有些震动：

"这帮家伙显然是有备而来，先抓住了我们的把柄，然后再抓人要挟，将金圣教用来作对付迷花谷的牺牲品，老子才没有那么笨呢，现在迷花谷岂是惹得起的？躲都来不及！"

但迷花谷也算是金圣教的敌人，迟早要发生冲突，何况他锋浪是莫小小的儿子，若迷花谷的人将他抓住还不知要如何处理。总之，迷花谷不好惹，但注定要惹，而且非分出一个高低不可，多抓个帮手总是要好些。

锋浪心里很是复杂，知道黑白道不是善良的主儿，迎客容易送客难，那些黑白道袍仿佛里里外外都是用刺做成的夹袍，无论如何穿都令人难受。

但妙偷手在他们手中，他们又知道一些关于金圣教的秘密，如果公之于众，丐帮不与金圣教死拼才怪！于是锋浪决定先退一步是一步！于是他向那老者道：

"谈合作的事，就先将人放了，若伤了本教主的兄弟，根本不用谈合作的事！"

"哈哈哈……现在人在我们手中，把柄也在我们手中，只要我们杀了人，再将你的阴谋公之于众，这样一来，大概金圣教再厉害，恐怕也无路可逃了！如果我们合作，不但可以消灭迷花谷，而且可以让金圣教更加强大！"

锋浪一愣，亦呵呵笑道："既然这样，我不与你们合作岂不是天下第一号傻瓜！好，我们合作！"

顿了一顿，他又道："但合作归合作，却不能相互干涉内政，黑白道是黑白道，金圣教是金圣教，别在本教主面前指手划脚！万事需商量后再作决定！"

老者爽快地道："好，老夫答应你，量你也不敢在我们面前要什么滑头！"

说完老者向清风阁中招了招手，妙偷手立即出现在老者的背后，显然已被制住了穴道，根本没有痛苦的表情！

老者回手飞指解了妙偷手的穴道，道："算你小子福大命大，有如此爱惜你这条狗命的兄弟，快滚过去吧！"

妙偷手醒了过来，惶然地看了看黑白道众人，没发一言地走到了锋浪身边，惭愧地道："大哥！"

锋浪摆了摆手，道："不用说了，这一切不怪你！"

"喂，你们想如何与我们合作，总得说清楚吧？否则本教主可要带着人走了！"

"当然要谈清楚，就是你这当教主的成为我们黑白道的一个会员，这样方便上传下达！"

金圣教众人都是一愣，失声叫道："什么？"

锋浪也不敢相信自己的耳朵，但看那老者狡诈的笑容，不由哈哈笑道："这话说得还真动听，如果连本教主都成了黑白道组织的一个会员，那金圣教岂不成了黑白道的一个小喽啰？但这是江湖，江湖要以实力讲话，如果本教主有实力坐上黑白道最高权力位置，黑白道就会成为金圣教的分枝门派好啦，嘿嘿嘿！"

那老者陡然怒道："放肆！一个小小的金圣教教主也如此猖狂，看来不给你点厉害瞧瞧，你是不知江湖这一湖水到底深浅如何了！"

说着跨步向前，向锋浪逼来，锋浪将挡上前去的教众挥手阻回到背后，冷冷地道："就让本教主来领教黑白道的武功！"

"这倒也是，不称称你的斤两，还不知道你们的利用价值到底有多高！"

两名黑白道武士踏步上前，冷冷地看着锋浪。锋浪正欲说话，却见两名武士突然同时拔刀，同时举刀，闪电般向他劈来。刀锋森寒之极，刀身快如一片影。锋浪被这突如其来的一招古怪刀式弄得手忙脚乱，只好往后疾退。

谁知两名黑白道武士又车轮般跟上，相互连贯，紧跟锋浪，刀锋在空气中"唰唰"作响。锋浪看得心惊，心有辣然，但想到自己乃一教之主，不能在属下和外人面前如此窝囊！

锋浪突然清啸一声，拔地而起，身影在空中不断地旋转起来，很快就如一朵白云在飘来掠去。飘着飘着，突然如同雪崩一般，向四周狂泻开来，两名黑白道武士哪敢怠慢？背离而走，拉出"哗哗"的刀气之声，很快就构成一个圈。

两名武士将锋浪围在了中间，而且如春蚕吐丝一般，越包越厚，越包越小。锋浪心里更是吃惊，惊忖黑白道果然有些斤两，两个无名无姓的武士刀法也如此厉害！

想到这里，锋浪向四周不断点花而出，无数的花朵不断地向四周蔓延，此时，他已将领悟出来的"剑花秘谱"全部使了出来。无数的花，厚厚的刀气，相互撞击，花在刀气中飘来荡去。

外刚内柔，刀是刚，而花是柔。刀仿佛根本不忍心碎掉这些美丽的花。

突然锋浪右手突然一伸，立时一串串的花如一道闪电向黑衣白斑的武士吸了过来，那名武士一惊，慌忙用力去挡。

"哗……轰……"的声音传入众人的耳内，那一道白光突然变成无数的花瓣，分散而开，刺向那名武士。

那名武士大惊，不断地舞动锋利的刀，不停后退。突然砰地一声，花瓣又变成一层层的花粉，只听到那名武士惨叫一声，向后倒去！

而那名白衣黑斑的武士听到惨叫声，慌忙来救。他快，锋浪更快，已发出一条碧闪剑光，直取他的肩胛。白衣黑斑的武士被剑光一击，立时后退了数步，闷哼了几声，不敢再动！

一切都已结束，只因结束时已分出了高下！

一名武士呆站在那里，衣衫已被划破；而另一名武士全身血迹斑斑，受伤不轻。

"好，果然不愧为金圣教的教主，武功居然如此嚣张。但老夫却不信这个邪！"

说到这里，老者拾剑平视，将剑尖直指锋浪的心胸，仿佛王者之剑，剑身未动，而剑气已动，如同一团秘密的光环，一波一波产生出来，直罩向锋浪。

锋浪从未见过如此简单的起剑式，但越是简单的剑式，就越是最不简单的剑。

他从小就有濡目梁剑的脾气！只因他的父亲就是剑道高手！

他未料到两名武士用刀，而老者却用剑！

刀是霸者，剑是王者，看来黑白道不但想控制黑白两道，而且精于刀剑之诀！锋浪站于草坪之中，如同挺拨之松柏！如同悬岩之巨石！

他在思考，思考他父亲的剑，回忆父亲的剑招！回忆父亲的言传身教！突然，他拔身而起，如同冲天的白鹤！

恐怕锋浪自己也未料到此时为何会如此专注，如此在乎胜负，以前他可是从不计较这一切！

因为专注，因为在乎胜负，他自己都感都暗自吃惊：原来他并不是什么都不知道！

其实他什么都知道，母亲的武学，父亲的武学，都在脑海中不停旋转，如同泉水一般汹涌而出，这些东西，仿佛与身俱在。

而老者手中之剑在此时亦已开始轻微的行动，如同龙卷风一般所向披靡地直卷向锋浪，锋浪精湛的轻功在此时亦展示得淋漓尽致！

如一朵花，如一片云，更如一缕疾风。

风在呼啸，云在飞窜，而花在风中，在云片间飘呀摇呀！

温柔的花，无坚不摧的花瓣，此时在纵横的剑气中如同一名弱不禁风的少女，令人心神俱颤，四周的人都在看着。

金圣教的众人料不到教主会有如此高妙的武功，以前他们从未见过，以前他们以为教主只是一个富家公子，一个花钱泡妞无所事事却又喜欢做梦，东打一棒、西挥一枪的浑小子！

但现在他们才发现教主就是教主，该出手时就出手，而且出手如此不同凡响，令人叹服心惊，叹服之余又为教主担心。

花，又如何能与锋锐的剑气相抗衡呢？

花，在此时旋转得越来越快，令人眼花缭乱，不可捉摸，更令人心神皆荡。

这一切，只有旁人可以看见，只有那挥剑的老者可以感觉得到。而锋浪却没有这种感觉。

他仿佛只是在父亲严厉的监督下，母亲的淡淡微笑中，十分卖力地练功！只是为了不受到责骂，只是为了得到母亲的一句简简单单的夸奖，甚至温暖的抚摸。

也许在这种心境中，才能将他的武学发挥到极致，而此时他确实达到了极限！

谁也明白，锋浪此时已达到了传说的武学境界：忘我的境界，他不存在了！

他想自己是一缕风，他就是一阵飓风！

他想自己是一片云，他就是铺天盖地的云！

他想自己是一朵花，他就是千变万化的花！

剑在空中闪动飞快，纵横交错，越来越密，而锋浪旋转的身影却愈来愈慢，如同在空中悠闲的翻飞，在地上自由徘徊，但时而温柔地将锋利的剑气拨向两侧；时而如罗带一般将剑气一圈，跟着他一起旋转；时而他双手之间，会挥撒出一簇簇如花瓣似碎玉般洁白的锋芒，洁白中又夹杂着金光灿烂的流星，时现时灭，令人头晕目眩！

不知过了多久！老者突然后掠出几丈，站在草坪中，愣愣地看着旋转着飘然而下的锋浪！

一切似乎都结束了，一个未分出胜负的结果。锋浪回到地上，刚好面对着老者，他脸上依旧挂着纯洁的笑容，如同刚从娘胎里出来的婴儿的笑容！

笑容中似乎什么都没有，却又似乎韵味无穷！

"你，是金闲庄金烁的儿子?!"老者突然冷峻而激动地道："你应该就是了！"

锋浪脸上立时显出惊愕的神色，仔细地望向老者，好象第一次看见他一样，良久方才道："你……怎么知道?"

"哈哈哈……金浪客的'金剑寒星'，迷花谷的'飞花碎玉'，不是一般人可以身俱这两门绝学的。而阁下年纪轻轻，却可以轻轻松松地同时使将出来，而且配合得如此水乳交融，天下间除了金闲庄少主，没有人可以得到这样的机会!"

锋浪又是一惊，"金剑寒星"和"飞花碎玉"他从未听说过，但他却会，而且是两者兼得，配合得很完美。立时他想到了《剑花秘谱》，想到了从咿呀学语时就开始练的那些玩意儿!

不错，只有金闲庄少庄主，只有他锋浪才有这样的机会，天下唯一的机会。从旁人的口中，证实了他这数日来时断时续练的《剑花秘谱》，已有了很大的成就!

但他却没有笑，没有得意!他不是小人，更不会小人得志般的沾沾自喜!此时他却在想此人何以知道这些，似乎他并不应该知道呀!

但对方却知道，而且知道之事比锋浪还多!

"你到底是谁?黑白道到底又是什么组织?"

老者脸色变得友善起来，沉吟道："迷花谷出，黑白道现!"

顿了一顿，又道："你走吧，老夫不与你合作了!"

锋浪心里回味了一下对方的话，冷笑道："这又是为什么，难道是因为本教主是金烁的儿子，你就打算消了念头?"

"不错!"

"哈哈……但现在本教主已不是金烁的儿子了!"

锋浪心里有些忿忿不平，有些愠怒，似乎金烁的光环一直包裹着他，令他很不自在!

老者一愣，简直不敢相信自己的耳朵，以为是自己听错了，犹豫着问道："什么意思?"

"没有什么意思，现在我就是我，不与任何人有关联!"

见锋浪的神色，老者立时明白过来，古怪地笑了笑，道："老夫还是不会与你合作!"

锋浪怒火冒了起来，吼道："这又是为什么?"

"因为你是金烁的儿子，这事实谁也改变不了!"

老者说完向那几名黑白武士挥了挥手，众人转身就走，很快便消失在密林之间。

锋浪愣愣地望着他们离去，半晌依旧在自语回味着老者临走时的那句话："因为你是金烁的儿子，这事实谁也改变不了！"

这话越想越对，越想越不是滋味，最后他实在忍受不住，狠狠地骂道："妈的，这是什么世道？老子偏偏不信这个邪！"

说完望向自己的属下，奇怪地道："你们中间有谁将我当着金闲庄少爷才尊我为教主?!"

没有人出声，没有人敢，锋浪嘿嘿自嘲笑道："即使你们心里那样想，也不会告诉本教主的！"

说到这时又突然提高了嗓门，如同想开了一般，说道："无论我是谁，首先是你们的教主，金圣教的教主，明白吗？"

众人都小心地呼应着，锋浪又走到妙偷手面前，妙偷手惶然道："大哥，我……我……"

锋浪拍了拍妙偷手的肩膀，道："这不是你的错，而是大哥的错，你知不知道，你的辛劳并没有白费，我们成功了，真的！"

说完，情不自禁地抱住了妙偷手，狂笑了起来，妙偷手见大哥如此，也欣然笑着，黑七等人均狂欢作态，这一群小混混，还真是无法无天，将这清幽的地方笑得乌烟瘴气！

回到城里，锋浪在顺昌酒楼大摆庆功宴，同时为妙偷手压惊洗晦。丐留在百忙中也从丐帮分坛中赶了过来，金圣教众人来了一场小团聚。

妙偷手一直沉默无语，但最后依旧问道："大哥，迷花谷出，黑白道现，这到底是什么意思？"

"不要管他们，反正不关我们的事！怎么？你还对那件事耿耿于怀？"

"大哥，黑白道的人个个都很厉害，我被他们抓去就如同做梦一般！想必他们是个很厉害的组织，说实在的，还是值得与他们合作的！"

锋浪立时冒火，瞪眼道："什么？与他们合作，你以为与他们合作就可以使我们强大吗？你以为与他们合作我们就能一夜成名吗？"

妙偷手料不到锋浪居然会发火，锋浪当然会发火，只见他站起身来，向四下的属下望了望道："他们与我们合作，只是看着我们是古城土生土长的人，将我们当作了烟灰。你说他们与我们合作是看上了我们什么？"

说到这里，他四下看了看，对着黑七道："黑七，你给他形容一下迷花谷是些什么人?!"

黑七立时脸色一变，因为他见过迷花谷的人，在金闲庄外面见过，于是摇头道："教主，无法形容，来无踪，去无影，杀人如采花一般!"

锋浪听得很满意，又瞪向妙偷手嘿嘿道："听到了吧? 她们更厉害，杀人如采花一样容易呢!"

说到这里，锋浪还做了一个采花容易的动作。妙偷手一愣，但转而一想，自己确实是个笨球，黑白道的人厉害，但至少要找帮手，可见迷花谷的人更加不好惹，如果金圣教与黑白道合作，迷花谷一怒之下，会将在坐的人脑袋如采花一般采去的! 比黑白道还要过早灭亡!

"大哥，我明白了，是小弟猪脑袋笨!"

"嘿嘿，你也不是猪脑袋，你很聪明。如果敌对双方很厉害，只要势力旗鼓相当，你们想想，会有什么结果?"

"鹤蚌相争，渔翁得利!"

"丐留，你那边怎么样? 不要说有问题?"

"大哥，分坛主位置是稳了，但我们的武功却……"

"我知道，你们自己想办法，难道要我一个个来亲自教呀? 不可能! 得靠自己，丐帮中人，当然要学丐帮中的武功，而偷儿也有偷界高手，黑七应该会有他自己的办法!"

"大哥，你那么厉害，我们就学你的武功!"

这一次，大家几乎异口同声。锋浪望了望大家，心中叫苦不迭! 他装着难为情，苦述道："你们想学，是吧? 我就教给你们，但如果被金闲庄庄主知道，斩了你们的手，就别怪我这个教主了，另外……"

说到这里，他又神秘地道："我为什么这样厉害，是因为同时身俱迷花谷的武功。不是迷花谷的人，会迷花绝学，迷花谷中人追到天涯海角，也要杀了那人，黑七知道这数日来，我在不停地改换脸面。如果你们认为这样过日子有趣，大哥一定教给你们!"

众人想不到大哥学了武功，武功已这样高强，活得还如此狼狈，这样危险，谁还敢学? 只怕学了一招半式，脑袋就飞了，于是纷纷表示另找他法。锋浪这才长舒了一口气，暗忖道："兄弟们，大哥对不起了，不是大哥不肯，而是不能，大哥如今都要戴着面具活着，又怎么忍心将你们拉进来呢！"

学武功的事就这样放了下来，但锋浪却依旧挂在心上，这样也不是办法，得另外想办法！

酒足饭饱后，大家都分头去了，而锋浪却不知去何处。据属下人回报，那日娘生日后，迷花谷的花女再没有去过金闲庄，但金闲庄迟早会受到侵犯，他却一点忙也帮不上。

"大哥，你是不是没地方可去？让我跟着你吧！"

趁着酒兴，锋浪正在沉思，听到妙偷手的声音，回头而视，原来他一直跟着自己，锋浪气冲冲地道："你跟着我干什么？"

"大哥，现在你有家不能回，而我是无家可归！我们算是同病相怜，当然可以同路啦！"

锋浪心里油生感激，拍了拍兄弟的肩膀道："兄弟，果然是兄弟！你说去哪里玩？"

"去翠玉楼吧！"

"翠玉楼？好办法，走！今日大哥带你去乐！"

两人跟跟跄跄地来到了翠玉楼门前，锋浪拉着妙偷手还要继续向前走，妙偷手愣了愣，问道："大哥，你还要去哪里！已经到了呀？"

锋浪斜着醉眼，看了看门楼上的巨匾，振振有词地道："你不是要去翠玉楼吗？你看，这不是楼……楼玉翠吗？"

想不到这小子多饮了几杯烈酒，就熊成了这样，居然将"翠玉楼"倒着看了。妙偷手正欲劝说，谁知锋浪将他一推，向前叫嚷道："妈的，老子偏要去这楼……玉翠玩玩，偏不去翠玉楼了，老子天天陪她们玩，她们开心，那个臭婆娘，也只管自己乐，不晓得老子开不开心！到底她们是妓，还是老子是妓！"

"嘿嘿，老子也是妓，没人要的妓，呀……你是金闲庄的少爷，失敬失敬，妈的，老子不是，什么也不是，老子是……是……"

说着一屁股坐在了地上，妙偷手慌忙去扶，锋浪猛地一推，吼道："老子不是金少爷，你扶什么？妈的，老子是……嘿嘿……老子是浪公子！"

看来那酒的后劲还真不小，现在正在发作。锋浪开始还清楚，现在快不行了。听他酒后吐真言，心里对金闲庄不满意，不满意别人叫他金少爷，只因他想成名，必须依靠自己的实力成名，但别人总当他是金少爷，可他恰恰被逐出了金闲庄，与

"金浪客"金烁断了父子关系，他心里很烦！

似乎他对翠玉楼的姑娘不满，妙偷手不知是进翠玉楼，还是离开。正当他不知如何是好之时，突然听到了衣袂声，嗅到香气，未等他反应过来，就见两名白衣素裙的姑娘从夜空中姗姗飘来，如同仙女下凡。两位姑娘落地无声，无言地看着人事不醒的锋浪！

"喂，你们是谁？想干什么？"

"我们要带走他，识相要命的就滚到一边去！"

妙偷手再仔细一看，立时脸色大变道："你……你们是……他不是你们要找的人，求你们放过他！"

妙偷手已猜出，这二女就是大哥口中所说的很厉害的女人——迷花谷的花女。如果大哥此时落到她们手中，还能活命吗？心里虽然害怕得要命，但他依旧存有一份侥幸的心理——她们不认识金少爷！

"我们要找的人就是他，若再罗嗦，切了你的舌头！"

妙偷手已感到一股寒气直逼而来，切身体会到对方的厉害，又看了看身边的大哥，暗自道："大哥，不是我不想帮你，而是帮不了你，如果我强自出头，就是两条命，我应该为你活着！"

说着滚了几下，又一屁股坐在地上，傻愣愣地看着两位姑娘，两位姑娘同时冷哼了一声，身子轻轻一飘，已到了锋浪的身边，只看得妙偷手眼前一花，不由倒抽了一口冷气，暗叹道："她们果然像大哥吹得那样！"

而锋浪似乎已沉沉地睡着了，如一头死猪一样全身散发出酒气，根本没感到有人到了他的身旁，其中一女道："姐姐，怎么办？"

"怎么办？带他去见谷主，由谷主处置！"

"到了谷主手中，他岂不是死定了？！"

"笨蛋，他应该死，但不是现在，现在他还有利用的价值，谷主暂时不会要他的性命！"

"姐姐……但他曾经……"

"别乱想，这种地痞流氓、坑蒙拐骗的家伙是世上的人渣，若不是看他是金少爷，不成器的家伙，姐姐早就要了他的脑袋，走吧！"

说完，那花女正要去捉拿锋浪，谁知夜空中一叶花瓣疾升而来，劲力十足，两花女虚飘后退了几步，循着花瓣望去。妙偷手亦紧张地望向来处，只见从夜空中走出一黑服老太婆！老太婆头蒙白纱，气势无两地站在那里！

"属下参见花婆婆！"

来者正是花婆婆，只见花婆婆冷冷地道："你们在这里带人，已经看不起我老婆子了，还客气什么？"

"花婆婆，我们是受谷主之命前来的，还请……"

"那你们知不知道谷主如何处置他？"

"不知道，但谷主并不会伤害他！"

"哼……她的话我老婆子不信，人在她那里我不放心，你们回去转告谷主，人是我带走了，她想做什么就做什么，我老婆子绝不妨碍，也会听她的号令，但是所做之事若违背了前任谷主的遗嘱，我老婆子不得不横插一手，你们去吧……"

"这……"

随着花婆婆一声冷哼，两花女飘身而起，转眼就消失无影。花婆婆这才转头向着紧张不安的妙偷手道："你就是跟他一起混的小混混？"

妙偷手此时哪敢理直气壮地说自己是金圣教偷门门主？别人不说他自己也认为是小混混了，但他能说自己是小混混吗？

小混混也有尊严，故他没有说，只是点了点头，表示对方所说的有道理。花婆婆又道："都是在胡闹，没有实力，就别提着脑袋不要命！"

妙偷手觉得对方说得很正确，他们没有实力，简直就是提着脑袋闯江湖，不要脑袋又不要命！

"回去告诉你们那一群人，早点散伙为好！"

说完，花婆婆将昏睡的锋浪提了起来，转身欲走，妙偷手慌忙道："老前辈，你不会要他的命吧？"

花婆婆停下身来看了看妙偷手一眼，道："想不到你们也很讲义气，放心，若要他的命就不用提着人走了！"

未等妙偷手反应过来，花婆婆已提着锋浪一步跃入了黑暗之中。

妙偷手如傻子般地看着人去后的一片空地，仿佛还能嗅到锋浪留下来的阵阵酒气，自问道："她不会要了大哥的命吧？……妈的，真是傻瓜，当然不会要！否则她也只需要提着脑袋走了！"

"看来我不但笨，而且没有本领，真得该退出江湖了……妈的，还没有踏入江湖就退岂不是做了乌龟？不行，老子虽是小混混，但也不能做乌龟！"

说着，妙偷手果断地站起身来一步踏入黑暗中。

仿佛他一步踏入的不是黑暗，而是江湖！

不知过了多久，锋浪悠悠苏醒过来，觉得头顶还有些隐隐着痛，全身依旧散发着酒气。而四周黑漆漆的看不见一丝光线，他不由自问道："这是哪里呢？"

他慢慢地才想起和自己的兄弟们宴罢后被妙偷手扶着前往翠玉楼，后来就不知不觉地昏倒了！立时心里暗道："难道自己在翠玉楼中？"

"喂，铃铃，这里怎么如此黑？快醒醒！"

说着双手就摸向四周，发现并不是躺在铃铃那张十分柔软富有弹性的舒适床榻上，而且身边根本就无人，听不到呼吸声，嗅不到熟悉的香气，触手的只是粗硬的干草。

锋浪立时省悟过来：这里并不是翠玉楼！这会是哪里呢？难道没有去翠玉楼，而是妙偷手将他带到了他的"别墅"？于是锋浪又向着黑暗深处吼道："妙偷手，你他妈的在哪里，快回话！"

但哪有妙偷手的声音，仿佛他处身于一个很大的瓮中，自己的话不断被反震回来。锋浪直觉不妙，心直往下沉，暗忖道："难道出事了？"

"难道有人趁我迷迷糊糊时绑架了本少爷？这还了得！"

"喂，有人吗？老子已经醒了，快回话！"

但黑暗中依旧没有人跟他说话，锋浪心里这才开始有些恐惧和烦躁，狠狠地坐了起来，踢了踢身下的干草，骂道："妈的，是谁没事干又如此胆大包天，居然与老子开这样的玩笑？"

锋浪首先想到了铃铃，铃铃不但有武功，而且来历不明，与自己就见面二次，上床共枕一次，应不算深交，自己对她了解也如同一张白纸，难道是她将自己安置在这个地方？

但越想越不对，铃铃要对他下手，也不用等第二次，第一次她就有机会，简直有百分之百的把握，但她却没有行动，应该不是她！

后又想到黑白道，锋浪还是摇了摇头。黑白道知道他是金闲庄的少主，对他恭敬有加，已主动说不与他合作，二者当然也没有矛盾。对方也不必如此做，但也不能排除这个可能，如果是他们，意图又如何呢？

突然锋浪全身战栗了一下，心沉如冰窖，黑暗中的脸色也变成了土灰色："不好，妈的，定是老子大意失荆州，被迷花谷的人擒来了！"

如果是迷花谷人所为，那自己既使是猫命有九条，只怕也要死翘翘了。迷花谷中人的武功他知道，而且动机也很明显！他会迷花谷功夫，还是金闲庄的少爷，其中任何一项就够了！

锋浪简直决认定了是迷花谷所为，立时开始想："他们将我囚了起来，为什么不杀了我呢？"

想到这里，锋浪心中又是一战，忖道："不好，如果她们用我来要挟金闲庄，问题可就大了！"

虽然已断了父子关系，但母子关系却没有断，而且金烁并不是不关心他，而是恼怒他，现在如果迷花谷用他要挟金烁，想到这里，锋浪自笑道："嘿嘿，我毕竟是他唯一的亲生儿子，定然又要将我好好地痛骂一通，做出一副不放在心上的模样，其实心里万分焦急，我毕竟是他的宝贝儿子，是光耀门户的希望，否则金闲庄就悠闲不起来了。嘿嘿，若是让荷妮娜知道，定然芳心乱作一团，将本少爷狠狠地奚落一番。但他会如何奚落呢？定然骂道：'你这个灾星，到处惹是生非，死了最好，一了百了，本小姐可以趁机红杏出墙！'但很快就会以泪洗面：'你这个恶人，就这样去了，不明不白的不见了，那我该怎么办？我找谁玩去？'嘿嘿，她定然六神无主，一定要四处乱找，或者到金闲庄去大吵大闹要人，那才笑死人呢！那时，老爷子刚好有个台阶下，派人四处打听。"

"哎呀，这样不好，如果娘亲知道了，她定然也会伤心流泪，金闲庄岂不乱成了一团？那时迷花谷再要挟娘亲，娘亲岂不是什么都会答应她们，或者跟她们去，那样娘亲岂不是很危险？"

想到自己在这世上唯一疼爱、孝顺的娘亲会有危险，锋浪顿时又是心乱如麻，暗忖道："这样金闲庄不攻自破，自己岂不是成了不忠不孝没良心的败家子?！不行，我得想办法才行！"

锋浪想到严重后果，开始焦虑不安，哪里还坐得住？双腿一站，谁知还没有站直，就感到碰到了冰凉坚硬的东西上，"咚"的一声，本就昏痛的头顶雪上加霜，再生一阵剧痛！

抬手一摸，锋浪才发现这是一个岩洞，四周都是硬硬的岩石，根本没有出去的机会，当然更加沉不住气，将吃娘奶的力气全部用到双掌上，暗忖道："老子现在也不是吴下阿蒙，双掌就可将他妈的这囚牢轰开！"

他说着顿足用力向岩壁轰去，只听"砰"地一声，岩石仿佛剧颤了一下，但剧颤后又原封不动。而他自己因站在枯草上，哪里站得住，"哗啦"一声，枯草在地上不断地滑动，将锋浪滑到了另一边的岩壁旁，立时又与岩壁亲吻了一下，更是一阵剧痛！

锋浪立时有些泄气，偎依在岩壁上，无可奈何地道："虎落平阳，被这岩欺！"

此时他哪里沉得住气？想到金闲庄时刻都会有危机，想到自己一手创办的"金圣教"此时如无头苍蝇一般乱七八糟，又想到很快就要到来的聚宝钱庄股东大会，那可是离不开他的！

想到自己白花花的银子流入别人的口袋，而自己没有得到应该得到的，老本可就亏大了，如此一想，平时碌碌无为的他仿佛太需要了，而且的确有很多事需要他去做！

就如同此时的江湖离不开他一样！锋浪难过地闭上了双眼，自语道："迷花谷！本少爷已退避三舍，可并不是怕你们，而是看在娘亲与你们的关系。想不到你们如此狠毒，本少爷现在是忍无可忍，一旦出去，立即向你们宣战！"

但想到迷花谷花女个个厉害无比，自己根本不是对手，看来自己需要与别的势力结盟，可与谁呢？对，与黑白道，除了迷花谷，什么人都可以联合。但想着想着，自己依旧在岩洞中，于是叹道："看来当前最大的事就是脱离牢笼！"

左想右想，也没有个头绪。忽然锋浪看到一丝光线从前面照射了进来，而且还有"咝咝咝咝"的声音，仿佛有一条响尾蛇在往里爬。

锋浪心中狂喜不止，静静地看着那丝光线，光线射入洞中，顿时将岩洞照得时隐时现。

"喂，你们到底是谁？为何将本少爷关在这里？有种的就放了本少爷，与你们一决雌雄！"

但一切都得不到回音，良久才看到一盘饭菜缓缓地塞了进来，而且听到一个细小的声音：

"小子，你在外面胡作非为，到处惹是生非，迟早会害人害己，还是老老实实地呆在这里好些！"

锋浪听这声音似乎有些熟悉，但又一时记不起来外面的人是谁，于是怒道："你们到底想怎样处置本少爷？求你们快些作决定，否则本少爷在这里面，不被闷死，也会活活被你们气死！"

"哼，你不会闷死的，这个岩洞并非没有出口，而且不止一个，你如果不想死，而且你的运气不错，就该认认真真地去找！为自己找出路！"

说到这里，外面响起了脚步声，越去越远，很快外面就没有一丝动静。锋浪垂头丧气地愣了愣，方才记起外面人所说之话，立时高兴了起来，赞同道："不错，应该为自己找出路！"

找出路首先要有力气，锋浪狼狈地端过了那盘饭菜，看了看道："妈的，她们简直将本少爷当狗喂了，士可杀不可辱，老子不吃！"

说不吃，但此时肚子已饿得咕咕直响，表示反对他的意见。锋浪无可奈何地道："哎，韩信能忍胯下之辱，何况我并非韩信，也并没有受辱。大丈夫能屈能伸，现在就委屈一下吧！"

话音说完，双手已迫不及待地端起了那盘饭菜，狼吞虎咽地吃了起来，没有筷子，只好将嘴当筷子，饭食便直入无底洞，免却了很多麻烦，那模样，还真像饿狗抢食。

片刻光景，一大盘饭菜就被锋浪吃得一干二净，吃饱了的锋浪看着刚好盘子大的洞发愣，良久方才傻傻地将盘子掷向那小小而坚硬的洞口，谁知被困的"老虎"却一点神技也没有，盘子根本不听话，只听"哗"的一声，盘子已应声而碎。

此时他无技可施，觉得消遣这不见天日的时光，实在无趣，于是又将那碎盘子的碎片拾了回来，重新向那洞口掷去。

不知过了多久，总算有几枚碎片掷出了小洞，锋浪也就累了，又呆呆地坐在那里，盘腿打坐，如老僧入定一般，仿佛在等着石头开花。坐了又不知多长时间，忽听得外面有轻微的对话声，锋浪立时睁开眼睛，侧耳细听，却是听不清楚，但他怎肯放过这个机会？将嘴伸到小孔破口大叫道："有人吗？救命呀！……"

可并没有人前来救命，脚步声和对话声很快就消失了。锋浪直叫得口舌发燥才停了下来，暗叹道："靠天靠地靠皇帝，还不如靠自己！"

此时他才想起那位送饭的人对他所说之话，又暗忖道："难道这里真有出去的通道吗？"

锋浪满怀希望向四周摸索着，但哪里有什么通道，又将地上的干草一层层的扒开，结果根本就没有什么出去的通道，此时他才明白是送饭的人在欺骗他，于是又破口大骂了起来。骂后心里是一片茫然，伤心地想道：

"难道本少爷年纪轻轻，就要在这里过一辈子，白白浪费宝贵的青春和时间吗？我还有宏伟事业没有实现，还有……外面还有美女等着本少爷。想不到自己一时马虎，多喝了一点酒，就从天堂到了地狱，失去了一切美的东西！"

"善哉善哉，菩萨保佑我，我并没有干什么坏事，杀人也只杀了一个丐帮分坛主，老天也不必如此心狠手辣吧？如果让本少爷出去，一定为你多添香烛，菩萨，你就显显灵吧！"

此时菩萨也不显灵了，光明大道也没有出现在他面前。正当锋浪在不断地祈祷时，又听到了脚步声，听到那熟悉的声音又道："小子，你找到出来的路了吗？哈哈哈……里面根本就没有路，老身是怕你无聊，方才那样说，让你有事儿干！现在累了吧，吃了饭就继续找吧！"

说着又是一盘饭菜送了进来，锋浪心又往下沉，外面的人骗他，他又如何不知？但他心里依旧存有一线希望，希望这里真有一个通道。但此时外面的人挑明了话，他那一线希望也就没有了，更有被骗被辱的感觉，心中的怒火直往上窜，又想破口大骂，便转念一想外面之人如果被得罪，一气之下断了他的粮食，那自己岂不是要饿成咸鱼？于是硬生生地咽下了这番恶毒的话。

果然外面又送入了一盘饭菜，很快送饭的人又走远了。锋浪似乎已适应了这种生活，不由自主地又端起了饭菜，暗忖道："现在不是将军，而是奴隶了！还是忍一时为妙！"

饭未吃完，外面又传来轻微的衣袂和脚步声，只听得一个女子的声音道："你确定在这里面？"

"应该在这里，属下已监视良久，里面确实囚着一个人，此人必定是金少爷！"

锋浪听之大喜，又向着小孔大叫道："喂，你们是谁？快放我出去！我就是金少爷！"

但外面又传来声音："呀，有人来了！"

轻微的脚步声很快地就离开了，锋浪不由狠狠地拍着岩壁大叫道："他妈的，这是什么世道？"

虽然金烁已与他断了父子关系，虽然他不服气，在外面从不称是金少爷，但现在为了逃出去，救了性命，他已管不了许多！再说本来自己就是金少爷嘛！

此时又传来猎猎的衣袂声，而且有个声音向洞口低声问道："金少爷，是你吗？"

锋浪大喜，向着洞口大叫道："是……是……快救我出去！"

外面立时传来"咝咝咝咝"的声音，洞口很快变大了，越来越大，锋浪的眼睛仿佛也在越变越大，心腔亦在急速上飘，越飘越高。

很快洞口就有瓦罐大，突然外面的声音叫道："金少爷，你可以自己出来了！啊，有人来了！"

话未说完，就听到外面传来激斗的"砰砰"声音，锋浪料不到外面会有如此的热闹，真想大叫道："喂，你们别打了，都是来救本少爷的！"

但转而一想，又有些不对劲，但哪里不对劲，他一想也想不出来。再看那洞口，只要再大一些，自己就可钻出去了，但这样自己又怎能钻？除非将自己拉长，但自己无论如何也是拉不长的！

突然眼睛一亮，外面的岩壁定然已被卸了许多。于是他凝神聚气，双掌急出，只听"轰"地一声，小洞立时变成了很大的洞，几乎可以站着出去了。锋浪此时才后悔自己为什么没有想到小洞口的岩壁一定很薄，否则又怎么能将他塞进来呢！这里的岩壁一定是人为的，脆弱之极。想到了这一层，锋浪懊悔不已，拍了拍脑袋暗骂道："真是他妈的笨蛋，被困在里面这么久怨天尤人，活该！"

此刻也不想再留在这不见天日的地方，挺了挺胸脯，大踏步地走出了岩洞。待走出岩洞，立时呆了！

面前的一切好不熟悉，明明这里是荷家的后花园嘛，自己怎么会在这里呢？难道是荷妮娜在与他开玩笑？但绝不可能呀！

难道是荷西老家伙，想独吞聚宝钱庄的股份？这极有可能！知人知面不知心，谁说老丈人不能害女婿？何况牵连到金钱呢！如此一想，锋浪叹道："荷老爷子，你这样做也太狠了吧？"

想到这里，他四下看了看，后花园里连个鬼影都没有，哪里还有人？刚才来救他的人呢？与他们打架的人呢？那送饭骗他的人呢？妈的！难道他们都是鬼，来无踪去无影了？

总之，花园园确实没有人，锋浪看了看自己，才发现自己全身污秽至极，哪里还像个富家公子？哪里还像风采非凡的金圣教教主？当然这样让荷妮娜看见，不被她笑死才怪！

第七章

逃出牢庞的锋浪开始注重起自己的形象来，当然不敢再在这里停留，但回头看那大洞，恨道："妈的，老子还会回来，将你砸个稀烂！"

说完，锋浪掠身而起，如丧家之犬一般掠出了院墙。谁知祸不单行，他在掠出院墙的时候，根本就没有仔细辩认方向，没有想想院墙外面是什么，只知掠出院墙，就是他的世界。但出了院墙，锋浪才发现外面是碧绿的湖水，可怕的水啊！

未等他从恐惧中反应过来，"哗啦"一声巨响，整个身子已掉进了湖中，溅起了一大片水花。锋浪顿时感到眼前是白茫茫的一片，死神的颜色原来是这个样儿，恐怖原来这样使他六神出窍！

"救命呀！救命呀！……"

锋浪破口大叫，但未说到第三次，冰凉的湖水就往嘴里急灌而来，哪里还说得出话？锋浪此时感到四周已不是水，而是死神正将他往下拉，往无底的深渊里拉！双手奋力地在水中乱刨乱打！

可怜的锋浪根本就不会水性，他喜欢水，但并不喜欢游水，以前他对游水根本不感兴趣，认为要在水上玩，用船不就得啦？还劳神伤身地学水性干什么？赤裸裸的大众面前很不雅观！

命运偏偏与他开玩笑，偏偏让他此时四周无人时掉入水中，这样岂不必死无疑了？

此时锋浪哪敢再张口，一张口湖水就往里塞，求生的欲望与死亡的恐惧一样陡然增强，双手如桨一般奋力划水，但水依旧将他往下狠狠地拉。

锋浪一会儿上，一会儿下，脑袋如同葫芦一般在水面一会儿下沉，一会儿又漂浮上来，湖水乐此不疲，但锋浪却筋疲力尽，又不断地喝水，渐渐感到自己如同快燃尽的蜡烛，脑袋里一片迷蒙……

风飘飘，云悠悠，锋浪感到自己全身有了一丝暖意，仿佛一双温柔的手正在他的全身拂摸不止，而脑袋却昏沉沉的，肚子胀得十分难受，如同打足了气的气球，差不多快要爆了。

偏偏此时却似乎有一双手很有规律地在他肚皮上推压，令他难以忍受。推压之后，嘴巴又被拉了开来，一个温暖滑腻的东西堵住了嘴，直往他嘴里吐气，全顺着咽喉直往里灌，肚皮胀了起来。

锋浪感到有人在与他开玩笑，这人会是谁呢？难道是地狱的黑白无常？自己已到了地狱，他真想站身来，与黑白无常打一架，再吼道："妈的，老子到了地狱，凭在人间的资历，大小也应该是个官，你们又凭什么来戏耍老子！"

但此时他哪能站起身来，只觉得动弹不得。未等他想明白到底发生了什么事，肚皮又被狠狠地砸了几下，只感到一股东西直往上窜，最后"哇"地一声从嘴里窜了出来，肚皮不再胀了，锋浪感到无比的舒服，眼睛也十分听话地睁了开来。

蓝天、白云，清新的空气，绿色的树木，锋浪看到这一切，头脑里立时闪现："我依旧在人间，我又活过来了，妈的，我真的活过来了！"

锋浪又才想起自己落水时的可怕一幕，默念道："有人救了我，是谁呢？"

他的眼睛四下转了转，方才发现旁边蹲着一位貌如百合的白裙少女，少女正惊喜地看着他，亲柔地问道："万幸你活过来了！"

看着如此美貌如不食人间烟火的姑娘，锋浪觉得十分面熟，于是认真地想了想，突然喜道："你……你是可可？"

站在他面前的姑娘羞赧地笑道："你的记忆还真好，萍水一面你居然还认得我，你又怎么知道我叫可可？"

锋浪努力地站了起来，诡笑道："是天上的星星告诉我的，它说我在生命危急之时，月宫中的一位仙子会来救我，还告诉我那仙子名叫可可！如今果然应验，当然你就叫可可啦！"

可可脸上不由自主地飞过一片红霞，微低蛾首嘤语道："你总是油腔滑调，死不悔改！"

那声音还真如九天飘下来的一样，锋浪怔了怔，有股冲动想上前去拉可可的手，但此时他却不敢，心里不断地骂着自己："他妈的，此时怎的这样胆小？如此好的姑娘，简直打着灯笼也找不到，过了这个村，就没有那个店了，怎么装起伪君子呢？"

如此一想，锋浪的胆子果然大了起来，颤抖着手正要去拉那美妙的纤纤细手，谁知贼心不逢时，可可又抬起头来，向锋浪悠悠叹道："现在你醒过来了，应该没有生命危险了，我……我也要走了，你好自为之！"

锋浪闻言，立时慌了，自从上次见了可可，他就为之着迷，念念不忘。现在又相逢，怎肯让她再次消失呢？于是道："你……你要去哪里？"

可可深叹了一口气，道："当然是去我该去的地方！"

锋浪一愣，暗忖道："该去的地方？是哪里？"

可可立时眼中闪出冷冷的眼光，愠怒道："你问这么多干什么，难道你想去那个地方？"

"噢……不……但是你这样一去，如果我想见见你，以略表感激之情，又如何能找到？"

"你不用找我，更不用感激，今日我救你，是还你的当日之恩，虽然那日是你骗了我，但无论如何也是你帮了我的忙，以后我们互不相欠，也不应再见面！"

锋浪心往下沉，暗忖那日在古城自己假装文弱书生不畏强敌"拔刀相助"之事，难道被她看出来了？如果是那样，她应该恨自己他才对，又为何要来救他呢？但此时锋浪已无心想这些问题了，听到可可不想与他再见面，立即慌了神，忙道："可可，你是不是很恨我欺骗了你？其实我并不……"

"你不用说了，如果我很介意上次是你骗我，这次就不会救你了……总之我们不见面为好！"

"这到底是为什么？"

锋浪心里更是着急，不知从哪来的胆子，伸手抓住了可可的纤纤细手，嘟囔道："你不说清楚，我就不让你走！"

可可想不到锋浪会抓她的手，顿时满颊绯红，心慌意乱地狠狠甩了甩手，锋浪刚刚醒来，身体很是虚弱，脚下不稳，立时跌了个四脚朝天，狠狠地摔倒在地。心里骇然不已，暗忖她还真是厉害，居然轻轻一甩，就将自己甩了一个跟斗。

锋浪眼疾至极，看到倾斜向下的湖水岸，狠狠地咬了咬牙暗道："想泡妞就得拼命！有她在此，还怕命难保吗？"

想到此处，锋浪"哎哟"地叫了一声，微微用力，身体立时如面团一般，直往湖中滚去。

可可料不到锋浪如此不济，也料不到自己力气之大，暗骂道："这个无赖，定是又在骗我！看我这次还救不救你？哼，你不怕死就去死吧！"

但想归想，眼睛还是依旧紧张地看着锋浪，他的身体越滚越快！最后锋浪自己也撑不住了，心里不停地祈祷道："老天爷，叫她快来救我吧！"

可可以为锋浪在开玩笑，但看到最后，人几乎都快滚到水中去了，立时大惊，飞掠而起，从袖间甩出丈余长的白绫，白绫在空中如同轻歌曼舞，但去势很快，转眼间就到了锋浪的身边，将锋浪裹了一个严严实实。于是，又是猛地一提！

谁知锋浪身体如死猪一般笨重，而且下冲之势太猛，可可没有将他提起来，反而把自己拉了过去。锋浪"扑通"一声，又落入水中了。而可可此时也不敢松手，亦向下滚了去。

几次想腾身跃起，谁知难以做到，最后可可也滚入了水中，而此时锋浪已在水中不停地拍水跳跃，嘴巴已在"啊唔啊唔"地灌水！

情况如此之糟，可可也顾不了许多，将白绫在水中一拉，锋浪立时浮出了水面，如同一条大金鱼在水中划过一条白线，拉到了她的身边。垂死的人特别自私，此时被恐惧再次袭击的锋浪也不管如何男女有别，拼死拼命地向可可搂抱而去。

可可见之大惊，知道若被他搂抱住，两人纠缠在一起，自己哪有他的力气大，而且以后说也说不清，自己可还是个黄花闺女呀！于是伸手疾点，锋浪顿时如八爪鱼一样漂在水中不动了。可可这下叹了口气，向岸边飞快地流了去，看来她倒是会游水。

到了岸上，可可才慌里慌张地拉绫，如同拉网一样，将锋浪拉上了岸来，此时她也被折腾得筋疲力尽，坐在那里，看到自己全身又已显透，轻薄的裙纱紧紧裹在了身上，婀娜多姿性感之极的娇躯完全透现出来，顿时羞愧不已，心如鹿撞，暗忖道："光天化日之下，竟被这无赖弄成了这副尴尬样子！"左遮右挡，也遮不住春光无限，也挡不住妩媚四溢，好半天也无济于事，方才想到旁边还有个男人。

而锋浪这次倒没有喝几口水，上了岸很快醒了过来，抬眼一看，顿时被湿透了的可可迷昏了头脑，只觉得眼前是只白天鹅正在那里摆弄着被淋湿的羽毛，好妩媚，但又好圣洁，虽有人间红尘女子的性感，但亦有九天仙子一般的无邪！

看了一会儿，锋浪觉得这样如果让可可知道了，定然十分的尴尬，那就一点不好玩了。如果她一气之下离他而去，更加不好。于是这个痞子无赖又闭上眼睛装死，以为这样就可以引凤来观。果然纯洁无邪的可可见锋浪躺在那里，一点动静也没有，才落下一块石头。

但一想不对，上来好半天了，这家伙一点动静也没有，难道又被水塞住了？想到他被灌了那么多水，刚刚醒转过来，又被她甩手甩到了水中，当然又会喝很多水了。一切全怪她，别人拉她的手是不希望她走，并非非礼她，而自己居然那么粗暴地待他，而且用白绫将他拖上岸，这样做简直太过份了，对方也是人呀！反复想都是自己不对，而且对方更没有戏弄她的迹象。当然锋浪的鬼把戏连着不可想象的苦肉计，她是料不到的，但这对温柔善良的可可方才有用，如果是一位罗刹，才不想救他呢！

可可自我埋怨了一下，才爬到锋浪面前轻轻道："公子，公子，你没事吧？"

废话，人都成了这样，还没事不是见鬼！可可心里自骂了一下，正要去做人工呼吸，又迟疑了一下，觉得不好，男女这样嘴对嘴，多么不雅。但有了一次，当然也应该不介意第二次了。可可怀着极为矛盾和羞涩的心情又慌里慌张地为锋浪做人工呼吸，又揎肚皮。

劳累了半晌，锋浪方才再装不住，或是良心发现，慢慢睁开了双眼，装得天衣无缝，锋浪傻愣愣地睁开眼睛，看着可可，动情地道："可可……我真的又活过来了么？"

可可见锋浪十分虚弱的样儿，愧疚地点了点头。锋浪见可可也是一副虚弱的样子，心里不由自主地暗骂自己道："妈的，像我这样的无赖，居然也值得救！可可如此劳累，还要骗她，折腾她，自己简直不是人，是个十足的痞子！"

他真想冲口说出来，再向可可道歉，但一想如果可可明白过来，定会羞怒无比，甩手就走，那自己岂不是白费了功夫？于是锋浪只是向可可艰难地笑了笑，道："这一次是我欠你的了！"

可可此时似乎忘记了自己的尴尬，向锋浪摇了摇头道："是我将你甩下水的，我将你救起来，是应该的，这一次我们依旧互不相欠！"

"不，是我欠你的，真的是这样！"

锋浪看着纯洁无邪的可可，觉得自己将心计用在她身上，简直应该天打雷霹！于是坐了起来，激动地道："可可，我……我……"

可可一愣，以为这无赖要表决爱心，旋而羞红了脸，转头道："你不用说了，我知道你想说什么，那绝不可能！"

锋浪亦是一愣，以为可可认为他绝不可能骗她，戏弄她，她转身是怕锋浪见到她难为情的样儿，于是脱口道："完全可能，真的可能！"

可可冷冷地转过脸来，眼中闪出慑人的光芒，将锋浪吓了一大跳，以为可可知道了一切，真的恼羞成怒，已起了杀心，但想到自己的所作所为，想到可可的大恩大德，可爱迷人，而自己却那样做，于是坚毅地道："你是不是想杀了我？其实杀了也好，一了百了，以后我再不会烦你了，你也清静了，我不会怪你的！永远不会！"

可可又是一愣，脸色有些苍白，眼睛里慑人的光芒渐渐地消融，最后深叹了一口气，眼眶中滚出了晶莹的泪珠。显然她未想到锋浪对爱如此坚决，居然死也不怕，她本是善良之辈，立时被感动了，抬头望着天空道："我不会杀你的，你没有错，我无权那么做……你走吧！"

说着凄婉至极，简直令人要黯然泪下，锋浪也想流两滴泪，但用力向外逼了几下，泪偏偏在此时流不出来了，他又狠狠地自骂了一通，方才道："可可！你为什么一直要赶我走？难道我骗了你，你就认为我是个十恶不赦的登徒子？"

锋浪居然说出这样的话，他本来就是登徒子，十足的花花公子，居然他自己还只是有些怀疑！但他想不到自己已达到了十恶不赦的地步。

"我不知道你是不是无赖登徒子，那也不关我的事。好，你不走，那……那我走！你保重……"

说完看了一眼锋浪，掠身就走，锋浪又想去抓，却不敢抓，只是叫道："可可……这是为什么？"

没有回音，可可已经掠入了那一片苍茫的林海之中。林海无边，锋浪惆怅的心情亦没有了边际，只是呆呆地坐在那里想着这是为什么？他以前泡姐逗女孩子从来没有空手而归过，而且他以前对自己总是充满信心。料不到面对可可，他两次都毫无收获，两次都高兴而来，败兴而归，只觉得追可可追得好辛苦好辛苦！

也不知呆了多久，锋浪方才摇摇晃晃地站了起来，毫无目的地走着，沿着林海边沿不停地走，还真像失恋中的可怜虫。

山路无尽头，锋浪的心情也没有尽头。忽然锋浪听到林中有打斗的声音，顿时一怔，暗想道："是谁在这里无聊？无事偷着乐好啦！干什么打架？打架有什么好？啊……难道是可可？"

但锋浪又颓丧起来，自语道："可可不会打架，上次碰上那几名流氓她都没有出手，她那样儿，根本就不像生活在人世间，又哪有恩怨呢？没有恩怨当然不会打架了！"

走了几步，又听到女子的娇喝声，而且有些靠近这边，锋浪本就好奇心很重，虽然此时筋疲力尽，但那打斗的声音如有魔力一般直刺他的耳膜，痒痒的，心里就再也忍受不住，弹身跳入了林中。

树林密密的，而且还有一些灌木丛，清冷至极。锋浪暗道："妈的，是什么人在这里争斗？一看就不是些好东西，若是正大光明的人，就会到外面明亮处一个对一个单挑！妈的，在这里，岂不是死不见尸，活不见人！偷袭也是理想的地方！哎，江湖，可爱又可怕的江湖！"

锋浪此时如同一位老僧一般，失恋后不单心老，而且人老。他本就没有多少力气，再加上地面无立锥之地，在树杆间跳来跳去，有些不支了，依旧没有发现打斗的人影！

但声音还是在前方不远处传了过来，如同鬼魅，锋浪愣愣地看了看四周，心立时缩成了一小团，暗忖道："如果老子死在这里，岂不是尸骨烂了都没有人知道？差不多魂魄也出不去。娘亲早就提醒自己江湖险恶，做事不能冲动，见林莫入！而自己却当成了耳边风，居然鬼使神差地到了林子中间，如果有人从树上，从灌木丛中窜出来，那自己岂不是很难应付？"

想到这里，锋浪开始打退堂鼓，准备向后撤。但此时又听到女人的声音，那是可可的声音，千真万确。锋浪顿时心中一凉，身上仿佛充满了力量和斗志，再次弹身而起，拼命地向声音发源处狂奔，边奔边嘶叫道："可可……可可……"

"妈的，是谁在欺负可可，都给本少爷滚出来！"但想到若对方人多势众，又很厉害，那自己这样瞎嚷不能为可可解决燃眉之危，于是计上心头，又吼道："本公子乃金闲庄少主，若谁不要命想见识'金剑寒星'与'飞化碎玉'，都冲本少爷来好啦！"

天下人谁不知金闲庄，谁不知"金浪客"的厉害，金闲庄的少主，当然也厉害至极！锋浪幻想能以此吓走与可可相斗的人。果然听前面有人道："啊……金闲庄少主怎会在这里？"

"哼，妖女，算你这次命大，看在金少主的份上，就放你一马，我们走！……"

锋浪狂奔如飞，眼前豁然开朗，一片空地呈现在面前，几条黑影正如黑鹰一般掠到远处，而洁白如雪的可可呆呆地站在那里，已不再那么洁白了，殷红的鲜血点点可见。

美丽受伤的白天鹅一动未动地看着远处的青山，背对着飞掠而来的锋浪，锋浪终于奔到了可可丈余开外，刹住了身子，气喘如牛地道："可可……你……你受伤了？"

可可没有说话，也没有动。锋浪觉得四周的空气有点窒息，而此时他也感到非常劳累，真想坐下来美美地歇一歇，但见可可的样子，满怀都是担心，于是又问道："可可……"

可可终于说话了，但声音却森然如寒冰，一点柔情也没有，将锋浪拒之于千里之外：

"哼，我……我不要你关心，你走吧！我不想再见到你，下次若是再见，我一定会杀了你！"

锋浪心中骇然不已，更是不得其解，觉得此时的可可还真变成了罗刹，但他不弄明白还真不甘心，于是问道："可可……"

"不要叫我可可，我们根本就不认识，我也不叫可可，是妖女，是魔女，哼！我要杀了他们！"

锋浪心腔又是一寒，暗想此时她为何变得闭口张口都是"杀"，旋而明白过来，她定是很恨刚才围攻她的人，而且又怀疑自己和他们是一伙的，当然她对他如此冷淡了，想到这里，锋浪立时解释道："他们是什么人，我根本就不知道，可……"

他想叫可可，但怕可可恼怒再生，不敢再叫，于是顿了一顿又道："我以前不该骗你，是我不好，但我并没有恶意，也不是存心的。对！我以前确实是金闲庄的金少主，但现在不是了，我已与父亲断了父子关系，也被赶出了金闲庄，很讨厌再听到'金少爷'这个叫法。刚才，我……我是怕你出现危险，方才那样说的！"

"哼，但事实上你现在还是金闲庄的少主，还是天下显赫的金少爷，只要一说出大名，哼！对方就望风而走，哼！……我算什么……妖女……魔女……"

"可可……但你在我心目中，永远是仙子，如月宫下来的仙子，永远那么……"

锋浪说到这里，正要好好地夸可可一番，但可可无情地打断了他的话道："够了，在你心目中……无论有多好又怎样？是魔女就是魔女！"

说到这里，可可深深地吸了一口气，继续说道："其实我早就知道你是金闲庄的少主，为了你，也为了我，以后我们真的不应该现见面了，否则不但害了你，也害了我，我求你走吧！"

可可的声音柔和了许多，几乎是在向锋浪哀求。锋浪细细地想了想，心中也是灰暗一片，无可奈何地叹了一口气，道："好……为了不惹你生气，我走！但我会真正与金闲庄断绝关系，假如你是魔女，我也变成魔，这样我们就同道了！"

说完，锋浪满怀惆怅，三步两回头地向林间走去，很希望可可回眸看他一眼，但他这小小的要求也没有达到。锋浪终于走到了树林里，悄悄地蹲在了灌木丛中。

可可慢悠悠地转过头来，清秀的脸颊上已挂满了清泪，她哭了，哭得很伤心，而此时她臂弯、胸前已染红了一大片，看得躲在灌木丛中的锋浪心痛不已。

可可狠狠地擦了擦泪，向前摇摇晃晃地走了几步，忽然嘤咛一声，倒在了地上，再也不动了。锋浪心中一惊，哪里还呆得住？立时跳出了灌木丛。

到了可可身边，才发现可可已然昏了过去，此时他哪里还考虑可可生不生气，还想什么男女授受不亲，对他来说，已是司空见惯，但对可可……"她已亲过我的嘴，拍过我的肚子，虽然那是救人，但现在我也是救人，她不会生气的！"想完这些，锋浪方才抱着可可向前飞掠而去！

锋浪自己本就筋疲力尽，此时又抱着一个人，虽然可可并不沉重，但多一点点重量，也如同千钧一般。没奔多久，已是脚下踉跄，喘气如牛，双眼冒花，双臂更是发麻。

此时河上已冒起一层薄薄的雾霭，夕阳染红了半边天空，路两侧的青草上已挂上了露珠，夜色迷漫了四周的一切。

突然听到水面传来"哗哗"的划水声，而且还有一位老头轻轻地哼曲飘了过来。锋浪驻足定睛一看，原来是一艘打渔的乌蓬船，顿时大喜地叫道："渔伯伯，渔伯伯，能不能帮个忙？"

那朦朦胧胧的乌蓬船越来越清晰，船上的老渔翁亦停止了划船向岸上望来，良久方才道："小子，你是谁？怎么面生得很，你怎么认识我老头子？"

锋浪一愣，不敢再用骗术，老老实实地道："渔伯伯，我也是第一次与你老人家相见！"

"那……那怎么叫我渔伯伯？怎么知道我姓渔？"

锋浪这才恍然大悟，暗忖自己还真是神，居然猜测出他姓渔，于是道："难道你不是打渔的吗？"

"哈哈哈……有趣，你看我是在打渔，就叫我渔伯伯，而我还真是姓渔，喂，小伙子，你我可说投缘呢！要我帮什么忙？"

与这样的老头说话，还真是很累，但此时有求于人，锋浪不得不耐心与之隔水对答道："我有一个朋友受了伤，我也是又累又饿，到古城还有一段路，想让你送我们一程！"

老渔翁还未表示赞成，就将船向岸边划了过来，边划边回道："到古城，路有一程，这江道却是九曲十八拐，长着啦。现在天也快黑了，这小船哪敢夜里行走？不如上船来填饱肚子，歇上一宿，明日一早再说，咋样？"

想不到老渔翁还真心好，不但帮他的忙，而且还帮他出主意，更征求他的意见。锋浪感激不尽，暗忖天下间果然还是好人多，坏人少啊！也向乌蓬船上的老渔翁道："渔伯伯经历丰富，当然想得比我多些，我又怎会不赞成？但这样会更麻烦您老！"

"哈哈哈……能帮当然就顺手帮帮，又不亏什么，那么客气干什么？这样安排倒是让我少了麻烦，如果真要载你去古城，不但危险，而且会将我这把老骨头累坏呢！"

两人一来一往地说着，很快乌蓬船离岸边只有几丈之远了，老渔翁用细杆几撑几撑，乌蓬船很快就靠在了岸边，荡了荡。老渔翁看了看锋浪，见他倒不像歹人，而且怀中抱着一位美丽的姑娘，便惊讶地道："呀，受伤了呀？快上来吧！"

锋浪此时感激的简直要向这位渔翁下跪叩头了，跃上了船。渔翁又细细地看了看可可的伤势，方才道："伤得蛮严重，但没有伤着要害，总算不会有危险……小伙子，你们是江湖中人？"

江湖中人就是四处走动的浪人，也就是武林中人，经常打打杀杀的人，锋浪不想骗老渔翁，但又怕老渔翁害怕惹火烧身而中途变卦，于是道："哦……不……我们是走亲戚被强盗拦住了，方才受伤，万幸我们还会口乎，侥幸逃了出来！"

渔翁显然有些不信，乜眼瞅了瞅锋浪，又看了看他怀中昏迷的人儿，叹道："这年月，哎，还真是要提心吊胆的过日子啊！我答应帮你，当然就会帮到底，你不用担心。现在你当为她治伤，我将船渡到河的另一边泊于水中，坏人就没有办法了，然后我就做晚饭，怎么样？"

锋浪料不到老渔翁如此机灵，一眼就看出他在骗他，但他并不计较，反而为他们着想。虽然也是为自己着想，但他如此厚实善良，锋浪心里首次有了惭愧之感，忙点了点头，向渔翁友好地笑了笑。老渔翁又忙了起来。

此时锋浪也不敢再顾忌什么，救人是当前压倒一切的大事，于是锋浪将可可抱到乌蓬舱中，平放在船板上，麻利地拨开她的衣服，立时羊脂般圣洁的肌肤呈现在他的眼前，处子的纯香杂在血腥气味中，更加刺激着锋浪的大脑，锋浪从怀中摸出家传的金创药，将伤口洗净后，再小心翼翼地敷上。

几处伤口敷好后，锋浪方才长吁了一口气，重新将衣服理好，免得可可醒后又大发脾气。

水声哗哗作响，船悠悠地在江面横行，微微地颤动。锋浪呆呆地看着灯光下昏睡着的可可，暗暗想着："我本不是这样的人，以前一见到美貌女子，就想入非非，理所当然非礼是常有之事，是个十足的登徒子，而且轻狂傲慢，信心十足，认为女子都有贱脾气，要狠狠地骂，她才会屈服。但自从见了可可，我为什么就变了呢？

不但变了，简直向相反的方向变了，对她根本不敢想入非非，更没有想非礼的动机。只感到她是我心中的一尊女神，不可侵犯、亵渎的女神。而且我居然变得如此底气不足，不敢向可可发脾气，不敢肯定可可会不会对我有一点点意思，甚至可可叫我走，我也不敢不听！简直如哈巴狗一样，可怜至极！

难道……难道我已深深爱上她而不能自拔？

但这怎么可能呢？以前我不是自吹不会因爱一个女人而浪费迷人的青春、五彩滨纷的娱乐吗？青楼的女子喜欢我，荷妮娜喜欢我！我……我为什么会这样，难道这才是真爱吗？"

锋浪正在胡思乱想，忽听得老渔翁在外面问道："小伙子，你会不会生火做饭？"

锋浪一愣，暗忖自己在家里，很少进膳食房，更没有摸过柴火，离家出走后，亦是花天酒地，长这么大，确实没有做过生火烧饭的事情，但现在他能说出口么？于是嗫嚅道：

"在哪里生火做饭？我……我怎么看不见厨……"锋浪说到这里，顿了一顿，暗骂自己太笨，这样的一艘乌蓬船，哪会有厨房，于是接着道："生火做饭的东西在哪里？"

"哈哈哈……听你说话就知道你不会生火做饭，富家公子就是富家公子，哎……还是待会儿让我老头子来吧！否则你会弄得一团糟的！"

锋浪细细一想，虽然有些不服气，但想在船上，生火做饭可不是闹着玩的，而且在船上，柴火油盐都算稀有之物，自己一乱来，反而会浪费一些东西，到时会更加尴尬。

但已麻烦了老渔翁，又怎好无事坐在这里等饭吃呢？锋浪便踏出船舱，到了甲板上，见四周已是黑沉沉的暮霭与白茫茫的水雾相互交融在一起，天地一色，整个广阔的江面全包裹在暮霭与水雾之中，一片清淡与静寂。只能看见近旁的江面微微起波，"哗哗"的木桨划水之声是那么有韵律，十分悦耳动听，锋浪的内心深处仿佛也在划呀划呀。船在行，人在行，心亦在飞腾。

"渔伯伯，让我来划船吧，在船上闲着也无聊，闷得很，总得做点事，或许我还能划呢！"

老渔翁看了他两眼，呵呵笑道："别轻觑这船，一艘小小的打渔船可不能与它相比，它是乌蓬船，船上可载着一户人家呢，沉得很啦！哎，就如男人，没有家时，轻轻松松的，到处流浪，无所事事，以为成家立业就如同撑伞一般容易。其实要撑起一家人，不容易啊！如同这乌蓬船，不但载得沉重，而且要行得平平稳稳，不能有差错。用来住，又要用来打渔！有时看到那从它身边一晃而过的轻便小渔舟，它如果能说话，一定有怨气的，是吧？哈哈哈……你看人老了果然会胡言乱语，刚才都说了些什么话？哎，好久没有与人聊了，所以就很想聊聊。小伙子，你不会见怪吧？"

锋浪又环视了一下乌蓬船，觉得老渔翁说的很对，乌蓬船如同成家立业的男人，时时显现的是沉稳！而如他一般的男人，却好吃懒做，不要太潇洒，就要太风流。于是惭愧地道："渔伯伯，你说得话很难，晚辈受教了，又岂会见怪呢？你……你是怕我划船不稳吗？"

老渔翁见锋浪的样儿，点头道："你果然是个受教的年青人，以前老夫很看不惯那些眼睛长在脑袋顶上的富家公子，认为他们不但白白浪费了许多东西，而且一无事事！但今日看到公子，倒是很喜欢。哎，现在像你这样的公子已经少啦！"

听了老渔翁的话，锋浪脸上是一阵阵发烫，万幸的是此时是夜晚，老渔翁看不见。如果是以前在城里，若有人奚落讽刺他，他不揍别人的一顿才怪，也会狠狠地将对方大骂一顿。而此时在别人船上，居然一清二楚地听了耳朵，感同身受，惭愧得几乎要跳到江水里淹死算了！

"自己还真是无用，在家全靠父母，出门又靠朋友，无用到要依靠女人、靠老人，完全没有一点自己的真正本事，真是虚度年华了！"锋浪正自羞愧反思，又听到老渔翁道："你来划吧，以你的聪明才智，很快就会明白其中技巧的，哈哈哈……划船如同立马步，双脚灌铅如生在船板上。桨在水中划，如同缓缓吐气，缓缓出掌！犹如推太极一样，不能太慢，又不能太快。那可是经验了，而桨在水面上划，就如收掌，很快啦！"

"武学一道，来自人身边的生活，被好武之人改了改，收在一块儿，自然就很厉害啦，但最终应要回到身边的生活中啊！这样才是道理。哎，可惜现在江湖中跑来跑去的武林中人，只以它为乐，以它为业，让天下时不时就乱一下，不值呀！"

锋浪听了老渔翁的话，又是惊愕至极，暗忖这老渔翁居然将划船与练武联系了起来，而且对武学之真谛，有他独道新鲜的见解，比在家里听父母说的更加逼真简明易懂。锋浪越想越觉得老渔翁说得的很对，又忖道："他定是看出我和可可都是武林中人，不知是在指责，还是劝告？"

"三人同行，必有我师焉！"这话还真是不假，于是锋浪上前，操起双桨，便划了起来。老渔翁含笑的看了看锋浪那左摇右摆的样子，摇摇头，转向了后船头生火做饭去了。

双桨并行一致，在水面上轻飘飘的，而下到水中却是沉甸甸的，一个不留意，桨片就会在水中打滑，还真是不好伺候。船在水中摆来摆去行走，似乎根本不听他的话。渐渐的船居然改变了方向，横向而行，锋浪愣了愣，看了看横在船尾那根粗大的木头。不由暗想：这玩意儿留在这里干什么呢？定然不是多余的！继而他明白了船上有桨就必有橹，桨是用来前行，而橹是用来掌握方向的。

越想越觉没错，锋浪上前奋力摇橹，橹却沉重无比，而且在水中浸着的那部分也是扁扁的。锋浪不知向哪一个方向摆，于是向左划了划，船很快就向右摆，锋浪立时大喜，又向右狠狠地划了划，没几下，船身就乖乖的摆正了方向。方向摆正后，锋浪又不断划桨，慢慢的，双桨在手中也有些听话了。

船身虽然行得很慢，也很不听话，但还是在前进。锋浪一边琢磨一边用力划桨，他本就十分聪明，很快就领悟了其中的奥妙，船身也就变乖了，但此时他也喘气如牛，四肢酸痛至极。

看到从船尾升起淡淡的烟雾，知道老渔翁已生起了火，顿时又来了力气，咬着牙关忖道："哼，没有本少爷摆不平的东西，一定要在老渔翁将饭做好之前将船渡到对岸，否则哪有脸吃饭？"

如此一想，锋浪又来了气力，双臂麻木的来回摆动，如同痴人一般，那船下"哗啦哗啦"很有节奏的水声听起来十分悦耳，令锋浪满怀成就感。但脑袋却如同大量缺氧一般，乱哄哄一片。

不知过了多长时间，忽听老渔翁在后叫道："好啦好啦！船就停在这里，这里不着岸，水又流得很缓，将锚插进水底，用点力，知道吗？"

锋浪立时大喜，应了一声，长长呼出一口气，暗忖道："他妈的，这船还真是难以伺候，不过，总算完工了！"

怀着一股成就感的欣喜，锋浪四下找锚，忖暗道："锚是个什么玩意儿呢？"

仔细地想了想老渔翁的话，又猜了猜，隐隐猜出锚是用来固定船身的，否则船会顺流而前的！忽然他看到一根长长的杆子，杆子一端极为锋利，暗忖："这玩意儿应该就是锚了，好像长枪一般！"

拿起锚，锋浪舞了舞，暗道："如果本少爷用这根锚来作武器行走江湖，定会成名的！"

但要将大锚舞得得心应手，却是十分困难，锚可比长枪重多了，也长多了。锋浪四下找了找，方才在船头找到了插锚的地方，不敢肯定地问道："渔伯伯，就是从这小孔插到水底去吗？"

很快便从船尾来老渔翁的声音："哈哈……你知道的还真不少啊！要用力插，知道吗？若不插深点，只怕天一亮就不知飘到哪里了！"

锋浪知道老渔翁在暗讽他是一事无能的公子哥儿，也不以为忤，暗道："公子哥儿就公子哥儿吧！大概本少爷算很好的公子哥儿，又乖又卖力，现在自己又懂得划船了！"

"如果以后自己老了，也来划船，这可有趣得很……嘿嘿，让可可与荷大小姐，嗯，还有翠玉楼的铃铃等佳人来船上定居，那可是神仙日子哩！"

锋浪边想边将锚顺着小孔插了下去，咬牙切齿地爬在锚上，狠狠地往下压了压，这才真正地感到自己好不伟大，居然将船渡到了这里，这个巨大的成绩可以看得见的。锋浪双手叉腰看了看波光鳞鳞的来路，怡然自得，方才感到好累好累，不由自主一屁股坐了下来，暗忖道：

"这船上还真是神仙居地，天地茫茫水茫茫，船如锁在江面上一样。不知是江水不动，还是船不动，显得这里的江水流得并不急！"

锋浪正在发呆，突然闻到了一股浓浓的鱼香味，立时爬了起来，大叫道："呀，好香，好鲜！"

说着直向船尾窜了去，到船尾要经过船舱，锋浪低头进了船舱，看到可可依旧沉沉地睡着，独光下，面色有了渐渐的起色，锋浪站在那里，静静地看了看，不由在心中长叹道："你为什么总是不愿与我在一起呢？如此善良美丽的姑娘，居然也有人来追杀，骂你是妖女，江湖还真是不可思议，但我不会，绝对不会！"

想到这里，又想到追杀可可的人，那些人是谁？可可又到底是什么人？他们之间有何仇怨？那些人说看在金闲庄的面子上，便放过可可。这样说来，那些人应是江湖侠义之人才对呀！但为什么行事又如此鬼鬼祟祟呢？

锋浪从小就很少了解江湖中事，而且初入江湖，当然一无所知，但他毕竟从小就在古城混，不但与流氓、乞丐和小偷混，还去妓院走走，可算"五毒俱全"了，难道还怕在江湖中混么？

"喂，小伙子，开饭啰……对了，你叫什么名字？还有那位姑娘，上了老夫的船，总得报上大名来吧？否则以后如何去讨债？"

锋浪被问得很不好意思，忙将自己的大名和可可的小名报了出来，老渔翁又呵呵笑道："你们……你们好象不是兄妹，但朋友也有点不对劲，你们是不是……"

说到这里，老渔翁自己又呵呵笑了起来。锋浪脸皮再厚，此时也有些不好意思了，暗忖道："这老家伙还真是眼睛有些邪门，居然看了出来，但无论如何也不能让他看出是凰求凤的样儿！"

锋浪走出船舱，看到在一张很矮很小的桌面上，老渔翁如同变魔术一般变了几道菜，有腊肉冬笋，还有糖醋排骨、西湖醋鱼，只怕鱼并不是西湖的鱼，却见腾腾而起的鱼香雾，那味道也差不了多少！锋浪四下嗅了嗅，觉得不但香，而且清纯，如同嗅惯了胭脂堆里的风尘女子，再嗅到可可的清香一样令他惴惴不安，兴奋中有种冲动。

"渔伯伯，你……你在哪里弄到这些东西？刚才你要我生火做饭，我怎么……怎么也找不到！"

"哈哈……小子，这是老夫的家，当然财不能外露，是吧？如果让你小子也知道了，那老夫还能在这条江上混吗？哎……公子就是公子！如果是老夫的儿子，老夫可没有这副好脾气了！"

锋浪搔了搔脑袋，暗忖这老家伙还真把他当客人一样看了，于是笑道："渔伯伯，你就当我是你的儿子，想说就说，想骂就骂吧！不过，晚辈的脸皮十分厚，这顿美食绝不会放弃！"

两人坐了下来，老渔翁倒了两碗酒道："不错，上了老夫的船，就得能受得了老夫的脾性，无论是老夫的朋友，还是老夫的儿子，都是一样，不过，酒一入碗，就喝酒吧！"

锋浪在古城没少喝一些好酒，于是也不客气，提碗就喝，老渔翁见他豪饮的样儿，别有深意地笑着，果然锋浪刚喝了一口，就凶猛地咳嗽起来，只觉得喉咙有无数的毛毛小虫在爬一般，十分难受，好半天方才停了下来，锋浪满眼泪光地道："渔伯伯，你这……是什么酒呀？怎么这般难受！"

老渔翁哈哈笑了笑，道："这酒是自家酿的，当然不能与街上卖的酒相比，要喝就喝有味道的，这酒可不能像酒馆中的酒，要一点点呷，明白吗？"

说完轻轻地呷了一口酒，嘴角动了动，十分有味，锋浪学着呷了一口，立觉心里如有一团火般，难受至极，但难受之后，却又舒畅无比，不由大叫道："好酒，很有劲力！"

"酒就如男女谈情说爱一样，要慢慢地呷，慢慢地品，方才有味道，否则就会适得其反……哎，可惜现在的年轻人，谈情就如喝淡酒一样，咕咚咕咚直喝！一饮而尽！"

这老渔翁说半句，惋惜半句，似乎已成了习惯，锋浪猛猛地吃了两口菜，觉得菜很对味口，又狠狠地吃了几口，方才叫道："菜也绝妙至极，渔伯伯，难道吃菜也有一个讲究吗？"

"哈哈哈……人生在世，吃穿少不了，当然有讲究。但对你说，还真是要多费口舌，但你十分有长进，毕竟你愿意听我说。可我那劣子，却不愿听老子的话，只要老子一说，他立刻走开，还说我的脑袋过时了，观念落伍了。嘿嘿……老夫可不想受他的白眼，于是自立门户啦！"

锋浪暗忖道："如果本少爷听个一两天，倒觉得新鲜，但如果长期同处，只怕也跟你儿子差不了多少！"

他心里如此想，但嘴上却没有说出来，脸上更是挂满着笑容，点头道："噢！原来是这样的。"

边说边吃菜，两人就这样在船头说来笑去，其乐融融，锋浪不知是自己心情好，还是酒劲过于厉害，没多久只觉得全身热乎乎的，轻飘飘的，最后居然什么也不知道了。

待他醒后，才发现是第二日的黎明，太阳的丹红染红了江面上的水雾，可真是半江茫茫半江红，而老渔翁已经在船尾收拾东西，做早饭了。见他醒来，老渔翁呵呵笑道："喂，小子，你呷酒还真行嘛，虽然最后醉了，但看你以后酒量定是不错的，哈哈哈……"

锋浪不知是老渔翁在讽刺他，还是真的赞扬他，只是讪然笑了笑，心道："万幸这老渔翁并不是歹人，若是歹人，将我和可可丢到江中，那可真的没有翻盘机会了。上一次喝醉了，就莫名其妙地被关进了'狗洞'，连连遭劫！看来以后还是少喝酒为妙！"

想到这里，锋浪笑道："鱼伯伯，你难道就没有醉吗？晚辈人虽小，但醉酒可是常有的事！"

"哈哈哈……老夫是酒中之仙，又哪里能喝醉；而且老夫深知酒这玩意儿少喝点健身，而且有情趣，但喝多了，却是伤身和坏事的毒物也！"

锋浪深有同感，点点头，方才想起舱中的可可，惭愧不已，暗自忖道："自己酒足饭饱，但可可却是点水未进，现在还不知她醒转没有？"

进了船舱，见可可依旧未醒，又是担心又是高兴！高兴的是她依旧在自己身边，担心的却是她的伤口。此时他还真有点矛盾，左右为难。深叹了一口气，走到榻边，仔细地看了看可可的伤势，正想伸手去探探她的呼吸和脉博，可可突然动了一下，嘤咛一声，吓得锋浪慌忙缩手后退，谁不知脚下被什么东西一绊，"砰"地一声重重坐在舱板上，可可立时被惊醒，惊愕地看着锋浪，怒道："你……你在干什么？"

即而见自己睡在榻上，盖着简陋的被子，四周乱七八糟的，于是吃惊地怒道："你……你……"

她气得不知说什么好，慌忙看了看被窝里的自己，方才长吁了一口气，脸上浮出一团红晕，嗔怒道："这是哪里？怎么不说话？"

锋浪坐在地上，也是忐忑不安，看着美人儿好气又好笑的动作，毫无一言，现在听可可质问，立时嘻嘻笑道："你醒了就好，我担忧的心都提到了嗓子眼上，又被你一吓，只觉全身快要瘫痪了！"

见锋浪龇牙咧嘴的样儿，可可脸上浮出一丝笑容，突然又收敛了起来，叱道："你少耍花样，上次被你骗了，这时你又想骗，是不是真不想活了？喂，你还没有说我现在哪里？"

未等锋浪说话，她便听到水声和船身相互碰击，不由惊叫道："呀！我们在船上，你不是不会游水的么？"

可可年纪本来就不大，怒气转眼就没有了，而且自己受伤全靠锋浪的帮助，他也没有对她非礼，至少她是这样想的，又哪有生气的理由？此时双目圆瞪，如黑葡萄一样，锋浪忙道："船上安全啊！我怕有人来打扰你养伤，哪里还考虑得如此全面？只要你没事，我一切都不在乎啦！"

说到这里，朝着可可嘻嘻直笑，也不知是讨好对方，还是心里特别高兴，此时他只知道笑，可可皱了皱眉头，瞪了锋浪一眼，怒道："哼，一副油腔滑调的样儿，我……我懒得理你……"

可可果然转过了头不看锋浪，不知在想什么，又看了看自己的伤口，突然对着侧边的乌蓬道："我……我的伤是你包扎的吗？"

"当然是我，难道还会是神仙？怎么样？还行吧？"

可可没有说话，良久方道："少贫嘴讨好，我可不吃这一套，咦，有人在外面划船……"

"哈哈哈……当然有人划船才行。哎，想不到仙子被贬下凡，月老也跟着下凡来划船受苦，这个世道到底有没有天理王法呀？"

老渔翁的话从外面传了进来，即而是一串串的笑声，可可一愕，脸上羞红，狠狠地瞪了锋浪一眼，没好气地道："定是你又胡说八道了些什么！"

锋浪正要说话辨解，外面的老渔翁又呵呵道："这位公子爷说你们刚刚成婚，出外游玩走亲戚，谁知碰上山贼，山贼见新娘子长得貌美如天仙，当然想做坏事，双方便打了起来，于是就伤了新娘子……哎，新婚燕尔，吵吵闹闹倒也是乐事！"

说完这些，老渔翁又哈哈大笑了起来，可可信以为真，脸更加赤红，气冲冲地对着锋浪道："你……你……你真是无赖加流氓！"

锋浪想不到老渔翁如此开玩笑，苦苦笑了笑，没有分辩，笑了笑道："两位都是我的恩人，我还有什么好说的？无赖就无赖吧，但我可不是流氓，若是，后果可严重啦！"

说着贼兮兮地看着可可，笑得很诡秘。可可知道他在想些什么，又转头不理会锋浪了，锋浪又道："可可，你饿不饿？"

刚说完，锋浪就觉得自己是天字第一号傻瓜，一夜没进一点水，当然很饿了，还用得着问吗？未等可可回应，就走出了船舱，见锅里的粥差不多好了，于是对着老渔翁笑了笑，道："渔伯伯……可以开饭了吧？她定是饿得生气了！"

接着又向船舱中努了努嘴，老渔翁无声地笑道："应该是这样的，你看着办吧。喂，小子，听你们聊天，好象并不是新婚燕尔，你怎么在老夫面前吹牛？耍花招？还真是无赖加流氓！"

说完向锋浪做了一个鬼脸，锋浪心里不知是高兴，还是叫苦，暗忖："这死老头子还真会耍弄人，可可听到后，定会以为自己那样说了呢！"

但现在两边都是好人，也都是惹不得的人，锋浪只有装无赖了，盛了一碗粥，钻进了船舱，见可可依旧坐在那里，不声也不响，似乎在想着什么玩意儿，对锋浪进来装着没有听见。锋浪只好赔笑道："可可，喝碗粥吧？待有了力气，我们才好赶路回古城！"

"回古城？我可不去古城，你个儿去吧！"

"那怎么行？我怎么能丢下你不管呢？"

可可忽地转过身来，气呼呼地道："我们本就毫不相干，要你来管么？都是因为你，我才弄成今天这种地步，你还以为我怕了他们，是不是？"

顿了一顿，又哼道："哼！金少庄主，道不同，不相为谋。我不想害你，你也不要害我，从此我……我不想再见到你！"

锋浪一愣，呆呆地站在那里，只觉得鼻子酸酸的，好不委屈，顿了一会儿，方才道："好，你怎么说我就怎么办，但你好久没吃东西了，先喝了这碗粥，我们便立刻上岸分头就是！"说完也没待对方回答，便径直走出船舱。

出了船舱，锋浪向老渔翁招呼了几句，老渔翁见二人不知在搞什么名堂，也不再多言，将船向对岸划去。没多久，就到了对岸。锋浪走进船舱，见可可已收拾妥当，但依旧没有喝他端进的那碗粥。他皱了皱眉头，沉声道："你……你怎么不听话？"

可可身子一颤，愣了愣神，道："我为什么要听你的话？只因为你是金少庄主，大家都要听么？"

"你……你……"

锋浪心里怒火直窜，但终究没有冲出来，良久方才道："我已说得清清楚楚，现在我不是金少庄主，是一个一无所有的流浪汉，你为什么总是这样说？如果你不喝这碗粥，我不放心，上了岸我会一直陪着你的。如果你喝了，我也安心多了，你自己选择吧？"

可可乜着美目看了看锋浪，又看了看那碗粥，果真上前端起就喝，大概是粥十分难以下咽，可可喝了好半天，方才将粥喝完。

两人走出船舱，见老渔翁奇怪地看着二人，锋浪向老渔翁告辞，可可另外告谢后，首先跃上了岸，但身体似乎依旧很虚弱，飘飘摇摇地如风中纸鸢，老渔翁低声道："小伙子，吵架归吵架，我看你还是跟着她为好，否则你会后悔的！"

锋浪又谢过老渔翁，方才上岸，跟着可可，两人就这样默默无言地走了不知多少路！可可突然回头道："你还跟着我干什么？"

锋浪嗫嚅了半天，方才摇了摇头，道："不知道，我还是不放心！"

"你说过我喝了那碗粥，我们就分道而行，我已经那样做了，难道你一向都说话不算数？"

此时锋浪居然嘻嘻笑了起来，又靠近了两步，玩世不恭地道："不错，我确实说话不算数，在你的眼里，我不但是无赖，而且是流氓，无赖和流氓说话从来不算数的，是吧？"

可可气得脸色发白，不知是伤口未愈，还是其他原因，气哼哼地道："你说吧，要怎样才能不跟着我？"

"嘻嘻……这个总是很简单，只要你跟着我走，我就不用跟着你走了！"

可可万料不到锋浪如此滑头，直气得说不出话来，呆立在那里。两人正僵持着，突然听到前面衣袂掠空之声，可可见之，脸色剧变，忙回头拉着锋浪躲进了路旁的灌木丛中，轻轻地道："千万别出声！"

话音甫落，就见路中央出现了几位白衣女子，而其中一位锋浪见之觉得十分面熟，细细一想，想起对方正是与可可一道、在古城相遇的那位姑娘，于是轻轻地道："喂，她们是你师姐妹呢！"

可可狠狠地瞪了锋浪一眼，但依旧紧握着锋浪的手，锋浪此时与可可此时相隔很近，立即嗅到从对方身上散发出的一股淡淡香气，于是嘻嘻低声笑道："喂，你身上很香！"

锋浪好象故意与可可作对，叫他别作声，他偏要做声。可可被他说得脸色绯红，真想狠狠将锋浪的脑袋扭下来，再将他的嘴巴撕掉。但她却不能这样做！

"咦，师姐，我们找了很久，怎么找不到可可？"

"哼，她明明在这一带出现过，怎么会不见？我们再找！哼……这死丫头定是与那小白脸在一起，若是让我找到，先打死那小白脸，再……"

其余众女嘻嘻哈哈道："再教训那死丫头……"

"师姐，你出来不是与可可一道的吗？难道她见了小白脸就将你甩到一边了？师姐，那小白脸是谁？"

"是谁？是个无赖、流氓，哼，这次本来可以捉到金少庄主的，想不到那无赖就是金少庄主……"

可可全身一颤，锋浪也是愕然，不明白她们是谁，为什么知道自己就是金少庄主，要捉自己？突然心里一沉，暗道："难道她们也是……不可能，绝不可能……"

此时又有一女惊道："什么？金少庄主是个无赖，居然与可可有……那种关系？这怎么得了？"

"先不要告之阁主，现在我也不敢肯定那无赖是不是金少庄主，只是猜猜而已！"

"猜猜？金少庄主不可能是无赖吧，听说迷花谷和琼楼都在找金少庄主，到底是为什么？我们也在找，难道金少庄主有什么宝物在身上？……"

"谁知道，多半是冲着金闲庄来的，只要找到了金少庄主，金闲庄就会乖乖地跟我们走！"

"噢，有金闲庄帮助，我们就强大了许多！"

"啊……又有人来？"

"是……又是那一群人！"

锋浪将头向外伸了伸，又看到十数名黑衣人掠了过来，刚到众女身边，黑衣人就将她们包围在中间，其中一人道："哼……你们是玉阁的妖女，快说！你们将金少庄主抓到了何处？"

几女咯咯地笑着，根本没有将众黑衣人放在眼中，那位师姐道："我们也在找金少庄主，你们又是什么人？"

"不要问那么多，我们抓的就是你们这些妖女，是投降还是再斗一场？"

"师姐，可能是他们抓走了可可和金少庄主！"

一语惊醒了梦中人，那位师姐脸色一变，上前喝道："是不是你们抓走了可可和金少庄主？"

"哈哈哈……是又怎样，不是又怎样？……"

话未说完，师姐杀机陡盛，掠身而起，向那大笑之人扑了过去，去势快疾无比。

对方显然有所防备，立时拔剑直刺，出招更是狠毒，仿佛与她们有深仇大恨一般。众女见师姐斗了起来，亦娇叱着与四周的众黑衣人斗在了一起，一时黑白分明，混杂在一起，更是黑影来，白影去，激烈无比。

锋浪皱了皱眉头，满脑子雾水，不知他们为何相斗？可可的师姐妹们到底是什么来历？听她们的话意，不是迷花谷中人，也不是什么琼楼人，而是什么阁人，到底是什么阁呢？

这些黑衣人又是什么来历？为什么要来抓他——金少庄的少主？他身上可是什么宝贝也没有啊。如此暗想，锋浪心里一寒，暗忖道："他们定是在斗势力，而想以我锋浪当人质，逼金闲庄的人与他们合作，哼！他们这真是糊涂和狠毒，老子难道就那么的好欺负么？

想到问题的严重性，锋浪心里不由暗暗着急，更是暗暗冷笑道："老子不是蟹子就是毒蛇，哼！你们来抓，老子不会反咬你们一口才怪！"

突然想到身边的可可，锋浪心意已决，暗忖她为什么要救自己呢？而且并没有趁自己危急之时将自己带到什么阁去，难道她是放长线，钓大鱼——让自己老老实实地跟她去？想到这里，锋浪觉得又不可能，因为可可每次都叫他走得远远的，而且不想看到他，看来她是无心害他的。

第八章

想到这里，锋浪心里惊喜不已，暗道："原来这小美人对我是一腔柔情，她也有那意思哩！"

而可可此时却双眼紧盯着激烈的打斗场面，蛾眉紧皱，一副"愁煞渡江人"的模样。锋浪轻轻地拉了拉她纤白的玉手，可可回首看了看低声问道："你怎么还没有走？难道她们刚才的话没听见吗？"

锋浪一愣，随即嘻嘻一笑，也低声道："你紧紧拉着我的手，叫我怎么走？而且……而且你不走，我怎么放心？"

可可这才注意到自己依旧抓着锋浪的手，脸上立时艳红，甩了开来，嗔道："油嘴滑舌，你快走吧，师姐妹们就在外面，有什么不放心的！"

说到这里，她又不由自主地脸红起来，锋浪嘻嘻道："你是不是着凉了，怎么脸红通通的？"

"谁脸红啦？你才脸红呢，再不走，我可……"

说到这里，她就不知该说什么好了，改口道："你留在这里，我去帮她们，这些人很厉害的！"

"我也要去……还是你留在这里吧！"

说到这里，锋浪从怀中掏出一张又长又宽的面具，往脸上一蒙，道："这样她们就不认识我了！"

未待可可开口，锋浪已跃了出去，大叫道："唔，你们是什么人？怎么在这里打架？扰醒了老子的春梦，喂！快到别处去打，否则老子……"

话未说完，后腿便被什么东西猛得一拉，立时来了一个恶狗抢屎，仆倒在地。锋浪哎哎哟哟叫了起来，可可将锋浪拉到灌木丛中嗔骂道：

"你这个傻瓜，没有多少本事，就不要逞英雄，是不是想死呀？要死可别死在我的眼前！"

"嘿嘿，那倒是，你舍不得我死在你眼前是不是？"

可可狠狠地瞪了他一眼，飞掠而起，冲入了群斗之中，众女见之，惊叫道："可可……"

可可一出场，立时众女多了一份力量，众黑衣人刚刚得到的优势又被压了下去，但可可有伤在身，久斗之后，便险象环生。看得锋浪在暗处焦急不已，暗道："本少爷到底要不要出去？若是出去，他们定知道自己是谁了？但看黑衣人，似乎对自己并无恶意，而此时众女亦奈何不了他们！"想到这里，锋浪亦跃了出去，大叫道：

"别打了，别打了，本公子在此，有你们现丑的份儿么？若是谁再打，本公子可不客气了！"

此时的浪公子当然不是金少庄主，众人想不到又多出了一个人，但不知浪公子从何处出来的，只因锋浪跃到了另一个方位，而且与可可不相干。

众人均停了下来，望向一副骇人马脸的锋浪，只有可可知道他是谁。锋浪站在那里，暗自好笑，怒道："看什么，还不给老子滚开！"

黑衣人中的首领环顾了一下形势，问道："喂，你是谁？知不知道她们是妖女？"

"什么妖女，她们明明是活生生的美人嘛，怎会是妖女呢？"

锋浪走到可可身边，又道："你们谁先打，本公子就打谁，哼！"

谁知他还没有从飘飘然中回过神来，可可突然玉掌向他猛扫而来。锋浪一愣，慌忙滑步后退，抬手一拦，抓住了可可的纤纤玉手。可可顿时一愣，她万万没有料到锋浪武功亦如此绝妙，这可是她第一次见到，上次被人打得鼻孔流血的他可是"手无缚鸡"之力的！原来他真的在骗她，可可芳心立时怒火中烧，娇骂道："你这骗子，原来一直在装可怜！"

说着另一只玉手亦向锋浪扇了过来，锋浪心中暗急，分辩道："我……我没有骗你，真的没有……"

未想到纤纤玉手真的扇了过来，只听"啪"地一声，耳光干脆至极，锋浪虽然罩着面具，但亦觉得脸上火辣辣的痛，可可亦是愕然！

锋浪心里有股怨火，"嘶"地一下拉下面具，怒气冲冲地道："不玩了，妈的，你们谁想抓本公子，就上来抓吧，哼……谁抓谁倒霉！"

面罩寒霜的锋浪，倒有了几分杀机，骇得可可亦变了脸色。众人见激斗之间居然有了这一不可思议的小插曲，均是愕然，而且对锋浪的武学大感意外，那黑衣人首领立时客气起来，对着锋浪和声道："你……你是金少庄主？"

"谁是金少庄主？本人是浪公子，与金少庄主一点不相干！再说金少庄主有武功吗？是骗子吗？是小偷吗？是强盗吗？不是！而浪公子什么都干过，连女孩子也骗过，哈哈哈……"

说到这里，浪公子只觉得压在心里的浊气全冒了出来，胸口舒服多了，更觉得天下没有什么可怕的，仿佛自己刹那间变成了顶天立地的男子汉！谁也不敢得罪的强人！

"哼，你别装蒜，你就是那个小无赖，第一次骗了我们！金少庄主就是你……你不是关在一个山洞里，最后逃了出来吗？"

锋浪一愣，暗忖道："难道是这个什么阁的人因了自己在那山洞里不成？那地方怎么在……不可能……"

"哈哈……老师姐，你在说什么？什么山洞？什么逃？那日我在运河边玩，突然掉进了河里，幸亏可可救了我。不错，我是骗过你们，但也不应该将我浪公子当作金少庄主吧？哈哈哈……真是荒唐，真是可笑！"

锋浪见此地根本就无人看到他在金闲庄逗留过，虽然大家都怀疑，但不敢肯定，他乱七八糟地说了一通，以扰乱大家的思维。

果然双方都面面相觑，相互对望了一眼，又看看锋浪，师姐问可可道："可可，你说，那日你从水中救出的人，是不是从山洞中溜出的人？"

可可望了望锋浪，坦然道："我不知道，只是听到有人叫救命声，过去一看，原来是他……"

"他……他到底是谁？你难道也不知道？"

"我怎么知道，他是骗我们的那个小无赖，倒是错不了。但我又没见过金少庄主，你问我，我又去问谁？你将他带到金闲庄去问问不就明白了？"

"哟，你这死丫头，竟敢与姐姐这样说话？"

锋浪放开了可可的手，其实可可一直都在挣扎，却被锋浪死死抓住，锋浪又笑道："开始不是你们在斗吗？现在可以继续打，我和可可在旁观战，看谁厉害如何？"

"你去死吧！"

可可听得生怒，又是一巴掌打了过来。锋浪晃身后退，已在丈许开外。经过几日的强记强练，在"胜者为王"的意念逼迫下，锋浪几乎能将《剑花秘谱》内的东西倒着背出来了。而且从中又悟出了很多东西，武功自然增进非凡。

众人见锋浪武功如此绝妙，倒真的有点释疑了。因为金少庄主武功并不高明，只是一个纨绔子弟。那些黑衣人见有锋浪插手，知道今日无论如何也打不起来了，遂急急而去。而可可此时向锋浪施了一个眼神，叫他也走，谁知锋浪只是嘻嘻哈哈的一笑，如木瓜一般。

黑衣人一走，那师姐立时向众女挥袖道："别管他是金少庄主，还是浪公子，先抓住再说！"

"喂，你们到底有没有良心，本公子帮助你们打退了强敌，你们不但不感恩图报，反而要抓本公子，难道不怕日后倒霉？"

"师姐，还没有弄清他是不是金少庄主，你怎么胡乱抓人？如果让阁主知道，她也不会赞同的！"

"是呀，若让阁主知道，一定会骂你傻贱婢，而且如果见人就怀疑，怀疑就抓，你们岂不是成了众矢之敌？阁主定会生气的！"锋浪亦在旁边加油添醋道。

他也不知是哪根神经犯了毛病，此时倒很希望对方将自己抓走，不知是好奇心在作怪，想弄明白到底可可是属于什么阁的人，还是想与可可在一起。果然，师姐神色一变，望着可可道："贱丫头，你不知道他的来历，为何将我们的事告诉了他？难道不怕阁主责罚你吗？"

可可神色亦是一变，道："我告诉他什么了？是他听到你们说的话，若追究起来，应该是你泄露了秘密才对，各位姐妹也可作证！"

"对，不但她们可以作证，而且我也可以作证，开始我还不知可可有什么来历，嘿嘿……现在知道啦！你们与什么迷花谷、琼楼，还有什么黑白道等等争抢江湖地盘，想掳走金闲庄少庄主，挟迫'金浪客'帮助你们，嘿嘿，我全都……"

可可脸色又是一变，怒叱道："你在胡说八道什么，不说话，没人当你是哑巴！你不是金少庄主，为什么还不走？快走！"

锋浪装着无辜的样儿，亦如同受了委屈的小孩子，垂头丧气地道："我……我说说不行吗？哦，你叫我走我就走，有她们陪你，我也就放心了！可可，只不知我们什么时候才能见面？"

可可料不到锋浪在众师姐妹面前也装得如此痴情，倒不知他是真是假，但无论他的心意如何，此时她是又羞又怒，却不知如何对待这个"可恶"的橡皮糖。

众女见锋浪那可怜又可爱的样儿，不知是笑呢，还是同情。总之冷眼看着大师姐和可可。可可在众姐妹中，可是不怕那位大师姐的，因为可可的人缘特别好。大师姐见眼前的局势，怒道："哼，你们两个别在这里演双簧戏了，本姑娘还没有人老眼花，好！可可，你有一套，是师姐漏了口风，没你的事，你站到一边去！"

顿了一顿，师姐又笑道："哈哈……但这位浪公子听到了我们的秘密，却是不能走了，我们看在可可的份上，不杀人灭口，也会将他带回去，让阁主来处置他！"

"错错错，让阁主来处置？哈哈哈……如果本公子见到了你们阁主，能保证本公子不开口吗？敢情阁主会责怪你的。另外，你们又知道我的来历吗？如果将敌人带回去，只怕不妙吧？"

师姐神色一变，暗想锋浪说得不错，只看他那副有恃无恐的样儿，就觉得他有所图，如果真的引狼入室，自己可是最大罪人了！

"那……那就将你杀了！"

锋浪诡谲的笑了笑，道："假设本公子恰好正是金少庄主呢？你杀了我会意味着什么？想必你们比本公子更加清楚。何况以本公子的武功，你们又杀得了吗？你们知不知道在本公子后面，又暗藏着什么人呢？"

众女神色又是一变，可可脸上亦是愕然作色，那位大师姐更是心里急沉，向四周迅速望了望，见没有什么动静，方才落下一块石头，森然道："你果然承认了是金闲庄少庄主！"

"是吗？我承认了么？什么时候！"

说到这里，锋浪突然飞掠而起，那位大师姐眼疾手快，跟着追上，众女从四周围了上来，唯独可可没有动。谁知锋浪突然在空中一飘，急射到地面上，就地一晃，已到了可可面前，身影虚幻诡谲的难以捉摸，而且速度万分快疾。

锋浪飞指连点，已封住了可可的几处穴道，众女见之神色巨变，那位大师姐亦感到意外，站在几尺之遥匆匆道："不要伤了可可！"

话刚说完，大师姐就后悔不已，觉得自己好笨，锋浪与可可的亲密样儿，是瞎子也感觉得出，又怎会伤她呢？大师姐不知自己为什么要说那样的话！果然，锋浪哈哈笑道："我会伤可可吗？哈哈哈……我要带可可走，让可可脱离你们的什么阁。哼！都是你们这些争权夺利的人害得可可左右为难，也害得本公子常常被可可骂，逼得我们难以相见，我要带走她！"

大师姐恼怒至极，向众女道："抓起来！"

众女无奈，围了上来，如飞舞的蝴蝶，向锋浪围攻了过来。锋浪抱着可可，左冲右突，不知是保护可可，还是将可可作挡箭牌。总之，众女一碰上可可，就立即收手，不敢伤了可可！

锋浪得意地笑着，脚下更是快疾，迷花谷武功的虚幻缥缈，金剑快极犀利，此时被锋浪融合在一起，颇有三分韵味，虽然只有三分，但也是十分了得，何况有可可"帮助"？

几个照面下来，众女就被逼得没有阵法，手忙脚乱，锋浪趁着一个空隙，突然如一柄犀利的剑直射而出，逃出了众女的包围圈，众女正要追赶，那大师姐怒不可遏地道："不用追了，让他去，量他也不会伤害可可！"

"哈哈哈……多谢众姐妹相让，浪公子恩怨分明，不会找你们麻烦的！看在可可的份上，本公子还会帮助你们，十倍奉上，哈哈哈……浪公子确非浪公子，乃金圣教教主是也！"

话音缭缭，锋浪业已掠远，很快便没有了人影，师姐望着锋浪消失的方向，呐呐地道："金圣教？"又茫然地向众姐妹问道："你们听说过金圣教吗？我怎么从未听说过？"

众女亦茫然地摇了摇头，道："金圣教教主？"

"哼，金圣教教主！他如此说，定然不会假，我们还是谨慎一点为好，回去告诉阁主！"

"那……那可可呢？怎么办？"

"哼，那个贱丫头，你们还用操心吗？有金圣教教主保护着她呢，这小子，看上去花花公子无赖一个，料不到武功却如此之高，而且是个教主，大大小看了他！我们走！"

说完带着众女悻悻而去，而锋浪一路狂奔，也不知奔了多少路，方才停了下来，气喘呼呼地四下望了望，见四周无人，方才坐在一块巨石上，望着深绿的河水在青山之间蜿蜒而流，而一艘艘的船只顺流直下，逆流而上，时不时传来清悠的地方山歌，而古城便在清山秀水之间的空阔之处。

一缕缕柔风吹了过来，舒服得要命。而可可不能动弹，亦不能说话，但一双美目却如生怒的鸽眼，不停地转动，望着锋浪。锋浪向那双眼睛笑了笑，又看着对方细嫩可人的娇容，简直有股冲动欲伸手拂摸两下，但他又没有那种勇气，于是狠狠地踢了一脚脚下的石子，骂道：

"妈的，我这无赖流氓为什么这么规矩高尚！"

说完，仿佛下定决心欲吻可可那可爱的樱桃小嘴，谁知可可哼了哼，狠狠地瞪了他一眼，将嘴移到一边，不理锋浪。锋浪将可可放在大石上，将可可的脸如捧宝贝一般向着自己，说道："可可，你知不知道，我真的不知如何是好？"

谁知可可不能动，又被锋浪捧着头，双眼两眨，两颗晶莹的泪珠"吧嗒吧嗒"地掉了下来，锋浪一怔，忙解开了她的哑穴，说道："可可，你别哭呀，现在你想说什么就说什么吧？"

"你……你流氓，你……你恩将仇报，欺负人……"

说完这些，可可又狠狠地将头转到一边，嘤嘤地哭了起来，锋浪更是手足失措，居然跪在可可的面前乞求道："可可，我不是流氓，也没有恩将仇报，更不敢欺负你！你知不知道，我很想和你呆在一起，跟着你走，但你总是说我们以后不再见面，我真的很害怕，害怕以后再也见不到你。只要你答应，我立刻解开你的穴道！"

可可哭的声音时断时续，双肩更是颤抖不已。突然转过头来，问道："你说老实话，你到底是不是金闲庄少庄主？不许骗人！"

见可可此时楚楚可怜的样儿，更如天九之仙子，锋浪摸了摸自己的表发，老半天方才难以决定地道："可可，你想听真话，还是听假话？"

"当然是听真话，不然你就是骗人！"

"这个问题很重要吗？我们之间……在一起，根本与这个问题无关，我……我拒绝回答，嘿嘿，你能不能重新找个问题？"

可可停止了哭泣，忧楚地想了想，忽然叹了口气，唠叨道："真赖不过你！你先起来吧，男儿膝下有黄金，怎么能这样随……便……下跪？"

"嘿嘿……在可可面前，我双腿都无力了，当然只有跪，觉得跪着蛮舒服呢！"

说完锋浪露齿笑了起来，可可与锋浪年纪相差无几，忧愁与喜悦如夏天的云层一般，来得快，去得也快，只见她脸红了红，啐道："真是犯贱！我又不会妖法，怎么在我……我面前就腿软？"

"嘿嘿，你是仙子，而我是凡夫俗子，当然要向你顶礼膜拜呀，你站好，我再三叩九拜！"

锋浪说着真的就要叩拜，可可慌忙地道："喂，你别肉麻，现在是你在欺负我，而不是我在欺负你，起来吧，我已……恕你无罪了……"

说到这里，可可居然"噗哧"一声笑了起来，清纯而抿嘴的笑，更让锋浪心中怦怦直跳，更为着迷，当然心里也高兴万分，果然一下子站了起来，坐在可可的旁边。可可倒没有骂他无礼，只是看了看他，柔情似水，眼波如梦地道："你说得不错，为什么一定要弄清楚，你是不是金少庄主呢？何况听说……金少庄主是个风流倜傥、文质彬彬的人，哪里像你，一副市井流……浪汉的样儿！"

说到这里又抿嘴浅笑，乜了锋浪两眼，若是无情更有情，让锋浪神魂颠倒，如坠五里烟云。

"现在我问你一个问题，你必须老实回答！"

"是……公主！"

锋浪心花怒放，向可可拜了拜，他还真将可可宠成了珍珠，可可啐道："退了一尺，你就进了一丈，我可没公主的福份！"

顿了一顿，正色道："你说说，那日你为什么要装成不会武功的文弱书生，强自出头吃苦头来骗我？有何企图？"

锋浪嘿嘿干笑一声，反问道："你说呢？"

"唔，我是要你说，怎么反问起我来呢？"

"只因看到你，我就觉得要那样做，让你记住我，永远记住，当然我更会永远记住你！当时我也不知道为什么，即使被打得流鼻血，我也不觉得痛，不知道在干些什么，你相信么？"

"鬼话，你的话，十句就有十句是假的！"

"应该有九句是假的，但唯一的一句是真的，就是对你说的所有话！"

"哼，你少要嘴甜，还不解开我的穴道？"

两人之间的气氛此时好极了，如刚开了缸的千年女儿红，悠香醇厚。但锋浪依旧很担心，看了看可可，最后别无办法，飞指解了可可的穴道。可可站起身来，走了两步，停了下来，回过头来问道："现在如果我走了，你生不生气？"

锋浪摇了摇头，道："你就如天上飞翔的小鸟，飘动的白云，永远是自由自在的，无人可以束缚你，我更不会！如果我不跟你走，就会很快去找你的！不会生气，永远也不会生气！"

"我是妖女！"

可可低头道，又抬头殷殷地看着锋浪，锋浪灿然而笑道："你不是妖女，如果你是，我也会将自己变成妖怪的！"

可可此时双眼又突然涌出泪水，踉踉跄跄地跑了过来，突然在锋浪面前站住，艾艾地望着锋浪。锋浪忘情地抱住了可可，喃喃道："可可，好可可！你别走好吗？"

"嗯，现在我不走了，直到查出你到底是谁为止！"

锋浪心里一震，明朗的心又飘过了一团云雾，暗忖道："如果她知道了真相，又如何是好呢？"

转而又想："哎，不知道就不要想，何必如此多虑呢！"

两人相拥了很久，方才分开，可可灿笑道："走吧，经你一阵胡闹，师姐妹们定是回去了，现在我也不能回去。哎，只好与你一道去古城了，可不是跟着你去，也不是你跟着我走！"说到这里莞尔一笑，接着道："只是狭路相逢吧！"

未等锋浪说话，可可又道："浪公子，不知是流浪的浪，还是……反正你的事与我无关！"

可可说到这里，脸上突然显出忧戚而怨楚的神色，不再说话，单单道："走吧！"未待锋浪表态，就率先向山下而去，锋浪不知可可又在想什么，只好跟上。没多久，两人便到了山下一条河边，可可忽然道："我饿了！"

说着可可坐在一块岩石上愣愣地望着潺潺而流的河水，又莫名其妙地道："你住在这样的一个地方，怎不会游水呢？"

锋浪四下看了看，才发现这片湖正是他落水叫救命的那个湖泊，只不过他落水的地方在湖的对面，那边杨柳依依，亭台走廊历历在目。

"可可，我们再走走吧，这里可没有东西填饱肚子哩！"

"哼，没有东西？但我没力气了，你想想办法吧，谁叫我与你同路，现在感到麻烦了吧？"

说着可可向他调皮地笑了笑，似乎故意给锋浪出难题。锋浪见可可此时心情还好，又怎能逆她的意呢？于是四下看了看，立时发现在不远的山峦里有许多青翠的毛竹，而那里有一垄花生，此刻正是花生熟透的时候，锋浪马上有了主意，悄悄奔了过去，没多久就提着几串花生，一个竹筒，还有玉米棒子、地瓜走到了河边，笑嘻嘻地道："大丰收啰！"

可可见锋浪坐在水边熟练地忙着，遂讽笑道："一看你的动作，就知道你是惯偷儿，待会儿若被人发现了，可与我一点也不相干！"

"嘿嘿，不相干，本公子人缘很好呢！"

锋浪身上似乎有很多宝物，不但有锋利的短匕首，而且还有火折子。很快，河边就"炊烟"缭绕。可可也呆不住了，掠下了大石，兴奋地道："这样做的东西肯定很香！"

锋浪得意非凡地道："那当然，这叫花生、玉米、地瓜焖饭。对了，再找几只蟹腿来！"

锋浪又纵到河水稍浅的地方，卷裤拉袖寻找螃蟹，很快就捧着几只粗大的蟹脚，跑了回来，添到竹筒里，方才怡然自得地烧了起来，随着青竹亦成焦黄，火渐渐熄掉。锋浪将竹筒在水里浸了浸，然后掰开竹筒，顿时一股清香扑面而来！

看着可可吃得津津有味，锋浪也在心里乐开了花。可可边吃边问道："你怎么不吃？老看着我干什么？是不是我吃的样儿不好看？"

"好看好看，看着你吃，好象我也在吃一样！"

可可美眸一转，笑咯咯地道："你看吧，我可真饿了，吃完了我这一份，再吃光你的那一份，看你能不能看饱！"

锋浪听到这里，大方地将自己的那一份送到可可的面前，道："全部吃掉吧，看着你吃，我真的不饿了！心里也十分高兴！"

"傻瓜，你真以为你做得很好吃？简直不能下咽，你如果不吃，我也不吃了！"

说着敲了敲锋浪的脑袋瓜儿，锋浪如哈巴狗一样听话，也痛痛快快地吃了起来。

两人吃光了无盐无味的香焖饭，方才沿着湖边向前走。突然锋浪停在湖边，眼睛一眨不眨地看着湖水，可可走前几步，才发现锋浪没有跟上，见锋浪傻愣愣的样儿，不知他在看什么？转过身来正要询问，又见锋浪双臂一张一收，双腿一曲一踢，滑稽至极，更是古怪至极。

可可咯咯笑道："你在干什么？"

"别吵，我在跟师傅学游水，师傅游的真好！"

可可一愣，自语道："师傅？"说着走了过去，顺着锋浪的眼光看去，才发现湖水中有几只青蛙在飞快地游玩，立时醒悟过来，更是忍不住咯咯的笑了起来。水中的青蛙似乎听到了笑声，飞快地向远处游去。

"喂，你笑什么？叫你别吵，看！现在被你吵走了师傅。"

"嘻嘻……那些都是你的师傅吗？"

锋浪停了下来，煞有其事地道："它们虽然不是人，但也可以当师傅！它们会游水，而我却不会，只要跟着它们学习，下次就不用叫救命了！"

"别逗了，要学我可以教你，为什么向它们学？它们可不愿意带你这样的恶徒弟。说不定让你学会了，你便会恩将仇报，抓它们来吃掉！"

锋浪也不管对方话中带着"针"，只惊喜地道："你肯教我？那太好了，我们就在这里学吧，水好，又安静没人打扰！"

望了望幽幽绿水，可可脸色一红，道："不行，现在不行，你……你还是跟别人学吧，或者就跟你的青蛙师傅学！"

锋浪见可可娇羞的样儿，忍不住哈哈笑了起来，顽皮地道："不行，你把青蛙师傅吓走了，我到哪里去找它们？你答应了，当然就不会反悔。以后一日不学会游水，我就一日跟着你了！"

可可急了，更是羞赧，连连摇手，道："不行不行，刚才我只是随口说说，并不是当真的！"

而此时，她心里却在暗想，如果真要在水里教这恶人游水，多难为情？而且，这小子极不规矩，不知会做出什么坏事来。又想起当日锋浪落水后的情景，后来为他做人工呼吸的情景……可可心如鹿撞，脸上更是发烫。

"可可，好可可，你就教我游水吧？"

锋浪厚着脸皮，居然张牙舞爪地向可可跑了过来，可可心中暗急，转身就跑，一边跑一边焦急地道："不行，至少现在不行！"

"那到什么时候才行？"

"不知道，总之现在不行，以后也说不准！"

两人一边跑一边追，很快就沿着湖边跑到过了山口，转到了另一边，锋浪气呼呼地道："哼，现在不教我，以后可是没有机会了！"

说完"扑通"一下跳进了幽幽的湖水中，溅起白花花的浪涛，可可本是边跑边羞赧慌乱至极，暗骂自己一时多嘴，方才引火烧身。

万料不到锋浪如此胆大包天，居然主动跳进了水里，立时刹住了脚步，回头而视，大叫道："喂，你在搞什么鬼？这可是你自己想死，别做梦我会救你。哼，真是用命来要赖！"

"哇……"话未说完，锋浪又沉了下去，即而又浮了上来，大叫道："可可，救……救……"

锋浪乱七八糟扑了几下，最后又沉了下去。可可见锋浪狼狈的样儿，不知该旁观还是跳到水里去救人，但若进了湖水中，岂不是正中锋浪之计？此时可可又怒又羞又慌乱，暗骂道："真是一个要命的无赖，我……我偏不救你！"

好半天，锋浪都没有露出头来，可可开始有些担心，后来越来越担心，正准备跳下去时，又见锋浪浮了起来，可可方长舒了一口气。

"喂，想学会游水，就得多喝两口水，你自己救自己吧，我这次是铁了心不会救你的！"

说着可可假装出一点也不着急，又坐了下去，眼睛却一瞬不瞬地望着水中的锋浪，提心吊胆，当然又是一阵狠骂，骂后却在暗想："这小子无赖至极，简直是不学无术，为什么……我这么在乎他，我难道……"

想到这些，可可不敢再想下去，因为眼前的人不知是不是金闲庄少庄主。若是，后果不堪想象；若不是，那她心里还真有些怅然若失。此时可可心里还真矛盾至极，心锁解之不开！

"他这副样儿，赖、骗、偷，无恶不作，是个十足的花花纨绔子弟，怎么也不是金闲庄少庄主；但他那神秘的武功的确太神秘了，而且他并不是真正的小混混，有时他……"

锋浪给可可的那种感觉，还真是让其猜不透。正自她茫然之时，又想起锋浪的话：

"我们在一起，你难道真的很在乎我是不是金少庄主吗？"

"可可！……快救我，我……我支持不住了……"

锋浪挣扎着，又沉了下去，他的命还真如猫命一般很硬，水要很久才能淹死他。锋浪又拍了拍湖水，钻了下去，这一次果然过了很久也没有见他起来，湖面如死一般静。可可心急速下沉，芳心骇异不已，再也耐不住性子，骂道："真是个灾星，又要我救了！"

说完跃身而起，一头扎进了碧绿的湖水之中，但锋浪刚才挣扎的地方根本就没有他的影子，湖水并不很浑，几窜几窜就能见到水底，足以淹死人，可可四下找了找，也没有锋浪的人影。

可可窜到湖面，长长地吸了一口气，四下看了看湖面，湖面安静至极，她的心开始慌了，急速下沉，暗暗不停地自问道："他到底在哪里？"

"不可能的，怎么会不见了呢？绝不可能的！"

"难道是水冲走了他？还是有人在水下……"

"不可能，肯定不会……这恶人又去了哪里？"

可可的心越想越乱，越是感到恐惧，越是不敢再想，又一头扎进了水里，再仔细找了一遍，依旧没有。当再次上来时，可可害怕得居然哭了起来："浪公子，你……你在哪里？"

"别吓人了，你快出来！"

想锋浪不习水性，又怎会不见了呢？于是，悲恸地道："都怪我，我……我没救他……反而害死了他……"

可可几乎是绝望，悲恸连着后悔，准备再下水去找，突然远处窜起了一团水柱，雪白的浪花之中却有一个人，不是锋浪又会是谁？

"可可……快过来……我在这里……"

见到锋浪，可可仿佛在地狱中碰上了活人一般惊喜狂然，飞快地窜了过去，什么也不想，什么也不顾，紧紧地搂着锋浪哭道："你吓死我了！"

锋浪见可可那苍白惊惧的样儿，后悔至极，暗骂自己简直是个没长心和肝的冷血动物，轻轻地抚摸着对方流水般的秀发，道："可可……都是我不好！"

"当然是你不好，不会游水又跳到湖中来干什么？难道不要命了？我不是不救你，而是……"可可嘤咛道："我只是气不过，罚……你……"

"我知道，我不该……"

锋浪本要说"不该骗你"，但很快刹住了嘴，暗忖不能说真话，否则她赌气之下一走了之，岂不是弄巧成拙呢？如此一想，锋浪深情地道："不该不听你的话，但多喝几口水也是值得的！"

两人在水中拥偎在一起，如一对水中鸳鸯，可可好半天才缓过情绪，平静了心情，不知是羞，还是甜蜜。突然她想到了什么，四下看了看，见四周都是碧水，而锋浪抱着自己，根本没有下沉。

"咦？你……你会游水？该死！又在骗我！"

可可怒瞪双目，仿佛要咬他一口，更是狠狠地搐了搐锋浪的胸脯。锋浪嘻嘻笑道："我怎么会骗你？上次我那狼狈样儿像是在骗你么？"

可可暗想锋浪确实没有骗她，但想不出他为什么又突然会游水了，于是问道："你刚学会，嗯，不可能……怎么可能呢？"

"嘻嘻，你说要多喝两口水，才学得会游水。开始我心里发慌，本想叫你救命，但听到你说的话，也就不害怕了。大不了你最后出手来救我，而且脑袋里有青蛙师傅在教我呢！当我下沉时，我试着青蛙师傅游水的样儿划呀划，居然成功了，一时兴起，我就游了起来嘛，嘿嘿，想不到把岸上的美人吓着啦！"

说着，锋浪喜滋滋地在可可脸上轻轻一吻，又哈哈大笑了起来，可可更是羞赧无比，怒道："你……你这无赖！"

继而幡然娇笑道："不要得意，怎么说我也是你的师父，怎么可以对师父没规没矩！"

"你放开我，看谁游得快，游得好！"

说完可可撑开锋浪的怀抱，娇羞一笑，飞快地向远处游去，还真像美人鱼，锋浪知道是可可想训练他，更是卖力，向可可奋力追了过去。

"嘻，看你那样儿，还真像一只癞皮青蛙！"

可可此时也兴趣盎然，尽情地将自己会的姿势全使了出来，一会儿翻游，一会儿侧窜，一会儿上飘，熟络至极，更是美不暇目。锋浪却只会青蛙姿态，当然不服。暗暗看着，默默记着，虚心学着，他本就聪颖至极，很快就学会不同的游法，虽然有些笨、难看，但总算完成了小小的心愿！

两人兴致极浓，锋浪兴当然更浓，边说边欣赏可可那优美的姿态，暗忖道："天上之仙子，水中之美鱼，红尘之绝色，可可果真如其人！"

"喂，你在想什么？是不是又想作恶？"

可可拍打着水嘻嘻看着呆望而来的锋浪，突然觉得自己说得有些不对，心有所想，方才口有所言，脸上不由自主红了起来，微颔蟫首，乌黑的长发散坠在水中，荡漾开去。

"可可，你真的好美，美得让我头晕目炫！"

"你又在说什么话？我才不听你的鬼话哩！"

可可说着向远处游去。锋浪良久方才回过神来，亦跟着游了一会儿，什么也不想，只想这片刻的温情。两人在水中嬉戏累了，方才上岸，相互看了看，才发现衣服湿漉漉的，都嘻嘻哈哈的笑了起来。可可见衣裙裹着自己婀娜的身体，要多性感便有多性感，立时忸怩起来，脸上更是红通通的，见锋浪那样儿，娇吼道："喂，都怪你，弄得衣服全湿了，还看！再看便挖了你的眼珠子！"

"水中美人鱼，岸上虞美人！若是让赵佶这不爱江山爱美人的登徒子看见你，不知又会写出什么惊天动地的佳作。可惜我不会吟诗作画，否则一定将你现在的样儿画出来！每天不用吃饭喝水，只用看着画，读着诗就够了，可可，你真的太……太……"

可可娇羞道："不许说出来，呸！谁要听你那些鬼话，快转过身去，我们背对背坐在石上，将衣服晒干，再继续赶路，知道吗？"

两人果真背对背坐在石上晒起太阳来，一句话也没有说，而此时煦日高照，暖洋洋的令人有种说不出的舒服，良久可可方道："你怎么不说话？"

"我不知说什么好，还是说说这鬼天气吧。"

"你又在胡说八道什么？今天天气难道不好吗？"

"好什么，这样的太阳，衣服一会儿就会干的！"

可可沉默了，没有接下去，不知在想些什么。

"可可，你现在想什么，能不能告诉我？"

"嗯，我在想……哼，我为什么要告诉你？你……真的叫浪公子？总应该有个名儿吧？"

"其实我叫锋浪，别人都喜欢讨好我，才叫我浪公子，你就不用叫'浪公子'来讨好我啦，应是我讨好你才是，你就叫我锋哥吧！"

"呸！谁会叫你锋……叫你无赖还差不多！嗯，你说你是金圣教教主，那金圣教又是从哪里钻出来的？"

"这是秘密，如果你告诉我你那什么阁，我就告诉你关于金圣教的事，公平交易，怎么样？"

"要说就说，不说拉倒，谁愿意听什么金圣教！"

两人又是一阵沉默，各自想着各自的心事，而锋浪此时忽然想到了聚宝钱庄的约会，顿时心中有些急了，默默地算了算，约会就在后天，而自己还有许多事情要做。锋浪做事不想半途而废，何况那可是关系着自己的切身利益，关系着金圣教的成败命运！

迷花谷、琼楼、黑白道，还有什么阁、金闲庄……锋浪已记得如此多的势力正活跃于江湖之中，而红枫堡、岭南镖局，还有丐帮又在干什么呢？自己都知道了迷花谷花女在江湖中出现，黑白道也跟着出现，想必他们也知道了不少。花婆婆为什么在荷西家里呢？想到这里，锋浪猛地一震，忽然意识到了什么，不由恨恨地忖道："哼，你们想与我金圣教斗，本教主定会让你们一败涂地！"但转念又想："迷花谷太强大了！"

正在胡思连篇，可可道："好啦，我们走吧！"

锋浪这才注意到自己身上的锦衣已经被太阳烤得有些炙热，早就干了。

两人向前走，终于看到了湖畔旁杨柳依依的一座红墙青瓦庄园，这座庄园，正是荷西——账房先生的家。看到熟悉的房子，锋浪偷偷想到了荷妮娜，不由暗道："不知荷妮娜这小妮子现在在干什么？"

想到这里，锋浪真想跃入墙内看个究竟，但回头看了看可可，又强忍住了那股强烈的欲念，假装漠不关心的样儿，道："走吧！"

可可此时狡黠而疑虑地望着他，说道："那一日，金少庄主就是被困在这座庄园里的一个山岩狗洞里，我和师姐得到阁主的命令，到此偷偷掳走金少庄主，谁知半途又来了一批人，我们只好躲了起来，后与那批人打了一架！"

"噢，大概我也就在那时落入水中的，你听到我的救命声，就赶到这里来救我了是不是？"

可可点了点头，狐疑地望着锋浪，又道："金少庄主不见了，却多了一个你，你那时在这里落水，倒也是凑巧的很，难怪你就是金少庄主？"

锋浪苦笑着道："难道我又是么？世上凑巧的事本来就多之又多，我是不是金少庄主，只有等下去，自然就会真相大白的！"

两人边说边绕着院墙走，可可突然道："送佛送到西，我也将你平安地送到了古城，想必你有你的事要干，而我也要去做我的事，不如就在这里分手吧？"

锋浪一愣，本想拒绝，但看可可心事重重的样儿，又想到自己应该要做的事，不由自主地点了点头。可可眼中飘过一层淡淡的怅惘和忧郁，当然心不在焉的锋浪此时根本就没觉察到。

"好吧，我不能逆你之意，但我们什么时候可以再见呢？能不能约个时间和地点？"

"不能，但以后见面的时间会有很多很多，而且我总是很容易找到你的，因为你是古城有名的小混混，金圣教的大教主嘛！"

可可诡谲地笑了笑，飘然而起，向远处那片树林直掠而去。锋浪亦是满腹惆怅，但此时他也不得不放下沉重的恋恋不舍，他不可能因为感情而破坏自己的计划，宏伟的计划！

待人影消逝，锋浪望了望右侧的高墙，正想掠身过去，忽听得院内有十分熟悉的笑声和打斗声，肯定是荷妮娜又在练剑，而花婆婆呢？她在干什么？花婆婆虽然严格遵守前任谷主的嘱咐，对金闲庄并无敌意，反而对娘亲很好，但她毕竟是迷花谷的人，那日自己被因在荷家的黑洞中，是花婆婆所为吗？锋浪如此细细一想，有些担心，又恨恨地忖道："迷花谷！哼，想重现江湖，争权夺势，简直是痴心不改，痴人说梦！"

锋浪突然加快了脚步，风驰电掣般向前疾掠，很快就来到了小巷的入口处，将那绿柳红墙抛在了身后。锋浪又回头看了看，方才窜入了小巷中。他的身影刚刚消逝，可可的身影又从树林里飘曳而出，望着红墙，不知在想些什么。突然掠身而起，直向院墙内掠去。

刚落在院墙内，就看到荷妮娜在里面奋力的练剑，剑花四处飞舞，而荷妮娜的声音也从剑网中传了出来："死小子，你死到哪里去了？怎么好久没有来看我？我要杀了你！杀……"

"妮娜，你又在胡闹什么？是不是在生锋儿的气？哎，该是你的就是你的，骂又有何用？"洋夫人从房间里走了出来。躲在花丛中的可可见之一愣，暗忖道："怎么是个西洋夫人！"

"锋儿？锋儿又是谁？……难道是锋浪？"

可可想到这里，只觉得心里被狠狠地一刺，痛之不已，荷妮娜的声音又飘了过来："娘，这小子不可靠，是个十足的花花公子，现在不知又到哪里泡妞去了，哼！听说翠玉楼那些都是他的老相好！娘，你说我……该怎么办？"

"怎么办？难道去把他的脑袋砍来挂在你的房间里？傻丫头，锋儿不是那样的人，我看得出！"

花丛中的可可心中又是一沉，暗道："翠玉楼？如果那无赖就是金少庄主，也就是锋儿，那……"想到这里，可可不知是怒还是悲，总之，她想哭，但她心里依旧有一丝微弱的希望。

"不是那样的人，又怎么会被金庄主赶出金闲庄？不知他还在干什么坏事，哼！瞧他那副德性，还真应了'浪公子'这三个字。如果……如果我早知道这三个字的意思，就不与他……"

荷妮娜说到这里，停了下来，扑向洋夫人，恸叫道："娘，他把我骗惨了，害苦了，我该怎么办？"

可可终于真相大白，心直往下沉，那微弱的希望也破灭了，呐呐忖道："原来他果然是金闲庄的少庄主锋浪，锋儿就是浪公子，就是那个无赖，什么金圣教教主？十足的无赖骗子！"

一股股怒气直往上窜，可可真想跃出院墙，追上锋浪，再狠狠给他两记耳光，然后断交！今生今世不想再见他一面！但她能做到吗？那一切都发生了，一切都开始了，如同一颗种子在土壤里生根发芽，快破土而出了，能让它重回昔日的样儿吗？不可能！绝对不可能！

想到与锋浪在一起的场面，锋浪根本就很规矩，并不是这丫头说得那样坏！可可踌躇左右，难受至极，真想过去与对方对质一下，看到底她说的锋浪是不是就是与自己曾在一起的锋浪！

"是谁在那里！给我老婆子出来！"

可可正在胡思乱想，突闻一阵老鸭子般的声音传了过来，如炸雷一般炸醒了这个多情而伤情的美人。可可一震，暗骇不已，脑袋里闪电般的掠过："逃！"但她并没有逃，而且缓缓站了起来，茫然地从花丛中飘掠出来！

第九章

花婆婆、荷妮娜母女讶然地看着美若天仙、愁煞满院春色的可可，而荷妮娜一见到可可，更恼怒，毫不客气地道："喂，你是谁？为何招呼也不打一声，就闯入私人宅院！"

花婆婆细细地打量着可可，没有言语，似乎在判断对方的来历，但凭她老江湖的脑袋，此时也想不出眼前这位美人的来历。可可失魂落魄，楚楚可怜，若有泪却无泪地走到三人前站定，有心无心地道：

"确是我的不是，刚才在外面，嗅到很香的花香，又听到人的说话声，就……就进来了！"

这个理由实在太勉强了，花婆婆眼里满是狐疑，而傻兮兮的荷妮娜则想到了另一面，恼怒地道："是锋浪告诉你这个地方的？他在哪里？"

可可茫然地摇摇头，忽然嫣然笑了笑，回过神来，镇定了许多，心虽苦，但她不想在此时此地表露出来，轻如莺语道："锋浪……锋浪是谁？"说到这里，可可心猛地一痛，狠狠地咬牙道："我不认识他，刚才姑娘与洋夫人的话，让我刚巧听见了，很是对不起！"

荷妮娜这才舒了一口气，但心里还是泛泛起了一股浓浓的醋意，依旧不相信地道："你不可能不认识他！凭我的直觉，他刚才应和你在一起，是不是？"

可可心猛得收紧，有些愠怒，但依旧强装笑靥道："我真的不认识他，永远不会认识他！"

说到这里，可可觉得自己还是走为妙，于是向三人告辞，掠过花丛，向院墙外而去。花婆婆见她的动作，脸色忽地一变，呐呐地道："玉仙子，玉阁中弟子，姑娘是玉阁中人？"

可可一怔，没有回头，感到碰上了高手，一直向外掠去，口中证实道："前辈所料极是！"

"花婆婆，玉阁是什么东西？她叫玉仙子？"荷妮娜讶然道。

花婆婆脸上显出忧郁之色，望向可可消失的方向，解释道："玉阁是江湖中一个十分神秘的门派，阁内中人武功很高，只因玉阁弟子均是女子，称为玉仙子，并不是她们的真名！"

"那她为什么跑到这里来？难道她认识那臭小子？"荷妮娜醋意大发地道。

花婆婆摇摇头，道："古城现在真是热闹了！只不知那死小子到底哪里去了？可千万别出事呀！"花婆婆说到这里，突然话锋一转，道："不行，现在我老婆子等不急了，必须出去走走，看外面到底发生了什么事，找找那死小子！"

荷妮娜听到这里，也来了精神，跟着花婆婆道："花婆婆，我跟你去，看那死小子到底在干些什么？"

"你最好在家里等着，如果他没事，不是今日，就是明日，就会自动上门来的！"

未等荷妮娜说话，花婆婆就掠出了院墙，暗中去跟踪可可。留下荷妮娜在那里生闷气。

却说锋浪穿街过巷，十分熟络地向丐帮分坛而来，他首先要看看自己的金圣教是不是平安无事，那可是他的希望。谁知刚过了一条小巷，就碰上金闲庄的管家高伯。

"少爷，你怎么在这里？不是听说你失踪了么？"

锋浪心里也是欣喜不已，但依旧装着十分冷漠地道："高伯，你别叫我少爷了，应叫我浪公子才是，我现在并不是金闲庄的少主，知道吗？我虽然不责怪你，但若让老爷子知道你来找我，又如此称呼我，一定会将你赶出金闲庄的！"

"啊！那是，但庄主并管不了我，因为我现在是奉夫人之命，出来找你，夫人听说你不见了，十分焦急，你今日无论如何也要回去看看夫人，否则，我说的话她是不相信的！"

锋浪皱了皱眉头，道："这段时间我到外地去办点事，并没有走几日啊！是谁乱传谣言，说我失踪的？你看我这样儿，不是好好的么？你先回庄去吧，有空我就去见娘亲，叫她别为我的事担心，知道吗？"

"少……浪公子，听说现在有很多人在找你，几大势力欲掳你做人质要挟金闲庄，要庄主和夫人重出江湖，庄主这几日也有些焦急！"

"胡说八道，完全没有这回事，纵然有，又与金闲庄有什么关系？我现在与金闲庄毫无关系了！"

高伯突然压低声音道："其实庄主很关心你，暗中已派出了人，找了江湖中的一些势力，要求他们保护你，不让蠢蠢欲动的邪派人物得逞！"

锋浪一愣，料不到自己竟不知不觉成了江湖中人争夺权势的焦点人物！一些人要掳他，一些人要保护他！以"金浪客"在江湖中的声誉，定有人会不厌其烦的。一想到这些，锋浪不知是恼怒，还是无奈，心中暗道："我锋浪为什么总是金少庄主？难道是饭桶，手无缚鸡之力？有人掳，有人保护！妈的，这些人真是无事生事！"

"我知道了，你回去告诉贵庄主，我是锋浪是江湖上鼎鼎有名的浪公子，不需要任何人保护，也不怕任何人来为难。哼！现在江湖中各大势力都心怀鬼胎，我金圣教也不例外！"

说完，锋浪冷冷地又道："高伯，麻烦你原话转告给金庄主，叫他还是全力保护好他的金闲庄吧！如果有人不利于金闲庄，岂不坏了他的声誉？"

说到这里，锋浪哈哈笑了起来，高伯愕然，摇了摇头，但还是叮嘱了锋浪两句，方才离开。望着高伯的背影消失后，锋浪不知是心怀感激，还是冷笑，当然是复杂至极，自语道：

"我要向江湖中那些人证实，可怕的不是金闲庄和金烁，而是我锋浪！浪公子！我要走出他的阴影，让世上记住的仅仅是我，是我锋浪！"

锋浪掏出面具，在脸上一罩，立时变成了一个桀骜不驯、杀气腾腾的清傲公子。

"哼，想找本公子麻烦，只管放马过来！"

说到这里，锋浪发足狂奔，向前直窜。到了丐帮分坛后，见分坛静悄悄的，一切依旧。并没有因与官府发生过冲突，死了分坛主而萧条起来，丐帮就是丐帮，名符其实的天下第一大帮！

锋浪神不知鬼不觉地溜进了分坛，找到那日见过面的两个火头，两名火头正在忙着，突然见到一个锦服公子进来，只看他冰冷寒人，逼人千里之外的表情，均是神色一变，问道："你……你是谁？可知道这里是丐帮分坛么？"

锋浪撕下了面具，冷冷地道："难道你们不认识我么？"

"教主，是你?!"

两名火头神色一变，慌忙下拜，惊喜不已。

"丐留在哪里？快带我去见他!"

说完锋浪又罩上了面具，两名火头哪敢怠慢，其中之一走了出去，一会儿带进一位丐帮弟子，那弟子慌忙向锋浪拜道："参见教主!"

"在此不要多礼，带我去见丐留!"

那名乞丐便带着锋浪离开膳食房，找到了丐留。丐留见锋浪平安归来，高兴不已，向锋浪汇报道："果如教主所料，自从分坛主死后，分坛一时混乱不堪，我便趁机左右活动，坐上了分坛主的位置，但麻烦也因此而来了，总坛对分坛主之死有些怀疑，派了恭长老到古城坐阵，现在属下不敢乱动，以免引起恭长老的怀疑!"

这一切全在锋浪预料之中的事，总算将丐留捧到了分坛主的位置上，收获不小，锋浪默默念了几下"恭长老……"又说道：

"现在你专心做你分坛主的事，恭长老那里你也要讨好才是，跟他学点武功，哼！我们一定要得到帮主之位，控制整个丐帮!"

"但是幸雄帮主正值中年，离死还远的很呢！恐怕我们很难办到!"

"别想那么多，以你的资格，离当丐帮帮主不是也很远么？你只需做好你应该做的事，其余的事情本教主去办！以后若我不来找你，你千万别主动来找我，否则若被丐帮中人知道，将前功尽弃，明白吗?"

丐留点了点头，担心道："大哥，听说外面有很多人找你的麻烦，你自己可也得当心些!"

"知道了，恭长老、幸帮主，哼，凡是不利我的，阻挡我们金圣教的人，都得死!"

丐留看着锋浪那张冰冷的脸容，不由打了一个寒颤，重新感到来自锋浪的压力和威慑力，两人又商量了一会儿，锋浪方才神不知鬼不觉地走出了丐帮分坛。刚出分坛，走入一条小巷，就见几名黑白道的武士如鬼魅一般出现在面前。锋浪心中一寒，暗忖道："黑白道知道金圣教的意图，如果他们暗中告诉丐帮，我们岂不是完蛋了?"

想到这里，锋浪心里涌起了一股强烈的杀机，但想到知道那件事的人并不是一人，而是数人，还有那位十分厉害的老人，顿时敛去了杀机，暗忖道："黑白道到底是个什么样的组织呢？是正抑或是邪？还有……"锋浪飞快地想了想，觉得应先稳住黑白道，而黑白道此时的劲敌是迷花谷！

又是迷花谷，无论他们双方是正是邪，都是为了夺得武林强者之势，而金圣教的目标也在于此，根本上讲三方都是敌对的，但金圣教是混混，他们根本还没有注意……锋浪立时心有定计了。

"你是谁，为何从丐帮分坛出来？"

"哼，不用问我是谁，并非你们要找的人！"

"哈哈哈……如果你是金少庄主浪公子，自然就是我们要找的人，我们在此等你很久了！"

锋浪一惊，大感意外，但立时明白了他们的为何在这里守株待兔，因为只要他锋浪一出现，必定要到这里来，他们知道的并不少！

"不错，本公子正是锋浪，你们不是不与本公子合作么？为何还要跟着本公子不放？"

"我们并非要找浪公子的麻烦，而是听说公子被玉阁中人掳去了，后万幸脱险。这两日我们受金庄主之托，四处找你，总算找到了公子！"

锋浪心里一怔，暗道："难道老爷子知道黑白道这样一个组织？若是没有断交就好了，可以问问老爷子详细的情况，但现在却是万万不能！"

"金庄主……金庄主与本公子又有什么关系？他为什么要多管闲事？你们也管得未免太多了！不要忘记，现在你们应付的是迷花谷，甚至琼楼和玉阁，难道你们还有时间来找本公子？"

锋浪话中带刺，极不友好，但那几名黑白道武士并没有生怒，对他依然十分恭敬。

一位黑衣白斑的武士道："浪公子知道的并不少，更要当心那几大邪恶势力对公子不利。只要公子无事，我们才能倾全力去应付她们！"

锋浪又是一愣，大觉得意外，愠怒道："为什么？难道本公子不知不觉成了你们的绊脚石？"

"不错，因为你是金少庄主，而本组织与金闲庄关系甚好，我们不得不考虑你的安全！"

"哈哈哈……原来是这样，那多谢各位的好意了，本公子再次声明，本公子现在不是金闲庄少爷，而是浪公子！金圣教教主，有足够的实力自保！你们还是去料理你们的事吧！"

说完锋浪冷哼几声，转身就走，此时他的心情极坏。本来在外面与可可在一起心情十分好，但一进入古城之中，心情就沉重无比，刚从丐帮分坛出来的喜悦又被这小小的事情浇灌得无薪无火，好象他注定要背着金闲庄少庄主这个沉重的十字架，而且永远卸不下来。

几名黑白道武士看着掠去的锋浪，均不由自主地叹息一声，不知是为黑白道叹息，还是为金闲庄金烁叹息，抑或是为锋浪而叹息。

总之，这轻微的叹息声听在锋浪的耳朵里，如同刺心的银针，锋浪余怒未消，咬牙切齿地忖道："黑白道，黑白道他妈的也不是好东西，狗咬耗子多管闲事，哼！老子也要灭了你！"

但转念一想，自己一会儿要灭迷花谷，一会儿又要灭黑白道，只怕过不了多久，自己就想灭江湖中各门各派了，那时自己岂不成了江湖中的盟主？抑或金圣教是令人胆战心跳的邪教？想到这里，锋浪突然站在了小巷口，对自己道："对，邪教！哼，他是正派的楷模，一座丰碑，要脱出他的阴影，超越他……还有可可，在正派人眼里，她是妖女，哈哈哈……我要成为魔头，大魔头！"

想到这里，锋浪觉得自己全身充满了力量，兴奋不已，好象他已经成为了天下第一大魔头！

突然，锋浪看到几位花女在小巷口横掠而过，去势匆匆，立时心中一愣，暗忖道："她们又去干什么呢？"

然后又飞快地自己回答道："反正没有什么好事，与我又有什么关系？如今倒希望她们相互斗得不可开交，而本公子则去……"

锋浪"嘿嘿"干笑了几声，脸上的面具具不由打起皱来，十分难看，更令人感到毛骨悚然。

很快，锋浪就找到了妙偷手和黑七，见妙偷手无恙，方才详细地问了自己为何被人莫名其妙囚入了"狗洞"。

妙偷手生怕教主怪罪下来，说他在危难之时舍主而去，简直是背叛金圣教的大罪。于是，便详详细细地说了出来，当然省去了他那夜求饱逃命的一节。锋浪这才弄明白自己是不幸中的万幸，若是让迷花谷抓去了，那金闲庄可真不能再闲了。但他想不通，花婆婆救了他又为何将他囚在狗洞中呢？

即而锋浪猜想是花婆婆对他很有成见，要给他一点苦头吃吃；另则是不让他出外乱走，再出意外。虽然花婆婆招式狠毒，但总的来说并不是恶意。锋浪不怪她，更何况花婆婆是娘亲的姑姑，娘亲与她关系不错。锋浪又暗想花婆婆是枚绝好的棋子！可以利用的棋子！

弄清楚这些，锋浪觉得自己的确应该离开这龙腾虎跃的地方了，古城太热闹，聚会的点子也太强大了，锋浪知道以目前自己的实力，与之不堪一击。

但依旧不甘心，因为越混乱、越惊险的地方就越可以探到许多难以知道的情报！

"妙偷手，现在你在古城的任务完成了。听说你有一位亲人，就是莫日江湖有名的'三手无影'，这是真的吗？"

妙偷手点了点头，道："是属下的亲伯伯，也可算属下的养父，属下一直当他为亲人和师父。但他说做小偷一辈子都难以出头，什么时候死了都不知道，所以从不教我偷技和武功！"

"谁知事与愿违，你不但走了他的旧路，而且颇有成就，跟着我这不成气候的教主，败家的少爷狠干了几番，若是让你伯伯知道，不知有什么感想？是否也会落得个与我同样的结果？"

见教主不知是伤感，还是调侃，妙偷手不敢乱言，谨慎地道："教主，你提到他有何目的？"

"哈哈哈……有目的，当然有目的，你的武功和偷技还不精，现在你踏入了这趟浑水，当然就应像你伯伯那样在江湖中成名立万。而且我还想求你伯伯做一件很重要的事，现在就看你敢不敢与我一起回去见他！"

妙偷手欣然道："那有什么不敢的，伯伯很疼我，大不了被他打几巴掌、骂几回，要在江湖上成名，我早就有这想法了。现在有教主大哥同路，为本教做事，我更是高兴，是不是现在就出发？"

锋浪吐了一口气，摇了摇头，道："还要两天！"

说到这里，锋浪笑道："金闲庄庄主不是叫我们在半月之内离开古城么？当然我们还是应给他一点面子，谁叫他是江湖上赫赫有名的'金浪客'呢！"

见锋浪古怪的神色，妙偷手和黑七都不敢多言，面面相觑，猜度着锋浪的心思。锋浪又对黑七吩咐了几句，方才带着妙偷手及一份尊礼径直向古城知府大人的府衙而去。

到了唐知府的大门前，当守门之人听到浪公子的大名后，立时进内向唐知府通报。

过了很久，唐知府方才乐呵呵地走出来迎接锋浪，但锋浪感到唐知府脸上的笑容有些勉强，心里打了一转，依旧笑呵呵地道："知府大人，好久没有登门造访，今日在下忙里偷闲，兴致又极佳，知府大人不会将在下拒之于门外吧？"而妙偷手则在外面等候着。

唐知府一怔，即而也大笑了起来，道："浪公子是本知府的酒中知己，道中朋友，又怎不欢迎呢？这几日公子不来，本知府可是闷闷不乐啊！现在你来的正好，岭南镖局的芒啸镖头也在这里，我们刚好可以商量一下那件大事！"

锋浪脸上没有异色，但心里微微一震，暗忖道："芒啸芒镖头？他不是将主要力量放在镖局生意上么？难道他又将注意力转移到了聚宝钱庄不成？如果……那可有些麻烦了！"

锋浪不想与别人分占聚宝钱庄，多一个股东就多一份麻烦，而且以前他对镖局态度的不明朗也感到惴惴不安，但此时他依旧朝好的方面想，对唐知府道："那就好，那就好……"

唐知府将锋浪迎接到客厅，锋浪的双眼立时注意到大客厅一侧坐着一位精神矍铄的老人，虽然头发花白，须胡一大把，但很是硬朗，看他气色在江湖上也混得不错。而正在呷茶的他也正望向锋浪，两眼炯炯有神，如捕食的老鹰一般。唐知府立时指着白发老人笑道："浪公子，这就是大名鼎鼎的芒镖头——芒镖头，这是本知府的朋友浪公子！"

芒镖头停下茶盖，站了起来，不冷不热地与锋浪打个招呼，而眼睛中却满是警惕之色。

"你就是唐知府提到的浪公子？不错，果如唐知府所说，人才俊朗，倜傥轩昂！"

"呵呵，芒镖头过奖了，在下只是浪得虚名，到这里来之前，在下并不知芒镖头在此，否则在下不但要准备一份厚礼，而且会主动邀请芒镖头。芒镖头在江湖上名震云霄，磊落正气，不会责怪在下冒失吧？"

芒镖头被对方一捧，脸上的"冰块"也开始融化了，淡笑道："哪里的话，在此相聚也不错嘛，何况江湖上相见不如偶遇，偶遇好！"

三人分主次坐了下来，小厮又为锋浪奉上香茗。锋浪与两位"前辈"胡扯了一会儿，忽然芒镖头别有深意地道："听说公子是我们钱庄最大的客人，而公子明知钱庄款项周转困难，为何还要对我们钱庄情有独钟呢？"

见芒镖头的眼神，锋浪心里一跳，忙笑道："要成为聚宝钱庄的客人，就要相信钱庄，钱庄的优势，在下对唐知府已详详细细地说了，想毕唐知府已告诉了芒镖头吧？"

而此时锋浪的心里却暗道："这老鬼他妈的还真有一点嗅觉，居然对老子也产生了警惕，看来要小心应付才是！否则败在他手中岂不是阴沟里翻船！"

芒镖头点了点头，证实了锋浪的猜测，然后道："唐知府放出风说他准备应官府的指示抽资出卖股份，老夫听到后，立时赶了过来。但唐知府并不是现在抽资，也还没有考虑出卖股份。现在急着透出消息，完全是因为浪公子的主意。哎，现在浪公子的巨款在钱庄中，所以出卖股份，众人听之定会慌乱，岂不更不利于钱庄？"

锋浪和唐知府相互惊异地对望一眼，都认为芒镖头说得有些道理，唐知府望向锋浪，而锋浪呵呵笑道："府官抽资和退股是迟早的事，在客户眼中也不会引之骚动的。因为官府的股份并不高；另外聚宝钱庄名气大，财大气粗嘛！有红顶商人、贵镖局和红枫堡撑着，还怕有什么事情发生不成？再则近来北方旱灾，南方水灾，生意也难做，客户将钱存入钱庄保险，何乐而不为呢？芒镖头只怕是多虑了！"

"是啊，是啊！芒镖头不必担心，其实本知府也不想抽资退股，但有什么办法呀？官府不想做这生意了，这大概就叫什么变革吧，我这芝麻大的官，当然只有听话做事的份儿了！"

两人一唱一合，倒去除了芒镖头一半的疑虑，但芒镖头依旧不放心地道："那唐知府又为什么要先宣布这条消息，而先不抽资退股呢？"

唐知府一愣，呵呵笑道："这是上面的指示，大概也是为了应付大家的不良反应，官府总要以大局为重才是正理！"

"这些本是机密，而浪公子是客户，你不应该先告之于他，何况他是大客户，更不应该告诉他。如果他率先'造反'，我们岂不是没有办法了？"

想不到芒镖头会用这种口吻对唐知府说话，可见他背后的势力还不能小觑，唐知府的确有些忌惮芒镖头。锋浪察言观色，心里有些恼怒，脸上也有些尴尬。见唐知府为难，锋浪呵呵道："正因为我是大客户，唐知府才与在下商量嘛？你想想，只要稳住了大客户，那些小客户当然也就稳住了，在下认为唐知府这样做很对！"

芒镖头见锋浪说得不软不硬，口气很大，也是一怔，眼光如芒一样望向锋浪，不明白锋浪的来历，以及锋浪到底有多少资本，他倒不敢造次。即而老奸巨滑地笑了笑，道："老夫到此来说得这些话，只不过也是关心聚宝钱庄，关心大家的利益。

大家心里都明白，现在我的主要精力不在钱庄，但并不代表我就不闻不问！"

"那倒是……那倒是……"顿了一顿，唐知府又道："那芒镖头还要劝说丰一廷丰堡主，叫他不要变卖股份吗？"

锋浪听到这话，心里委实震惊不小，如果芒镖头去劝说丰堡主，那自己付出的努力岂不是白费了？因此急切地望向芒镖头，芒镖头意味深长地道："现在官府要抽资退股，如果再让丰堡主也抽资变卖股份，那聚宝钱庄岂不是完了？老夫还要做生意么？我一定要先劝劝这家伙，以我们多年的交情，一定要让他与老夫同难共苦！"

听到芒镖头的话，锋浪的心直往下沉，而且十分清楚红枫堡与岭南镖局的关系十分友好！当然芒镖头也是出自自己的利益，两个股东抽资，的确让聚宝钱庄不能再叫聚宝钱庄了！

如果锋浪有余款收购他们的股份，芒镖头倒无话可说，也很乐意，但现在是他的款项本来就冻洁在钱庄内，"羊毛出在羊身上"，他岂会同意！锋浪冷冷地道："丰堡主他……"

说到这里，锋浪收住了话，暗想还是不说为妙，以免引起芒镖头的怀疑，而且丰一廷在做什么，想做什么，以他的经验，一定了解的一清二楚。锋浪开始有些怀疑，丰一廷占用存款倒卖大米，是不是得到了芒镖头的默肯？甚至互有勾当，如果真是这样，真的麻烦了！

三人又散聊了一会儿，芒镖头方才匆匆而去。唐知府尴尬地看了看锋浪，苦笑道："浪公子，很是不好意思，我们的计划恐怕……"

"不用着急，我们定是有办法的，丰一廷那老家伙吃了我，我也要吃回来。知府大人，你迟早要上岸，走的是干净大路，绝不会亏的！"

唐知府想了想，道："那倒是，但我们是朋友，又是知己，本知府是怕你一亏再亏，岂不是……"

"做生意有亏有赚，在下早看开了。如果知府大人当在下为朋友，就按计划行事，帮在下这个忙，一旦成功，在下绝不会亏待知府大人的！"

唐知府想到锋浪给了他很多好处，这次也带了礼，知道锋浪的意思，立时有了笑容。

锋浪这才将自己心里的想法说了出来："唐知府，芒镖头肯定知道丰一廷在挪用客户的资金，而且想出卖股份，应该说让他变卖正中下怀，但他为什么要去劝他呢？他们是不是有所勾结？"

唐知府一愣，恍然大悟道："老弟一语惊醒了梦中人，丰一廷与芒镖头是儿女亲家，关系非同一般，挪用资金，只怕他们暗地里早就有了协议！"

"什么？儿女亲家？"

锋浪心中又是一震，头也一下子大了。因为他的顾虑成了现实，于是轻声道："你明明知道他们有这层关系，当不应将我们的内幕消息说出去，这样丰一廷岂不知道了？现在你应强硬起来，说马上就要抽资，这次在清风阁会上，你就如此说，看他们怎么办？"

唐知府眼睛一瞪，不解地道："马上抽资？"

"不是马上，但我们要做出马上抽资的样儿！"

唐知府明白过来，两人又商量了半刻钟，锋浪方才心事重重地出了唐知府的官衙。

妙偷手见锋浪阴沉着脸色，不敢多问，一声不吭地跟着，突然锋浪森然道："妙偷手，你去通知黑七，派兄弟们跟踪岭南镖局的芒啸芒镖头，查出他的落脚点。另外待丰一廷一到古城，立即来通知本教主，哼！谁挡本教主的路，就不得好死！本教主要让他们尝尝'敬酒不吃吃罚酒'的滋味！去吧。"

妙偷手看了看锋浪，迟疑着道："教主，芒啸和丰一廷并不是好对付的角色，你不会杀了他们吧？那样事情会闹大的！"

"是吗？本教主不会乱来的，但如果他们倚老卖老，想做本教主的绊脚石，本教主也不妨将事情闹大些，反正现在古城中高手云集，有迷花谷、有黑白道、有琼楼和玉阁，他们找谁去？"

说到这里，锋浪看了看妙偷手，又冷冷地道："难道你怕了？干我们这行的，若一开始就怕这怕那，瞻前顾后，我们还干个屁！去吧。"

"嗯！"锋浪都有些愠怒了，妙偷手岂敢再说，答应一声便默默地去了。锋浪望着妙偷手走远，方才狠狠地忖道："芒啸啊芒啸，你想用钱去赚钱，却不想别人分一杯羹，行么？你不上道，本公子只好不客气了！"

锋浪一边走一边想着最佳的策略，越想头脑越乱，越想越没有补救的办法，现在他真想去将那可恶的芒啸大卸八块。但对方是岭南镖局的总把子，很难对付，而且杀了他麻烦也就更大了。忽然想起了唐知府说的那一句话："这一次芒啸和丰一廷到古城来不只是为聚宝钱庄的事，另外是带宝贝女儿芒丽珠与丰一廷的儿子丰凯相见！"

想到这里，锋浪诡秘地笑了笑，道："这两个老家伙如意算盘打得还真响，狼狈为奸，赚了黑钱，还想结成儿女亲家，继续挖聚宝钱庄的墙角。哼！本公子本不相干，但损了老账房先生的利益，老子绝对不会罢休！何况老子的钱在钱庄中又拿不出来！"

锋浪眼中又充满了希望，直向前窜去。刚冲过一条街，就看到两名花女和几名黑白道武士斗在一起，激烈至极，双方几乎伯仲不分。

此时锋浪换上了一身青衫，又戴着面具，双方当然认不出他来。锋浪冷冷地望着激斗中的场面，暗道："他们斗得越厉害，对本公子就越是有利！"

想到这里，他摇了摇头，不露声色地走了过去。谁知刚走进另一条深巷，又见几名黑衣人围着一名青衣女子激斗的更加惨烈。锋浪不由暗自笑道："哈哈，古城全面开火了，看来这下有的是热闹可瞧，本公子坐收渔利的机会也多了！"

正自高兴的时候，忽然感到被围在中央的那名青衣女子十分的熟悉，心里一怔，慌忙掠近，再仔细一看，不由暗呼道："他妈的，怎么是可可？老子居然还在高兴得意，简直高兴的不是时候！"

锋浪自己换了青衫，料不到可可到了古城后，也换了成了一袭青衣裙，简直是心有灵犀一点通。他又怎么知道，可可换了青衣裙，在古城中寻找他这可恨的无赖花花公子大骗子，准备一找到他就割了他的脑袋，谁知又碰上了那些黑衣人。

当然锋浪还蒙在鼓里，否则他绝不敢就这样大摇大摆地走出来，即使戴了面具。

锋浪掠到丈许开外，才注意到那些围攻的黑衣人又是与玉阁众女相斗的那群人，心里暗道："妈的，这些人又是什么来路？怎么老与玉阁中人为难？"

能与玉阁为敌的人，当然至少在江湖上有两手三脚猫的功夫，何况他们每次出现，都在数量上占有优势。如同群狼斗老虎一般，此时在他们的包围中，虽然不是老虎，而是一个大美人，但却是一只母老虎，武功不可小觑。

可可武功虽然不错，但在擅于群攻群斗、组织严密的黑衣人面前，已经落于下风。锋浪看不出可可的武功来历，也看不出黑衣人的来历，其实他又懂得多少呢？装蒜呗！

忽然，可可被两人四掌攻得连连后退，而后面又有两人四掌直袭她的背心，左侧两人双双跃起，四掌急盖而下。另一边则是巷墙了！

黑衣人配合的完美无缺，可可身处险境，却依旧没有胆怯的动作，不时发出娇叱声，似在骂锋浪，而不是那些黑衣人。锋浪在这危急关头，又怎敢观战，慌忙飞掠而起，双掌一分，直向可可背部袭击的二人拍了过去。

　　来势快无比，两名黑衣人闻风而起，旋身与锋浪对了几掌，只听"砰砰砰"响声不绝，双方都后退了几步。锋浪与对方硬拼，只觉得胸口如要炸裂一般，心里不由骇异地骂道："妈的，这么硬的点子，他们内功定比老子厚，又是两人，老子的优势并不在这里，为何要与他们硬拼呢？"

　　《剑花秘谱》本来就是针对内力不强的锋浪而专人专用的武功，知子莫如母嘛。锋浪心中暗骂，后悔不已！但这剧变也让那几名黑衣人骇异不已，与锋浪对抗的二人更是心里有数："对方是善者不来，来者不善！"

　　那两名黑衣人居然停了下来，阻住锋浪，另外四名黑衣人又围住了可可，变成了四角对敌阵式。

　　"喂，阁下是什么人？不相干就别插手！"

　　另一名黑衣人也冷冷地道："别要助纣为虐！"

　　"助纣为虐？哈哈哈哈……"锋浪反问了一句，哈哈大笑了起来。此时他故意压住了嗓子，笑声变得十分低沉，与原来的声调迥然有异，却是十分难听。令人听了更是毛骨悚然。两名黑衣人相互看了看，齐声问道："阁下到底是谁？为何发笑？"

　　"本人就是鼎鼎大名的兰陵笑笑生，笑笑生嘛当然有大笑的习惯，谅你们也没有听说过！"

　　说到这里，锋浪心里不由暗骂自己道："妈的，真是胡说八道，漏洞百出，前面说是鼎鼎大名，后面又说别人没有听说过，怎能鼎鼎大名？"

　　果如他所猜，那两名黑衣人根本就没有注意他后面的话，只是在心中默想江湖上是不是有兰陵笑笑生这样一个名人，但左想右想，前想后想，也想不出兰陵笑笑生这个人来！

　　但这名儿又特别怪，怪得出奇，两名黑衣人又相互看了看，其中一人道："阁下自称兰陵笑笑生，而我们从未听说过，也未谋过面，当然也没有过节，为何刚才骤然出手？"

　　"哈哈哈……不错，本人与你们素不相识，也没有过节。但本人与这位姑娘却相识，也有过节！找她麻烦的应该是本人，而非你们！"

两黑衣人听之立时心中一喜，急道："你找她麻烦，我们也是找她麻烦的，那刚才你又为什么帮她呢？阁下行为太不可思议了！"

"哈哈哈……什么不可思议？简直是合情合理，只因你们不了解本人的脾性。本人有个很怪的脾性！那就是本人要找麻烦的人，其他人就不能找她的麻烦，否则本人就要找麻烦她的人的麻烦，解决这个麻烦后，再去找她的麻烦！哈哈哈……本人由此又被江湖中人称为麻烦公子，刚才本人说的那些话，不知你们听清楚了没有？否则不但你们有麻烦，而且也要麻烦本人了！"

两名黑衣人被锋浪"麻烦来麻烦去"，脑子中果然一片混乱，又想了想"麻烦公子"四字，却是想破脑袋也是想不起此人来。立时认为锋浪在调侃他们，更是大怒，并肩而上，向锋浪猛抽了过来。锋浪这次学乖了，并不与他们硬拼，仗着又飘又疾的身影闪躲两人的拳头。两人见锋浪只顾躲闪，并不还手，更是气愤，四拳抽得更快，如同捣米粉一般，更抡得如风轮，几乎将地上的尘埃也击了起来，呼呼直响。

锋浪突然哈哈大笑，冲天而起，手向下一划，顿时一人肩上的衣服"嘶"的一声被划破了，而另一人只觉头顶被轻轻地弹了弹。

两人神色剧变，飞快地转头，见锋浪正站在那里向他们诡秘地笑着，轻松至极，而手中空无一物，显然在飞掠中，锋浪已用上了短匕！

"你们还想麻烦本人么？哎，已经麻烦了本人，但那只是个小麻烦，并不是什么大麻烦！"

两名黑衣人料不到此人轻功如此之绝妙神奇，简直防不胜防。他们心里明白，刚才若不是"麻烦公子"兰陵笑笑生手下留情，两人只怕都躺在地爬不起来了。心中就知是恐惧、愤慨，还有感激，总之他们不敢再与锋浪动手了。

其中一人尖啸了一声，旁边正在激斗的四人顿时刹住了，可可也奇怪地看了过来，怔怔地望着这位奇怪的青衫公子。两名吃了亏的黑衣人走到另外四人面前，轻轻地说了几句，其中一人朗声道："多谢麻烦公子刚才不杀之情……看在与麻烦公子的情份上，以后我们不会再主动找这位姑娘的麻烦，但如果这位姑娘要找我们的麻烦，我们也是不得不麻烦了，麻烦公子认为如何？"

"哈哈哈，很好，多谢你们赏脸，听你的话，也快成麻烦一族的人了，哈哈哈……麻烦人就是麻烦人……"

听到锋浪的狂笑，众人均感到刺耳，而众黑衣人更加惴惴不安，警惕地看了一眼可可，方才悻悻而去。深巷中一时只剩下锋浪与可可二人，锋浪笑着，心里却在想：

"可可，我就在你的身边，能不能见你呢？"

"不行，如果她知道浪公子就是兰陵笑笑生，也即'麻烦公子'，那岂不是很不好玩了？以后本公子就以'麻烦公子'兰陵笑笑生闯天涯好啦！这样不但少了迷花谷的麻烦，也少了来自金闲庄的麻烦！说不定还可以泡更多的女孩子！嘿嘿，兰陵笑笑生的气质和模样也不差嘛！"

锋浪边笑边转过身来，强压住冲动的心，就要离开，此时可可方才轻声道："刚才还得感谢公子的出手解围之恩，公子当真是'麻烦公子'兰陵笑笑生么？"

锋浪转回头来，鬼笑道："不错，姑娘在江湖上行走，难道还没有听说过这样一个名号？"

可可尴尬地摇摇头，道："我很少在江湖上行走，当然对江湖上的人物知之甚少！"

说着奇怪地看了看锋浪，只觉得此人潜意识给她一种熟悉的感觉，但一时又对不上号。锋浪心里暗自好笑，骂着："傻丫头，麻烦公子就是浪公子呗，你很少行走江湖，骗鬼去吧！哼，浪公子一会儿不见，你就这么急不可捺了?!"但嘴上却道："不知姑娘到古城有多久了？知不知道如今古城可是龙虎相斗，风云瞬变的地方，应小心才是！"

可可忧郁而淡淡地笑了笑，道："多谢麻烦公子的关心，现在的古城的确已失去了往昔的平静。我很快就会离开这里的！麻烦公子难道不怕在古城惹上麻烦吗？哦，你应该是不怕的，因为你本来就是麻烦公子嘛！"

"姑娘说得倒是，我是麻烦公子，怎会怕麻烦呢？姑娘一人行走十分危险，何不与我同行？也好有个照应！噢，请恕我冒昧，是否可以打听一下姑娘的芳名？"

可可脸上飞过一片红晕，将眼光移向一边，轻轻地道："公子不必如此客气，我叫可可！"

"可可？好名字，名如其人！"锋浪说到这里，心里简直笑开了花，暗忖道："本公子再以另一身份逗你一逗，看你对浪公子有没有那种意思！"

锋浪便道："看姑娘神色不太好，眼光闪烁不止，定是心情不太愉快，是在寻找什么人吧？"

可可诧异地望向"麻烦公子"兰陵笑笑生，支支吾吾道："公子眼光真厉害，居然可以看透一个人的心思！"

说到这里，可可莫名其妙地又羞红了脸，气鼓鼓地道："小女子的确是在找一个人，那人是个无赖、骗子，天下少有的坏人！他……他骗走我身上的所有银两，刚才心情不好，四处找那坏家伙，居然倒霉得很，又撞上了以前有过节的人！"

"哈哈哈……原来如此！灾去福来，祸兮福所依，姑娘不必这样，好运气很快就会转过来的！"

说着好话，锋浪心里却在骂道："好你个丫头片子，居然在背后骂我是无赖骗子！本公子什么时候骗走了你的银两？若不是本公子现在不便乱了分寸，否则……否则定要打烂你的屁股……"

想到这里，锋浪居然呵呵地笑了起来，可可见他笑的得意至极，不解地问道："公子为何发笑？是不是因为我太笨了？……哦，我确实太笨了！"

说完，可可黯然地低下了头，显然是在为锋浪的种种劣迹黯然神伤。可惜此时锋浪根本不知道这个可怜美人的心事，反而笑得很欢，若他知道一切哪里还能笑得出来？只怕又要跪下来乞情了。

"巧合，真是巧合，巧合得就如写书一般，不瞒姑娘，我也是在找一位人，他借了我黄金万两，说过几日就还，谁知过了半年，他不但没来还，而且连个人影也没有了。以前我们很谈得来，算臭味相投吧，现在我心情很矛盾，不知将对方当是朋友呢，还是无赖加骗子?!"

可可立时来了兴趣，瞪大美目问道："有这等事？你那位朋友应与你交往很久了吧？"

锋浪点了点头，假装苦笑道："很长很长，断断续续应该有好几年了吧，哎！他应不是那样的人！"

"难道你不知他住在哪里？"

"知道，就住在这古城内，但详细的地址就不得而知了，当时我并没有在意这些！"

可可又浅浅笑了笑，觉得世上像自己这样的笨人还一个，恐怕有很多。因此心情也好多了，心情一好，反而关心起别人来，大概这是人的通病吧！只见可可同情地道："你难道不知道他的名字？"

锋浪为了喧染自己已吹牛皮的真实性，苦笑着摇头道："若他真是那样的人，难道会告诉我他的真实名字么？他说他叫什么浪公子，嘿嘿嘿……浪公子？看来浪公子比本人厉害多了!"

说到这里，锋浪注意到可可脸上现出了惊愕的神色，苍白中更显得有些怨恨和浓浓的失望，顿时心中一沉，慌忙地道："可可姑娘，你……你怎么啦？是不是不对劲？"

可可痛苦地摇了摇头，突然道："麻烦公子，对不起，我突然想起有一件急事要去办，失陪了!"

说完未待锋浪回应，就夺路如飞一般离去了。锋浪此时倒真的笑不出来了，怔怔地望着可可娇柔的背影，心中在呐喊道："可可……可可，你回头再看一看，我就是浪公子，我不是兰陵笑笑生呀!"

但他终究没有喊出来，可可也没有停下身形，很快就消失在巷子的尽头。锋浪呆立在当地，暗忖道："浪公子骗走了兰陵笑笑生一箱金元宝，而兰陵笑笑生又是她的恩人，她为什么不说认识浪公子呢？"

想到这里，锋浪豁然开朗，浪公子在她心中已烙下深深的印痕，无论好与坏，她都默默地承受着，难道她不希望除了自己外的其他任何人去伤害浪公子？若真是这样，锋浪的麻烦还真大了，以后面对可可只怕真要变成彻底的麻烦公子了。但锋浪此时却是十分高兴!

怅然若失的高兴，喜出望外的那种!

锋浪追出了小巷口，左右望了望，没有可可那熟悉的影儿了。锋浪方才深叹了一声，直奔向荷宅！没有多久，就到了荷宅不远处，锋浪四下看了看，确信无人跟踪，方才抹下面具，大摇大摆地走到荷宅的大门前。

守门小厮从门缝中看到锋浪，立时喜滋滋地打开了宅门，悄声道："公子爷，你惨了!"

锋浪一愣，疑惑地道："为什么惨了？"

"小姐今日发誓要砍了你的脑袋呢!"

锋浪吐了吐舌头，做了一个鬼脸，笑道："我每次来她都会要我一次命的，但现在我还不是好好地活着吗？你别担心，我一点也不怕!"

守门小厮友好地笑了笑，跟在锋浪后面向里走去，刚走到房檐下，锋浪问道："荷叔叔回来了吗？"

"早回来了，这几日他回来特别早，好象心情也不太好，我们做下人的也不好问，公子爷，你是先见老爷呢，还是先去见小姐？"

"见荷叔叔，这次主要是找他老人家！"

小厮立刻向前去通报荷西，谁知此时不想碰的人偏偏又在锋浪面前出现了。只见荷妮娜气冲怨恨地在一位女婢的陪同下沿着走廊向这边走了过来，她只顾低头向前走，倒首先没有看见已上台阶的锋浪，但那位女婢却看到了，只见她惊喜地揉了揉眼睛，娇呼道："小姐小姐，你看谁来了？"

"谁来了？该不会是那个死砍脑壳的来了吧？哼！本姑娘正在气头上，谅他现在也不敢来！"

"嘻嘻……小姐，不相信你抬头看一看呀！"

荷妮娜果然抬头而视，立时看见了锋浪。而锋浪亦心中暗自叫苦，正向大柱的后边绕去，欲躲过荷妮娜的目光。

"锋浪，你这个无赖王八蛋，给本姑娘站住！"

听到荷妮娜的话，锋浪知道这样的事迟早也要来，躲是躲不过了，便苦笑着站在那里没有再动。

而荷妮娜如一股风窜了过来，在几步之遥站住了身，怔怔地看着锋浪，仔仔细细地看了个遍，方才幽幽地道："你……你真的是锋浪？哼，果然是那个浑蛋！"

短短几句话，她居然用不同的词来骂锋浪，可见她心里有多恼火！锋浪眼睛盯着荷妮娜，心里在叹息，讪笑道："妮娜，你……怎么啦？是不是想我想得发疯，脑袋有毛病了？"

说完正准备笑，却见荷妮娜"唰"地一声拔出了剑，闪电般刺了过来，口中切齿叫道："对，我想得发疯了，气得发疯了，脑袋有毛病了，现在就将你的脑袋砍下来，看你的脑袋里到底装了一些什么东西？到底有没有装着本小姐！"

剑势快疾无边，与前几次迥然不同，仿佛剑也发怒了！锋浪惊愕不已，当然不敢马虎，含笑一旋身，放过了宝剑，随即手指闪电般一弹，只听"当"的一声，剑身巨颤，偏了方向。

锋浪还不放心，借着旋身余势，向前跨步，虚影幻身一晃，已到了荷妮娜面前！一手鬼魅般疾出，如钳一般握住了荷妮娜执住的手；而另一只手已揽住对方的柳腰，紧紧地箍在了自己的臂间！

荷妮娜顿时忘记了生气，凤目愣愣地看着锋浪，不相信地问道："你……你怎么突然变得如此厉害了？"

香喷喷的怀中美人带怒含情的惹火样儿，锋浪色胆包天，狠狠地在其娇脸上吻了吻，方才哈哈笑道："苦练了几日，若没有这样厉害，又怎么治得住你这个母夜叉？在你面前，我可得想办法，下苦功才能保住脑袋不丢！"

荷妮娜与锋浪亲密的更为随便了，当然不会计较那狠狠的几吻，但那几吻倒冲淡了荷妮娜几日的相思之苦，相思之怨、之怒，但她依旧怀疑地问道："你真的在专心练功，没有去寻花问柳？"

锋浪心一沉，脑袋都大了，旋即笑哈哈地道："你看你，还没有嫁，就将我管得严严的，若真是那样，我还能活吗？"

"呸，像你这样的无赖，脸皮有城墙厚，天下没有哪个人能管得你不能活，你少来这一套！"

看来锋浪是什么人，荷妮娜比谁都了解的透实。锋浪只得笑呵呵讨好道："说错了，应该是除了荷家的千金小姐妮娜姑娘，天下再没有哪个女人能这样管了！"

半温存半夸张，荷妮娜心中的怒火立时如烟消云散，揪了揪锋浪的耳朵，略带笑容道："真的除了我就没有人了吗？那金闲庄夫人，疼你想你的娘亲就管不了你？"

若不是荷妮娜提醒，锋浪还真忘了高伯对他说过的话，暂时忘了娘亲，心里难免有一缕缕负罪感，锋浪脸上的笑容顿时僵住了，想到了娘亲思儿的眼泪，眼前浮现出娘亲推窗望月，湖畔徘徊，思儿归家的情形……

他不知不觉双手也松软了下来，不知不觉将妮娜推开了怀抱。荷妮娜见锋浪神色凝重的样儿，立时暗怪自己多嘴，坏了日盼夜望的温馨场面，坏了此时锋浪的心情。

"都是我不好，锋浪，你不会怪我多嘴吧？"

锋浪艰难地摇了摇头，但笑得再没有那般爽心，而是一种凄凉的笑。

"哎，不错，娘亲现在管不了我东奔西跑了，但她依旧管着我的心，永远管着我！我……我是应该回去看她一眼，好几日不见，你都急成了这样，何况……何况娘亲呢？"

"哈哈哈……孝顺的儿子再坏也坏不到哪儿去，何况我们的浪公子并不是坏，而是胸有大志！就更不算坏了，妮娜，你在背后老是骂他的确太不应该了，现在后悔了吧？"

账房先生荷西不知何时已来到了走廊前，含笑望着眼前的一对，他只有一个宝贝女儿，已是很疼惜了；缺少一个儿子，更将锋浪当儿子一样疼爱和器重，难怪他这样相信偏袒锋浪了！

"荷叔叔……"

"老爸，你在胡说什么？我可是你的女儿，而他与你是什么关系？你如此护着他！"

账房先生没有去理"不干正事"的女儿，而是向锋浪招手道："锋儿，你娘亲迟早要去见的，不必在这里空自伤感，是吧？而有些事，可不等人啰！"

自从知晓了锋浪的身世，账房先生再不叫锋浪为浪公子了，而是如金闲庄庄主及夫人那样称他为锋儿，这样亲热了许多。

锋浪明白账房先生的意思，立时朗笑道："荷叔叔说得对，现在不是感时花溅泪、空叹月阴晴的时候！"说着又对着荷妮娜道："我要与荷叔叔商量一件事，你不会不肯吧？"

荷妮娜嗔道："你又不是什么宝贝，我有什么不肯的？腿长在你自己的身上，还用跟我打招呼么？"

说完赌气一般回到自己的房间去了，看来她要在自己的闺房中等待锋浪。

账房先生荷西将锋浪带到自己的书房，方才严肃地道："锋儿，我们的计划只怕有些困难了，而且如果不能成功，叔叔的日子也难过了！"

锋浪知道他指的是什么，亦点头道："唐知府将什么都告诉我了，而且在那里还碰上了岭南镖局的芒镖头，叔叔，你说该如何办？"

荷西颓丧地道："叔叔是个生意人，专心做生意，当然想的是不亏就行，但现在孤掌难鸣，聚宝钱庄倒成了叔叔的'鸡肋'，哎！他与红枫堡肯定早已窜通好了，难怪他一直不理不问！"

锋浪很佩服荷西的商业直觉，他只凭猜已猜的八九不离十了。于是锋浪便将在唐知府那里听来的消息全都告诉了账房先生。

第十章

账房先生恼怒道："果然是这样，红枫堡丰一廷说他想抽资出股，原来是在与我耍花招！"

锋浪摇头道："那可不一定，或许丰一廷确实想抽资狠赚一笔，他太贪了，而且他在钱庄套了很多钱，知道钱庄再没有多少油水可捞了！"

"你的意思是说在这一点上，丰一廷与芒啸不一致？"

"不错，芒啸这次带女儿前来，就是欲加强两人的合作关系，稳住丰一廷，也就稳住了整个银庄，当然亦是给他自己留了一条退路：如果镖中生意不好，又可转向钱庄，而且镖局生意都是很大一笔一笔的，只有存在聚宝钱庄最好！"

"看来他也很怕官府立刻抽资退股，丰一廷又跟上，引得钱庄出现麻烦！另外现在重新清算钱庄资产，重新配股，对他们就不利，他是针对你，怕你控制了钱庄！"

"不错，定是这样，这老家伙不但偷走了钱，而且不让我占得一点点便宜，算盘打得还很精！荷叔叔，我在钱庄的钱现在不能取出来，他们三家股东知不知道？"

荷西摇了摇头，道："我不会那么笨！"

"这样就好，丰一廷想贪，芒啸想存，关键在于股价。哼！我以钱庄市值估价买丰一廷的股份，让他们两人都高兴，怎么样？"

"市值估价？你疯啦，现在市值比实值高了将近一成，你会将存在钱庄里的钱全部赔上的！"

"没关系，舍不得孩子套不住狼，正因市价高出一成，丰一廷才会动心，而且只买丰一廷的股份，而你们两家都不动，芒啸一定会同意的！"

"这样他当然同意，因为对他百利而无一害，但这样做唐知府会不会迎风而上呢？"

"他敢！"锋浪双眼如芒，闪出一丝杀机，随即又笑道："他已得了我很多的好处，赚钱是官府的，赔钱也是官府的，对他并无影响，他不是混人！"

账房先生疑虑地望向锋浪，问道："你如此做，难道真的是看准了钱庄这块牌子？你知不知道，如此做你不但亏了很多，而且你周转的资金也没有了，简直把自己逼上了绝路！"

"置之死地而后生嘛，当然也是为荷叔叔打仗啊！到时，荷叔叔不会又坑我一把吧？"

锋浪似笑非笑地望着账房先生，账房先生一愣，弄不清对方心里想的到底是什么，但锋浪如此做确实帮了他很大的忙，于是笑道："说什么话来？我会坑你吗？坑你就是坑女儿呀！"

两人心照不宣地笑了笑，锋浪立时豪壮地道："如果荷叔叔不坑我，唐知府听我的安排，我一定可以将亏了的钱赚回来，而且为钱庄带来滚滚财源！荷叔叔，你信不信？"

账房先生一愣，想了半天，也想不出有什么办法可以达到锋浪吹的那样辉煌，于是道："只要你做的对，荷叔叔一定唯马首是瞻！"

"哈哈哈……什么唯马首是瞻，应是推波助澜，你那顶'红顶商人'的头衔可是很值钱的！"

账房先生眼睛一亮，似乎明白了什么，哈哈一笑，道："小子，你还真鬼得很，看来叔叔真的老啦！"

两人解决了问题，心情都爽了很多，而此时，洋夫人也将西餐晚点做好了，似乎特意为锋浪做了一样，他又美美的吃了一顿西餐。

当然与荷妮娜"闺房温存"，是他"必修"的功课，一番尽兴尽致后，时间已是掌灯时分了，锋浪以去看娘亲为由方才挣脱荷妮娜的纠缠，出了香闺。

一轮皎洁的月亮挂在夜空，夜空很冷清寂静，月亮很孤单，更染浓了锋浪夜探金闲庄看娘亲的心情，于是他暂时放下了烦琐的事情，悄无声息地掠出了荷宅，在树林阴影的映衬下朝四处看了看，正准备掏出"麻烦公子"兰陵笑笑生的面具戴上时，突然一个熟悉而冰冷的声音从树林里传了出来："浪公子……从这座庄园里走出来的人果真是你……为什么偏偏你是我认识的浪公子？"

听到这熟悉而哀怨的声音，锋浪的心开始急速下沉，眼睛不敢看向树林，但又不得不看向树林，一袭青衣裙，头罩青纱面罩的可可从树林里踱了出来。锋浪真后悔刚才没有认真地观察一下四周的情形，明明知道可可今日穿了青衣裙！

与树林一色的可可走到锋浪几步之遥方才停下身来，又道："你难道没有话说吗？"

锋浪摇摇头，摊摊手，道："你一直在跟踪我，我还有什么话好说？"

"不是跟踪你，而是找你，我实在不知如何再找到你，方才在此等待！"

"你怎么知道我会在这里出现呢？"

锋浪此时心乱至极，故作镇定，但任他想破脑袋也想不出可可为什么知道在这里等他，这个秘密是谁告诉她的？可可此时很冰冷，也看不清她的娇容，出奇的平静。

"也许冥冥中自有天意吧！让我又多认识了你几分。以前说你是骗子无赖，全是玩笑，想不到你居然真是这样的人，现在你无话可说，我也无话可说。正好，我们以后毫不相干了！"

可可转身就走，但走的很慢，锋浪想冲上前去拉住她，但并没有行动，只是辩道："可可，这到底是为什么？难道我从这庄园里出来也有错？你就要与我断绝关系？"

可可转过身，冷冷地道："庄园中的那位姑娘是你什么人？只怕你也说不清楚吧？"

"哈哈哈……原来就为了这事，好好好……如果你就因为她而与我断交，我还真不知说什么好，但断交是你与我断，而非我与你断，我会去找你的，一定会！"

话语说得坚定至极，可可心中更是难过，但她又不能像荷妮娜那样烂骂，那样猛打，她不会！因为她没有一个洋妈妈，不具备荷妮娜那种太过露骨的性格，只是幽幽地道："你借了你朋友的银两，应该去还上的。否则你又会失去了一个朋友，你想做什么事，是你自己的权利，你好自为之吧！"

可可真的走了，很快就消失在夜色之中，锋浪想追过去，但想到即使追着也是自讨没趣，只好咬着牙收住脚步，在心里骂道："妈的，金元宝是老子偷来的，为什么还要还上？"

但一想到荷妮娜和可可，锋浪还真是犯难，两边可都不好得罪，嘿嘿嘿……不好得罪就讨好呗！不错！老子是无赖骗子，也是花花公子，但本公子也是好人，谁说无赖骗子加花花公子就不是好人？刘邦不是么？秦始皇还是杀人无数的魔头呢？想到这些，锋浪心里好受多了。

"小子，处处花心，骗女孩子，现在感到头痛了吧？恶习不改，只怕还有苦头等着你哩！"黑暗中有人说道。

"花婆婆，是你老人家！"

不知花婆婆已走到近处，锋浪听到声音方才注意到，还真吓了一大跳，他很清楚花婆婆的武功，她可是娘亲和老爷子都应付不了的人。

"哼，若不是我老婆子，难道是鬼呀！刚刚在房内占了妮娜的便宜，出了房后，又讨好另一个姑娘欢喜，你就不觉得累吗？而且还骗金子，真是不像话！若让你娘知道了她又会伤心的！"

想到娘亲，锋浪心里又是一阵难过，说道："多结交几个姑娘也有错吗？骗不义之财就更没有错；金闲庄里的人除了娘亲，都说我不成才；现在婆婆你也这样说，好好……你们再怎样说，我都会按照自己的想法去做！"

"好你个死小子，居然敢与我老婆子顶嘴，信不信我老婆子又教训你一顿？"

锋浪知道花婆婆不会对他怎样，诡笑道："花婆婆的话我当然要听，且句句记在心里，不然，花婆婆又会将我提去关在狗洞里像喂小狗一样喂，是不是？"

"你……"花婆婆料不到这小子什么都知道了，不由诧异地问道："你怎么知道这些？"

"哈哈哈……我当然知道，而且知道不少呢！但花婆婆那样做，全是为了我好，又救我的性命，我当然不会记在心上，也不敢生你的气，是吧？"

"谅你也不敢！你知道就好，以后少在外面抛头露面，到处游窜。我老婆子猜想你是回金闲庄看娘亲，刚好我也要去看望你娘亲！"

锋浪一愣，即而明白过来，心中暗笑道："原来你也这样关心我，只是不愿说出来罢了！"

一老一小径直向金闲庄而来，掠过金闲庄的围墙，轻轻松松地窜过了后花园，一个武功高绝，一个轻车熟路，当然能够轻轻松松进出金闲庄了。娘亲的房里还亮着灯，锋浪心情激动地上前敲门轻语道："娘，孩儿回来了！"

乍听到锋浪的声音，坐在灯下愁眉不展的莫小小惊喜不已，立即开了房门，见到锋浪后，欣喜地一把抱住儿子的脑袋，失声道："锋儿！"

"这小子滑头得很，我早就劝你少担心，你偏不信，现在看到了吧？他活得好好的呢！"

"姑姑，你也来了！"

莫小小这才看清在门外黑暗中的花婆婆，更是高兴。母子两人相见，一个泪光满面，一个心酸不已，而花婆婆在门外看到这一幕，也只有叹息而已。

见过娘亲后，锋浪又才恋恋不舍地离开了，出了金闲庄，在花婆婆的保护下一路无事。分手之时，花婆婆告诫道："小子，迷花谷几大势力现在一见你就要抓，可得小心些，知道吗？我不是关心你，而是为了你娘亲！"

锋浪不想与这些前辈争是辩非，何况她们都是很关心他的。到了城东乌塔，只见整座乌塔在黑夜中如同一个黑幽幽的巨人，又如一把冲天的玄铁剑，威猛到极，不由慨叹道：

"乌塔啊乌塔，你如果是一把剑多好；你如果是征服江湖的巨力，就更如本公子所愿了！"

忽然，锋浪见塔中有一个人影一闪而没，立时心中一沉，暗忖道："难道这个鬼地方也有人注意？……还是有人知道本公子常住这里？"

此时锋浪武功并不弱，胆气也大了许多，于是踏步走向塔门，向里面沉声道："里面是谁？"

"阿弥陀佛，施主半夜三更到乌塔来为何？"

锋浪又是一愣，暗忖这里面什么时候住进了一个和尚？于是呵呵笑道："哈哈哈……本公子以前落难时就住在这塔中，那时塔中并没有和尚！这乌塔应算本公子的一个家，现在我回来看看不行吗？你不会也在这里长住吧？"

"阿弥陀佛，老衲只是在此修行数日，刚才听施主之言以前住在乌塔中，罪过罪过！"

锋浪听此人自称老衲，猜定是位高僧老和尚了，于是叫道："大师，住在这里有何罪过？"

"不知施主是否知晓乌塔的来历？"

锋浪好奇心窜了起来，问道："有什么来历？"

"施主不知乌塔来历，在此落户，不知者无罪，乌僧泉下有知，也不会责怪的！"

"乌僧？乌僧这人晚辈倒隐隐听说过，传说是古城一名得道高僧。难道这乌塔是乌僧所建？"

"并非乌僧所建，而是为他而建。传说乌僧是我佛教高僧，在僧界很有名望，昔日下山，在爪哇普渡众生。岂料那里的土蕃部落不信仰佛教，而且极为排斥，乌僧虽有绝世武学，但亦落了个客死异乡的凄惨命运。后幸得佛教之徒将乌僧舍利与遗物暗中送回故里，在此建乌塔轻作纪念！传说，乌僧舍利和遗物深埋在塔底，很是灵光。故老衲在此修行，希望得乌僧灵光之助，突破生死界！"

锋浪听得如痴似醉，暗忖道："什么生死界？人活着就是活着，死了就死了，生死有界，岂能突破？天下恐怕只有你们信教的人才相信！"

但又突然想到刚才这位老和尚提到乌僧身怀绝世武学，又听说佛门的舍利可以使人功力陡增，立时来了兴趣。但想到一切都只是传说，到底是否真有，谁也说不清。他的心情又凉了下来，问道："大师说这时有灵光，在下在此住了很久，怎么就没有感到灵光？大师感受到了吗？"

"不知老衲是福缘太浅，还是未到时候，直到现在亦没有感受到灵光，但老衲会坚持下去，不吃苦中苦，又岂能得高僧之助？"

锋浪顿时失去了刚才的热情，暗道："传说，全都是传说，本公子可不愿在此傻愣愣地等待！"

"大师，那你是何来历？法号怎么称呼？"

"老衲法号'浮'，乃少林云游之僧！"

"浮僧？少林云游之僧？果然名如其人，有趣有趣！晚辈单名'浪'，江湖人称浪公子，昔日在此落足，而浮僧大师跟着在此修行，可算是有缘。一个'浮'如空中之云；一个'浪'如海中之波，更是有缘，大师以为然否？"

"施主言之有理，老衲会记住'浪公子'三字的！"

"哈哈哈……在下也会记住'浮僧'二字的，大师于此慢慢修行吧，在下不打扰你了！"

说不打扰，其实已打扰很久了，浮僧大师在此修行，他来胡说八道一通，勾引浮僧大师给他讲了乌塔的来历，这些不是打扰又是什么？

万幸锋浪不是没完没了的人，兴趣所致，也离开了乌塔。那乌塔就如黑暗中的影儿一般，依旧是模模糊糊。

刚走到山下，就碰上黑七和妙偷手，说芒啸落脚于凯悦客栈。而丰一廷和他的宝贝儿子丰凯还未到古城，不过在客栈已预定了上等的房间，看来不是今夜，就是明日抵达古城。锋浪笑呵呵地道："凯悦客栈？不错嘛！"

黑七赔笑道："当然不错，那可是特级的呢！住在里面，就如住在皇宫天堂一般！"

"妈的，老子不是说这个，而是这两个字好，专为我挑选的好字，'凯'字'凯旋'，而'悦'嘛……哈哈哈哈……"

说到这里，锋浪的眼睛里闪动着顽童般狡黠的光芒，脸上更露出胜利者的喜悦。

凯悦客栈座落在运河边，又处于古城最繁华的地段，可说是"黄金位置"，用"车水马龙，流光溢彩，灯红酒绿"来形容一点也不过分。

而且翠玉楼就在凯悦客栈的侧对面，可算就近服务。锋浪吩咐了二人几句，二人正要离开，妙偷手突然道："大哥，你看那是什么？"

说着指向山顶，眼睛瞪得大大的，黑七也叫道："妈的，鬼神出窍了！"

锋浪转首望向山头，立时也呆住了，只见月光西沉，刚好从乌塔那些半圆形拱门中射了进去，紧接着一束束金色中带有少许蓝色的光芒射了出来，在空中一圈圈向外闪射，神奇至极。

"舍利佛光，我的天啊，真的有舍利！"

话音刚落，那些金蓝色的光束也消失了，空中的光环也没有了。锋浪看了看西沉的月亮，暗忖道："原来舍利要月光才能显灵！"

此时半空中的月亮似圆非圆，锋浪领悟道："皓月当圆，舍利佛光！定是如此！"

妙偷手和黑七见大哥如痴似醉的样儿，忍不住问道："大哥，这到底是怎么回事？"

锋浪这才将浮僧大师所说之话全部告诉了两位兄弟，两人听得目瞪口呆，黑七叹道："我们在乌塔中呆了那么久，居然不知道乌塔的来历，不知道乌塔下还有宝物，看来是被塔的乌黑色骗了！"

这话倒是实话，古城中的人都以为乌塔是因为塔石的乌黑色而闻名，根本就没去注意乌塔后面的东西，又哪里在意塔下面的东西呢？

锋浪此时倒有些后悔自己将浮僧大师道出的秘密告诉了两人，若两人再一传，一传十，十传百，这乌塔还能屹立在这里吗？岂不是乌塔就毁在他的嘴边？于是锋浪告诫道："你们不能再告诉其他的人！否则本教主定饶不了你们！"

两人唯唯喏喏，方才离去。锋浪又看了看继续西沉的月亮，兴奋地道："这难道不是福缘吗？"

重回到乌塔下，锋浪望着月光下的乌塔，在月光的斜照下，乌塔显得更加高大。

"浪公子，你怎么去而复返了？"

浮僧大师的声音从拱门内传了出来，锋浪喜道："是舍利佛光引得在下去而复返。大师，刚才你是否感觉到了乌僧前辈的灵光？"

"不错，老衲确实感受到了，但很快又消失了！"

"哈哈哈……消失的并非舍利佛光，而是月光！"

"月光？难道与月光有关系？"

"不错，舍利佛光被埋在塔下，但经由圆月之光诱引，舍利佛光方才会出现。刚才大师能感觉到乌塔之灵气，全依赖于月光，而非道行！"

"胡说！一派胡说！怎么会是月光而非道行？"听语气浮僧大师有些愠怒，即而听到轻缓的脚步声，锋浪望向拱门，很快门口就出现了一个身穿一袭袈裟的光头和尚，已近暮年，脸上怒容在月光之下显得更是威严至极，锋浪暗震道："这老和尚果然是一位得道高僧，浮僧大师！在月光下，光头光脑的，倒有些像浮在水面的葫芦！"

浮僧大师站在月光下，盯着锋浪，又突然合掌道："阿弥陀佛，老衲刚才犯了嗔戒，迁怒于施主，还望施主见谅！"

"大师不必客气，刚才在下也是随口之言！"

锋浪见浮僧大师是个十分本份的高僧，一言一行都很有修养的样儿，心中油然生出一股崇敬之感，便道："要见舍利佛光，的确须圆月之光；而要突破大师的什么生死界，当然须依靠大师的道行。以在下看，大师道行已很高了，这几日必能有所参悟，在下先行恭贺！"

锋浪一番套话，倒是放之四海皆宜，无论是凡尘之人，还是修行之僧，只怕都喜欢听吉利之言。果然，浮僧大师道："多谢施主的好意，老衲可得舍利之助，施主大概也福缘不浅！"

锋浪顿时一喜，不解地问道："大师何出此言？"

"舍利佛光重现，乃乌僧之精神重现于世，老衲受之传教自在情理之中，如果公子能耐下性子，与老衲一同接受洗礼，必定受益匪浅！"

"噢，有这样的奇事？但在下乃凡尘之人，不想顿悟什么佛教理念，只想乌僧前辈在武学上……"

"哈哈哈……施主果然是有趣爽快之人，也定是胸怀坦荡之辈，老衲看施主资质不错，在武学上已颇有成就，方才向施主说那样的话……"

"啊！你的意思……在下明白了……"

锋浪欣喜不已，他本是十分聪明之人，经浮僧大师提示，立时明白过来，浮僧大师之意是他也可在佛光洗礼中得到好处。

"那晚辈应该怎样做方可得乌僧前辈的绝世武学？晚辈可不想毁塔去找什么舍利和遗物！"

浮僧大师叹道："施主果然是吾辈中人，可喜可贺！"

"大师可不要这样说，并不是所有的好人都信仰佛教，在下只是以一个平常人的心而为！"

"平常人，好一个平常人的心！看来浪公子比老衲更了解为人之法了！"

浮僧大师望了望西沉的月亮，欣然道："老衲只是听说这座乌塔是为乌僧而建，方才到此修行，本是抱着试一试的念头，料不到确有其事。乌僧虽是传说中的人物，再说此塔离今世恐怕也有几百年了，但现在老衲却感到他离我们很近，就如空中之皓月，中天之时，离我们遥遥无期；但圆月西沉，又觉得它离我们很近很近！浪公子，老衲对你讲的乌僧传说你最好别对他人提起，以免来人打扰乌僧灵魂的清静！"

锋浪脸上一赧，万幸此时是夜里，浮僧大师看不清他的表情，他在一盏茶工夫前就告诉了妙偷手和黑七。

"但愿这几夜都是晴空万里，皓月如雪！"

突然浮僧大师望着山下道："此时怎会有人到此？"

此时算来已过半夜，一两个时辰后天就会亮了，按说是没有人到此地的。锋浪也惊异地向山下望去，以为是妙偷手和黑七，但见白衣绰绰，立时否决了，心里也暗暗道："会是谁呢？"

"咦？来者功夫不错，应该不是来见老衲的。浪公子，他们难道是来找你的？"

锋浪再细细一看，人影又近了许多，隐隐约约已能看清，来者是两名女子，锋浪并不认识，但一看她们异常的衣饰，就能猜出她们是迷花谷的花女！

锋浪心中急沉，暗忖道："她们怎么知道本公子在此地？难道她们抓住了妙偷手和黑七？但不可能呀！再说本公子来时都戴着兰陵笑笑生的面具，她们绝不会跟踪到此的。此时来到，会是谁告诉的呢？"锋浪有些惴惴不安，暗思对策。

"大师，她们是迷花谷的花女，处处与在下为难，只怕是来找在下的，大师听说过迷花谷吗？"

不知浮僧大师武功如何，但锋浪料想他定能帮他脱困。果然，浮僧大师神色一变，失声道："迷花谷？听说昔日女魔头邬眉为乱江湖，欲一统武林。在裂石岗与武林盟主牟白决斗，被牟白击败。牟盟主念及与邬眉的情份上，放了她一条生路。从此邬眉隐居在迷花谷，未再踏入江湖半步！现在迷花谷花女重现江湖，难道……"

锋浪听浮僧大师如此一说，立时恍然大悟，原来迷花谷前任谷主邬眉，也就是娘亲的师父。但邬眉没有追杀父母，说是念在牟白的份上，难道老爷子的师父是牟白，这怎么可能呀？

"大师，那牟盟主是不是用一把金剑？江湖称之'歧路客'？"

"不错，你怎么知道他用一把金剑？那可是很久以前的事了！"浮僧大师诧异地看着锋浪。

"不瞒大师，在下正是金闲庄金烁的儿子！"

"金烁'金浪客'之子？！"

锋浪难过地点了点头，叹道："可惜在下与他性情不和，被赶出了金闲庄，断了父子关系！"

"哈哈哈……有趣，真是有趣，金浪客正是牟白的弟子，可惜并没有学全牟白的武功！不是他资质差，而是牟白太过于自封了，这大概也是江湖一大谜。牟白能胜邬眉，武功之高，可说已达极顶，但他的弟子只怕未必能胜迷花谷高手，真是怪事！"

"这有什么好奇怪的，牟白对邬眉终身怀着内疚之情，料知自己的弟子终会再见邬眉，能输给她，他也会心安些，可惜那绝世武功……"

"你怎么会有如此怪念头？难道是金浪客……"

"这只是在下的一番猜测！"

"噢，不过施主的猜测也有一番道理！"

此时两名花女已到了塔前的空坪内，锋浪和浮僧大师停止了聊天，望向两名花女。锋浪这才看清她们就是那日在金闲庄与自己对了一招的那两名女，心里的怯意立时少了许多。呵呵道："嗬，想不到两位姑娘会来这里找本公子！"

"哼，这次没有人再帮你的忙了，难道你还想与我们过招吗？"

"哈哈哈……迷花谷的人果然十分自负，那日本公子以一对二，可是半斤八两。

189

士别三日，当刮目相看，本公子当不是吴下阿蒙，而且这次你们又料错了，本公子还是有人帮忙！"

两名花女一愣，齐齐望向浮僧大师，其中一女冷冷地道："大师准备插手吗？"

锋浪以为浮僧大师准会帮忙，谁知浮僧大师合什摇了摇头，道："非也，老衲从不插手江湖之事！"

虽然浮僧大师说得轻缓至极，但入了锋浪的耳内，却让他大吃一惊，怔怔地望向浮僧大师，谁知对方正朝着他微笑着，然后说道："施主当听说过人智在自救，而非他救！虽然浪公子与金浪客断绝了父子关系，但是依旧继承了金浪客的血缘，金闲庄并非浪得虚名，浪公子应不会退缩吧？"

锋浪此时还真哭笑不得，暗忖道："这臭和尚居然也懂本公子那一招，实为捧，暗在点火！"

但浮僧大师说得一点不错，锋浪不应该有怯阵的心理，但迷花谷的武功，也确实太玄了。锋浪心里很清楚，如果只是一名花女，他心里也踏实许多，于是道："你们可要讲江湖规矩，单挑！"

"哼，什么叫江湖规矩？规矩是人定的，我们来此，并非打斗，而是请公子去迷花谷作客！说起来，我们也不是外人，公子的娘亲还是我们的莫姑姑呢！谷主确实是想见见你！"

锋浪听之，更是着急，气哼哼道："少来这一套，你们以为本公子是笨蛋？迷花谷就是皇宫，本公子也不去，难道你们想强迫本公子不成！"

"若公子不听话，那我们只有强来，希望公子不要让我们为难！"

"是啊，她们也确实难做，浪公子若是不去，迷花谷谷主会责罚她们的；若要强迫你，又会伤了莫小小的宝贝儿子，她们的莫姑姑也会责难她们的。浪公子，你去一趟不是很好吗？"

锋浪料不到浮僧大师会临阵倒戈，更是叫苦，心里暗骂道："妈的，自己真笨，这老和尚与本少爷相识只有几个时辰，他确实没有必要帮助自己与迷花谷对敌！何况他的真正来历，本公子也没有搞清楚，又凭什么相信他呢？"

锋浪想到这里，便道："喂，大师，你不会将在下往火坑里推吧？"

"迷花谷是火坑吗？公子如果不想去，就只有依靠自己的本事了，别人的帮助总是有限的。有了第一次，第二次，可没有第三次。何况与迷花谷作对，会有什么后果？浪公子只怕也很清楚，难道就忍心将别人推入尴尬之境，而来换取自己暂时的平安吗？哎，老衲不会那样做！"

"妈的，这老和尚说话还真是一套一套的，很有道理，老子倒真是从心里服了他！"

锋浪细细一想，发现这老和尚说话之言也十分有道理，为了自己暂时的平安，却要别人冒生命之危，不值得！简直不仁不义！于是踏前一步，豪壮地道："大师说的对，本公子不应该麻烦别人，但要本公子去迷花谷，非得让我心悦诚服不可！"

说到这里，锋浪转头对浮僧大师道："大师，现在请你当个见证人，如果她们胜了，我就跟她们走！如果她们输了，就不能再找本公子的麻烦！"

"两位姑娘同意吗？"

"这是自然，如果我们不能胜公子，谷主当然不会再令我们来请公子了，会另派她人！"

"什么？别派她人？这不等于说迷花谷还要找本公子的麻烦吗？"

"公子不应强人所难！"

"对对对！如果你将该来的所有花女都战胜了，那迷花谷谷主只有亲自出马；如果你再胜了她，那迷花谷将再没人可以麻烦你了，是不是？"

锋浪听得不知是要笑，还是想哭，心里骂道："妈的，这老和尚还真他妈的有意思，一会儿聪明如诸葛亮，一会儿又笨如肥猪。如果老子能战胜迷花谷的所有人，还怕个鸟！当然挺胸阔步去迷花谷游玩了，这还要你来讲解么？"

他嘴上依旧打个哈哈道："大师还真说得有道理，怎么样？你们是两个一起上，还是单挑？"

"公子真的要伤金闲庄与迷花谷的和气？"

"妈的，早就伤了和气，而且是迷花谷伤了和气，现在居然说这样的话，要不要脸？"

锋浪本对迷花谷有成见，又见迷花谷处处为难于他，心里更有气，立时咆哮了起来，什么话都乱说一气，两名花女顿时脸色一变，分退向左右，浮僧大师笑道："浪公子，你何必生她们的气呢？"

其实锋浪说了这话也后悔了，明明知道她们只是奉命行事，自己向她们发火简直是不可理喻，一点素质都没有。于是向二女道："大师说得是，刚才本公子气昏了头脑，方才粗鲁相待两位姑娘，两位姑娘不会生气吧？"

锋浪变脸之快，简直可与川剧里的变脸绝活相媲美，令人难以捉摸。但两名花女却依旧如故地道："公子不必如此客气，我们出手更不会客气！"

"嘿嘿……那当然，今夜就当是我锋浪向两位姑娘学习迷花谷的武功！怎么说我也是半个迷花谷的人，哎！如果抛开这事不论，我们还算是姐弟兄妹呢！"

锋浪这小子，居然与两名花女称起兄妹姐弟来了！果然厚颜无耻，两名花女并没有计较这些，因为他说得未尝不对！

"公子出招吧？"

"嘿嘿，应该你们是官兵，而我是强盗，玩的是官兵捉强盗的游戏；如果官兵不先出招，我这当强盗的人又岂会出招？当然是逃啰！"

说完，锋浪向前一窜，弹身而起，真的准备逃了。在那一窜和弹身飘起时，锋浪已将父母的轻功之术融合在一起了，而且几乎天衣无缝。显然两名花女对锋浪的武功已了如指掌，并不敢轻视他。在他一窜一弹时，两人已一前一后的掠了起来，身影在月光下如同窜出的两条白影！

果然如她们所料，锋浪在弹射而起时，突然折身向后疾射，连跨几步，若不是两女一前一后飞掠，只怕锋浪已出了二人的包围。

锋浪回头窜出几步，方才看到一花女已等在他的前头，心里大惊，暗忖道："这些花女果然有些门道，功夫确实不差！"

"哼，本公子身兼两家之长，又岂会输呢！"

心中在想，手中在动，锋浪身子未停，已闪电般挥掌，向那名花女袭了过去。谁知那花女不避不闪，亦飞快挥袖而出，将锋浪的掌劲泄到了一边，居然连"砰砰"声也没有。

锋浪知道此时身后那名花女已向自己背心挤压而来，自己根本就不能停，亦不能再改变方向了，于是在掌劲落空时，变掌为指，划指而出，已然是一团团的剑花，自然是来自父亲的剑法。但那名花女身影一晃，双袖急舞，立时变得恍恍惚惚，一束束银光直射向面门！锋浪大惊，知道这些银光是假，实为扰人眼睛！

此时他哪敢停留？左脚轻点地面，长啸一声，反卷而起，划过一道弧线，向空掠去。这一招委实奇妙至极，但地面上的那名花女跟着在地面上急窜，衣袖中突然撒出一条白绫，向锋浪身体袭来，白绫来势快疾无比，立时卷住了锋浪的腰，这一招大大出乎锋浪的意料！

他想不到二女袖中还有白绫，也未料到两女这次根本就不与他对掌硬拼，因为上次他是一拼二，半斤八两，傻瓜才会与他硬拼。另一个原因就是硬拼不是伤了自己，就是伤了对方。显然，两女不想击伤锋浪，得罪莫小小！

白绫裹住了腰，立时绷紧，地面上花女猛的一拉，锋浪前进之影立时如断羽之鸟一般直坠而下。锋浪心中暗暗叫苦，脑袋里闪电般闪出许多可怕的后果，本能地从腿畔飞快拔出短匕，向白绫挥了过去，只听"嘶"的一声，白绫一成为二，分头而飞！

地面上两花女顿时脸色一变，飞快地退开，锋浪下坠之势不能改变，最后落在地上，三人又站成了开始的样儿！

"喂，你们到底是抓本公子，还是困本公子？这样太麻烦了，我们还是像上次那样拼一掌如何？"

"哈哈哈……困是手段，而抓嘛，当然是目的，浪公子难道没有看出来吗？她们是姑娘家，虽然是两位，但也不敢与你硬拼，你别打那歪主意了，何况迷花谷绝学的特征并不在拼斗，而是游斗！"

"想不到大师如此了解迷花谷，不知可否告之来历法号？"一花女笑道。

"哈哈哈……老衲自己也不知道，如何见告？"

锋浪也料到这臭和尚知道不少，而且也深知迷花谷绝学的特点，可见他并不是一般云游之僧。又听那花女与他一问一答，立时琢磨出他的心思，于是哈哈笑道：

"他就是江湖上鼎鼎大名的少林云游高僧'浮僧大师'，如果找不到他，但可以找到少林寺！"

此话可算有种"跑得了和尚跑不了庙"的意味，锋浪心中暗笑道："妈的，你见本公子有难不帮，本公子也会参你一本，让你也难过日子！"

果然，浮僧大师脸色一变，怒道："小子，你胡说！"

"大师，嗔戒可是不能犯的啰！"

见锋浪不怀好意的样儿，浮僧大师一愣，之后立时显出了狡黠的笑容，道："小子，你是聪明反被聪明误，老衲本想到最后帮你，但你说出了老衲的名号，不怀好意，老衲于情于理都不会出手了！"

浮僧大师的话对锋浪打击的确很大，但转念一想，认为这是臭和尚在消遣他！于是笑道："本公子自保有余，脱困也是迟早之事，何用大师帮助？大师还是坐下来慢慢地观赏吧！"

浮僧大师果然团坐了下来，准备长时间的看他们的"龙飞凤舞"。锋浪看在眼里，怒在心中，又将浮僧大师狠狠地骂了一遍。一花女冷冷地道："只要浮僧大师不插手我们迷花谷的事，我们也不会为难大师，更不会冒犯少林寺的！"

"那是那是，老衲不是已坐下来观看了吗？"

另一名花女又向锋浪道："公子真要分出胜负，方才罢休，心满意足么？"

"当然，在本公子心里，认为我们谁也吃不了谁，如果不分出胜负，你们两人便离开这里吧！"

两名花女当然不会就这样离开，她们能找到这里捉拿锋浪，肯定有充足的准备。但她们对锋浪的进步亦感到意外，以上次的水平，她们会很轻松完成任务的！

现在的锋浪已非那日的锋浪了，她们分明已有所感觉了：不但金烁的武功，而且迷花谷的武学，他都登堂入室了，而且将二者融汇在一起，故现在她们也没有必胜的把握！

"公子刚才与我们过招，不应该使用迷花谷的武功，若是让谷主知道，不但公子有麻烦，而且莫姑姑也会有麻烦，难道公子不知道吗？"

锋浪嘻嘻道："知道，迷花谷的规矩娘亲一清二楚，当然我也一清二楚。但有三个原因我可以使用迷花谷的武功：第一嘛，我是花婆婆的弟子，这你们也知道；第二嘛，我算迷花谷武学的分支传人，但不属于迷花谷，当然不用听从迷花谷之令。现在我们不是拼斗，而是切磋；至于第三嘛，你们两人不会说我用迷花谷武功与你们抗斗，两位姐姐，是不是？"

此时锋浪居然称两名花女为姐姐，主动拉拢关系，两名花女并没有因为锋浪的嘻皮笑脸而生怒，也没有缓和脸色，其中一花女道："不错，我们不用说，谷主已料到你会用迷花谷武学！"

"你们看，谷主都知道了，你们也不用再限制我了，若你们用迷花谷绝学，而我不用！岂不输定了？"

"你可以用其他武功嘛！"

另一名花女不耐烦地嚷道："难道你除了迷花谷武功，就不会用其他武功？"

"谁说我不会，但天下还有哪一门武功可与迷花谷绝学相抗衡？我也是没有办法才用啊！"

锋浪这句话简直将迷花谷绝学吹到天上去了，两名花女听来十分受用，而少林寺和尚浮僧大师可不满意了，争辩道："小子，你在瞎吹什么牛，江湖中人谁不知道天下武学出自少林，万流归宗，而这个宗就是少林武学，所以……"

"所以你少林武学才是天下最棒的是不是？……那你来试一试，看看到底是哪一门最厉害！"

锋浪见浮僧大师不服说话了，立时将他套了进来。果然再名花女齐齐望向了浮僧大师，浮僧大师脸色一变，立时摆手道："老衲不是那个意思，而是天下没有哪一门武学是最厉害的，高下之分只是由人的参悟深浅，资质高低引出的，因人而起嘛！"

老和尚变得很快、很妙，更是非常正确，厉害的不是武学，而是人！否则怎会有化腐朽为神奇的说法？门派由于人而有兴衰之现象？但锋浪此时才没有闲心与他计论武学，而是想将浮僧大师拉进来，于是眼珠儿一转，嘻嘻道："你的意思就是说当年邬眉前辈打败少林，是少林掌门比她资质差，而邬眉前辈又败于'歧路客'牟白，是邬前辈比'歧路客'资质差，牟白是资质最好的！对不对？"

这可是十分严肃的问题，关系到各自长辈的资质高低，谁敢下结论？那简直就是大逆不道！果然浮僧大师与两名花女的脸色均变了，只有锋浪觉得无所谓。人都死了，评价的不对，难不成他们还会出来再打一架？骂他锋浪几句不成？

"胡说，施主简直是钻牛角尖，老衲说得是普通现象，同等环境下，而施主却……"

"却怎么样？明明是你心里对迷花谷不服，刚才两位姐姐未来之前，你还对迷花谷说三道四，现在怎么怕成了这个样子？"

"你……你简直无中生有，老衲怕过谁？"

他说到这里，突然又双手合什道："阿弥陀佛，罪过罪过，今夜施主将老衲引入歧途，使老衲不只犯了嗔戒，还破了很多修行，罪过啊！"

"嘻嘻……大师怎么能怪在下？要怪只能怪你自己，受不住外界形形色色的干扰诱惑，心不清，智不灵嘛！"

"阿弥陀佛，施主所言极是，确是老衲心不清！"

锋浪借与浮僧大师说话之机，斜眼看向两位花女，只见两位花女确实在听两人的对话，而且听得也十分认真，但依旧站在两个有利位置上没有移动分毫。

再看看天空，东方山峦之间的天空，已是微微泛白，一颗斗大的星星闪烁着灼眼的光芒，锋浪久久仰望天空，脑袋里却在盘想着如何摆脱二女的纠缠，他今日是无论如何也不能让她们抓住，因为他必须摆平聚宝钱庄的事！

"哇，流星雨，好漂亮的流星雨！"

而天上根本就没有流星雨，锋浪是在骗两名花女，而两名花女又是何等聪明，自然不会上当。就在锋浪抬头看天，大叫流星雨之际，两名花女已闪电般窜出，向锋浪急罩而来。

因为在她们的想法中，认为锋浪在抬头看天而企图骗人时，正是他破绽最多之时，此时不制住他，更待何时呢？然而她们错了，中计了。锋浪早就料到她们失去了耐性，早就知道她们会主动出手，她们在努力寻找时机！

于是他就给了她们一个机会，也留给了自己一个机会。就在二女同时向他袭来，出指如风，向他的几大穴道击来之时，锋浪突然身体一矮，蜷曲在地上就来了一个不雅观的懒驴打滚。

锋浪早就算准了她们出手的方位，自己逃离的方位，更看清了在坡岩上突出的一片岩石！

两花女扑了一个空，方知上当，折身齐齐追了过来。锋浪急滚而下，越来越快，如同泥丸一般，就在撞向岩石的一刹那，锋浪伸手一撑，双脚弹地而起，顿时来个空中横渡，向山下急泻而去。两名花女料不到锋浪如此之精灵慌忙甩出白绫，欲以白绫卷住锋浪的下泻之躯。

第一次上当，第二次当然学乖了，锋浪见白绫掠来，狠狠拍出一掌，正拍在白绫的尾梢，白绫立时低下了头，而锋浪借势去得更快。

几起几落，锋浪已去了很远，两女站在那块突兀而出的岩石上发呆，其中一人道："哼，这小子还真精的如猴子，只怕今日抓他不住，以后再没有机会了！"

"谁说没机会？他出现的时候总会很多，每一步，他都在我们的控制之中，一定抓得住他！"

"当然抓得住，我说得是我们俩只怕再没机会了，你难道没有看出他武功简直是每日一变，突飞猛进吗？今日还有一拼，下次，我们输于他一筹，又如何去抓他呢？"

"用武功制他很难，但用其他方法便容易的多！"

说话的花女诡秘地笑了笑，方才向山下急掠而去，而乌塔外又只留下浮僧大师一人。

"阿弥陀佛，迷花谷花女重出江湖，只怕江湖太平之日又要告一段落了，佛祖在上，弟子身在江湖，求您原谅弟子破戒！"

"该出手时才出手，佛祖定会谅解弟子的！"

浮僧大师唠叨着走入了乌塔，乌塔在晨风红霞的吹拂映照下，更加显得威严、神圣!

而古城，在过了一夜的平静后，又重复着昨日的喧哗与不安，而且越来越不安。鱼龙混杂，高手云集。富有诗情画意的古城，难免会被染上浓浓的杀机，变幻莫测的幽深，以及争名夺利的强烈欲望。不但古城感觉到了，就是古城中的许多人，锋浪都强烈感觉到了！

妙偷手和黑七已在凯悦客栈为锋浪预定了一个房间，十分豪华的房间，恰好在岭南镖局芒镖头的左邻，而红枫堡预定的房间在其右邻，三家成了左邻右舍，共用一个小小花园。

凯悦客栈又是高级别酒店，只因为它设计得十分别致：整个客栈是一座十分宏伟的辉煌大楼，大楼下面是酒店，上面是中档客房，而其相连的是一座如天坛般圆柱状低平楼，算是客栈的娱乐中心了，有包厢，有美酒，甚至还可看戏，看表演等等！

天坛似的低平楼四周，便是一个个精致的小小花园，高档客房绕着小小花园而建，住在这里，仿佛就如同住在自家庄园一样。当然住在高档客房的人均是富贾一方，出门在外也掷金有声的人物。而锋浪能住在这里，只因为他是古城的小霸王，黑七与这里的老板也很熟。

当然锋浪也不缺钱花，这大概是高消费的必要条件。虽然他被赶出了金闲庄，断了父子关系，但他的优越条件并没有因之消失，如今，他的行情反而高涨。以前，仗着金闲庄在明里逍遥，如今在古城他黑白两道通吃，明里暗里任逍遥。

锋浪在豪华舒适的客房里蒙头睡了一觉，方才消除了前日的疲累。昨夜忙了一夜，总算平安无事，望着从百叶窗斜照而入的阳光，锋浪笑嘻嘻地道："想抓本少爷，没门！……这几夜只怕不能在客栈里享受，而要去乌塔看看乌僧那老前辈给我感召了一些什么玩意儿！"

"大哥，怎么现在就醒了？你交待的事情我们会办得很好的，就再睡一会儿吧？"

黑七和妙偷手从另一个房间中走了出来，倒吓了锋浪一跳，愣愣地道："你们也在这里睡？"

说到这里，他自己嘻嘻笑了起来："噢，我忘了住在凯悦客栈呢，这里是套房，一人一个房间都宽敞至极，如此好的地方，你们怎么不带姑娘回来乐一乐？好好享受一下?!"

"嘿嘿，现在是办正事，没得大哥的准许……"

"哎，办正事归办正事，享受快乐又是另一码事。大哥说过只要不误了正事，什么都行。有时找个美妞陪陪，精神也好，脑袋也灵活些，心情就更不用说了。但大哥警告你们，如此高档的地方，可别乱带妞，要美！上档次！否则不但污了地方，还可能坏事，黑七你要特别注意！"

黑七摸了摸脑袋，嘿嘿干笑了一声，大家都知道这家伙在黑道混，很爱找游妓过瘾，如今被大哥说了出来，当然很不好意思。他二人见大哥如此随和，更感到有知遇般的亲切感。

"说了半天，现在该干正事了，去吧！"

两人乐呵呵地去了，偌大的套房里只留下了锋浪一人，锋浪又安静地想了想自己的行动，方才起身。又换上了一袭白衣衫，打扮的风度翩翩，比文质彬彬的书生多了几分阳刚之气，又比江湖中人多了一些内涵，站在镜前，锋浪也不由啧啧自我称赞了一番，指着镜中的人道："嘿嘿……金闲庄的少爷就是金闲庄的少爷，母亲是迷花谷的绝色之花，江湖大美人；父亲……不，金闲庄庄主是江湖大帅哥。当然他们的儿子也是顶呱呱，一定不错的！"

说完，做了一个鬼脸，方才想起可可，又暗道："可可现在哪里呢？……哎，不知她肯不肯再见自己，谁叫自己花心？处处留情……但我是没有办法呀！"

这小子居然花心也是没有办法，只怕他骗人、坑人、杀人放火也是迫不得已，证明自己是对的。因为他那张嘴太厉害了，可以将黄鹂骗下树，可以将石头吹牛成黄金！

锋浪走出了房间，立时眼睛一亮，好别致的花园，简直就是将金闲庄的花园缩小了十倍，将一个大美人变成了小小美人，风韵不减，更增添了楚楚可怜之风格，忍不住拍手赞道："好地方，出门在外，风尘扑面满肩，望月思乡，难觅清水洗袍；处于此地，可就思恋不舍，忘了归期，涤了奔波之劳了"

说着踏步走入小小花园，顿时一缕缕清香扑面而来，锋浪又猛吸了一口气，心旷神怡地道："含露之花香，胜似品佳酿；皎月之清辉，桂下之舞嫦；粉露拂花蕊，煦日温如浪；闲步过小径……闲步……过……过小径……"

吟到这里，锋浪最后一句倒吟不出来了，只因最后一句是诗眼，化虚为实，由感而发！反复地吟，却觉得怎么也吟不出来，忽听花丛后传来幽雅的声音："恍若回家乡！"

"恍若回家乡，不错，不错，还真是合意又合韵！"

锋浪抬头一看，见一位姑娘正站在花丛对面，含笑坦然地望着他。这姑娘虽然相貌生得不太美，却有一股高雅之气质，更是落落大方。锋浪只觉一股清新的微风拂过心胸，不由自主地问道："姑娘是……"

"打扰公子的雅兴了，小女子芒丽珠！"

"芒丽珠！"锋浪心中一喜，暗忖道："本公子正想找你呢，想不到你偏偏撞到了本公子的枪口上！"

于是锋浪喜形于色地道："芒姑娘可是岭南镖局芒镖头的千金？"

"什么千金万金，不过一个普通小姐罢了！"

芒丽珠落落大方地绕过花丛，走到锋浪几步之遥外，方才停下身来，奇问道："你如何知道我就是芒镖头的女儿？难道你认识家父？"

锋浪笑呵呵地道："昨日在唐知府府上巧逢芒镖头，唐知府提到过姑娘，在下随意便记住了！"

"哦，原来是这样，那公子是……"

"在下锋浪，人称浪公子，走南闯北做生意罢了。如果与芒镖头比起来，我简直是在闹着玩！"

"浪公子过谦了，大概本人眼拙，居然没看出公子是生意人，举手投足没有铜臭味，倒像一个书生，大概浪公子是新一代儒商！"

锋浪浅浅一笑，道："只怕芒姑娘高估了在下！"

两人均笑了起来，立时聊得十分投机，锋浪本以为芒丽珠是大富大贵家的千金小姐，定然是娇气十足，不是野蛮胜过妮娜，就是花钱如土，毫无内涵，自我感觉良好的女人。万料不到芒丽珠会是这样，虽然不甚美丽，但她的气质内涵和待人接物恰好弥补了微妙的缺点，更是一种自然的，真实的美。

第十一章

如果可可是貌若天仙，是一种虚幻如天仙雪莲般的美，妮娜的美又如带刺的玫瑰，给人的是兴奋；那么芒丽珠恰如水中之荷，幽谷之兰。锋浪顿时不知如何是好，心里的计划随着芒丽珠的邂逅而被打乱。心里不由骂道："妈的，自己怎么这样衰弱，是不是天生有沾花惹草的爱好？不行！本公子必须以大局为重！"

"若那丰凯也是一位俊朗、彬彬有礼的公子哥儿，与芒丽珠是天生一对、地设一双，我真的是犯了大罪，但愿那位丰凯难配芒丽珠，本公子也好受些！"

"浪公子，你在想什么？是不是又在想家了？"芒丽珠很关心地问道："此地虽然不错，但还是难解离乡背井的愁苦，公子孑然在外，自与我不一样，我可是与家父一道。"

"那倒是！"锋浪笑着敷衍道："咦，芒镖头呢？"

"家父一早就出门了，听说去办聚宝钱庄的事，以前他并不关心钱庄生意，现在不知为何，又突然关心了起来。"

锋浪心里一紧，立时猜到芒镖头只怕去找荷叔叔了，不知荷叔叔会不会将自己说的那一切告之芒啸？胡乱想着，突然发现芒丽珠那双清澈的眼睛正盯着他，锋浪忙道："做生意就是这样，变幻莫测嘛，芒姑娘似乎也很关心镖局的生意？"

芒丽珠嫣然一笑，道："没办法，谁叫我是镖局的唯一后裔呢？家父说我有这方面的才能，我也不好推卸，也就试着打理了，倒略知晓一二！"

"芒姑娘果是女中豪杰，在下还真有些佩服，请恕在下冒昧，姑娘与红枫堡少堡主见过面么？哈哈哈……想必丰公子也是龙中之龙吧?!"

芒丽珠脸上有些羞赧，但并没有生气，也没有腼腆难为情之色，只是摇了摇头，道："我从未见过他，但时常听家父说起过，只因家父与红枫堡堡主乃世交好友，故才带我到此一见……公子从何知晓此事的？不会是家父告之吧？"

说到这里，芒丽珠脸上又是一赧，锋浪更觉有味，心中暗笑，呵呵道："听唐知府说起的，在下方有兴趣，今日一见姑娘，猜想姑娘自有主见，并非唯父命是从的无知女子！"

　　"公子是生意人，居然也有闲心关心这样的事，想必公子住到这里，就是想见一见这场闹剧吧？"

　　锋浪心里一怔，但看芒丽珠脸上依旧含笑，却有些戏谑之色，暗忖道："难道她生气了？"

　　"姑娘会错意了，在下到古城已有很长一段时间，在这里碰上姑娘，多半属巧合，更非看什么闹剧而来，不过在下一向好奇心很重，想看个究竟，所以也有少许不是巧合，姑娘不会介意吧？"

　　芒丽珠含笑道："当然不会介意，若公子不住在此处，我也见不到公子这样的高雅之人了，也听不到那样的诗句，公子确实与众不同！"

　　芒丽珠沉思了一下，又笑道："如果小女子猜测的不错，公子定是准备做聚宝钱庄的生意！"

　　锋浪心中骇异无比，暗叫厉害，不由又呵呵笑道："姑娘果然厉害，在下未料到姑娘如此聪慧，亦关注钱庄之事，看来是棋差一着了！"

　　芒丽珠抿嘴一笑，不再发言，锋浪更是心乱，暗骂计划就是计划，做起来就不一样了。总有这里那里的意外，但他岂会草草收场、半途而废呢？于是笑道："在下做生意，喜欢观人度心。在古城一段时间，与唐知府和红顶商人荷西已经算是熟人了，现在想再认识认识贵镖局和红枫堡，只有熟悉各个方面，在下才会下注！"

　　"不错，知己知彼，风险才会小得多，看来公子已深谙生意经！现在还如此活动，想必公子已胸有成竹，志在必得！"

　　"哈哈哈……未见姑娘之前，在下确实胸有成竹，但与姑娘一见，又是一席话，便有些心虚了！"

　　他顿了一顿，接着道："只因姑娘不但深谙此道，而且聪敏至极，三言两语就猜破了在下的目的，看来在下是进是退，不在他人，而在姑娘的态度了！"

　　"做生意，一戒贪，二戒不义，三戒无谓。红枫堡贪，挪用钱庄款项，家父又将婚姻大事与生意无谓拉在了一起！已经注定没有好的结果，纵然我知道又阻拦得了吗？以公子儒商的风范和才智，定是算无遗漏，恐怕该退的是我了！"

　　锋浪心里暗喜，自嘲着忖道："儒商？嘻嘻，应该是奸商才是，如果你知道了本公子的宏伟计划，此时不气得跳起来才怪，看来还是本公子棋高一着，而不是棋差一着！"但锋浪转念又想："逢人说话三分真，七分假，别看芒姑娘一副正义样儿，若她在背后射本公子一支冷箭，本公子可就遭受不起了。看来还得以原计划行事，虽然她人长得一般，但却气质佳，又聪明，与别的男人过日子，岂不是鲜花插在牛粪上？"

想到这里，锋浪打个哈哈道："姑娘一昧抬举在下，是不是想让在下头脑发昏，纰漏百出？我们做生意的人，从不轻易相信人的，姑娘不会见怪而嗔怒吧？"

锋浪故作坦率，将自己的"缺点"老老实实地说了出来！果然，芒丽珠一愣后，即笑道："公子果然是坦诚磊落之人，与公子共事做生意，必定很轻松，可惜家父老眼不识珍珠，我也不能作主！"

说到这里，芒丽珠长叹了一口气，锋浪很快把握住了她微妙的感情变化，如此豆蔻年华的少女，先入为主定要占大大的便宜，丰凯与她并未见面，只怕见了面，他人再怎么优秀，芒姑娘也会不由自主将他与本少爷比较一番的！

有了这种心理想法，锋浪对芒丽珠可算有了本质的影响，他的计划也就开始有效了！锋浪心里得意至极，暗自想两人的邂逅，觉得是天助，让他做的天衣无缝，芒丽珠再聪明也不会生疑的。

两人又闲聊了一会儿，方才各自回房。锋浪正在喜滋滋之时，黑七回来了，轻轻地道："大哥，红枫堡的人已进了古城，一帮兄弟阻拦了他们，果然他们很厉害，伤了我们几个兄弟！"

"嗯，干得太好了，现在本教主就去见识见识一下红枫堡的厉害！"

他说着换上青衫，戴上"麻烦公子"的面具，出了房门。黑七带着锋浪刚出凯悦客栈，就听一名属下来汇报红枫堡众人所在的位置。兰陵笑笑生带着一群人气势汹汹沿着大街而去，刚过了一条街，就看到了一队骑马的人，率先是一老一少，锋浪盯向那青年，暗道："人长得不错，就是太轻狂了一点，只怕脱不了富家公子的脾性，少不了寻花问柳的缺点！"

"教主，就是他们，那老头便是丰一廷，小的是丰凯，现在该怎么办？"

"黑七，你戴上面具，以免出纰漏，现在我们就过去，试试他们到底有多狂！"

锋浪当街拦住了红枫堡的马队，马上的一老一少都是一愣，即而明白了过来，丰一廷毕竟是老江湖，向一袭青衫的锋浪冷冷地道："阁下是刚才那群人的瓢把儿吗？"

"正是，听说你们很厉害，打伤了本公子的几名属下，本公子前来不是分个高下，而是讨个公道，顺便为兄弟们讨点损失费！"

"哼，你们只不过是古城的小混混，伤几人又算得了什么？何况那是他们不长眼睛，自找麻烦！想要向我红枫堡讨公道，诈小钱，简直是痴人说梦！"

丰凯果然轻狂至极，生于富甲一方，闻名一方的红枫堡，不狂才怪。可惜他碰上了金闲庄的少爷，金闲庄的少爷当然更有"毛病！"

锋浪装着神色一变，失声道："红枫堡？原来是红枫堡的人，难道如此霸道，如此厉害！"

丰凯听之，更是趾高气扬，得意非凡，而丰一廷却在皱眉头，因为街上很多人围了上来看热闹，他可不想在此浪费时间，对生意人来说，时间可是白花花的银子，遂冷冷地道："你们想怎么办？如果只是为了银子，老夫倒是有！"

原来丰一廷与他儿子一样有轻狂的毛病，有了钱，居然认为钱就是一切！锋浪向四周围观的众人道："你们看看，大家看看，妈的，红枫堡确实有名望，厉害！却跑到南方古城来耍横，打伤了人不道歉，反而说我们古城人不应该在我们自己的大街上挡他们的道，这是不是太欺人太盛？"

围观的众人果然议论纷纷起来，对红枫堡顿时有了敌意，锋浪道："古城人不是软弱的主儿，谁欺负了我们古城人，都要受到应有的处罚！本公子为了古城人的声誉，定要以冒命之险悍卫我们的声誉，大家说应不应该？"

"应该，当然应该！"黑七和兄弟们首先响应，而旁边的古城人也响应了起来，声势如雷！

"妈的，你们这些小混混，简直不想要命了！"

"住嘴！"丰一廷见大势不好，立时阻住了儿子，丰凯狠狠瞪了一眼锋浪，不再吱声。

"这位公子，那你说应该怎么办？"

"怎么办？是谁打伤了我们古城中人，本公子也要打回来！你不要再提钱的事，我们并不缺钱花！"

丰一廷这才知道是对方故意为难，脸上也有了怒意，不愠不火地道："公子想与犬子比斗？"

"不错，本公子也要打伤他，以作报应！"

丰一廷一愣，暗忖对方已知他们是红枫堡的人，红枫堡在江湖上总算还落有虚名，手上功夫自然不弱，这位不明来历的家伙居然还要知难而进，如果不是浑蛋，就是真有两下子，于是试探性地问道："不知公子尊姓大名？"

"哈哈哈……尊姓大名不敢当，本公子叫兰陵笑笑生，自称'麻烦公子'，别人也都这么叫，只因我这人爱笑，喜欢找别人的麻烦！"

"麻烦公子？兰陵笑笑生？"

丰一廷左想右想也想不出一个头绪来，暗忖小混混就是这样，找麻烦居然找到红枫堡头上来了，岂有此理！于是道："好！凯儿，你就陪这位公子玩几招，但不可伤了这位公子！"

说者狂妄至极，丰凯得父亲答允，立时跃跃欲试地一掠站到了地上，四周围观的人顿时让出了一片空地，为他们比斗提供方便。

"来吧！待会儿又多了一个伤者可别怨本公子下手无情！哼，小混混居然也如此大胆！"

"哈哈哈……当然是小混混特别大胆，而大混混却要瞻前顾后，患得患失，没我们小混混来的爽快。但贵公子是不是大混混，还要看看拳足功夫！"

显然锋浪并不将丰凯放在眼中，说话更是不客气，果然丰凯被激怒，此时如同一头失去理智的野兽，人见人怕。黑七不由为锋浪担心起来，轻语道："大哥，这小子有点货，你罩不罩得住？"

锋浪挑了挑眼睛，大声道："什么罩不罩得住？是不是看不起大哥？老子只用一招，就可将这草包打个四脚朝天，哼！一看他，就知是一个现世宝，红枫堡本就是默默无闻，如果落在这小子的手中，就更是气数已尽了！"

丰一廷听得直皱眉头，而年轻气盛的丰凯更是怒发冲冠，大吼一声，拔剑向锋浪急刺而来。众人立时惊呼而起，又退了更大的一片空地，立时将大街挤得不堪入目。丰一廷见儿子出手就是狠招，仿佛要将对方刺成咸鱼不可！

但盛怒之下的丰凯，剑法也没有了章法，脚下更是没有进退之意，仿佛他在一招之内就可将对方刺倒。丰一廷又锁了锁眉头，暗感不太对劲。

老江湖就是老江湖，丰一廷的感觉一点也没错，如果是一般人，丰凯这雷霆般的一招就够了，但对锋浪来说，却是远远不够。红枫堡与金闲庄在江湖中的威望根本不是一个档次。

锋浪站在那里，见丰凯不顾后果的来势，心里大喜，对方在剑尖直指而来，已看得清清楚楚，只因丰凯的速度根本就不能与迷花谷的花女相比，花女的来路锋浪都能看清楚，何况一个富家公子的来路呢？

金浪客的金剑更是以气势和快疾著名，锋浪在对方剑尖刺来的一刹那间，突然闪电般的出手，只见一束森寒的光芒一闪而过，立时"当"的一声，丰凯的剑应声而断。锋浪在对方剑断的瞬间，身子如螺旋一般，眨眼间已到了丰凯的面前，两人亦在同一时刻凝在那里一动也不动。

众人这才看清锋浪手中已多出了一柄亮闪闪、冷森森的短匕，而短匕锋利的尖端几乎已点在了丰凯的咽喉上，而丰凯此时脸如死灰，额上几乎已冒出了汗珠。

丰一廷亦是神色一变，不敢再坐在马上，飞跃而起，到了二人面前，嗫嚅着道："麻烦公子，有话好说，什么都可以商量嘛！"

"哈哈哈……当然好商量，本公子虽然叫'麻烦公子'，但却时时笑纳四方之客，并不真的想找麻烦，但本公子只是稍作警告，江湖上高手如云，而现在的古城更是高手云集，红枫堡虽然小有名气，但也应该走路小心些，丰堡主，你说呢？"

"是是是，麻烦公子说得很对！"

丰一廷为了儿子的安危，刚才也看到了锋浪令人咋舌的武功，又怎敢再猖狂？脸色虽然不太好看，但却挤满了笑容，并向后面的随从挥了挥手。随从立时明白主人的意思，捧着一只十分精致的黑箱走了过来。

那名随从走到锋浪面前，锋浪乜斜眼看了看，知道里面装着的是宝贝儿，丰一廷艰难地笑道："贵属下被犬子所伤，确是犬子不对，老夫在此向麻烦公子道歉，并用这薄礼以作赔偿！"

锋浪向黑七摆了摆头，黑七立即上前毫不客气的接过了黑箱，锋浪这才收回短匕，哈哈笑道："破财消灾，丰堡主的礼，在下就收下了，如果丰堡主在古城有什么麻烦，只管来找我麻烦公子就是，在下必定鼎力相助。如果丰公子不服，想找在下比划，本公子也必定会奉陪到底的！"

锋浪说着狠狠地望了望丰凯，此时的丰凯如焉了的黄瓜，一点斗志也没有了，十分可怜，丰一廷忙道："红枫堡岂敢再打麻烦公子的麻烦？老夫携小儿第一次来到古城，确实不熟悉此地的风土人情，到时还望公子鼎力相助！"

"哈哈哈……丰堡主果然是一方豪杰，拿得起放得下，在下佩服！就此告辞，咱们后会有期！"

说完锋浪转身带着众属下大踏步的穿过人墙，甩手而去，丰凯忿忿地道："爹，就这样便宜了他们？"

丰一廷冷峻地道："不这样还能怎样？一路上为父都在告诫你别太张狂，你不相信，现在尝到了后果吧？你与他相差很多，这小子来历不明，武功却是奇高，我们绝不能节外生枝！"

说着自顾上马，拍马而行，丰凯暗骂了几句，方才消了一些火气，跟了上去。而锋浪带着众人高兴无比地向前走，突然皱了皱眉头，挥手道："你们先走，本公子还有要事待办！"

又向黑七道："应该干什么想必你很清楚，不用本公子再告诉你一遍吧？"

黑七赔笑道："知道！"即而轻轻道："大哥，有人跟着我们，是个小妞！"

"知道了，是本公子的麻烦，你们先走！"

黑七一愣，又回头看了看，立时明白了过来，遂带着众属下向另一条小巷急奔而去，锋浪站在那里没有动，也没有回头，却听到了十分轻微的脚步声，越来越近，越来越慢。

"麻烦公子，想不到你也是那样的人！"

锋浪一震，回过头来，其实他早就知道跟踪而来的人是谁，他很明白背后之人的意思，猛地回头，满脸是笑容，假装惊喜道："可可，是你？"

"我本以为麻烦公子必是光明磊落，正义轩昂之人，比浪公子好多了，谁知麻烦公子也与他一样，而且更加厉害，当街诈骗！"

锋浪长吁了一口气，暗笑道："原来她并没有认出我来，而是将浪公子当成了麻烦公子！"

"哈哈哈……可可误会了，那红枫堡的少爷确实太猖狂了，居然打伤了本公子的几名属下，本公子为他们讨回公道，讨回损失费，算诈骗么？"

可可听得也不由点了点头，但眼睛依旧看着锋浪，怪怪的，锋浪都有些招架不住了，想把眼光移到别处，却又舍不得移开，可可又道："麻烦公子，不知你找到了浪公子没有？"

锋浪一愣，即而想到自己骗了自己黄金万两的事儿，于是笑呵呵地道："算啦，本公子也不用找他了，就当我用黄金万两认识一位朋友好啦！"

可可又点了点头，道："麻烦公子说得极是，用黄金来看穿一个人的确也是合算的。但我却是想不透，非要找到他不可！然后再结结实实地教训他一顿！"

说着，可可狠狠地看了看锋浪，吓得锋浪不由毛骨悚然，向后退了一步，讪笑道："姑娘这又是何苦呢？浪公子骗了你的银两，也骗了我的金元宝，也许他有什么不得已的苦衷呢！"

"是吗？他有什么苦衷，非得当无赖，非得诈骗，而且非得四处寻花问柳不可……"

可可怒不可遏，居然娇叱起来，好象对面站着得不是兰陵笑笑生，而是锋浪。但对面站立之人的确是锋浪，锋浪心里剧震，暗骇道："我的妈呀，看来这次麻烦大了，她……她什么都知道了！"

于是试探性地道："可可姑娘，听你的语气，好象那浪公子并非只骗了你的银两，还有……其他的，好象……好象你们也非常熟悉，是不是……"

可可突然狡黠地笑道："不熟悉，但已摸透了他而已！麻烦公子，上次你说自己不是古城中人，而是到此寻找浪公子的，那你怎么有如此多的属下？而且听你说，你的属下都是古城本地人呀？"

锋浪一愣，嘿嘿干笑道："刚才在下是在吓唬丰一廷，俗话说强龙难压地头蛇嘛！"

"不对，真的不是吓唬，我总是觉得不对！"

锋浪心中七上八下，暗自叫苦不迭，寻思道："这两日绝不能出差错，本公子也不能在此地与她干耗时间，若再说下去，定会露出马脚的！"

想到这里，锋浪急急地道："可可姑娘，在下很忙，有什么事待下次再聊吧，告辞了！"

说完转身就走，但没走出两步，身后突然听到可可轻轻的、冷冷的声音："浪公子，你别再装傻了，什么麻烦公子，什么兰陵笑笑生，还有什么骗金元宝的事，你都在骗我！"

锋浪顿时如坠冰窖，刹住了身形，突然可可娇叱道："你给我转过身来！"

锋浪吓得几乎要跳了起来，因为可可一向都很温柔，说话、动作，连笑也是温柔的，突然大声叫他，当然会被吓一大跳。锋浪立时如老鼠见了猫一样，老老实实地转过了身，哭丧着脸说道："可可，是我不对，不该骗你，我错了，你就给我一个改过自新的机会吧？"

"改过自新？我早就给了，而且不是一次两次！"

锋浪见这一招不行，突然笑嘻嘻地道："我是'麻烦公子'兰陵笑笑生，又不是浪公子，打死我也不承认，浪公子是一个多好的人，我如此坏，怎会是他？可可，你是不是想浪公子日有思、夜有梦，方认错了人？"

可可料不到锋浪会来这一招，想笑又笑不出来，想哭也没有泪水，气恨恨地道："你以为你骗得了我吗？天网恢恢，疏而不漏，刚才你用的短匕，我看得清清楚楚，正是那日在河边用的那把，你说！你为什么要如此骗我……"

说到这里，可可居然哭了起来，晶莹的泪珠叭嗒叭嗒地掉了下来，而且越来越多。锋浪立时笑不起来了！心有感触，暗骂自己他妈的不是人，怎么可以又惹可可哭呢？于是上前两步，轻轻地道："可可，真的是我不好，你别哭好吗？"

"我……我偏要哭，现在我们一点关系也没有，本来就没有什么关系，我哭我的，关你什么事？"

料不到可可要起赖来也是有滋有味的，锋浪想再靠近一点去安慰对方一番，但心里又有些害怕，于是傻愣愣地站在那里，嘀咕着道："你要哭就哭吧，哭够了心里也许舒服一些，我就在这里等着！"

这没良心的家伙居然会说出这样的话来，可可居然不哭了，瞪着红红的眼睛望向锋浪，气极败坏地道："你……你……你没良心，我辛辛苦苦地救了你，又……又与姐妹们闹翻了，你居然……居然这样待我！"

锋浪无奈地摸了摸头，道："你的好处，我全记在心里，但人在江湖，身不由己，可可，我……我真的是别无选择！"

"哈哈哈……好一个别无选择，浪公子风流倜傥，身在群芳之中，确实是别无选择！"

突然一朵红云从天而降，刚好落在了二人之间，锋浪一见，脑袋一嗡，更是觉得头大如斗了！来者不是别人，正是与他好几日不见，却早已经发生过暧昧关系的铃铃。铃铃是翠玉楼的人，当然经验丰富多了，比可可更是不好应付。

可可立时将注意力转向了身着红衣裙的铃铃，含有敌意地问道："你……你是谁？"

铃铃妖媚地笑了笑，道："贱妾叫铃铃，你是可可姑娘吧？浪公子时常在贱妾耳边提到，但这位兰陵笑笑生嘛，贱妾倒不认识。贱妾找浪公子亦找得心乱意麻，想不到兰陵笑笑生就是浪公子！贱妾在此还要向可可姑娘道谢呢！"

说完这些，铃铃方才款款大方地行到锋浪面前，妖媚含情地笑道："浪公子，你果然能言善辨（变）！一会儿浪公子，一会儿麻烦公子，贱妾都糊涂眼花了，奇怪古城怎么一下子多了这么多帅哥俊男！"

锋浪皱了皱眉头，气哼哼地道："你刚才也在那里看热闹？本公子怎么没有见到你?"

"公子生气了吗？公子连可可姑娘也没有注意到，又怎会注意到贱妾？难道贱妾来得不是时候？"

碰上这种事情，锋浪还有何话可说？于是气鼓鼓地道："有什么事放到以后再说，现在我确实很忙，你来得正好，就陪陪可可吧，我办完事之后就来找你们！"

说完锋浪转身就走，铃铃在后面咯咯笑道："公子，我将可可带到翠玉楼去好吗？"

锋浪疾走如飞，大叫道："不好！"但又想翠玉楼也不错，接着道："那地方也行，但你千万别对可可胡说八道，否则本公子就要砸了翠玉楼！"

说话间，锋浪已窜出很远，心里却在想："铃铃这一瞎搅合，不知可可又会如何想？妈的，其她的女人都好应付，就是对可可没辙儿！"

锋浪冲出巷子，到了巷口，方才长舒了一口气，清醒了一下脑袋后，匆匆向唐知府府衙而来。唐知府正在府中等待着，见到锋浪，立时大喜，问道："浪公子，你活动得怎么样？"

锋浪点了点头，笑道："不成问题，在下已与芒镖头又见了一面，而且已见到了丰堡主！"

"丰堡主？他已经到了古城么？什么时候到的？"

"刚到，住在凯悦客栈，现在在下也移住到凯悦客栈了。"

说着，锋浪将自己与荷西的打算告诉了唐知府，唐知府闻后一怔，道："公子这样做，根本就无利可图，我们几家倒是占了便宜！"

锋浪怡然自得的笑了笑，道："在下会赚回来的，但以后要多靠唐知府，如果唐知府以后采纳在下的意见，还可以赚到更多的钱，今日到府上来，就是求取唐知府的同意！"

"呵呵，浪公子现在是本知府的朋友，而且能赚钱，本知府又有什么不同意的？你说，现在是不是按原计划行事？"

锋浪点了点头，严肃地道："一点也没错，现在我们必须同心协力，知府大人如果听从在下的安排，不但可以赚到很多钱，而且还会政绩突出，官运亨通；如果不同心，确实只亏在下，但官府迟早也会抽资，抽资盘点时，只怕股份就不值钱了，知府应想到在下存在钱庄内的钱财并不是个小数目，完全可以左右钱庄的生意和声誉！"

唐知府不是笨蛋，立时嗅到了锋浪的意图，又看了看锋浪慑人心魄的光芒，心中一惧，打个哈哈道："浪公子何必说这样的话，本知府不是说已同意你的计划，而且跟着上吗？"

"那样最好，这是最后时刻，在下依旧不放心，所以特来告诉知府大人，请知府大人看着办吧！"

说着锋浪又呵呵笑了起来，又道："知府大人，在下并不是在威胁你，赚钱与步步高升，这可是最好的结果，如果真有那么一天，知府大人可千万别忘了小弟！"

锋浪一边称知府大人，一边称小弟，立时将二人的关系拉近。唐知府连连道："当然当然！上次能破盗窃一案，还是因为浪公子帮忙呢！"

"过去的事就不用再提了，现在在下还有要事，就不打扰大人了！"

锋浪向唐知府交待清楚后，方才匆匆而出。

刚出知府大院，锋浪就觉得有人在后面跟踪，立时心中一紧，但依旧不露声色，仍然向前走着。走了一段路，背后还是有人跟着，锋浪见侧面有一个林子，于是窜入了林中，掠上了树枝间。

刚藏好身子，就见一个老乞丐慢悠悠地走了过来，老乞丐四下看了看，自言自语道："嘿嘿，这死小子溜得还蛮快，他到底是哪家的兔崽子？"

锋浪在上面看得一清二楚，暗忖道："老叫化子？他又是谁？为什么要跟踪我呢？"

突然锋浪心中一竦，暗道："不好，难道丐留出了纰漏？……怎么会呢？应该没有人知道啊！……啊……黑白道有几人知道，难道……"

锋浪思绪急转，正在想时，又听到"沙沙"的声音，锋浪转头而视，又是一惊，只见有几名白衣男女成扇形踏入了树林！老乞丐见到白衣男女，显然惊骇无比，后退了几步，惊问道："你们是什么人？难道是来找老夫的吗？"

"哈哈哈……不错，我们正是来找你的，只因你是丐帮四大长老之一的恭长老！"

"你们……你们是琼楼之人？"

恭长老的声音不但惊惧，而且愤怒无比，锋浪在上面立时明白了过来，暗忖道："原来白衣男女都是琼楼之人，这位老乞丐是恭长老！恭长老到唐知府庄园附近，定是查找分坛主的死因！"

现在琼楼、玉阁、迷花谷与黑白道的人，锋浪都遇上了，不知是福，还是祸，锋浪正在默想，又听一位白衣男子道："恭长老，识实务者为俊杰，如果我们不找你，玉阁和迷花谷的人也会来找你的，她们的手段可就不一样了，而且她们是异族，而我们琼楼却是诚心诚意！"

"呸，你们与她们不是一样怀着狼子野心吗？而且更狡猾！丐帮是天下第一大帮，又岂是你们这些偏门左派所能染指的！"

"那恭长老是铁了心不与我们合作啰？"

"不合作就是不合作，说那么多废话干什么？老夫还有要事在身，不想与你们罗嗦！"

说着恭长老就欲走出树林，但琼楼中人挡住了去路！双方两言三语不合，就打了起来。几个回合过后，恭长老便捉襟见肘，破绽百出。琼楼那些男女个个都是好手，根本就不用全体出动。

锋浪在上面，看着下面早该结束的打斗，不由暗想："本少爷要不要救这老东西呢？他可是丐帮的恭长老，如果不救，琼楼必定染指丐帮，对我不利；如果救了，让他继续查找那分坛主之事，迟早会有眉目，依旧对我不利。看来这老东西还真是一个麻烦！"

"恭长老，你不要不到黄河心不死，老实告诉你吧，其实本楼早就在丐帮中暗插有人，需不需要你都没有关系。但若你不为我们所用，迟早会被玉阁所用，故楼主的意思是你若不肯与我们合作，就杀了你！现在你看看眼前的形势，我们杀得了你么？"

"妈拉个巴子！老夫早就知道你们在帮内安插有人，只是一时找不出来罢了，老夫绝不会跟你们合作，要杀只管杀好了！"

恭长老又拼命抵挡汹汹来势，显然已是不支，而琼楼众人只是在消磨他的意志而已！

锋浪不想在此地久留，又听说琼楼已在丐帮中安插有人，立时心有定计，朗声笑道："哈哈哈……既然琼楼不需要恭长老，又何必为难对方呢？如果是有种的门派，还怕别的门派杂指丐帮么？有统一江湖的野心，就应有那种气魄和胆识，如果没有胆识，只怕一切都是徒劳！"

众人立时停了争斗，齐向上望来，锋浪飘身下树，站在几丈之遥，怡然含笑道："打扰了！"

一白衣男女冷森道："你一直在上面，将我们说得话听得一清二楚么？"

锋浪点了点头，笑道："怎么？多一个人知道不行么？琼楼玉阁，纷纷争夺地盘，本公子早就知道了，只是不知道你们已在打丐帮的主意罢了！但这只是迟早之事，本公子迟早会知道的！"

众白衣男女顿时神色一变，立即有几人围上前来，其中之一问道："你是谁？"

"哈哈哈……在下鼎鼎大名，却不知你们孤陋寡闻，有没有听说过'麻烦公子'兰陵笑笑生之名？"

"兰陵笑笑生？麻烦公子？"

众人均是脸色茫然。他们当然会面色茫然，兰陵笑笑生只是刚出现江湖罢了！恭长老望向锋浪，笑道："小子，你刚才溜得好快，居然甩掉了老夫！"

"哈哈哈……在下也不知跟我之人是丐帮恭长老，否则在下也不会躲起来了，不过今日躲起来也有很大的意外收获！"

那男子更是气愤，闪电般袭了上来，两人均是轻功极高，上腾下串，却并没有相互硬拼，相互袭击对方全身要穴！几个回合过后，双方均没有收获。最后只听"砰砰"两声，两人均后退开来，但锋浪明显内力不济，滑了很长一段路，而对方只是退了一步，晃了两晃。

"公子果然不同凡响，若假以时日，武功必有长进，可惜你听到了我们的谈话，就死定了！"

说着又扑了上来，将锋浪罩在了中间，而锋浪强压着澎湃起伏的胸口，以静制动。此时他手中已多了那把蓝绿短匕。蓝绿短匕虽然短，却是十分锋利，寒气逼人，一静一动均在闪电之际，快疾无比。那白衣男女几次袭近，均被短匕逼退。而锋浪在这段时间，已稳住了心神，突然大吼一声，腾身而起，立时听到尖锐的"呼呼"破空之声，血光甫现，而一声"砰"的巨响也在同一时刻传了出来。

两人掠身而过，即合即分，又都站在原地，只见那名白衣男女肩上被划了一条短短的口子，血正从肩上溢了出来，染红了白衣。而锋浪脸色也十分苍白，嘴角溢出了一丝鲜血。但他依旧脸上含笑道："阁下的掌法太快了，本公子居然也没有躲过！下次定会再找琼楼中人切磋！"

"公子的身手也不赖，刚才若非公子手下留情，只怕本人伤得不是肩膀，而是被割了脖子！"

"哈哈哈，情非得已，若那样本公子会伤得更惨一些！"

众人这才了解到两人的拼斗结果，均是愕然。那名白衣男女又冷冷地道："祸出自口中，今日公子听到的事，最好不要再告诉他人！本人承蒙公子手下留情，今日亦不与恭长老计较，但下一次只怕他没这么幸运了！"

男子说完转身就走，那些白衣男女看了看锋浪，默默无言地跟了去。待众人走远，锋浪方才"哇"地一声吐出一口鲜血，摇摇晃晃地坐在草地上，掏出药瓶吞了几颗药丸，盘腿运起功来。

恭长老见锋浪为救自己居然伤成这样，立时对他颇有好感，上前问道："小子，你怎么样了？"

锋浪摇了摇头，并没有做声，片刻过后，方才站起身来，伸了伸双臂，长舒了两口气，向恭长老道："没事啦！喂，刚才你跟踪我干什么？"

"奇怪呀奇怪，凡是从唐知府庄园里出来的人老夫总觉得好奇，很想弄清楚他们的来历！"

锋浪佯装不知，问道："为什么要这样做？"

"哎，丐帮恐怕是劫数到了，想躲都躲不过，数日前，古城分坛主因盗窃案而死，如今琼楼、玉阁又想瓜分丐帮，今日若不是公子，老夫还真只剩半个脑袋了。分坛主盗窃案有多处疑点，帮主派老夫到这里来查一查，但老夫查来查去，也没有线索。于是就到唐知府府衙门口守候着，希望有什么线索。公子真的是兰陵笑笑生？"

"有假么？我喜欢找人麻烦，别人也喜欢找我的麻烦，就像今日之事，而且我没事也想笑，有事亦想笑，当然叫兰陵笑笑生啰！"

恭长老点了点头，道："公子武功之高，恐非泛泛之辈，而老夫居然又是如此陌生，怕是初入江湖吧？"

锋浪别有深意地看了看恭长老，呵呵笑道："你……你还真的想盘问本公子的来历吗？"

顿了一顿，又道："本公子还有要事待办，我们还是下次再聊吧，你先走吧！"

恭长老一愣，呵呵笑道："那倒是，老夫怎可打救命恩人的主意呢？就以后再聊吧！"

说完恭长老摇晃着出了树林，锋浪看着他走远，方才长舒了一口气，没好气地骂道："这个老不死的，本公子救了他一命，居然还要来盘问本公子，简直不知好歹！早知他这副德性，就该让琼楼中人将他五马分尸！"

锋浪走到一条小溪边，将嘴角边的血迹试干净后，方才蹦跳了两下，喜道：

"果真无事，娘亲这药丸还真是神奇，下次再多偷些出来！"

出了树林，锋浪直向凯悦客栈而来，悄悄回到自己的套房，又换了一套衣服，回归到浪公子的模样后，方才踏步而出，走到隔壁，敲了敲门，开门的是芒啸，芒啸一见锋浪，顿时一愣，问道："你是……哦……你是浪公子？"

"芒镖头记忆真好，在唐知府府上只是匆匆见过一面，芒镖头居然将在下的小名记了下来！"

这时芒丽珠听到锋浪的声音，跟到门口，乐滋滋地道："是浪公子，进来说话吧？"

芒啸刚从荷西家来，当然更详细了解了浪公子，料不到女儿居然也认识这个花花公子，而且颇有好感，遂惊讶地道："你们……你们什么时候认识的？好象很熟嘛！"

锋浪假装十分难为情地笑了笑，道："芒镖头，我与芒姑娘也是刚刚见过一面！"

而芒丽珠却表现的极为活跃，"噗哧"笑道："虽然只见过一面，却是一见如故，老爸，他也是生意人，却不像你，一身的铜臭味，怎么？你不欢迎浪公子进来坐坐？"

芒啸见女儿如此高兴，又听了女儿的话，皱了皱眉头，暗觉不太对劲，但一时又说不出来，只好愣愣地道："丽珠，你……你怎么这样说老爸？"

又转头向锋浪道："浪公子造访，老夫当然欢迎之致！"

锋浪也不客气，在两人的引导下，进了客房，四下看了看，无话找话说道："嗬，你们这个套房可比我那间好多了，不但阳光充足，而且布置也别俱一格！看来还是芒镖头名声响亮，老板特意为芒镖头安排的吧？"

未待芒啸说话，芒丽珠就亲自为锋浪酌了一杯清茶，笑道："那是当然，但不是芒镖头名气大，而是我们每次到古城来都住在这间套房中！老板碰上我们这样的老顾客，当然安排周到些。"

芒啸更是惊讶，问道："浪公子难道也住在酒楼中？"

锋浪正要说话，芒丽珠又主动解释道："老爸，你能住在这里，浪公子当然也能啰！他就住在我们的隔壁，今早在花园里碰到他，女儿也才知道，我们聊了一会儿，很聊得来！"

芒啸似乎心事重重，心不在焉道："哦，是吗？"

芒丽珠向锋浪嫣然一笑，道："浪公子，你不用客气，先品一品这茶，看味道如何？"

锋浪轻轻呷了一口，觉得这种茶十分怪，但在口中却很是舒服，嗅起来特别香，能够提神，但又叫不出名儿来，于是摇头道："在下在家品过的茶虽然也不少，但这种茶却是猜不出来，仿佛有碧螺春的香味，但却形似而神不是，应不是碧螺春！"

说到这里，芒丽珠笑意更浓，而芒啸也哈哈笑了起来，指着那杯茶道："浪公子能说到这个份上，已是不易了，这杯茶确实不是碧螺春！"

锋浪这才长舒了一口气，暗想自己倒没有瞎猜，他刚才想岭南出产的碧螺春，于是将宝押在它上面了。芒啸滔滔不绝地道："岭南开埠很早，便有很多西洋人到那里做生意，他们喝什么咖啡茶，老夫第一次喝，觉得味道怪怪的，虽然可以提神，但不合口味。丽珠聪慧至极，居然将老夫喜欢的碧螺春磨成粉，与咖啡合在一起，居然成了另一种奇妙的茶！"

锋浪这才恍然大悟，"噢"了一声，再呷了一口，赞道："妙，很妙！简直太妙了！"

"看浪公子的神色，也很喜欢喝这种茶，刚好我们也在做茶生意，如果浪公子有意做，价钱嘛，我们可以优惠一些！"

芒丽珠诡秘地笑着，试探锋浪的口气。锋浪听之一愣，暗忖道："她居然用此法引我上钩，太精了！"

见锋浪僵硬表情的古怪样儿，芒丽珠又"噗哧"捂嘴优雅地笑了起来，芒啸也笑道："丽珠，你太调皮了，怎么可以对客人如此无礼？"

说着又转向锋浪道："浪公子，小女就是这样，被老夫宠坏了，希望你不要见怪，我们根本没有做茶生意。这咖啡来源复杂，数量有限，价格昂贵，不适宜做生意。浪公子不会真相信了吧？"

锋浪明白过来，立时呵呵笑道："原来如此，刚才在下确实被吓了一跳，因为在下根本没有想过做茶生意，没有思想准备，而芒姑娘却已小施恩惠，请在下饮这种名茶，茶已进口，在下不知如何作答才好呢！"

三人均笑了起来，气氛立时融洽了许多，锋浪亦发现芒啸并不是那么不好相处，亦发现他并非自己想象的那样卑鄙，只是太喜欢赚银子了。芒啸笑后，严肃地道："浪公子与红顶商人荷西很熟吗？"

见芒啸父女都将眼睛望向自己，锋浪心里一紧，暗忖道："我应该怎样回答呢？"

"哈哈哈……'红顶商人'这名号在商界可是很响的，在下也是因慕名而认识荷先生，一来二往，就熟络了。他留洋回来，生意经确实很先进，在下从他那里也学到了不少东西！"

"哦，原来这样，刚才我去了荷宅，与荷先生聊了许多，荷先生十分推崇浪公子，说浪公子如果加入钱庄股东会，钱庄将前途无量！"

"在下初上道，你们当是在下的前辈，经验丰富，值得在下学习的东西很多呢！"

芒丽珠插言道："浪公子能得红顶商人器重推崇，必定有他的道理，大概你已尽得他中西合璧的生意经，再加上你的天资，只怕很快就会将这些老前辈压得透不过气来，刚才你饮了我们的茶，受人滴水之恩，当涌泉相报，到时可得分岭南镖局一杯羹哟！"

在阳光照耀下，芒丽珠那戏谑的笑容更是迷人至极，矜持中不乏妩媚，高雅中不乏俏皮，这是一种真实的美，不是阳春白雪，亦不是千里璧人。锋浪讪笑道："芒姑娘太看重在下了，在下生意做得如何，还须各位前辈的抬爱，现在这笔生意，就需要芒镖头抬爱了！"

说者有心，当然听者也心领神会，芒镖头亦讪笑道："这不是老夫一人能作主的，老夫还得与丰堡主商量商量，当然也要征得大家意见一致，只要大家意见一致，钱庄才会有前途，浪公子认为是不是？"

说着芒啸站了起来，准备送客。

浪公子当然心里着急，真想大骂对方一个狗血淋头，但依旧哈哈笑道："那是，那是，在下只有耐心等待了！"

"老爸，做生意也有做生意的经验，如果将义气和其他不相干的东西掺得太多，生意将是很难做的！浪公子入股是好事，否则他只需抽取存在钱庄的款项，各客户闻风而动，那钱庄会有什么结局？老爸定然比我们还清楚吧？"

此言一出，芒啸脸色果然一变，转头望了望女儿，又忧戚地望了望锋浪，深叹了一口气，坐了下来，关切地问道："浪公子也想到了这一点？"

锋浪尴尬地笑了笑，道："做生意就是为了赚钱，这种鱼死网破的招式在下还没有想过！"

"老爸，不要把别人当成是傻瓜，你信他的话么？"

说到这里，芒丽珠幽怨地看了看锋浪，锋浪心里猛地一跳，无奈地摊了摊手，表示自己无可奈何。芒丽珠脸上莫名其妙地飞过一片红晕，嗔道："此时你还笑得出来，若无其事稳坐钓鱼台的样儿，本姑娘就知道你准备先礼而后兵，来个一刀不见血瓦解了钱庄，又表示自己是无辜的，而芒镖头和丰堡主是罪魁祸首！钱庄内关系极为复杂，关系着广大客户和官府的利益，若真到了不可归拾的地步，官府定会出面，将祸首正法，以平风波！浪公子，是不是？"

锋浪一愣，心里惊诧不已，他确实想到过鱼死网破，但他没有想那么远，也就是没有想到芒镖头和丰堡主后果的不堪设想。他心里不得不佩服芒丽珠的聪慧，更是感激，见芒丽珠使眼神，立时道："姑娘什么都想透了，在下还有什么好说的，但在下确实没有想那么远！"

此话倒是实话，但芒啸父女听来，却是搪塞之言，在他们眼里，浪公子不是一般的人，是个儒商，很得"红顶商人"的器重，自然想到了这一点。芒啸也深信不疑，沉思了良久，方才道："荷先生已将浪公子的计划告诉了老夫，老夫倒也赞同，但老夫想不透，浪公子为何要那样做？老夫不得不认真考虑考虑，听说浪公子与唐知府也很熟，看来浪公子确已安排好了，大概老夫真的老了，做事想不透，而且患得患失，女儿，此事就由你来做吧！"

"由我来做？老爸，你这是推搪之言？"

芒啸摇了摇头，道："不，由你来做好得多，丰堡主他们也已到了古城，住在凯悦客栈的隔壁，我们待会儿就去见见他们，看他们意见如何？浪公子，你要不要一起去见见？"

锋浪一愣，望了望芒丽珠，芒丽珠不自在起来。脸上再次飞过了一片红晕，将眼睛转到一边去，锋浪笑道："在下还是不掺合好！"

顿了一顿，又道："好啦，茶也喝过了，话也聊得差不多了，现在在下想回房休息一下，就不打扰你们了！"

说完锋浪站起身来，芒啸和芒丽珠也站了起来，芒丽珠望了锋浪一眼，锋浪坦然笑了笑，一语双关地道："芒姑娘，现在大家都看你的了，待会儿见到丰堡主和丰公子，可得想清楚！"

"本姑娘自会想清楚，做出最好的决定，浪公子还是耐心等待吧！"

说完直朝她自己的房间而去，芒啸讪然道："浪公子别见怪，老夫就这样一个宝贝女儿，看来平时被宠坏了，什么事非要按着她的兴致办！"

"哈哈哈……芒镖头有这样的一个女儿，应该引以为豪才是，在下今日一见，确觉得她非同一般，特别在做生意方面，更是出类拔萃，大概是受到芒镖头的影响，在下还真服了你们父女俩！"

说完走出了芒啸的房间，径直回到自己的房间，妙偷手和黑七都回来了，锋浪面罩寒霜，问道："你们的事办得怎么样呢？"

黑七忙道："一切都按大哥的计划办事！"

"什么按计划办事？我现在是问如今小香在哪里，丰一廷和丰凯又怎么样了？"

黑七和妙偷手一愣，双方看了看，妙偷手方才道："丰一廷和丰凯在碰上小香后就分手了，丰一廷带着一批人回到凯悦客栈！而丰凯带着一批人送小香回翠玉楼去了！"

锋浪眉毛一挑，怒道："回翠玉楼？怎么去了翠玉楼？妈的，老子不是说让她千方百计到凯悦客栈来么？去翠玉楼干什么？"

"只因丰一廷一再坚持，丰凯只好……只好……"

"好啦……好啦……看来又是那老家伙在作怪，在路上，老子就应该将那小子杀了一了百了，妈的！现在成了这样，也只好走一步算一步了！"

说到这里，锋浪方才缓过脸色道："你们也尽力了，我知道如果一再坚持，你们演的戏在丰堡主面前也会穿帮的！你们千万要小心，此事一定要保密，除了你们两人，再没有人知道背后主使的人是本公子吧？"

黑七和妙偷手都摇了摇头，妙偷手又补充道："就连翠玉楼的'三朵金花一天香'都以为是我们出的主意，她们并不知道我们是大哥的属下！"

"好啦！如果让她们知道就完了，现在你们去翠玉楼看看！暗中通知小香，无论如何，也要拖住丰凯，让丰凯钻入圈套，知道吗？"

两人见大哥似乎心意不爽，哪敢再多言，赶紧答应了下来，锋浪这才又想到了什么，问道："丰一廷到了古城后，你们通知荷先生没有？"

"已经通知过了，而且丰一廷在进入凯悦客栈之前，便与荷先生照了面，看来荷先生已将我们的意图告诉了丰堡主，丰堡主的态度还不甚明确，说要见了芒镖头再说！"

"好！干得好！你们去吧！"

锋浪见自己的计划正在一步一步地施行，高兴得几乎要跳了起来。两人走后，锋浪果然一人在房中跳来跳去，如同一个小顽童。他长这么大，还从来没有今日这样感到有成就感，只因现在有许多人均在按照他的计划行事，仿佛他是一个长官，而其余的人都是他属下的兵卒，听从他的号令，那种感觉还真是爽快至极！

锋浪正自高兴之际，忽然听到有敲门声，立时一愣，暗道："现在会有什么人前来呢？"

没做亏心事，不怕鬼敲门，锋浪年纪轻轻业已做了很多亏心事，而现在做的亏心事，几乎连天上月老都会生气，为什么？因为他在做并不光彩的第三者，而更利用翠玉楼的美妞当街被马伤，从而将可怜的丰凯拉到了翠玉楼。

大概丰一廷万没料到翠玉楼是妓院，儿子进了妓院，那可是说不清楚。有"三朵金花一天香"眉飞色舞绕着丰凯转，就是他锋浪也招架不住，何况定力很差的红枫堡少堡主呢？

但锋浪还是怕这天衣无缝的计划被不该知道的人知道了，特别是让芒啸父女知道了，那将是弄巧成拙，芒丽珠更是会恼羞成怒的！

第十二章

此时又听到敲门声，锋浪的心口更是七上八下，惴惴不安地上前开门一点点，眯眼一看，果然是芒丽珠。芒丽珠见到锋浪的怪样儿，"噗哧"笑道："看你这样儿，是不是已在高枕无忧了？"

锋浪看到芒丽珠，本是吃惊不小，以为她是上门来找麻烦的，但见芒丽珠的气色很好，对他的态度也非常好，立时放下心来。再睁大眼睛一看，立时心又是猛地一跳，开了房门讶然道："哇，在下刚才还真一时未看出是谁，以为是仙子下凡呢？原来是隔壁的芒姑娘！芒姑娘如此轻描淡写，还真……哎……"

说到这里，锋浪心情突然急沉，脸上露出怅然若失的样儿。芒丽珠本被锋浪赞得轻飘飘的，更是心花怒放，双颊含晕，此时又见锋浪的样儿，听到长吁短叹的声音，立时问道：

"怎么啦？难道哪里不对吗？"

"很好很好，可惜在下……芒姑娘找在下有事吗？"

见锋浪吞吞吐吐，欲言又止的样儿，天资聪慧的芒丽珠立时明白是什么原因引得他这样了，马上脸颊飞过一朵彩霞，露出了少有的忸怩道："难道找浪公子就一定要有事吗？你口中的事都是一大把大把的生意，难道满脑子想的都是怎么才能使银两越赚越多？"

"是啊，我们生意人当然想的是赚钱，谈的当然也是生意！"锋浪傻瓜般接了下去，但看芒丽珠急速下降的神情，立时明白过来，心里暗喜，突然笑嘻嘻地道："但生意人也是人，当然要吃饭睡觉，而且……而且也有感情！"

芒丽珠这才挑眉一颤，忧怨地看了看锋浪，道："本姑娘过来打扰你，是想让你看看本姑娘这一身衣着是否适宜去见客人，无论怎么说，对方也是家父的多年好友，我……我不得不去！"

芒丽珠似乎费了很大的力气，下了很大的决心方才将话说出来，而且平常落落大方的她此时亦不敢看锋浪。锋浪脑袋飞快地转着，终于读懂了芒丽珠微妙的心思，立时心中又升起了一股希望，暗自窃喜，于是道："很好，真的很好，既大方又不失姑娘家的矜持，有女性温柔的一面，又有女强人的风范。作为生意场中的对手，在下一见姑娘，立时就会放弃对抗，而高高兴兴地合作！"

芒丽珠满面含春，溢出一片圣洁的光芒，佯嗔道："你看你，说着说着又扯到生意上去了，难怪你被'红顶商人'推崇，原来是个生意迷！"

想不到生意场中也有粉丝，这还是新鲜的词儿。未等锋浪再说，芒丽珠又嗔道："我专程上门来，是想听意见，而非夸奖！"

说完已是莞尔一笑，这一笑，还真如杨贵妃的回头一瞥，百媚丛生，她的笑媚而不俗，似乎经过专门训练一般。锋浪一愣，摸了摸脖子，嘿嘿笑道："哎，对姑娘来说，夸奖之辞比提意见容易一千倍一万倍，还是等在下想起来再告诉你，好不好？"

芒丽珠"噗哧"地笑了起来，即而道："公子现在看来倒不只是商人，而且是一个能言善辨的滑舌精，我还疑是苏秦张仪复生了呢？"

两人均笑了起来，似乎永远聊不完，突然听到一个稚嫩的女声道："小姐，有完没完呀？"

锋浪探头一看，见是一位女婢，正向这边叫嚷，于是抬头道："是你带来的丫头？"

他两人此时不止面对面，而且很近，锋浪能嗅到芒丽珠身上散发出来的幽幽香气，芒丽珠亦能嗅到男子汉的刚烈气息，顿时两人如同对饮了几杯美酒，都有醉在此中不回首的感觉。好久没有言语，最后还是芒丽珠幽幽地道："没办法，我去去很快就会回来的，到时我们接着再聊，你可别溜掉呀？"

说完婷婷跑了过去，只留下一缕缕幽幽香气，锋浪贪婪地猛吸了几口，方才道："假作真来真亦假，妈的，现在居然将我自己也拉进了圈套，好象指挥作贼的将军，看着战场上打得热火朝天，也不由自主地冲进去将指挥刀当刺刀用了！"

锋浪想不到有这样"糟糕"的结果，简直比自己预想的还是"糟"，因为他开始只想施用美男计，离间丰一廷与芒啸两人的关系，再将芒丽珠甩到一边去，这样也对得起可可、妮娜和铃铃，但从见到芒丽珠那一刻起就有些不对劲了，而且这种不对劲一直延伸了下来。

结果虽然一样，但实质并不一样，因为芒丽珠并不是他想象的那样，自己也不是自己想象的那样，两个不一样导致了演戏演着就成了真的。

　　就如男女主角明明知道是在演爱情戏剧，戏结束后，爱情也结束了。但太投入的男女主角并没有因戏的结束而结束，于是自然而然产生了绯闻。锋浪以前很憎恨闹绯闻的戏子，觉得他们的行动太不可理喻，太没有职业情操，有时想到气愤处还会骂几句。现在他才深深的体会到那种不能结束的痛苦，他简直也要骂自己是"他妈的浑蛋"了。

　　"妈的，我怎么这样花心？千万不能花心！可可的眼泪，妮娜的利剑，还有铃铃那倾国倾城的一吻一笑，天哪！花心的我怎么可以不花心呢？"

　　锋浪倒在床榻上胡思乱想，居然睡着了。忽然被一阵大吵大闹的声音吵醒了，立时睁开眼睛，身子未动，就骂了起来："是谁这么没规没矩的，居然在这豪华的地方大吵大闹，简直就是毫无素质！"

　　慢悠悠地站了起来，拍了拍自己有脑袋，突听得一个女人的声音破口叫道："撞倒了我翠玉楼的姑娘，又占了姑娘们的便宜，老娘要诈你的钱财，你活该！还要想讨价还价么？"

　　锋浪一愣，暗忖道："这破嗓子女人不是翠玉楼的老鸨么？她怎么到凯悦客栈来了？还在这里大吵大闹的，这不是太不像话么？"

　　嘴里虽然如此说着，但心里却高兴无比，又听得两人低声说话，倒是听不清楚。老鸨的破嗓音再次大叫道："谁坑你了，我们古城人是天下出了名的有礼好客之人，哪里坑了你？嗨，你们北方人不是说很豪爽么？依老娘看——豪爽个屁！小子，老娘问你，你撞了我翠玉楼的姑娘是不是？"

　　又听得一人小声说了一句，应该是丰凯的声音。接着老鸨又大声道："你送小香回翠玉楼，没错！但你小子色胆包天，人家受了伤，你居然还要她陪你，你还有没有人性？"

　　显然丰凯又说了一句，更是低声，锋浪根本就听不见了。老鸨的声音又震了过来："什么？是她引诱你？大家听听，翠玉楼的姑娘会引诱他？你们说说，这小子说话像话吗？"

　　此时又传来大笑声，显然外面聚集了很多人，无论有钱人，没钱人，都是喜欢看热闹的，只是有钱人有有钱人的热闹，没钱人有没钱人的热闹，各不相同，但又各有情趣。

又听到了芒啸的声音："好啦，老板娘，这也不是什么大不了的事，你开个价吧？"

"哈哈哈……这位大爷倒是爽快明理之人，用钱消灾，自然而然的事，坑你没商量，一口价！千两银子，怎么样？对你们大富豪来说，可是九牛一毛！"

锋浪在房里也一惊，骂道："与姑娘睡一觉，就要千两银子，你以为小香是公主贵妃？这么要价！"想了想，又戏谑地笑了笑，自嘲道："这老板娘还真厉害，居然闹到了凯悦客栈，而且为翠玉楼搞宣传，看她那母老虎的架势，只怕还真吃定红枫堡了！"

红枫堡此时当然是有武不能用，有理说不清，自认倒霉了，只好用千两银子买个善终。外面的声音也小了许多，看来双方就此罢休了。锋浪在房内嘿嘿干笑骂道："这老鸨还真是又黑又贪，如果没有甜头，打断她的腿她也不会到凯悦客栈来大吵大闹，虽然是邻居，但跑到别人场子中来讨银子，别人还能吉祥生财么？"

这次风波一过，只怕芒啸与丰一廷的友情也要大打折扣了，而双方的婚姻大事百分之百的化为泡影，而这一切，全是令芒丽珠颇有好感的锋浪浪公子一手策划而出，老天还真是无眼。

锋浪打着口哨一边洗脸一边嗽口，刚刚整理停当，就听门开的声音，妙偷手和黑七窜了进来，锋浪努了努嘴，黑七立即关上了房门。锋浪抑止不住心中的喜悦，跳了起来，说道："兄弟们，我们成功了！"

妙偷手和黑七见大哥如此欣喜，也跟着兴奋了起来，黑七道："大哥，这全是你英明！"

"错，并非本教主英明，只能说本教主掷了一把好骰，而各位兄弟呢，功劳才是最大的！叫翠玉楼的老鸨到凯悦客栈来又吵又闹，难道是你们的主意不成？"

妙偷手和黑七相互看了看，妙偷手忐忑不安地道："不是我们的主意，而是小香被我们一吓，只有自己找主意，定是她与老鸨商量的，小香并不知道我们的来历，也不知道是大哥在后面出谋划策，她们可是有钱赚就不择手段！"

锋浪安静了下来，眉毛一挑，严肃地道："你们再想想，小香和老鸨果真不知你们的来历？"

两人神色一变，又细细想了想，方才肯定道："不错，纵然丰一廷要为难翠玉楼，也轮不到我们身上，更轮不到大哥身上，大哥放心好啦！"

"不……丰一廷是红枫堡的堡主，黑白两道都有门路，今日在古城闹得灰头灰脸的，他定然耿耿于怀，虽然从翠玉楼找不到线索，但我们的人刚被打伤，接着小香又被马撞，两者之间不是巧合，定然有联系，而且确实有联系！"

顿了一顿，又道："而妙偷手、本教主及金圣教一帮弟子都与红枫堡众崽子照了面，他们要查起来很容易。黑七，你去告诉属下兄弟们，这几日就关着门玩，不要到大街上胡闹，明白吗？"转而又若有所思："麻烦公子、兰陵笑笑生、恭长老、可可、铃铃，嗯，恭长老……"

锋浪说到这里，抬头见黑七还站在那里，问道："此事越早通知越好，你还愣在这里干什么？今日诈来的银子，就让你们这几日用，行了吧？"

黑七一愣，慌忙答应转身出门而去。妙偷手关心地道："大哥，你又在想什么？这件事已是天衣无缝了，你大可放心！"

"我的兄弟呀，这件事如果有一点点缝，能让别人补么？现在大哥就是在想，有没有缝？尽快自己补，补得越早越好！妙偷手，这两日你劳累一下，去刺探一下丐帮的恭长老，看他有何动静？与什么人来往？他目前正在查丐帮分坛之事，而且还有琼楼中人找过他，你不要露脸，明白吗？"

妙偷手本就聪明伶俐，立时明白了过来，默默出门去了。锋浪这才放了心，又唠叨道："可可乃玉阁中人，但铃铃……铃铃呢？她是什么人？妮娜、花婆婆……花婆婆又在荷宅中干什么呢？"

想到这里，锋浪一震，又自语道："不可能，这怎么可能呢？"说到这里，脸上有些愤恨之色，气哼哼地道："不管你是谁，就是天王老子，如果挡住本少爷的路，本少爷也要将你推开！"

说着脸上浮现出阴险的笑容，锋浪又唠叨道："铃铃会武功，只是本公子不知深浅，她知道了金圣教教主就是浪公子，现在又知道兰陵笑笑生也即浪公子，很快……大概已知道我是金闲庄……曾经是少庄主！她已经知道了很多关于本公子的事，为什么偏偏她知道的很多？比可可知道的还多，她到底是谁？……"

锋浪利用他独特的点连线，线织网，以扩大思维方式，如同鱼网网鱼一样，将铃铃提了上来，左看右看，横想纵想，心里立时沉重了起来，暗道："不好，我叫她照顾可可，而可可是玉阁中人，如果她要加害于可可，可可岂不是有难？"

锋浪想到这里，脸色都变了，铃铃虽然与他发生过最亲密的关系，而可可没有，但他却更关心可可，相信可可，而怀疑铃铃！锋浪脸上都溢出了汗珠，气色更是难看。哪里还沉得住气？披了一件黑披风，风风火火就要出门。

但刚走到门边，他又刹住了脚步，暗忖道："不行，钱庄之事……我还得见见丰一廷父子，但此时他们心情不好，当然无心谈及钱庄之事，更无心情待客！"

锋浪走到床边，又走到门口，突然暗骂道："如果铃铃敢胆大包天狠心伤了可可，老子非斩了她不可！哼，老子身边缺少的不是美女……哎，如果可可真有个三长两短，老子恐怕真要抱憾终身了！钱可以再赚，但可可却不能缺少！"

锋浪来来去去不知在房中走了几个来来回回，如同热锅上的蚂蚁，突然大叫道："可可待我那样，我……我不能没有可可……"

说到这里，锋浪又走到门边，猛地拉开了房门，一股冷风从房外吹了进来，寒得他直打哆嗦，一直冷到了心里，灵魂深处。锋浪紧了紧黑披风，走出房间，刚踏出两步，忽听得侧面有轻微的脚步声传了过来，锋浪以为是芒丽珠，心中又是惊喜，又是一阵为难。

转头而视，却见到了丰一廷在芒啸的陪同下正向这边而来，锋浪心里一沉，暗忖道："难道露馅了？怎么可能呢？"

锋浪只好站住了身形，向着二人含笑道："芒镖头，这位……这位难道就是红枫堡丰堡主么？"

锋浪其实已与丰一廷见过一面，而且骗了他许多银子，此时他是以浪公子的身份会见丰一廷，丰一廷根本就看不出来，而且他也不会疑心自己的生意伙伴正是令他难堪万分的那个臭小子。

"浪公子，这位正是丰堡主，丰堡主听说浪公子就住在隔壁，想见见公子，浪公子这身打扮，难不成是准备出门有事？"

锋浪向丰一廷点头含笑，道："也没有什么大不了的事情，整日闷在房间里也不是办法，刚才在下想去探望丰堡主，但又一想，这样未免有些冒昧，正不知怎么做才好，万料不到丰堡主会屈尊来看望晚辈，晚辈心里委实不安，两位前辈不会见怪吧？"

丰一廷见锋浪性格开朗，也很好接近，于是呵呵笑道："浪公子果是人中之龙，并不亚于荷先生讲述的那样，现在老夫和芒镖头想和你聊聊，不知公子方不方便？"

丰一廷来古城虽然不顺心，但此时还是强作欢颜，锋浪见之，心里倒有些觉得自己做得有些过火，应该给以补偿，现在老前辈主动来见他，他又如何好拒绝呢？只好强压住心头之事，笑呵呵地道："在下当是求之不得，我们就到前面的包厢中，点几样菜，温一壶酒，边吃边聊如何？"

丰一廷看了看芒啸，芒啸道："好主意，丰兄，我们也好久没有在一起喝酒了，今日就痛痛快快地喝一杯，只不知浪公子酒量如何？"

锋浪倒也喜欢喝酒，但上次喝醉了，差点就不见了天日，这次当然不敢再喝过多，于是有所保留地道："马马虎虎，但还可以为两位老前辈助兴！"

说到这里，锋浪故作诧异地道："咦，怎么不见丰公子和芒小姐？何不来个大团圆？"

芒啸见丰一廷为难的样儿，忙道："古城风景不错，他们又很久没有来，故一道出去观景了，他们喝酒又不行，上了酒桌只会扫兴。"

锋浪琢磨了芒啸的话，没有结果，也就不再想，爽快地道："好，在下幸运至极，能在古城陪两位前辈同席畅饮，简直受宠若惊，两位前辈先请！"

暂时放下可可危急之事的锋浪，心里有一种忐忑的兴奋，因为两位前辈主动来找他，饮酒瞎聊是幌子，而谈聚宝钱庄的事才是正理。

后面豪华客房处在雅致幽香的花园之间，当是休息的好地方；而在前面的酒楼，则是娱乐城，里面灯红酒绿，欢声笑语，更有悦耳的音乐之声，确是一个纸醉金迷的好地方。

钱少的人在大厅吃喝玩乐，而钱多的人则进包厢，寻得一处属于自己的空间。在这里，可以干自己想干的事，而且包厢内舒服至极，温暖如沐煦日春风，酥软如凝脂玉膏，难怪在这种地方，会令人昏昏迷迷，加上暗淡的灯光，如置身于梦幻之中，在这里可以召陪酒女郎，尽情嬉戏。大概这就是价格虽高，仍有很多富贾热衷包厢的主要因素。

钱这玩意儿，赚来赚去总是要花，而吃喝玩乐是最舒服开心的事情，花钱买开心享受，何乐而不为？

不止是锋浪这样年青一辈的富豪热衷于这种神秘而令人刺激的地方——包厢，就是像芒啸和丰一廷这样的前辈也很热衷。

因为很多生意都是在包厢里成交的，想认识的商场朋友也是在这里结识的，不好说出口的话在此地三杯酒下肚后，也就酒壮英雄胆地说了出来。总之，包厢因生意人而产生，因生意人而存在，也是因生意人而兴旺！

包厢如果是人，当是很到位的青楼女子！

包厢如果是物，当是很迷人的捆扎银票！

凯悦客栈的领班见到三位大老板、老主顾来到这个地方，立时脸上笑开了一朵花，如同见到又有一大笔"哗哗"的银票上了账，连忙走上前，亲自为三人服务。锋浪潇洒自如，如同抛金掷玉的样儿，向那领班道：

"还有上等的包厢吗？"

领班查了查账目，喜道："刚好为三位留了一间！"说着就领着三人向包厢而去。

三人进了包厢，锋浪一副作东的样儿道："两位前辈要饮什么酒，吃什么样的菜，只管吩咐就行了，今日两位前辈使在下脸面贴金，这顿酒席就当在下向两位前辈道谢致敬！"

芒啸和丰一廷假惺惺地客气了一番，方才认为锋浪说得对，客随主便，点了最好的酒菜，让那登记菜名和酒名的服务员从开始畅笑到最后。

锋浪虽然有些心痛，但也舒畅至极，点好酒好菜，给两位前辈脸上贴了金，也为锋浪自己脸上贴了金，大概这就叫用钱贴成的面子吧！

领班见三人出手阔绰，而且这个作东的年青人更是将钱不当钱在花，立时上前问道："公子爷，为你们召几位陪酒女郎可好？"

这句问话也特别有专业性，不问要不要，而是问"召几位"，前者是逼迫客人作痛苦的选择，"要"还是"不要"，而后者是十分委婉地提出建议，供客人参考，没有逼迫感，也就没有了痛苦，且"召几位"的基础就是召陪酒女郎，退却也是有限的退却！锋浪心里将领班狠狠地骂了一遍，方才笑道："就先来三位吧，如果不够，还可以再召！"

这小子在青楼混得滑嘴滑舌，在这种场合下，当然不由自主露了出来，不止老到，而且十分幽默，居然将应召女郎当成了桌上的美酒佳肴，而且声明不够还可以再召。

那领班笑着踏步就准备离去，丰一廷突然摆手道："就召两位吧，今日老夫没有兴致！"

说到这里，大概想到了倒霉的儿子身上，因青楼女子吃了大亏，丢足了面子，而且一点脾气也没有。芒啸望着假装茫然不解的锋浪，忙打圆场道："公子不用召了，今日我们都没有兴致，我们找公子到此饮酒，是有要事相商，不方便让局外人听见！公子不会感到扫兴吧？"

锋浪想到说话的是芒丽珠父亲，如果自己召陪酒女郎，岂不与丰凯是一丘之貉？立时条件反射一般呵呵笑道："其实在下也没有那爱好，第一次召陪酒女郎，心里倒也怪怪的!"

　　很快,便有几名服务员把美酒佳肴端上。领班料不到已到口袋中的银子又立时被对方掏了回去,离开时还特意看了丰一廷一眼,心里显然恨透了这老东西。丰一廷道:"浪公子真没有那方面的嗜好?哎……像浪公子这样的年青人不多了,而且浪公子生意也做得好,真是难得……难得呀……"

　　说着丰一廷就开始喝酒了,神色很是颓丧,锋浪猫哭老鼠,假慈悲地道:"丰堡主太抬举在下了,听说丰公子……"

　　芒啸担心他提到丰凯,想不到他果然故意提了出来,立时阻止道:"别说那么多话了,来来……为我们不远千里,有幸到此同席而饮干上一杯!"

　　锋浪当然明白芒啸的意思,也就适时而止,闭上了鸟嘴,举杯响应。三人"当"的一声将酒杯碰到了一处,均一饮而尽,场面气氛又才恢复到初始的那样浓烈,不过,多了一缕浓浓的酒香,佳肴之香,萦绕在包厢中,久久不能散去。

　　"浪公子,今日老夫邀你来此,想来你也相当清楚了,老夫已向荷先生坦明要退出聚宝钱庄,抽资出股,而荷先生向老夫推荐的买家的正是浪公子,今日又见浪公子之风范,老夫就决定将股份转给浪公子,让浪公子来重新振兴钱庄,重现钱庄昔日之辉煌!但老夫出股并不影响另外三位,也就是不必重新盘点钱庄的资产,不再重新分配股份,而以市值直接过户到浪公子头上,这对浪公子来说确实有些为难,故老夫要亲自探问一下浪公子的意见!"

　　丰一廷停止了饮酒,只怕此时对他来说,酒已经无味,而钱才是有味的。双眼烁烁地瞪着锋浪,而芒啸也望向锋浪,说道:"这也是老夫的意见,老夫本想建议丰兄不要退出,但他意志坚决,老夫也就只好顺其自然,而且浪公子开出的条件很合适,故老夫不再坚持了!"

　　锋浪在心里骂道:"这两个老家伙还真是吃人肉不吐骨头,嘴上称赞不断,而心里只怕在骂本少爷为大笨蛋,哼!老子就索性做一回笨蛋吧!"

　　想到这里,锋浪强压住胸中的愤怒,道:"在下想参与聚宝钱庄的事务,也是抱着试一试的想法,而且确想重振聚宝钱庄的声誉,当然并不一定要购买丰堡主的股份,官府的股份也可以嘛?但想到官府的事,谁也说不清,还是生意人来的又快又爽。现在丰堡主要变卖股份,在下当然心动啰!何况两位对在下如此看重,在下当然求之不得!你们是庄家,而在下是闲家,由庄家说了算!"

　　说完这些累人的话,锋浪方才又为两人斟满了酒,强压下心头层层而涌的喜悦道："为我们共同赚钱而干杯！"

芒啸和丰一廷虽然各怀心事，但均是有赚无亏，当然立即举起杯来，与锋浪这傻蛋碰杯一饮而尽，三人都哈哈大笑了起来。丰一廷说出了话，办完了事，心中窃喜，就想早点离开这鬼地方，便借口说道："芒兄、浪公子，今日老夫身体不爽，不能饮酒过多，而且奔波了一天，十分疲劳，想早早回房歇息，在此老夫就先行失陪了，下次再陪二位痛痛快快地大醉一次，怎么样？"

说着，丰一廷已站了起来，锋浪一愣，跟着芒啸也如木头一般站了起来，芒啸见锋浪样儿，忙打圆场道："人老了，就经不起累，丰堡主一路奔波到了古城，又为生意事而操劳，想必浪公子能够谅解他的苦衷吧？"

锋浪呵呵笑道："当然，在下当然能够谅解，那我们就先送丰堡主回去再来喝，如何？"

想不到锋浪拍马屁简直成了精，此时他确实十分理解丰一廷的心情，若他也不能理解，那还有谁理解呢？哈哈哈……想到这些锋浪就想笑。丰一廷听了，心情好受了许多，立即阻道：

"大家都是朋友，不必这样客气，你们继续喝，浪公子，陪芒镖头的事你担着啦！"

说完丰一廷走出了包厢，锋浪心中呐呐地道："我担着？当然由我担着，我们已是伙伴了呢，或者将来还不知闹成什么样子……嘿嘿，即使全担着！浪公子也是十分乐意，哈哈哈……"

芒啸见锋浪那古怪的神色，以为他心里有些不高兴，何况此时也就他二人，于是道："浪公子是不是因为丰堡主匆匆离去而心里不快？哎……倒也不怪他，谁知他一到古城就连触霉头呢？……"

说着，芒啸便将丰一廷被人诈了钱财，后又因"香女事件"大丢面子的事情和盘说了出来，锋浪装出一副浑然不知的惊讶样儿道："竟然有这种事？我怎么一点都不知晓……噢，当时在下正在睡大觉呢！"

芒啸当然不会怀疑到锋浪头上，因此对锋浪的反应并不感到惊讶，因为他开始听到这些事时也是惊讶万分呢！锋浪又假装十分气愤的样儿为老前辈斟了一杯酒，而自己也一饮而尽，气愤道："太没道理了，丰公子……哎……丰公子只怕也受了打击？"

这话可有多层意思，芒啸立时也理解出来，叹道："这不是么？闹得都灰头灰脸的，一桩美满的姻缘由此搁了下来，而且弄得我们朋友关系也疙疙瘩瘩的！哎，我也是左右为难啊！明明知道丰凯这小子是被人坑了，但无论怎么说他是去了翠玉楼那种肮脏地方，男人去那地方也正常，豪家公子去那里乐乐更平常，但这事儿，哎……不是那回事，也有了一点事！”

芒啸边说边饮酒边叹气，而锋浪呢？也是边斟边饮边听边摇头，像跟屁虫一样失神叹气，好象那件事就发生在他身上一样。良久，芒啸又道：

“你知道，丽珠是什么样的人，她有自己的见解和性子，而且有些东西看不开，丰凯捅了这样大的娄子，这姻缘还谈得起来吗？看来不可能了！”

芒丽珠是什么样的人，芒啸知道锋浪很清楚。此时，几杯酒下肚，两人如爷儿俩一样亲密知心，出口就是你知道，我知道！果然，锋浪深有感触地道：“我知道，芒姑娘虽然知书达理，又善解人意，以大局为重，但丰公子发生这样的事她是难以释怀的！既使夫妇间都难以说清，何况他们……他们才刚刚开始，哎……”

锋浪说到这里，也长吁短叹了起来。好像是他被人坑了一般，而非丰凯。

“现在让丰公子和芒姑娘单独在一起，出去走走，散散心，说不定会好一些，芒姑娘积压在心里的怨气也会慢慢消去的，这门……”

锋浪对这件事从开始到现在一直耿耿于怀，此时趁着时机和酒兴终于说了出来，而芒啸未等锋浪说完，已口吐酒气哈哈大笑道：

“浪公子，你怎么这样相信老夫的话？那是老夫搪塞之词，以免当时丰堡主勉强，老夫也难堪。发生了这样的事，丽珠……会陪他去散散心吗？”

锋浪七上八下的心立时“哐咣”一声落了下来，乍喜欲忍道：“芒镖头，你原来在骗在下？”

“哈哈哈……老夫也没有办法啊！现在丽珠正在房中生闷气呢。这孩子，只要不快乐，有什么心事，就不声不响呆在房中自己想，想不通也不吭声，想通了也不说一声。哎，老夫只有这么一个宝贝女儿，没辙儿啦！”

锋浪简直不敢相信自己的耳朵，十分关心地问道：“你说芒姑娘现在在房中生闷气？没有出去……”

见锋浪那样儿，芒啸立时一愣，将锋浪认真地看了看，仿佛不认识一样。锋浪见芒啸瞪着大眼古怪的神情，方才发现自己已半站了起来，而且身子斜到了席中间，仿佛要横爬过去一般。那样儿说有多逗人就有多逗人。

锋浪立时感到脸上一阵热烫，讪笑道：“我……我……哈哈哈……哈哈哈……

芒镖头，来，我们再喝！"

芒啸一愣之后，也醒悟了过来，没有说什么，脸上也堆满了笑容，站起身来，与锋浪"当"的一声碰杯，一饮而尽，坐下后道："今日与浪公子一道喝酒，老夫一样兴致很浓！"

锋浪脸上发烫，但心里却明亮至极，听了芒啸的话，认真捉摸了一下，觉得他的话有味儿，而且味儿还很深呢！于是呵呵笑道："哈哈哈……在下也是，大概酒中同缘吧？如果这次协议能谈成，以后我们一同打理钱庄事务，一道喝酒的机会还多着呢！芒镖头，你说是不是？"

"是，那倒是……嗨，如果达不成，是不是就没有机会在一起喝酒呢？浪公子是不是在威胁老夫？"

见芒啸瞪着如铜铃般的大眼，满脸酒气，十分凶猛，锋浪一愣，还没有反应过来，芒啸又突然哈哈大笑了起来，锋浪也跟着大笑了起来。

"浪公子，刚才老夫是说笑的。嗨，老夫酒一下肚，就什么话也说得出来，什么礼节也不讲了，桌前是朋友，酒中是兄弟，酒后就是哥们啦！"

说完又朗笑了起来，整个包厢仿佛也在颤抖，锋浪当然陪着在傻笑。

"芒镖头，在下可不敢与你兄弟哥们相称，否则，若让芒姑娘知道了，到时责怪起在下来，到时只怕十分难受了！"

"喝，好受不好受，那可是你的事……"

芒啸语音刚落，包厢的门突然被"砰"地一推，锋浪心中有鬼，条件反射地狠狠一屁股坐向凳子，本来他是正面对着门口，而在坐下的一刹那间，他的身子已背向着门口了，反坐在凳子上，滑稽至极。

领班诚惶诚恐地跟在芒丽珠后面，走了进来，芒丽珠望着半醒半醉的两人，脸色很不友善，话也没有一句，只是那样冷冷地看着。

"两位爷，这位姑娘说来找两位爷，在下拦也拦不住，差点还被她……"

领班说到这里，本能地摸着自己的脸，锋浪不知是喜还是惶恐，暗忖道："这下可糟糕了，又是一个母夜叉，本少爷碰上的女人怎么……"

芒啸慌忙站了起来，走到芒丽珠面前轻声道："女儿，你……你怎么到这地方来了？"

芒丽珠突然缓和了脸色，柔声道："女儿怕老爸喝醉了，分不出东南西北，回不了房内！"

"哈哈哈……原来是这事，但老爸能喝醉吗？"

锋浪蹑手蹑脚地走到一边，向领班挥了挥手，领班知趣地离开了。芒丽珠此时倒是笑不出来，只是强压住心中的忧怨，皱了皱眉头，道："你喝酒一向没有分寸，女儿又怎么能放心？老爸，我们回去吧！"

"嘿嘿，老爸和浪公子喝得正高兴呢，女儿啦，老爸知道你心里不好受，但老爸心里也不好受呀，酒可以解愁、除烦，你就先回去吧，让老爸再与浪公子喝一会儿！"

他说着将锋浪拉了过来，呵呵笑道："女儿，浪公子不但会做生意，而且酒量也不错，你知道不知道，刚才一说到你，他居然站了起来……那样儿……还真将老爸吓了一跳呢……哈哈哈……"

芒啸话未说完，又大笑了起来，芒丽珠顿时脸上羞红，看向锋浪，正好锋浪也向她望来，四目相对，两人几乎齐声道："他喝醉了……他在乱说……"

即而两人均是一愣，又匆匆分开了眼光，包厢里一时只剩下芒啸的笑声。锋浪心里如在打鼓，悄悄地又望向芒丽珠，他真想上前去抱住对方，说出心里想说的话，但又努力控制着酒性之刺激，忖道："等待，只有等待才有收获，这女人不同……"

芒丽珠良久方才转头轻责道："你怎么也在这里？跟着他们一起胡闹？"

话刚落音，芒丽珠方才觉得自己说得有点不可思议，对方是自己什么人？只不过初次相识，立时脸上一红，补充道："浪公子很有才情，生意上也有奔头，浪费在这里我认为很可惜！而老爸他们的年纪已经大了，算是功成身退，以酒度日！"

"女儿，你怎么老是喜欢教训人？老爸还硬朗得很，更有奔头！有才情！怎么可以算功成身退？现在浪公子不只是我酒中兄弟，更是生意场中的朋友，我要与他并肩儿上！"

芒啸大概是一个性情中人，在酒精的作用下，话语立时涛涛不绝，忽然他如小孩调皮般道："女儿，以前你喜欢老爸，因为老爸是你最亲近的人；但今日不同了，你居然只教训浪公子，而不教训老爸，是不是有点问题？"

芒丽珠顿时羞红了俏脸，娇嗔道："老爸，你在说什么酒话？而且在外人面前这样说，难道不怕浪公子笑话吗？"

锋浪此时乐开了怀，笑嘻嘻地道："我不会笑话！"

见锋浪那贼兮兮的眼神，此时又加上一丝醉意，浓情喷洒而出，芒丽珠立时娇嗔道："你……你……浪公子只怕也在胡说八道了！"

见芒丽珠两面为难的样儿，芒啸和锋浪又笑了起来，欲要再饮酒，芒丽珠岂肯依着他们的臭性子乱来？拉着芒啸就走。

三人出了包厢，锋浪在花园的圆形门口经微风一吹，立时酒醒了许多，知道自己还有很多事要做，立时向芒啸父女告辞道："芒镖头、芒姑娘，在下还有事要做，就此告辞吧。芒姑娘，可要扶好你父亲哟！"

"哈哈哈……小子，你是不是欺负我老啦？"

"芒镖头，在下哪敢？何况有芒姑娘在此哩！"

说着向芒丽珠别有深意地望了一眼，而此时芒丽珠亦关心地望着他，见他那神情，不由自主皱了皱眉头，忧虑地道："浪公子，此时你只怕也有些醉意了，还是不要外出为妙。"

"哈哈哈……在下还行，谢谢姑娘的关心！"

"是啊！你如果关心老爸，就送老爸回去；如果关心浪公子，就丢下老爸，跟去好啦！老爸不会生气了，哎……女大不中留啊！"

芒丽珠一再被父亲取笑，以为父亲看出了自己的心思，又是一阵羞赧。但对方是老爸，她是一点办法也没有，只是申辩道："老爸，你在胡说些什么？女儿对你怎么样，你难道还不明白吗？女儿一辈子也不会离开你的！"

"呵呵，是吗？那就好，那就好……"

说着说着芒啸有些黯然神伤，对着锋浪道："浪公子，看见了吧？我这女儿是个好女儿吧？"

那样儿，仿佛在向锋浪推销他女儿一样，芒丽珠连连皱眉，羞怒无比。锋浪知道芒丽珠比较矜持，倒不敢放浪，亦假装彬彬有礼的君子道："有其父必有其女，芒姑娘，咱们明天见！"

说完锋浪向凯悦客栈外面掠去，芒丽珠深情地望着锋浪迅速消逝的背影，呐呐地道："明天见！"

"女儿啦，你看浪公子这人怎么样？"

芒啸倒放低了声音，关心地对女儿说着，顿了一顿，又若有所思地道："浪公子似乎不是单纯的生意人，只怕也是武林中人，而且武功不差。他一直不说他的身世、来历，神神秘秘的，城府深着啦，你可要小心些！"

"老爸，你什么时候学会了老妇人那一套？人前说好话，人后说坏话！这哪像一个镖头的风范？他与女儿能有什么关系？倒是老爸你，现在他是在与你做生意，与你交往，小心的人应该是你！"

说完，芒丽珠扶着芒啸向客房走去，芒啸倒好半天没有说话，突然莫名其妙地叹了叹气，看来丰凯今日出的事，他还是耿耿于怀的。虽然喝了些酒，只怕不但不会忘记，反而记得更清！

芒丽珠仿佛没有听到父亲的叹息，只扶着父亲向前走去，而脸上布满了莫名其妙，难以读懂的思绪。

"女儿啦！你将自己关在房内，想好没有？"

"嗯，想好了……老爸，你少管女儿的事了，女儿长大了，有自己的主见。对女儿的终生……终于大事，能不能让女儿自己作主？"

芒丽珠此时倒有些埋怨父亲，仿佛与丰堡主家族联姻是他一手策划的坏点子，凭空增添许多烦恼。芒啸愣愣地看着女儿，又深深地叹了一口气，道："你是老爸唯一的女儿，是老爸的希望，老爸一直没有自作主张，只是穿针引线嘛！"

"老爸，对不起，女儿不应该生你的气，女儿也知道你心里很苦。但刚才你怎么可以在浪公子……浪公子面前乱说？以后见面多难为情！"

芒啸听了女儿的话，方才知道女儿在为此生气，于是戏谑道："你是公主，老爸当然要不停穿针引线，让女儿选个理想的夫君……"

"你看你，又在乱说了，也不怕女儿选花了眼，选昏了头！只怕千选万选，最后选了一个瘪罐！"

说到这里，芒丽珠居然妩媚而娇嗲地笑了笑，那抿嘴一笑，在夜色中迷人可爱至极。当然芒啸也笑了起来。

而这一切全让在花丛后面的丰一廷看在眼里，隐隐约约听在耳中，脸色难看至极。

……

锋浪在夜色的掩映下，如风驰电掣一般向翠玉楼奔了过去。万幸翠玉楼离凯悦客栈很近，而且是处十分繁华的地方，此时的他忘了戴面具，危险也小得多。锋浪到了翠玉楼，径直穿过大堂，走入后院，见铃铃那座雅舍内亮着灯，方才长舒了一口气，放慢了脚步。

但越接近雅舍，锋浪就越觉得脚步沉重无比，心里在一个劲地喊道："可可，我来看你了，你可千万别……"

到了门口，锋浪"砰"地一声推开了房门，吓得房内之人"啊"地叫了起来。锋浪看到可可正坐在临窗的古筝旁，而铃铃则站在一边，这才真正长舒了一口气，未等惊诧的二女说话，就自个儿笑嚷道："啊哟……真让本公子担心的差点要命！"

两女均不解地问道："担心？担心什么……"

"哈哈哈……担心别人将两位如花似玉的美人抢走了，那本公子又如何个活法？"

可可脸上绯红，清纯而可爱的美目望着锋浪，问道："你在胡说什么？谁敢来抢……抢我们？"

而铃铃毕竟是在胭脂红尘中滚爬过来的，立时镇定了下来，妩媚地走到锋浪身边，抱着锋浪的右臂娇嗲地道："要抢只怕不是来抢贱妾，而是抢可可小姑娘，公子风风火火来此，定是怕贱妾将他的小美人卖到青楼中去了，对不对？……"

未等锋浪说话，铃铃又哀伤地道："想不到铃铃在公子的眼中和心里是个凶残狠毒的女人，而且不及可可的千分之一，万分之一！"

锋浪沉静了下来，皱眉道："你胡说些什么？我可没有说你是个凶残狠毒的女人，我是怕你们争相吃醋，可可比你小，江湖经验少，被你欺负。倒是你们怎么……怎么这样亲切？"

两女如此和睦，他是万万没有料到的，心里简直忘记高兴了。铃铃此时怎肯放过他，娇媚地抬脸问道："如果贱妾真的欺负了可可，那公子……公子是不是要将贱妾斩首示众？"

"哈哈哈……哈哈哈……那不可能……哈哈哈……"

锋浪此时只有打哈哈，嗅到铃铃身上的香气，又见她娇媚性感的样儿，真想狠狠地抱着吻个痛快，但他强压着阵阵冲动，努力控制酒精刺激的心绪。

可可此时倒是娇羞无语地看着二人，一点没有嫉忌，只是轻轻道："看你们，像什么样儿，要说就到一边说去，别把我也牵连上！"

即而向锋浪嗔道："别以为我在铃铃姐这里，就不生你的气了，其实一看到你，我心里就生气！刚才说的话，全是骗人的，你那张乌鸦嘴谁不知道？"

锋浪见可可口中说生气，其实眼中已淡了许多，他不知铃铃靠什么魔法将可可稳住的，于是惊喜而惴惴惶恐地道："可可……你叫她铃铃姐？你知不知道她比狐狸精狡猾？是不是她给你灌了迷魂汤，你才与她姐妹相称的？"

话虽如此说，但锋浪眼里满是笑意，满是柔情。可可啐语道："铃铃姐是好人，只有你才是狐狸精!"

"哈哈哈……本公子是狐狸精,对!狐狸精,不但迷住了铃铃,还迷住了一个小仙女!"笑着说着向可可走了过去。可可见锋浪那老虎想吃羊羔的样儿,又嗅到从他嘴里散发出来的酒气,立时站了起来,惊惶地道:"你想干什么……你可别乱来!"

见二人样子,铃铃倒银铃般笑了起来,也不劝说,只颤着娇躯在那里"咯咯"发笑,笑声震荡着雅舍,酒气香馥在雅舍内萦绕着。锋浪心里好笑,假装不敢过去,站在当地,可怜巴巴地道:"好,我不动,可可……那你过来,我……现在又淹在水里,快不行了!"

铃铃当然不明白台词后面的东西,可可心里慌乱至极,羞、怒、怨、怕,不知心里到底还有什么,只是站在那里,背靠着古筝,说道:"你不要耍花招,现在我可学聪明了,不会再上你的当,你别想……别想我再来救你!"

说到这里,可可脸上一片羞红,铃铃立时明白其中的妙趣,"咯咯"笑道:"咯咯咯……原来还有美人救落水帅哥之事,真是太浪漫了!"

"铃铃姐,你……你也说什么鬼话?"

锋浪皱了皱眉头,突然心里泛起恶作剧,向可可猛扑了过去,两臂大张,还真如一只游水的青蛙。可可尖叫一声,掠到了铃铃身边。锋浪本以为可可不会躲,而且也相信自己肯定有大大的收获,便用足了全力。

谁知酒精作祟,脚下发飘,收不住势子,一下子扑在了古筝之上,只觉前额一阵巨痛,不由大叫道:"我的妈呀,痛死我了……"

说着干脆趴在古筝上一动也不动,两女顿时脸色一变,相互看了看,铃铃在笑,而可可则不安地道:"铃铃姐,他定是喝多了酒,受伤了!"

"傻妹妹,他花招多得很,这可是你说的!"

"可他这次不同,你看他怎么不动啦?"

铃铃见锋浪趴在古筝上,果然一动未动,亦觉得不太对劲,但怕上当,于是向可可道:"他最疼你,你过去看看不就知道啦?"

可可脸色一红,嗔道:"你也喝多了酒!"

铃铃摇了摇头,轻迈莲步,来到了锋浪面前,惊叫道:"我的天啊,他……他流血啦!"

可可一听,立时花容失色,哪里还有怨怒?急跑了过去,果然见锋浪头上满是鲜血，触目惊心，立时心中一痛，将锋浪扶起，转过身来，大骂道："你这个酒鬼，明明不能多喝，偏要喝多！"

她眼中已有了泪光，看来她确实深深的爱着这个浑蛋无赖大骗子，只怕她自己也不知道。

爱一个人不需要理由；爱一个自己值得爱的人更不需要理由。此时可可就是这样的一个女人！

铃铃也慌了神，慌忙去拿创伤药和纱布，两女立时手忙脚乱地为锋浪包扎。而锋浪便如一头笨猪一般，嘴角在依稀动着，仿佛在说："可可……我爱你……爱的死去活来！"

两人正忙着，突然锋浪两臂一动，将两女抱在怀中，得意至极地笑道："受一点伤，流一点血算得了什么？两个美人终于在本公子怀里了，谁敢抢？本公子与他拼命！若用黄金换嘛，本公子……嘿嘿……"

锋浪只管笑，可可被抱住，娇羞无比地道："铃铃姐，他是不是失血太多，在说胡话，是不是有生命之险？"

铃铃被锋浪抱着，反而感到温馨甜蜜至极，咯咯笑道："傻丫头，他现在借酒发疯，用苦肉计要横，哎……难怪他会将你骗得团团转！"

"换……当然换，黄金我想抱就抱，它可不会跑！……但它……我还是不换，嘿嘿……黄金抱着不舒服！"

说着，锋浪睁开了双眼，吻了吻铃铃，铃铃立刻"咯咯"笑如一朵牡丹，在他的怀抱中如一头羊羔般，温顺至极。锋浪正伸嘴去吻可可，可可怎肯依他？立即用纤纤玉手去挡，急怒道："不行，休想占我便宜！"

锋浪吻着纤纤玉手，心满意足地道："吻不到那片玉脸和朱唇，吻到了玉手也算占了便宜！嘿嘿……可可，你的手好香，好嫩！"

说着就张嘴欲含在嘴里，可可羞急无比，慌忙将手缩了回来，把脸侧向一边，但依旧让锋浪吻到了羞红的脸颊！

可可带着哭腔道："你……你又欺负我，我……"

锋浪一愣，慌忙撤回了嘴，就地一滚，让到了一边，辩解道："可可……我没欺负你，我……"

锋浪转向铃铃，讨好道："铃铃，你来作证吧？"

铃铃见可可委屈欲哭的样儿，心疼至极，暗忖道："这小丫头还真是水嫩得很，像个泪美人！"

于是"咯咯"地笑道："可可……你别这样，浪公子人如其名，放浪形骸，就这德性，不算欺负你；如果这算欺负，那他对姐姐可就是压迫了！"

说到压迫，突然想到"压"字有些别扭刺耳，顿时想到那巫山云雨的事，也觉得脸上发烫，向锋浪娇嗔地瞪了一眼道："可可与贱妾不同，可别将用在贱妾身上的把戏用在可可身上，要慢慢来，明白吗？"

铃铃说到这里，妩媚无限的笑着向可可努了努嘴，锋浪心里一荡，强压着翻江倒海的欲望，轻轻拂着可可的薄肩，道："可可……都是我不好！"

可可摆了摆肩，道："我也没有说你不好，只是你欺负人，而且……而且……"

后面的话她不好意思说出口，锋浪佯装叹了叹气，道："我忙里偷闲到这里来看望你们，见到你们平安无事，想逗逗你们开心，谁知弄巧成拙！"

忙里偷闲？泡妞也忙里偷闲，锋浪说这话就如吃豆腐一样，脸也不红，嘴一滑就出来了。可可见锋浪那可怜的样儿，也消了怨气，道："我知道你们还有戏，就不扰你们的事了！铃铃姐，你看着他吧，我去睡觉了！"

可可说完站了起来，匆匆向里屋而去。铃铃和锋浪均摇了摇头。

锋浪不知和铃铃温存了多久，方才解了酒性，心满意足地出了翠玉楼。回头看看翠玉楼，它虽然依旧四角挂着的灯笼，门前照样是花姿招展的五彩灯，但门前已是万籁俱静，少了白日的繁华景象。

清冷的月光从半空中照了下来，将翠玉楼整个儿罩在了中间，清冷无比。锋浪看着眼前的一切，心头忽然莫名其妙的涌起了一阵孤独，立时孤独如同空中的月光，将他整个儿罩住，拖出长长的身影，孑然一身。顿时锋浪觉得自己不能完全融入这种灯红酒绿的生活了！

他想到了父母，想到了金闲庄，想到了自己的金圣教，亦想到不知有多大、有多深的江湖……想得多，自然自己的心也属于很多的东西。锋浪又想到了罗帏中的美人，温馨的雅舍，立时感到了这一切迷人的诱惑。

诱惑如同迅速生长的野草，破土而出，渐渐变长、长高。锋浪几乎要向回走了，又忽地叹了一口气，暗道："我不能这样，总得做点什么正经事！男子汉大丈夫不能老呆在美人窝中，否则……"

锋浪在清冷的月夜里，如同逃一般迅速离开了翠玉楼，毫不犹豫地向城东而去。

很快就到了小山脚下，锋浪向险峻的山头望了望，又加快了脚步，很快就看到了乌塔。乌塔在山头，如沐一层淡淡的银辉。

忽然一阵打斗声从乌塔中传了出来，锋浪一震，心头立即涌起一股恐惧之感，脑海里闪出了三个字：迷花谷！

他又猛地想到了那名叫浮僧大师的糟糕和尚，立时自语道："难道花女来为难浮僧大师了？她们不是说如果浮僧大师不与她们作对，就不会……"

但迷花谷花女说得话岂可算数？锋浪想到这里，又加快了脚步，很快就到了一片树林中，从树林里，可以看见塔旁的平台。

锋浪不假思索地掠上了树，从树林间望向平台，平台上的动静一清二楚。只见几名黑衣人正围着浮僧大师激斗在一起。浮僧大师果然武功了得，与围攻的人居然不相伯仲，而在塔旁的另一侧，赫然站着两名黑衣白斑的黑白道中人。锋浪立时心里一震，大感意外，心里琢磨道：

"怎么可能？这怎么可能呢？他们是黑白道的武士，黑白道是侠义组织，专与迷花谷等几大邪恶势力相抗衡，怎么可能与少林和尚打了起来？"

锋浪虽好几次见过黑白道的武士，但根本不了解黑白道，对黑白道到底是正是邪也没有底。而且浮僧大师因上次眼睁睁看着他与花女激斗而不施予援手。锋浪并不是小心眼，而是不明白浮僧大师是好是坏，难道是迷花谷的人？不可能！但也不可能！锋浪望着乌塔旁斗在一起的几人，心里却在不停地转，矛盾至极，当然也不敢冒然支援。

第十三章

江湖凶险，相信一个人很难，不相信一个人却十分容易。锋浪虽然没见过大江湖，却从小在古城这小江湖中混，知道轻易相信人很危险，故他到现在也怀疑铃铃的来历！

对身边的女人都在怀疑，何况这些本与他不相干的人呢？锋浪藏在林中，一时难以决断。

"哼，我不是侠义之人，也不是邪派之人，而且不知你们是什么样的人，也不知你们为何斗在一起，为什么要瞎帮忙？"

锋浪又望了望空中的月亮，焦急地忖道："要打就快点，早些结束，别误了老子的大事！"

突然场中"砰砰"两声脆响传了过来，即而是一声毛骨悚然的惨叫声。锋浪觉得四周的树林仿佛亦在颤抖，不由暗忖道："这些家伙，还真厉害的如同蛮牛，幸亏老子没有做现世宝！"

场中发出惨叫的人已经倒在地上爬不起来了，看来这家伙不死也得落个半死不活！而围攻浮僧大师的黑白道中人却丝毫没有乱，且加紧了攻势。飞掌如浪似网，在银辉之下泛出森寒的光芒。被围的浮僧大师如同一头困兽，又如下沉的船只，在中间游来荡去，闪躲得相当快疾奇妙！

"难道这就是乌僧的绝学？但乌僧绝学应该比这更加厉害呀！"

锋浪一直怀疑浮僧大师既然知道乌僧的传说，必定会觊觎在乌塔下的那些宝物！

就在他分神之时，突又见浮僧大师披波斩浪，人影露了出来，又是一声震动鼓膜的响声传了过来。当然，又一个黑衣人躺在了平台上。

人数骤减两名，声势自然下降了许多，而且破绽也多了不少。浮僧大师终于浮了出来，突然听得轻啸声，众黑衣人停止了手脚，浮僧大师亦停了下来，根本就没有逃走的迹象。锋浪暗骂道："这些家伙在玩什么玩意儿？这和尚明明知道舍利佛光很快就要出现了，还不赶走他们？如果打不过，也可以趁机溜掉啊！"

"施主们到底是什么人？老衲根本不认识你们，为何与老衲糊里糊涂相斗呢？"

原来这老家伙也不知道对方是什么人，但锋浪觉得不对，因为对方明明是黑白道的人，浮僧大师见识何等广泛？纵然不见其人，只凭衣服也能看出来呀？说这话岂不是有些傻里傻气？

一阵阴桀桀的笑声传了过来："浮僧大师，如果让你明白了，我们就不用杀你了！"

这是什么鬼话？明白了反而不会杀他，难道不是杀人灭口？锋浪倒一时猜不透了，又听那可怕的声音道："正因为你不明白，所以你要死，也因为你是少林寺和尚，知道了不应该知道的事，如今这江湖啊！已不是你诵经念佛的时候，哼！可你偏偏闭眼就是佛，想闭眼就成全你吧！"

说着那黑衣白斑武士向众黑衣人一挥手，众黑衣人均又猛扑向浮僧大师，浮僧大师不得已再次拒力反抗，此次双方仿佛在拼命一般。

锋浪正看得如痴似醉，当然也忘记去救浮僧大师了。突然觉得在月光下，一束寒芒从外围闪电般的射向浮僧大师的后脑勺。浮僧大师此时正认真应付四周的黑衣人，根本无法阻拦那一束银芒。

锋浪根本来不及示警，浮僧大师就闷哼一声，倒了下去。偷袭的黑衣白斑武士见之，不由哈哈大笑了起来，锋浪只觉得浑身汗毛直竖，全身肌肉正在收缩。平台上的激斗就这样莫名其妙的开始，又莫名其妙地结束了！只听一个黑衣人道："这臭尸体怎么办？"

"哼，怎么办？将他和我们的人一起带走！"

未等锋浪从刚才的剧变中缓过神来，那一帮人已提着三具尸体飞掠而去，平台上顿时空无一人。也不知过了多久，锋浪方才确定对方已经走远，便掠出树林，朝平台上冲去。

到了众人激斗的地方，除了两滩血迹，什么痕迹也没有。锋浪又四下寻找了一番，依旧没有发生什么蛛丝马迹，不由暗赞道："这些人做事还真仔细，如果是我金圣教的人，那就好了！"

锋浪四下查看了一圈，确信那些可怕的人不会再回来，方才认真琢磨黑白道的人为何要杀浮僧大师？难道他知道了什么不应该知道的秘密？还是他不听黑白道的话？黑白道是黑白通吃的组织，想必这和尚果真是不听话，方才招来杀身之祸。总之，黑白道杀浮僧大师可不是一件简单的事，因为对方是少林寺的人。

这样一想，锋浪觉得黑白道此举岂不是搬起石头砸自己的脚？如今他们正与迷花谷针锋相对，暗中较劲，倒不应该招惹少林和尚。但转念一想，在这神不知鬼不觉的地方杀了浮僧大师，又带走了尸体，谁又知道？若不是自己贪什么舍利佛光和武学，也不会到此地来的，当然也就见不到这一幕了。

最后锋浪想到了那一束可怕的银光，只因那银光来得太快，简直可与江湖传说中的小李飞刀媲美，而飞刀太沉太土，那束银芒却又细又小，用起来当然更是不可思议。看来那束可怕的银芒，只怕谁也不想什么时候碰上它！

锋浪又向四周望了望，只见四周无人，只有泛着森寒月光的巨石，而在巨石之下，是一片片黑森森的树林，仿佛无数的黑衣人一样，一股清冷的山风吹了过来，平台上异常萧瑟，令人胆战心惊，锋浪不由自主收紧了心，暗道：

"这还真是个鬼地方，刚才又死了三个人，千万别再闹什么鬼，怎么舍利佛光还不出现呢？"

空中的圆月开始向西沉去，锋浪走入了拱门，拱门内没有月光普照，黑漆漆的。锋浪四下探了探，嗅了嗅，觉得里面十分安全，方才走入黑暗之中。夜晚，呆在黑暗中看外面，心里倒踏实了许多。锋浪如同浮僧大师那样盘腿打坐，心里却在唠叨着："佛祖啊！并不是我锋浪眼睁睁地看着你的徒子徒孙被杀，而不想出手相助，只因他死得太快，而且在下也救他不了。上天有好生之德，多死一人总比少死一人好些吧？"

也不知过了多长时间，锋浪见到了空中的月亮，开始只有一点点，轻颤着一点点增加，如同羞答答的仙女。锋浪知道当月光将拱门内全部照亮时，舍利佛光就极可能重现，心里不由紧张得怦怦直跳。

月亮终于完全出现了，清辉迎面扑来，将塔内完全照亮，亦照着锋浪的身体，但舍利佛光根本就没有出现。锋浪心里升起了一股淡淡的失望，低头看着月光在地上移动，心里却不停想着，紧张至极。

忽然，月光移到他身后的地上，一团金黄色的光芒从地面直冒而起，夺路而起，射出了乌塔。锋浪顿时觉得四周的一切变成了虚幻，眼前全是一片金光，金光中有着淡黄色，神奇之极。而在金光之中，一个人影若隐若现，似乎在向他走来。

锋浪心里不由自主地变得一片虔诚，学着浮僧大师的样儿向那人影拜道：

"乌僧大师，弟子欲得到舍利和武学，求您指点迷津……求您指点迷津……"

大概锋浪也不知自己为何要这样做，为何要这样说，只觉得他应该这样做，应该这样说。那人影越来越清晰，最后全现了出来。却是一个金光闪闪的僧人，脸面却是乌灰色，一套金光闪闪、飘浮不定的袈裟裹在乌僧身上。

果然是乌僧显灵了，想不到传说中的舍利是人的灵魂和精神，它可以使人再现的神秘之事并非无中生有，而是千真万确。乌僧仿佛在张口说话了："阿弥陀佛，善哉善哉，贫僧一生向佛，想不到最后客死异乡，带着一身遗憾回归故里！施主欲得贫僧舍利和绝学，正好了解贫僧的心愿，贫僧的武功全记载在佛手印上，只要你去爪哇岛，就可以寻得佛手印了！"

爪哇岛？我的妈，那可是个远在天边的地方，而且要渡海，锋浪立时失望至极，又拜道："大师，爪哇岛太远，而如今武林风云再起，弟子欲以一己之力，安抚江湖武林，一时抽身不出，只待武林太平后，弟子再去爪哇寻找佛手印，以了却大师的心愿，如何？"

乌僧叹了一口气，又道："江湖纷争，永无宁日，你有这份心，当是可喜可贺。贫僧却以私心为重，惭愧至极。好，贫僧就将舍利渡于你身，但你却要了却贫僧的心愿，你同意吗？"

锋浪想到舍利可以使自己功力陡增，而且关键时刻自有乌僧显灵帮助，受僧匪浅！于是毫不犹豫地道："好，弟子同意！用毕生精力完成大师的心愿！但舍利又如何渡入弟子身上？"

"哈哈哈……你不必性急，贫僧自然会指点迷津的！贫僧在为你渡身舍利之前，还得警告你，不得恃武为祸武林，而且不能自毁诺言，你认真想一想，能做到吗？"

锋浪此时只想得到舍利，哪里会考虑以后的麻烦，于是爽快地道："弟子乃顶天立地的男子汉，说出的话当然算数，请大师放心！"

"好，贫僧终于有了寄托，没有了遗憾，从此也不需要舍利，不需要等到月圆显灵徒自叹息了！"

说着，金光如同潮水一般汹涌而入，收了回来，而乌僧的身影也没有了。锋浪只感到全身火辣辣的，如被金光烙了一般，突听"轰隆"一声巨响，盘坐之地整个儿陷了下去。

原来乌塔下面是空的，想必舍利就在乌塔下面。锋浪紧张万分，眼前金光黯淡了许多，而且向塌陷的空洞窜去，而自己轻飘飘的，在金光的包裹下，朝下慢慢而降。

不知落了多深，最后终于停了下来，锋浪环顾四周，四周全是岩壁，黑夜中闪烁着金光，而在不远处，有一只锦盒，盒下压着一片锦绢，锋浪心头狂喜，暗道："盒中只怕就是舍利了，否则，那团金光不会像从盒中射出的！"

锋浪爬了过去，忐忑不安地摸向锦盒，锦盒的金光顿时沿着手臂向上直窜，锋浪惊喜不已，打开了锦盒，锦盒内有一张蜡黄字笺：

"来此地之人，必是有缘之人，若想服用贫僧之舍利，必先许诺完成贫僧之遗愿：下南洋，登爪哇，寻得佛手印武学秘谱，传我佛教于爪哇，待佛教根植爪哇后，方可带佛手印回中土，将佛手印赠于少林藏经阁！切记！"

"盒下有锦绢，其上详载有航海图，以及爪哇地图，乃贫僧一红颜知己所赠，对汝必有帮助，若施主答应贫僧以上一切，便可服用舍利！"

锋浪从盒下抽出锦绢，果见上面是上等的刺绣，想不到有刺绣地图和航海图，而且十分精致，可见乌僧的那位红颜知己必定是位大美人。

"嗯，待江湖平静了，那时本少爷无事可做，再去南洋航海，去爪哇泡妞传教，岂不是一件快乐之事？"

如此一想，锋浪揭过了纸笺，见到一个锦囊，打开锦囊，伸手一掏，果见里面有三颗小丸，而金光正是从小丸传出来的，立时喜道："想必这三颗就是老和尚的舍利了！"

锋浪想也不想，将一颗舍利掷入口中，咕咚一声吞进腹中，只觉那小丸在腹中滚来滚去，火辣辣的，而自己全身都在冒着金光，如同燃烧起来了一般。小丸在腹中滚呀滚呀，最后居然在血管里滚动，全身四处滚动，难受至极。锋浪大骇不已，暗道："怎么会这样？是不是毒丸？"

但转念一想，乌僧不会这样跟他开玩笑的，于是死马当成活马医，又吞服了一颗，这次全身倒舒服多了，不再感到全身在燃烧，却感到全身在膨胀，如同正在不断充气的球。

"如果再这样下去，自己岂不是要爆炸？"

锋浪咬了咬牙，又吞下了第三颗，立时锦盒上的金光全都移到了他的身上，身体内却如同有一股洪水在飞窜、流淌，既舒服又难受。锋浪心里倒高兴了起来，暗忖这舍利果然有用，于是以父母传授的内功心法，默默收神聚气，默念内功心法法则，使体内那股热流慢慢规矩起来，回流到丹田处，与本身内力融汇在一起。

不知过了多久，锋浪方才觉得那一股洪流消失殆尽，而明显觉得自己全身骨骸变了位一般，轻松至极，达到了忘我忘形的地步，锋浪转视全身，身上的金光也没有了，却依旧可以清楚地看见黑暗中的一切。看到了那只锦盒，还有那锦绢，顿时将大喜，忙将绵绢塞入怀中，对着锦盒虔诚地拜了拜，道："弟子定会履行诺言！"

抬头向上看时，上面已隐隐约约有光亮，锋浪讶然暗忖道："难道天已亮了？"

身随意动，站了起来，望向高高的洞口，锋浪暗自叫苦道："如此高的洞口，又怎出得去呢？"

于是锋浪向上大叫道："有人吗？喂……"

"喂"字未完，才发现自己的声音宏亮至极，简直要闹地震一般，四周"嗡嗡"回荡着巨大的声音，锋浪又是一愣，暗忖道："想不到吞服了舍利后，本少爷的声音也如此可怕！"

声音如此刚猛，内力当然增了不少，或许可以上到洞口去了。锋浪看了看陡峭的壁岩，弹身而起，谁知身子如一片薄纸，用力又太猛，向壁岩撞了上去，只听"砰"地一声，壁岩居然凹了进去。而受伤的前额只是隐隐作痛，脑袋根本没有开花。锋浪这才知道自己已不是以前的吴下阿蒙了，而增加了乌僧的功力，不可思议的内力！

锋浪一时兴起，就在这沓杳之地飞掠了起来，开始不是撞着了东壁，就是撞到了西壁，很不适应，而身体也比以前轻了许多。但一番苦练后，锋浪总算适应了自己的内力，完全控制了内力的大小，如一朵花，一只蝴蝶，在狭窄弹丸之地飞飘上窜下掠，不再撞壁了。

外面的光亮越来越强烈，突然听到妙偷手的声音："大哥，大哥，你在哪里？"

锋浪大叫道："妙偷手，大哥在这里！"

声音太大、太猛，壁岩"沙沙"直落下尘沫，锋浪暗忖道："不能如此大呼小叫，否则惊塌了四周的壁岩，外面的乌塔也要塌了，那自己岂不是插翼也难飞？"

妙偷手的脑袋从上面洞口伸了出来，向着下面看，只怕他还搞不懂这古塔里怎么凭空多了一个深不见底的洞穴，而锋浪居然掉到洞里去了。

"大哥，你怎么掉到这洞里去啦？"

"妈的，老子在这里面打坐，谁知打坐的地方塌陷下来，就成了这个样儿，老子当然就被困在这里面了，你能不能想想……办法……"

"噢，我明白啦，不用你帮忙，我也可以上去！"

锋浪猛地想到自己服了三颗舍利，应该上得去吧？刚才自己根本没想到这一点，现在一想到锋浪立时来了兴致，向上面道："你看清楚些！"

说着猛提真力，弹射而起，身体立时如箭一般射向壁岩，在接触壁岩的一刹那，锋浪双脚一弹，借力反射到对面，如同一束光在洞间飞窜，飞快地上升，最后果然到了洞口。

腾到地面，锋浪呵呵笑道："果然厉害！"

说着转视妙偷手，看到妙偷手大张着嘴巴，不相信地望着他这位教主，一句话也说不出来，如同白痴。

"喂，小子，你愣什么神，难道怀疑本教主有这样的本领？这可是本教主苦练的结果！"

锋浪不想将自己那令人不相信的奇遇告诉其他人，以免别人不信，自己还白费了口舌。妙偷手好久才缓过神来，喜滋滋地道："大哥有这样的武功，若再假以时日，必定可以问鼎武林第一把交椅，哈哈哈……那时我们金圣教也是最厉害的！"

妙偷手如此说，锋浪当然也如此想，心里有种说不出的爽快，不由拍了拍妙偷手的肩膀道："不错，一旦你回去将你那'三手无影'伯伯的功夫全偷了过来，我们兄弟想干什么就干什么，也不用戴着面具生活，去躲避迷花谷的花女了！"

"难道迷花谷的花女真的很厉害？"

锋浪在妙偷手眼里，武功已高得不可思议了，那迷花谷的武功又是什么样儿？简直就想也想不到。锋浪想到自己现在只增加了内力，而武功招式上根本没有变化，能不能与迷花谷最厉害的人物交手，他一点把握也没有。

"走吧，现在不是讨论这些的时候，在江湖上成就事业，并非只靠武功，还可以用脑袋嘛！现在迷花谷等各派争斗得不可开交，我们犯不着与她们交锋，哼！等我们有了气候，翅翼丰满了，就可靠金钱和权势，也就是武功，将各门各派征服，呵呵，鹤蚌相争，渔翁得利！哈哈哈……"

一阵狂笑从锋浪口中传了出来，仿佛乌塔都在颤抖，妙偷手笑嘻嘻地道："大哥，我们还是出去笑吧，否则在这里会把乌塔笑倒的！"

锋浪一怔，即而明白过来，于是冲出了乌塔，又哈哈狂笑了起来，笑声几乎引起了不远处的树林发出了响声，妙偷手也跟着笑了起来，两人此时的样儿与疯子简直没有丝毫的差别！

"大哥，你今日好象与昨日不一样，更加威风，更加英俊潇洒，若我是个美妞，定会拜倒在你的脚下。小弟担心，若这样下去，不等十日，你会成为什么样儿？我和黑七等众属下只怕休想泡妞了！"

锋浪听到妙偷手的奉承，心里喜洋洋的，更是踌躇满志，不解地问道："我变成什么样儿，与你们泡妞有什么关系？"

"关系可大着啦，你想想，若你像这样越变越迷死女人们，所有的女人都被你迷住了，那我们心里也越来越自卑了，不是泡不到，就是不敢泡了！"

"哈哈哈……死小子，你拍马屁越来越没个底了！若大哥真的泡了很多妞，也会给你分两个！"

妙偷手见锋浪此时心情极好，也不甚害怕了，笑嘻嘻地道："大哥，这可是你说的，到时可别不兑现！分给我的，可要原封未动！"

锋浪料不到妙偷手会说出如此"下流"的话来，哈哈大笑道："分给你的当然是原封未动，否则又岂会分给你？"

两人都下流无比，却是在这无人知晓的地方，而且下流在嘴上，应该是可原谅的，但在乌塔之旁，佛光之地，若让乌僧知道了，只怕要气得吐血而亡，他怎么将自己的舍利传给了这个无赖呢?!

锋浪回头望了望乌塔，敛住笑容暗道："乌僧大师，你对我有帮助，我会永远记着，也不会忘了诺言，帮助你实现遗愿的。而且……而且会为浮僧大师讨个公道，毕竟他是你的同门！"

"但要平息江湖纷争，就得有手段，就会有血腥，俗话说'只有战争才可以实现和平'嘛，如果我杀了人，用了卑鄙手段，你可要原谅哟！"

一丝狡黠的笑容掠过锋浪的眼瞳，漂亮的脸蛋残酷地抽动了一下，方才转头对妙偷手道："你们住在凯悦客栈，没有人找过本教主？"

妙偷手见大哥正经了起来，也收住了笑容，摇了摇头，补充道："芒姑娘也没有！"

锋浪虽然觉得意外，但亦觉得在情理之中，深更半夜的，寡男孤女相见的确是不太妥当，何况旁边还有丰一廷父子在虎视眈眈呢！

"黑七呢！没有什么意外吧？亏留那边呢？"

"全是风平浪静。大哥，今日就是聚宝钱庄几大股东在清风阁聚会的时间！小弟监视那什么恭长老，他一直没有走出分坛，却在命令属下查找'麻烦公子'兰陵笑笑生的下落！他为何找你？"

锋浪点了点头，道："他被琼楼逼急了，当然不敢走出分坛，大概找我做帮手。如果他查出什么蛛丝马迹，哼！本教主就会杀了他……但那是下下之策，还要他带我们进丐帮呢！"

"进丐帮，那不是很危险吗？"

"危险么？我倒没有觉得，如果你害怕就不用去了……唔，你确实不能去，而应该陪那'三手无影'伯伯玩玩，哈哈哈……本少爷独捣丐帮即可……"

两人说着下了山，直向荷宅而来，当到了荷宅，荷西正在焦急万分，见到锋浪，立时高兴地道："小子，你跑到哪里去了？我正担心呢！"

"小侄有事，方现在才来，没有耽搁时间吧？荷叔叔，小侄已将事情办妥了！"

荷西惊喜地道："是么？那就太好啦！"

两人匆匆说了几句话，方才向清风阁而来，清风阁在城郊湖边，一边是波光粼粼，一边是杨柳依依。到了清风阁，其余的人还没有来，因为时间尚早，阁上的客人也不太多。

于是两人找了一张靠窗临湖的位置坐了下来，没有多久，芒啸父女和丰一廷父子亦相携而来，锋浪匆匆向芒丽珠看了看，她亦在看向他，突然脸上一羞，转到一边去了。

各人均相互见过面，也不用太多客套，就环桌坐了下来。芒啸见了锋浪气色不同昨日，仿佛这小子深沉了许多，天亭饱满，脸上流光异彩，而且两眼如同两泓深潭，根本看不到底，而昨日他的眼中还锋芒毕露呢！于是惊愕地道：

"浪公子居然在一夜间犹如变成了另外一个人，而且身上武功似乎也进入了很高的境界，这怎么可能呢？"

丰一廷也是一惊，跟着道："芒兄说得很对，他果然与昨日不一样了，浪公子是不是服过什么灵丹妙药？"

锋浪摸了摸自己的脸容，暗忖自己吞服了乌僧的三颗舍利果然不一样，但如何撒谎呢？于是打个哈哈道："大概是昨夜喝了酒，今日就成了这样，在下如同蚕一样，每喝一次酒都会蜕一层皮的！"

说到这里，锋浪自己就率先笑了起来，而丰一廷和芒镖头也相视而笑，显然不相信锋浪的话，但别人不愿说出来，当然有其原因，总不能逼他说吧？锋浪见唐知府迟未来，心里有些忐忑不安，向妙偷手吩咐了一下，方才向丰凯道："江湖上传闻，红枫堡少堡主是年青一辈之娇娃，已不让老一辈多少了！今日一见丰仪，丰少堡主果然与众不同，小弟由衷佩服！"

丰凯此时心情低落，又似乎对锋浪深怀不满，不愠不火地道："浪公子过奖了，如果在下与浪公子比起来，只怕逊色多了！"

锋浪见丰凯不怀友好的眼神，心里一颤，以为自己的小动作被他知道了。但细细一想，立时心领神会，淡淡一笑道："在下默默无闻，而且长久居于乡下，简直是五毒俱全。而丰公子身出名门，从小就耳濡目染丰堡主一代豪杰的风范，极具修养。在下要向公子学习的地方只怕很多，以后还望公子不吝赐教！"

丰凯有前科，皱眉愠怒，站起身来，愠怒道："浪公子，你是在讽刺在下么？"

众人顿时愕然，锋浪也是一愕，心有怒气，但想到今日不宜与他论个高下，大事为重，于是讪然道："在下是由衷而发，少堡主何以发怒？"

丰一廷见儿子如此无礼，怒叱道："你还不坐下来？心情不好，别看任何人都不顺眼！"

丰凯想到自己确实有些小题大做，又见众人的样儿，颓丧地坐了下来，向锋浪亦哂然道："刚才唐突之举，还请浪公子不要见怪！"

锋浪呵呵笑道："不用客气，大家都是自己人，今日在此相聚，我们也算是有缘，丰堡主、芒镖头、荷先生，你们三位前辈说是不是？"

三人对锋浪都有好感，立时点头称是，而丰凯虽然不言，但见锋浪一个名不见经传的小子，居然在这样的聚会上也有人捧场，冷冷地脸上更是不友善，只是没有再言语。锋浪将这一切看在了眼中，暗自想笑，以他平时的个性，定要"无耻"地讽刺几句，他最喜欢打落水狗！但今日情况不同，只好作罢。

大家等了一会儿，唐知府方才大踏步走来，后面跟着十几名卫兵，到锋浪身边坐了下来，向大家歉意地道："不好意思，来迟了！"

锋浪呵呵笑道："唐大人，你带这么多卫兵，难道怕我们在此造反，掳大人做人质啊？"

唐知府呵呵道："哪里哪里，这几日本知府确实遇上了麻烦，不怕一万，就怕万一嘛。带他们前来，并不是针对各位，各位尽管放心好了！"

见唐知府与锋浪如此亲密，芒啸与丰一廷均有些意外，而荷西也觉得意外，暗忖这小子什么角色的人也拉得拢，不知用的是什么手段！

众人相聚于此，本就是专门商讨钱庄之事。而在背后，大家都互相商量妥当了，很快就达成了协议。现在丰一廷不用再偷偷在钱庄揩油，而是大张旗鼓地取款，锋浪已将自己账户上的款项转到了丰一廷的账上，丰一廷摇身一变，成了最大的户头。丰一廷心里高兴之极，仿佛看到了白花花的银子正溜进自己的口袋，而且越溜越多，他已想好用这笔可观的银两全部投入投机生意中去，这可是千载难逢的好机会！

道不同，不相为谋。丰一廷得到了他该得到的东西后，就带着儿子和属下匆匆而去。眼下就只有五人围坐在圆桌旁。荷西等四人都看着锋浪，而锋浪却是长舒了一口气，淡淡含笑，十分悠闲地呷着茶，还连叫："好茶，好茶！"

见众人看着他，立时又呵呵道："啊哈，在下还真昏了头，今日当是大喜之日，我们是新朋友，旧朋友，新伙伴，旧伙伴同一桌了，在下也应该有所表示庆贺庆贺！"于是转向老板道："老板，准备一桌上等酒席！"

老板笑逐颜开，道："公子，早准备好了，现在就为各位款爷奉上！"

当然这是锋浪叫黑七在背后做的，果然，老板如变戏一样，很快叫出了一桌上等酒席，五花八门，各色各味，全是清风阁最为出名的酒菜！

五人都看呆了，荷西道："浪公子，刚才谈妥协议时，你已亏了很多，怎么……怎么还如此高兴，请我们吃大餐？我们怎么好意思呢？"

芒镖头和唐知府亦是不解，锋浪见他们这样，心里更是高兴，而见芒丽珠皱眉忧郁的样儿，立时笑道："芒姑娘是不是认为在下愚昧，尽做亏本之事，而且花钱如此大手大脚呢？"

众人又转视芒丽珠，芒丽珠立时脸上红霞满飞，嗔道："浪公子乃是生意场中的奇才，所作所为，均是以奇制胜。小女子见识浅薄，猜不出来，但却不敢评论浪公子的行为，何况与本姑娘又有什么关系？你花你的钱，套你的人情，大家高兴呗！"

"呵呵呵……听姑娘前半句，好象是赞赏在下，而听了后半句，在下方知是姑娘的讥讽之言。看来，在下还得谢谢各位和芒姑娘，对在下的关心，担心在下破产后会去当乞丐！如果真有那么一天，这顿酒席用处可就大了，哈哈哈哈……"

众人听到锋浪亏本后也会如此幽默的心情，均啧啧称奇，脸上也友好地笑了起来。而芒丽珠见锋浪将她的关心和忧郁当成了讽刺和笑容，顿时伤心至极，娇怒道："如果你真成了乞丐，本姑娘倒不会施舍任何东西，还要你离岭南镖局远远的，否则要狗咬你个半死！"

芒啸含笑不语，而荷西和唐知府却暗暗好笑，又是奇怪，均道："浪公子认识芒姑娘么？又在何处得罪了芒姑娘？害得她放出如此狠言？"

两人虽然称奇，但亦是含笑，锋浪厚着脸皮道："在下与芒姑娘偶然相逢，便认识了，相见不如偶遇。当然，芒姑娘的话不同各位前辈所想！"

荷西和唐知府知道这小子喜欢兼擅长泡妞，只怕色胆包天，连芒姑娘也不会放过的。

"芒姑娘是生意场中的奇才，而又有岭南镖局厚实的基础做为后盾，如果芒姑娘不帮助红枫堡，或许在下还有不亏本的希望！"

众人以疑惑的眼光互相望了望，荷西和唐知府都有些失望，均叹道："红枫堡与岭南镖局是世交，而且他们之间又有婚姻，怎会不帮呢？"

芒丽珠沉默不语，想着心事，而芒啸叹道："世交归世交，生意归生意，现在老夫与丰堡主已分道扬镳，而与大家同坐一条船。如果不是有人存心加害于红枫堡，老夫不会帮他；对钱庄有利的事，老夫还会跟进的。至于双方的婚姻，业已不存在了，哎……应该是这样的……"

说着，芒啸转视女儿，芒丽珠低头不言，众人惊愕，而锋浪心头窃喜，暗忖道："果然达到了本公子的目的，太好了！"

"在下的确不是存心加害红枫堡，而是让钱庄赚钱，又让钱庄的名声更响！芒镖头只管放心好了！"

芒丽珠抬起头来，双眸闪烁着智慧的光芒，娇嗔道："你口中说不是加害红枫堡，但事实上是对红枫堡釜底抽薪，让他们亏血本，本姑娘猜得不错吧？"

众人一愣，芒啸神色一变，没有言语，而唐知府却是茫然，他本就是一个糊涂蛋！而荷西眼睛一亮，但摇头道："浪公子这样做，是赚不到钱的，反而还会亏本！"

"哈哈哈……你们以为在下会将钱庄的钱用去买粮食，再去投机，与红枫堡争灾民？"

大家一愣，莫名其妙地道："难道不是这样？"

连芒丽珠也不解地望向锋浪，锋浪沉思了片刻，对唐知府道："这次北方旱灾，南方水灾，官府也应该有所行动吧？但官府从钱庄抽资出股，可看出国库里拿不出多少银两捐灾了！"

唐知府神色一变，赞道："浪公子果然是奇才，官府确要开仓放粮，赈救灾民，但库房里粮食并不多，多半还要有钱人献爱心了，之所以抽资出股，也是因为国库虚空！"

"哈哈哈……这就对了，如果我们以钱庄的名义成立一个特别的'赈灾基金会'，会有什么反响呢？大家想想……"

芒丽珠眼睛又是一亮，喜道："这主意很好！"

众人都赞了起来，荷西叹道："以钱庄作担保，又以赈灾为名义，不但可以为钱庄收敛很多游资，争取到客户，而且还会使钱庄的牌子更响，再用收敛的钱去做赈灾活动，顺应民心！"

芒镖头也赞道："这方法不错，以后顺应民心的聚宝钱庄牌子更响，吸引客户也不难了！"

"唐知府，如果我们用这部分钱收买官府的股份，但要求官府将这笔钱一半存入钱庄，一半授权给钱庄，将这笔钱以官府和钱庄双方的名义，去做赈灾活动，以后再分阶段将那一半存钱还给官府，这不违背国家法规吧？"

众人又是一愣，唐知府不解地道："这钱流来流去，还不如钱庄直接赈灾或买了官府股份，由官府去赈灾来得简单些，何必做得这么复杂？"

芒丽珠解释道："这可不一样，如此一流，钱庄没有违背'赈灾基金'的名义，又让官府用一半银子了却全部心愿，钱庄、官府都有好名声，这可是双赢呀！"

锋浪眼眉一挑，道："如果上面授权唐知府抽资卖股，试问现在你找得到聚宝钱庄这样的买家么？如果这笔用来赈灾的款项唐知府完不成，上面如何看待唐知府呢？"

唐知府听之，神色立时一变，因为锋浪说得话极有可能发生，于是道："呵呵……那是当然……"

"赈灾基金是用来赈灾的，我们却用来购买官府股份，有悖民意，只有我们知道，官府明白，但最后还是用来赈灾，谁都不会介意了。将这笔钱以官府和钱庄双名义赈灾，有号召力，到时好办事，大家都不亏，这叫有效利用银子的效用！荷先生，是不是？"

荷西此时喜形于色地道："这倒是，股买了，钱赚了，名声也好了；而官府只花一半钱，就办完了全部的事情，唐知府也摆脱了困境，大家都高兴！"

"不止这些，还有岭南镖局、红顶商人、唐知府，只怕也会被劳苦大众歌功颂德的！"

"只怕浪公子的大名也会传遍大江南北，因为是他出的主意，是他亏本做这事！"

芒丽珠听后乍喜，脸色也好看多了，戏谑地道："但其实他现在赚了，而且大部分赚在以后！"

"是啊，以后钱庄名声更响了，信誉更好了，与官府合作，在官府眼里也有好印象，真是好处多多！"

"只怕让皇上知道这事是由浪公子负责的，定会将他的宝贝公主下嫁给他，他还赚了驸马呢！"

唐知府也开起了这样要砍头的玩笑，众人都乐了，锋浪却很认真地道："唐知府，皇上果真有个很漂亮的女儿？"

"不错，听说这位公主德才兼优，浪公子该不会要本大人说媒吧？"

"说媒就免了，本公子名声大了，如果公主问起在下来，你就大吹特吹，让公主主动来见我，行么？"

"让公主动来见你？难道浪公子是金砖银砖啊？"

芒丽珠酸意浓浓地叫嚷道："你也不看看自己是怎么一副德性，如果让唐知府乱吹一通，那可是欺君之罪，唐知府敢么？"

唐知府知道芒丽珠的心思，戏谑道："如果芒姑娘不介意，不影响本知府与芒镖头的友谊，以本大人与浪公子的交情，必会冒死将浪公子这个风流奇才推荐上去，这可是真的哟！"

芒丽珠见唐知府不怀好意"阴险"的笑容，又见锋浪看着她笑，顿时羞赧至极，低头饮茶。荷西此时道："喂，好啦，好啦，我们还是先协商协商该如何办事吧，要越快越好！"

锋浪收回浪荡之心，也正色道："确实应该越快越好，如果我们反应慢，受灾的老百姓就多受一些苦头，再加上丰堡主这样的奸商为富不仁，众民将是雪上加霜了！"

"哼，别说人家是奸商，其实在坐的都是奸商，只是披了一层善良的外衣罢了！"

芒丽珠趁机反击，芒啸忙道："女儿，我们是在商量正事！浪公子，这个好点子是你想出来的，就由你来做头儿吧，这次为民谋利、为己争名的事，岭南镖局可是非做不可！"

荷西和唐知府均是响应，锋浪此时倒是极力摆手道："在下一向都是嬉笑人生，对于大事是三分钟热情，三分钟淡漠。何况在下如此小小年纪，如何扛得下来呢？"

大家此时都很信服锋浪，都坚持要锋浪做头儿。芒丽珠嗔道："大家抬举你，你别就以为自己是个宝，不识抬举！"

"嘿嘿……既然连芒姑娘都生气了，在下就当仁不让了，但我这头儿只是挂个名，不做事。而做事嘛，就由各位分头去做，唐知府应付官府一面，主要是关于股份方面，而且努力求得官府与我们合作，这样我们做事不但合理，而且合法！"

唐知府想到这事不但对己有利，而且有名，当然乐意去做，拍了拍胸脯道："这事包在我身上！"

"而荷西精通资金的出纳以及如何运转最好，对'赈灾基金会'的具体运作，及资金的分配当是可以胜任的，这事就由他负责，大家同意吧？"锋浪摆出一副大老板的模样，犹如吩咐下属道。

"那当然，红顶商人做这样的事，大家给钱给得乐意，而且放心，官府方面嘛，也会很放心的。就决定由红顶商人掌管基金会的款项挪动，以及基金会的一切事情吧！"其余几人附和道。

锋浪这才转向岭南镖局父女道："前线工作最为复杂烦琐，但由芒姑娘出马，一切都会做得有条不紊，何况什么财物，赈灾物质啦，或者住户的房屋等等物质，由官府出面联系，再由镖局出面运送，芒镖头不会反对吧？"

芒啸正是干这行的，为官府和人民做事，不但风险小，而且有名有利，当然高兴，立时道："没问题，但要唐知府给老夫找货源，发通行证，而且卖出去的许可证！"

"哈哈哈……芒镖头难道担心我这知府大人完不成任务么？浪公子把这样的任务交给了我，我就是卖了老命也要做得四平八稳！"

"那就好，那就好！哈哈哈……我买货物，而女儿就将货物转卖或送给灾民，安排得好，但这样岭南镖局也太占了大家的便宜了吧？"

"没办法，谁叫你是做那行的？何况这种事才是最难做，也最劳累，大大小小的事，芒镖头只怕还要让你那奇才女儿详细安排一番，否则你只怕成问题了！"

锋浪不客气地道："芒姑娘不会反对在下的看法吧？"

"哼，你以为芒镖头真的那样像个莽张飞？"

芒丽珠狠狠地瞪了锋浪一眼。荷西笑道："满以为可以讨个好，谁知弄了一个灰头土脸的!"

"浪公子安排人,简直如同孔明用兵一样神,每个人都被安排在最适合的位置上。老夫做的一切当然要与女儿先讨论一番,由女儿定夺了。再说老夫以前做事一向都是这样的,浪公子还真看透了老夫,不会有人将老夫的底泄了吧?"

芒啸说完望向女儿,芒丽珠立时脸上一报,撒娇地道:"爹,连你也来取笑女儿了!"即而转向锋浪道:"这样大大小小的事由小女子来做,难道你就这样看得起小女子,但本姑娘认为不公平,因为本姑娘做得事太多太麻烦!"

"但你得到的名和利也最多,想一想,无数的灾民都认识你这好心的姑娘,不将你当成普济圣女,就会当成活观音呢!"锋浪调皮地道。

"哼,谁愿意得那虚名声,本姑娘才不希罕!"

"女儿,你只须安排,至于具体事情的运作嘛,当然由镖局的弟子,还有官府的赈灾官宾来料理啰!"

"但浪公子就这样安排一下,他自己却什么事都不做!而最后还说这一切都是由他负责的,功劳最大,得了最大的名声,获最大的报酬,那不公平嘛!"

芒丽珠开始向锋浪发炮,锋浪知道是芒丽珠在反击,于是呵呵笑道:"芒姑娘多疑了,刚才我已有言在先,我提出方案,安排人选,而具体事情则由你们去做,名与利由你们去享,在下绝不抛头露面,何况做这件大事谁认识我?官府方面么,是唐知府料理;酬款嘛,是荷先生;运送货物,发放赈实物么,是镖局!灾民和官府都不认识在下,到时只希望大家分给在下一点小小的酬劳就行了!"

大家暗想锋浪说得不错,芒丽珠却嗔道:"既然这话你都说出来了,一点点酬劳都不能分给你!"

"哇,芒姑娘,你……你也太狠了吧?"

"不要闹了,这是一件大事,参与人员多,有官府、有钱庄,还有存款人、灾民等等成员,是个很大的项目,而我们只负责其中一部分,更要有一人统领全局,协调我们之间的工作进度,犹如一盘棋,'帅'是不可缺少的,而浪公子是棋中的'帅',思维敏锐,眼光高运,前瞻性强,各方面人员亲和力也强,他来统领我们几大块工作,协调几大块工作,想必大家都赞成,这样的工作和人是不能少的,否则不是失败,就是白忙,赚不到钱,那可是损名折利哟!"

"对对……荷先生说得对,我们都信服浪公子,服从浪公子的安排!女儿啦,刚才听到了吧?你一向不是很聪明吗?今日为何想错了!"

"女儿什么时候说不服从领导？也没有说他没作用啊！但受他的支派，女儿怎咽得下这口气？但为大局着想，为了大家的名与利，本姑娘就不计较这些了！"

说到这里，芒丽珠狡黠地向锋浪笑了笑，锋浪知道自己完了，碰上这样刁钻聪慧的才女，晦头不少，何况更要命的是自己很想得到这朵刺玫瑰！

芒啸见宝贝女儿只是为难锋浪，呵呵笑道："成了，就这么决定下来，老夫也不回岭南镖局了，直接去探探货物的收集渠道，到时候，做起事来顺手些！唐知府和荷先生只怕也不能闲着哦！"

"当然，当然！就从明天开始，怎么样？"

"明天来个赈灾基金会的简单仪式，就在聚宝钱庄的门口，过后就大家分头行动。唐知府、荷先生认识的古城富商很多，明日就邀他们来此，将钱捐献出来，怎么样？"锋浪不无得意地道。

"行行行！"唐知府和荷先生均应了下来，荷先生闪烁着目光探询道："浪公子，金闲庄的金庄主夫妇要不要请呢？"

"当然要请，这样有名气，在黑白两道都有声有望的人怎能不请呢？"芒镖头立时响应，唐知府笑道："古城这样大的事不请金闲庄只怕不妥！"

锋浪皱了皱眉头，良久没有说话，芒丽珠不解地道："浪公子疑虑什么？难不成浪公子与金闲庄有什么过节，不会吧？"

锋浪心里一骂，呵呵笑道："当然要请，但金闲庄如果知道负责人是在下，会有何反应？谁也不知，明日在下可不可以不露脸？"

唐知府反对道："不行，负责人不出席这样的场面，言不正，理不顺嘛！"

锋浪望了望荷西，荷西却将眼光躲到了别处，锋浪深叹了一口气，狠狠咬牙道："好吧！"

宏大的"阴谋"就在清风阁预定了下来，大家宴罢踌躇满志而回。锋浪回到了凯悦客栈，一直忐忑不安，因为金闲庄的人必定会参予这场重大的开幕仪式，何况这件事是为灾民谋利，但如果金烁看到了儿子，他会相信吗？或许他又认为是儿子在运用欺骗的手段骗大家的钱，如果当场指了出来，而且证明浪公子就是他儿子，那会怎么样呢？

"不行，这件大事只能成功，不能失败！"

"看来只有自己亲自回一趟金闲庄！"锋浪刚出门，就碰上了芒丽珠，立时怔怔地道："芒姑娘有事吗？"

"嗯，有一点点小事！"当看到锋浪凝重的神色，呵呵笑道："浪公子不会为明天的事而心事重重吧？你不是已派唐知府和荷先生两名部下去办了？嘿嘿……唐知府居然也成了你的部下了！"

"芒姑娘又在说笑了，在下能被委以重任，全赖大家看得起，芒姑娘有事吗？"

此时锋浪心事重重，说话也心不在焉，居然连说了两次"芒姑娘有事吗"，芒丽珠幽怨地道："今日在席上逆了公子几句，公子难道耿耿于怀？"

锋浪立时心有愠怒，认为芒丽珠在损他，但想到此时尽量少说话，于是呵呵道："芒姑娘说到哪里去了，在下早就忘了你那几句话，现在在下是去金闲庄！"

"金闲庄？"芒丽珠脸色一变，疑虑地道："你认识金闲庄庄主？你真的与他有什么过节？"

能认识金烁，已是不易，而敢与金烁有过节，当然此人更厉害，有胆量！芒丽珠当然想不到锋浪是金闲庄的少庄主，不用胆量，不用多厉害，天下只有他一人例外！

"是啊！不但认识，而且十分认识，有那么一点点的矛盾，为了明日的开幕仪式顺利进行，在下只有曲尊纡贵，主动上门讨好啦！"

"曲尊纡贵？你有多尊贵？说话不知深浅，难得你有这样的心，但金闲庄金庄主是侠义中人，我们不是做坏事，他应该赞成才是，又怎会……"

"哎……他对在下误会很深，我担心万一……"

"既然误会很深，你怎可一人前去金闲庄？"

见芒丽珠担心的神情，锋浪心里一爽，手脚顿时不规矩起来，不由自主拉住了芒丽珠的手。芒丽珠立时满脸娇羞无比，低下了头，却并没有反抗。锋浪动情地道："谢谢芒姑娘的关心，无论如何，在下也要去一趟金闲庄，金庄主乃光明磊落之人，想必不会要在下的小命吧？哈哈哈……"

见锋浪笑得十分古怪，芒丽珠心里又是甜蜜，又是感动，但又是古怪，百思不解他们之间到底有何过节。锋浪的形象在她心里更加神秘了，与金烁有过节，而他又活得如此开心，武功之高，当是不可思议了。但她依旧不放心，真的自心底关心起锋浪。

"你为了大家这样做，小女子还真佩服你了，不如小女子跟你走一遭，说不定话还好说些！"

"万万不可，如果将你带去，会更加糟糕的！"

锋浪立时断然否决，只因如当金烁见他又泡了一个妞，会有何想法？金大侠可是从一而终，而他儿子却是女人一大堆，换女人如走马灯一样，还能与她聊吗？而且锋浪更不想让芒丽珠知道自己的身世，这样好得多！

"芒姑娘，在下一人去好说话，你呆在这里，在下很快就会回来陪你聊天的，等着噢！"

锋浪射出几步，向芒丽珠露出一个迷人的笑容和鬼脸，很快就消失在门口。芒丽珠叹了叹气，暗道："他到底是什么来历？居然可以与金庄主作对，而心情却如此轻松，天下恐怕只有他做得到，金庄主乃侠义之人，那与他作对的人应该不是侠义中人，但浪公子却偏偏不坏！"

芒丽珠想不出子丑寅卯来，只因她想不到，做梦也想不到浪公子在金闲庄是一个十分重要的人物，重要得简直是一块稀世珍宝。

锋浪窜出古城，走在郊外通向金闲庄的小道上，小道幽静至极，道旁是翁郁的树林和绿绿的竹林，偶尔听到清脆的鸟叫声，这一切是那么的熟悉和亲切，锋浪差点要激动的流下泪了！

刚走了几步，就听到轻微的衣袂声，此时锋浪耳聪目明，已达到了另一个境界，自然胆子也大了许多。他相信普天之下，能与他对招较内力的人屈指可数。锋浪招式出自"剑花秘谱"，自然是天下神奇巧妙之招，而内力来自三颗乌僧舍利，虽不是天下最强，但已是很强！

锋浪刚走出两步，几个"蝴蝶花"一般的花女掠出了竹林，围住了锋浪，一个花女娇声道："浪公子也太大胆了，居然在金闲庄的地方如闲庭信步，难道不怕金庄主砍断你的双腿吗？"

"噢，是吗？这里是金闲庄的地方，各位明知还犯，在这里窜来窜去，就不怕金庄主砍了你们的翅膀吗？"

众女均是一愕，接着咯咯笑了起来，另一花女道："公子会错意了，我们奉谷主之命，在此保护金庄主夫妇，无论如何，金闲庄夫人是我们的姑姑！"

锋浪当然明白"保护"其实是监视，甚至将金烁夫妇软禁在此，她们为何要这样做呢？金烁夫妇在此隐居，不用软禁也不会下山的，软禁简直就是多此一举。锋浪冷冷一笑，道："你们对金闲庄是什么想法，在下心里明白，也不会插手，但若是对金闲庄不利，有害金烁夫妇，嘿嘿……本公子誓灭迷花谷！"

见锋浪森然的神情，众花女均是神色一愕，顿时脸色陡变，又有一位花女道：

"但谷主却不希望公子在外惹是生非，要我们一见公子就请回去见她，谷主她真的想见你呢！"

"哈哈哈……要见本公子？也得本公子愿意，现在木公子很忙，如果没事可做时，自然会去见她老人家，不劳你们如此相请！"

世上的事岂有做得完的时候？锋浪明明是在消遣众女，众女脸上亦渐渐有了怒意，领头的花女道："公子不愿去，那我们只有相请了！"

说完向侧旁的两名花女挥了挥手，两名花女飘曳而起，向锋浪幻罩而来，锋浪看得清清楚楚，而且上次两名花女都奈何不了他，此时这两名花女更不在话下了。只见他突然窜起，如冲天云雀一样尖啸出声，口中道："别挡我！"

只听"砰砰"两声脆响，两名花女"卟卟"落到了几丈开外，脸色苍白，极为难堪。而锋浪已落回原地，向二花女诡笑道："在下早就说过，两次抓不住在下，就再没有机会了。怎么样？现在感觉到了吧？哈哈哈哈……"

众花女料不到锋浪武功精进如此之快，简直一日千里，几日就是万里，居然在一招之内就击败了两名花女，这样下去那还了得？

"统统上去抓，天下哪有这种邪门的事！"

天下无人相信的邪门之事偏偏却让锋浪碰上了，这还真是邪门呢！锋浪存心想试一试自己的成就，试一试舍利的功效，也不跃身，而是站在那里，让众花女围着不断地飞来飞去，只觉得十分有趣好玩。但看了一会儿，就觉得花女们闪动的身形越来越快，弄得他眼花缭乱，心中骇异，哪敢再看？

锋浪闭上双眼，听着四周的响动，而强大的真气已护住了全身，暗忖道："妈的，就让你们飞，总有飞累的时候，看是你们撑得住，还是本公子撑得住！"

第十四章

　　果然片刻功夫，众女就袭了过来，如一片片花瓣一样袭向他的全身要穴。锋浪身形一旋，飞快地拍出无数掌，如同无数掌影在全身出现，立时破了密密麻麻的花瓣，众女料不到锋浪内功强劲到这种程度，哪敢再轻敌？又加快了几步，顿时花掌纤手、白绫全向锋浪罩来。

　　锋浪眼光陡现，飞快地望了望四周，惊异无比，暗忖道："今日恐怕没有时间与她们一争高下了！"于是哈哈大笑道："各位姐姐妹妹，兄弟还有要事待办，就不陪你们玩了，真对不起哦！"

　　话音甫落，就如猎豹一般向山道方向鱼窜而去，而双掌如飘风，"呼呼"直出，气势自然与众花女不可同日而语，挡住前面的两花女立时被他推到了一边，露出一个空隙。锋浪一飘一窜，已掠到了几丈开外。

　　而这一切，全在眨眼之间，连左、右、后三方的花女来不及支援就不用劳思动神了，因为锋浪已掠远，看着这小子远去的方向，一花女道："这怎么可能？他的武功就像春天的竹笋，一日就要长一大截！"

　　"开始斗不过两人，后战成平手，现在我们这么多人也不能困住他，哎……如果用毒，或许会抓住他的！"

　　"不行，绝不能用毒，谷主早就交待下来了，别忘了他是莫姑姑的宝贝儿子，若有一点损伤，我们都别想有好日子过！"

　　"哼，你以为只有我们才将他当成莫姑姑的儿子，不敢痛下杀手？其实他真的将我们也当姐妹呢！否则刚才只需施下狠手，我们已死了四人了！"

　　这话倒也不错，刚才锋浪确实可以轻松杀死前后两名花女，但他没有那样做。一则怕娘亲责怪；另则是不想与迷花谷结大仇，毕竟自己也有一半来自迷花谷，虽然娘亲已不是迷花谷中人。

"那……那我们还如何打？根本就打不起来嘛，这边姐姐妹妹，那边兄弟，能下毒手么？不能下毒手！不是我们没办法，而是他想逃就可以逃！"

"看来只有等谷主指示，用另一种方法！"

"什么方法？"

"软办法，美人计啰，就用你们两个贱丫头！"

"咯咯咯……对，听说这小子是个花花公子呢！"

"你们少瞎闹，如让谷主知道了，可麻烦得很！"

众人止住了嘻嘻哈哈的笑声，而锋浪此时已到了金闲庄的大门外，看着古色古香的辕门，辕门上面的金烫大字"金闲庄"，心里又升起一阵酸甜苦辣，暗忖道："我又回来了，居然回来了！"

守门的侍卫一见锋浪，顿时脸上一喜，但很快又是一片无奈，走了过来，半是恭敬半是阻拦之意道："少……公子，这里不欢迎你……"

"我知道，进去通报贵庄庄主，在下金圣教浪公子有要事求见，乃关系天下灾民之事！"

见锋浪一副不亢不卑、不依不饶的神情，将父亲称为"贵庄庄主"，将自己称为"金圣教浪公子"，一副外交辞令的样儿，两名侍卫又是一愣，脸上不知是惊愕，还是兴奋。关怀与无奈相融合，要说有多古怪就有多古怪，两名侍卫瞪了锋浪半响，才见其中一名进去通报了。

"哈哈哈……你别看着本公子，本公子不会进去的！要进去，只怕你们还拦不住，本公子已从后面偷偷进去两次了，哈哈哈……"

谁知那侍卫也含笑道："浪公子不要得意，金闲庄是什么地方，能容外人入侵两次而不知么？只因你不但熟悉路径，而且身份特殊，要见夫人，庄主假装不知，我们也是睁一只眼闭一只眼罢了！"

锋浪一愣，得意之情立时烟消云散了，即而哈哈大笑道："哈哈……这样好玩，够刺激嘛！本公子喜欢！"

他顿了一顿，又低声道："你将这些告诉本少爷，难道不怕贵庄庄主知道吗？小哥儿，现在我可厉害啦！"

两人当然十分熟悉，那侍卫开始脸色一变，但听到锋浪后半句话后，又是一喜，低声道："少庄主，我们很想你呢，你说说你有多厉害？金圣教是什么玩意儿？"

"啊……哈……别说了，老爷子出来了！"

锋浪心里的悬石"咚"地落了下来，暗想一提为天下灾民谋幸福之事，谅老爷子也不敢不出来，但令锋浪激动不安的是娘亲也跟着出来了。锋浪皱了皱眉头，嘴角一挑，膝盖颤动了几下，就要往下跪，但他最后告诫自己："不能跪，现在本公子是以金圣教教主的身份来对找金庄主谈话！跪了下去，那我金圣教还站得起来么？"

金烁眼中射出如犀利金剑一般的光芒，将锋浪全身罩住，锋浪不由打了一个寒战，心里也有些紧张，暗忖道："真是咄咄怪事，现在我功夫进步很大，与老爷子大可一拼，还怕什么呢？"

儿子怕老子，根本不能由谁最厉害，谁打得过谁来决定的！而是从小到大，骨子里就有了那种崇拜的怕，成了一生的害怕！

莫小小本想跨前几步，抱住儿子，但看了看丈夫，又看了看儿子，强忍住泪花和激动的思子之心，跟在丈夫旁边，同步而出。

夫妻两人想不到锋浪短短几日不见，居然长高了很多，成熟了很多，而且武功简直出乎他们意料的突飞猛进，站在那里，已不是个顽皮的孩子了。

"哎……儿子果然是长大了，管不住了！"

金烁不知是高兴，还是由衷的慨叹，或是有一种心有余，而力不足的失落感。连自己的儿子都降伏不了，又如何去降伏整个江湖？听到金圣教，原以为是小孩子闹着玩的，但现在看到儿子站在那里，有模有样，气宇不凡，气势咄咄逼人，金烁开始有些忧虑，感到金圣教并非自己想象的那样简单，它会随着儿子的长大而渐成气候。

若真成了气候，江湖会怎么样呢？迷花谷、金圣教……他不敢想，因为儿子是否好坏关系着金圣教是正是邪。

锋浪强压住心头的复杂情感，拱手似模似样地拜道："金圣教浪公子见过金闲庄庄主夫妇！"

旁边的侍卫想笑，但看到庄主冷冷的脸容，夫人眼中的泪花，他们只有在咽喉处蠕动，有的用力挤压下巴，不让自己笑出声来。

"金圣教……哼……本庄主从未听说过，我们也不用相互介绍吧？算是彼此相当了解了！"

"哈哈哈……当然，不用介绍！"想不到锋浪此时还笑得出来，在娘亲的泪花旁大笑，但锋浪一直没有看莫小小，不是狂妄轻视，而是不敢看，他怕她的眼泪！

"如果你要欺骗天下人，那本庄主会去拆你的台，揭你的底，让你不能再骗人、诈人！如果你是诚心为天下灾民做事，本庄主当然更会去，即使没有收到邀请，本庄主照样前去！"

"好好……若金庄主夫妇到场，当是为聚宝钱庄增色不少！"

"哼，少来这一套，快走吧，这里不欢迎你！这次就网开一面！"

锋浪心中被猛地一刺，剧痛不已，脸色一变，嘴角动了动，想骂出来，但他不敢，也不能！可心里却在不停地忖道："现在本公子不是金闲庄的人了，为什么怕他？为什么要怕他呢！"

金烁又带着妻子向里走去，而莫小小不敢回头，她怕自己再也忍不住，能见到儿子一面，她已很高兴了，可怜而伟大的母亲在父亲与儿子之间，如不知漂到哪边的疲惫之船！

锋浪咬牙忖道："他太霸道了，是他让娘亲受尽了委屈，是他让娘亲流泪的……我……我……只有一点点责任！"锋浪终于也承认了，但又在心里呐喊道："他做的太过份了，为何阻止我与娘亲相见？"

想到这里，锋浪不知从哪里冒出来的狗熊胆子，口一张，爆喝道："金庄主，我要与你比试！"

锋浪的声音很大，但众人听到犹如晴天霹雳，均回头望向锋浪。金烁也是一怔，但很快就恢复了平静，轻谑道："你说……你说与本庄主比试？你敢么？"

莫小小本就面色白净，但此时更是苍白如纸，两行清泪终于流了出来，尖叫道："锋儿，你疯啦！"

锋浪又看到了娘亲那身临绝境般的痛苦面神，又见到了两行泪水，心里顿时波涛汹涌，痛苦至极，脸上抽搐了两下。

"我是不是患了神经病？怎么说出那样的话！在娘亲面前，父子比试像什么话？而且，儿子能打败老子么？"

但看到金烁那平静中带有轻视的样儿，分明是看不起他锋浪！认为他不能成大气，立时又感到自己的自尊心受到猛烈的鞭鞑，咬了咬牙，道："这不是敢不敢的问题，而是以实力说话！在下认为已有实力与金庄主一较高下了。金庄主不会恋着那块金字招牌，而不敢与在下比试吧？"

锋浪暗想自己既然已把话放了出去，就要硬到底，错也要错到底。果然，金烁眼中立时射出了森然光芒，如他的金剑一般，他也生怒了。

"你……你竟敢说这样的话？果然有胆量了，好……好……不愧是莫小小的儿子，本庄主就与你比！"

众人愕然，看一下金烁，又看一下锋浪，不知该如何是好，但又觉得新奇，儿子要与老子比试武功，天下恐怕再也没有这么新鲜的事了！

"烁哥……求求你，不要和锋儿比试！锋儿，还不向你爹跪下认错，算娘求你了？"

"娘，你别伤心，他检验一下孩儿的武功，让他也知道，孩儿并不是不成器！"

"哈哈哈……好，说得好，高伯、紫儿，快将夫人扶回房去，免得她在这里影响比武！"

高伯和紫儿匆匆上前扶着莫小小，莫小小知道自己已劝不住他们父子二人，紧咬着薄唇，坚毅地道："好，你们要比试，我就来作公证人，打吧！"

金烁和锋浪均是愕然，不安地望向莫小小，问道：

"你没事吧？……"

"娘，你……没事吧？"

"没事，但你们必须点到为止，输了自己说出来！"

金烁来了兴趣，似笑非笑地道："你真以为你的宝贝儿子会赢么？"

"你不要轻视他，难道你看不出他已达华光内敛之境么？你还以为他一点内力也没有？"

莫小小气冲冲的白了丈夫一眼，果然金烁再认真地看了看自己的对手，心里一震，暗忖道："这怎么可能？他定走了什么邪门！"

他想到这里，立时心里乱如麻，又气又担心，冷声道："快说，你用了什么歪门邪道的方法？"

锋浪心中一痛，暗想你总是认为我在走歪门邪道，总认为我是在偷蒙诈骗，于是脱口道：

"你听说过乌僧吗？有缘吞服乌僧的三颗舍利子，得到佛法认同之人，也算歪门邪道吗？那是不是天下佛门道法都是歪门邪道？"

修养再好的金烁听到这里，也不由自主脸色一变，呐呐地道："乌僧？三颗佛门舍利？"

锋浪见金烁如此神态，心里不由有了些快感，更加坚定了自己的信念，胆子也更大了。

莫小小则是惊喜不已，道："锋儿，你服了三颗舍利子，这是真的么？"

锋浪见娘亲由流泪转而忧虑，此时又有些高兴，心中不由升起一股暖意，温驯地向莫小小点了点头。而金烁则很快恢复了平静，冷冷地道："武学一道，贵在持之以恒，长年累月，辛勤苦练，武技与精神统一，而投机取巧，纵是机缘巧合，若不能勤奋苦练，恐怕也是枉然；佛门三颗舍利，根本不能助你成为武林高手。哼！原来你小子有胆向本庄主挑战，仅凭借舍利子的力量，恐怕这不是一个男子汉的作为！"

"是不是男子汉，是由天下人来评论的，在下只注重结果，并不在意过程，今日向庄主挑战，若你输了，是否在下见娘亲不再受庄主的阻拦呢？"

想不到锋浪挑战的真正原因在于此处，金烁心中一暖，但脸上依旧严肃至极地道："只怕你根本没有取胜的机会，如果你真胜了，本庄主答应你！"

锋浪立时兴奋不已，更是激动万分，似模似样地道："在下先在此谢过了，但比武却会全力而拼！"

莫小小脸上几乎有了笑意，因为儿子太淘气胆大妄为了，居然向老爹挑战，心里暗叹道："哎，儿子虽然长大了，但还是那般淘气！只怕当父亲的越来越管不了啦，万幸的是他很孝顺，对娘亲很乖、听话，为什么他们父子就如仇人一样呢？难道非要拼个高低么？"

"拿剑来！"

金烁的清啸声惊醒了莫小小的胡思乱想，看着侍卫进内拿剑，莫小小脸色一变，道："烁哥，与儿子比武难道也要用金剑么？那……"

"哼，这是比武，关系着金闲庄的声誉，本庄主有责任全力而为！现在他并非金闲庄的人，本庄主不用金剑是不行的！"

见丈夫意坚话绝的样儿，莫小小又有些害怕了，忙道："锋儿，你用什么剑？"

"呵呵呵……孩儿不用剑，有你的短匕呢！"

"那怎么行？你爹的金剑太厉害了，不公平！"

想不到关键时刻莫小小偏向了儿子，金烁还真有些失落，暗忖道："看来还是儿子要紧！"

但莫小小想得不同，锋浪现在不在金闲庄，但最终还是金闲庄的少爷，他胜了也是情理之中，因为他是将来的金闲庄庄主嘛！

锋浪听老爷子叫人拿金剑，心里也有些发毛，暗道："金剑太厉害了，老爷子会不会趁机教训我一顿？他一直想教训我，可都让我逃掉了！"

"呵……怎么这样热闹？"

背后传来了荷西和唐知府的声音，锋浪回头一视，荷西和唐知府均是惊讶地道："浪公子？！"

唐知府更是大感意外，茫然道："浪公子何以在这里？你……难道与金庄主认识？"

"认识……哈哈哈……从小就认识，太认识了！"荷西代锋浪答道。

唐知府更是不解，荷西忙又解释道："浪公子正是金闲庄的少庄主，以前没有告诉你，全是浪公子不喜欢，嘿嘿……他与金庄主闹翻了！"

"他……他就是金庄主的宝贝儿子？"

唐知府的死鱼眼睛居然活过来了，怔怔地看着锋浪，半晌方才点头道："应该是这样的，应该是这样的，像浪公子这样的奇才只能出自金闲庄，本知府真是太笨了……那又怎么闹翻了呢？"

他顿了一顿，又惊讶地道："瞧这阵势，好象是要打架哟？"

看到侍卫捧出金烁的金剑，两人都是神色一变。锋浪见唐知府二人前来，立时又有了信心，笑道："不错，在下要与金庄主比试！"

"比试？"

两人的眼睛都如灯笼一般挂在了眉毛下，更是茫然，突然莫小小向不远处的树林里道："不知是哪位姑娘造访金闲庄，现在也出来吧！"

锋浪一怔，向树林里望去，见树林里走出一个他认识的人——芒丽珠，立时惊道："芒姑娘，你……你怎么在这里？什么时候来的？"

莫小小微笑道："她来很久了，怎么？是你的朋友？"

金烁朝唐知府和荷西打过招呼后，方才冷冷地道："只凭这一点就证明你的火候还不够！"

锋浪心中懊恼至极，不服地道："难道你早也知道树林里有人？为何不早说出来？现在这样说，恐怕令人不信服！"

唐知府二人均是一愕，料不到锋浪会这样与金烁说话，莫小小道："傻孩子，你爹比你娘亲还先发现呢！这姑娘定是跟你上山来的！"

锋浪更是尴尬至极，信心顿无，狠狠地瞪了芒丽珠一眼，仿佛这一切都怪她，方才道："不打了，就算我输好啦！不过我还会再来挑战的！"

锋浪颓丧至极，转身就走，路过芒丽珠旁边时，看也不看她，他不敢怎么表示，因为这会冒犯老爷子，老爷子只怕现在又在怀疑他是采花大盗呢！而且他心里确实恼怒芒丽珠跟踪自己，而他却一点也不知道！

"等等，难道就这样走了么？"

锋浪听到金烁的话，心里一沉，暗叹该来的迟早要来，于是转头道："金庄主还有事么？"

金烁果然对二人有些怀疑，因为芒丽珠此时是一副楚楚可怜，惊惶忧伤的样儿，眼睛一直看着锋浪，仿佛她已深受锋浪这匹色狼之害！

"这位姑娘是谁？想必你不会说不认识吧？"

锋浪心里愠怒，顿时又升起反抗的念头，上前牵着芒丽珠的纤纤玉手，呵呵笑道："她，我当然认识，是在下新认识的朋友，怎么样？这也要管？"

刚刚松弛的气氛立时又紧张了起来，芒丽珠此时心乱如麻，因为她面前的人是金闲庄金庄主，牵着她的人是金闲庄少庄主，亦知道其父子之间的矛盾很大。她皱了皱眉头，茫然娇羞恼怒而惶恐地想甩开锋浪的手，但锋浪抓得很紧，根本甩不开！

锋浪那副玩世不恭不恭的浓浓挑战之意，金烁岂会看不出来？又见芒丽珠那副可怜兮兮的样儿，顿时大怒，暗忖道："天啦，我金烁到底做了什么坏事，居然生了这样一个儿子？不但偷蒙诈骗，而且是一个采花大盗！"

"你放了那姑娘，老子今日要清理门户！"

"清理门户"四字一人众人之耳，众人为之色变，芒丽珠亦变了脸色，羞红无比，天资聪慧的她当然明白金烁会错了意，忙叫道："金庄主，你误会浪公子了，他与我根本……"

说到这里，颇有修养的芒丽珠哪里还说得下去，顿时羞愧地低下了头，暗怪自己为什么要跟着来？她本来是关心锋浪，怕他在金闲庄出事，但做梦也想不到会是这样一回事。而且现在越来越糟糕，又羞又恼又委屈，简直要哭出来了。

"金庄主，芒姑娘说得不错，我也可以证明他们只是朋友，你怎么对儿子一点信心也没有？"

荷西的话虽然不是实话，但很有作用，因为他的女儿已是金闲庄的预备媳妇了。金烁愣了愣，勉强道："难道本庄主错怪他了？"

莫小小从惊恐中醒过神来，长舒了一口气，"清理门户"对她来说可是最大的刺激。万幸气氛又松弛了下来，但见锋浪那挑战的眼神，知道这死小子若再呆在这里，不知又会闹出什么事情来，于是掠到儿子身边，几乎是哀求道："锋儿，你快走吧，带着这位芒姑娘，算娘亲亲求你了！"

锋浪心里忿忿不平，道："娘亲，他总是无缘无故将孩儿想成十恶不赦的人，孩儿不服！"

莫小小此时又流下了泪水，说道："不能怪你爹，他心里压力太大，一生杀了很多邪魔之人，很怕自己的儿子成了邪门中人！你知不知道，他其实很关心你的，你也没有错，但你确实做过错事，娘亲求你改过自新，好好做人吧?！"

娘亲说得没错，做侠义名士确实压力很大，而且自己也确实做过许多坏事，现在又继续做老爷子不赞同的事。锋浪暗叹了一口气，很孝顺地为娘亲拭去了泪水，点头道："娘亲，你别哭了，孩儿马上就走，走得远远的，也会听你的话，不会让你伤心！"

为了不伤娘亲的心，锋浪猛地拉了芒丽珠一下，转身大踏步离去，再没看金烁和庄内众人一眼！

锋浪心情极坏，拉着芒丽珠不停的沿着林间小道向山下而去，刚上山的喜悦已荡然无存。而芒丽珠就那样被他紧紧地拉着，一句话也没有说。

突然锋浪刹住了身子，回头没好气地道："你怎么不说话？难道你就没有话对我说吗？不问我为什么是金闲庄的少爷？为什么会被赶出家门？为什么一直要瞒着你们？你……你不是一直想知道，一直暗中跟我就为这些么?"

此时锋浪的眼睛泛着许多血红的丝线，还真如一头发怒的狼，简直就是向芒丽珠咆哮，此时他确实将这样的结果归咎于芒丽珠的出现。芒丽珠愣愣地望着锋浪，脸色苍白，仿佛她早就知道有这样的"暴风骤雨"，没有眼泪，没有言语，而她却紧紧地咬着自己的薄唇，直咬得泛白，没有血丝。

"你……你抓痛了我的手，能不能先放开！"

良久芒丽珠方才说出这么一句不愠不火的话，但语气中明显的表示了不满和委屈，无奈的抗拒。锋浪显然没有料到芒丽珠会有如此迥然不同的态度，亦收住了自己的咆哮，怔怔地看着芒丽珠，突然投入芒丽珠的怀中，大声哭了起来，仿佛山洪正在爆发，仿佛海啸正在扑打礁石。此时的锋浪哪里还像金圣教的教主？哪里还有那样的神气？活脱脱就是一个孩子伤心的样儿。

芒丽珠没有羞赧，也没有将锋浪推开，而是将他紧紧抱住，用纤纤玉手在锋浪的厚背上不停轻拂，如同在哄宝宝睡觉。而她苍白的脸上，此时却流出了晶莹的泪光，最后不由将自己的头与锋浪的肩紧挨在一起，飘拂的长发几乎佛满了锋浪的肩头。

两人如同情侣一般就这样拥抱着，良久方才分开。锋浪看着羞涩无比的芒丽珠，狠狠擦去自己的眼泪，似笑非笑地道："我从来不哭，在女孩子面前更不愿哭，今日你却看到了，不许告诉别人，知道吗？"

芒丽珠乖巧地点了点头，才蚊蚋般地道："难道你已不怪我跟踪你，闹得你受够了委屈？"

"哈哈哈……委屈？我早就习惯了！"锋浪说完抚摸着芒丽珠的玉脸，温柔地道："你相不相信我很坏？"

芒丽珠羞涩地道："你很坏？但就算金闲庄的少庄主再怎么坏也有几分好。今日看了金闲庄金庄主夫妇，更不会将你想成坏人。哎，想不到江湖上传乎其神的人物也有凡俗人一样的喜怒哀乐！"

"那是当然，再厉害的武林人物也是人，也是要吃饭的，自然也有人的共性。喂！刚才我问你的话，你怎么避而不答？"

芒丽珠仔细地看了看哭后似笑非笑的锋浪，心中叹了叹，摇了摇头道："我不知道别人怎么说你，但我以直觉感到，你是一个好人！"

"真的吗？哈哈哈……本公子居然是好人！"

锋浪居然又苍凉地笑了起来，笑得泪花四溅，笑得潇洒，笑得颤动。芒丽珠怔怔地看着锋浪，痴痴地看着，忽然伸手为锋浪拭去泪水，安慰道："其实你自己很有主见，你心里十分清楚好坏的衡量标准，大概与金庄主不一样，方才有这么多烦恼！但是，你依旧会按着你的好坏标准一意孤行，你不是个轻易改变主意的人，是吗？"

锋浪刹住了笑声，低头看了看芒丽珠，突然狠狠吻了吻芒丽珠的玉脸，道："在本公子遇到的所有女孩子中，恐怕你是最了解我的，我很高兴认识你！"

芒丽珠顿时脸色一变，哀怨道："你已认识了很多的女孩子？与她们很熟络么？"

锋浪狂放不羁，芒丽珠当然应该早就会料到了，但怀春的少女有许多幻想，而且希望每一种幻想是真的，于是无论她们如何聪明，都是愚蠢的，至少在判断是非上是这样。

锋浪这才知道一时兴起，说漏了嘴，立时心里叫苦，大骂自己是猪嘴，简直想打自己几巴掌，但话已出口，无论如何也是收不回来的！

"啊哈……当然……哦……不，并不认识很多……"

锋浪只有打个哈哈，但无济于事，芒丽珠乃何等聪明之人，而且头脑也渐渐清晰了，脸色又越来越苍白，越来越如一个怨女。

"嘻嘻……浪公子，说话可要凭良心，如果见到一个女孩就说没有心肝的话，只怕心肝迟早会被人挖出来，分成几大块的！"

两人均不知如何处理这短暂的尴尬，突然从林间传出戏谑之声，很快便见两位绝色美女飞掠而出，一位浓抹胭脂令人想入非非，另一人却是淡妆如不食人间烟女。

锋浪见到二女，立时脸色大变，大叫道："你们……你们怎么到这里来了？"

"嘻嘻……我们是到金闲庄去排队向金庄主夫妇讨个名份的！怎么，公子不喜欢？"

显然这句戏谑的话是由铃铃口中说出来的，而可可却将会说话的眼睛一会儿看看锋浪，一会儿看看芒丽珠，不知是生气，还是漠不关心。

"简直是胡闹，这里虽是金闲庄的地盘，却是十分危险，迷花谷的花女已控制了这一片树林！"

"嘻嘻……原来公子并不是没有良心，而只是花心！可可，你听公子还是很关心我们呢！"

锋浪头痛至极，头脑里一团乱麻，暗忖道："此时不逃，难道等她们骂么？"

主意一定，锋浪潇洒地一甩手跨出一步，含笑道："你们都去吧，腿长在你们的身上，拦也是拦不住的，本公子还有事待办，失陪了！"

说着，向三女拱了拱手，很有礼貌的退了两步，突然窜身飘跃而起，向来路闪电般掠去。三女正自怒容如玉，不知如何处置这个花心的浪子时，谁知他居然这般无赖，抬腿就跑，铃铃也愣住了，大骂道："锋浪，你这个没有心肝的，下次休想再骗本姑娘！"

可可拉了拉铃铃的手袖，低声道："姐姐，骂有什么用？他已经溜了，我们还是追去吧？"

铃铃瞪了瞪杏目，美眉一挑，似是无可奈何，却含笑捏了捏可可的小玉脸，咯咯娇笑道："小美人，不知你要被他骗多少次才会清醒，要追你追吧，姐姐这次可不想跟上去！"

可可脸上立时绯红，看了看芒丽珠。铃铃这才转向芒丽珠咯咯笑道："四妹，你是岭南镖局芒镖头的宝贝女儿吧？想不到那死小子胆子越来越大，连岭南镖局的千金也敢骗！"

顿了一顿，她又饶有兴趣地道："哎，现在骗已被骗了，又有什么办法？我们毕竟是女人，只有委曲求全了。但我们都受了那死小子的拐骗，只有同心协力，才能制住他！"

芒丽珠此时又羞又气，简直是欲哭无泪，虽然与锋浪清清白白，但被锋浪揩了不少油水，倒是千真万确，而且当场被人"捉"住，她一点脾气也没有，又听铃铃口气，以为是锋浪的旧相好，于是惊诧地道："我……我……你们怎么知道我是岭南镖局芒镖头的女儿？为什么叫我四妹？"

"呵呵……以后咱们就是一家人了，不了解的清清楚楚怎么行？老实对你说了吧，那花心小子相好的姑娘很多，目前他承认名份，而又认真对待的连你在内却只有四个，你不是四妹难道还想当五妹？哎，只不知道那死小子到何时方能收手！"

芒丽珠心猛地一沉，如被狠狠地抽了几鞭，脸上羞红，怒道："你……你们可别乱说，我……与他……"

芒丽珠说不下去了，"清清白白"四字她还真难以开口，在心里将锋浪狠狠骂了一通，却又不能启口，晶莹的泪珠又不由自主流了出来。此时倒不是为锋浪，而是为她自己。芒丽珠感到自己怎么这样命苦？到古城来相亲，未相之前就因对方是登徒子而丢了面子，遇上锋浪，满以为找到了一个更好的，却万万未料到他是这样的人，面子丢了，还被人无情奚落，自己却一句话也难以说出。她只有哭，哭天哭地哭无情！

美艳的铃铃认真地看着芒丽珠，摇了摇头，仿佛很同情的样儿。可可忙安慰道："芒姑娘，你别委屈，浪公子虽然毛病很多，但他……他还是一个很好的人！铃铃姐刚才说得话，有一半是夸张的，你可别相信！"

"嗨，你一个小丫头，你怎么这样说姐姐？那日你哭哭啼啼的，姐姐怎么待你的？你难道忘了吗？"

"就是因为没有忘记，可可才将你的话变了变，又说了出来，铃铃姐，你敢说不是吗？"

见可可顽皮的笑靥，铃铃嗔笑道："好啊，想不到你会对姐姐来这一手，现在姐姐才看出你这小美人并不简单啊！以后姐姐还是小心些，哎，遇人不淑啊！"

即而铃铃又转向芒丽珠含笑道："芒姑娘，可可说得对，刚才我的确是夸大了些，但这是事实，我们不阻止他，难道还要鼓励他继续骗美人么？刚才本姑娘说那些话，有些私心，想吓退你。现在看情形，并不那么容易。不过你可得想清楚，是退出去呢，还是与我们一起阻止他泡妞，阻止他可得冒很大的危险哦！"

芒丽珠碰上这样的两个女人，还真是难以启口，心里又是乱如一团麻，但暗想这两女说得不错，买了一张错船票，又登错了一艘豪华巨轮，说不定正是自己要到达的目的地！

她抬头羞答答地望向二女，见二女根本没有敌意，而且向她微笑着。美人的笑容不但可以渲染环境，而且可以感染人的心情。何况一个美艳绝伦，一个清纯如仙？芒丽珠嘤咛道：

"我……我无论如何，也不会放过那流氓的！"

可可听之，立时脸上一变，急冲冲地道："他不是流氓！芒姑娘，他真的不坏！"

"咯咯，小宝贝美人，难道担心她一下斩掉你口中的无赖大骗子么？嘿嘿……在你面前他是无赖骗子；但在芒姑娘眼中，他却是流氓；而在荷姑娘面前，他却是浑蛋；在本姑娘眼中，他只是一个死小子！哎……看来他还真会川剧中的变脸绝活，咱们即使联合对付他，恐怕也有困难！"

"铃铃姐……你的意思不会是再找几个姐妹吧？"

铃铃拍了拍可可的香肩，笑骂道："小笨蛋，对付他可以找外援嘛，怎么可以多找姐妹呢？"

此时，在她们嘴中的姐妹，代表着被锋浪欺骗过的女人，而且是可以与她们合伙的女人。可可幽幽地道："去找金庄主夫妇吧，只怕天下只有他们二人才是浪公子最怕的人了！"

芒丽珠立时想到锋浪与金烁水火不容的情形，以及莫小小伤悲的眼泪，忘却了对锋浪的忿恨，急忙道："万万不可将这一切告诉金庄主！"

两女一愣，不解地问道："为什么？"

芒丽珠便将刚才自己看到的一切和听到的全都告诉了铃铃和可可，两女听得脸色大变，更是心有余悸，可可庆幸地道："万幸我们没有去金闲庄见金庄主，否则浪公子无论如何也不会原谅我们的！"

"怎么会这样呢？他们可是亲生父母啊！那金老爷子也太无情无义了吧？居然说得出要'清理门户'，难怪刚才那死小子神色不对劲！"

"铃铃姐，我们还是去找浪……他吧，万一他想不开，胡乱杀人，岂不更糟？如果他不想活……"

"咯咯……小美人，亏你想得出来，如果他不想活，只怕太阳会从西边出来，刚才你没有见他那样儿吗？"

可可道："这说明你根本还不了解他，他哭着哭着笑，笑着笑着又哭了，而心里却不是那样简单，否则他不会对金庄主的态度一直耿耿于怀，也不会想努力去证明些什么！"

铃铃和芒丽珠均是一愣，认真地望向可可，齐声道："原来你最了解他！"

铃铃料不到芒丽珠会与她异口同声同意，顿时亲近了许多，向芒丽珠友好地笑了笑，上前拉住芒丽珠的手，道："现在你才是本姑娘的好妹妹，而可可小美人嘛，则是浪公子肚中的心肝，难怪浪公子最爱的可可小美人！"

可可立时羞红了脸，忽得直跺脚道："铃铃姐，你在胡说些什么？我可没有得罪你！"

"没有？还记得那日那死小子是如何说的吗？他说如果我不好好照顾你，他就活剥了我的皮。芒姑娘，别以为那死小子对你很好，如果你得罪了可可小美人，就是伤了他的心肝，即使不剥你的皮，也会将你打入冷宫的，以后出了事可别怪姐姐没有告诉你啰！"

铃铃虽然笑着说话，在眼里还是泛着一丝淡淡的酸意，聪明的芒丽珠又如何看不出来呢？心里诧异不已，更是有一股莫名其妙的酸意，更是有些忐忑不安。她暗暗问自己道："难道我真的很在意他吗？"

芒丽珠不敢继续想，而可可此时却是羞娇无比，嗔道："铃铃姐，你再这样无中生有，胡说八道，可可就真的不理你了！"

"好……好……不说就不说，但事实总归是事实！"

芒丽珠这才注意起可可，大概心里不由自主产生了抗体，不看则已，细看后自己一点信心也没有了。只因可可在她的眼中，根本就没有一点点缺陷，而且不能产生一点点敌意，使她不得不服，也不得不承认铃铃的话是真的，锋浪的"决择"是英明的！

三女在背后很快熟络，并组织了联合阵线，以阻止锋浪疯狂的泡妞行动，而这时锋浪却已到了荷宅，与荷妮娜亲热起来，将她们全抛到了脑后，当然是披着为了工作的幌子，其实他的确也是为了第二日的"赈灾基金会"开幕式！

有"红顶商人"荷西和唐知府两位大人物出面行动，帖子送了不少，人当然是来得更多。第二日时辰未到，聚宝钱庄前的大广场上已是人山人海，络绎不绝，声势之浩大，前所未有。有官府兵士来维持秩序，此次赈灾启动大会的规格也是很高。

仅凭这一下，聚宝钱庄的人气和名声在古城提到了另一种高度。时辰刚到，荷西和唐知府以及锋浪皆盼望的金庄主夫妇二人在侍卫的陪同下亦进入了大会场，坐上了贵宾台。

大会就此开始，荷西简短地说了一下开幕词，唐知府代表官府又乱七八糟说了一遍，当然不是安民告示，显然是为了更好安抚民心，让到场的人有多少钱就捐出多少钱，多多益善。最后请出的是这件大事的总策划人，总负责人——浪公子！一个神秘而传奇的年青人！

虽然在场已有人知道这位英俊潇洒年青人的来历，但是万分之九千九百九十九的人并不知道锋浪的来历！想看清这位可以呼风唤雨、却有一颗普渡众生心肠的年青人是一副什么嘴脸。

谁知这么一看，却看出了奇怪的场面，站在前面群众当然看得一清二楚，立时"哗啦"举起了双手，掌声雷动，更有人大叫表示完全拥护。而后面的人，虽然只能看见一人站在台上向他们挥手，似乎还在微笑，但受前面之人的影响，亦不由自主的鼓掌，顿时掌声如潮水一般由内到外，久久不息。锋浪站在台上，感到自己如领袖一般，觉得自己已在大踏步走向成功！

锋浪只觉得眼前是辉煌的一片，是金钱的海洋，是鲜花的海洋，立时心潮澎湃，想流出眼泪，但眸中泪腺此时却出奇的干涸，仿佛在闹旱灾，而下面许多人的眼睛却在闹水灾！

不知知过了多久，锋浪只觉手在酸痛，双腿在麻木，心里的毛毛虫越来越多，越爬越快。但他脸上依旧绽着笑容，领袖般迷人的笑容。前面的人突然安静了下来，安静又由近到远延伸，最后，全场静得空空如也！

"各位来宾，各位情投意合的朋友，本人很高兴能与你们相聚在这里，为饱受北旱南洪的灾民们，共同伸出援助之手！"

说到这里，场中齐刷刷地响起了掌声，掌声过后，锋浪继续向下说，而坐在贵宾台上的莫小小则欣慰地望着儿子，目不转睛。但金烁则是直皱眉头，以一副不相信的神态看着儿子，又看看下面的人群。忽然莫小小转头欣慰地道："烁哥，你看我们的孩子，是不是真的长大了？"

"哼，是长大了，越来越难以管教了！"

莫小小浮笑道："烁哥，你怎么老不相信他？"

"我能相信他么？除非他能证明给我看，但到现在为止，他还没有一件事可以证明他是对的！如果他骗了大家，这事只怕收不了场！"

莫小小摇了摇头，道："有荷先生、唐知府他们支持，锋儿不会骗大家的！"

两人的对话只有他们能够听到，也只有他们心里明白。唐知府和荷西听着锋浪在台上滔滔不绝的话声，振奋至极。忽然，从人群外飞掠进几名身穿袈裟的和尚，而此时，锋浪和众人也注意到了不速之客。

锋浪心里诧异，很快结束了自己精彩的讲演，目光如炬般的望向落在前面的那几名和尚，冷冷地道："几位大师，如果是为赈灾而来，在下诚肯相待，由衷欢迎；如果是存心捣乱，只怕在场诸位不肯，在下亦是不容的！"

莫小小此时神色一变，就要站起身来，金烁却拉了拉妻子的手，道："别慌，我们还是看看再说！"

只见几名和尚中最老的一位跨步上前，合掌道："阿弥陀佛，善哉善哉，老衲乃少林顺庆，领少林弟子到此一为赈灾，另为浮僧之死！浪公子不会认为少林弟子是在捣乱吧？"

"顺庆大师？"莫小小轻轻惊呼道："浮僧大师为何而死呢？"

金烁紧皱眉头，忧心忡忡地望着戏剧性的场面。锋浪早知浮僧大师已归了西天，也会料到少林寺很快就会知道，神色并不惊讶，不愠不火地道："自然不错，顺庆大师不妨在侧小坐片刻，待事了之后，在下必会知无不言，言无不尽！"

笑容会稳定形势，更会化解敌意，顺庆大师未料到锋浪会如此沉着，而且对浮僧大师之死并不感到惊讶。顿了顿，便带着弟子站到了一侧。

锋浪退下后，荷西趁机三言两语表达了聚宝钱庄的承诺，便结束了大会。黑压压的人群蠕动了起来，走开的走开，捐钱的捐钱，一时挤满了聚宝钱庄里三层外三层。看来"赈灾基金会"成立大会十分圆满。锋浪方才满意地笑了笑，向唐知府、荷西等人吩咐了几句，方才走向顺庆大师。

"呵呵呵……少林寺若参予赈灾活动，在下表示由衷的欢迎，但不知顺庆大师到此有何打算？"

"施主为灾民而奔走，少林僧人乃佛门子弟，当然会倾力而为，愿听从浪公子的调遣，分忧解难。但在合作之前，方丈派老衲到此，弄清浮僧之死因。听说浮僧死于乌塔附近，定是在乌塔参禅顿悟时，遭人暗算。而浪公子在乌塔幸得乌僧前辈之舍利，故老衲不得不来找施主求证！"

锋浪一愣，暗忖自己吞服乌僧之舍利并没有几人知晓，何以短短时日便传到了少林寺僧人耳中呢？想到这里，不由向父母望了一眼，见父母亦正看着他，锋浪暗道："父母绝不会多舌，那又会是谁呢？"

在金闲庄，在乌塔，地广人杂，锋浪一时难以想出，但此事并不要紧，也不深想，向顺庆大师点了点头，道："大师说得不错，在下确实吞服了乌僧前辈的三颗舍利子，亦见过浮僧大师在乌塔坐禅，但后来却没有见过他老人家！"

锋浪不想将浮僧大师被黑白道之人所杀的事告诉少林寺和尚，只因此事关系重大，没有十足把握，他是不会轻易下结论的。顺庆大师一愣，又合掌道：

"阿弥陀佛，善哉善哉，但有人告诉老衲说，施主为争乌僧前辈之舍利，暗杀了浮僧！"

锋浪立时心中一震，陡然怒道："浮僧大师与在下一见如故，他老人家一身武学如何，想必大师也十分清楚，而在下未吞服舍利之前，是他老人家的对手吗？而且，你们找到了浮僧大师的尸体么？如果你们找到尸体，自会明白！"

顺庆大师又愣想了片刻，说道："我们已找到了浮僧的尸体。但却未发现什么，似是中毒而亡，而且先前与人打斗过，施主想必知道对浮僧下此毒手的人是谁吧？"

"哈哈哈……听大师口吻，似乎已不太怀疑在下了，不错，在下的确知道！但在下在未弄明白事情的真相前，不敢妄断，而且在下也会查个水落石出！请问大师有没有在浮僧大师身上找到伤痕？哈哈哈……如果仔细些，或许还有收获！恕在下冒昧，敢问是谁通知你们浮僧大师已死的呢？"

顺庆大师脸色一变，突然眼中射出如炬光芒，道："多谢浪公子提醒，施主虽然未说，但老衲并不怪施主，施主不说也自有不说的理由。老衲立时回禀方丈师兄，请求他参予赈灾之事，就此告辞了！"

说完顺庆大师又领着那几名少林和尚飞掠而去，锋浪含笑望着他们离去的身影，却是心事重重，暗忖道："如果他们知道黑白道是元凶，那可就麻烦了。少林寺与黑白道两强相斗，而迷花谷、琼楼和玉阁岂不是坐收渔利？"

"但黑白道为何要杀浮僧大师呢？难道他们有什么秘密让浮僧大师知道了，而杀之灭口？一定是这样！可又是谁告的密呢？是迷花谷的人么？"

锋浪隐隐感到背后迷花谷与黑白道已斗得不可开交，一旦露出水面，金闲庄只怕也不平静了，只因迷花谷无论输赢，都会十分在意金闲庄！

莫小小忽然走到锋浪面前，问道："锋儿，那到底是怎么一回事？你能不能告诉娘亲？"

看到金烁也在旁边，锋浪道："当时孩儿只看到两名黑衣白斑和白衣黑斑的武士带着一群黑衣人围攻浮僧大师，浮僧大师突然被一束寒光射中，后面就不知道了！"

"黑衣白斑？白衣黑斑？他们是黑白道，那……不可能！"

金烁忽然脸色大变，失态地呐呐道："黑白道乃侠义组织，为何要杀浮僧大师呢？"

"哼，侠义组织？他们也是人，也会干坏事的！"锋浪冷冷反唇相讥道。

金烁大怒道："你……你这逆子，看着浮僧大师被杀，何以不出手相救？"

锋浪亦冷冷地道："救？救得了么？就如同一个不会游水的人去救落水之人，有用么？我是不会那么傻的！"

金烁虽然圆瞪着虎目，但儿子的话太对了，他无言反驳，突然道："以后不许去追查这件事！"

"为什么？我受少林和尚的恩惠，当然要为少林和尚报仇，谁也挡不住我！"

"烁哥，你们就别吵了，我看此事没有如此简单，我们不得不重视。锋儿，你暂时不要理这件事，待我们有了眉目再说，好吗？"

"娘亲如此说，孩儿当然听从，但以孩儿的感觉，这件事没有如此简单，黑白道不会无缘无故杀死浮僧大师……"

金烁忽然打断了锋浪的话，冷冷地道："你还是去管你的赈灾之事，有些事还是少管为妙……"

说着拉起莫小小就匆匆离去了，众家丁紧跟在后。锋浪望着渐渐远去的父母，暗骂道："都是那些少林和尚，都是那死浮僧，扰得老子今日的快乐事一点也不快乐！"

即而锋浪又莫名其妙地道："本公子才不会那么积极去查什么浮僧之死，天下大乱更好，本公子正好可以趁火打劫，发展我的宏图大计!"

望着如潮水般的人群在钱庄涌动，锋浪心里窃喜，仿佛感到银子正在不停地往口袋里塞，越来越沉。忽然他看到芒丽珠带着可可、铃铃，居然还有荷妮娜在另一边有说有笑，出奇的和谐，锋浪心里又是喜又是觉得怪怪的。

他走过去道:"喂，芒姑娘，你怎么会与她们同流合污?"

谁知芒丽珠此时理也不理自己的上司，只管和三女闲聊说笑，仿佛走近的锋浪根本不存在，锋浪立时尴尬万分，知道是她们在玩弄自己，遂知趣地转身准备离开，谁知可可上前柔声道:"锋……锋哥，你生气了吗?"

锋浪立时回身，抱住了可可，笑道:"还是可可最善良，以后本公子只要可可一人!"

可可被锋浪在大庭广众之下抱着，立时娇羞无比，擂打着嗔道:"你又要乱来，快放开我!"

"咯咯咯……小美人，这小子是什么货色，本姑娘早就看透了，你总是不信，现在知道了吧?"

荷妮娜显然也与可可混熟了，嬉笑着，铃铃当然是附和，而芒丽珠则不说也不笑，跟着形势走。锋浪望着三女，心中立时明白过来，捏了捏可可的小鼻子，道:"可可，我对你怎么样? 你心里明白，但你和她们同在一路，想来蒙算我，你自己说应该吗?"

可可又羞又急，挣扎着道:"你先放开我!"

锋浪只好放下可可，可可趁机溜到三女面前，戏谑道:"你对我们怎么样，我们都明白。但为了你好，可可不得不与她们在一起，来教育你!"

"哈哈哈……教育本公子? 有这样的新鲜事吗? 你们四个自己是什么样儿，难道不知道? 还来教育本公子! 真是笑话! 天下间，只有一个人可以教育我，那就是本公子自己! 你们不要再装傻了，本公子知道你们心里想着什么，怕本公子继续沾花惹草是吗? 你们尽管放心，本公子只会收留你们四个! 别的只能算是什么红颜知己啦! 浪漫情人啦!"

"什么? 这样的话你也说得出来?!"

四女齐齐生怒，齐齐发威，怒叱着，还真吓了锋浪一跳，倒退了几步。此时妙偷手匆匆而来，道:"教主，不好了，恭长老被黑白道请去了!"

"黑白道?"锋浪心里猛地一震，更是直沉，因为黑白道的人知道他的勾当，古城分坛主的死因只有黑白道之人明白其内幕，锋浪对此事一直耿耿于怀，他虽然可以不承认自己杀了分坛主，但分坛主之死却是因他而起。想到这里，锋浪眼中冒出了森然的光芒，冷冷地道："你带我去见见他们！"

"大哥，就我们两人么？要不要再带些人手？"

"你以为是去拼命？就我们两人！"

于是，两人飞快地离开了广场，冲过了一条小巷，妙偷手指了指一扇小门，道："教主，他们就在这里面！"

锋浪"呼"地一声踢开了大门，向内直走，那神情如同官府来查户籍一般，立时有两名黑白道武士冲了出来，见到锋浪，大感意外，问道："浪公子，你怎么知道这里？"

"呵呵……古城中还有本公子不知道的地方么？"

锋浪向里直闯，两名黑白道武士阻手欲拦，锋浪挥掌急拍，一股浑厚的力量顿时将两人掀到了两侧。锋浪趁机进入了里屋，屋不大，却很雅致。而一位老头正和恭长老聊着天。两人一见到锋浪，立时站了起来，诧异不已。

第十五章

"你是谁？为什么到这里来？"

恭长老首先发言，锋浪一愣，但很快明白过来，暗怪自己太鲁莽了。此时的锋浪对方当然不认识，他只认识一个"麻烦公子"兰陵笑笑生！

"恭长老，他就是浪公子，金闲庄金庄主的爱子！"

恭长老一听金闲庄，脸色立时来了一个九十度的大转弯，呵呵笑道："原来是金少庄主！"

锋浪心里有股怪怪的感觉，暗忖他们为何一听到我是金少庄主，就如此客气呢？

"在下来此，是听属下回报，黑白道的人将恭长老请到了这里，在下担心恭长老的安危，一时冲动，还望两位不要生气。恭长老，想必你也是黑白道的人物吧？而且比这位老人家的身份高些，在下说得对吗？"

恭长老立时脸色一变，突然呵呵大笑道："呵呵呵……金少庄主果然是后起之俊杰，聪敏至极，不错！老夫不但是丐帮的长老，而且是黑白道的长老，老夫现在负责古城两大势力的事务，怎么？金少庄主还不明白黑白道的宗旨？"

"黑白道乃是以正制邪，黑白通吃，在下岂有不知之理？在下早就应该想到丐帮乃天下第一大帮，里面哪会没有人加入黑白道呢？"

"如果公子也想加入黑白道，我们表示欢迎！"

"呵呵……本公子确实想加入黑白道，但本公子现在心有所属，不便加入，恭长老是长老级人物，当然会平安无事，在下告辞了！"

说完锋浪踏步而行，恭长老在后忙道："金少庄主，虽然你不是黑白道的人，但为黑白道除去了内奸，老夫在此由衷感谢！"

锋浪一愣，没有转首，心里却在不停地转念。最后确信丐帮古城坛主可能是黑白道的内奸，而自己侥幸杀了他，定是这样！于是回头眯着眼道："本公子早就说过，在下不是金少庄主，而只是个默默无闻的浪公子！至于为你们除了内奸嘛，在下也不承认，以后你们不用再向本公子套近乎了！"

恭长老脸色一变，向那老头子望了望，方才对着锋浪赔笑道："是是……我们不应该向公子套近乎，也不会找浪公子的麻烦！"

锋浪见二人如此"客气"，更是不懂，不知他们在卖什么乖，转身就走，出了小屋，妙偷手慌忙上前问道："教主……"

锋浪摇了摇手，阻住了妙偷手的话尾，而此时他心里却在暗想恭长老二人为何在有这种古怪的态度。最后他深叹了一口气，暗道："定是因为金闲庄，因为金老爷子，黑白道才对自己如此客气，难道……他与黑白道有关？"

锋浪脑海中一片亮光划过，更是暗自叫苦，如果自己的猜测不错，只怕丐帮夺位之计不可行了！锋浪不知如何是好，脚下亦在不停走动，越走越是烦闷，最后不由自主地大叫道："这到底是怎么一回事？"

"大哥，你到底碰上了什么不开心的事？"

"没有，妙偷手，今日我们就离开古城！你去准备一下，等会儿来钱庄找我！"

"今日？去哪里？"

"去拜见你伯伯……"

妙偷手不敢多问，直直去了。锋浪咬了咬牙，此时他还真搞不懂，但侥幸的是分坛主是内奸，谁的内奸呢？是迷花谷、琼楼还是玉阁？想不到自己误打正着，解决了黑白道的麻烦。刚才他们如此恭敬，难道以为本公子是受人指使方才那样做的？受谁的指使呢？金庄主！

那金闲庄庄主是黑白道的人么？还是单单因为他的威名，而娘亲是迷花谷的人，这些还真是伤脑筋！锋浪拍了拍头，回到钱庄门口，见门上的人少了一些，但依旧蔚为壮观。

锋浪又向荷西等人交待了几句，告诉他们联系的方法，方才令黑七去通知丐留，叫他在丐帮中不要轻举妄动，他感到现在还是静观其变才是。一切办妥后，锋浪没有通知荷妮娜四女，就悄悄和妙偷手出了古城。

古城是生他养他的地方，锋浪站在护城河之畔，望着巍巍古城，又看了看旁边的妙偷手，黯然神伤道："走吧！"

"大哥，今日你成功举行了'赈灾基金会'，名声也响了很多，又为何要唏嘘呢?"

"不用你管这些事,你还是想想碰上你伯伯后如何说话,如何求他教你几招绝活吧!"

说到这里,锋浪不由笑了笑,耸了耸肩道:"无事一身轻,现在本公子还真是一身轻啦!"

傍晚时分,锋浪和妙偷手便到了古城外的一个小镇上,小镇虽然冷静至极,完全没有古城那样的繁华灯光,却是幽静无比,偶尔有吆喝声和马蹄声。

走了一段路,看了许多风景,锋浪心情又恢复如昔,看到的都是新鲜玩意儿,更是兴奋。妙偷手见教主如一个顽童一般无忧无虑,心里也快意了许多。两人住进了一座简陋的客栈,锋浪看到简朴而干净的桌子,扑鼻的酒香,以及木梯、木栏杆,客房就在阁楼上,房中只有两条木板床,床上是两条便宜的被子,不由上前嗅了嗅,欢喜地道:"不错,真的不错!"

"大哥,这里你住得习惯吗?"

"怎么不习惯?好像又回到了以前的生活了,在街上流浪,在墓地睡觉!那种无忧无虑的生活,还真是爽极了!"

小二见公子哥儿活泼的样儿,立时笑呵呵地道: "客官,这里可比墓地好得多!"

"啊……哈哈哈……不错,这里的确比墓地好多了,小二哥,这小镇上有没有青楼?"

小二一愣,随即笑道:"青楼……哦,不就是妓院嘛?"

"对对对……就是妓院!"

"妓院是有,但那地方像公子这样的人不能去,那可是有失身份啰!"

说到这里小二友好地一笑,锋浪也呵呵笑道:"想我兰陵笑笑生是什么玩意儿?有什么身份可言?而且天不怕地不怕,还怕去那妓院么?"

锋浪想到如果金烁看到此时他的样儿,听到他的话,不知会气成什么样,心里不由有些快意,于是对着妙偷手道:"你去找一套破烂衣服来,麻烦公子要变成乞丐,再去妓院!"

"大哥,那种地方你去只怕真的不合适!"

"去去去……有什么不合适的?"

妙偷手无可奈何地跟着小二出了房门,锋浪打开了后窗,看到一条十分清澈的小溪绕窗而过，向窗而来，又离窗而去，不由赞道："好房间，好地方，财源滚滚来嘛！"

忽看到小溪中有一只竹筏顺流而下，竹筏上传来一女子清脆的歌声，十足的乡村清纯味，锋浪不由想起了那位渔伯伯，想起了自己和可可在渔船上的斗气，不由呵呵笑了起来，暗道：

"嘿嘿，本公子溜掉了，看你们合伙又去欺负谁，如果知道本公子溜走了，只怕又会着急的，四处寻找！嘿嘿……便宜都让本公子占尽了，你们不嫁给本公子，还能嫁给谁？"

于是锋浪放声唱道："阿妹踏筏放情歌呢，阿哥临窗望妹来哟，阿妹羞答答，阿哥甜畅畅！"

那竹筏上的女子果然抬头而视，看到了锋浪，唱道："哪里窜来的花心郎（狼），阿妹才不会上你的当；若真将阿妹放心上，就跳到溪里让阿妹网！"

锋浪心中欢喜至极，嘿嘿笑唱道："阿哥不是花心郎，也想让妹网，却不会溪里翻作浪，阿妹上岸来，阿哥陪你月下唱！"

那女子咯咯笑了笑，向锋浪掮了掮两杆，方才用力撑了撑，竹筏已顺流而去了。清脆的歌声越来越远，锋浪方才转回身来，自言自语道："本公子也想用歌来引诱美人！"

妙偷手提着一套旧布衣走了进来，呵呵笑道："大哥，你如果穿上这一套布衣，只怕形象要大打折扣了。不过，布衣依旧难包住大哥的英俊潇洒！"

"好啦，别拍马屁啦！大哥自知长得帅！"

说着，锋浪已换上了旧衣，四下看了看，不停地笑着，笑得古怪至极，然后拉着妙偷手道："走，去看看大哥如何大闹妓院！"

妙偷手一愣，不解地道："大闹妓院？"

"怎么？你不敢去？那你不去好了，我一人去！"

说着锋浪准备出门，妙偷手忙道："大哥，要去也要先吃饭，总不能空着肚子去泡妞吧？"

"嘿嘿，这倒也是，那我们就先去吃饭吧，哎，还是翠玉楼好，可以一边玩美人一边吃喝，多有情调，不过这样也有味道！"

两人吃了饭，妙偷手迟疑着道："大哥，还是你一人去吧，我见了妓女就全身发软！"

"哈哈哈……想不到你会这样清纯，好！我一人去！"

锋浪出了客栈，客栈在夜色里挂着一串灯笼，小镇上灯笼东一挂西一挂，各不相干。锋浪踏着漫步向前走去，双眼亦在四下搜索。他东瞧瞧西望望，终于发现了一个小妓院，门口的人倒也不少，不过顾客档次不高，如此时的锋浪一样。锋浪不由暗笑道："顾客就是这样的货色，只怕妓院中的妓女也没有好的货色，生意倒还不错！不过，本公子进这样的妓院，银两当然是免啰！"

"去去去……有本公子大驾光临，你们不欢迎，也应该闪开让本公子先进去尝尝啊！"

锋浪的大笑声引得有些愤怒的色鬼也大笑了起来，顿时化解了敌意。锋浪一进入内屋，就觉得一股十分浓而且十分难闻的胭脂味涌进了鼻中，不由自主大叫道："这里是人肉店么？怎么如此难闻？"

一位老如核桃的鸨母走了过来，露着缺齿黄牙媚笑道："哟，这位大官人不是本地人吧？"

"妈的，不是本地人就不可以来这里吗？"

此时锋浪一口一个"妈的"，倒把老鸨吓住了，老鸨脸色一变，很快又展眉笑道："哟，当然可以，难怪大官人嗅不惯这种胭脂味。这种味道可是此地的土特产，叫香薰草，每位姑娘都要用这种香薰草温水泡过后才能接客，那样客人才玩得欢心，去得放心！"

"放心？"锋浪一愣，暗道："妈的，难道这些女人身上有毛病？是狐臭，还是有病？"

一想到病，锋浪身上根根汗毛直竖，脸色有些不自然了。但依旧大起胆子问道："你们这里的姑娘货色如何？"

"哟，大官人只管放心，不是杨贵妃也是貂婵呗！"

"吹牛也不看看本钱，有杨贵妃又有貂婵，难道就没有王昭君和西施两大美人吗？"

"嘻嘻……大官人还真是孔明在世，能算会卦，四大美人都有，大官人又要哪一个？"

锋浪心里一愣，暗忖道："妈的，这破妓院也有四大美人，真是活见鬼了！老子才不相信！"于是不怀好意地道："那就四大美人一起叫来吧！"

"不行，如让你全叫了，我们干什么？"

四周的客人均表示抗议，锋浪双眼一瞪，杀气腾腾地道："你们也配尝四大美人？我呸！也不看看你们那副德性！"

　　"大官人，我们这里的规矩是先付钱，后见姑娘，大官人要四大美人，只怕要千两银子！"

　　"千两银子？"众人为之咋舌，锋浪也是一愣，立时怒道："什么臭规矩？如果四大美人变成了四大丑女，那本少爷岂不是花了冤枉钱？"

　　大家认为锋浪说得有理，都哄叫了起来，老鸨双眼一瞪，怒道："这是规矩，就如贞女立的牌坊，牌坊让自己砸了，还能做生意么？"

　　"嘿嘿……老子没有钱，但也要四大美人！"

　　"没有钱？那还来玩个屁！这小子明明是在这里故意耍弄我们，把他扁出去！"

　　未等老鸨反对，众人都围了上来，真想将锋浪抽个扁扁的。但锋浪存心来捣乱，如何怕他们？顿时双眼射出凶凶的光芒，吼道："不要命的就上，老子要让你们知道没钱也可以玩女人！"

　　几个大胆的冲了上来，谁知锋浪来了一个金鸡独立，身子陀螺般一旋，另一只腿已飞快地踢出了数脚，那几个人如何受得了？立时"哇啊"叫着被踢到了一边，爬不起来，围观众人见之，脸色剧变，不约而同散到自己的位置上去了。

　　"哈哈哈……现在你们说，老子有钱吗？"

　　"有钱！"

　　众人均叫了起来，而且叫得很响。锋浪很高兴至极，又喝道："今夜四大美人归谁？"

　　"英雄陪美人，四大美人当然属于公子爷你啦！"

　　众人每问必答，而且答得很正确。锋浪转对吓怕了的老鸨道："叫四大美人出来，否则砸了你的鸟店，让你不能再做生意！"

　　老鸨慌忙向内屋而去，锋浪大大咧咧地坐在中央的大桌子上，好不得意，心里却在嘀咕着："嘿嘿……本公子不用打出金闲庄之大名，也可以到一个地方称雄！"

　　突见一个和尚模样和一个道士打扮的两个人匆匆从单间里跑了出来，好象十分狼狈。锋浪眼睛何等锐利？立时上前阻住了两人，嘻笑道："一个和尚，一个道士，都是嫖客，哈哈哈……还真是有趣！"

　　锋浪笑声突然收住，指着和尚道："你是少林寺弟子？"又指着道士道："你是武当弟子？"

两人立时神色一变，众人更是哗然，想不到少林，武士的出家人也来偷着乐了。

"不是，我们不是和尚也不是道士！"

"不是？难不成你们是尼姑与道姑，出来找男人？"

众人听之，立时哄堂大笑，两人被当场羞辱，而且辱及同门姐妹，更有杀人灭口之心，突然闪电般向锋浪扑了过来，那道士更是用上了剑，双掌一剑，锋浪被攻了个手忙脚乱，却可以每每化险为夷，突然大笑道："果然是少林掌法与武当剑法，现在本少爷为两门派清理门户！"

话音甫落，身影立时加快，而双掌更是翻飞如浪，团团花影森森掠出，而在花影之间，仿佛有无数根金针晃眼而出，转眼即逝！两人顿将溃不成军，被逼得连连后退，却又被锋浪缠住，不能溜走！

"哈哈哈……你们不是本少爷的对手，站住不要动了！"

两人果然闷哼两声，呆站在那里不动了，如泥雕一般。众人看得目瞪口呆，连站起来也浑然不知，锋浪拍了拍手，笑嘻嘻地道："和尚和道士，快快报上名来，免你们一死！"

两人没有开口，锋浪又笑道："谁先说话，本少爷不但免他一死，而且不告诉你们的掌门！"

"贫僧弘玉……贫道玉松！"

锋浪这一招还真有用，两人都抢着说出了自己的名号，而后相互看了看，羞愧无比。锋浪哈哈大笑道："本少爷也是来嫖妓的，与你们算是同道了，一点也没有什么不好意思。这种事嘛，本就是男人的一种正当嗜好，自然需要。在座各位，本少爷说得对吗？"

众人慑于锋浪的高强武功，哪敢不赞同？锋浪这才笑嘻嘻地转向弘玉和玉松，拍了拍二人的肩膀，微笑道："所以两位老兄就不必害羞，在嵩山和武当道关方才有那么多清规戒律，下了山，就成了凡夫俗子，清规戒律有用么？"

两人想不到锋浪会偏向着他们说话，更是茫然，只有认真地听着。锋浪飞指而出，解了二人的穴道。两人立时又冲了上来，欲与锋浪一见高下。锋浪后掠了数步，笑呵呵地道："你们杀人灭口，灭得完么？这里没有人不知道你们是弘玉和尚和玉松道士！何况你们根本就不是本公子的对手，谁若再意图不轨，老子可要发火，一发火就会去少林、武当开个吹风会！"

锋浪说到这里，笑容消失了，一脸严肃，两人倒真不敢造次了。锋浪接着道："这才是友好表现嘛，你们大名报了，也玩够了，难道还不想走？想再玩玩？"

弘玉和玉松两人相互望了望，又望了望那些人，没有言语，径直去了。锋浪四下看了看，见四大美人还没有出来，于是破嗓大叫道："喂，什么四大美人！怎么还不下来？若再不下来，就要拆店了！"

老鸨此进慌里慌张地走了出来，脸色他白地道："大官人，你熄熄火，她们马上就来，马上就来！"

说着老鸨向楼上惴惴不安地望了望，锋浪觉得奇怪，不由问道："老板娘，你不是有什么毛病吧？是骗本少爷呢？还是想害本少爷？"

老鸨见锋浪双眼如刀般地望着她，立时两腿打起颤来，神色更是苍白无比，支支唔唔道："我……我……"

锋浪本想再骂几句，突然听得楼上传来声音：

"四大美人到！"

众人立时骚动了起来，锋浪也望了老鸨一眼，抬首向楼廊看去，果然见到四位女子各着红、白、绿、紫连衣裙盈盈向下而来。锋浪见之不由暗道："不错，身体不错，但为何要蒙着脸？是不是长得很丑？怕吓着了客人？"

老鸨在一旁忙道："她们真的很美，大官人若是不信，可以过去揭开美人的面巾！"

"哈哈哈……不错，这还真刺激，本公子就来个揭盖头，将四大美人一一揭开面巾！"

四位蒙巾美人走到锋浪面前，排成一排齐声道："参见公子！"

锋浪听得高兴，却听得有些问题，觉得这声音很熟，却又不熟，但一时又想不起来，于是挥手道："什么公子，老子是骗子、无赖、采花盗！坏事干尽，当然好事也干，各位美人，一个个上来，让本少爷一一揭开，看到底有多美！"

谁知美人们根本不听话，呈四角将锋浪围在了中间，锋浪一愣，问道："这是干什么？难道是玩什么游戏么？"

四女又齐声道："这种游戏叫四面楚歌！"

"四面楚歌？"

锋浪又是一愣，呵呵骂道："老子只怕还没有到四面楚歌的地步！你们难道会唱楚歌？"

"是，我们都会唱，一旦唱出来，公子就有四面楚歌的感觉，可好玩啦！"

锋浪见她们一赴齐声说话，似乎事先约定好了，又听声音痒痒的，立时笑道："你们不用一起唱，一个一个地唱，老子要听独唱，不要合唱！"

"我们要合唱，否则公子听不到四面楚歌的意味！"

锋浪听到这里，突然神色大变，笑得脸上的肉也不一样了，眼睛四下看了看，如一只受惊的老鼠，吱吱唔唔道："你们唱吧，老子不玩了！"

说着身子已旋转而起，如一朵飓风中的花，直向门口去。四女似乎早有防备，亦飞快地掠起，从四面向锋浪闪电般攻来！

"想逃，没有那么容易！"

锋浪被逼得倒掠了回来，而双掌已飞快地拍向四方。看热闹的众人见场中形势急转，怎敢再留？纷纷向门口散去，如逃命一般。

四女攻势很猛，下手更是毫不留情，而其中二人已拔出了冷森森的剑，锋浪被弄得手忙脚乱。幸亏他轻功极高，而且内力高过她们每个人很多，方才没有性命之忧。

"喂，本公子知道你们是谁，嘿嘿……你们是不会杀本少爷的，若是杀了，后果可严重哦！"

四女此时倒不与他勾搭嬉戏，转动得更快，突然一女"呼呼"弹出长长的白绫，向锋浪急裹而来，锋浪眼睛一亮，不闪不避，让白绫裹住了自己的身子，而双臂却依旧在外飞快抵挡，将双剑四掌硬生生的激怒在咫尺之外。

忽然，锋浪顺手一拉，将白绫对方的女子猛得拉了过来，掠来的女子尖叫一声，另三女待要抢救，但哪里来得及？锋浪已在那一眨眼间将掠来的女子抱在了怀中，哈哈哈大笑着四下飞快地飘掠，冉冉而起。

另三女看得目瞪口呆，不知如何是好，锋浪趁她们惊诧之际，哈哈大笑道："四大美人，香泽倾国，不能一一品尝，不过有西施在怀，本少爷也就心满意足了！"

说这话时，锋浪已抱着"西施"美人夺门而去，三女见之，哪敢让他溜走？蜂涌出门，同声大叫道："可可，你太可恶了，居然私通敌人！"

锋浪在巷子中央，听到三女的话，顿时刹住了身子，嘻嘻道："你们怎么知道可可的名字？妈的，可可是老子最爱的美人，怎会在妓院里！"

说着为怀抱中的女人揭开了面巾，面巾里面正是可可那张羞娇含嗔的美容，锋浪戏谑道:"真是可可,啊哈,可可怎么变成了西施?"

说完转向三女笑骂道:"你们三个品性不高,居然亦逼可可来干这事,现在你们三人在一起,本公子不与你们一般计较,以后趁你们落单之时,本公子要一个个狠治一顿!"

可可此时才缓过神来,轻软地道:"锋浪,你真可恶,还不快将我放下来?这次你害苦我了,她们定认为我私通敌人,以后还能与她们做朋友么?"

"哈哈哈……抓住了西施,本公子为什么要放?为什么要做傻瓜?现在你们都在这里,本公子就不妨告诉你们,你们虽然蒙住了美容,但本公子一见就觉得不对劲,又听了你们的声音,哈哈哈……早就知道是你们在捣鬼了!"

可可瞪着美目诧异地道:"你早就看出是我们?"

"当然,本公子见那和尚、道士出来就知其中必有原因,哈哈哈……想合伙来治本公子?还差得远呢!刚才若不是你们,会是那般花拳绣腿么?"

四女顿时气得娇容含霜,却拿锋浪一点办法也没有。荷妮娜嗔怒道:"本姑娘已忍你多时,锋浪!如果你想泡妞也要选一选地方,怎么可以到那种妓院去?你老实说,你去那种妓院,有多少次呢?"

锋浪呵呵笑道:"只许州官放火,不许百姓点灯,那怎么公平?你们可以在那种妓院称四大美人,本公子又有什么顾忌的?现在你问起来,本少爷一时倒也不知去过多少次了,哈哈哈……"

可可听之,立时在他怀中挣扎道:"想不到你这样脏,快放开我!你脏你的,别污了我!"

锋浪咬耳道:"可可,如果本公子从未去过那种妓院,你……你是不是就这样允许我抱着?"

可可一愣,即而脸上一红,道:"你刚才不是去了?"

"哈哈哈……我是觉得有趣,到那种地方捣捣乱,放松放松一下心情,有何不可?如果说碰到那种地方的姑娘,只怕打死我,我也不干……但如此要碰到可可这样的美人,就是上刀火,下火海,本少爷也会视死如归的!嘿嘿……"

锋浪贼兮兮地看着可可又惊又羞的娇容,情不自禁又轻轻地吻了吻,吓得可可又哼了哼,倒没有大惊小怪,怕对面三姐妹看见,那多丢人?口中嘤咛道:"快放开我,我信你的话!……但你为什么单单抓我做挡箭牌,是不是用我做挡箭习惯了?还是我本来好骗又好欺负?"

说到这里，她幽怨地看了看锋浪，晶莹的眼泪又出来了，锋浪立时心里痒痒的，而且有些惶恐，不知所措。

"喂，你们俩在干什么？别以为我们看不见，荷大娘子，你胆子大些，过去看看！"

铃铃的声音永远那么慵懒，永远那么让人有些冲动。而此时的锋浪如同没有听见一样，呆呆地看着可可，嗫嚅道："可可，你知道的，我从来都没有欺负你，只是动作……动作大了点！你又生气了吗？"

可可见锋浪那纯洁、坦然如小孩般的眼光，如小孩一样的无助、惶急，美丽的眼睫微微地颤了颤，蚊蚋道："我知道，没怪你啦！"

"真的，那就太好啦……我以为你又生气了。"

锋浪眼中立时内显出欣喜的光芒，如同完成了一件大事一般。荷妮娜果然大胆，直直地走了过来，左看看，右看看，立时娇嗔道："哇，他欺负可可了，可可哭了呢！"

站在远处的芒丽珠和铃铃立时掠近，见到可可与锋浪的样儿，铃铃"咯咯"娇笑道："什么欺负？是这小子不规矩，可可不答应啦！"

荷妮娜娇憨地道："真的吗？这小子一直就不规矩，小美人到了他手中，还能完好无损么？"

"你们别瞎闹了，现在找到浪公子了，又看到他安然无恙了，也该陪我去做事了吧？"芒丽珠插言道。

锋浪立时转头问道："陪你去做什么事？"

顿了一顿，又道："芒镖头呢？你怎么没有与他一道，如果他出了差错，只怕……"

芒丽珠此时对他很有意见，立时讥讽道："浪公子难道不相信芒镖头的能力？镖局那么大的江山可是他打出来的。浪公子粗略地布置了一下，就准备躲到一边隔岸观火么？"

"嘻嘻，只怕不是隔岸观火，而是寻花问柳！"

"他再不收敛一点，本姑娘可要……"

铃铃挑眉乜眼道："荷大娘子是不是要杀了他？"

"如果三位姐妹同意的话，本姑娘将他变成太监！"

"太监?!"

不但三女，而且锋浪也惊叫了起来，锋浪更是有点惊惶，暗忖这蛮女什么都做得出来，以后还是得注意点，而可可还真是可爱，只见她不解地道："什么是太监？"

铃铃和荷妮娜都嘻嘻发笑，而芒丽珠则羞得微低蛾首，沉默不言，只怕也在偷偷笑着哩！

锋浪皱眉道："可可，那疯女人是在胡说八道，你不要向她学，铃铃也不是好女人！"

荷妮娜立时抗议道："锋浪，你不反悔，居然说我是疯女人？你如果得寸进尺，本姑娘真要辣手摧花啰！"

铃铃见荷妮娜嗔怒如母夜叉的样儿，也趁火打劫道："公子这样说，是什么心眼？贱妾又岂不知？贱妾与荷大娘子都被你套牢了，开始是千方百计来讨好，现在却是千方百计想抛出！芒姑娘、可可，我们可是前车之鉴，你们千万别被他的花言巧语迷住了，被他破了最后一道防线！……"

可可又要询问，见芒丽珠更是羞赧，拉着铃铃的衣袖，阻她再说下去，立时明白又不是什么好话，复闭上嘴，强忍住好奇之心。

"铃铃，你不要胡思乱想，没话胡说，本公子可也没有亏待你和妮娜！现在本公子不想与你们两个妇人一般见识，芒姑娘，刚才你叫她们跟你去做什么事？"

芒丽珠见他认真的样儿，方才抬头与他说话道："我去赈灾前线，那里最乱，当然要人保护，于是就请她们护驾啰！"

"是啊，芒姑娘一副弱不禁风、娇小美丽的样儿，挨冻受饿的灾民见了，还不将她抢去吃了？嘿嘿，那时浪公子可是要心疼喊天叫地啰！"

铃铃总是不忘戏谑锋浪，锋浪皱了皱眉头，呵呵笑道："如此四位美人到了受灾地区，灾民一见，只怕忘了挨冻受饿，秀色可餐嘛！"

顿了一顿，他又问道："可你们怎么悄悄地跟在本公子后面呢？"

"呸，你以为我们是跟踪你？而是我们顺路，纯属巧合，若不是巧合，只怕你已被那妓院污了！"

荷妮娜虽然娇憨，却是"野蛮"，爱的野蛮，锋浪根本拿她没有办法，只是呵呵笑道："你真以为本公子一点没有品位吗？恐怕只有铃铃才知晓本公子的生活作风！铃铃，你说是吧？那一夜，可是你威逼本公子，本公子才留宿的！"

铃铃居然也娇羞地横了锋浪一眼，假装哀怨地道："是啊！浪公子乃千金贵体，是看不起青楼女子的，贱妾算是痴人说梦，玷污了浪公子！那一夜确是贱妾逼了浪公子，更不该厚脸跟着浪公子不放，贱妾现在就在浪公子面前消失！"

铃铃说完果然就向黑暗中走去，三女立时焦急起来。锋浪料不到自己一句话就伤了铃铃的心，慌忙放下可可，窜身到了铃铃的身边，一把抱住了她，温柔地道："铃铃，我可没有轻视你，刚才是我错了，你想如何惩罚就如何惩罚吧？"

铃铃回眸一视，妩媚如春光粉蝶，细声道："贱妾岂敢惩罚公子？但公子应该记住，贱妾虽在青楼，但不是处处留情，心中只有公子一人，公子是贱妾第一个留宿之人，也是最后一个，公子相信妾身的话么？"

锋浪点了点头，铃铃趁机抱住锋浪的腰，紧贴在他的胸前，在他的俊脸上轻轻的吻了吻，荷妮娜见之，立时骂道："两个都不是好东西！"

"哟！荷大娘子吃醋了呢，要不要过来也让为夫抱一抱，为夫已好久没有与你乐了！"

"呸，你是谁的为夫，谁和你乐了？本姑娘可是玉洁之身，也要去勾男人呢！"

"勾男人？啊……哈哈哈……妮娜，我倒无所谓，但如果让金闲庄那守旧的夫妇知道了，你还能成为金闲庄的少夫人吗？"

荷妮娜一愣，口气顿时软了很多："谁稀罕那少夫人！"

这时听到匆匆的脚步声从黑暗中传了过来，锋浪心里一震，喝道："是谁？"

很快就看到了几名镖局弟子从黑暗中窜了出来，镖局弟子一见众人，方才长吁了一口气。

其中一位老者道："你们没有遭人袭击吧？"

"罗大伯，难道有人袭击了你们？"芒丽珠关心地问道。

那叫罗大的老者点了点头，方才望向锋浪，恭声道："这位想必就是浪公子吧？"

"正是在下！不用介绍，在下也知你是罗大伯！"

芒丽珠皱眉问道："罗大伯，你们查出是什么人了吗？"

罗大摇了摇头，道："他们似乎在找什么东西，最后又走了，我们发现时追了出去，却追丢了人影，小姐，他们会是什么来路？"

芒丽珠望了望锋浪，锋浪也摇了摇头，心里却在问自己："他们是谁？迷花谷，琼楼，玉阁，还是黑白道？但他们并没有这个必要啊？"

"看来，这一路上你们要小心些，芒姑娘，你们四人合在一起，暗处的敌人不好下手，但如果落单了，只怕就会给人可趁之机！故你们无论如何也不要分开，而且与镖局中人在一起，相互有个照应！"

"那你呢？难道不与我们一道吗？"

芒丽珠虽然聪慧如女诸葛，但以前是在芒啸武力的支撑下，如今少了父亲，心里免不了有些不踏实，倒是很希望锋浪与她们一道。但锋浪想了想，道："不行，在下还有重要的事待办！"

可可皱眉道："还有什么事比赈灾更重要？"

锋浪摇了摇头，道："很多事，赈灾只是其中一件小事而已，有他们做就足够了。嗯，你们四人武功都是不弱，嘿嘿……而且每一人的来历都不简单，本公子又何必为你们费心呢？"

四人听得一愣，相互看了看，均道："来历不简单，我们来历都不简单吗？"

锋浪哈哈大笑起来，心里却在暗道："可可是玉阁中人，芒姑娘是镖局中人，铃铃是谁？荷妮娜的师父是花婆婆，招惹她们的人相信很有趣！"

芒丽珠见锋浪的神情，知道不好再出口相劝，否则自己的心思也就暴露了。锋浪望着四女去远的方向，方才转身回到客栈，见妙偷手正在和一位糟老头喝酒，十分亲密，妙偷手一见锋浪，立时介绍道："大哥，你不是要找我伯伯么？"

"他？！他就是江湖赫赫有名的'三手无影'？"锋浪惊讶地道。

"小子，难道你不相信老夫是'三手无影'？！"

锋浪坐在二人对面，又细细看了看那老者，依旧摇了摇头，那老头立时神色愠怒，向妙偷手道："这小子是你大哥？怎么有眼无珠！"

"哈哈哈……在下确是他的大哥，但你是不是三手无影，在下还得考你一考！"

"老夫是不是三手无影，不是你说了算，为什么要你来考？贤侄，你跟大伯走！这小子不配做大哥，更不配做你的大哥！"

"不……不……他真的很厉害呢！"

"哈哈哈……老人家不要着急，如果你知道世上哪一幅画最值钱，就说明你是三手无影了！"

"三手无影"一听这句话，立时眼睛一亮，但又默然叹了叹，道："想不到你对三手无影了解得如此详细！"

锋浪为三手无影斟了一杯酒，没头没尾地道："再好的马也有失蹄的时候；再高明的人敢有失手的时候，老伯你只失过一次手，为何就心灰意冷了呢？如果现在有机会弥补遗憾，你愿不愿意重出江湖呢？"

三手无影眼睛又是一亮，即而叹气道："不可能，那绝不可能！"

锋浪诡秘地笑了笑，道："如果老伯重出江湖，就不是孤军奋战了。有了在下，一定马到成功！"

"算啦算啦，我已是一半在土里的人了，假如没有本事得到它，只怕也无福保住它！"

三手无影颓丧地摇了摇头，又补充道："老夫已金盆洗手，心如止水，你就不要唆使老夫了！"

锋浪一愣，摇了摇头，方才转向妙偷手问道："你是如何碰上你伯伯的？"

"大哥一走，我就在客栈中睡觉，却又睡不着，于是到楼下店中喝酒，后来就看到了伯伯！"

"噢，原来是这样，你不是说你伯伯自从金盆洗手后就再没有离开他的老窝么？他怎么到这里来了？是欲去古城找你么？"

而三手无影双眼却在四下不停地搜索，仿佛一只十分苍惶的老鼠，在大白天无处逃生一样，脸上更是有一种说不出的不安。锋浪立时一笑，道："三手无影老伯，看你这样儿，并不是心甘情愿离开你的窝吧？有人在找你！"

三手无影一怔，慌忙摆手道："像老夫这样的人，会有人来找老夫么？老夫是出来散散心的，随即找找我的侄儿，见他无事就放心一大半了！"

"放心一大半？"锋浪含笑一愣，心思急转问道："有人利用妙偷手上门威胁你老人家么？"

三手无影脸色陡变，双眼可怕地望着锋浪，仿佛在看一条可怕的眼镜毒蛇。

"贤侄，这位真的是你大哥？叫什么名儿？"

"伯伯，你称他麻烦公子好啦！"

锋浪大模大样地道："在下兰陵笑笑生！"

"麻烦公子？兰陵笑笑生？"

突然三手无影站了起来，勃然大怒道："原来是你在装神弄鬼，想将老夫逼出家门，再逼老夫去偷《玉兰图》，哼！老夫就是死了也不去……"

锋浪和妙偷手均是一怔，神色立变，妙偷手慌忙拉着三手无影的胳膊道："伯伯，大哥与我从古城到这里，一直与我在一起，怎么可能去我们家装神弄鬼吓你呢？是你老人家看错了吧？"

而锋浪心里却在不停转念着，暗道："难道有人跟我浪公子想到了一块儿，而且行动比本公子还快？……《玉兰图》，果然有这东西！"

"老伯，你看清楚些，在下与你侄儿乃结拜的兄弟，在古城中就一直住在一起，一路上也在一起，如果去吓唬你，你侄儿会不知道么？"

三手无影将锋浪看了个遍，方才道："确实不可能，那人也并没有要我去偷什么《玉兰图》！哎，但却将老夫吓得魂不附体，只有离家出走了！"

"伯伯……什么《玉兰图》？就是大哥说得世上最贵的那幅图么？"

"是啊！《玉兰图》是江湖中传说最为神秘而又最富有的一幅图，神秘和富有不在图中，而在图外。传说此图出自元初宫中，为一画师所绘，而后来画师却莫名其妙地死了，后又传说画师的死与那幅画有关，只因画里面暗藏着一张巨大珍宝的宝藏图。元军东征西战，疆域无边，而掳得的财物当然也不计其数。于是元军主帅将这无数的财宝秘藏在一个地方，以备后用，而玉兰图也就是宝藏图！"难怪这幅画是世上最值钱的画，三手无影失手也不足为怪！

"后来，元朝被朱元璋灭了，却没有找到《玉兰图》，《玉兰图》一直也没有消息，仿佛这世上根本就不存在宝藏和《玉兰图》，一切都是假的！"

妙偷手和锋浪听得如痴如醉，锋浪呵呵笑道："别人也许会认为《玉兰图》是没有的，宝藏也是空穴来风，但有一人却完全相信，就是你三手无影！"

三手无影脸上露出了得意之色，但又很快恐黯然了下来，摇了摇头，道："老夫也不敢说！"

"咦，麻烦公子，你如何知道《玉兰图》是世上最值钱的一幅画？"

"哈哈哈……道听途说而已，在下本就不相信，但听别人吹得有鼻子有眼，而且有你三手无影作证，不相信也得相信了，呵呵呵……今日再听老伯你一说，更加确信世上有《玉兰图》和宝藏！"

顿了一顿，锋浪神秘兮兮地道："怎么样？现在已有人打《玉兰图》的主意了，方才到贵府上捣乱，你当然也享受不了清闲！不如与在下合伙，去找《玉兰图》，挖出宝藏，岂不什么事都没有了？"

三手无影又摆了摆手，道："不行，享受不了清闲，定可以保住一条性命，而如果去找《玉兰图》，只怕图未找到，人就已经死了！纵然找到，只怕还未挖出宝藏，就被人杀了灭口了！"

锋浪料不到三手无影如此怕死，于是嘿嘿干笑道："现在恐怕是由不得你说了算，如不与我合作，只怕其他人根本就不会这样与你商量！"

"要偷《玉兰图》自个儿去就是，为何要拉上老子？难道缺了老子就不行吗？"

"嘿嘿，只有你老知道《玉兰图》是一幅什么样的画，也只有你曾闯过那禁地，如果不找你帮忙，我岂不等于就是瞎子摸象么？"

三手无影被锋浪连吓带吹嘘，心里也痒痒的，他多年前未实现的愿望，在他的心里只怕也一直没有忘记，一直耿耿于怀。

"哎，其实你们不来找老夫，老夫也不会忘记的，想不到老夫一辈子偷窃无数，硕果累累，从没有失手过，谁知在偷窃《玉兰图》时，不但空手而归，而且差点丢了一条老命，最让老夫感到奇耻大辱的是一条左臂被废了，形同虚没。嘿嘿……三手无影，三手无影居然只有一只手！"

锋浪和妙偷手均是一惊，不由自主地向三手无影的左臂望了去，却看不出是否被废掉，均觉得不可思议，三手无影居然只有一只手了！

"伯伯，《玉兰图》到底在哪里？那地方真的很难靠近么？"

"皇宫内院，五角大楼，圣殿之中，你说那地方能靠近吗？何况五角大楼机关重重，守卫众多，个个都是武林高手，而圣殿四周铜墙铁壁，难进难出。当初《玉兰图》只有一幅呈放在那里，老夫还能很找到它，但现在只怕并非一幅，而是无数幅画好放在那里，在很短的时间内，要找到真正的《玉兰图》，简直就不可能！"

"这就奇怪得很，《玉兰图》的贵重之处，大家都清楚，而皇宫中亦不乏高人，为何要将那《玉兰图》保护起来，而不去找那宝藏呢？"

"找？用什么去找？你以为抢到了《玉兰图》，就可以按图找宝？哼！天下间有没有人能从图中看出地形何在还是一个未知数！得宝不易，护宝更难，而从中得到金元财宝可就更是难比登天！"

锋浪一愣，暗忖这《玉兰图》果真如此难以破解吗？如果真是那样，只怕这事还不简单。在来找三手无影之前，锋浪自以为做得神不知鬼不觉，而只有他才想到《玉兰图》上，但现在他心里却想着吓唬三手无影的人是谁？除了此人之外，是否还有其它的势力也潜了进来？

锋浪不敢肯定，但他肯定有一人出现，后面必定还有很多人在觊觎《玉兰图》。应该说，觊觎《玉兰图》的人一直就没有消失，只是现在多了一个锋浪而已，如此一想，锋浪暗骂当今皇上是一个大笨蛋，为什么不找一个人将《玉兰图》之秘破解了？将宝藏挖掘出来？那样，谁也不敢到皇宫中去掘偷金银财宝了。

"老伯，你当初看到的一定是那一幅真画？"

"哈哈哈……当然，老夫当然看到的是那幅真画，但在老夫眼中，也只是一幅画而已！"

三手无影想到当年，不知是自豪还是悲哀，只怕他自己也不得而知。这时锋浪暗骂道："恭长老不但是丐帮长老，而且是黑白道的长老，自己以前对丐帮的计划，理所当然就难以搞定了！想回头偷得《玉兰图》，然后挖出宝藏，却料不到《玉兰图》也如此难搞！"

想到这里，锋浪心里好不难受，口中不由呐呐道："《玉兰图》，本少爷一定要得到你！"

"大哥，既然《玉兰图》如此难搞，我们为何要强当出头鸟呢？不如一边在丐帮中活动，一边去侦察《玉兰图》的动向，以小弟的想法，对手只怕也是双管齐下的呢！"

锋浪暗想妙偷手说得十分有道理，于是点点头道："三手无影前辈，如今你有麻烦了，与我们在一起，或许会安全许多。而且，你也可以教教你的侄儿，把你当年的技业施展出来，也好让他见识见识！"

"老夫还要你来保护么？何况，老夫的麻烦，也不是你们两个毛头小子可以摆平的！"

"哈哈哈……老伯说得很对，但对方极可能会掳你的侄儿来要挟你，你想想，到那时你不就范么？哈哈哈哈……无论如何，现在我们应是同处一条船！"

此话一出，三手无影脸色一变，望了望妙偷手，又看了看锋浪，良久方道："你凭什么当他的大哥？大哥可是好听不好当啊！"

说完，三手无影突然闪电般伸手向锋浪双眼急抓而来，如同鬼手一般。锋浪见来势快疾无比，根本就没有试探的意思，心里惊惶，身子飞快后仰，以此扳回劣势，然后手臂疾伸，向三手无影肋部疾点而去。

三手无影见锋浪果然闪得急快，退中暗进，大有门道，于是停下手来呵呵笑道："小子果然有些斤两，但要达到保护老夫的资格，恐怕还差得远！"

锋浪诡笑道："是吗？其实在江湖中，可怕的并不是武功极高的人，而是心计极深沉之人！"

三手无影一愣，即而笑指着锋浪道："小子，够狂的！其言外之意就是你的心计极为高明啰！"

"哈哈哈……老前辈过奖了，晚辈怎敢如此妄想？但在江湖中行走，耳濡目染，应该有些长进吧！"

三手无影愣了愣，沉思良久，突然道："好，老夫就与你合作，再去试试运气如何？如果得到《玉兰图》，功劳可是要五五成分啰！"

锋浪喜出望外，拍掌道："只要成功，财富都好办！"

"嘿嘿，只怕未必有那福气享受金银珠宝！"

三手无影如此说着，不由自主苦笑了笑，看来他是不得已而为之。三人不知又饮了多少酒，方才回房休息。锋浪刚躺下没有多久，就听到一声异响从房上传了下来，不由心里一愣，暗忖道："会是谁深更半夜到此呢？"

突然锋浪想到芒丽珠等人，又想到吓唬三手无影的神秘人物，看来这个小镇现在还真热闹了起来。如此一想，锋浪开始为芒丽珠等人担心，又想可可难道不是因为跟从芒丽珠赈灾，还有其他的行动吗？

锋浪突然心里一惧，哪敢多想？迅速滚下了床，不声不响地到了房门口，此时已嗅到一股异香悠悠传来，锋浪心头大惊，不敢再留，轻轻地打开了房门，溜出了屋子，立时看到窗棂前一人正向内吹着迷香。

见锋浪出来，那人立时转身就走。但锋浪比他快得多，很快就到了他的面前，挡住了那人的去路，锋浪见那人蒙着黑面巾，立时怒道："你到底来自哪一路，为何要加害于本公子？"

"别问我是哪一路，我也不管你是哪一路，只知听从上级的命令，到此地来捉拿你！"

"呵呵呵……有这样容易的事吗？本公子看你硬到何时！"

说着锋浪花掌错步，向前游走，很快就将那蒙巾人裹在了中间，那蒙巾人并不胆怯，见招拆招，一定也不紧张。锋浪见此人武功极为了得，而且故意拖延他的时间，立时心中暗叫不妙，暗忖敌人到此的目的是为了三手无影！

想到此处，锋浪猛施几手杀招，轻轻松松摆脱了那蒙巾人，来到三手无影房内，就看到满室的一片狼迹，而三手无影却已不见了影儿。锋浪四下找了找，又轻轻叫了几声，方确定房内没有了任何人，转出房门，却看到几名轻黑衣蒙巾人正围了过来！

锋浪心直往下沉，暗忖这些黑衣人到底是些什么人？以前他碰上的黑衣人有迷花谷的，也有黑白道的，更有其他门派的。锋浪思想急转，眼睛却在四下搜索，暴吼道："你们到底是什么人？本少爷与你们根本没有关系！"

"哼，现在没有关系，但妄想染指《玉兰图》的人，与我们不是朋友，就是敌人！"

"呵呵……大家都不认识，又为何不可成为朋友呢？"

"哼，与阁下成为朋友很难，与我们成为朋友也很难！因为我们根本不需要你这样的朋友！"

锋浪突然大喝一声，箭步向最近的黑衣蒙巾人突袭而去，去势快疾无比。满以为这次突袭会得逞，谁知那最近的黑衣蒙巾人却是武功最高的，而且反应也是奇快无比，见锋浪扑来，立时闪电般拔剑织出如网的森森剑幕，如浪一般卷向扑来的锋浪。锋浪大骇，慌忙缩回了手，身子被森然剑气逼了回去。

"哼，年青人简直不知好歹，出手就是如此歹毒，凭这两手就想染指《玉兰图》，只怕是水中捞月，白忙一场！"

"喂，你也别狂妄了，本公子就来闯一闯你们，嘿嘿……若你有勇气，不妨与本公子单挑！"

锋浪脚下一滑，而身子再次腾跃而起，快疾如箭，飘虚如飞花，荡来荡去，而在花朵的边缘，却是飞转着一层森森的光影。

第十六章

那黑影蒙巾人见此，倒也不敢大意，向众人挥了挥手。立时众黑影人退到后面，依旧半包围着锋浪和那黑衣蒙巾人。黑衣蒙巾人冷哼了两声，扬剑而起，剑如幕一样拉了起来，剑势顿如霹雳，遥指关河！锋浪见此，不得不佩服对方应对之妙，长啸一声，如一惊鸿划空而起，直向黑衣蒙巾人急罩而来。黑衣蒙巾人举剑来挡，只见两朵华光一触，华光更盛，混成一团，偶尔听到"叮叮"的脆响声。良久，方才见两人退了开来。

锋浪笑呵呵地道："原来是武当剑法，武当剑法果然名不虚传，想必道长也已得武当剑法之精华，否则恐怕支撑不到这时候！"

那黑衣蒙巾人轻轻咦了一声，不由倒退了几步，冷哼道："老夫确实精研过武当剑法，但并非武当之道士，阁下如果看完老夫以剑运杖，恐怕还会以为老夫是少林僧人了！"

说着，那黑衣蒙巾人果然以剑作杖，横冲直捣，其气势迥然不同，与少林杵杖之法有同趣之妙！锋浪立时愕然，心里暗忖道："他不是武当道人，也不是少林和尚，那到底是谁呢？难道是黑白道之人？"

如此一想，锋浪心头豁然开朗，暗忖道："定是黑白道中人，如果是他们想得到《玉兰图》，当然要阻止其他人染指！如果他们不想《玉兰图》失落民间，也会打击对《玉兰图》存有觊觎之心的人！"

"皇宫内院，五角大楼，圣殿之中守护《玉兰图》等宝物的人必是武林高人，虽然忠于皇朝，但毕竟也算武林人士，与皇宫之外的人必有联系！"如此一想，锋浪心中更是明亮，暗道："被动地守住《玉兰图》困难之极，但如果在江湖耳目众多，一旦江湖有什么风吹草动，皇宫中都会明白，这样《玉兰图》岂不更加安全？"

锋浪想到这里，突然哈哈大笑，道："哈哈哈……本公子明白了，你们是黑白道中人，嘿嘿嘿……原来你们也早有了窃取《玉兰图》之念，方才来找三手无影，但为了杜绝别人有此念，就阻止本公子染指《玉兰图》!"

"公子果然聪明至极，一通百通，但如果我们要偷取《玉兰图》，绝不会找三手无影的!"

锋浪暗想自己果然猜得不差，于是欣喜地道："只因守卫《玉兰图》的人与黑白道人有关，或者说同是同黑白道中人，一在朝、一在野罢了!"

那黑衣蒙巾人听得骇然，不由倒退了两步，两只眼睛灼灼地望着锋浪，不由自主地问道："这些难道是公子的猜测吗?"

"哈哈哈……你刚才不是说本公子很聪明么? 这样的事本公子当然想得到，黑白道中人有丐帮长老，自然也少不了少林、武当等各门各派的重要人物，否则也不叫黑白道了!"

"哼，想不到金少庄主猜到的并不少!"

"黑白道有如此强大的势力，皇宫中五角大楼纵有天高之险，圣殿中纵是龙潭虎穴，只怕也不会如此平静! 但事实恰恰相反，在下不得不如此想，黑白道的势力恐怕不止在江湖!"

"哈哈哈……说得好，黑白道的势力确实不止在江湖，要保证天下太平，要保证朝廷平安，又要保证江湖风平浪静!"

锋浪听到这里，忽然心里猛地一颤，张嘴欲言，但最终还是没有说出口，只是怪兮兮地道："只可惜现在天下并不太平，天之灾，人之祸，北旱南灾，江湖上又出现了迷花谷、琼楼和玉阁。只怕黑白道的势力不能盖天锁地了，本公子有觊觎《玉兰图》之心，或许是顺应潮流而已吧!"

"顺应潮流?"那黑衣蒙巾人一愣。正要说话，忽听得不远处一声惨叫传了过来，清晰至极。锋浪抬眼而看，看到几个熟悉的身影向那边掠去，几名黑衣人亦掠身而起，循声而去。

锋浪急跟而上，心里却在想："老子还真是有些感染力，居然走哪里，哪里就热闹，黑白道的人在这里，迷花谷的人当然少不了!"

到了现场，场中有好几名黑衣人和迷花谷的花女斗在了一起，难分彼此，锋浪见之头痛，抬脚就想离开，而此时却听到妙偷手伤心地怆哭道："伯伯……你……你咋就死啦? 你难道忘了还没有教我功夫，我还没有孝敬您老人家……"

锋浪一震，向妙偷手蹲身的地方望了过去，果见妙偷手抱着三手无影在那里拼命哭着，而芒丽珠四女和那些黑衣人傻傻地站在那里。

看着妙偷手那伤心的样儿，锋浪知道三手无影是完蛋了。心中突然有了怒火，向场中依旧在"比赛"的花女和黑白道武士怒道：

"人都死了，还在这里打，你们真的以为自己很厉害吗？"

锋浪料不到自己会如此粗野和大胆，众人也未料到，妙偷手居然也停止了哭声，向锋浪望了过来，见锋浪那凶神样儿，哪敢再哭？

众花女和黑白道武士还真怕锋浪，均停了下来。锋浪这才恶狠狠地接着道："你们争抢的人都死了，还斗得如此卖力，是不是活的不爽呀？抢三手无影，只因三手无影知道如何去圣殿盗取《玉兰图》，而《玉兰图》又是藏宝图，人为财死，鸟为食亡，没错！本公子也在做这趟买卖，但为什么偏偏将人杀了呢？为什么杀了人还要争斗呢？老子还真搞不懂了，自己不想发财，也不让别人发财，凭什么……到底凭什么……"

锋浪说到这里，突然脑海一亮，不停地自问道："自己不想发财，也不让别人发财，方才会杀三手无影，那这杀三手无影的人来历就怪了！"

"嘻嘻……说得不错，姑姑就喜欢这样的话！"

锋浪正想得出神，突听得一柔媚如迷香，婉转如下了毒药的声音传了过来，锋浪心弦一振，放眼而看，立时看到一位中年美妇飘掠于数名花女之上，如站在一朵硕大的百合花绽放，脸上蒙着白纱，飘曳而下，众花女见之，均拜道："参见谷主！"

锋浪立时意识到此美妇就是他娘亲的师姐花姿姿，亦是他的姑姑，心里虽然有些愤怒，但更多的是惶恐不安。因为他未料到姑姑会出现如此之早，而且会在此时此地出现！

黑白道的武士们见到迷花谷的谷主在此出现，当然是有些骇异，不由自主站在了一起，准备奋力抵抗迷花谷谷主这样可怕的人物！

妙偷手不敢哭了，芒丽珠四女亦不由自主站到了锋浪后面，可可低声道："锋浪，你现在快溜吧，让我们支撑着！"

锋浪心里感激，却又想笑，笑可可幼稚，一时又笑不出来。锋浪愣愣道："不用怕，大不了被她捉住，也不会要我命的！"

说着，锋浪向姗姗而来的花姿姿礼貌地道："小侄向姑姑请安，代娘亲向姑姑问安!"

花姿姿见锋浪如此有礼，顿时笑了起来。

"好……你比你娘亲好多了，居然有心向姑姑请安，哎……可你娘亲对我却戒意很浓啊!"

锋浪一愣，道："大概姑姑太厉害了，或是你们小的时候，娘亲被你欺负惯了，方才对你又怕又不相信，但娘亲还是想念姑姑的!"

"嘿嘿……是吗？她应该不会忘掉我的!"

说到这里，突然森然道："前几次，姑姑派人去请你来见姑姑，你为什么奋力反抗？直等到今日姑姑主动来见你，难道你和你娘亲一样对姑姑有什么不满，不想见本谷主么?"

锋浪立时感到森然之气，暗自骇异无比，转头望了望四周，四周并没有反抗的人，而且黑白道的人也没有准备反抗，暗叹自己当了挡箭牌，于是呵呵干笑道："姑姑说哪里话？近一段时间小侄真是很忙，抽不出时间来!"

"抽不出时间？就为了那些坑蒙拐骗的事?"

想不到花姿姿对锋浪的一举一动都了如指掌，锋浪心里又是一沉，呵呵笑道："在姑姑眼中，小侄做的都是些无聊之事，但在小侄眼中，可就是大事了，姑姑是不是认为小侄胸无大志?"

想不到花姿姿突然哈哈大声娇笑了起来，良久方道："果然滑油至极，难怪天下赫赫有名的金浪客也拿你无可奈何！姑姑就不与你计较以前的事……你真的想去皇宫盗取《玉兰图》?"

锋浪暗吁了一口气，暗忖姑姑终于说到正题上了，于是点了点头，笑道："但明白姑姑也想得到《玉兰图》后，小侄倒没有那个胆了，刚才三手无影被杀，想来不会是姑姑所为吧?"

"哼，你也太小看姑姑了，像三手无影那样的无名之辈，何需本谷主亲自动手!"

妙偷手听得不服气，正想反抗，但马上意识到对面的人是教主也不敢招惹的大人物，自己不服也得服，何况对方是教主的姑姑呢！锋浪警告了妙偷手两眼，方才转头向姑姑笑道：

"若不是迷花谷所为，但以姑姑举世无双的武功，定然知道杀了三手无影的人是谁!"

谁知令大家吃惊，亦令锋浪吃惊的是花姿姿也摇了摇头，叹道："你不用骗哄姑姑了，姑姑确实已发现杀了三手无影的人，但居然让此人逃走了！"

"有这样的事？那姑姑总能猜到他是谁！"

"唔……这事姑姑也拿捏不准，以后再说吧！为了不让你娘亲担惊受怕，也坏了我迷花谷之大事，你还是回金闲庄去吧，否则姑姑就会将你带回迷花谷，你只能任选一样！"

锋浪想不到有如此好的结果，但看了看花姿姿，摇头道："我已不是金闲庄的少庄主了，如何能回金闲庄？不如就让小侄在江湖上乱闯，说不定会巧得《玉兰图》，那时再送于姑姑，岂不是一举多得之事？"

花姿姿头一抬，面纱一颤，道："是么？你不说姑姑倒忘了，你如此一说，姑姑方才想起现在让姑姑头痛的不是你父母，不是黑白道，而是你这滑头！哼，有你父母在本谷主手中，谅你也要不了滑头！"

锋浪一愣，焦急地道："你将娘亲他们抓去迷花谷吗？"

"哼，果然对姑姑是虚情假义的，哎……毕竟不是本宫的孩子。你放心，只要金浪客夫妇不乱来，你听话，姑姑绝不会为难他们的！"

锋浪暗自叫苦不迭，若姑姑一直这样，那自己岂不是受制于她？纵然得到了《玉兰图》，也会乖乖奉给她的！但她为何从开始要就软禁了父母？不会如此看好我锋浪吧？

"姑姑说到哪里去了，无论如何，这世上只有父母与姑姑最亲了，小侄若得了玉兰图，当然是与姑姑分享啰！但姑姑也不应该为难娘亲，如果为难，不但小侄不服，而且迷花谷中也有一些属下不服，姑姑想必比小侄更清楚吧？"

花姿姿随手挥袖，顿时地面上刮起了一层细尘，气浪如同割面。锋浪心里骇异不已，暗想姑姑的武功果然不弱。花姿姿嗔道："死小子，居然你敢来吓唬姑姑？哼！别忘了，现在我是迷花谷谷主，想干什么谁敢不服？哼！……"

显然花姿姿对花婆婆一意遵守前任谷主的遗嘱而耿耿于怀，但又无可奈何，此时锋浪旧事重提，心里难免发火。锋浪立时明白过来，别有深意地笑道："姑姑……现在是大家同心协力的时候，不要因为一些小事而伤了和气，花婆婆根本就无逆你之意，而娘亲和金庄主更是与世无争，你又何必要将旧事重提呢？"

"哼，你这不是在威胁本谷主么？"

"呵！姑姑说哪里去了，侄儿敢威胁你吗？侄儿的脑袋套得并不牢，也很不想离开脖子呢！"

花姿姿听得高兴，立时态度又回了过来，向锋浪道："谅你也不敢乱来！"

说着花姿姿对着众花女挥了挥手，方才笑道："今日看你在这里，姑姑心里高兴，就不要这些人的命了，但以后能不能保住性命，就看他们的表现了！哼……黑白道……黑白道！"

花姿姿居然走了，就这样和和气气地走了，锋浪在心目中对花姿姿的形象立时改变了很多，觉得姑姑根本不是凶神恶煞，而且蛮有人情味嘛！望着在花女们簇拥下离去的姑姑，锋浪感慨万千，自语道："想不到，真的想不到迷花谷谷主会是本公子的姑姑，想不到她会是这样的人，真想不到……"

"嗯，你是不是被吓昏头了？"

荷妮娜拔剑用剑身拍了手锋浪的脸蛋，冷冰冰的，锋浪一愣，回头而视，怒道："你在干什么？是不是想在本公子面前逞强？"

继而锋浪向另外三女问道："姑姑这人如何？"

"如何不如何，反正她是你的姑姑……与我们干？"

三女没好气地说道。锋浪立时恍然大悟道："哎呀，我真是笨蛋，刚才应向姑姑介绍介绍你们，免得以后见了面发生误会，说不定姑姑见了你们这样漂亮，也喜欢呢……嘿嘿，以后是一家人嘛！"

四女均是一愣，即而羞赧大骂。那黑白道老头走了过来，向锋浪道："浪公子，你真的相信迷花谷那女魔头的话么？"

"女魔头?！你怎么对本公子的姑姑如此不敬？纵然她不是本公子的姑姑，你们也应该尊重你们的对手吧？不尊敬对手，就是不尊敬自己！"

"公子定是被她几句好话迷惑了，公子应该想到迷花谷软禁了公子的父母，现在又利用公子，其用意显然十分险恶。看来，三手无影恐怕也是这女魔头下的毒手！"

锋浪心中愠怒，他对黑白道存见很深，不止是因为父亲，还是因为黑白道太过霸道，抑或是因为铃铃、可可等女都身沾邪气，自己也邪门，当然与正义侠气的黑白道有些格格有人！

"噢，是么？你难道看到了迷花谷谷主下手打死了三手无影？刚才她在这里时，你怎么不说？哼！依本公子看，杀死三手无影的元凶绝不是迷花谷的人！"

那黑衣老头立时咆哮道："浪公子凭什么如此肯定？"

"哼，凭什么？凭她们也想得到《玉兰图》，只有三手无影知道《玉兰图》在何处，她们为什么要杀他？反而你们黑白道，倒是疑点很多！因为黑白道是正义侠者之帮，不希望《玉兰图》被邪门歪道抢到手，而你们一时又不想《玉兰图》之中的秘密出现，所以便杀了三手无影灭口，有道理吧？"

妙偷手诧异不已，向锋浪道："大哥，你真的敢肯定伯伯是被黑白道人所害？"

"但也不一定，花女们和他们斗在一起，应该无机会杀三手无影灭口，至少不是现场中人，这一点本公子可以肯定，但因为杀害三手无影的人只有几个，而又能逃开迷花谷谷主的追捕，可见其武功很高，不是与迷花谷有矛盾，就是与黑白道有矛盾！"

"哼，他如此做，是与我们全部想得到《玉兰图》的人有矛盾，不会是守圣殿的那些人吧？"那黑衣人老头愤愤不平地道。

锋浪一愣，旋即想了想，觉得十分可能，于是拍了拍妙偷手安慰道："你的事就是我这当兄长的事，你安排一下伯伯的丧事，本公子要去找找，到底是什么人不想让江湖中人得到《玉兰图》！"

锋浪离开了客栈，呆立在客栈风幡之下，望着天空，长长吐出一口浊气，暗自忖道："是谁杀了三手无影呢？显然不是想得到《玉兰图》的人，那又会是谁呢？天下能从姑姑眼皮底下逃走的人根本没有几个！"

"为何姑姑突然改变了主意，不掳挟自己作为人质，威胁金闲庄呢？难道金闲庄对她来说已经失去了作用？看来姑姑并不是要求金闲庄的帮助，也不在乎黑白道了，其实金闲庄不可能帮助黑白道，是什么东西改变了迷花谷的决策呢？"

锋浪当然不会相信是花姿姿看到他在江湖上乱来，对她们有利或是无害，更不相信姑姑果真信了他能得到《玉兰图》的话，而且会将玉兰图交还给迷花谷。想到这里，锋浪呵呵干笑道："姑姑到底在想些什么？金闲庄与迷花谷有很深的渊源，应该也与黑白道有关才对，如果真是这样，姑姑的态度改变也意味着……"

想到这里，锋浪不由自主打了一个寒战，呐呐地道："不可能，这绝对不可能！"

锋浪此时脸色极为难看，芒丽珠四女匆匆而来，看到锋浪安然无恙，四女方才放下心来，芒丽珠担心道："浪公子，看样子，现在江湖对你的形势并不利，你能不能找个地方先避一避？"

锋浪见四女的样儿，心里一振，呵呵笑道："有这必要么？江湖事，根本就不能躲，而该迎头直上。本公子现在担心的倒是你们，个个貌美如花，因为赈灾又要抛头露面，多多少少的风险总是有的，如果让别人动了歪念，要你们连人一道赈灾，本公子可就成了灾民，哎！若本公子成了灾民，谁又来救呢？"

锋浪说到最后，长叹古怪地嘻笑，半真半戏谑，众女不知是黯然神伤好，还是笑骂锋浪好。

"可可，你是玉阁中人，但现在玉阁中人仿佛消失了一般，她们又去干什么了呢？妮娜，花婆婆要你跟着我，是跟踪本公子，还是保护呢？铃铃……你又是什么来历？"

突然锋浪眼睛如芒一般瞪向三女，三女都是一愕，芒丽珠更是惊愕无比。荷妮娜娇笑道："果然骗不了你，花婆婆确实是让我来跟踪你的，但她并无恶意，只是关心你！"

"原来是这样，花婆婆想得还真周到，但要你来保护本公子，如此一做，反而让本公子的行迹处处被迷花谷的人知道。哎，如果花婆婆一直呆在古城，这样大概好得多！现在姑姑已改变了想法，你们是不是可以安心去赈灾呢？"

芒丽珠幽幽道："公子与我们一道去赈灾，或许好得多，有些东西，强求是求不来的！"

"是啊！芒姑娘说得对，锋浪，你就做一件好事行不行？"

锋浪默默地看着可可良久，似乎在想些什么，最后呵呵笑道："好吧，本公子就听你们一次劝告……"

铃铃娇笑道："看来我们说话没用，如果可可来温柔的一句，浪公子就心软了，怕软不怕硬，看来以后要多求可可才行啰！"

可可立时羞红了脸，道："不是这样的，铃铃姐又在胡说八道，他肯与我们一道全是芒姑娘的功劳！"

见四女活跃了起来，锋浪的心情也好了许多，心里却在暗想："她们为什么没有任务呢？好象她们的任务就是跟踪自己，保护自己……"

锋浪不得不如此想，因为四女一天太闲，闲得连锋浪都觉得奇怪。锋浪又想到了琼楼与玉阁，想到了黑白道，又想到了神秘兮兮的金闲庄，身份特殊的自己，再想到了《玉兰图》。

他隐隐感到，在《玉兰图》上，迷花谷和黑白道将有很大的变故，这个变故是由迷花谷对他的态度变化而开始的。锋浪现在不得不承认自己在江湖中的力量是多么微弱，而要决定力量的大小，只有依靠自己的实力！

他开始怀疑自己的实力是否可以去盗取《玉兰图》，《玉兰图》并不只是他才得想到的宝贝，只要是人都想得到！开始锋浪还以为只有自己才有如此狗胆，想不到在这个小镇上，会有如此多同行，而且争斗得十分激烈，居然将三手无影这重要的人物也杀了。锋浪感到自己好像一个局外人，与《玉兰图》无关的人，这种感觉令他太难受了！

第二日，妙偷手伤心地火化了三手无影，与锋浪哭哭啼啼辞别，将三手无影的骨灰送回家乡。看来，三手无影被人吓出了家，死在异乡，只有骨灰方才可以安安心心回去隐居了！

三手无影如过眼云烟一般掠过了锋浪的脑海，让锋浪悟到了当今江湖局势并非自己幻想的那样轻松好玩，自己根本也不是可以呼风唤雨的神。同时，也感到了生命的可贵，三手无影如此糊里糊涂的死在他心里影响很大！

故锋浪在此以后不再过问江湖中事，不再去兴风作浪，只一心一意赈灾，与四女高高兴兴享受人生，赈灾的事倒按照他的意愿一步步展开了。当然，聚宝钱庄的生意跟着声名扶摇直上，这倒令锋浪心里好受了许多。

但锋浪毕竟是浪公子，是"麻烦公子"兰陵笑笑生，如果不能找别人的麻烦，也要找找自己的麻烦。

找自己的麻烦当然容易很多，不是自找，就是找别人麻烦，然后让别人来麻烦自己！

天气出奇的好，好不炙热！锋浪坐在一张陈旧的桌上呷了一口茶，铃铃在一旁笑道："公子爷，贱妾沏得这茶味道如何？"

锋浪诧异地抬着望向铃铃，见铃铃妩媚的样儿，一把擅香羽扇似摇非摇，却有一股香风吹了过来，锋浪觉得这生活还真有些奢侈。

"这茶真是你亲自沏的？早知本公子就不喝了！"

铃铃立时来了精神，问道："为什么？难道在公子心目中，贱妾的茶艺根本不值一谈？"

"呵呵呵！不是，是怕这茶也如同你这人一样，迷上了就脱不开身，坏了本公子一世的英名！"

铃铃立时喜上眉梢，将娇躯偎依过来，轻轻吻了吻锋浪俊朗的额头，嘤咛道："公子说话，妾身还真是忐忑不安，时而大喜，时而大惶！"

"嘿嘿……不做亏心事，心里就不会怕，铃铃难道做了什么对不起本公子的事吗？"

锋浪狡黠地看着铃铃，铃铃慌忙道："天地昭昭，妾心皎皎，有何担心的？妾身是怕公子终有一日抛弃妾身，妾身还真不知何去何从！公子会那样待妾身吗？"

锋浪猛地揽过铃铃的纤腰，嘿嘿嘻笑道："我的大美人，如果你不抛弃本公子，本公子又怎会抛弃你呢？嘿嘿嘿……美人嘛，本是多多亦善，但本公子已有四大美人在侧，倒一时难再有猎艳之心了，哎！这日子还真乏味！"

铃铃幽幽地道："看样子，公子并不惯于过平凡日子，而且像公子这样的人，过这种生活确有些可惜！只怕可可也不一定阻止得了你！"

锋浪立时大惑地问道："你怎么知道本公子不惯于过这种生活？"

铃铃闪烁其辞，不想说出来，最后方才道："大事没有，小事却很多，丐帮的恭长老无故被杀，武当派关外云游弟子昔风道长相继而死，江湖传闻是迷花谷所为，而迷花谷又说是黑白道所为，一时谁也弄不清楚到底是谁杀了他们！哎，江湖真乱了套！"

听到这里，锋浪脸色大变，暗忖果然有了大动作，表面上看应该是迷花谷所为，而且恭长老是黑白道之人，黑白道不应杀自己人吧！锋浪如此想着，但没有说出来，只是佯装道："这与本公子无关，本公子希望他们相互斗得越厉害越好，乱世出英豪嘛，那有关《玉兰图》的消息难道就没有吗？金闲庄、玉阁、琼楼……"

说到琼楼，锋浪故意加重了语气，望着铃铃，铃铃脸色一变，讶然道："公子以为妾身是琼楼中人吗？"

"难道不是吗？你说了这话就表示自己承认了！"

"嘻嘻，公子果然厉害，但公子却猜错了，铃铃根本不是琼楼中人，而是迷花谷中人！"

锋浪一愣，仔细想了想，觉得铃铃在很多方面确如迷花谷中的美女，而在乌塔之时，铃铃是首先发现锋浪行踪的人，而后出现了迷花谷的花女，锋浪当时就怀疑她是花女。

但后来锋浪觉得她更像琼楼中人，因为在他的身边，就缺少琼楼中人，这不是因为他缺乏魅力，他的魅力肯定很足，因为他是金闲庄的少主，黑白道人和迷花谷人都曾绕着他斗争过，少了琼楼之人确实是反常行为！

而铃铃又是来历不明的人物，偶然中总有必然，必然中又会有偶然。而铃铃当是偶然中的必然！锋浪料不到自己会想错了，回头笑问道："你果真是来自迷花谷的花女？"

铃铃娇笑道："难道公子认为妾身不是？"

"哈哈哈……现在本公子恍然大悟了，当日为何铃铃会装成青楼女子来骗本公子，最后将本公子骗到床榻上，花女一直跟踪着本公子，原来早就用美人计将本公子算计！嘿嘿嘿……姑姑用如此美丽的花女来施美人计，看来是一计二用了。用美人来牵住本公子，另则嘛，也算姑姑对侄儿定了一门终生大事！嘿嘿嘿……看来铃铃虽然骗了我，而我却不敢抛弃她，更不敢表示不满，否则姑姑会杀了侄儿！"

铃铃诡秘地笑了笑，道："只要你听谷主的话，谷主也是很疼你的，在她眼中，妾身不过是一名花女，而公子你却是她的侄儿，孰轻孰重，明确至极。妾身这门差事也不好做啊！"

"哼，少得了便宜就卖乖，总得来说，是你骗了本公子，吃亏的终是本公子，现在一切真相大白了，本公子要双倍的加以要回！"

他说着一双贼手就在铃铃的腰姿间游走，逗得铃铃娇躯乱颤，声音浪荡更如风中之铃。

"你们两个在浪什么鬼？还有脸皮没有？！"

芒丽珠这时带着可可和荷妮娜回来，荷妮娜气哼哼地大叫道："我们在外面普渡众生，为你浪公子烧香拜佛，想不到你却在背后沉醉于酒色之中，看来我们是白忙一场了！"

"我们倒不是为了浪公子，而是为了天下灾民，今日虽然辛苦，但看到被救的灾民，看到他们对我们的感激之情，辛苦也不觉得了！"

"嗨，那倒是，被他们称赞为观音菩萨，我还真感到不好意思！"

说到这里，可可含情地看了锋浪一眼，含笑道："无论如何，浪公子也是有功劳的！锋浪，明日你也去做做善事吧，做了心情可好呢！"

"哼，今日我们碰上红枫堡的人，好像他们对我们不太友好，而且听说芒姑娘现在和锋浪在一起，岭南镖局也参与赈灾之事，很是愤怒，只怕他们在背后会捅我们一刀！"

"荷大娘子，你在乱说什么？红枫堡的人少赚了银子，心里不高兴乃是情理之中！"

"是啊！无论如何红枫堡与岭南镖局是世代交好，嘿嘿……芒姑娘差点也成了红枫堡的……"锋浪饶有兴致地道。

芒丽珠愤怒大嗔道："锋浪，闭上你的油嘴！"

芒丽珠与锋浪相交渐笃，没有了隔阂，打情骂俏时时发生，何况大家都不是外人。芒丽珠淑女的样儿也收敛了许多，否则又怎奈何得了锋浪这样的人物？锋浪见芒丽珠的样子，果然收住了话头，嘿嘿笑着，心里想：

"如果不是老子用卑鄙的手段横插一手，只怕这位贞女已在与丰凯打情骂俏了，看来万事要争取，用再卑鄙的手段也十分划算！"

锋浪那肮脏的心灵与四位美女相处如此长的时间，居然还没有涤净，看上去似乎一点起色也没有，谁说近朱者赤、近墨者黑？

嗨！如果墨近朱者，或是朱近墨者，谁赤谁黑只怕谁也说不清呢！四女见锋浪那古怪的样儿，以为他被芒丽珠一阻，觉得丢了脸面，不高兴了，可可忙上前道："锋浪，你不会那么小气吧？"

锋浪回过神来，不解地问道："什么小气？"

"谁小气！"锋浪说着突然抱住可可道："小宝贝，你居然说我小气？这可是你先欺负我，我也要欺负你，你不会小气吧？"

可可虽然与锋浪很熟络了，但依旧不习惯锋浪那些流氓样儿，立时娇叫道："你又想耍无赖流氓了，可可不管那一套，要……要生气了！"

另外三女见两人样儿，均忍俊不禁，笑了起来。锋浪正在与四女嬉戏着，突然属下进来传告妙偷手和丐留到了赈灾之地，要见锋浪。

锋浪眼中立时射出灿热的光芒，额头重现了昔日的英气，精神了许多，大叫道："本公子还以为他们忘了我这个金圣教教主呢！"

锋浪叫人传他们进来，而又转头警觉地望向四女道："难道你们想光明正大听本教秘事么？"

言外之意是众女虽然与他交好，但现在还不是一个道上的人。果然，四女都摇了摇头，向内房而去。锋浪看着四女无可奈何的样儿，不由得意地笑了笑。

而此时，丐留和妙偷手已匆匆走了进来，两人四下看了看，齐声诧问道："怎么只有大哥一人？"

"兄弟相聚，商量的是我们金圣教的事，她们能在旁边么？嘿嘿嘿……"

说到这里，锋浪又低声道："大哥已摸清她们的底细了！"

丐留和妙偷手一愣，相互看了看，齐赞道："大哥英明，我们还以为你被美色迷住了呢！"

"哎……恭长老死了，昔风道长死了，还真是奇怪，表面上看是迷花谷人所为，但本教主又觉不太对劲，可就是想不出不对劲的地方！"

两人又是一惊，丐留道："原来教主什么都知道了，我们还以为大哥只一意赈灾，忘了我们呢！"

"嘿嘿嘿……是吗？"锋浪暗想若不是铃铃说了两句，自己确实什么都不知道，脸皮厚得无以复加的他，此时倒有些难为情，惭愧不已！支吾道："丐留，你先说说看！"

"丐帮与黑白道昔日确实是一伙的，而且关系不错，但最近几年，关系倒不太好了。迷花谷由此打进了丐帮，宏长老就是那时被迷花谷利用了的，齐、区二长老也各怀异心，哎……幸老帮主又身体多病，看来恭长老之死是先兆，丐帮开始进入多事之秋了！"

锋浪点了点头，道："幸老帮主迟早要死，四大长老各怀异心再所难免，宏长老是迷花谷的人，另两名长老又属于哪一派势力呢？"

说到这里，锋浪眼睛突然一亮，望着丐留，喜道："你说丐帮与黑白道曾是一伙，以此类推，黑白道曾在丐帮、少林、武当等各门各派者势力，而且在各派有人联络！看来这个组织不但神秘，而且很大、很广！但奇怪的是近年关系怎么会冷落下来呢？而且恭长老、昔日道长等人也在此时莫名其妙死了！这又是什么意思？"

锋浪突然问道："黑白道的首领是谁？"

两人诧异地看了看，无可奈何地摇了摇头，锋浪拍了拍头道："你们应该不知道，如果知道了，还有命站在这里和大哥我说话么？"

两人听到这里，均脸色一变，锋浪失神而笑道："但我们依旧可以打败他们，丐留，你知道现存的三位长老各怀异心，也应该知道如何办了。如果本公子所猜不错，三位长老中有迷花谷的人，也有黑白道的人！"

"恭长老不是已经被迷花谷的人杀了么？"

"如果是这样也太简单了，迷花谷为何要用这种方法激怒天下呢？只怕黑白道内部确有秘密，而这个秘密，本公子已猜得一二！只待日后去证实证实，但愿我猜的是错误的！"

说到这里，锋浪不由紧锁了眉头，眼中射出无穷的忧虑，丐留看在眼里，立时领悟出锋浪的话意，释然道："属下知道如何办了！"

"那就好，现在我们只有相信自己，除了自己，无论黑白道、少林、武当、迷花谷，都是我们的对手，利用他们的矛盾，发挥我们的优势，我们才会出奇制胜！丐帮我们势在必得！"

丐留也兴奋了起来，又与锋浪聊了几句，方才站到一边，妙偷手接着报告道："教主，自从伯伯去世后，《玉兰图》似乎风平浪静了，好像根本没有留意，我们要不要……"

锋浪伸手阻道："你想错了，其实不是风平浪静，而是风起云涌，老伯被谁杀的，现在可以肯定不是黑白道人所为！也不是迷花谷人所为！当然还有一批人马在暗处！"

"还有一批人马？是琼楼，玉阁……"

"不是，这批人的力量很强，但不会轻易出现！这次三手无影突然死了，焦点应该在《玉兰图》上，但出乎本教主的意料，居然事在图外，功在事外！"

说到这里，锋浪不由自主笑了笑，妙偷手恍然大悟道："这批人就是保护《玉兰图》的人，也是杀了伯伯的人，是这样么？"

"如果本教主猜得不错，应该是这样的！但本教主不是圣人，如果恭长老等人是迷花谷人所杀，本教主的猜想就值得商榷了！"

锋浪说到这里，突然问道："黑七呢？哼，他呆在古城别让脑袋懒了，金闲庄那边叫他跟紧点，一有风吹草动，就来报告！"

两人各自领命而去，锋浪坐在那里，呆呆地想了不知多久，眼睛里的凶光越来越浓，脸色更是越来越萧瑟，突然苦笑道："成也萧何，败也萧何，嘿嘿嘿……只怕这次成不是萧何，败也不是萧何！"

那笑容，如秋风中的落叶，却诡谲至极。荷妮娜突然从房中出来，向锋浪肩上抓来，锋浪一旋身，飞指如剑，直取荷妮娜要害，下手毫不客气，吓得荷妮娜神色大变，花容失色。锋浪见对方是妮娜，慌忙收回真力，飞指一颤，一股疾劲"嘶"的一声刺开了荷妮娜的衣服下摆。

荷妮娜惊魂未定，哭腔大嚷道："你这个恶鬼！是不是看不惯本姑娘，想残害本姑娘？"

锋浪亦是惊魂不已，暗忖自己怎会这样走神？差点闹出事来，猛地摇了摇头，上前抱住荷妮娜！吹牛道："刚才我两个兄弟来报，说有人想杀本公子，本公子正在想对手是谁，一时走神，方才那样。你是本公子的元配，就给我天大的胆子，也不敢有大不敬之意！请夫人明鉴！"

荷妮娜听说有人想杀锋浪，立时脸色一变，顿时忘了自己的委屈，满是关切，问道："你想到是谁了吗？你如此厉害，再加上我们四人，天下间还有谁敢来找你的麻烦呢？"

"刚才本公子也那样想，可没有想出这人是谁，大概是有人故意吓唬本公子吧？"

"哦，会不会是红枫堡的人？你不是说芒姑娘差点就成了红枫堡的人么？本姑娘猜想定是你这色狼横插一脚，方才把金凤凰引走了！"

锋浪一怔，想笑出来，却不敢笑，故意道："如果是红枫堡的人，那本公子该怎么办？"

"怎么办？理亏的是你，让他们砍掉你这色狼两条腿，以后不敢再四处勾引女人啰！"

说到这里，荷妮娜狠狠捏了锋浪的酷脸蛋一下，噗哧笑了起来，锋浪这才舒了一口气，暗忖终于骗过了这笨女人，如果是其她三女，只怕不太容易。锋浪心事重重，此时又经荷妮娜提醒，不得不正视红枫堡，红枫堡的威胁虽然很小，但事关赈灾大业，并不是武力能镇住的！

正要进房与四美女商量商量，忽然属下又来报，有一僧一道求见。锋浪心中立时惑然，难以猜到来者是何人，目的何在？便向属下摆手道："请进来，本公子要看看是哪路神仙，嘿嘿嘿……不会找麻烦公子的麻烦吧？否则也太不识趣了！"

很快，就看到那一僧一道走了进来，锋浪一见二人，立时呵呵笑道："原来是弘玉大师和玉松道长，想不到那日匆匆照面，两位居然……"

一僧一道立时羞愧无比，向锋浪求道："还请公子放我们一马，我们的道行和声誉全掌握在公子手中了！"

锋浪见二人无可奈何而又诚惶诚恐的样儿，倒觉得不好玩了，于是敛住笑容认真地道："两位兄台放心，本公子以人格保证不会说与他人知道，但若那妓院中的其他人说出去，就与本公子无关了。相见不如偶遇，我们不但是偶遇，简直是志同道合，两位兄台到此，不会只是为提醒小弟吧？"

弘玉大师立时道："当然不是，贫僧和道友到此，却是受少林、武当两派掌门的委托，到此来请公子去嵩山一趟！"

锋浪一愣，愕然道："去嵩山？为什么？"

弘玉大师见锋浪的神色变化，立时也是一愣，迟疑着问道："浪公子，浮僧大师不会真是你害死的吧？"

两人均为难而惊诧地看着神色变化的锋浪，锋浪立时呵呵冷笑道："原来又是为了浮僧大师之事，本公子已说过不是本公子所杀，为什么还要来麻烦我浪公子？本公子好欺负么？嵩山本公子是不会去的，要论理就叫愚庆臭和尚和灵风臭道士到本公子这里来！"

锋浪气往脑门冲，立时凶气毕现，霸气十足，无赖样儿也活灵活现，弘玉大师和玉松道长看得面面相觑，良久，弘玉大师方才道："我们请公子前去，并不是怀疑公子杀了浮僧大师，而是两位掌门想证实杀死浮僧大师的人与杀恭长老、昔风道长的人是不是一伙的！这可是关系着武林正邪判别之大事，两位掌门说他们到此地太过显眼，方才请公子降尊纡贵去少林一趟，刚才是贫僧未说清楚，罪在贫僧。两位掌门说如果公子要他们亲自来请，他们必会亲临，一定要请动公子，弄清凶手是谁！"

"原来是这事，早说本公子也不浪费如此多情感了！喂，你们的人被杀，关本公子什么事？正邪？！正邪一向不是由你们名门大派说了算吗？现在请本公子去干什么？"

他顿了一顿，又愤愤不平地道："哼，是迷花谷如何？是黑白道又如何？本公子认为把事情查个水落石出后，不但不能捍卫正义，反而会遭来杀身之祸！为你们自己带来灾祸没关系，但为什么要为本公子也带来杀身之祸？你们这样一闹，迷花谷和黑白道岂会不知道？如果派人来暗杀本公子，本公子岂不是连觉都不能睡了？"

两人被责难得昏头转向，面面相觑，只因锋浪说得不错，如此如此一来，不但少林、武当麻烦，而且锋浪也几乎死定了！

"哈哈哈……但为了天下正义，本公子决定前去少林！"

锋浪说话还真不可捉摸，弘玉大师和玉松道长二人喜出望外，道谢不已，最后弘玉大师嗫嚅道："浪公子，此事希望能尽早做个了结，不如现在就走……"

"你以为你是少林和尚，就如此嚣张？想老子去就去，想什么时候走就什么时候走？那老子岂不成了木偶一个？你们在此等着，待本公子办完事后再去不迟。若你们等不及，就先回去好啦！"

弘玉大师立时道："好，一切听从浪公子的安排，但我们无论如何也要与浪公子一道，浪公子毕竟艺高名响，与公子一道安全许多！"

这话锋浪爱听，立时来了笑容，这时可可和铃铃走了出来，看到弘玉大师和玉松道长，立时"咯咯"笑道："你们胆子居然如此大，敢到这里来讨打骂？"

锋浪一愣，指指双方，不解地道："你们认识？"

即而明白了过来，笑呵道："这两位是本公子的道友，那日在那种地方邂逅两位美人，纯属虚构，而是本公子要他们帮我找一个人！"

两女半信半疑，可可指着两人道："他们一个和尚，一个道士，又如何是你的道兄呢？"

锋浪一愣，铃铃立时娇笑道："他们三人都喜欢逛窑子，当然是那方面的兄弟啰！怎么？今日他们找上门来，又是邀你去那种地方？"

弘玉大师和玉松道长又是愤怒，又是羞愧，怎奈对方技高一筹，而且看样子与锋浪关系不同一般。锋浪忙道："两位道兄，今日小弟还有些小事要办，明日一早，我们就起程去嵩山如何？"

弘玉大师这才解脱道："这样就好，明日一早我们再来找浪公子，暂时告辞！"

说完两人溜掉了，锋浪望着二人匆匆而去的背影，心情爽极，向二女道："你们也太会落井下石了，竟然如此羞辱他们，可知他们是少林、武当的人？若要找你们的麻烦，只怕又要麻烦本公子了！"

铃铃咯咯笑道："谅他们也不敢召集他们的师兄弟来麻烦我们，哼！也不会麻烦你浪公子！"

"他们为什么要来找你？"

锋浪见可可认真的乖样儿，立时笑道："他们探到这开封城里新开了一家青楼，邀本公子去品一品，说是那老板的主意，一则本公子是名人；二则本公子在这方面特有权威，命个名，定个级别，可以财源滚滚而来，哎……出了名的人就是这样，身不由己啊！"

可可脸上羞红，信以为真，嗔道："你怎么不向好改变，却只知变坏！看来你是改不过来了那种旧习性了，可可不想与坏人呆在一起！"

锋浪立时上前温情地道："如果锋浪听可可的话，只学好，不学坏，可可是不是就要与我呆在一起，而且永不分开呢？"

可可脸上更是羞红，但落落大方，眼光如流波横了锋浪一眼，低声道："只要你学好，成大好人，可可……就和你呆在一起，但……"

锋浪立时如小孩一般围着可可转，边转边叫嚷道："黄天在上，凡夫金锋浪，以后一定向善，不让可可小姐伤心，而且永远永远爱她！"

可可在中间气得直跺脚，羞嗔道："你又在胡说八道，谁要你爱……我……"

说到这里，可可惴惴不安地望向铃铃，试探性地道："铃铃姐，他在乱说，你别生气噢！"

见可可一副清纯圣洁、白璧无瑕的样儿，铃铃哪里有心情吃她的醋？咯咯笑道："小美人宝贝，你以为姐姐在吃醋？傻瓜，姐姐再会吃醋，也不会吃你的！这小子不知是不是又在骗人！"

锋浪立时停下身来，道："我为什么要骗你们？"即而转向可可笑嘻嘻地道："可可小姐，现在在下想请教一下哪些事你不喜欢，或者你认为是坏事，而哪些又是好事呢？只有在弄清楚了这些后，在下以后方才会不惹你生气！"

两女一愣，倒一时说不出什么是事，什么叫好事，铃铃佯怒道："原来你一点诚意也没有，故意调戏我们可可小美人，这就是坏事！"

可可立时瞪着美丽的秀眸，望向锋浪，锋浪心中暗自叫苦不迭，忙道："可可，你别信她的话！"

"现在我只相信她的话，不想与你说！"

说着，可可又委屈得流泪了，这美人毫无缺点，连她的眼泪简直也是勾人心魂的，锋浪立时上前捧住那张令人心动的脸蛋，急急道："可可，我是一个恶人，有时真的不知什么事是好事，什么事是坏事，真的没骗你！"

铃铃见锋浪如此着急，心里黯然，幽叹道："可可，浪公子说得也有道理，江湖中有很多事，根本就没有对与错，又何从辨别呢？"

可可这才擦拭了一下眼睛，含羞道："都是我不好，爱哭爱钻牛角尖，让大家不高兴。锋浪，你说这是不是我的缺点？"

"不是！"锋浪将脑袋摇得如拨浪鼓，可可见之，也掩嘴"噗哧"笑了起来。锋浪这才长吁了一口气，将刚才的事说了出来，铃铃和可可均是神色一变，不声不响，而脸上却是忧愁至极。锋浪耸了耸肩，道："嵩山此地不远，我当天去，当天就可以回来的！"

"问题不在这里，而且你的话就可证明三人之死与迷花谷、黑白道有关，姜身虽然是迷花谷中人，但也不希望公子妄下结论！"

"为什么，黑白道不是迷花谷的死对头么？"

"也不能如此说，黑白道并不是那么单纯的组织，而且现在处境也不妙！"

锋浪一怔，扬了扬眉毛，笑道："是么？但本公子这一趟必须去，因为这是好事，凭本公子见到的，只怕也不能判断出谁是凶手！"

"谁是凶手并不重要，而是动机很重要，只怕现在黑白道组织的野心比迷花谷还要大！"铃铃若有所思地道。

"噢！迷花谷欲统霸武林，而黑白道的野心还要大，那又是什么呢？"可可迷惑地道。

两女说到这里，见锋浪神情，立时哑口无言了。锋浪此时方才觉得自己也太"不耻下问"，干笑了笑，拉着二女进入了内屋，见另外二女正在嗑瓜子呷茶，于是道："怎么？如此有闲心啦，今日是谁说红枫堡的人可能对我们不利？就不准备准备？"

荷妮娜有人才，没有智商，道："准备什么？"

锋浪看了看芒丽珠在那里假装不声不响地嗑瓜子，似乎没有听见，于是嘿嘿干笑道："本公子是那种你敬我一尺，我敬你一丈的人，但如果逼我一步，本公子就会挤前一丈！哼！"

芒丽珠果然抬起头来，有些忐忑不安地道："此事还要小心，不可造次，岭南镖局与红枫堡也算世交，没有撕破脸面，我们是不可先出手的。浪公子，算我求你行不行？"

锋浪耸了耸肩膀，道："你说怎么办就怎么办吧！明日本公子要出外一趟，你们四人最好别出事，否则红枫堡只怕完蛋了！"

说到这里，锋浪不由呵呵笑了起来，脸色却是不太友好，看来这许多日的修身养性根本就没有将锋浪的个性磨去。锋浪虽然很放心四女，但依旧在暗中安排了一番，他不只担心红枫堡，更担心迷花谷或黑白道的人来捣乱！

第二日一早，弘玉大师和玉松道长二人就到锋浪居处等候了，锋浪没有办法，只好去嵩山一趟，万幸开封离嵩山并不远，沿着官道疾驰而去。未过多久，开封已被抛在了身后。

前面是开阔的黄沙地，而沙地上偶尔有青青的野草，偶尔一片桦林闪过。就在三人三骑驰过一片白桦林时，官道立时宁静了下来。

突然从树叶间掠出两名黑白道武士，站在了路当中，如凝住在那里，而三匹马到了两人丈许开外，突然长嘶刹住步子，几乎将三人掀了下来。锋浪一见二人，立时心里有了底，向弘玉大师和玉松道长二人看了看，笑道："是找你们麻烦的？"

弘玉大师不得不上前问道："你们是黑白道的武士？"

"我们并不是找你二人的，你们最好站开！"

说完，两人抱剑走到了锋浪的面前，其中一人冷冷地道："我们不想找浪公子的麻烦，但浪公子也不应插手江湖这些事，故浪公子不能去嵩山！"

"去嵩山并没有打扰黑白道，只是指出浮僧大师是如何死的，你们紧张什么？难道人是你们杀的？"

"我们敬公子，只是看在公子是金浪客之子的份上，如果浪公子不给黑白道的面子，那我们只有得罪了！"

锋浪一愣，嘿嘿笑道："本公子原来还是因为金浪客的面子方才得你们优待，哈哈哈……你们果然做错了，本公子早已不是金浪客之子了，看来今日要让你们重新认识麻烦公子兰陵笑笑生，也就是浪公子！"

说到这里，锋浪脸上杀机陡盛，向一道一僧说道："我们走，两位掌门还在少林寺等着我们呢！"

他说完拍马向前，两名黑白道武士突然飞掠而起，向马头直劈而来。锋浪当然有所准备，人从马上飞掠而起，跃到马头前面，飞快地向两人拍去！

只听"砰砰"两声，两人闷哼着疾退而去，就在这一退一进之际，飞快的马已冲到前面，锋浪在空中一旋，又坐到了马背上，向两黑白道武士道："你们以为本公子还是以前的浪公子么？"

两名黑白道武士并不知难而退，又闪电般扑向一僧一道的马匹，两人武功也不弱，飞掠下马，拍掌向二武士阻去，立时斗在了一起。

两匹受惊的马驰到锋浪旁边，方才停了下来。锋浪看着激斗的四人，摇了摇头，道："看来本公子还是要瞧瞧热闹了！"

黑白道武士的武功怪异至极，而且剑法犀利、狠辣，一点也看不出他们来自正派，弘玉大师和玉松道长二人渐渐处于下风。锋浪皱了皱眉头，拍了拍马脖子，笑道："你等会儿，我去去就来！"

他说完如大鸟一般掠身而起，扑到与弘玉大师激斗的武士面前，毫不客气地拍出两掌，两人都分了开来，锋浪笑道："和尚，你去帮另一道兄吧！"

弘玉大师撤身而去帮玉松道长，而锋浪则轻松的与那武士过招，现在他不但轻功招式奇妙至极，而且内力也深厚无比，仿佛乌僧重现江湖！

第十七章

锋浪突然尖啸而起，如云雀冲天一般，手指间如同飞出无数的金芒，那武士立时惊叫道："金剑寒星！"

"哈哈哈……想不到黑白道的武士熟悉金剑寒星！但忘记了这并非金剑寒星，而是金芒四射，比金剑寒星还高一筹！哈哈哈……"

那武士见之听之，脸色剧变，边退边将手中长剑舞如飞轮，倒挡住了许多金芒，但依旧有一些金芒破网而入，割破了他的黑斑白衫，割伤了他的面颜。

两人就此罢手，那武士不敢相信地道："你怎会这样快……怎么可能……"

"哈哈哈……不可能的事全都会在本公子身上发生，回去告诉你们的首领，多行不义必自毙！修道千年，方成一楼，不容易至极，何以要自取灭亡呢！"

那武士脸色更是一变，嗫嚅道："你……你……"

这时，另一武士也闷哼着退了下来，锋浪阻止弘玉大师与玉松道长继续发难，向二名黑白道武士道："你们去吧，告诉你们的头儿，本公子去少林嵩山也是不得已，绝不会诬告任何人，也绝举怕任何人，只是将事实告之罢了！"

两位武士脸上青一阵白一阵，极为难看，其中一人道："浪公子如果一意孤行，只怕你会后悔的。以前我们当浪公子为朋友，现在只怕要将公子看成对手或敌人了！"

"哈哈哈……你们当初把本公子当成是朋友，在暗中保护本公子，只因那时在你们眼里，本公子是金闲庄少庄主，是有利可图的；而现在不同了，本公子只代表我自己，无利可图，反而对你们构成威胁！嘿嘿，黑白道也不过如此，说什么主持江湖正义，全是骗人的幌子！"

锋浪发足了脾性，方才喝道："你们滚吧！"

两位黑白道武士这才撒腿而去，乘兴而来，败兴而归。待两武士走后，锋浪向一道一僧说道："看来我们去嵩山麻烦多了，我们换换面孔如何？"

两人早已被刚才出现的意外吓得如同惊弓之鸟，能有办法，当然求之不得！锋浪立时将胸前的几张面具拿了出来，对着二人道："怎么样？"

弘玉大师与玉松道长见之大喜，都慌忙戴上，继续赶路，离开那片白桦林，一路上居然十分安宁。根本没有人打扰他们，甚至无人前来问津。

锋浪倒不是傻瓜，不认为是面具的功劳，也不是自己"武功高强"或"义正严辞"使黑白道的人改变了主意，他们三人没有再碰上黑白道的人，心里开始有一团阴影，而且越来越大！

到了嵩山，武当掌门灵风道长和少林愚庆方丈居然走出禅院来，迎接锋浪，令锋浪有点受宠若惊。

道士、和尚将锋浪请入了禅院，如同神一般将他供在上席。锋浪只有呵呵干笑后再哈哈大笑，以此来缓和自己的心情。

"浪公子，今日请你前来，就是想请你将当夜看到的情形说出来，因为这件事不但关系着少林，更关系着整个武林，老衲想公子定然是晓知大义之人，会站在公正的立场上！"愚庆方丈肃穆地道。

"呵呵呵，那是当然，本公子有必要详细说出来，不为了武林正义，也只为了浮僧大师之冤魂！"

说着锋浪便将自己当夜在乌塔看到的情况一五一十说了出来，最后补充道："本公子看到的是黑白道之人，但到底究竟是不是黑白道之人，还请各位评审！"

灵风道长和愚庆方丈相互看了看，方才点头道："不错，应该是这样的，但黑白道为何要这样做呢？我们与他们一向交好，也算合伙了，杀了浮僧，他们有什么秘密呢？"

"是不是有关《玉兰图》的事呢？秘密应在这里！"锋浪若有所思地道。

愚庆方丈的灵风道长神色一变，又点头道："不错，《玉兰图》，但浮僧乃得道高僧，怎会对《玉兰图》有所动心？何况《玉兰图》与黑白道宫外部毫无关系，此事确有不对之处！"

"宫外部？"锋浪心里一震，趁机问道："大师，刚才你说黑白道有宫外部，那还有宫内部啰？"

愚庆方丈和灵风道长神色一变，最后愚庆方丈叹道："公子迟早都会知道的，迟知道不如早知道，公子如此问，老衲也不得不说了！"

"黑白道是由江湖中各门各派组织而成的，为了声张正义，也是为了抗衡迷花谷等邪派，当年牟白与邬眉在裂石岗一战后，牟白退隐江湖，为了以防万一，我们才建立了黑白道！"

"后来各门各派只有联络人员，而黑白道独立出来了，势力也很大，万幸令尊金浪客金施主在年青一辈中脱颖而出，而且是牟白老一辈的高徒，众望所归，令尊便成了黑白道的首领！"

说到这里，愚庆方丈望向锋浪，见锋浪并没有表示惊奇，而在沉思不语，于是问道："浪公子，难道令尊金施主已告诉了你这些？"

锋浪摇了摇头，道："没有，在下并不感到意外，只因黑白道对在下的态度，在下并不笨！"

"那是那是，金施主的后代当然不同一般！"

锋浪此时并不高兴，问道："后来呢？"

"后来就因为《玉兰图》，闹得天下风波再起，金施主果断地将《玉兰图》送入皇宫，并将黑白道分为两部，一部保护《玉兰图》，同时保卫皇宫；而另一人在江湖上，维持江湖安宁！后来不知是什么原因，金施主在古城隐居了，黑白道的人暂时分成了两部分，首领也一分为二！"

"首领也一分为二？那这二人是谁呢？"

"宫中当然是当今的皇上，皇上与金施主的关系极好；而江湖上则由金施主的师弟金莽领导！"

"老爷子的师弟？！"

锋浪神色一变，心中惊骇更是不小，暗忖道："想不到老爷子还有一个师弟，牟白居然有两个弟子，难怪黑白道的人保护本公子，不想让迷花谷中人抓住，以此要挟金闲庄！看来谁控制了金闲庄，谁就占住了优势！"

金闲庄的主人与迷花谷、黑白道居然是这样的关系。锋浪心里虽然有预感，但如今听人说了出来，由猜测变成事实，心里还是怪怪的！此时愚庆方丈继续道："黑白道内部在近几年来也不知成了什么样儿，我们知之很少，只因金莽一上台，就暗中操纵，很少告诉我们实情，那时又处在江湖太平时期，故我们也并不在意！"

"但今日出了这样大的事端，各联络人员突然死了，我们不得不正视这件事，何况《玉兰图》之事又重新提了出来。三手无影被杀，天下谁都知道了，三手无影定是皇上派出来的人杀了灭口！"

"皇上？皇上以为杀了三手无影就可保《玉兰图》不失？"

"他当然是这样想的，但他是否真正掌握着黑白道内部的大权，谁也不得而知！"

锋浪此时猛地记起铃铃说黑白道的野心比迷花谷还大，立时心中一寒！

"江湖不安宁，皇宫也不安宁，《玉兰图》自然也不能安留了，如此大的乱子，谁之罪呢？"灵风道长插言道。

"迷花谷，若不是迷花谷重入江湖……"愚庆方丈分析道。

"哼，在下却不以为这样，迷花谷虽然存心称霸江湖，但时过境迁，何况还有一个黑白道。心有余而力不足，此消彼长，而黑白道只是因势而上，将抗拒迷花谷作为幌子！"

愚庆方丈和灵风道长面面相觑，有些不同意锋浪的看法，大概认为锋浪偏袒迷花谷。锋浪心里也不知为何要说出这样的话，难道是因为与老爷子有"过节"，就影响了对黑白道的印象？

"诸位信不信在下的话是你们的事，事情在下已说清楚了。如何定论，那就看你们如何认为了，在下就此告辞！"

锋浪快走两步，便见有两名僧人前来报，说黑白道有两人前来参见方丈和武当掌门，众人立时大感意外。锋浪也感到意外，但很快就看到两名身着一黑白斑一白黑斑之长袍的老人走了进来。

两名老人冷冷地看了看锋浪，方才向愚庆方丈和灵风道长抱拳道："金爷和金庄主二人都已查明，杀害浮僧大师的凶手是迷花谷之人！"

说到这里，两人将一封书信交于愚庆方丈，愚庆方丈开封而视，呐呐地道："果然是女魔头的所作所为！"即而转头向着锋浪，把书信递了过来，得意地道："浪公子看看是不是令尊金施主的亲手笔迹，不会错吧？"

锋浪料不到老爷子退出江湖，今日突然又踏入了江湖，心里觉得不太对劲，但又想不到不对劲在何处，白纸黑字，上面确是老爷子的字迹。但锋浪依旧不甘心地道："如果迷花谷中人杀了浮僧大师，那并不表示恭长老等几人也是她们所为！"

"哼，不是她们所为，为何尸体症状一样？而且死得背影也是一样？迷花谷明明是想切断各门各派与黑白道的联络，再个个击破。万幸金庄主重出江湖，以大义为重！"

锋浪一愣，自语道："他果然要重出江湖，重新操纵黑白道，那……那娘亲岂不是左右为难？"

想到这里，锋浪有些痛恨金烁，但细细一想，觉得黑白道正处于微妙之境，再加上迷花谷、琼楼、玉阁等虎视眈眈，老爷子别无选择，只有亲自出山。

但时过境迁，皇上和金莽已将黑白道的权势一分为二了，老爷子现在出来，岂不是冒险太大？

锋浪不知是怎样离开少林寺的，只觉得这趟来到少林寺，将事情办得很糟，而他心里也在暗想，真的是迷花谷杀了恭长老等三人吗？迷花谷能杀浮僧大师，当然确有实力和杀浮僧大师的原因，但迷花谷犯不着这样做，将自己逼入众矢之的处境！

此时锋浪真想跑到花姿姿面前，问她为什么要这样做？再跑到金烁面前，质问他为什么要横插一手？让娘亲左右为难，让自己左右为难。

自己猜想的均被印证了，锋浪一点成就感也没有，是因《玉兰图》得到的机会太少太少了，自己永远走不出金烁的影响范围，因为他不可选择江湖，而金浪客一踏入江湖，就代表着江湖！

就如同金浪客是他父亲，无法逃避，永远无法逃避！锋浪向嵩山脚下慢慢地行走，心中懊丧至极。突听到极轻的脚步声，回头而望，见是那黑白道二老。

两老到了锋浪身边，不愠不火地道："浪公子，金庄主令我们来请你，邀你见面，有事对你讲！"

锋浪立时觉得意外，愣愣地道："我与他何干？"

两老相互看了看，其中之一诡谲地笑了笑，道："浪公子，你与金庄主有矛盾，但父子之间，难道真有隔世之仇吗？金庄主要见你，大概也是想向你说明一切，让你看清当今江湖的形势！"

锋浪心里立时不服，赌气道："他走他的江湖路，本公子创本公子的事业，互不相干，本公子又为何要去见他？"

此时锋浪情绪无比低落，那两位老人又相互看了看，突然欺近，点指如飞，封了锋浪的几处大穴，锋浪这才如梦初醒，惊怒道："你们是在干什么？本公子又没说不去，快解了本公子的穴道，让本公子自己走好啦！"

两人脸上浮现出狡黠的笑容，拍了拍锋浪，道："浪公子武艺高强，行为更是让人难以捉摸，为了完成金庄主的使命，我们不得不委屈公子了！"

"居然有这样的事，哼！恐怕不是金庄主要见本公子，而是你们的金爷吧？"

两人立时神色一变，即而奸笑道："无论你如何说，我们都要带你去黑白道总坛，见的人，确实不是金庄主，而是金爷！我们怕公子不去，只好如此！浪公子，如果金庄主复出，主持黑白道的大事，击败迷花谷，收回皇宫宝物，我们是不会如此相逼公子的，公子，我们走吧？"

　　听了他们的"真心话"，锋浪顿时心里直沉，如坠千里冰窖之中，而黑白道一定想控制金浪客，但最后无计可施，方才出此下策，擒得本公子以做人质。锋浪此时不知是笑还是哭，只因开始是迷花谷掳他，黑白道保护他；而如今却变成了黑白道掳他，而迷花谷反而来保护他。

　　已在人手，保护又有何用，锋浪暗骂自己何以如此窝囊，居然被这两个老贼抓住了，如果让老爷子知道，一定要先发一顿火，然后坐下来苦想办法，而娘亲一定会哭的。

　　金浪客会大义灭亲吗？他绝对不会向邪恶势力低头的，何况现在迷花谷在侧，金浪客绝对不会以他的影响向金莽大张旗鼓来个窝里反，从而影响黑白道的实力，让迷花谷有了可趁之机！

　　锋浪虽然被制住，而且被一老者挟在手臂间，不知往哪里带，但他的脑袋却保持着冷静，在想如何逃出二人的控制，他知道自己一旦落入了金莽之手，就再难以脱离，他不想让金浪客来救，也知道金浪客不会来救，他别无选择！迷花谷的人如果知道，一定会来救的，只因迷花谷不希望金浪客带人与她们交恶，她们已嗅到黑白道内部有了裂痕！

　　不知行了多少路，不知到了什么地方，锋浪只知二人将他带入了一间客栈，客栈中黑漆漆的，根本就无窗，只听"砰"地一声，门就关上了，锋浪的心扉仿佛立时也"砰"地被关上。

　　锋浪此时看不到四周，只好闭眼运气，想冲开穴道，谁知一运功，被点的穴道立如蚂蚁在噬，而且一阵阵直刺心头。锋浪咬着牙白运了一会儿力，毫无进展，只好长叹一声，散去了内力，心里暗想道："金莽野心也太大了！居然想控制黑白道宫里宫外的势力，得到《玉兰图》，岂不是让他来当皇上？"

　　但转而一想，锋浪又原谅道："哎，如果是本公子，也会这样做的，金庄主将强大的黑白道一分为二，一在朝一在野，其心良苦，谁又不知呢？这样相互制衡，皇上不敢嚣张，金莽不敢撒野，以为这样天下永远会太平，他也算功成身退，怡然过下半辈子。但世事难料，就是诸葛孔明也难已控制，金莽当然想二合为一，皇上恐怕也有这样的意图，于是终于在迷花谷出现而明朗了双方的矛盾。那些联络人被杀，看来是皇上一方处于下风了。"

"但为何黑白道内讧偏偏在此时发作，却有些奇怪，是因三手无影被杀么？三手无影被杀，金莽以为宫内部开始怀疑他有盗取《玉兰图》的意图，而且确实如此。金莽也用不着大动肝火，这是顺理成章之事。"

"浮僧大师不是黑白道所杀，而是迷花谷人所杀，显然是迷花谷想离间少林与黑白道，但这一招没有了实效，好象迷花谷这一招并不在于此！"

"难道迷花谷早看出黑白道一分为二，由二人控制？难道她们要锢住金浪客，怕他重入江湖后，黑白道重让他合二为一？只怕江湖中也只有他才有这样的能耐！"

锋浪细细地想着，终于将以前乱七八糟的东西连了起来，没有道理的事也变成了别有深意的行动，只有他的想法，才与别人格格不入！

大概这就是非江湖流派吧，锋浪想到这里，不由自嘲了起来："金圣教本来就是别具一般的江湖门派嘛，它不是以打斗为目的，恩怨为主线，而是和气生财，目的是财源滚滚来！"

胡思乱想着，锋浪忽听到"嗒嗒"的声音从黑暗中传了过来，锋浪心里一震，仔细听了听，原来轻敲声从外面传来，锋浪暗道："会是谁来救本公子呢？"

在黑暗中呆长了，锋浪本就内力深厚，现在已能看清黑牢房里面的情况了，牢房里空无一物，而盘身打坐之处却是枯草乱藤。

"这简直如马棚，第一次被囚入狗洞，这次又囚进马棚。第一次是迷花谷所为，而这次是黑白道。这遭遇还真比戏剧还要戏剧性！"

"嗒嗒"的敲击声突然停了下来，房门"吱呀"一声开了，两老人端着油灯和饭食走了进来，向锋浪道："浪公子，就委屈一下吧！并不是我们欺负你，而是别无选择！你早听金庄主的话，不四处乱窜，我们也不会抓你的！"

"他们居然还有这样的奇怪理由！"锋浪在心里骂道。

"你们出去吧，本公子不会怪你们的，何况本公子也想见见你们的头儿，看他是什么样的人，敢反金庄主这样的大人物，有气魄！"

两老一愣，相互看了看，其中一人奇怪地问道："我们抓了你，你为何还要说这样的话？"

"哈哈哈……本公子对事不对人，将心比心，如果本公子处在金爷的位置，也会反对金庄主将黑白道一分为二，而且将《玉兰图》放置皇宫，还分离一批人去保护！但抓本公子用来挟迫金庄主，就说明金爷并非一个真正的枭雄，气魄不及金庄主！而且智商也要差一筹！”

两老人显然是忠于金莽的，立时显出忿怒之色，锋浪一边吃饭一边指点道："你们想想，金浪客是什么人物，将气节和名誉看得比生命还珍贵，岂会因在下区区生命而屈服于金莽？"

"何况他已与本公子断了父子关系，可见他早有先见之明，知道迟早有一日本公子不是被迷花谷抓，就是被不服他的人掳！如果他为了在下，听命于金莽，那他岂不是白做了以前的事？两位想必比本公子清楚，金浪客是什么样的人！"

锋浪口如莲花，而且讲得很有道理，两老者相互望了望，显然是相信了锋浪的话，但最后还是狡黠笑道："浪公子不必游说我们了，金浪客是什么样的人，我们确实很清楚，但父子同骨，谅他也不能无动于衷。何况，这是金爷的命令，嘿嘿嘿……不但要抓你，而且还要抓皇上的宝贝女儿，一旦你们在金爷手中，黑白道还有谁敢不听金爷的话？哈哈哈……那时迷花谷算什么？一挥手就会被扫到大海中去，金爷想做武林盟主就做武林盟主，想当皇帝就当皇帝。我们黑白道，也只有在金爷的领导下，才会如此辉煌遐迩！"

两老在密房中，说话当然肆无忌惮，锋浪听在耳里，心里暗暗生寒，忖道："这金莽也太大胆了，居然想当皇帝，而且要掳公主！本公子虽然胆子大，志气高，却没有造反的念头，看来在宏伟大志上是跟不上这疯狂之人了！"

锋浪身处险境，色心不改，立时想到了芒丽珠说得这位公主不但漂亮，而且素质也不错，也就是仪态不错，气质也不错，于是问道："皇宫很大，警戒也很严，你们如何掳公主？哈哈哈……别当本公子是三岁小孩，如果你们能掳公主，还不如直接掳走皇帝好些！"

两老摇了摇头，又道："天下大乱不是好事，何况那样就让黑白道宫内外部正式分裂！这不是金爷的初衷，再说皇上武功极高，侍卫是一等一的高手，根本就不能下手！"

锋浪一愣，诧异地道："皇帝老儿也会武功？"

"有什么奇怪的，他与金庄主听说是拜把兄弟，宫内人是个个精悍，要控制他们没有绝好功夫行么？"

锋浪暗想这倒合情合理，心里又是兴奋起来，暗忖道："想不到老爷子与皇帝老儿是拜把兄弟，那本少爷的身份又提高了几级，嘿嘿嘿……到时那公主，岂不是本少爷的囊中之物？"暗自高兴，锋浪又想起三手无影被杀时，迷花谷谷主也未抓住凶手，看来宫中势力不可小觑，那公主也不一定抓得到，锋浪如此一想，还真希望公主也被金莽所派之人掳住，这样自己被救的机会大得多。

金庄主不救儿子，但皇帝会救女儿，而且以他们的关系，金庄主会以救公主的名义趁机救儿子的！

锋浪不由问道："你们掳挟公主，还没有成功么？"

两老人惊奇地看着锋浪，如同看一个怪物一般，最后摇了摇头道："不知道，回到总部也许就知道了。喂，小子，你不为自己着急，反而关心公主，难道你不害怕吗？"

"害怕？哈哈哈……本公子几时害怕过？现在是少一人做伴不如多一人，如果有公主作伴，那天下会乱成什么样子？想必二位也知道。本公子被救的机会当然也就相应增多！一人落难，不如几人落难嘛！而且金庄主也不是圣贤之人，亦不会善良之人，嘿嘿嘿……你们有这些行动他会不知？"

两人立时脸色一变，相互看了看，然后嘿嘿笑道："金庄主归隐后，在江湖中的势力几乎没有了，他又凭什么来跟踪我们？哈哈哈……"

两人正在哈哈大笑，突然一个锋浪十分熟悉的声音冷冷飘来："松柏二使，你们也太低估本座了，哼！想不到昔日那样忠诚，也会起背叛之心，利欲熏心，权势害人，你二人还有什么话可说？"

锋浪听到此声音，几乎要欢欣地叫起来，但立刻想到了什么，强压住心里的喜悦，冷冷地看着门外。门外踏进一个人，此人威武潇洒至极，并不亚于诸葛孔明，正是金浪客！在他背后却跟着少林几僧，武当几道士，全是师字辈，武功高达一流，看来名门各派依旧在金浪客一边。

那松柏二使一见金浪客，立时站到锋浪一边，战战栗栗地道："金道主？"

"哼，本座归隐多年了，你们哪里还记得我这个道主？坏事做了，还想用小儿来挟迫本座，说！是谁给你们这样的胆子？"

松柏二使显然极为害怕金浪客，此时虽有锋浪在手，依旧不敢嚣张，更是害怕。柏使者喏喏道："道主，金爷之令，我们不得不听！"

"哼，他的动作，本座早就有所警觉，否则也不会将黑白道分成两部，而宫外部又由少林、武当等监管着，想胡作非为，并没那么容易！"

"虽然浮僧大师为迷花谷所杀，但这却误打正着，让本道主有了警觉，暗中派人调查了黑白道之事，将你们的动作调查的一清二楚，若不是三手无影被宫甲人误杀，你们根本就不会察觉，也不会一气杀了我们的联络人，哎！本道主想不到金莽会如此残忍，看来，他没有一丝悔意！"

锋浪听到这里，不由有些佩服父亲，仿佛他永远是胜利者，永远是代表智者，笑到最后的人物！而顺庆大师、朔风道长则恭恭敬敬地跟在他后面。锋浪开始明白少林、武当众人均是在演戏，叫他去少林也是在演戏。让金莽有了得意之色，以为名门各派认定是迷花谷杀了恭长老三人，一旦名门正派应付迷花谷，那黑白道外部可趁机盗取《玉兰图》，合并黑白道所有权势！

松柏二使在金浪客权势的压力下不得不屈服，因为他们根本没有胜利的把握，突然跪道："还请道主给我们改过自新的机会！"

金浪客冷哼道："改过自新由你们自己选择，本道主永远给你们留着这道大门，现在抬头看看本座！"

两人抬头望向金浪客，只见金浪客突然自眼中射出利剑般的光芒，冷森至极，良久方才道："本座相信你们，起来吧！"

锋浪在一旁看得清清楚楚，暗骇道："难道这就是江湖上传闻的摄魂眼？那是一种至高无上的武功和理念精神结合在一起的力量，可以感应到对方的抵抗神元，并从根源毁掉他的抵抗，最终让对方信服！料不到老爷子已达到了这种境界，看来他的剑法依旧在我之上，那日万幸没有与他交手！"

锋浪此时暗暗想着，最后叹气道："让他看到我这霉样儿，我还真倒霉，以后不知又要奋斗多长时间，方才能说两句硬话了！"

与父亲斗气，最后还要父亲来救，锋浪一点脾气也没有，暗骂少林和武当那些老东西：

"他们明明什么都知道了，还要本公子浪费精力，还要本公子猜来猜去，明明是想看本公子的笑话，以后找时间一定……"

这时顺庆大师突然走了过来，正准备飞指解开锋浪的穴道，金浪客却道："不要解他穴道！"

众人均是惊讶，望向金浪客，锋浪更是委屈的想哭，更感到伟大的脸面丢得一点不剩了！

"金莽非一般人物，定会检查他所制穴道的，故我们先不能解开，免得他起疑！"

"道主难道想以浪公子做诱饵，去救思嘉公主？"

锋浪一愣，明白那公主叫思嘉，已经被金莽囚住了，看来自己是幸运中的不幸之人！金浪客点了点头，道："但本座还要看他有没有这份胆量，你们先出去吧！"

众人当然知道锋浪又要被教育一顿，两人毕竟是亲生父子，铁一样的实事，顺庆大师临走之前向锋浪戏谑道："浪公子，我们只是听令行事，要怪你也只能怪金庄主了！"

待众人出去，金浪客方才望向锋浪，突然冷冷地道："如果你没有胆量去救思嘉公主，现在说还来得及，而且可以全身而退！"

锋浪不依不饶地道："我为什么要去救什么思嘉公主？有利可图么？我不是单纯的江湖人，更是一个商人，赈灾为了赚钱，救公主难道也能赚钱？"

"难道你心里只有赚钱，没有江湖道义？"

金浪客开始有些火了，锋浪似乎很希望老爷子发怒，很想与老爷子针锋相对，这样才有成就感。

"道义？道义是什么？每个人心里都有一个衡量标准，你不能将你的作为强加于我身上！"

"好，现在不与你讨论这个问题，思嘉公主是你的未婚妻，你应该去救她！如果你去救她，本庄主还会教你自解穴道的秘诀！但只能在救思嘉公主时用！"

锋浪一怔，暗忖道："嘀！原来那美丽公主果然与本公子有藕丝相连的关系，自己未过门的妻子，当然应该去救，而且还能习得解穴秘诀！"

但锋浪依旧装着不冷不热的样儿道："现在我已别无选择，倒与有没有胆量无关！"

金浪客立时明白了锋浪之意，神色缓和了许多，上前向锋浪低语了几句，最后道："现在不用试，以免让金莽起疑，那将前功尽弃！"

锋浪本想问"你是不是骗人！"但想到这样也太伤父亲的心了，自己无论如何也是他唯一的儿子，其实也是很器重的儿子，于是转言道："难道金莽和迷花谷就没有向金闲庄发难？"

"他们现在根本不想去管金闲庄，你娘亲很安全的，纵然迷花谷的人见到她，也不会将她如何！再说迷花谷的人根本不知道我已出了金闲庄！但我也不能呆得太久。见到金莽后，就全靠你自己了，再没有人来帮助你，你自己要三思而行！"

"如果松柏二使反目，我岂不是必输无疑？"

"哼，谅他们也不敢再出尔反尔!"金浪客说着向门外道:"松柏二使进来!"

松柏二使小心翼翼地走了进来，惴惴不安地看着金浪客，金浪客冷冷地道:"不用本座向你们介绍了吧?"

两人慌忙点点头，金浪客这才道:"这次的任务是救公主，你们只能在暗中相助他，而不能暴露了自己的身份，本座现在还不想清理黑白道!"

"攘外必先安内，像金莽这样的蛀虫，早一日除掉，黑白道损失也少得多! 哼，如果他知道金庄主亲自出山，余威不减，他会如何做? 如果与迷花谷联手，只怕黑白道果真被支解了!"锋浪在一旁不冷不硬地道。

金浪客眼中射出冷冷的光芒，问道:"有这可能吗? 迷花谷与金莽并非善类，相互合作是不可能的!"

"但在《玉兰图》上，还是有可能的!"锋浪提醒道。

金浪客狠狠地瞪了锋浪一眼，质问道:"想不到你胆子不小，居然也在打《玉兰图》的主意，丐帮之事我一手压住了，你还不死心! 你自己说，除了赈灾之事，哪一件是好事?"

锋浪脸色一变，暗骇不已，从心里佩服老爷子了。因为他没有出金闲庄，居然对儿子的行动了如指掌，可见有多少人为他效劳。而且丐帮之事还是他的面子，否则丐帮只怕早就翻脸了，这一点锋浪倒深信不疑，立时颓丧至极，叹道:

"看来我确实不行，要永远生活在你的影子中了!"

金浪客看着儿子，料不到儿子会出现如此强烈反差的情绪，愣愣地道:"其实你并不比我差，要与我作对，也不应该投机取巧，以干坏事来应付。单说赈灾一例，你的名声并不小了! 想当年，我像你这年纪，还是默默无闻呢!"

锋浪料不到父亲会说出这样的话，而且是父亲承认了他的成绩，认为他相当不错，比自己当年还强。锋浪简直不敢相信，愣愣看着父亲，见父亲正冷冷地望向他，在眼睛深处，有两颗慈爱的温暖宝石。锋浪终于读懂了父亲的心，读懂他的眼光，感动得差点要流泪了。

他居然有些内疚了，因为他感到以前对父亲太残忍了! 对母亲太孝顺，更让父亲黯然伤心，他开始意识到父亲也是有浓浓情感的人!

锋浪感到喉节有些哽咽，几乎要将"爹"这个字叫了出来，但他还是难以启口，不习惯，因为很久没有那样叫了。于是锋浪忽然友好地讪笑道:"谢谢你如此看重我，我……我绝不会令你失望的!"

金浪客想不到儿子如此坚强，因为对方没有哭出来，没有扑到他怀里委屈的哭泣，看来儿子果然长大了，他有权利支配自己的情感！金浪客冰冷的脸上居然挂上了微笑，但声音依旧冰冷冷地道："话不要说得太早！"

说完便大踏步走出了黑房间，松柏二使跟了出去，锋浪呆呆地坐在那里，又将父亲传授的解穴秘诀默默地记了一遍，确信完全记住了，方才想着如何应付那未曾蒙面的金莽——金浪客的师弟！

第二日，一切又回归原样，松柏二使居然叫了一辆马车，将锋浪塞在马车内。锋浪听到车轮的声音以及小镇上的喧哗声，心里却在想着黑白道的老巢在什么地方。

一路上风平浪静，锋浪见了父亲后，心情渐渐又恢复如初，如此傻坐着，真是心急如焚，他真想解开穴道溜出去，但每每想运功解穴时，又想起父亲的话，倒不敢造次，心里暗骂道：

"这是不是老子该遭这样的报应？如果不是父亲交待的事，就是玉皇大帝的女儿，老子也不会这样去救！"但想到对方是自己的未婚妻，心里也好受了许多。

"哼，这公主是什么样儿？如果没有我的四大美人漂亮，我才不稀罕。哎，父亲大人为什么这样霸道？居然早就为我定了终生大事，以他的脾气，岂不是若那公主长得如丑八怪自己也只有接受的份儿了?!"

"如果让四大美人知道，不知她们是什么样的态度，嘿嘿……人在艳遇堆，身不由己啊！看来她们也没有办法。如果几日不知本公子的消息，她们定会着急，哪里还沉得住气？"

"想不到堂堂有名的麻烦公子、浪公子也会麻烦到如此地步，哎，还真不是滋味儿！"

锋浪坐在马车里，无聊至极，只有胡思乱想天南海北。身子闲着，脑袋却转得飞快。

"如果救出了美人，皇帝老儿龙颜大好，说不定会封我这乘龙快婿一个什么大官呢？……嘿嘿，本公子什么大官不想做，只求他给我《玉兰图》，本公子寻得宝藏，岂不是天下最富之人？"

"哎……人为财死，鸟为食亡……身子金银多了，生活反而不快乐，看来《玉兰图》还是不要为妙，何况如我也要《玉兰图》，岂不与金莽、迷花谷中人一个样儿了？……本公子前无古人，后无来者，为什么要与他们一样？本公子偏不要《玉兰图》！"

"不要《玉兰图》，那黑白道就让本公子来领导，到时就威风八面了……但那样岂不又要与姑姑作对？与姑姑作对，铃铃左右为难，娘亲又会伤心，看来黑白道也不能按管，只有舍掉！"

锋浪胡思乱想，越想越虚虚，越想越乱，矛盾至极。想来想去，最后决定还是要自己当家作主，为自己的金圣教奋斗。

邪念如此一生，又来了精神，锋浪想到自己救回美人，如果再除了金莽，自己可算是江湖上之大名人了，那名气会有多大呢？

"有财有势是少不了的，父亲都要主动与我和好，迷花谷也想与我合作，到时一切由本公子说了算！"

突然马车停了下来，锋浪心里一骂，暗道："难道已到了金莽的老巢？现在我不知东南西北，若见了公主小姐，又如何救得了？"

但转念一想，有松柏二使暗中帮助，应该没有问题。但如果二人临阵反目，本公子岂不成了"咸鱼"？锋浪如此一想，心里又紧张了起来。但想到父亲做事一向十分缜密，不会拿儿子的性命开玩笑，何况自己那一番话，这黑白道的两个老头似乎有些心动，暗中定有行动！

锋浪飞快地想着，最后决定不能依靠任何人，还是靠自己稳当得多，暗道："自己武功已是一流，大不了到时与金莽来个火拼！如'赵子龙'大战长坂坡，开个三进三出，那就威风了！"

"自己救的不是傻瓜阿斗，而是美丽的公主，英雄救美，千古佳话。"想到这里，锋浪又兴奋了起来，只听外面传来谈话声：

"里面是什么人？"

"是什么人？难道金爷没有告诉你们吗？两位大人，我们是公事公办，得看看里面到底是不是金庄主的少爷，嘿嘿，浪公子我们也见过几次面，查看一下，二位大人不会反对吧？"

只听松柏二使冷哼了两声，没有反对。又听到脚步声，有两人走了过来，"哐啷"打开了车门，两个人的脑袋立时出现在锋浪的面前。锋浪细细一看，便认出二人曾是自己在上少林途中遇到的手下败将，立时"啪"的一声，一口痰吐了出去，射到一人的脸上，那人"哎哟"一声退了开去。

"这小子被点了穴道也这么嚣张，老子要斩了他一条手臂，反正现在已反了！"

"混帐，浪公子的名声已不亚于金浪客，单单他的价值，就可值聚宝钱庄一半的财物了！"

锋浪心里得意至极，暗忖自己还真如珠宝一样，价值在节节上涨，居然抵一半钱庄了。

经过赈灾大活动，锋浪在江湖朝廷的名气确实大大上升，只怕皇帝老儿也想见见这位财神爷。松柏二使上前阻住了两位恼羞成怒的败将。锋浪冷冷地道："你们如果不服，大可解开本公子的穴道，让本公子再教训教训你们这些肉球！"

两名武士怒气冲冲地看了看锋浪，悻悻而去。锋浪在这短短的时间内，已将翁翁郁郁的树林，狭长的树林小道看在了眼里，心里默默一记，不由心神一震，只觉得那片树林在脑海里打转，越转越快，快得连他自己也难以看清！

"这些树林古怪至极，定有玄妙！"

马车又继续向前行走，不知又走了多少路，方听到马匹的长嘶，车身停了下来。只听松柏二使朗声道："属下参见金爷，幸不辱使命，将浪公子请来了！"

"哈哈哈……好好……'麻烦公子'兰陵笑笑生是什么样儿，本座早就想见见了，浪公子不愧为金庄主之后，本座脸上也添光不少啊！"

那声音宏如洪钟，震耳鸣响，锋浪心里也不免一阵惊骇，暗忖此人功夫极高。正想着，松柏二使已打开车门，将锋浪从车中拉了出来，解开了四肢之穴道，锋浪这才知自己站在大殿中央，如稀有动物一般被众武士上下打量着，但众人并没有笑，而是各怀复杂的心情，毕竟眼前之人身份不同一般。

锋浪抬头望向殿上方坐着的一位中年绾巾如书生模样的人，暗忖道："看来此人就是金莽了！"

"小侄拜见师叔！"

锋浪什么大场面没有见过？心里当然并不慌乱，突然向金莽作揖拜见，这一招众人大感惊诧，就是坐在上首的中年文士也是一愣，将触到嘴边的茶杯停了下来，双眼如芒一般望向锋浪，顿了片刻，突然哈哈大笑道：

"你居然也知道本座是你的师叔，你父亲常在你面前提到本座吗？"

锋浪心里立时窃喜，笑道："若不是家父提到师叔，小侄岂敢如此大胆妄为呢？"

松柏二使叱道："浪公子，怎可对金爷如此说话？别忘了现在你是什么身份？"

金莽立时怒道："本座与贤侄聊天，岂是你们可以插嘴的？别忘了，本座是请贤侄到此一玩，也是想看看唯一的小师侄！"

即而走到锋浪面前，拍了拍锋浪的肩，锋浪立时感到经络一麻，明白是金莽在试探他，身形晃了晃，似乎不支。金莽笑道："本座与师兄昔日相濡以沫，情同手足。哎，本座很久没有见过他了，想不到他还时常向贤侄提到我。师叔真高兴，真的高兴！"

锋浪细心而观金莽的情形，觉得金莽这几句话倒像真话，心里也有些叹息，江湖居然如此害人！

"贤侄，师叔见你这样，心里很高兴，你说，这一路上，他们可曾亏待过你？"

说到这里，金莽眼里隐藏着杀机，锋浪骇然，暗忖师叔时而若文弱书生，时而威风凛凛，倒与父亲有些相近，于是笑道："如何说呢？他们点了我的穴道，算是亏待我了，但一路上，他们对我也不算差，大概是看在师叔的面子上。若亏待了我，他们岂不就亏待了师叔？谅他们也不敢！"

锋浪此时一口也不提父亲，总说师叔如何如何，这正合了金莽的心意。他心里一直怕下面的人不服他，而服师兄。因为金浪客确比他厉害，比他更有名气。为此他一直耿耿于怀，锋浪抓住了他这样的心态，对症下药，金莽果然欢喜至极。挥了挥手，笑道："贤侄如此说，本座倒不好怪他们二人了……松柏二使，你们下去吧！"

松柏二使此时紧张至极，不敢看锋浪，默默地去了，锋浪也放下了心中的石头。

"师叔，你这地方太安静了，就如同金闲庄，一点也不好玩，若不是他们请，小侄倒不想到这地方来。不过，来拜访拜访师叔，也是应该的！"

"哈哈哈……师叔也了解你的脾气，好动！在外惹事生非，前一段时间，听说迷花谷要掳你，师叔就派了一些人暗中保护你，想不到你还真不领师叔之情，将他们打了回来。对了，你与你父亲针尖对麦芒，各不服对方，这一点与师叔相同，师叔十分理解你的心情，也不怪你，反而佩服你！"

"佩服我？师叔说笑了吧？若是金庄主，又会大骂我一通，说我在胡闹，坑蒙诈骗！"

说到这里，锋浪脸上显出不服之神色，金莽听语观色，知道这混小子现在还在与金烁闹别扭，心里更加高兴。于是哈哈笑道："其实你父亲太关心你了，才那样做的。师叔知道你不喜欢听这样的话，就不说多了，免得你也与师叔吵起来！"

两人都笑了起来，锋浪消去了害怕心理，还真假戏真做了。笑嘻嘻地道："师叔，看来还是你理解小侄，现在小侄很厌恶别人叫我金少庄主，想来你也知道小侄与金庄主之间的关系不睦。哎，与他在一起说话，只怕没有一点笑容！"

金莽默默额首，边想着什么边笑道："但师叔现在也不敢解开你的穴道，你说不爱这环境，玩一两天就要开溜了，师叔倒想与你多处一段时间！唔……听说你与青楼女子、迷花谷女子等等在一起，看来你还真有些不像话！"

锋浪皱了皱眉头，默然不语，金莽一见，立时呵呵笑道："看看看，师叔是不是惹着你了？师兄的教训已够多了，又怎能听进师叔的道理？师叔以后绝不多说！"

锋浪立时喜道："谢谢师叔，师叔不解开我的穴道，小侄一点也不怪，但总得有人陪小侄玩吧？"

"当然，那是当然，但师叔还得将话说明白，你身边的那四个女子，什么琼楼、玉阁，她们全是迷花谷的人，琼楼和玉阁都是迷花谷的分支势力，只怕你一直蒙在鼓里！"

锋浪愕然，良久方才道："师叔，你……从何得知的？"

金莽得意洋洋地道："黑白道耳目众多，当然知道，师叔怕你一直被人蒙着，方才告诉你的！"

锋浪心里一直怀疑这件事，因为琼楼、玉阁和迷花谷从来不起冲突，铃铃、可可与荷妮娜也相处得很好，他一直耿耿于怀，料不到果真如自己猜测的！心里不知是高兴，还是生气。

"小侄也有些怀疑，但料不到她们是一伙的，糟了！那样小侄的成就岂不让迷花谷控制住了？"

金莽点了点头，道："应该是这样的，所以你白忙了一通，现在还是留在师叔这里，安全多了！"

锋浪颓丧地趁机坐在一旁的椅子上，闷闷不乐。这一切金莽看在眼里，暗自喜道："看来他还不知道一切，这样就好骗多了！"

"哎……你们与迷花谷有矛盾，但小侄不想与她们为难，全因娘亲夹在中间，想不到……真想不到她们得寸进尺，居然将我困得死死的！"

"所以师叔考虑了你的安全，方才接你到此，当然也为你准备好了，想必你还不知道自己与皇宫中思嘉公主有婚约在先，皇上对你在外面的风流倜傥之行径很是生气，遂将公主送到这里，并请师叔把你也邀到此地，与公主相见，多培养一下感情！"

锋浪在江湖上混了很久，演戏当然有一套，听到这话，果然又愕然站了起来，愣愣地道："皇上的女儿？有这回事么？家里人为什么一直未提起过？小侄还真被你们弄糊涂了，师叔不会骗小侄吧？"

金莽呵呵笑道："师叔怎会骗你？这不但是皇上的意思，也是师兄的意思，你别无选择！"

锋浪佯装十分颓丧的样儿，又坐了下去，道："小侄还真是没有选择了，但小侄总得见见她美不美，若是不美，管她是不是公主，打死我也不愿意的！"

见锋浪一副漫无心计、花花公子的样儿，金莽还真信了他这一番表演，暗忖道："这小子虽然聪明敏捷，但毕竟是个孩子，心机不深！"

"呵呵呵……师叔当然不会害你，当你见了公主后，一定会满意的，但要看公主的态度了！"

"什么？看她的态度？师叔难道对小侄没有信心？"

"呵呵呵！贤侄是人中之龙，后一辈中顶尖儿的人才，否则怎能作金浪客的儿子？本座的师侄呢？哈哈哈哈……"

说了半天，恐怕只有这句话才是金莽的由衷之言。因为如今江湖，只有牟白一族的人才能引起他的自豪，虽然他暗中与金烁较劲，但眼前的混小子是他们共同的希望，金莽的复杂心情恐怕只有他自己知道！他恨金烁，但不恨锋浪。想与金烁较量，却希望锋浪在江湖上出名。

故金莽对锋浪还真如对师侄一样爱惜，锋浪也感受到了这一点，他不知心里是什么滋味，对自己的不诚感到愧疚，不由暗骂道：

"自己怎么如此倒霉？江湖中的正义到底是什么？师叔没有错，因为如果我处在他的位置，也会那样做的，那我为什么要反他呢？"

"但若不反他，就是反父亲。反父亲，就是不忠不孝，与江湖正义作对！这是怎么回事？"

锋浪心里矛盾至极，金莽看在眼里，还以为这臭小子在为女人，为金圣教而烦恼，因为金圣教在江湖争斗中如同小丑角色一样。

"贤侄，你还年轻，来日方长，师叔知道你有满腔雄心，想建立金圣教称霸武林。也知你智取钱庄，偷窥《玉兰图》的用意，但任何事都不是一蹴而就的，要慢慢来！"

这几句话，又是真心话，锋浪还真有些感动，由衷道："谢谢师叔的关心，我们还是看看公主去吧！事业不成，总得在一方面有所成就才不辱牟白的徒孙之名吧！"

说到这里，锋浪惨然而笑，这一笑又将二人的关系拉近了许多。金莽想到自己的一切事业，与这师侄又何曾相识，而且这师侄与他还真有缘，金莽对锋浪的戒意更降低了一些。

在众人的陪同下，金莽领着锋浪向里走。这里除了树林，就是堂皇的房子，仿佛皇上的避暑山庄。在房子中，在树林间，又有溪潭，有许多的花园，如同世外桃源，看得锋浪啧啧赞叹不已。

不知又走了多少路，前面方才出现一个别墅般的小院，众人停在小院的门口，金莽指了指芳菲花园道："公主就住在这里，你自己进去见她吧，不要忘了，她是公主，不是你以前见过的姑娘！"

锋浪嘻嘻道："公主？公主也是女人嘛，只要是未婚美女，见了本公子，本公子就是天王老子！"

"哼，你可不要乱来，她可是你的未婚妻，否则让皇上和你父亲知道了，师叔再疼你，也保不住你的！"

"嘻嘻……听你的口气，驸马爷还真不好当呢，好好好……不让师叔难为情，我就以礼相待，举案齐眉，师叔尽管放心好啦！"

说着锋浪大踏步进了别墅，立时嗅到一股浓浓的芳香，简直是众花争艳！迷眼至极！而且蜂蝶乱舞，锋浪狠狠地嗅了嗅几口香气，喜道："本公子进了花海？还是天堂？"

嘻嘻笑着，锋浪透过花廊，看到了假山，人工湖潭，潺潺流水直入耳内，爽心悦目。而在翁郁绿林之间，别致的粉红小别墅如一只活泼的天堂小鸟展翅欲飞。

第十八章

"藏于绿树，醉在香花；心向蓝天，却倦恋幽草；人在阁楼，而身在天堂；其心悠悠，乐意陶陶！"

锋浪不由忘了身在篱下，双手负背，徘徊在花丛中，沿着两侧花廊向前而走，嘴里吟着，确实感到心里妙极！

不知不觉到了雅林下，脚踩幽草，临潭溪畔。锋浪对着林前的小巧粉红别墅门口道："阁中贵人，可否邀允登徒洛神赞咏才子造访？"

声音虽小，但却朗朗见闻。锋浪暗想阁中公主一定能听得见他的声音，而且他对自己的声音仪态十分满意，认为已对得起这未曾谋面的未婚妻了。谁知良久也没有闻到回音，也没有人出来。锋浪不由猴急暗忖道："这公主还真派头不小！"

正欲踏步向前，突从林间飞出两只黄鹂，锋浪一惊，不由后退了一步，睁眼细看，才看清是两位黄裙黄衫的侍女，锋浪不由心道："师叔也真有能耐，居然连同皇宫侍女也掳到此地，看来待公主不薄，既然待公主不薄，也就是厚待于她，讨她高兴了！"

"喂，你是谁？知道这是什么地方吗？哼，别假惺惺的文质彬彬，公主现在心情不好，你滚吧！"

"呵，口气不小嘛！"锋浪脸皮厚极，不退反进，嘻嘻笑道："叫本公子滚？你们也太大胆了，不看僧面看佛面，即使本公子宽宏大量，恕你们不知者无罪，但恐怕公主知道后也会训斥你们几句的！"

"哼，再不滚我们可要无礼了，知道是公主在此地，为何擅闯？纵然我们现在是人质，但也不能冒犯此地，扰了公主！"

锋浪感到两个小丫头逗人，那公主只怕也好玩至极，立时来了兴趣，依旧玩世不恭道："小的才不管什么公主玉驾的，到了此地，就得服从这里的规矩，小可是这里的小霸王，想到哪里就到哪里，你们敢拦，小可就将你们抓起来，再单独与公主幽会，你们又能怎样？"

两女脸色一变，飞掠而来，快疾至极，打了锋浪两记喷香耳光，锋浪被制穴道，顿时成了活靶子，被结结实实打中了，立时心头火起，想运功解了穴道，但想到父亲大人的告诫，又取消了念头，怒道："这还了得，来人，来人……"

外面戒备的黑白武士匆匆跑了进来，见锋浪趴在草地上，脸上印了两个掌印，立时惊愕至极，知道锋浪被掳来此地，但身份特殊，惹着了他就惹着了金莽，那可是吃罪不起的！二名武士忙上前扶起锋浪，问道："浪公子，怎么啦？"

"怎么啦？这两个小黄鹂太棘手了，居然敢欺负本公子，将她们抓起来关闭两天！"

两名侍女顿时神色一变，而两武士亦是面露难色，支支吾吾地道："浪公子，这不太好吧？"

锋浪一愣，立即明白过来，转怒为喜，笑呵呵道："对对对……这是不太好，本公子要以理服人，至于以理服人嘛！你们好好看着，别让她们再打本公子就是了，若再打两耳光，本公子如何有脸面去见公主夫人！"

两武士见锋浪那神色，想笑又不敢笑，只怕心里在笑这小子泡妞时脸皮还真是厚。两侍女听锋浪称公主为"公主夫人"，更是怒容满面，相互看了看，齐道："别侮辱公主！"

"嘻嘻……侮辱公主？这地盘是本公子的，现在让给了公主，难道想见见她也不行么？"

"想见她？也得她同意！但你侮辱公主，现在我们都可以不让你进去！"两侍女怒声道。

锋浪暗叫好玩，站起身来，上前笑呵呵地道："如果是皇上亲点的金驸马要见公主，你们能拦么？快进去告诉公主，驸马爷驾到！"

这小子还真会先声夺人，居然说起"驸马爷驾到"，那神色并不亚于"皇上驾到"。两女一愣，不明白皇上什么时候点了驸马爷，公主可是待闺之人，怎么飞出了一个小王八蛋驸马爷？迟疑之际，那两名武士也证明道：

"他真的是驸马，金闲庄的浪公子你们没听说过？"

"浪公子？"两女神色一变，怔怔地看着锋浪，显然她们以前听到过"浪公子"之大名，锋浪见之，心里不由得意洋洋，暗道："想不到我浪公子浪得虚名，居然传到宫里了！不知那位公主夫人是否知晓？"

"难道你就是那位赈灾大江南北难民的名士，天下第一富翁浪公子？你怎么会到这里？不可能！"

锋浪听到"赈灾名士"、"天下第一富翁"的词儿，心里又是惊喜又是好笑，暗道自己原来名声在外啊！居然宫里宫外都知道了，这两个头衔他爱听，于是有礼地道："两位再仔细看看，本公子哪一点不像赈灾名士，又有哪一点不像天下第一富翁？"

两女再看锋浪，倒是越看越像，正不知如何是好之时，忽听得阁楼里传来清脆的声音道："如果真是浪公子抵达这里，就请进来吧！"

锋浪听这声音舒服至极，暗赞道："好嗓声，果然不愧为公主，温柔中不乏皇者之气，皇者之气中不乏威严，威严中不乏羞赧！"

温柔来自女人的天性，皇者之气来自修养，威严来自天子宇内！而羞赧嘛，当然来自"内夫人"啰！

锋浪将公主想得貌如天仙，踏前就向阁楼而去，两女不依不饶地道："公主说如果你真是浪公子，方才能进去，但你是浪公子吗？"

"浪公子还有真假之分吗？如果有假冒的，那浪公子也就不叫浪公子了！"

两女一愣，不知他这话是什么意思，锋浪哈哈大笑道："就如皇上，如果天下还有假冒的皇上，那真皇上还坐得住吗？早就将他们咔嚓了！"

锋浪不待二女从愕然中回过神来，已抬脚向阁楼上而来。两女紧紧跟上，看来只好让这色狼小子进公主闺房了。

进了阁楼，锋浪又嗅到另一股淡淡的幽香，幽香如空谷传风而来，令人心旷神怡，而四周的摆设，明亮、雅致，不整齐，却不乱，绚丽，却不晕目，锋浪四下看了看，赞道："真如皇宫内院一般！"

"浪公子去过皇宫么？"

脆玉之音从里飘了出来，锋浪心里又是一震，循声而望，只看到密密的珠帘，珠帘后面端坐着一女，看上去婀娜多姿，更似珠光宝气，在颤抖的珠帘中，如在翩翩起舞一般。

可惜公主脸上罩着面纱，就更看不清其容，锋浪心里有些失望，好奇心大起，踏前两步，顿了下来，笑道："没有去过皇宫，但能想到。捱于此时此地，碍于我们的关系，本公子倒不知如何向公主殿下请安了！"

公主没有出声，显然在看锋浪，突然道："听说公子不但天生怜悯之心，而且风流倜傥，乃天纵之才。如今一见，果如传闻，本宫欣慰至极。但是公子……哎……本宫难以启口……"

锋浪一愣，不由问道："有什么话居然令公主也难以启口？此地无他人，不妨直说！"

"你应该想到本宫会想些什么，本宫虽然贵为公主，但也是女人，女人首先会想到什么呢？"

锋浪想了半天，也想不出来，暗忖这公主还真不爽快，居然与本公子斗起哑谜来了！突然脑海中一闪，嘻嘻笑道："公主难道也从皇上口中得到婚约之事？而公主并不乐意？"

"并不是不乐意，何况本宫是守旧之人，严遵三从四德，但本宫是公主，而公子却已……"

锋浪暗想自己猜得不错，窃笑忖道："什么守旧之人，说这话一点也不害羞。而且还没下嫁于本公子，就开始吃醋争风，向本公子施加压力了！"

锋浪明知她的意思，却又不知如何回答，正在想如何开口时，公主又道："听说浪公子几位红颜知己都貌若天仙，心如菩萨，赈灾也有她们的一份子，可算才美兼备。可本宫没有一样能与她们相较，而且其貌不扬，少时又生大病，出过麻疹，公子想必已能猜到本宫之容貌了！"

听到这话，锋浪如被五雷轰顶，心坠冰窖，几乎要一屁股坐在地板上了。愣愣地看着帘后，生怕公主拂帘冲将出来，一展丑姿，将他吓死！

万幸公主没有冲出来，锋浪倒也没有大叫着退跑出去，只是那样木瓜般站着，脑子里满是出过麻疹之人那凹凸不平的丑容，其他什么也记不起来了。公主显然看到了这一切，又长叹了一声，道："浪公子乃天下奇才，深闺众女之偶像，本宫若下嫁于公子，当是有罪天下女子，逆负上天之意，故本宫心难下定论！"

锋浪心里更是难忍，一股欢喜化为泡影，但想到父亲派下来的任务，狠狠咬了咬牙，暗道："无论如何，她也是公主，也是与本公子有婚约的女人，悔婚那是以后的事情，现在必须将她救出去！哎，想不到，还没有过门就要履行责任，看来驸马爷也不是好当的！"

想到这里，锋浪踏步欲入，思嘉公主弄不懂他为何还要前进，冷声阻道："你不能再前进了！"

"为什么？难道怕本公子看到你的样儿？"

思嘉公主愣了愣，突然道："你是不是要看到本宫的真面目方才死心？"

锋浪狠心道："是又怎样？本公子来则安之，当然要看到公主的真面目，否则岂不枉来这里？"

"好，既然这样，本宫就出来让你见见！"

锋浪心中骇异不已，暗忖若是让她出来一展"东施之容"，本公子还能大义救人么？于是大叫道："你是公主，千金之体，不能出来！"

"你说不能出来，就不能出来么？那本宫还叫什么公主？不如叫奴婢算了！"

锋浪料不到这公主奇丑之极，脾气也极坏，心里忐忑不安，脑子转得飞快，暗想她为何要让本公子看她的丑容？而且很积极似的，仿佛生怕自己娶了她，天下有如此"好心"的公主吗？

"天下女子愁着嫁人，虽然皇帝女儿不愁嫁，但丑公主却是更愁嫁人，能骗着嫁给我锋浪，更是如痴人做梦一样。但应是千方百计，死命不露真面目，以示诱惑呀。可她却一反常态，与天下女子反其道而行之，这简直太变态了！她为何有这样的反常之举呢？莫非……莫非她在用诈，而且很清楚自己的容貌！太自卑绝不会示人，也不会轻易告之于人；太自负么？故意耍人！"

锋浪眼睛看着缓缓而起、莲步而出的公主，脑子转得飞快，很快就分析清楚眼前的形势，忽然脸上露出笑容，不由哈哈大笑了起来！

正欲拂帘而出的公主听到大笑声，不由停止了优雅之步，奇怪地问道："浪公子何以发笑？"

"你真的认为本公子是浪公子么？"

锋浪无头无尾的一句话简直无根无由，公主亦是愕然，愠怒问道："难道你不是……"

"本公子确实是浪公子，如假包换，但公主却是奇怪，难道并没有当本公子是浪公子?!"

"浪公子这是何意？本宫还真不懂！"

"不但公主不懂，就连本公子自己也不懂了。现在公主已算耳濡目染浪公子的风采才智。金闲庄的少主，天下第一富翁，能傲视江湖之万物，公主认为要依靠什么才能有这诸多头衔？"

锋浪此时心情极佳，居然将自己大吹特吹，一点也不害臊。公主听得没头没脑，倒忘了批评，愣愣地道："靠武功，靠俊才……但这主要还靠超凡智力！"

"说得好！那么公主认为本公子的智力如何？"

越说越离谱，思嘉公主不得不三思而言，良久方才道："智力嘛，应该还过得去！"

"那与公主殿下的智力比较又如何呢？"

"这……这，本宫想浪公子要胜多筹！"

话刚说完，锋浪哈哈大笑道："哈哈哈……诚蒙公主看得起本公子，那本公子也不必谦让，公主也不用戏耍本公子了，出来一示真面目吧！"

锋浪心里绷着一根弦，那一切毕竟是猜测，如果猜错了，不但丢了颜面，而且亏大了。锋浪暗想道："如果是丑女，只怕也要娶了，本公子命该如此，不过赚个驸马爷当当也不算亏了老本！"

"公主可不要再骗本公子了，要展示本来面目！"

锋浪咬着牙补充道："否则本公子要亲自动手！"

思嘉公主似乎想通了锋浪一大串莫名其妙之话的意思，失声叫道："你……你……太狂妄了！"

顿了顿，思嘉公主娇嗔道："你赢了，本宫不出来了！"

锋浪顿时欣喜若狂，绷着的心弦"砰"的一下拉断了，情不自禁地跳了起来，一不留神猛运真气，不由自主默念解穴秘诀，只感到全身经脉一震，猛地四窜，被封的穴道处那阵阵噬心之痛消逝得无影无踪，真力顿时畅通无阻。

那一跳，还真如皮球一般跳了老高，差点顶上了阁楼顶端，看得帘内的思嘉公主也惊诧至极。但未等她反应过来，锋浪已如疯子一般窜入了帘内，站在她的面前，调皮而肆无忌惮地嘿嘿直笑！

思嘉公主惊叫道："你进来干什么？本宫不是叫你在外面别进来么？"

听她语气，显然是惊惶至极，更是娇羞至极。看来公主也是女人，眼前的公主更是未出闺的娇娇女！锋浪看得心惊肉跳，居然色胆包天，猛得抱住了这位令他心旌荡漾的"香香公主"。

"你……你居然冒犯本宫，简直应该诛九族！"

思嘉公主被锋浪紧紧抱住，无计可施，只有用公主的身份来吓他，但她却忘记了这里是什么地方，也忘记了浪公子是什么样的人，更忘记了浪公子是无赖浑人、她的未婚夫！未婚夫抱未婚妻，法律上倒没有严格规定，谁也罚不了浪公子！

"诛九族？皇上与金浪客是至交好友，本公子不但是天下名士，第一富翁，还是你的未婚夫，能诛九族么？否则你可要守活寡的！"

"你……你……哎……看来你比本宫想象的还赖皮！"

这句似嗔还娇的话，更如惹火的油，锋浪立时心神皆醉。手脚都不停止了，双手轻颤着解开了公主的面纱，见里面的脸是一张麻脸，不由叹道："哎，果然是一张麻脸，丑公主？"

思嘉公主的眼睛倒如葡萄一般美丽，狠狠地乜了他一眼，柔声道："原来你很看重一个女人的外貌，难道就看不出本宫的内在美么？"

锋浪料不到思嘉公主也会如此大言不惭，也会调皮，暗道："公主也是人嘛，如普通姑娘一般的刁蛮，撒娇倒别有一番风韵！"

"嘿嘿……那倒是，公主的内在美本公子早就被迷住了，不然也不会看见丑女还如此高兴！"

锋浪已看到了面具的边缘，伸手就要往下扯下，谁知思嘉公主伸出如葱玉手阻道："先可得说好，揭了面具，无论美丑，都不许反悔，那桩婚姻可就如盖了红印，你还是考虑清楚！"

"好啦好啦，美丑都是本公子的贤妻，本公子赚了一位贤妻，又赚了一位驸马，还考虑什么？"

说着，锋浪在面具上吻了吻，才小心翼翼揭去了面膜，心也在突突巨跳，但里面的面容却是白皙娇嫩至极，白中略带晕红，如同正开的桃花，酥软、腻滑，弹性丰富。锋浪慢慢揭开，最后终于揭完。思嘉公主开始还瞪着美丽的性感之眸，后来却轻轻闭上了。

公主如同出水的芙蓉，羞答答的，锋浪呆看了良久，也未发现一点缺点，不由长叹道："哎……可惜……可惜……真是可惜！"

思嘉公主陶醉的眼睛又睁开了，幽幽而诧异地问道："可惜什么？难道本宫有什么地方美中不足？"

"美……美丽绝伦，美伦美奂、无瑕。本公子见之只感到可惜，可惜一朵鲜花插在牛粪上，可惜……"

"哼，你知道就好，以后放谦虚些，将小聪明摆到实处，牛粪上也长得出鲜花来嘛！"

说到这里，思嘉公主偎在浪公子的怀中，幸福地仰着脸庞，幸福地笑着，更如鲜花开放了。

"可惜嫦娥乘月下凡，天上再看不见月亮了！"

"月亮就在你的怀中，你去哪里，月儿跟到哪里！"

"可惜如此美的，如此香的，不是蛋糕，蛋糕可以吞到肚里，长在心里，心神皆甜香怡然！"

说到这里，锋浪不由大笑了起来，果然在那张玉脸上狠狠的"啃"了一口。

思嘉公主料不到对方会如此轻薄她，而且将堂堂公主比喻成蛋糕，不由张目嗔道："你，你好大的胆子……是不是想试探一下本宫敢不敢将你贬去驸马爷的帽子？"

说到这里，思嘉公主也不由"噗哧"一声笑了起来，即而撑开两人之间的距离，一动娇姿，妩媚道："在公主面前，要严肃些！"

一媚一端庄，看得锋浪心中大"色"，呵呵直笑，大叫道："是，奴婢听从公主殿下的吩咐！"

思嘉公主忽然皱眉道："本宫想你也与本宫一样，被贼臣囚住了，哎……看来想出去……"

话未说完，两名侍女匆匆而入，神色慌张地道："公主，听外面好象在激斗，有人来救我们了！"

锋浪一惊，暗忖道："是父亲来了么？"

但很快便否决了！无论如何，现在是逃离的最好机会，于是手一挥，道："先出去再说，我来护住公主！"

"你护住公主？"两女不相信锋浪的话，因为刚才被她们轻轻松松就结结实实打了两记耳光，此时耳光还在他脸上"笑"着呢！锋浪冷冷地道："本公子是奉金庄主和皇上之命来这里救你们的，难道不信？快出去！若是碰上松柏二使，问问他们便会真相大白！"

两女依旧没动，公主倒相信了，说道："浪公子说得就是本宫说的，你们还不快动？！"

两女这才掠出了房间，锋浪问道："你也会武功吧？"

说着飞指在思嘉公主身上点了几点，解开了公主身上的穴道，因为思嘉公主被点穴道与他一样，何况此时锋浪已可自由运功，解穴自然不费神力！

两人掠出阁楼，便看到松柏二使与两侍女斗在一起，锋浪见之心惊，因为两女婵的武功居然可以与松柏二使斗个半斤八两，锋浪急叫道："停手，快停手！"

四人都停了下来，锋浪方才问道："外面发生了什么事？为什么如此吵闹？"

"报告浪公子，不知为何让迷花谷的人知道这个地方了，她们……她们的人全进来了！"

锋浪心里一怔，立时想到了琼楼、玉阁都属迷花谷，这次她们定是倾巢而出！正自锋浪脸色煞白至极，就看到几名花女飞飘掠了进来，而后面跟着几名黑白道武士，又见一束束的银芒滑眼而过，几名黑白道惨叫倒地。

花女们轻功高绝，此时手上更是毫不留情，闪电般飞掠来去，已将几名黑白道武士横放在地上，速度一点不减，转眼将锋浪几人围在中间！

"浪公子，我们是来救你和公主的，快跟我们走！"

锋浪怒道："本公子不要你们来救，你们明明是来灭黑白道总坛的，又何必说出这样好听的话！快说，你们是不是跟踪本公子探到这里的？"

"哈哈哈……浪公子果然聪明至极，但莫姑姑的儿子，我们还是要保护的！"

说着几名花女向松柏二使攻了过去，锋浪怒道："别杀他们，他们是本公子的属下，若再与本公子作对，本公子可要反目了！"

几名花女一愣，即而闪到一边，笑道："那就放过他们，但公子可不能支援外面的人！"

锋浪气极，更是伤心，因为黑白道是父亲的心血，师叔待他也不错，他不想看到自己的姑姑与师叔拼个死去活来！

拉着公主，锋浪径直向外掠去，到了外面，不由看傻了眼，因为迷花谷、琼楼和玉阁果然是一伙的，数量大大超过了黑白道众人，黑白道已死伤惨重，金莽正在与姑姑花姿姿斗得难分难舍，还有几名花女，特别显眼，也特别凶狠！

那几名花女大概是阿姨级别了，更令锋浪伤心的是可可、铃铃也来了，可可和铃铃看到锋浪，喜出望外地冲了过来，齐齐欢叫道："你得救了！"

"什么救不救？本公子本来就不用救！你们……你们也太过分了，太过分了！"

说到这里，锋浪居然想哭了，几乎在哀号，因为他感到自己被骗了，自己被当作了可悲的诱饵，不知是迷花谷的诱饵，还是父亲的诱饵！

"别打了，别打了，求求你们！"

锋浪那声音真如在鬼哭，众人闻到这难听的声音，果然停了下来，花姿姿关心地道："锋儿，你怎么啦？姑姑是来救你的！"

"求求你们，别打了！你们都不是关心我，而是在利用我，姑姑在利用我，师叔在利用我，你们为什么都要来利用我？我……我没冒犯你们呀！"

金莽此时脸色铁青，静静地看着锋浪，良久方才道："锋儿，你能够自己解开穴道，是不是你父亲叫你这样做的？"

锋浪突地跪了下来，果然大哭起来，伤心地哭道："师叔，是小侄害了你，害了黑白道这么多人，是父亲如此安排的，但他只要我救出公主，侄儿也只想救出公主，万料不到……"

说到这里，锋浪更是伤心，哭得让人黯然神伤。金莽吁了一口气，突然厉声道："哭什么？师叔没有怪你，师叔也知道你不会算计师叔，你身上不止是流着迷花谷的血液，还流着我们金剑一族的血液，江湖本就是这个样子，你要忍着点，坚强起来，明白吗？"

锋浪以头撞地道："我不明白，不明白！"

突然锋浪抬起头来，眼睛充血，冷冷地问道："师叔、姑姑，你们都在这里，你们老老实实说，以前你们对我那样好，爱护我，是不是真的爱我，真的没有利用我、骗我？"

在场中的所有人都愣住了，花姿姿、金莽也愣住了，居然相互看了看，嗫嚅着说不出话来，显然他们面对锋浪，无言以对！

"好好……我明白了，你们既爱我，也在利用我、骗我，将我作为角斗江湖的幌子！哈哈哈……只怕父亲也是这样，他也那样安排！"

说到这里，锋浪突然提高声音厉声道："为什么？我是无辜的，我不想这样，看着你们续演几十年前未曾演完的戏，你们知道吗？"

金莽和花姿姿的脸上又是一怔，更是苍白无比，更是无话可说，良久花姿姿方叹道："你……我们确实对不起你，但我们必须有个了断！"

"了断？了断了江湖中的角斗，能了断前任谷主与师祖之间的情分么？能了断他们之间的痛苦么？"

两人更是无言以对，显然，锋浪太聪明了，几十年前之事知道的一清二楚，而且将个中原因看得一清二楚。金莽惨然道："这就是江湖，江湖本是无情的，在我们这一代了断后，到了你们那一代不就结束了么？你可以与迷花谷的姑娘好好生活，没有了江湖之斗！"

"哈哈哈……没有江湖之斗？父亲不是与母亲在一起么？他们本是很幸福的，

但是你们一个要走出迷花谷，重振昔日之风，一个要兴起当年之霸业，都是你们在惹祸，你们知道么？而且，你们利用了我，我能忘记以前一切，难道能忘记眼前的一切吗？"

说到这里，锋浪嗥道："我不能！看在可怜的后辈面前，求求你们都退后一步！"

"不可能！"

金莽与花姿姿儿几乎异口同声，金莽更是厉声道："箭在弦，不得不发！松柏二使，你们背叛了本派，本座不怪你们，快将锋儿拉下山去！"

松柏二使料不到金莽早已看出了他们的反叛，脸如死灰，惊骇至极，哪敢再站在当地？立时掠到锋浪面前劝道："浪公子，我们走吧？"

花姿姿慈祥地看了看锋浪，转向铃铃和可可，说道："你们以后侍候着浪公子，不再是迷花谷的人了，无论今日，或以后迷花谷发生了什么事，都与你们无关，去吧！"

两女脸色立时苍白，跪道："谷主?!"

"别叫我谷主了，你们自从跟着浪公子后，就不能叫我谷主了，就如同你们的莫姑姑一样！"

两女慌忙站了起来，走到锋浪面前，锋浪此时心怀绝望，知道自己无论如何也阻止不了这场血腥的延续，哭了半天，也没有了眼泪，居然缓缓站了起来，冷冷无情地看着众中众人，而心里转念无数！忖道：

"本公子乃天下最聪明的人，为什么要被他们骗？为什么要被他们利用呢？简直傻到了极点！而正是因为他们是他身边的亲人！"

"走江湖的人，亲情是欢乐的起点，也是人生的终点，而起点是血腥，终点是死亡，这实在太残酷了！"

"父亲呢？为什么还不出场？我已阻住他们血腥之斗了，这不是父亲希望的吗？应该是儿子唱罢父登场，他们为什么迟迟没有出现？"

锋浪思绪急转，但依旧站在那里，突然冷冷地道："你们以为这样就可以了断几十年的旧事，以为这样就可以达到你们心目中的目标？不要忘记，侄儿也是这场角斗的主角：鹤蚌相争，渔翁得利！"

"哈哈哈……你们利用了亲情，利用了侄儿！别忘了，侄儿从几岁时就走动江湖，也会利用亲情，也在利用你们！但侄儿也是真心爱你们的，看到你们这样，侄儿不妨说出来了!"

"什么?!"金莽和花姿姿两人脸色一变,骇然望向锋浪,看来他们信以为真了!锋浪四下瞧了瞧,又续道:"小侄的人全部潜入宫中了,你们真的认识三手无影么!真的认为他死了么?"

"什么?!三手无影难道没有死?!"

金莽和花姿姿都惊讶而愤怒地问着,看来他们心中关心的还是《玉兰图》,但《玉兰图》此时仿佛已落入了锋浪的口袋中了!这太让他们感到意外了!倒一时忘记了火拼,锋浪见自己的诡计成功了,于是又嘻嘻道:"谁先遇见三手无影,是侄儿!侄儿可以易容,难道不能为三手无影容易?当时你们没有看过三手无影,而假三手无影又很快被焚烬了!只有三手无影可以盗宝,也只有三手无影可以杀自己,哈哈哈哈……你们真的上当了!"

"而且丐帮幸帮主为什么多病?只因他受制于小侄,天下第一大帮、少林、武当,哈哈哈……"

"你……你……"金莽与花姿姿更是深信不疑,简直不敢相信锋浪的话,但看他那样儿,都觉他的话活灵活现,他们只觉天下最聪明的是这小子了!

"姑姑,你以为小侄不知道迷花谷、琼楼、玉阁是一家么?铃铃,你说说;可可,你说说……为什么你们留在我身边相处的那样好?如果我看不出来,本公子岂不是天下第一笨蛋!"

铃铃和可可等女见形势急转,神色更是难堪。铃铃道:"公子早就在怀疑贱妾,但为什么认为贱妾是琼楼中人?又是迷花谷人?"

"哈哈哈……如果你不是琼楼中人,琼楼就太看轻我了。而迷花谷有人在我身边,玉阁、黑白道都不缺,少了琼楼,岂不是说不过去?而且你与琼楼中人来往很密,而你知道的事很快迷花谷也知道了,我难道还看不出来?"

"黑白道也是一样,本来黑白道无隙可击,但师叔太性急了,引起了父亲的注意,哈哈哈……父亲将注意力集中在你身上,那皇上也集中在这里来了,而且我也到了此地!谁会怀疑我的人会潜入皇宫五角大楼圣殿之中?!"

"你……你……"金莽与花姿姿垂丧至极,只能说出两个"你"字,再也说不出什么话来,锋浪四下看了看,已感到了四周人影绰绰,暗想:"全都来了!"

"哼,逆子,料不到你心计如此之深,居然将为父也骗过了!"

金烁从林间跃了出来,金剑在腰,骇人至极,而他身后跟着花婆婆和莫小小,莫小小脸色苍白地看着场中央的儿子！

"锋儿，你刚才说得都是真话么？你为什么要那样做？"

锋浪见到了父亲别有深意的眼睛，也看到了母亲异样的眼神，心里立时明白过来，耸了耸肩，惨然道："娘，孩儿要超过父亲，要超过他同辈之人，孩人需要权势！有钱才有势，有了钱才有权，有了权更有钱，孩儿别无选择！"

"他们都是孩儿的亲人，都在利用孩儿，孩儿为了他们好，消除他们之间的争斗，孩儿只有强自出头了。得了《玉兰图》，他们就不会争斗了，如果在场谁认为孩儿不能领袖武林，可以上前与孩儿决斗！"

谁也料不到如今是锋浪称雄武林，也就是迷花谷与黑白道的争斗没有丝毫意义！《玉兰图》没有了，如果武功胜不了他，还有何话可说呢？

"教主武功盖世，谁能与你争雄！"丐帮帮主幸雄不知从哪里窜了出来，向锋浪叫着，锋浪心里一愣，立时明白过来，心里大喜！

众人料不到幸雄一帮之主居然称锋浪为教主，脸色更是一变，讶然而望，更是相信了！

"逆子，纵然你得了《玉兰图》，天下人也会不服的！你胜之不武，惯用诡计，为父劈了你！"

说着金烁拔出金剑，闪电般向锋浪刺去，众人顿时色变，均不由"啊"地叫了出来。而莫小小和花婆婆突然掠出，花掌一挥，罩住金剑，没几下，金烁就退了下来！

"金烁，你不是我老婆子的对手，与锋浪比武，也轮不到你！让迷花谷来讨教讨教！"

想不到现在金烁这样的人也没有资格也锋浪较量，金烁脸色立时变得苍白！在场均是武林泰斗，也不由感到今日的太阳不圆了。金莽心里不服，因为这关系着他金剑一脉的声威！

"你不要太过猖狂，别忘了金剑一脉如今声势不如以前的原因，就是因为你们迷花谷！都是你们前任谷主害得师父一世英名付之东流，郁郁而终！"

"师弟，别提以前的事，你如今干了些什么事？还有资格说吗？你自己想想该如何自罚！"

金莽脸色一变，眼中射出悲惨的光芒，退了两步，恨恨地道："我知道自己在做什么，也想好了自裁的办法，给江湖武林一个美满的交待！但我无悔无愧，可师兄你又做了些什么？为什么与迷花谷……"

锋浪看到脸色苍白的娘亲，尴尬痛苦的父亲，立时明白师叔会说出什么，也了解了他的心情，他恨迷花谷坏了金剑一脉的名气，丢了金剑秘诀，他渴望重镇雄风！但他没有成功，他恨师兄，师兄与莫小小成了伉俪，而且将黑白道一分为二，他的恨无罪，他也无错！

江湖中人都有深刻的心态，古怪而变态的心境！

江湖中人没有错，错的是江湖！

"师叔，你不要怪自己，也不要恨别人，要怪就怪小侄吧，恨也恨小侄吧，小侄成功了，也是金剑一脉成功了！也是迷花谷成功了！两位作古的长辈在天之灵也会高兴的，终于还了他们共同的愿望，哈哈哈……"锋浪理直气壮地道。

金莽慈爱地转向锋浪，居然有了笑容，说道："你不但聪明，也将江湖之事看得很透，金剑一脉有你这样的后人，师叔很高兴，岂会怪你恨你呢？但你……你斗得过这老妖婆么？"

"如果父亲原谅了你，你不自裁，我信心十足！"

这话简直是出自无赖之口，武功是来不得半点虚假的！岂能讲条件？而锋浪却可以讲条件！

"各位前辈，你们认为在下说得如何？"

金烁怒道："他杀了很多正派中人，岂可原谅他？在这里不是你说了算！"

"哼，现在就是我说了算，如果你们不原谅师叔，就是不原谅我锋浪！我也杀过正派中人，在场各位想一下，你们没有错杀过人吗？"

众人默然，锋浪又道："迷花谷与我金圣教，再加上我浪公子的财富，足可让正不能压邪！"

各门各派中人为之愕然动容，迷花谷已很可怕了，再加上可怕的金圣教，可怕的锋浪，还有"天下第一富翁"与《玉兰图》的财富，锋浪的话并非狂妄之言，少林愚庆方丈首先道：

"浪公子所言极是，江湖中人谁都会犯错，我们都不会向金莽施主讨公道了！"

少林方丈一说，大家纷纷动口，金烁料不到儿子现在可以翻手为云，覆手为雨，愤怒之极，但也庆幸至极，因为金莽毕竟是他的师弟！

强权与金钱的完美结合，江湖也会被征服，何况区区在江湖中游动的人呢？

花婆婆冷眼旁观，不冷不热地道："小子，你凭花言巧语压住了大家，只怕吓不退我老婆子，你真的自信能胜过我老婆子么？"

锋浪此时感觉极佳，哈哈大笑不已，声音如暮鼓洪钟，悠悠回荡，直冲霄汉！众人为之色变，就是金烁和莫小小也惊愕至极！

"花婆婆，剑花秘谱记载了迷花谷绝学和金剑秘诀之精华，再辅之于乌僧的三颗舍利，晚辈励精图志，已然大成。现在想来思去，花婆婆无论如何，也是没有胜的机会了！"

众人又是神色再变，花婆婆更是怔然于当场，显然，他们都被锋浪的话语镇住了！乌僧之武功、内力，简直是个传说，但现在这个传说居然就在眼前！而锋浪口中的剑花秘谱，花婆婆和迷花谷中所有之人都心知肚明！

"你不能用迷花谷绝学！"

花姿姿觉得不妥，立时争辩提醒锋浪道："而且你也算半个迷花谷人！"

"哈哈哈……姑姑，你别钻牛角尖了，我们只是切磋切磋，看一看谁高谁低，并不是生死之斗呀！而且花婆婆已算是我的师父，不犯谷规吧？"

花姿姿一怔，无言以对，但依旧不放弃，缓声道："如果你胜了，我们迷花谷又如何？"

锋浪叹了叹气，道："又如何呢？总不能让裂石岗的诺言继续履行吧！何况你们业已出谷！"

莫小小立时面显喜色，金烁却皱眉不语，而各门各派心有余悸，少林愚庆方丈又道："迷花谷昔日为祸江湖，尤在昨日，而这次她们复出，也犯了许多罪孽，浪公子，老衲认为不履行当年的诺言，只怕不妥！"

愚庆方丈如此一说，各门派掌门亦群起而议论纷纷，看来有把迷花谷中人逼回迷花谷之意，花姿姿脸色立时难堪至极。锋浪见势头不对，朗声道："诸位如果相信在下，就听在下之言！"

众人立时安静下来，听锋浪又有什么怪招。锋浪呵呵笑道："今日之战，还未分出输赢，但若本公子胜了，大家认为，这个问题还存在吗？"

"这……这是什么意思？"愚庆方丈迷惑地问道。

"哈哈哈……大师想想，从古至今，谁能将一股强大的江湖势力永远压制在小小的山谷中？传说三皇五帝时大禹治水，不是堵截而是引导！如今迷花谷亦如江水一样，只能将她们接纳为武林门派中的一员，而不应该排挤在外！"

"但……但迷花谷是邪恶势力，正邪两不立！"愚庆方丈仍旧反对道。

"孰正孰邪？乃天下人评判，而非我辈！邪可成正，正亦可成邪，大师认为在下说得是否有理？"

愚庆方丈等众人立时愕然，相互看了看，良久方才代表大家道："那公子之意是……"

"在下想了又想，认为各门各派，在江湖上都有它立足的空间，发展的地方。这样才能使江湖武林百花齐放！当初少林、武当、五岳剑派不都是这样发展起来的吗？但大家只有遵守武林规则，方才没有灭门之祸！当年魔教何等强大？想一统武林，他们没有成功，只因武林本就是一个大家庭！"

"如果迷花谷再为祸江湖，又如何是好？"愚庆方丈问道。

"大师认为今日一战，若在下胜了，这个问题还存在吗？在下是正派中人，金剑一脉；又算邪派中人，迷花谷一脉，在下算是正邪合谐相处的结晶！大家想想，金闲庄夫妇活得是否幸福，这就是明证！谁若说要消灭迷花谷，就是消灭金闲庄！消灭在下！而迷花谷要称霸江湖，除非也灭了金闲庄，杀了在下！但姑姑做不到，花婆婆做不到！"

说到这里，锋浪将铃铃和可可拉到了身边，笑着问道："你们会不会杀了我而实现野心？"

两女立时娇羞低头无语，众雄为之莞尔，迷花谷人也为之莞尔，场中气氛立时又和谐了起来，花姿姿见之，沮丧长叹，对着锋浪有点黯然道：

"你说得不错，要实现统一武林的霸业，只有灭了金闲庄，杀了你这亦正亦邪的异端，但前任谷主已有嘱在先，本谷主也下不了手！"

"呵呵呵……姑姑不是下不了手，而是心有余而力不足，如杀了小侄，就无人叫你姑姑了！"

"你……你……居然还想说姑姑……"花姿姿对这古怪精灵的侄儿极为宠爱，脸上挂着温柔慈祥，嘴里之话却是冷冰冰的。

"如果百年后金庄主夫妇作古，公子作古了呢？"

众人想到金闲庄的威名，浪公子的气势，不敢反驳，却有人绕开而道。锋浪顿时大怒，冷森森地道："说这话，不是存心造乱与金闲庄过不去？与本公子作对吗？要本公子作古，本公子今日就让你先作古！"

说着锋浪眼中含煞，愣愣看着那名不知天高地厚的衡山派弟子："你出来，与本公子比划比划！"

众人又是脸色剧变，料不到一脸笑容的锋浪变脸如此之快，此时俨然是个大魔头，看来他果是正邪的结晶，身上有正派鲜血，亦有邪派鲜血，正邪皆存，可怕至极！

那衡山弟子果然有点骨气，踏步上前，拔剑而出，不依不饶地道："阁下巧言令语，如何能服众人？江湖武林，乃是强者得服天下！"

"哈哈哈……说得不错，本公子佩服至极！"

锋浪即而转向少林愚庆方丈戏谑道："大师，你看到了吧？正亦邪，邪亦正，谁又说得清？在下话未冷，就应验了！"

少林愚庆方丈难堪至极，支支唔唔地道："这……这……"

"本公子想是强者驯天下，德者服天下，千古帝王是这样，江湖亦是这样……"锋浪傲然道。

"哈哈哈……说得好，说得太好了，朕也受教了！"

众人转身而视，皆是色变，只见一黄袍加身的中年人从不远林间踏步走了出来，思嘉公主欣喜奔了过去，口中大叫道："父皇，你也来了！"

来者正是当今皇上，皇上笑着抱住宝贝女儿，呵呵笑道："听说浪公子在此讲法，本王怎会不来？一则代天下灾民谢公子；另则嘛，是看看浪公子如何平息、冰融武林风波！"

锋浪大喜，忙上前拜道："岳父大人过奖了，如果知道皇上在此，又怎敢越俎代疱！"

"有如此佳婿，朕好不高兴！公主女儿，你见了浪公子，认为父皇办事还行吧？"

思嘉公主娇羞异常，娇嗲道："父皇，你何时也变得油腔滑调了？"

"哈哈哈……与浪公子在一起没多长时间，居然也学会了目无尊长，学会了与本皇抬杠！"皇上爽快地道。

锋浪脸上一烫，不由向金烁望去，见金烁亦正看着他，心里一辣，哪敢再看，心道："原来我还是怕他，哎！没办法，儿子怕老子嘛，这是常理！"

"贤婿继续讲法吧，朕也想听听！"

锋浪还真不好意思了，厚脸上居然也感到发烫！

"嘿嘿……刚才那些话，小婿只是导父亲的原话，代皇上和少林愚庆方丈讲出来的！"

这话还真有水平，不但向金烁示好，而且讨了皇上和愚庆方丈的欢心。三人脸上都露出了笑容，三位主角都喜欢了这小子，岂不是人缘好得不能再好了？

衡山派那名不知深浅的弟子大觉没趣，站在那里退也不是，进也不是！锋浪此时才转向他，冷冷地道："阁下是不是敢同意本公子刚才的话？"

"话是没错，但我还是不服！"

"不服就先与我老婆子较量较量！"

说着花婆婆花影而起，向那衡山弟子面门抓去，那弟子慌忙后退，举剑来挡，只听"当"的一声，剑飞人倒，众人立时惊呼了起来！

那狂妄弟子坐在地上，脸上尽是恐惧，仿佛还没有弄清楚是怎么回事！花婆婆的神妙武技镇慑全场众人，锋浪呵呵笑道："花婆婆的'飞花指'已达到了炉火纯青的境界了！"

"飞花指?!"

众人又惊呼了起来，只因"飞花指"乃迷花谷前任谷主邬眉横扫江湖的得意绝技，天下只有昔日"歧路客"牟白可以抵挡。众人望向锋浪，神色均有些忧郁！

"飞花指如剑，而花影似芒，剑未发而芒先动，剑实而虚，芒虚而实，克敌在剑，更在芒也！"锋浪沉声道。

迷花谷众人立时脸色一变，花姿姿惊问道："你从何处看到'飞花指'秘诀的?"

"姑姑会错意了，小侄刚才说得并非来自剑花秘谱，而是看了花婆婆刚才使出的'飞花指'，由感而发，当然'飞花指'三字是从秘谱中看到的！"

众人顿时愕然，而且花婆婆也是脸色一变，不相信地问道："你刚才真的看得那样清楚?!"

因为只有看得清楚才能说得那清晰！在场全是武林泰斗，但看到的"飞花指"也是一团雾影，根本看不出什么"剑""芒"！

"在下虽然得乌僧之内力，但看'飞花指'，也比大家清晰不了多少。可是武林之绝技，乃是势与意，在普通招式上的延伸、完美的结合，方才更上一层楼，成了精华。武学上的巅峰——'以无招胜有招'大概也就是这个道理，不过达到那种境界很难！故各门各派武学，均有绝技之说！"锋浪感由心发，解说道。

"太好了，讲得太好了，听浪公子一席话，胜在藏经阁翻阅十年经！老衲也受教了！"

愚庆方丈听后，由衷叹道，众人亦听得如痴似醉，微微颔首，看来还真像在听锋浪讲法一样！皇上此时乐呵呵地道："朕没有说错吧？浪公子是在此讲法，今日没有到此的人，只怕要后悔一辈子了！"

花姿姿依旧不信，转向莫小小，狐疑道："师妹，师父的绝技秘谱定是传给了你，是不是？"

莫小小无辜地辩道："大师姐，你怎么老是不相信我？胡说乱猜，师父她老人家会将秘诀传给我么？"

"怎么不会？她老人家最疼的就是你，当年你被金浪客拐出了迷花谷，她老人家整天不高兴，好象谁割了她身上一块肉一般！"

花姿姿说到"拐"字，金烁暗暗皱眉，莫小小亦不由脸上飞升红晕，想不到她如此年纪，依旧腼腆。锋浪见之，呵呵对身边几位美女笑道："你们现在明白本公子为何对可可最是偏爱吧？"

可可立时腼腆地拉了拉锋浪，低声道："你怎么老是胡说八道？怪难为情的！"

几女慧质兰心，看了看莫小小，又看了看可可，齐声嗔道："怎么不知道？她们说话语气字眼都一样！"

金烁和莫小小听之一愣，转看可可，莫小小立时眼放诧异之光，细细打量起可可来，可可更是腼腆至极，几乎想躲到锋浪背后。而金烁居然点点头，脸上浮现出柔和的微笑！

看来金烁感到欣慰的是儿子毕竟是自己儿子，居然与他的脾性一样，爱好一样。他最爱的女人和儿子偏爱的女人有很多相近之处，心里距离立时拉近了许多！

"父皇，这可怎么办？女儿可学不像莫师母！"

"呵呵呵……傻公主，那能学得么？别担心，以后有父皇作主，他不敢冷落你的！"

两人说得虽轻，但旁边几人却听清楚了，铃铃黯然神伤，暗想自己真命苦，没有人撑腰！锋浪见之呵呵笑着轻轻对她耳语道："大美人放心，本公子天性就花心！"

"什么？"铃铃一怔，娇嗔道："你居然还敢说出来！"

花婆婆可看不惯这一套，各门各派也不想看这一套，因为锋浪简直视他们不存在一般！

"喂，小子，我们还没有决斗呢，将身边那两个宝贝先放到一边去行不行？"花婆婆佯怒道。

锋浪一愣，方才觉得自己做得太过分了，遂呵呵干笑道："花婆婆说得是，小孙子还真忘了！"

场中又只剩下两人，众人都摒住呼吸看着，锋浪朗声道："只要小孙子胜了'飞花指'就算胜，花婆婆不会不同意吧？"

"哼，你别大言不惭，先胜了再说！"

花婆婆说着闪电般掠起，比上次快了许多，而手袖如花，飞指如芒，更是壮观，好看至极！看来花婆婆这次是全力而为了。

锋浪不敢大意，长啸一声，拔地而起，如一把金剑，而全身金光暴现，越来越盛，如同佛光罩身一般，而在佛光上端，锋浪头顶，隐隐有一位身着袈裟的乌面高僧。少林和尚见之，纷纷下拜，乌僧比他们不知高出多少辈，而灵光复现，就如同佛祖复现一样。

众人愕然，金烁夫妇和皇上亦惊呼了起来，舍利乃精神所在，金光可以复现真身，那可是传说中的事啊！

锋浪上升之金躯突然闪电下坠，却出奇地摇曳飘忽，如一朵朵金莲，转眼变成几朵，在与"飞花指"相触之际，却幻作了无数朵，朵朵闪烁金光。

只听"吱吱"如电芒一般，飞花指乱，飞花碎片四射；而金光花朵亦碎开，如剥笋一般。

金光进，飞花指退，忽听"轰"的一声，最后一朵金花飞溅而来，花婆婆的锦袖亦裂了开来，众人均将心胆提到了嗓子！却感到仿佛有一只无形之手卡住了咽喉，吐又吐不出，难受至极。

最后一片花瓣飞开，众人方才看到两人的手指，而两人的手指却相互抵触着，众人不知谁胜谁负，全场一片死寂！

"哈哈哈……势可尽，而意绵绵不绝也！看来花婆婆输了一层境界！"

锋浪笑声未尽，突见他那闪着金光的手指突然一退一颤，又幻出无数的金芒，相抵的手指好象依旧抵着，但要命的是金芒却射向了花婆婆！

"锋儿，不可无礼！"

突生变故，莫小小不由呼叫出声，但哪里来得及？金芒果真根根如针似剑，直透而来。花婆婆好生了得，见势不对，撒指飞退，变指为掌，拍向金芒，金芒立时幻作一团幻光下坠！

而锋浪已趁机飞跃，站在了地上，含笑不语，全身的金光又飞快隐去，恢复了原状！

　　花婆婆神色苍白，站在那里，呆看了看自己被射碎的衣袖，狼狈至极，但依旧十分大度地笑了笑，道："小子，你赢了，老婆子也受教了！"

　　莫小小走到花婆婆面前，焦急地道："锋儿，还不向花婆婆道歉！花姨，小孩子不懂事，你可别生气噢！"

　　"呵呵呵……你生养了个好儿子，前无古人，后无来者，刚才若不是他手下留情，你以为我真挡得住他那绵绵不绝的飞花指意么？"

　　顿了一顿，花婆婆又道："势可尽，而意不绝；意再生势，势亦不绝！小子，我老婆子的天赋也不差吧！"

　　锋浪笑着点头道："花婆婆本就天赋过人，如果在比斗之前，小孙子讲明白了，花婆婆的'飞花指'定会造诣大进，小孙子就不会在'飞花指'上胜你了！"

　　"你胜得应该，我老婆子也输得值……哎，想不到我老婆子浸武数十年，还要你来点拨！"

　　"花姨，小孩子胡思乱想，信口开河，你不要信他的话！"莫小小见花婆婆的样儿，忙劝道："若是我不好！"

　　"呵呵呵，的确是你不好，生了这样一个聪明的儿子，不然我老婆子今日怎么输得这样惨？"

　　"哈哈哈……为什么聪明，这是正邪爱情的结晶吧？如果江湖武林，正邪相融，互相研习，取长补短，诸位各门派的武学绝不会裹步不前的！"锋浪感慨万千地道。

　　"浪公子说得对，老衲惭愧至极！"愚庆方丈由衷地道。

　　锋浪以自己的聪明才智消除了正邪之斗，在江湖上更是名声如雷，无人不知，无人不晓，再加上他赈灾圆满成功，灾民视他为再生父母！居然向皇上进言，要为锋浪立碑著传！但锋浪坚决不同意，此事方才作罢！

　　但灾民将这天下第一富翁视为活菩萨一样敬供在心里；而各门各派，则将锋浪的那场决斗记载为经典之战，并将他当日所说之言如语录一般记载在他们秘笈的开篇之页，每日参悟！

　　而锋浪除了成为天下第一钱庄聚宝钱庄的掌门人外，更是被邀请在嵩山定期讲法，讲武学理论，成为货真价实的天下最有权势的人物！

　　皇上见这小子声名简直超过了他，不得不在除夕诏告天下，封锋浪为"圣人"，在私下里，平民尊他为"财圣爷"；武林中人则尊他为"武圣人"。为了拉拢这位金圣爷，皇上几次催锋浪去宫中与思嘉公主完婚。

但锋浪现在是什么身份？黑白两道通吃，臣民纷纷表示不满，认为皇上太过无礼！皇上为了顺应民心，不得不与思嘉公主千里迢迢，从京城赶到古城，在古城大摆龙门宴！宴毕之时，皇上悄悄对锋浪道："哎，驸马爷，以后还是你来当皇帝吧！我这皇帝简直是有权无势，而且钱也没有你多！"

"呵呵，父皇说哪里话？你可以将儿臣的钱收归国有啊！这样儿臣无权无钱便无势了！"

"哎，父皇哪敢那样做？纵是你送给父皇，父皇也不敢接收呀！天下人不服，有何办法？"

"有办法，你可利用公主嘛，你教公主暗中欺压我，到时还不是儿臣倒霉？儿臣可就名不符实了！"

"啊！好办法，好办法！"

在宴后，皇帝老儿果然向思嘉公主传了不知什么秘密使命，公主将色鬼锋浪迷得不分东南西北，惟命是从。铃铃和荷妮娜介于思嘉是公主，不敢冒犯，于是只有向可可小美人求援！

可惜小美人可可如莫小小一样，温柔至极，处处以和为贵，反劝铃铃和荷妮娜。两女只有以泪洗面，再想与芒丽珠合纵抗"秦！"

岂料芒丽珠发誓要在生意上超过锋浪，苦研生意经，独霸聚宝钱庄大权，将钱庄办得蒸蒸日上，财源滚滚。

"你们别来打扰本姑娘，没有本姑娘聚财，你们还能穿金戴银、吃喝玩乐？更不能争风吃醋！"

铃铃和荷妮娜细想芒丽珠说得也对，只得黯然而返，苦下功夫，终于皇天不负有心人，翌年各生了一条"小金龙"。正要发动"宫廷政变"时，谁知公主殿下却生了一对龙凤胎，两女顿时都傻眼了。

公主趁机制定了"后宫法律"，自己俨然是法官，看来最苦是争风吃醋的人。而锋浪呢，难得糊涂，整日沉迷美色，呵呵笑个不停，有诗作证：

"醉卧温柔帐，笑看江湖浪！"

——全书完——